有爱的青春陪伴者

鹿随

著

全世界我最贪恋你

上

花山文艺出版社

河北·石家庄

图书在版编目（CIP）数据

全世界我最贪恋你：上、下册 / 鹿随著. -- 石家庄：花山文艺出版社，2024.6
ISBN 978-7-5511-6771-0

Ⅰ．①全… Ⅱ．①鹿… Ⅲ．①长篇小说－中国－当代 Ⅳ．①I247.5

中国国家版本馆CIP数据核字(2024)第025775号

书　　名：**全世界我最贪恋你**（上、下册）
QUAN SHIJIE WO ZUI TANLIAN NI (SHANG、XIA CE)

著　　者：鹿　随

责任编辑：于怀新　　卢水淹
特约编辑：娄　薇
封面设计：颜小曼
内文设计：孙欣瑞
封面绘制：陶　然
美术编辑：陈　淼
出版发行：花山文艺出版社（邮政编码：050061）
　　　　　（河北省石家庄市友谊北大街330号）
销售热线：0311-88643221
热　　线：0311-88643299/96/17
印　　刷：长沙鸿发印务实业有限公司
经　　销：新华书店
开　　本：880mm×1230mm　1/32
印　　张：17.5
字　　数：588千字
版　　次：2024年6月第1版
　　　　　2024年6月第1次印刷
书　　号：ISBN 978-7-5511-6771-0
定　　价：65.80（全二册）

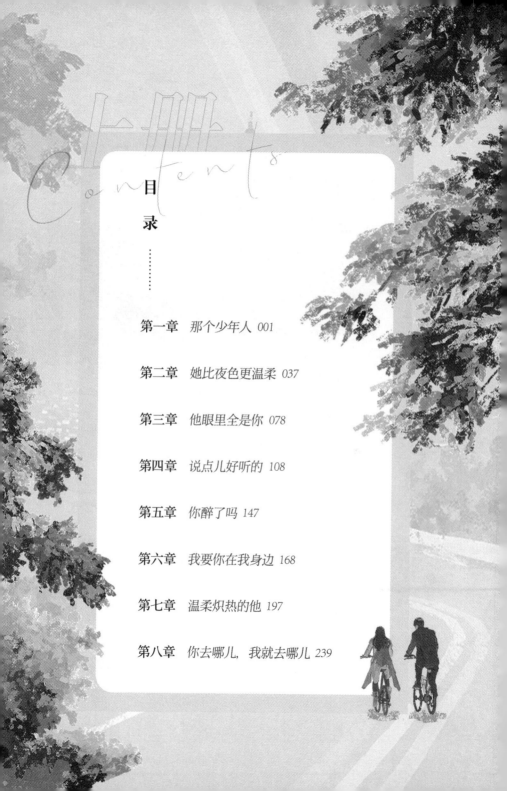

目 录

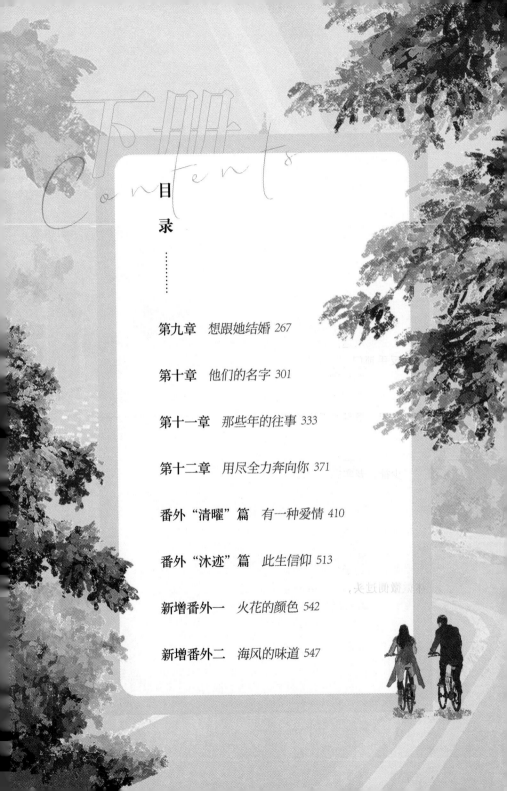

目录

......

第一章

那个少年人

许沐拎着纸袋推门进来时，忍不住打了个寒战。

空调温度调得太低了。

上一批使用这间休息室的人大概火力很旺。

她反手锁门，四处看了一下，在门旁找到中央空调的控温器，把温度调高了几摄氏度。

手机已经响了好一会儿，打电话的人似乎没有放弃的意思，许沐按了免提，顺手把手机扔桌上，随后听到小姨赵清欢暴躁的声音："我是给你介绍男朋友，不是找你讨债催命，怎么连电话都不接？"

许沐脱掉身上的短衫，调整文胸肩带，说："没听到。"

"少扯，老实交代，为什么不通过人家的好友申请？"

"不想聊，别浪费人家时间。"

赵清欢耐着性子："只是交个朋友了解一下，又没让你马上洞房，万一你喜欢呢？人家可是机长，开飞机的！履历表十几页，多少人排队等着呢。"

脖颈上的链子刮到耳朵，有点儿疼，耳洞前几天发炎还没好，许沐微微侧过头，把卷在项链上的头发拉出来，说："哦，那让排队的去加吧。"

赵清欢虽是许沐的小姨，但只比许沐大六岁，两人从小一起长大，站一起跟亲姐妹似的。

她为许沐操碎了心。

"外甥女，大小姐，姑奶奶，我求求你了，谈个恋爱吧。"

许沐没说话，拆开新衬衫的包装袋，发现新衬衣的所有扣眼都是封住的。

"你都大四了，还整天一个人混。身边有人每天对你嘘寒问暖，哄着你宠着你，不好吗？还有，你知不知道，女人到了一定年龄没有谈恋爱……"

正用别针挑开衬衫扣眼的许沐有点儿无奈，说："赵清欢同志，我一会儿还要比赛。"

"你不是替补吗，怎么又让你上？"

许沐拆掉衬衫的吊牌："一辩状态不好，老师跟我说过几次了，我不好拒绝。"

全国大学生辩论决赛，录播制，后期是要在电视台播放的。

这种露脸的事，她最不喜欢。

许沐已经很久没穿过正装了，大概因为经常背着单反相机上山下河四处走，所以衣服大多比较休闲舒适，眼前这套白衬衫和小黑裙显然不是她的风格。

裙子不太合身，许沐深吸一口气，费力拉上腰间的拉链。

赵清欢："早知道这样，当初你直接上多好，非要把名额让给别人，你干什么呢？"

"裙子太紧。"

队里不知从哪儿找这么条裙子，这里的人估计也只有许沐能穿进去。

赵清欢笑了："你是不是胖了？"

"没有——"

话没有说完，忽然听到两下敲门声，简短急促，接着有人转动门把手。

虽然进来时已经锁了门，但许沐还是下意识地拽了桌子上的衬衫护住胸口。门外传进一个略显低沉的男人声音，没什么耐心的样子，似乎是在跟谁通电话："我到了，开门。"

隔几秒，走廊有人喊："老大，这儿呢！"

脚步声渐远，门外安静下来。

许沐有些恍惚，这声音很像一个人。

她站在原地没动，双手紧紧拽着白色衬衫。

电话里赵清欢还在说着什么，许沐回神："我还有事，先挂了。"

她加快速度，将衬衫纽扣扣到领口第二颗，黑色西服外套披在肩上，一边将手伸进袖口里，一边疾步向外走。

走廊已经没有人。

许沐盯着声音消失的方向看了一会儿。

手机收到一条信息，是赵清欢：这事儿没完，晚上再说。

刚看完，又来一条：争气点儿，赢了给你买糖吃。

许沐笑了下，手指轻点，发过去一个字：好。

许沐把换下的衣服塞进纸袋里，转身去了旁边 A 大休息室。

方桌上堆了厚厚一摞资料，两个队友还在低声研究，另一侧沈瑜冲她招手："沐沐，这里。"

许沐走过去，随手把纸袋放在沙发旁，问："导师呢？"

"被主持人叫走了。"

许沐点了下头，接过沈瑜递来的胸牌别在身上，抬手三两下抓了个蓬松又漂亮的丸子头，手腕上的黑色头绳拉到头发上绑了三圈。

沈瑜问许沐在哪儿换的衣服，许沐说隔壁。

"隔壁不是 Z 大休息室吗，他们挪地方了？"

许沐翻开桌子上的资料夹："是吗，我去的时候没人。"

沈瑜挤到她旁边，有点儿花痴似的："我来的时候看见他们了，几个男生倍儿精神，其中一个特帅，正宗偶像剧男主角那种类型。"

沈瑜是皇城根儿下长大的姑娘，一口京话，打小没离开过北京，考大学拼着老命报了青城 A 大，拎行李上飞机那一刻有种超越的感觉。

许沐翻了一页资料："有多正宗？"

"就是那种——"沈瑜绞尽脑汁搜索词汇量，想了半天发现找不出一个准确的形容词，于是选择了最原始最直白的语言，"帅啊。"

许沐问："还有呢？"

沈瑜想了想，说："腿长。"

她继续形容："高冷。没错，就是字面意思，又高又冷。一副拒人于千里之外的样子，偏眼睛又很勾人，看你一眼心怦怦跳。"

听起来好像是挺不错，但许沐没什么感觉。

世界上最好看的那双眼睛，她早就见过。

人大概都是这样，尝过最好的，其他的再好也入不了眼。

那个少年人。

当年在学校，他很惹眼，喜欢穿帽衫打球，扯起衣领擦汗，有点儿浑，有点儿倔，谁都不放在眼里，一双桃花眼很招人喜欢。

那时的她有少女对青涩爱情的小小幻想，期待被那样一个生活在规则之外的人特别对待。

许沐是年级第一，别人都以为她是乖乖女，只有他看出她骨子里叛逆的一面。

他带她爬山，住帐篷，看一整夜的星星。他跟人飙车，她就坐在摩托车后头，耳边全是风，眼睛都不敢睁。

下大雨，她说从没淋过雨，他把伞扔掉，拉着她一起冲进雨里，过后两人双双感冒。

他带她做了太多疯狂的事。

那时她什么都不怕，跟着他，生活永远新鲜有趣。

后来两人闹得很僵，全校都知道，轰轰烈烈。许沐转学后，切断了那边所有联系，再也没见过他。

这些事她不常想起，只是偶尔在街上碰到跟他背影有些像的男生，会忍不住多看几眼，默默在心底拼凑他现在的模样。

沈瑜碰了碰她，小声说："导师回来了。"

许沐抬眼看过去，导师从外面进来，顺手把门带上，眼神示意一下让大家围坐过来，做最后的论点和流程梳理。

导师姓张，毕业后留校任教，是 A 大最年轻的教授，参加过很多辩论赛，思维敏捷，常常剑走偏锋，从异于常人的角度剖析论点，圈内很有名。

他一来，休息室里的气氛很快紧张严肃起来，全国大学生辩论决赛局，大家不敢怠慢，很快进入状态。

时间不多，简短的二十分钟会议结束，导师拿出一个透明文件夹，从里面抽出几张 A4 纸："Z 大赛区都是什么学校你们也清楚，能从那些顶尖学校中脱颖而出，实力不可小觑。"

大家看过去，最上面那张纸上附了一张照片，旁边有文字说明。

导师点点这个人："对方一辩，逻辑学大三学生。"他将几名辩手简单介绍，包括基本资料、专业优势、语言习惯等。

经过之前几场比赛，大家对其他赛区比较突出的队伍多少知道点儿，只有许沐是后加入的，听得格外认真。

导师介绍完前三位辩手，把最后一张简介单拎出来，推到几人面前。

许沐目光定住。

照片里，男生侧脸英俊，下颌线条分明，眼神透着不拘，眼睛没有直视镜头，但莫名给人一种压迫感，浑身散发着这人"不好惹"的信号。

导师着重说了一下："罗迹，Z大数字媒体艺术专业大四学生，主攻游戏设计方向，这个人你们要特别注意一下，他是Z大几个辩手里唯一一个专业相关度低的人，前几场比赛表现非常突出。"

许沐看着照片，心跳骤然乱了节奏。

那年转学后，她换了手机号码，也没有再登录过那些社交账号，没有跟其他同学联系，也没有打听过他的去向。

原来他去了首都。

许沐的思绪有些不受控制，一些片段不断从记忆深处涌出。

两人关系还好时，他什么都顺着她，毫无底线，只有一件事有分歧。

许沐想去首都的大学，罗迹喜欢青城，两人还开玩笑，说等报考那天猜拳决定，谁赢听谁的。

许沐倒没自作多情到认为罗迹是为她去的首都，那时她态度坚决，连座位都调到前面，离他八丈远，罗迹又气又恼，折腾好久，后来没有再找她，大概再也不想见到她。

导师后面说的话，许沐一句都没有听进去，直到大家开始收拾东西，起身整理衣领，沈瑜叫她："愣着干吗，走了。"

"去哪儿？"

"候场。"

按照流程，两队人在同一个地方候场，主持人开场后，听指示先后入场。

许沐忽然有些紧张，她深呼吸，努力平复心绪，不想影响接下来的比赛。

导师带着四名辩手向候场区走过去，旁边有摄像跟拍，队尾还跟着两名工作人员，一行人浩浩荡荡，走到入口时，迎面碰到同样阵势浩大的Z大辩论队。

许沐一眼看到罗迹。

真人跟照片感觉很不同，这样看起来，他比以前还要高一些，肩膀宽了，眼角有些红，似乎没有睡好的样子。

一身精致合体的黑色西装，短发干净利落，眼神幽深，令人捉摸不透。

跟从前一样，不说不动，只站在那里就很惹人注意。

两人目光一碰，许沐悄然攥紧手指。

两位导师站在门口寒暄几句，互相让了一下，一同进入候场区，大家紧随其后，只有许沐站在原地。

罗迹的目光只在她脸上淡淡扫过，便再没看她一眼。

候场区气氛融洽。

很大的一个空间里，几张沙发椅前后错落摆着，对面有台液晶电视，正同步直播演播厅的现场画面。

观众已经入席，大多是本市高校的学生，另有一百名大众评审，主持人已经上场。

罗迹坐在最角落的位置，目不斜视地盯着前方，薄唇紧抿，一声不吭。

天涯在门口探头探脑，发现罗迹神色不太对，猫着腰从侧边溜进来，在罗迹椅子旁蹲下，小声说："老大你没事儿吧，是不是困了，我给你弄杯咖啡去？"

天涯跟罗迹同专业，也是一个宿舍的兄弟，这次一起过来，作为队里的后勤保障部门，负责帮大家联络酒店、订票租车之类的杂事。

从昨晚开始，他就觉得罗迹有些不对。

一帮人在酒店房间聊天，有队友提前拿到 A 大辩手的名单，大家凑过去看，对替补上来的美女一辩格外感兴趣，一直在讨论她。

也是，年年拿奖学金，身材长相都没得挑，比自己学校那个校花还养眼，这样的女孩儿谁不喜欢？

也有人例外。

罗迹从头到尾没说一句话，不过五分钟就回房睡觉了。

这一点天涯倒不意外，罗迹一向这个样子，除了做游戏、玩游戏，偶尔打个球，其他一概不感兴趣，大学期间没有谈过恋爱，有人追他也不理。

作为宿舍老大，带头打光棍儿，非常不积极向上，没有引领好的风气。

后半夜，天涯迷迷糊糊醒过来，隐约看到房间角落的小沙发上有个黑影，他吓得要死，以为有鬼，开灯一看，是罗迹坐在那里，衣服没换，眼睛盯着地毯，不知在想什么。

天涯拍拍吓坏的小心脏："老大，你是睡醒了，还是一夜没睡？"

罗迹嗓音很低："吵到你了？我出去。"说完起身拿了外套就走。

天涯赶紧跳起来拦住他："大半夜的你上哪儿去？"

"有点儿闷，睡不着。"

他顺手拿了电视柜上天涯的打火机和烟盒："我带房卡，你睡你的。"

天涯以为他紧张今天的比赛，又觉得他也不是没见过世面的人，不至于压力大到晚上睡不着觉。想着想着，天涯就睡着了。

早上醒来的时候看到靠窗那张床已经收拾干净，罗迹洗了澡，换好衣服，整个人状态跟昨晚完全不一样。

本以为没事了，可到了现场，他又这样。

罗迹应了天涯一声："没事。"

他不愿多说话，天涯也不好再打扰他，直播画面中，主持人已经开始串词，天涯点了下头："行，一会儿我坐第一排，给你拍照。"

天涯原路溜出去，罗迹握紧手里的手稿，目光在前面转了几圈，最终落在许沐的身上。

她跟以前一样，喜欢简单的东西，头发上除了一根黑头绳，什么都没有。

脖颈纤细，肩线漂亮，耳后一点儿碎发，坐着的时候，永远挺直腰板。

许沐转了下头，罗迹立刻将目光移开。

比赛开始，两队人先后入场。

本场辩题：难得糊涂。

许沐所在的 A 大为正方，论点为"难得糊涂"好。

罗迹所在的 Z 大为反方，论点为"难得糊涂"不好。

这辩题倒很应景，当年糊里糊涂被她推远两人关系闹僵，没人比罗迹感受更深，他有一万个理由等着驳她。

正式开始前，大屏幕分别播放了两队的短片，介绍双方导师及队员，导师破题后，双方一辩各有三分钟时间阐述各自观点。

许沐先来。

她讲话时很专注，吐字清晰，面带微笑，镜头面前毫不怯场，罗迹坐在对面，一双眼肆无忌惮地盯着她看。

伶牙俐齿，比以前还厉害。

五官没太大变化，只褪去了小女孩儿的青涩稚嫩。

她走那年刚刚高三，连十八岁都还没到。

比赛进行得很顺利，天涯在第一排靠右侧的位置，离 Z 大那边很近，不停地拍照录像。

两边队伍势均力敌，唇枪舌剑，众人听得精神紧张，大气都不敢喘，走神两秒就已经跟不上场上的思路。

再后来，大家渐渐觉得有些不对劲。

在自由辩论环节，反方三辩似乎特别执着对正方一辩进行提问。

"那么请问正方一辩——"这句话他已经说了三次。

他的问题刁钻难啃，每次抛过去，大家都为正方一辩吊一口气，生怕她接不住，但两人似乎非常默契，正方一辩好像早就猜出他会问什么，每次都能将对方扔过来的问题回答得滴水不漏，同时精准提出一个更难啃的问题丢回去。

高手过招，神仙打架。

场上其他人也不落后，一场比赛看得酣畅淋漓，十分过瘾。

最终经过专家评审和大众评审打分，A 大以 0.1 分险胜，而全场最佳辩手则花落 Z 大三辩罗迹。

退场后，双方各自回自己的休息室，一队向左，一队向右。当然临别之前也没忘记互吹一下，表达了友谊第一比赛第二的宗旨。

天涯跟在罗迹身边，递给他一瓶水："老大，你认识那个美女一辩？"

罗迹面不改色："不认识。"

"那你们怎么辩得跟吵架一样，我看你凶得好像要吃了她。"

虽然战场不分男女，是敌人就要拼全力应对，但罗迹也太过了点，要不是人姑娘反应快，都得被他怼哭。

罗迹说："大概天生犯冲吧。"

比赛已经结束，接下来的行程比较轻松，晚上参加举办方组织的聚餐活动，明天会有车过来接他们，转转这个城市比较著名的景点，后天启程回学校。

聚餐时，本着互相交流，互相学习的想法，两校学生都是穿插着坐，不然一桌都是自己人，也没什么意思。

沈瑜去见同学没有来，许沐和队里的二辩挨着坐，一个法学男生，大四的。

对面是罗迹和天涯，桌上还有其他几个电视台的工作人员。

开始大家都不太熟，各吃各的，后来在天涯这个自来熟的带动下，气氛才开始好一些。

.009.

天涯特热情："你叫许沐是吧？"

许沐抬了一下头："嗯，是。"

"你跟我们老大辩论那段太帅了！还没几个人能接住我们老大挖的坑呢。"

许沐飞快扫了一眼罗迹，随后将眼神移开："是吗，他也挺厉害的。"

天涯说："你在台上可能不知道，那会儿台下观众都特激动，要不是怕打断你们思路，估计那掌声得一波接一波的。"

许沐不知道接什么话："是吗，我没看下面。"

天涯把一盘虾转到许沐面前："吃啊，你们女生吃太少了，我看你都没怎么动筷。"

许沐顿了顿，口中道谢，但没动那盘虾。

天涯又问那法学男生："听说你们青城有不少好玩的地方？有个什么山是不是，还有个最长缆车。"

男生推了推眼镜："对，长青山，缆车也在那边。"

天涯兴奋起来："那以后有机会一起去玩啊，我们——"

话没有说完，罗迹在桌下踢了他一脚。

天涯扭头："干什么你？"

"你太吵了。"

天涯悻悻地闭了嘴，总算老实一会儿。

电视台的实习生小姑娘红着脸递给罗迹一瓶饮料："这是我们这的特产，别的地方没有卖的，你尝尝。"

罗迹接了："谢谢。"他放下饮料后，接着剥盘子里的虾。

他已经剥了三只，一只都没有吃，全部摆在瓷白的餐盘边上。

白嫩的虾肉，带一点儿橘粉色，新鲜又刺眼。

许沐低着头，没有再看。

桌子上的手机响，罗迹扯了张纸巾擦手，出去接电话。

电话那边是他的高中同学蒋旭，也考到了首都，只是学校一般，估计罗迹这会儿已经比完赛，特地打电话慰问一下。

知道Z大输了，蒋旭幸灾乐祸笑得特开心："你也有今天，就差0.1？评审怎么打的分，我们迹哥这颜值难道不值0.1分吗？"

罗迹和许沐那点儿事，蒋旭从头到尾知道得清清楚楚。

所以当蒋旭还在絮叨比赛那点儿事时，罗迹忍不住说了一句：

"我看到她了。"

蒋旭说一半的话卡了壳，蒙了几秒："谁？"

罗迹靠在消防楼梯的转角，一手握着电话，一手搭在光滑的扶手上，食指无意识地画圈，蹭了一指腹的灰："许沐。"

蒋旭惊得说不出话，半天才缓过来："哪儿见着的？她看见你了吗？说话了吗？"

说话了吗？说了，针锋相对，互不相让，说了一车的话，可没有一句是他想听的。

罗迹自己都不知道为什么还要这样较劲。

明明已经过去那么多年。

忽然意识到从见面到现在，他们还没有好好说一句话，哪怕只是打个招呼。

蒋旭太了解罗迹，跟自己较劲，跟过去较劲，永远学不会翻篇儿，一条路走到黑，撞了南墙也不回头。

心里那道坎跨不过去，也不愿意跨。

蒋旭好一会儿才挂电话。

罗迹原地站了一会儿，手机揣兜里，出来的时候迎面撞上鬼鬼祟祟的天涯。

天涯不打自招，双手投降："我发誓，我不是故意偷听的。"他指了指对面卫生间，"我来办事。"

罗迹没心思追究，转身往回走。

天涯跟过来，一脸八卦相："原来那美女一辩是前大嫂啊，怪不得你这么反常。看这架势，你俩当年不是和平……"

罗迹突然停下脚步，天涯一下撞他的后背上，差点儿咬着舌头，痛得龇牙咧嘴。

他顺着罗迹的目光看过去，那桌人已经走得差不多，只剩许沐和那个二辩。

男生挪了椅子，靠许沐很近，不知道用自己的手机给她放什么视频，两人一块儿看。

许沐面带微笑，偶尔跟他说句话。

罗迹眉头紧锁，脸上像要结冰，他没说话，也没回原来的位置，迈着大步在隔壁桌坐下，拉椅子的时候响声巨大，吸引了不少目光。

许沐抬起头，只看到他的背影。

天涯很鸡贼地选了罗迹对面的位置，隔一会儿报告一下。

"还在看。"

"看完了。"

"她喝了半杯果汁。"

"嗯？要走了？"

罗迹忍不住回头，看到两人已经走到门口，那个二辩还给许沐开门。

天涯说："老大，这男的是不是她男朋友啊，今儿在台上他就总跟她交头接耳嘀嘀咕咕，要不要我帮你打听打听？"

"明早几点集合，你通知他们了吗？"罗迹把打火机摁得咔咔响。

天涯："来得及，待会儿再说。"

他们是最后一拨撤退的，回酒店的路上，天涯隔几秒就看下手机，神神秘秘不知搞什么。

直到进了大堂走到电梯门口才告诉罗迹："她房间号2028，我只能帮你到这儿了。"说完又补一句，"别说跟你没关系，不然昨晚为啥失眠。"

罗迹的手停顿两秒，随即按了一下按钮，电梯门打开。

指示灯一点点变化。

五楼，八楼，十六楼。

天涯双手插兜，抬头望天，哼着小曲儿："暧昧让人受尽委屈……"

电梯叮一声，二十楼到了，电梯门缓缓打开。

罗迹一动不动，天涯继续望天，开始吹口哨。

门即将关上那一刻，罗迹忽然伸手握住边沿，生生将电梯门别开。

天涯的口哨声戛然而止。

这走廊很长。

铺着暗红色的地毯，走路没有声音，墙壁上的油画很有格调，有打扫的阿姨推着车经过。

罗迹站在房间门口良久，终于抬手按了一下门铃。

里面的人没有马上出来，但有回应："稍等。"

是她的声音。

门被打开，许沐穿着浅色睡裙，细白的手臂和小腿露在外面，脸庞干干净净，正用毛巾擦拭湿漉漉的头发。

看到罗迹，许沐愣了一下，擦头发的手停在那里，几秒后缓缓放下，垂在身侧。

两人都没说话，就这样安静地对视了一会儿，许沐没有忍住，低声叫了他的名字："罗迹。"

这是见面以来，她第一次叫他的名字。

罗迹的目光从她脸上移开，随意看了一眼她的身后："里面没人吧，我来讨债。"

话音刚落，听到旁边浴室里传出的流水声。

有人在洗澡。

罗迹的心口骤然像被什么东西刺了一下，疼得很。他自嘲般冷笑一声："看来这几年你过得不错。"

许沐没有注意到他的变化，捏着纯白毛巾的手指紧了紧："罗迹，我们能不能心平气和好好聊一聊？"

"聊什么，聊你干脆利落走得头也不回，"罗迹停顿一下，咬着牙，"还是聊你现在的男朋友？"

许沐怔了怔："我没有男朋友。"

浴室里水声消失，有女人的声音传出来："沐沐，帮我拿一下洗发水。"

罗迹握紧拳头，死死盯着许沐。

没有得到回应，洗了一半澡的沈瑜想出来，门刚开一个缝，就被许沐用力按回去，关得严严实实。

沈瑜："沐沐？"

"先别出来。"

罗迹的眼睛渐渐红了。

不是生许沐的气，他生自己的气。

短短两分钟，心被撕扯得乱七八糟，不管过了多久，她依旧能轻易左右他的情绪。

刚刚那种情况，他脑子一片空白，智商清零，下意识认定里面是男人。想到她跟别的男人一起，他心里就难受得不行。

他的表情、语言、动作，通通出卖了自己，好像还在乎她似的。

他讨厌这样的自己。

罗迹忽然上前，一把将许沐推到门板上，手掌用力按住许沐瘦弱的肩膀，头低下，靠近她的脸颊。

陌生又熟悉的气息逼近，许沐的心跳得很快，屏住呼吸，不敢动，也不敢看他。

下一秒，罗迹偏过头，一口咬在她颈间。

他的唇若有似无蹭着新鲜的齿痕，炙热的呼吸落在她耳边："许沐——

"我以后，都不想再见到你。"

已经记不清第几次做这个梦。

梦里云雾弥漫，父亲穿着深灰色工作服，戴着红色的安全帽，站在远处冲她招手："小沐，过来。"

父亲身后，是承载他毕生心血的高楼建筑。

他曾是一名非常出色的建筑工程师。

许沐奋力奔跑，忽然摔了一跤，再抬头时，高楼倒塌，父亲的影子渐渐模糊，消失在万丈烟尘中，她双手撑在泥土里，听到身后有人叫她，温柔又热烈。

他似乎在说着什么，许沐努力听，但怎么都听不到。

少年站在阳光下，冲她张开双臂。

许沐猛然惊醒，一下从床上坐起来。

月光透过薄纱，周围一片漆黑，室友已经熟睡，颈侧隐隐作痛。许沐抬手碰了碰那里，几个小时前，那个阳光下的少年还在这屋子里咬了她一口。

今天这一下，他发了狠，用了力，带着拧巴、别扭，似乎还有点儿委屈。他放了狠话，急于表明立场，撇清关系，生怕她误会什么似的。

许沐身子往后挪了挪，靠在床头坐了好一会儿，窗外暗下来，大概是云彩遮住了月光。

她习惯性摸了摸脖子上的链子，摸了个空，又在枕边找了一下，也没有。

许沐皱眉，打开床头灯，怕晃到沈瑜，立刻调小了亮度。但沈瑜还是醒了，她翻了个身，小声哼哼问许沐怎么还没睡。

许沐说马上睡。

看到她在床上翻来翻去，沈瑜清醒了一些："找什么呢？"

"项链不见了。"

许沐戴了几年的项链，宝贝得什么似的，从不离身。

沈瑜打了个哈欠，揉着脑袋坐起来："我帮你找。"

"不用，你睡吧，晚上还看到了，应该就在屋子里。"许沐弯腰把两张床中间的地毯都翻了一遍，又去电视柜和旁边的桌子上找。

最后在小沙发上的纸袋旁边找到，她拿起一看，衔接处的金属断掉了。

没丢就好，许沐松了口气，把项链塞进背包最里面的格子里。

沈瑜的行李已经提前收拾好，明晚去她同学那里住，后天直接去车站跟他们会合。许沐怕影响沈瑜休息，快速收拾好东西关灯躺下。

房间再次一片昏暗。

过了会儿，沈瑜小声说："沐沐，睡了吗？"

许沐："还没。"

沈瑜犹豫一下，还是问出口："你还好吧？"

几个小时前，沈瑜裹着浴巾从浴室里出来，看到许沐靠在对面的墙壁上，眼睛里都是泪。

印象中，许沐很独立，性格坚韧，遇事不慌不乱，总能自己处理得很好。

同学几年，她从没见过许沐哭，一次都没有。

漂亮的女孩儿想要走捷径，实在太容易。但许沐不肯，拒绝掉一切欠人情的可能，她不愿意，也不需要。

人情总要还，她宁可自己解决。

片刻后，许沐声音温和："没事，睡吧。"

第二天的行程很轻松。

这座城市历史悠久，古建筑多，活动方安排了几个比较著名的景点，把人送到后就自由活动，四处走走，拍几张照片，也算留个纪念。

早上大家在酒店楼下的大巴车上集合，罗迹和天涯坐在最后一排，前面是沈瑜。

直到大巴车启动，许沐还没来。

罗迹戴着耳机，黑色的帽檐压低，遮住眼睛，头偏向窗外的方向，心不在焉，手指一直没什么节奏地乱点手机屏幕。

天涯特别贴心，故意大声问前面的沈瑜："怎么没看见许沐？"

罗迹的指尖停下。

沈瑜回头："她不来了，早上说不舒服，要在酒店休息。"

天涯偷瞟罗迹："啊，那太可惜了，好不容易来一次。"

罗迹抬手把外套的帽子扯上来，遮住大半张脸，这一路都没再睁眼。

天涯和沈瑜倒是臭味相投，两人都自来熟，爱聊天，聊到后来天涯就跑到前面跟沈瑜一起坐着了。

大家都是年轻人，比较容易玩到一起，不过一上午已经很熟悉，成群结队，到处拍照。

在一片小人工湖旁，罗迹接到罗曜的电话。

罗曜是他同父异母的哥哥，罗氏现任掌舵人，多年前因一场交通意外双腿残疾，再也站不起来，余生只能与轮椅为伴。

但他是出了名的杀伐决断、冷酷无情，商界没人敢因他坐轮椅而轻视他，对他又怕又敬重。

"过阵子奶奶生日，你必须回来。"

罗迹捡了颗石子扔进湖里。

石子飞过水面，打了好几个水漂才消失不见，湖面泛起阵阵涟漪。

罗迹："我不去。"

罗曜似乎早猜到他这个态度："奶奶年纪大了，最近一直念叨你，你还有一年就要毕业，生日宴会会请很多合作伙伴，你早些认识比较好。"

罗迹说："公司有你就够了，我没兴趣。"

罗曜的耐心很快被磨光："你不要总是耍小孩儿性子，公司早晚要交给你。"

罗迹："你如果没出事，她也不会惦记我。"

当年老太太很不喜欢罗迹的妈妈，连带也不喜欢这个孙子，一直放养，从不过问，心里眼里只有罗曜，把罗曜当继承人一样培养。

后来一次交通意外，带走了儿子儿媳，也毁了罗曜。

老太太深受打击，大病一场，悲伤之余，也要强撑着为罗家日后的发展考虑。

罗曜已经不适合做继承人。

于是身体健康，一向不受待见的罗迹忽然从队尾变成第一。

罗曜没有怨言，咽下委屈，听从家里安排，答应暂时替罗迹打理公司，等他长大成人便退位扶持帮助他。

但罗迹不买账。

男孩子心气高，骄傲又有骨气，不当替补，你不待见我，就永远别待见我。回岳城后，他成绩一落千丈，时常交白卷，连名字都懒得写，同一屋檐下忍耐几年，一上高中就搬出来住，很少回家。

家长会也只肯让哥哥来参加。

他唯一信任的亲人只有罗曜。

兄弟俩沉默一会儿，见罗曜不说话，罗迹叹了口气："行了，到时再说吧。"

他这样说，就是有商量的余地。罗曜总算满意，也不指望他能痛快利索地答应，这才想起问比赛情况。

得知Z大输了，罗曜说："输赢是常事，不必放在心上。"

罗迹说知道。

不远处，有人悄悄用相机对准罗迹。

侧脸角度不错，表情很好，背景很好，光线也很好，一切都很合适，快门声响起，许沐低头回看刚刚拍的照片。

来到一个陌生的城市，不出来拍些照片，对许沐来说比较难。

她喜欢摄影，经常带着她心爱的单反跑到不知名的乡下采风，为捕捉一张满意的画面可以整宿不睡觉。

许沐知道他们今天的行程，但不清楚顺序，没想到在这里碰到他们。

镜头里的罗迹比真人少了些戾气，多了些柔和，许沐又偷偷拍几张，看到他已经挂了电话，走到同学那边。

一行人已经走远，许沐来到他刚刚站着的地方。

这里风景很美，她放下背包，半蹲在台阶旁，压低镜头，想找一个合适的角度构图。

拍了几张都不太满意，许沐索性又走近一些，靠近水边，镜头贴近倒数第二个台阶。

忽然脚下一滑，相机不慎脱手，许沐低声惊呼，什么都顾不得，下意识伸手去捞，眼看掉进水里，身后有人一把拽住她的手臂往后拉，同时眼疾手快抓住了相机挂绳。

虚惊一场，许沐惊魂未定，赶紧检查相机有没有事，幸好只外面沾到一点儿水。

罗迹都要气死："你能不能注意点儿，破相机重要还是命重要！"

他已经走远，鬼使神差回头看了一眼，发现许沐不知什么时候出现在那儿，抱着个相机，都快趴地上了。

许沐小声说："里面有不少照片。"

罗迹瞥她一眼："不是病了不能出门？"隔两秒，"我看你是不想见我。"

许沐垂着头没看他："昨晚是你说的不想见我。"

提到昨晚，罗迹忍不住去看她颈侧，被他咬过的那个地方已经贴了创可贴，但没完全遮住，露出一点儿小边边，红红的牙印还没完全消退。

欲盖弥彰，别人看到以为她干了什么坏事，还不如全露出来。

两人有一会儿没说话，罗迹扭头看向别处："以前没见你这么听话。"

许沐装相机的手一顿，想说什么，最后还是没有开口。她整理好背包斜挎在身上，抬头看了他一眼："我先走了。"

瘦削的身影融入游客中，很快消失不见。

罗迹盯着她消失的方向看了一会儿。

一天的行程结束，晚上有个聚餐，这次不带其他人，只有两个学校的学生，没有老师在，大家比昨晚放开不少，点了很多酒。

本以为许沐不会来，但没想到她居然早早到了饭店，还帮大家开了包间，一个人安静坐在里侧的位置等着。

十个人正好一桌，罗迹最后进来，坐在靠门口的位置，两人中间隔了三个人。

一顿饭下来，大家都喝了不少。Z大那边没有女孩儿，桌上只有许沐和沈瑜两个女生，男生照顾她们两个，没有劝酒，但许沐很捧场，喝了不少。

整个席间，两人目光没有交会。

A大几个人定下了明早集合的时间，他们的动车在上午十点，要早点去车站。

而Z大的动车在上午十一点，一个往南，一个往北。

罗迹垂目无言，自己喝了一杯。

大家玩得尽兴，很晚都没有结束，中途沈瑜同学过来把她接走。许沐头有点儿晕，去了洗手间，好一会儿都没回来。

房间里没了女生，男生们的话题就大胆不少，聊得很开。

罗迹听了一会儿，拿起桌上的手机："我去洗手间。"

这家餐厅男女洗手间在不同楼层，罗迹几步跨上二楼，拐了个弯，在洗手池旁看到许沐。

她双手撑在洗手台旁，低着头，头发垂在两侧，遮住她的脸。

罗迹走过去站在她身边，语气很淡："不能喝还喝那么多。"

许沐抬起头，似乎刚刚洗过脸，额头和脸颊还有水珠，脸庞红红的，她透过镜子看罗迹。

他手插着兜，目光和说出的话一样淡，领口解开两粒纽扣，结实的胸膛若隐若现。

过了会儿，许沐低下头："我想回去了。"

罗迹皱眉："难受？"

"有点儿。"

罗迹没说要跟她一起走，许沐也没有问，但路过一楼时，他没回包间，跟着她一起出来。

两人并肩走在回酒店的路上。

许沐给队友发信息说自己先走，那边马上打来电话问她在哪儿，要送她回去。

许沐推托掉："不用，你们玩吧，我马上到了。"

罗迹也给天涯发了条信息，天涯回复：放心大胆地去吧，老大。其他人我都给你拦住了。

周围很安静。

罗迹从兜里摸出一盒口香糖，打开盖子递给许沐。

许沐拿了一块："谢谢。"

罗迹自己也吃了一块。

本来不长的一段路，好像怎么都走不完。

两人谁都没再说话。

进了大堂，罗迹先去前台要了杯蜂蜜水，再回头时看到许沐蹲在电梯口的垃圾桶旁。

他快步走到她身边，握住她肩膀："许沐。"

许沐闭着眼睛，只觉天旋地转，没想到这酒后劲儿这么大："我缓一下。"

罗迹伸手摸她的脸和额头，男生手大，一掌能遮她大半张脸。

她哪儿哪儿都是热的，罗迹没犹豫，直接将人横抱起来进了电梯，他没空闲的手，让许沐按电梯。

许沐撑着睁开眼睛，手指晃了晃，按了二十层。

他这样抱着她，掌心的温度跟从前一模一样，热量透过衣衫布料传递到她细腻的皮肤上，灼热滚烫。

许沐挣扎着要下来，柔软的身体紧紧贴着他。罗迹叹了口气，低声警告："别乱动。"

两人身上都是酒气。

走到门口，罗迹不放人："房卡。"

许沐从随身包包里翻了一会儿，找到房卡对了半天位置，最后嘀嘀两声，门开了。

房间跟罗迹那间一样大，他把人放到床上，鞋脱掉，外套也脱掉，扯过被子给她盖好。

他压低了身子看她。

她眉头蹙得紧紧的，很难受的样子。

许沐人生中第一次喝酒是在高中。

那时他哥们儿过生日，她陪他一起去，特别给面子地喝了一点儿。

酒量太差，简直一杯倒，罗迹发誓再也不让她碰一滴酒。

刚刚吃饭时看她喝了不少，就知道她一定要难受。

客房部送来蜂蜜水，罗迹喂了她一些，刚要起来放杯子，许沐忽然伸手抓住他的衣领。

她有些恍惚，分不清在梦里还是现实，只下意识不想让他走。

杯子掉在地毯上，蜂蜜水珠挣扎着滚了两圈，终究逃不过地心引力，浸入地毯深处。

罗迹撑在她两侧的手逐渐用力："你喝醉了。"

许沐不说话，眯着眼睛看他两片薄唇。

几秒后，罗迹开始吻她。

醉酒真好，没醉也可以说醉了，做什么都可以推到酒身上。

罗迹躁得很，单手扯自己衣领，灯关掉。

窗外不知什么东西飞过，扑棱着翅膀拍打玻璃。

在某一刻，罗迹忽然停下。

他呼吸很重，赤红的双眼盯着她："没做过？"

许沐不惧不退，迎着他的目光："你做过？"

罗迹额头抵着她肩膀，缓了很久，想起身，许沐搂住他的脖子："怂了？"

罗迹咬牙："松手。"

"怂了就承认。"

"你会后悔。"

两人对峙很久，最终罗迹放弃。

如同那些被遗忘在岁月角落的零散记忆，无论发生什么事，他从来拗不过她。相比赢了她，他更喜欢看她胜利时一脸得意又满足的小模样。

罗迹伸手捂住她眼睛："你没机会了。"

他疯狂吻她。

过了明天，可能再也见不到她了。

罗迹醒来时，床边已经空了。

房间收拾得干干净净，许沐的行李箱不见了，他的衣服整整齐齐叠放在床头柜上，他随手翻两下，看到他的内裤被折成很小一块，塞在裤子和衬衫中间。

许沐连个纸条都没给他留。

罗迹忽然意识到，他连她的电话都没有。

床上一片狼藉。

记忆依旧清晰，罗迹靠在床头，仔细回想昨晚每个瞬间，是从哪一刻开始失去控制的？

说不清楚。

天涯打来电话，声音兴奋得要颤抖起来："老大你昨晚住哪儿了？"

他其实想问是不是住二十楼，但不敢。

罗迹问天涯几点走，天涯说半小时后。

"我现在回去。"

挂了电话，罗迹穿好衣服，再三检查屋子里有没有她遗留的东西，确定没有才打开门走出去，正碰上打扫阿姨推着车路过。

罗迹叫住她，问有没有看到这间房的女生。

阿姨说："人早走了。那小丫头特意跟我打招呼，说她有个朋友晚点儿走，押金退给她朋友就行。要退房吗？"

罗迹沉默一会儿："退吧。"

罗迹到达车站时，许沐的动车已经开始检票。

天涯拿着大家的身份证去自助机器取票，随后一行人乘电梯上二楼候车大厅，找到相应的区域四散落座。

罗迹随便找了个位置，将黑色旅行背包放在旁边的空位，抬眼看到对面检票口上方屏幕中"正在检票"四个显眼的绿色字。

车次正是许沐那一列。

检票已到尾声，一对情侣匆忙从电梯那头奔过来，检票员把人放进去，推上门闸结束检票。

再赶时间，男孩儿也没松开女孩儿的手，拉着她一起消失在那扇玻璃门外。

不知怎的，罗迹忽然想起从前。

那时他还是毛小子一个，又狂又野又要面子，整天混迹在班里最后两排，他一开学就看上许沐，但他不说，人家来收作业他还装高傲不理，下节课照样托着下巴偷看她背影。

可装着装着，他就有些沉不住气了。

许沐太优秀、太耀眼，瞄上她的人越来越多，什么小猫小狗都敢惦记。他心里窝火，偷偷解决了两个缠她缠得最紧的男生，威胁人家再找她腿打断。

腿打断这种话很多人说过，有人是吹牛，有人为给自己涨士气，但罗迹说，没人敢不信。

那阵子有几个人见着许沐就躲，许沐问不出原因，疑惑好久。

后来罗迹开窍，终于知道坐那儿不动是等不来面包的，开始钢铁直男式穷追猛打，许沐不接茬，他理解，好学生嘛，学习为重，他换了套路，天天拿本书坐她旁边装模作样学习，但没一会儿就看不进去，把手机夹书里打游戏。

他喜欢打游戏，也很厉害，愿意研究那些东西，桌斗里攻略书比课本还多，后来两人关系好了，还为游戏闹过几次别扭，许沐不喜欢他打游戏，想让他收心学习，他总是听话不过三天，还信誓旦旦保证不管大学选什么学校，一定跟她报一个地方，让她放心。

现在回想起来，许沐真很好哄，也迁就他，是他对自己，对他们的感情太有信心。

以为她永远会等在那里。

昨晚情浓时，他注视她的眼睛，看到了一个从未见过的许沐，那样娇艳，那样柔软，蚀骨滋味不尽，让人忍不住沉迷、坠落。

星空无边无尽。

火车总要开走。

许沐坐在靠里侧的位置，看着窗外的建筑，越发觉得这几天像是一场梦。

从小到大，她对自己的所有选择，做过的所有事，从来没有后悔过，包括当年和昨晚的离开。

其实后来她已经很清醒，但没停止，她努力感受他，疼，却心甘情愿。

放纵一回，也算给自己轰轰烈烈的初恋一个圆满。

脖颈上换了新的创可贴，前晚的牙印已经被新的痕迹覆盖。

窗外的城市一点点后退，许沐想，就算以后再也见不到他，也没有遗憾了吧。

回到青城的日子过得很快。

生活恢复了以往的节奏，大四开始后，校园招聘越来越多，许沐不打算考研，直接签了一家条件不错的科技公司，广告部创意策划方向。

这家公司旗下很多APP都是时下大热的娱乐应用程序，知名度很高，总部就在青城。

定好的实习日期还没到，毕业设计也还没开始，许沐忽然变得很闲。

但时间再多，她也没有一刻安静，比如现在，日常唠叨的沈瑜刚出门，赵清欢就溜进她宿舍，躺在她的床上，一边刷手机一边吃零食。

许沐在一旁修图。

她戴着发箍，盘着腿，笔记本电脑直接放在膝盖上，赵清欢在床头，她在床尾。

电脑屏幕上是一张放大的罗迹的脸。

他皮肤很好，经得住这样放大，除了光线和色调，几乎没有需要修的地方，他手里还握着电话，情绪不太好的样子，是那天在人工湖旁许沐偷拍的几张。

遇到不开心的事了吗？

他心烦时总喜欢皱眉，本来就不爱笑，严肃起来更吓人。

赵清欢忽然探过身，许沐啪一下把电脑合上："干吗？"

"你干吗呢？"

"不告诉你。"

"小气。"赵清欢倚着她旁边坐下，"你比赛的视频我看了，不错，没给我丢脸。"

许沐看了一眼袋子里的薯片："你们空姐不用控制体重吗？"

赵清欢伸出一根手指晃了晃："先爽一下，晚上五公里等着我，跑不完不睡觉。"

她两片一起塞嘴里，顺便舔了舔嘴唇，一点儿都不想浪费："中间有段特紧张，那男生不依不饶的，我差点儿以为你接不住。"

许沐在岳城生活几年，一直跟爷爷住，赵清欢只来过两三次，所以不认识罗迹。

赵清欢观察许沐的表情："你妈也看了，她挺高兴的。"顿了下，"她已经走出来，也有了新的生活，她其实比谁都希望你好。"

许沐不动声色地岔开话题："你哪天飞？"

她这样说，就是不想继续这个话题。赵清欢也没强求："明晚飞北京，中午吃火锅，我来接你。"

"明天我没时间。"

赵清欢扭头看她："有事吗？"

许沐嗯一声："刚接到通知，明天去公司一趟。"

"不是下星期才开始实习吗？"

许沐把笔记本放隔壁床头，爬下床拧开一瓶水喝了一口。

清凉的液体顺着唇角滚下一滴，流入白皙的脖颈，滑过那片早已消失了痕迹的齿痕，她随手抹掉："不清楚，没细问。"

一般定好的实习时间不会改，一起的沈瑜也没收到通知，可能有别的事。

第二天许沐到那儿才知道，行政部一个女同事怀孕三个月，身体状况不太好，请了半个月假保胎，马上要来一拨实习生，行政部忙不过来，临时跟公司申请调个人过来帮几天忙。

这事安排给许沐，她也没意见，提前上几天班而已，行政部那边的工作技术含量不大，跑腿打杂的活儿给实习生最合适。

她先去广告部那边打了个招呼，拿一些公司的资料，转头去办入职手续。

行政部老大是个三十几岁的年轻女人，气场挺强的，也没个笑脸，指了个空位让她暂时先用。一旁的行政小妹倒是很随和，拿文件夹遮住半张脸小声说："她刚被上面训了一通，平时不这样，你别介意。"

许沐笑了一下："没事。"

行政小妹看了她几秒，眼睛闪了闪："你长得真好看。"

许沐的美很温淡，不刺目张扬，有种江南小桥流水的温婉，是越看越顺眼的类型，女人看了都舒服。

她有点儿惊讶这女孩儿的直白可爱，笑意越发忍不住："你也很好看。"

科技公司年轻人多，活动室一到中午就爆满，有场地可以打羽毛球和乒乓球，隔壁就是健身房，一整排十几台跑步机，有这样的氛围，想必平时团建活动也不少。

餐厅是中西结合的自助餐，员工可以刷卡买单，每个月公司也会发一定的餐补打到卡里。

许沐一连吃了几天的酱香小饼。

她有这个习惯，喜欢吃什么就会连续吃，吃到腻为止。

以前罗迹为了改掉她这个毛病，怕她吃多了恶心又伤胃，会每天带她吃不同的东西，许沐口味刁钻，但罗迹带她吃的她都很喜欢。

他习惯操心她所有事。

沈瑜今天也来了，入职手续还是许沐给办的。

这次A大几个专业相关的系一共来了六个实习生，下午还会从北京过来一批，吃完午饭许沐就得去老大那边拿名单。

其实这部门叫综合管理部更合适，行政人事的活都是他们这拨人来做。

这几天许沐除了做表就是打印复印，整理资料，入职流程早已熟悉，连离职都处理过一个，上手很快。

部门老大笑说要不是怕广告部那边不放人，她都想把许沐留下了。

下午两点，许沐抱着另外一批实习生的名单去了游戏开发部的办公室。

非比科技目前最赚钱的是旗下几款APP，有传言老板对游戏开发也十分感兴趣，这两年对这方面投资很大，唯一一款已上市的竞技类游戏市场表现一般，正准备开发新项目。

游戏部办公区很大，一眼望去几十个工位坐满了大半，一看就配置不俗价格高昂的机器设备闪烁不停，键盘敲击声音不断，正对面墙壁上一面超大的投屏正演示某款游戏界面。

整个办公区无处不散发着"我很贵"的信号。

项目组长邵东来看到许沐，冲她招了招手。

许沐走过去："邵工，北京的实习生来了吗？"

邵东来穿着外套，没戴工牌，似乎要出门："应该快到了，"他看了眼时间，"我要出去办事，你辛苦一下，办完手续先带他们去宿舍，钥匙给你了没？"

许沐说给了。

邵东来点头："告诉他们下午不用过来，明早九点开会。"

邵东来刚离开不过十分钟，走廊里忽然一阵嘈杂，脚步声、刻意压低的交谈声，似乎有不少人，隐隐还有拉杆箱划过地面的声音。

没有多久，游戏部办公区那扇敞开的玻璃门外出现几个年轻的身影。

声音吸引了其他同事，大家看向门口，立刻躁动起来。

非常养眼的几个人。

男生个个高大帅气，身高全部在一米八以上，暗色系卫衣球鞋，黑风衣棒球帽，其中一个还背着吉他，潮得很，一看就会跳街舞那种。

唯一的女生在他们的衬托下显得格外娇小，很乖地站在紧挨她的男生旁边。

许沐意外发现最前面那个人她竟然认识。

对方显然也认出她，他目瞪口呆张了张嘴："前大——"

话没有说完，想到这儿这么多人，天涯硬生生把那个"嫂"字憋了回去："许沐？"

许沐没有想到，北京来的实习生竟是Z大的人，手里的名单还没来得及看一眼。

"我也在这儿实习，"她平复微乱的思绪走过去，"先去会议室吧。"

天涯挠了挠头，站那儿没动，鬼鬼祟祟往身后瞄。许沐下意识地顺着他的目光看过去，只一眼，心底便轰然炸了一下。

视线尽头，是隐匿在最末，始终沉默不语，同样注视她的罗迹。

空气仿佛静止一样。

除了两位当事人，在场只有天涯知情，他一边抓心挠肝想看大戏，一边还得顾着场面别太尴尬，扭头招呼旁边同学："走啊，别堵门。"

行李箱不好往里拿，都堆在墙角，会议室就在几步外，天涯一边走一边跟附近同事招手哈喽。

性格好的男生总是很讨人喜欢，同事们扬起笑脸热情回应。

罗迹走在最后，许沐压着会议室的门等他，那人走到门口忽然停下，偏头看向许沐。

他身上是洗衣液留下的清香，隐隐夹杂着一股淡淡的烟草味，跟那晚笼罩在她周身的味道一模一样。

罗迹停在那儿好一会儿，许沐的手都有些发酸。她不辞而别，心虚不敢看他，只觉那道目光在她脸上停留许久，烧得她脸发烫。

他终于肯放过她，抬脚走进去。

大家先后落座。

天涯乐颠颠道："太巧了，我还跟老大说过几天找你们玩呢，没想到在这儿遇见你，还有别人在吗？"

许沐说沈瑜也在。

天涯更乐："待会儿我去找她。"

许沐自我介绍，把手里公司的资料和一些规章制度分发给大家。

天涯跟她介绍身旁的人："这是大路，那是火山，本名太平庸，你这么叫他们就成。"

火山甩给他一记锋利目光，天涯忙安抚："开玩笑别激动。"他扭头看许沐，"脾气火暴，一点就着，要不怎么叫'火山'呢。"

他又指火山旁边那个漂亮乖巧的小女生："这是小柔，火山的女朋友。"

轮到罗迹，天涯嘿嘿一笑："他我就不用介绍了吧。"

大路早看出不对，悄声问怎么回事。天涯凑到他耳边说了几个字，大路惊着了，没控住音量："前大嫂？"

另外两人听了一愣，几双眼睛同时看向罗迹和许沐。

空气再次安静。

罗迹一言不发，脸上看不出情绪。

天涯踢了大路一脚："你怎么不拿广播喇叭喊呢？"

大路忙道歉。

许沐说没事，都过去了。

旁边一直没说话的罗迹盯着资料夹左上角那只燕尾夹，忽然冷笑一声："是吗？"

天涯和大路憋着想看好戏，但许沐没给他们机会。

她故意忽略罗迹那句轻飘飘的话，起身收大家的照片和证件复印件。

天涯清了清嗓子，特意把罗迹的体检报告放到最上面，推给许沐："我们老大身体健康，无隐疾。"

许沐面不改色，又递给每人一份合同："实习期要签一份实习合同，期满如果留用，再签正式合同。你们先看，一会儿我过来拿。"

她语速很快，迫不及待离开这里。那人阴森森戳在那里，她觉得呼吸都困难。

许沐出来后，随便找了个空位坐着等，旁边很快围过来几个同事："那几个人是北京来的实习生吗？"

许沐说是。

对面一个戴圆框眼镜、肉嘟嘟的女生特别兴奋："这拨质量太好了吧，今年年会不用愁了，那几个站台上随便唱几首跳两下，咱部门准拿第一。"

另一个身穿黑衬衫的年轻小伙儿压低声音，神神秘秘："我听说这拨北京来的实习生里，其中有咱们太子爷。"

这话凭空炸起，吸引了附近其他同事，纷纷问是哪一个。

"黑衬衫"说："不知道。我在公司三年，实习生一向在本地招，什么时候大老远招过外地的，咱们连宿舍都没有。"他扭头看许沐，"听说公司给他们租了套房子当宿舍？"

许沐点头："对面壹号院。"

壹号院是青城数一数二的高端小区，一平方米好几万，租套够他们几个住的房子一个月怎么也得万八千，为了这么几个实习生，公司也真舍得。

这样看，那个传言倒是有几分可信，太子爷来了，能给住破房子吗！

有人不太信："太子爷当什么实习生啊，再说回来怎么不住家里住宿舍？"

"黑衬衫"摊手："那谁知道了，有钱人的世界咱不懂。"

戴眼镜的女孩儿问许沐："咱们实习生里有姓莫的吗？"

非比的董事长姓莫。

许沐回想他们几个的名字，摇了摇头："没有。"

女孩儿推了推眼镜，表示怀疑："你这消息准不准啊，都不一个姓。"

"不一个姓的父子多了去了，不信拉倒。"

他们还在研究这件事，许沐看了眼时间，掐准十分钟，起身回到会议室把签好的合同收走，随后带他们去住的地方。

房子是密码锁，许沐在触摸屏上轻点几下，嘀嘀两声打开了门。

虽然有心理准备，但还是被这房子的面积和装修吓了一跳。

这哪像实习生宿舍啊。

客厅能骑自行车，家电用品一应俱全，布艺沙发一整排外加两个懒人椅，能坐七八个人，开放式厨房整套德国厨具，应该是房东留下的。

这几个人倒像见过世面的，没太大反应，只有天涯咋咋呼呼，转悠了一圈说洗手间比他老家房间还大，这公司真是土大款。

许沐犹豫一下，从兜里摸出把钥匙，越过罗迹递给天涯："这是应急钥匙，指纹一会儿你们自己录入一下，密码也重置一下吧。"

天涯看了一眼阴森森的罗迹，胆战心惊地接过钥匙："谢谢啊。"

房子的面积很多都给了客厅，所以每间卧室都不大，但够私密，也舒服，一个人住正好。

大家分好房间，打开窗透气，做简单的打扫。

洗手间里，许沐双手撑在米白色的大理石台上，注视镜子里自己那张有些恍惚的脸。

见面到现在快两个小时，她依旧没缓过来。

他来青城了。

罗迹曾在操场东南角那棵大树下，说喜欢青城这座城市，有山，有水，有人情味，有家的气息。

她仰起脸问为什么。

罗迹抬手盖住她眼睛，为她遮挡刺目的阳光。他说幼时奶奶不喜欢他，他曾在青城住过几年，快初中才回岳城，在他心里，青城占据很大的分量。

那时许沐默默想着，要不就不去北京了，如果能跟他一起去青城，也不错，青城同样有一流的大学。

她没告诉他，她想如果填志愿那天罗迹看到她的志愿表，应该会很高兴。

最终许沐没等到那天。

填志愿的时候，她已远在家乡，亲手写下青城的大学，心想就算以后再没机会遇见他，能在这座他曾经生活过的城市停留几年，走他走过的路，乘他乘过的车，也很好。

记忆中对罗迹最后的印象是晨光下那张英俊好看的脸。

那双最能蛊惑人心的桃花眼闭起来也很诱人，睫毛浓密，眼尾带一丝红晕，没了清醒时面对她的冷漠和凉薄，卸下所有伪装，安逸得像个孩子。

她见过的所有人里，他的眼睛最好看。

他手臂横在她枕下，依旧保持拥抱她的姿势，他睡得很熟，呼吸很沉，好像很久都没有睡得这样好。

洗手间门把手被人从外面拧动，声音拉回许沐的思绪，她看向门口，还没来得及提醒里面有人，门便开了条缝隙。

紧接着一道人影侧身闪进来，两秒不到的工夫，罗迹便站在她面前。

他个子高，看她的时候需要低头，依旧一副云淡风轻的表情觑着她。

许沐没有心理准备，被他吓到，不自觉后退一步："你干吗？"

"你说呢。"

许沐有点儿慌："外面那么多人，有话出去说。"

她想从他身侧溜走，被罗迹一把抓回来拎回原位："你急什么，还有账没算完。"

这人每次见她都要算账，偏许沐面对他没办法理直气壮，站那儿跟罚站似的。

许沐："算什么账？"

"你没话跟我说？"

许沐硬着头皮说没有。

罗迹沉默一会儿："你确定没有？"

许沐一直不说话。

空气焦灼，她觉得那道目光死死盯在自己身上，像要把她身体穿透。

罗迹执拗地说："是你要我的。"

许沐怔了下，抬起头看他。

"是你不让我走。"

许沐咬唇："我喝醉了。"

罗迹胸口起伏很大，喉结随着吞咽上下滚动。他心烦气躁地用力扯自己衣领，干净整洁的领口被他拽出两道褶皱，紧实的胸膛若隐若现："所以呢？"

外面不停有人走动，隐约听到有人问罗迹哪儿去了。

许沐攥了攥拳头，跟他对视："我们是成年人，就算发生一些没办法控制的事，也不代表什么。如果你介意，我很抱歉，我以后尽量少在你面前出现，"她停顿两秒，"我知道你不愿意看见我。"

许沐清楚地记得，当年她离开岳城，在候车室跟闺蜜道别，闺蜜一直不放她走，说已经通知罗迹，他一定会来。

可直到结束检票，不得不走，罗迹也没出现。

那天，她一个人背着沉重的背包，没有回头。

她不敢。

怕看到他，又怕看不到他。

他大概后悔认识她，再也不想见到她。

罗迹薄唇紧抿，指尖的温度一点点降下去，好半天没吭声，末了忽然冷笑一声："你这么想的。"

他没给许沐说话的机会，语气冰寒："我知道了。"

说完这话，他不再看她，甩开门大步走出去。

客厅里天涯和大路正拿沙发抱枕互相攻击，看到罗迹正想问他晚上吃什么，还没开口，忽见许沐也从洗手间出来。

两人对视一眼，摸不清状况。

大路瞥到罗迹皱巴巴的衣领，小声说："什么意思，浴室燃情，又好了？"

"好个屁。"天涯一双眼睛贼亮，"没看老大黑着一张脸，估计又吵一架。"

大路脖颈直冒凉风："真是孽缘。"

许沐任务完成准备回公司，走到门口忽然想起什么，叫了天涯一声。

天涯忙小跑过去，一脸殷勤："前大嫂，什么事？"

许沐没计较这个称呼，拿出手机："我加一下你微信吧，我还得在行政部待一星期，有什么事我通知你。"

言下之意，有事没事我都不过去了。

天涯下意识摸向塞在屁股兜的手机，眼珠一转又停手："行，你加我。"

许沐点出添加好友，天涯念了个电话号码，许沐输进去，跳出一个界面。

微信名 Penta Kill，游戏里"五杀"的意思，倒是很符合他们游戏专业的身份，头像是个纯黑背景，几根细窄的白色线条横七竖八，看不出什么图案。

她拿给天涯看："是这个吗？"

天涯点头："是。"

许沐点了添加好友，天涯说一会儿回房加。

见许沐要走，天涯拦住她："晚上一起吃饭啊，我们初来乍到哪儿哪儿都不熟，你带我们找个地儿。"

许沐拒绝得干脆："隔壁街全是饭店，什么都有，我待会儿下班要回学校，晚了没车。"

她这样说，天涯也没辙了，一直把她送到电梯口。

罗迹站在衣柜前，把衣服一件件挂进去，听到外面哐的一下关门声。

他手臂还搭着件外套，站那儿好一会儿没动，末了忽然失去耐心，把剩下的衣服一股脑塞进去，自己摔进大床，呈"大"字形躺着。

天花板真白。

刺得眼睛疼。

手腕触到床上的手机，他随手翻两下，看到微信有一条好友申请。

是个女孩儿，昵称 Dancing fish，头像是个手绘卡通女孩儿，俏皮短发，两根手指冲天比"耶"。

翻了下朋友圈，设置了非好友不可见，应该不认识。

这种乱加他微信的太多，在学校时，平均几天就有一个，本年级的经过三年打击，已经对他不抱希望，最近都是大二大三的加他。

一群小女生叽叽喳喳，不知从哪里搞到他的微信。

罗迹毫不犹豫，抬手点了拒绝申请。

第二天上午九点，游戏部全体实习生开会。

邵东来仔细研究过这几个人各自擅长的领域，将他们一一分配到新项目下的各小组中。

做游戏跟玩游戏是完全不同的两个概念。

顶尖的竞技类游戏拥有职业选手，他们活跃在台前，拼死搏杀，风光无限，大手一挥杀伐决断，输赢都牵动着万千电竞爱好者的心，还有不少粉丝尖叫追随。

但很少有人注意到这些精妙绝伦的关卡设计、五花八门的技能武器、气势磅礴的宝藏地图都是怎么来的。

那是无数设计师和技术大佬熬了多少夜，费了多少脑细胞，流了多少汗的心血和成果。

游戏制作流程纷繁复杂，包含玩家需求分析、情节设计、动作设计、角色形象设计、操作界面、特效、美术，等等，需要很多人协调配合才能完成，并且周期长，回报未知，风险极大。

他们没有掌声，没有粉丝，有的只是日复一日枯燥的"设计，改，设计，改"，和大众对这一行业工作者的普遍误解。

谁说他们头顶地中海，邋遢又无趣？

沈瑜都看呆了。

健身室里，休息时间过来放松运动的同事不少。其实现在已入深秋，天气转凉，室内温度也不高，但运动过后体温升高，汗津津的身体贴合布料，非常难受。

有男人随手掀起下摆，往上扯了一下，腹肌若隐若现，引人遐想。

沈瑜嘴里叼着根吸管喝果汁："这人哪个部门的？"

许沐摇头："没见过，估计是楼下的。"

楼下是其他产品项目组，平时见面不多。

"帅不帅帅不帅，你看这小麦色的皮肤——"

许沐答得敷衍："帅。"

两人叽叽咕咕说了半天，忽然有人踢了沈瑜的椅子一下，她回头一看，天涯和罗迹不知什么时候坐在旁边那桌，罗迹面前一杯咖啡，已经喝了大半。

刚刚她们俩研究帅哥，全被这两人听了去。

罗迹懒散靠在椅背上，单手摆弄手机，拇指一点点划过屏幕，似乎在专注看着什么。

沈瑜瞪了天涯一眼："干吗。"

两人昨天就已经联系上，微信热聊到半夜。

天涯下巴示意那头："哈喇子都掉出来了，至于嘛，一看就没见过世面。"

沈瑜挑眉："你嫉妒吧，人怎么也比你强。"

天涯不服，气势汹汹指着罗迹："老大，把你的胸肌腹肌各种肌亮出来闪瞎她们的眼！"

罗迹不爱搭理他："滚。"

许沐脑子里忽然闪现出那晚的某个画面。

她趴在他身上，脸颊紧紧贴着他的胸膛。

他身上有淡淡的酒味，皮肤细腻不粗糙，手指摁一下，结实又柔软。

虽然听起来很矛盾，但她真的是这种感觉。

许沐脸有些红，她晃了晃脑袋试图清醒过来，随口把话题扯到别处："昨天你怎么给我拒绝了？"

天涯一时没反应过来："啥？"

许沐示意手机："微信好友。"

天涯恍然记起，下意识地看一眼罗迹。

那人看似在玩手机，实际注意力全在这头，听到许沐的话眉头一皱，瞥了天涯一眼。

天涯多聪明啊，一下就懂了，他拉着长音啊一声："我拒绝你了？我这么缺德吗？"

他装模作样地拿出自己的手机瞎点一通："可能手滑点错了。"

许沐没当回事，也没继续追问，转头跟沈瑜聊天。

天涯小计谋失败，实在不甘心。他打心眼儿里想给罗迹创造机会，酒店那晚他没回去住，用脚趾都能猜到发生什么，这两人绝对有戏，郎情妾意，你情我愿，就差一层窗户纸，偏他家老大原地踏步，不肯往前走。

这时候要脸有啥用，难道让人家女生主动吗？看着真着急。

许沐和沈瑜走后，罗迹阴森的目光盯得天涯直发毛："你做了什么。"

天涯装傻："没做什么啊。"

"你加她微信。"

天涯双手举起，求生欲超强："苍天做证，我哪敢偷加前大嫂微信，我把你号给她，是你自己拒绝的，可跟我一点儿关系没有。"

罗迹想到昨天那个 Dancing fish，原来是她。

头像风格确实有些像，以前她就很喜欢这种卡通图案，后来不知从哪儿搞来一对情侣头像，缠着罗迹跟她一起换。

那对头像他们一直用到关系闹僵，罗迹压着骄傲求她和好不成，一气之下换掉了。

他不知道许沐什么时候换的，因为那会儿他已经被删掉。

天涯趁他还在琢磨这事，一个箭步冲回游戏部，上午新电脑下来，噼里啪啦安装了一堆软件，有学过的，也有不会的，够他适应一阵子。

邵东来最看好罗迹，准备亲自带他。

这项目已经通过初期的市场调研和立项，正式进入制作环节，明天就有个人物技能方面的讨论会需要参加，罗迹没再多想，很快投入到前期准备中。

接下来的几天，大家逐渐适应了工作节奏，慢慢进入状态。

许沐基本两头跑，平时在行政部忙，广告部那边有需要实习生参加的会议她也会过去听。

下午三点，许沐刚拿到这批实习生的合同，公司已经盖好了章，准备把属于大家那份发下去，手机忽然进来一条信息。

许沐抱着合同靠在走廊转角处的栏杆旁，点开微信，发现自己被沈瑜拉进一个群。

群名"红鲤鱼与绿鲤鱼与驴"。

里面已经有五个人，并且不停有新人加入。

路大爷誓死不烫头：真是个清新脱俗的好群名。

叫老娘仙女：哈哈哈哈，天涯说你肯定喜欢。

"仙女"是沈瑜，"不烫头"估计是大路，许沐明白了，他们这是弄了个实习生的群。

"如何越过男朋友生一个可爱的女儿"加入群聊。

"越不过"加入群聊。

这两个不用问，实习生里唯一的一对，火山和小柔。

大家陆续进群，没一会儿已经壮大到十人。正是下午茶时间，公司有水果和酸奶供大家食用，这群刚建，大家新鲜劲儿正浓，晒图的，聊天的，非常热闹。

多数人都对同期有种命运共同体的感觉，自发结成团伙是迟早的事，所以这些人好像都没什么熟悉期，瞬间打得火热。

在不停刷新的聊天记录中，忽然又冒出个提示：

Penta Kill 加入群聊。

他只进来，没说话。许沐想了一下，从群成员那里调出他的界面，点击添加好友。

这次只间隔十秒，那边便点了通过。

许沐发了个猫咪表情包过去算是打招呼。

Dancing fish：天涯，你们的合同盖好章了，在我这儿，有空过来拿一下吧。

隔了半分钟。

Penta Kill：好。

天涯平时咋呼得厉害，微信里倒是惜字如金。

她想起什么，在十一个成员列表里扫了一遍，视线定在唯一一个陌生的昵称上。

"拉钩为什么要上吊"。

许沐愣了下，罗迹什么时候转性了，起这么个莫名其妙的名字。

她点进朋友圈，一片空白，不知是把她屏蔽，还是把所有人都屏蔽，抑或他压根儿不玩朋友圈。

许沐回办公室刚坐下，天涯就悄声溜进来，手臂搭在她前面的工位隔板上："我来了前大嫂。"

许沐刚要说话，天涯伸出手指嘘了一声："我声儿小，他们听不见。"

他拿了许沐递给他的几份合同，也没多停留，留下一句"周末见"

就跑。

许沐叫了他一声，想问什么意思，但天涯已经没影儿。

她再次点开群，被他们的战斗力吓了一跳，未读信息竟有几百条。

许沐随手往上翻几下，原来他们研究半天，决定大家周末一起去长青山玩一天。

长青山离市区远，专门的观光客车开过去要一小时，本市的同学也很少去。

许沐往上翻了很久，罗迹一句话没说过。

她想了一会儿，纤细的手指慢慢打出几个字"我周末有事，就不去了"，几秒后删掉，重新打"我就不去了"……

如此翻来覆去几次，最终她也没发出去一个字。

周六那天阳光特别好，罗迹一行人从壹号院出来，本想打车去专线客车的站点，小柔忽然在小区门口看到几辆共享单车，她想试试，几个男生无所谓，于是大家一人一辆，挨个扫码上车。

北京的共享单车分布不均，有的地儿很难抢，有的地儿堆积如山，Z大附近几乎没有闲置的，小柔很高兴，骑得飞快，火山一路跟在她后面护航，生怕她摔着。

天涯不老实，骑着车一个劲儿炫车技，一会儿抬前轮，一会儿双手放飞，一会儿双手握住车把，整个人腾空跃起。

他不是瞎弄，以前玩过这个，有点儿底子。

在一段无人无车的路段，大路飞快骑过他身侧，抬脚蹬了他后轮一下。

天涯方向失控，歪歪斜斜驶向一旁的大树，他下意识单脚撑地，屁股没来得及离开座椅，刹车声尖叫的那一刻，他大声号了一嗓子："我去！我裆！"

众人笑个不停，天涯一边龇牙咧嘴一边揉了自己两下，重新跳上车飞速追赶大路。

这段路不长，不到二十分钟就到。

眼见着前面就是专线客车的站点，大家寻找空位准备把单车放在不碍事的地方，天涯忽然发现罗迹有些不对。

他还跨坐在单车上，长腿屈起，一只脚点地，抬手压低鸭舌帽的帽檐，一双黑亮的眼睛微微眯起，一动不动地盯着前方某处，眼光晦暗不明。

气压逐渐降低。

　　天涯往那头一看，忍不住兴奋起来。

　　自从来了青城，生活有滋有味，处处有惊喜，天天看好戏。

　　A 大几个人早早到了，在售票口等他们。

　　不知是巧合还是什么，许沐跟他们系一男生的穿戴出奇地搭配。

　　雾霭蓝的短款风衣，不是同款，色块位置不一样，看起来像是同一品牌的男女款，许沐脖子上挂着黑色单反，男生背着黑色背包，连鞋的颜色也相近。

　　这一幕落在罗迹眼里，活脱脱就是情侣装。

第二章

她比夜色更温柔

这事儿纯属巧合。

这拨人已经闹过一阵，开了半天两人玩笑，许沐还没什么，男生先不好意思了，他平时跟许沐接触不多，纯粹因为性格腼腆，想接近又不敢，今天无意间跟她搭了个情侣装，晚饭能多吃一大碗。

长青山景区里面很大，大家准备直接爬到山顶去坐缆车，在那边的小广场玩一会儿，溜达溜达，吃点儿东西，最后租自行车骑回正门。

人太多，大家三两成伙，沐浴阳光，舒服惬意。

许沐时常被一朵小花，一块形状奇怪的石头吸引，停留拍照，很快落到后面。

在半山腰，她站在盘山路侧边，仰起头将镜头对准层叠的秋叶，阳光从被风吹过的树叶中穿梭而过，飘摇洒向地面，跟随树影摇曳。

许沐一直保持那个姿势，寻找光线最好的那个瞬间。

拍到满意的照片，许沐一脸满足，抬头便见罗迹走在人群最末，步伐缓慢。

他肩宽，腿长，身材比例非常好，很普通的一条休闲裤愣是被他穿出街拍的味道，许沐忍不住将镜头对准罗迹，一连拍了好多张。

他走路时永远脊背挺直，骨子里的骄傲和自信藏不住，少爷气十足。

拍他不需要等时机，每一秒都是幅最美的风景。

罗迹忽然回头，许沐立刻心虚地将镜头移开。

他走得比之前还慢，许沐不知道他是不是故意等她，她犹豫着要不要追上跟他一起走，忽然有人拍了她肩膀一下。

是跟她穿情侣装那个男生。

男生笑着指她的相机："拍什么了？"

回看界面是罗迹，许沐关掉相机："没拍什么，快没电了。"

两人并肩走。

前面的罗迹忽然又加快速度，很快将两人甩了很远。

爬到山顶花了近一小时，终于走到缆车起点。

缆车两人一辆，是露天的那种，一根护栏横在身前，两脚悬空，比带小房子的要刺激很多。

分配缆车时，A大那边的人起哄，怂恿那个男生，他鼓起勇气走过去："许沐——"

刚开个头，罗迹不知从哪儿冒出来，直接牵住许沐手腕把人拉走，并且硬气地留下一句话："你下趟吧。"

许沐还没反应过来，整个人就被罗迹按在缓慢滑行过来的缆车上，他动作迅速，从缆车前头绕过，跳上去的同时自己抬手将安全杆落下，整套动作行云流水，缆车在天涯和大路等一众人惊诧的目光中驶离起点。

大路一脸愁容："完了。"

天涯奇怪："什么完了？"

"老大会不会怒火中烧，一气之下把大嫂扔下去。"

天涯舔舔嘴唇："那不能，我倒是怕他把人家给吃了。"

大路一脸惊悚地瞪着他。

最初谁都没说话。

许沐手里握着相机也没拍照，悠荡着小腿一直往下看，缆车下是茂密的丛林，双脚悬空没有支点，恐高的人还真来不了这个。

两人都不恐高，记得有次走高空索道，许沐很兴奋，一路在前头小跑，罗迹特别不满地说你也不装一下，你看别人的女生都怎么跟男同伴求安慰的，你也学一学。

罗迹打破沉默："怎么不说话？"

许沐看他一眼，很快移开视线："你也没说。"

罗迹嘴角挑了挑，胳膊撑在一旁的护栏上，手背抵着脸颊，语气特别随意："没跟人家一起坐，不高兴？"

许沐扶住略带斑驳锈痕的护栏，手指动了动。

今天大家一直在开她和那个男生的玩笑，罗迹没有任何反应，似乎她真的已经成了跟他无关的人。

许沐抿了抿唇："没不高兴，"她停顿一下，"跟谁坐都一样。"

不知这句话触到罗迹身上哪根弦，他略微蹙眉，话也刻薄起来："几年不见，你口味变这么多，改对斯文腼腆的类型感兴趣了。以前真是委屈你了。"

他说话噎人得很，许沐心里有些不舒服："所以你拉我上来，就是为跟我说这个？"

罗迹瞥她外套一眼，非常碍眼的雾霭蓝，他大概这辈子都不会穿这种颜色。

许沐沉默一会儿，还是想解释一下，不想他误会："他只是我同学，衣服是巧合。"

罗迹目不斜视："不用跟我说这个，我又不是你什么人。"

这人跟以前一样，好的时候恨不得天上的星星都摘下来给你，犯浑的时候也能气死人。

那会儿年纪小，不高兴就闹别扭，人嘛，总有情绪。

但闹归闹，罗迹有一点，从不让她生着气过夜，要么直接在学校哄好，哄不好就没脸没皮追到家里，那时许沐的爷爷在家，她只能在他电话和短信的轰炸下出门，绷着脸让他走。

罗迹会特别厚脸皮地抓着她的手往自己身上打，说消气了吗？没消气再打。

没打几下许沐就心软，说他无赖。

罗迹经验十足，这招百试不爽，没几分钟两人又和好如初。

许沐脾气上来，当即冷下脸："既然不是我什么人，就别提这事。"

两人同时将脸扭向相反方向。

风越刮越大，吹得脸疼，许沐长发散开，一缕发丝糊在罗迹唇角，熟悉的发香搅得他心烦气躁，他还没生完气，忍着不看她，抬手拂开。

这动作说大不大，说小也不小，好像很不耐烦似的，许沐蹙眉，直接把头发用两手一拢，全部弄到另一侧，动作幅度大，衣角刮到座位旁边尖锐的地方，她扯了一下，瞬间刮开一道口子。

心情不好的时候好像做什么都不顺。

许沐有些委屈，本来今天跟他一起出来玩，她心里是很高兴的。

身上这件外套也越来越碍眼。

她眼角泛红，赌气般解了扣子把外套脱掉，毫不犹豫地扔下缆车。

一抹蓝色晃悠悠落在林子深处，很快不见踪影。

罗迹意识到她要做什么时便下意识抬手阻拦，但没她快，只捉住她的手，他顿时急了："干吗呢你！"

许沐用力挣开他。

许沐一向安静平和，情绪波动不大，这样极端的发泄方式从没有过。

幼时被挑事的小孩儿欺负，她只动手，不还嘴，脸上看不出多生气，打赢了那些人自然会闭嘴，这一点跟罗迹有些像。

他们都不爱把最真实的情绪展露在别人面前。

除了最亲近的人。

许沐这样子，罗迹心里不舒服，也后悔自己刚刚那样跟她讲话。

好不容易有个单独相处的机会。

但他看到那一幕心里实在堵得慌，他们那时都没穿过。

普通同学也就算了，偏那男生一个劲儿往她身边凑。

已经过了穿单衣的季节，高空温度更低，风也大，许沐里面只穿了件薄卫衣，几乎瞬间就被打透，她下意识抱了下手臂。

罗迹一边盯着她一边迅速脱掉自己的外套裹在她身上，许沐不肯穿，挣扎几下，罗迹用力抱紧她，滚烫的大手搂住她肩膀，语气软了些，但不容置疑："别动。"

他呼出的热气融在她耳边，她瞬间不动了。

罗迹保持抱她的姿势，直到她不再抗拒，他才慢慢松手，但没收回，手臂搭在她身后的靠背上，虚护着她。

他目光落在她耳边的碎发上："现在脾气这么大。"

许沐不看他。

罗迹也没再继续说。

天涯和大路就坐在后面那辆缆车上，眼睁睁看着许沐把外套扔下去，又眼睁睁看着罗迹把自己衣服脱下来给她穿，还搂那么紧。

大路身子死命往前探，好像近一点儿就能看清听清似的："这什么情况啊？"

天涯已经放弃猜测："这两人只要单独在一起，必然要搞事，要是哪天风平浪静，我都不习惯。"

这个小插曲很快过去，两人下了缆车就一左一右各走各的，许沐身上还披着罗迹的衣服，罗迹里面是件宽大单薄的灰色卫衣，他似乎也不觉得冷，一直走在前面。

不了解两人关系的几个同学都满脑子问号，但还不算太八卦，没有当面问，只是都识趣地不再开许沐的玩笑。

那个男生在后来的几个小时里，情绪都蛮低落。

天涯同情他，吃烤串儿时多分给他好几串肉。

下午大家一起坐专线客车回市里，玩了大半天都累坏了，靠在座椅上昏昏欲睡。

大路困到不行，疯狂点头，脑袋一晃差点磕到前面椅背，他猛然惊醒，随意看向过道另一侧。

许沐穿着罗迹的外套，宽大的袖口堆在手腕处，竖起的领口遮住大半张脸，靠在椅子上已经睡着。

罗迹就坐在她正后方，把遮挡日光的窗帘全都拉倒许沐那边，就这么倚着颠簸的玻璃，直愣愣地盯着许沐的背影发呆。

阳光刺眼，他用两根手指遮住眼睛。

大路忍着笑捅了捅身旁天涯："看那边。"

天涯看过去，"扑哧"一声乐出来，小声说："他发骚。"

声音惊动火山和小柔，火山单边嘴角挑起，笑得很邪，抬手扣住小柔后脑，凑过去对着她的唇狠狠亲了一口，亲完特别挑衅地冲许沐扬了扬下巴，用眼睛问罗迹：敢吗？

罗迹闭了闭眼睛，觉得头疼。

这几个没一个省心的，只有小柔还好一点儿，但她跟火山穿一条裤子，可以忽略。

下车后大家分道扬镳，许沐想把衣服还给罗迹，罗迹没给她机会，坐上他们拦下的出租车："你先穿吧。"

风很大。

许沐裹紧他的衣服，看着那辆出租融入车流。

外套上还有他的味道，风都吹不散。

许沐连哄带骗打发了企图追问的沈瑜，把她塞进出租车送走，一个人沿着街边慢慢散步。

街上人不多，这一段路似乎还没来得及打扫，枯黄的落叶被风吹到墙边，许沐故意踩上去，听到"嚓嚓"的脆响。

很解压，也很舒服。

许沐没事时喜欢一个人压马路，尤其那种老旧细窄的小街，在那里很容易找到原始质朴的味道，有烟火气息，她最喜欢的几组摄影作品都是在那里完成。

公交车站点旁有供人暂时休息的椅子，许沐坐在上面，看着来来往往的车辆。

她一直在想今天在缆车上发生的事。

冷静后，她觉得自己太冲动，脑子一热就把衣服丢下去，虽然下面只是林子，不会伤到人，但时间久了，也会变成丛林垃圾。

好像一碰到跟他有关的事，就不太能控制自己的情绪。

她心里一直别扭，有点儿想返回长青山，把衣服拿出来，就算以后不穿，也不好留在那里。

现在过去，应该可以在天黑之前到达，那片山林不小，但缆车就那么一条线，正下方就是工作人员检修时踩出的路，沿着那条路找，应该不难。

决定后，许沐没有再耽误时间，打了一辆出租车。

路上沈瑜打来电话问她什么时候回去，听到她又折返长青山，沈瑜立刻说要陪她去："一会儿天都黑了，你一个人不安全。"

许沐不愿折腾沈瑜，而且 A 大离许沐现在的位置也太远。

沈瑜勉强答应，叮嘱许沐手机要保持通畅，有事给她打电话。

挂了电话，许沐把手机放兜里，同时摸到一个冰凉光滑的铁盒，拿出一看，是盒口香糖，依然是他喜欢的青柠味，里面还剩半盒，许沐拿出一粒放在嘴里。

熟悉的味道，清清爽爽。

把盒子放回去时，许沐脑子里忽然有什么东西闪过，她下意识又去摸兜，随后在包里翻了翻，也没有。

她的卡包在那件外套里，被她一道扔下去了。

其他卡倒没事，丢了可以补，但里面塞了一张 SD 卡，卡里有八百多张照片，是她的心血，大部分还没来得及导出。

这下好了，怎么都要回去一趟。

到那时景区已经开始卖晚场票，这里晚上有灯光秀，同样吸引很多游客。

许沐问了个工作人员，很快找到通往树林的路。

那里本来有个铁门，但没锁，估计平时也有不少人掉东西下去，都得从这儿走。检修人员走的应该也是这条路。

铁门旁边都是些钢筋铁板之类的建筑废料，往里走几十米就只剩下各种叫不出名字的树。

许沐沿着一路碎石往树林深处走去。

在空中没觉得有这么远，但走在地面就显得路特别长，根本看不到尽头。

天色渐渐暗下来，前方能见度已经不高，头顶的缆车还在按部就班缓慢移动着，空着的很多，偶尔有游客坐在上面，这个角度可以看到他们悠荡的脚。

天黑的速度比许沐预想中要快很多。

她其实有些怕黑。

以前上学时，有条胡同是每天回家的必经之路，下晚自习天都黑了，又没有路灯，每次许沐都站在路口运气，然后一鼓作气跑过去。

后来跟罗迹天天送她回家，她就再也没有这个烦恼了。

又往前几十米，差不多已经走到她印象中的位置，但还是看不到衣服的影子。

树林随着光线昏暗渐渐变得阴森起来。

许沐抱着手臂，紧紧攥着罗迹的衣服，脚步减慢，考虑是否应该原路返回。

但已经走到这里，找不到又不甘心。

正犹豫不决，手里的电话忽然响起，铃声在寂静的环境中显得特别突然，许沐看了眼，是个陌生号码，但又觉得似乎在哪儿见过。

她没多想，点了接听。

熟悉又低沉的嗓音传过来，许沐顿时松了口气。

他的声音似乎有种魔力，可以瞬间抚平她此刻的紧张与胆怯。

罗迹没得到回应，嗓音略带波动，提高音调："在听吗？"

许沐回神，小声嗯。

罗迹问她："你在林子里吗？"

电话那边隐约传来欢快热闹的音乐，旋律熟悉，是景区门口的玩具摊外放的音响，许沐刚听过不久。

她怔了怔，有种预感，又不敢相信，握着电话的手下意识用力，没有问他为什么这样问，只回答："我在。"

听筒里风声渐大，他似乎加快速度，在跑。

"站那儿别动，我马上到。"

十分钟后，罗迹出现在许沐的视线里。

他身上穿着天涯那件黑灰色的棒球服，像是走得匆忙，随便抓了件衣服套上。

脚下踩着细碎的石子，由远及近，身影逐渐清晰。

他走到许沐面前站定，刚刚似乎奔跑过，呼吸还没完全恢复。

许沐仰起头看他的眼睛，目光流转，最终落在他凸起的喉结上："你怎么知道我在这儿？"

"沈瑜跟天涯抱怨，说我欺负你。"罗迹双手插兜，歪头觑着她，"就这么舍不得。"

还特意回来取。

许沐摇头："不是，扔这儿不太好，"她顿了下，"是我冲动了。"她望向远处，"而且我的储存卡也在里面，好多照片没备份。"

罗迹想起白天她赌气别扭、扭头不理他的小样子，跟从前一模一样。

他没有忍住，一声轻笑。

那低低的嗓音，几乎不可闻，但还是被听觉敏锐的许沐捕捉到。

这是重逢以来，他第一次对她笑。

许沐抬头看向罗迹。罗迹扭头盯着别处，手握着拳头在唇边碰了碰，不太自然："走吧。"

天几乎已经黑透，但有他在，许沐一点儿都不怕。两人继续往前走，根据当时的风向偏离中间那条路寻了一会儿，终于在一棵树的枝丫上看到那件外套。

衣料钩在树枝上，可怜兮兮地垂着。

他们所在的位置跟那边隔着一道深坑，坑被枯树枝和落叶掩埋大半，不仔细根本看不出来。罗迹把手机递给许沐："在这儿等着。"

他后退两步助跑，长腿一迈，轻松跨到对面，低头翻找半天，捡了个一米多长的树枝，抬手将衣服够下来。

那衣服其实挂得很高，如果是许沐，估计撑着树枝都够不着，得爬树才行。

罗迹的手探进衣服兜里，摸出个浅粉色的卡包，还带出一个扎头发的黑色皮筋，他顺手把皮筋套在自己手腕上，又翻了翻另一边口袋，确定没有其他东西。

从坑那头跳过来后，他把卡包递给许沐："是这个吧？"

许沐嗯一声，翻了两下，见 SD 卡稳稳当当地夹在卡位套里，她放了心。

东西到手，许沐准备原路返回，刚走两步，罗迹忽然握住她的手腕，痞气地歪了下头示意她："这边。"

他带她走了一条小路，许沐也分不清是什么方向，弯弯绕绕，杂七杂八障碍不少。也许是顾及许沐，他在前面走得很慢，一手拎着她的衣服，另一只手一刻不松牵着她，不时小声提醒让她小心。

男人的手略有些粗糙，被他触碰的皮肤火热，许沐小步跟着他走："这是去哪儿，我们不回去吗？"

"不会卖了你。"

他大概懒得解释，许沐也没再问，反正他不会害她。

罗迹似乎对这里的地形特别熟悉，转了两道弯，不到十分钟就走到一处斜坡，爬上去就是景区最漂亮的一条观赏夜景的路，他们白天没走过这里。

比原路返回近太多。

许沐朝他伸手："衣服给我吧。"

罗迹没给，把衣服卷成一团，顺手塞进一旁的垃圾桶里："挂坏了，我买新的赔给你。"

她不跟他计较这个："不用了，"她晃了晃卡包，"这个找回来就好。"

罗迹看着她，脸上的表情有细微的波动。他似乎心情很好，又说了一遍："我买新的给你。"

两旁的树木挂满缤纷彩灯，从这里一直蜿蜒到路的尽头，夜色下璀璨如星云，非常夺目。

许沐微微仰起头，被这样温柔安静的夜晚吸引，看了很久。

罗迹就站在她身后，目光落在她的身上。

她比夜色更温柔。

罗迹默不作声地向前一步，站在她身边，偏头看她清亮的眼睛，低声说："白天是我不对，别生气。"

他终究没扛过骨子里可怕的习惯，不忍她闷着气入睡。

许沐的唇角微微动了动，没想到他忽然说这个。过了会儿，她纤白冰凉的手塞进宽大的外套口袋里，嗯了一声："没生气，习惯了。"

罗迹认真地问："习惯什么？"

"习惯你不讲理，欺负人。"

罗迹轻笑："还说没生气，拐着弯骂我呢。"

两人沿着小路走得很慢，他们许久没有这样心平气和地聊天，连大声说话都不愿，很怕打断这样难得轻松的气氛。

许沐问:"你怎么对这里这么熟?"

他手里把玩不知什么时候摘下的干草,来回撩身前的空气:"我小时候常来,这里变化不大。"

那时罗迹不住市里,就在长青山附近,景区也没现在名气大,正门有售票处,但几乎没人从那走,绕着四外圈有好几条小路可以进去,住这附近的人每天早上爬山锻炼。

后来政府开发旅游项目,大力扶持长青山,建了缆车、滑草场等等,除了正门和后门,其他路都封死,搞了不少宣传,最近几年游客才渐渐多起来。

那时罗迹常溜进来玩,带着前后院一群小崽子,把这些山头逛了个遍,哪里上山顶最近、哪里风景最好、哪有山洞可以躲雨,他门儿清。

他是一帮小孩儿里年龄最大的,也是最能打的。谁在外面挨了欺负都回来找他告状,他像个小家长一样,撸胳膊挽袖子冲过去替人讨公道。

罗迹以前是很狂很拽的,现在长大了,收敛不少,性格也沉稳不少。

许沐踢着一颗小石子:"这次过来,去看你姥姥了吗?"

罗迹以前在这里,一直跟姥姥住。

他沉默两秒:"她前年去世了。"

许沐动作一顿,停下脚步望向他。

许沐没见过罗迹的姥姥,但听他说过,姥姥最疼他,罗老太太不喜欢罗迹,她怕外孙受委屈,硬是把他接过来自己带,好吃好喝地养着,别家孩子有的,他都有。

她去世时,罗迹一定很难过吧。

许沐手指动了动,想碰碰他,但最后还是忍住,缩回手指小声说:"对不起。"

罗迹淡笑一声,嗓音暗了几分:"没事,过去很久了。"

他指着前面路口:"左转直走就是正门。"

刚拐弯,许沐的手机铃声再次响起,这次是赵清欢。

许沐忽然想起,赵清欢今天飞青城,说好了要去她宿舍住的。她忙接起来:"你到了吗?"

电话那头有很清晰的拉杆箱滑过地面的声音,"咯哒咯哒"的,显得特别热闹。赵清欢很疲累的样子:"我饿死了,给我泡碗面啊,我快到你楼下了。"

许沐有些心虚:"我没在宿舍。"

拉杆箱瞬间停下,赵清欢的声音瞬间拔高两分贝:"这么晚你去哪儿了?"

许沐抿了抿唇:"我没在学校,沈瑜应该在,我让她下来接你。"

赵清欢这方面很敏感,听出她语气的不自然:"约会去了?"

许沐瞥了眼一旁的罗迹:"不是,等我回去再跟你说。"

她挂了电话:"我小姨。"

罗迹手插着兜,点了下头。

他知道许沐有个只比她大几岁的小姨,但没见过。

视线尽头是景区正门,行人渐渐多起来。

罗迹忽然在某一处停下脚步。

许沐望过去,也微微一顿,对面是主题乐园,有浪漫的旋转木马、刺激的碰碰车、海盗船、云霄飞车。

门口的冰激凌店铺一年四季都营业,招牌口味巧克力原味双拼。

记忆中某个画面突然冲出牢笼一般,渐渐与眼前重合,是他们最不愿记起也最无法忘记的一幕。

当年他们分手,就在游乐场。

罗迹后来无数次回忆起那天,都觉得想不通,毫无预兆。

明明前一晚他们在许沐家门口分开,她还很缠人地主动亲吻他,罗迹答应带她去游乐场,给她买抹茶冰激凌。

那是他们感情最好的一段时间。

可第二天许沐变了脸,将他们的初恋结束在一个那么美好的地方。

罗迹愉悦的表情敛去几分,脸色一点点冷下来,轻松的气氛瞬间荡然无存。

两人好不容易缓解了一点儿的关系似乎又被无形中割离。

罗迹沉默一会儿,恢复成往日面无表情的模样:"走吧。"

回去的路上,他们再没说一句话。

罗迹把许沐送回学校,车在校门口停下,他没下车。

许沐站在路旁,望着渐行渐远的出租车里他的侧脸,他没回头。

到了宿舍,许沐身上男人的外套一下吸引了赵清欢,她从床上探出头:"你真谈恋爱了?"

许沐无力地坐在椅子上:"没有。"

赵清欢："那这衣服——"

"同事的。"

赵清欢往床上一躺，不知在琢磨什么："明儿别忘陪我开药，我看你脸色也不好，应该顺道一起看看，何医生把脉可准了，一摸什么都知道。"

赵清欢这次过来身上带着任务，她一直体弱，抵抗力低，换季特别容易生病，青城中医院有个何医生很有名，她趁排班飞青城过来开几服药吃吃，调理调理。

微信群响个不停，许沐打开看了眼，大路往群里发了一堆照片，都是今天白天在景区他拍的大家。

他还挺"雨露均沾"，每个人都拍到了。

许沐翻了翻，划拉到其中一张时停下。

是她和罗迹在缆车上的照片。

角度正是他们正后方那辆缆车，那时她已经扔掉衣服，身上披着罗迹的外套，他将手臂搭在她身后的铁栏杆上，偏头看她。

姿态暧昧，远远看过去，很像一对相互依偎的情侣。

许沐放大这张照片，很想看清他当时的表情，可惜距离太远，手机镜头达不到那样的清晰度，很模糊。

她默默点了保存。

第二天，罗迹很早就出门。以前青城最大的商圈还在城北，现在已经转移到城南，他拣熟悉的地方去，也不管什么牌子、多贵的店都进。

罗迹没给女孩儿买过衣服，在二楼女装这层转了一会儿，有些纠结。

太艳的不适合许沐，太正的又有些呆板，她常常要出去拍照，应该会喜欢宽松随性的款式。

但太宽松，又不显身材。

罗迹目光定格在两款风格不同的风衣上。

颜色都蛮好看，清淡色系，看着舒服。一款宽松，腰间带抽绳；一款比较修身，可以衬出她纤细的腰。

店员过来问他是不是给女朋友买，需要什么尺码。

罗迹低头看了看自己的手。

他手指在空中聚拢着抓了抓，似是回忆什么，唇边一抹淡笑。

许沐看着瘦，其实很有料，腰也细，不盈一握，那晚他都不敢用力掐，皮肤那么白，一捏一个红印。

最终罗迹还是选了宽松的抽绳款。

从商场出来后，罗迹站在小广场上给许沐打电话。

这里离Ａ大不远，可以直接给她送去。

电话响五声才接，那边很安静，许沐似乎不方便，讲话声音很小。

罗迹摆弄着手里的袋子："你在学校吗？"

许沐顿了下："我在外面，有事吗？"

"衣服买好了，你在哪儿，我送去给你。"

许沐还没回答，那边忽然传来冰冷机械的女人声音："第0179号……请到四诊室就诊。"

罗迹眉头蹙起，心沉了沉："你在医院？"

许沐嗯了声："我不着急，先放你那儿吧，其实你不用买的。"

罗迹根本没听她说话："生病了吗？"

许沐说没有，来办事。

罗迹不信，他太了解许沐，她就是那种宁可自己看病打针也不会麻烦别人的人。

他快速走到路边拦了辆出租车："哪家医院，我现在过去。"

许沐本不想告诉他，但他坚持问，她拗不过，只得说了。

中医院离这里不远，只有十分钟的路程。

罗迹拎着纸袋匆匆进了门诊大楼，电梯在三楼停下，开门的一瞬间，对面墙上一块粉色的指示牌非常显眼。

妇科左转。

罗迹眉头更紧，以前在一起时，许沐亲戚每月十二号到访，雷打不动，只是肚子疼得厉害，难道严重了？

他快走几步，在走廊靠窗一排休息椅子那看到许沐，再往里就是诊室区，男士不能进。

许沐安安静静坐着，手里拿着一张化验单。罗迹走到她面前，脸色阴郁，目光在她脸上仔细扫过："哪里不舒服？"

许沐摇头说没有，后半句话还未出口，罗迹看到她手里的化验单，不由分说拿过来。他看不懂那些检测项目的医学名称，直接看向最下方的结果。

他眼睛盯着那行字，握着纸张的手指忽然顿住，逐渐僵硬。

巨大的冲击刺激他的五脏六腑，他猛地抬头，不可置信地看向许沐。

酒店那晚，事发突然，他们没有做措施。

许沐愣愣看了他几秒,站起来。

除了分手那段时间,罗迹很少这样失控。

他将化验单攥紧,努力克制自己的情绪:"为什么不告诉我?"

"什么?"

他嗓音微微颤抖:"刚刚电话里,为什么不告诉我?"他扬起那张纸,眼里的怒气和心疼已经压不住,"如果我不来,你准备怎么做?"

他无法想象,许沐要怎么处理这件事,悄无声息地结束吗?

罗迹忍不住抚摸她的脸,他粗粝的手指触碰她细腻白皙的脸颊,自己都不知道自己的声音有多轻柔:"对我就这么没信心,在你心里,我是不会负责的人,是吗?还是说,"他双眼发红,"你根本不想再跟我有一丝瓜葛?"

许沐已经知道他在说什么。

她想解释,单子是旁边座位的人遗落,她只是随手捡起看了一眼,但不知为何,看到他挫败无力又隐忍克制的样子,她忽然说不出话。

罗迹眼中一晃而过几不可察的喜悦也被她捕捉。

她心底掀起无形的风浪,很想紧紧抓住,看清那到底代表什么。

罗迹不想待在这里,牵住她的手:"出去说。"

两人刚走一步,便被拎着一纸袋中药的赵清欢挡在路中间。

赵清欢在楼道另一侧看病开药,出来找了一圈才发现许沐跑到这边等,大概那边慕名而来的患者太多,她不想碍事。

刚刚罗迹说的话她都听到了。她意识到这个年轻男人跟许沐关系匪浅,向前走了几步:"小沐。"

看到赵清欢,许沐混乱的思绪清醒了一些,她挣了下,罗迹松开手。

许沐微微仰起头:"不是你想的那样。"

罗迹的手依然悬在半空。

许沐拿过他手里的化验单:"这个不是我的。"

罗迹看向那张纸,上方的姓名后面跟着一个陌生的名字。

刚刚他只顾结果,没注意上面的名字。

说不清心里是什么滋味。

不轻松,不庆幸,不高兴,没有松一口气,甚至隐隐有一丝失落。

尽管他们现在的关系不适合发生这件事,尽管他们还年轻,尽管他们尚未真正踏足社会，青涩稚嫩，某种程度上自己还像个孩子。

但在某个瞬间，也许是在看到结果那一刻，也许是质问她那一刻，罗迹的心里已经设想了很多他们的未来。

忽然一切都成空。

罗迹的手慢慢垂下，呼吸渐渐平缓。

他似是气恼自己又在她面前失控，很快收敛情绪，一言不发，错开赵清欢准备离开。

几步后，他又转身回来，将一直提着的纸袋塞到许沐手里："衣服。"

赵清欢从头看到尾，再傻也明白了，这人是误以为许沐怀了他的孩子。

能有这个认知，说明两人肯定已经有了肌肤之亲。

信息量太大，简直震撼，赵清欢脑中瞬间拉响战斗警报。

虽然她一直催许沐让她赶紧谈恋爱，但这个凭空冒出来的浑小子似乎还跟许沐睡了的人到底是谁啊！

身为小姨的赵清欢迅速进入家长状态，恨不能将这个欺负了自家外甥女的人祖宗十八代都翻出来调查个遍。

她瞪着眼睛等许沐解释。

这里是医院，许沐不想久留："你完事了？"

赵清欢："啊。"

"走吧。"

十分钟后，街边的长椅上。

"你的意思是，刚才那个男生就是你的初恋，当年你从岳城回来在家闷房间里哭了三天就是为他？

"你们俩还在辩论赛上碰见，后来还不小心睡了？

"他现在跟你在同一家公司实习？"

赵清欢呆呆坐在许沐身旁，努力消化这一波接一波的重磅消息："我说怎么看着眼熟，他就是比赛时总找你碴儿的那个帅哥。"她偏头看许沐，"那现在你们两个旧情复燃了？"

许沐一直在搓弄手提袋的麻绳："你看我们刚刚的样子，像旧情复燃吗？"

赵清欢说："那可没准儿，你看他以为你怀孕后那副'我要我要我会对你负责到底'的样子。"

许沐盯着十字路口的红绿灯："你也说了，他是负责。"

赵清欢瞥了眼她手里的纸袋："他送你的衣服？"

许沐不想解释那么多，只说算赔的："他不小心弄丢我一件衣服。"

赵清欢恍然大悟："所以你昨晚穿的是他的外套。"

"嗯。"

罗迹审美依旧在线，衣服很漂亮。

赵清欢看到标签上的价格时惊了一下："什么家庭啊，出手这么大方。"

许沐默不作声地把衣服收好："回去吧，你明天走吗？"

赵清欢提起装着十袋中药的袋子，跟着许沐站起来："明晚的航班，"她忽然笑得狡黠，"跟顾机长一起飞。"

许沐没印象："顾机长是谁啊？"

赵清欢黑脸："从来都把我的话当耳旁风，跟你说过几次了，顾希霖，那个一堆人排队等着的机长。"

许沐"哦"了一声。

新的星期开始，许沐终于结束借调生涯，回到广告部。

广告收入是非比科技非常重要的一项收入来源，所以广告部也是核心部门之一，部门分支很多。

广告一部负责本公司旗下产品品牌定位、形象输出、各季更新宣传片、线下实体广告、策划宣发及一些综艺或影视剧场冠名等工作。

广告二部负责广告销售，将其他客户的产品投放到相应品牌的APP中，收取广告费用。

许沐在广告一部。

第一天过来正式报到，她就收到一项棘手的任务，公司要为旗下一款自拍软件制作一支新年广告，完成后将在过年期间投放到各大卫视及线上门户网站进行宣传投放。

组长沈秘让她三天内交出一份完整的策划书及备选拍摄方案。

这决定出乎所有人的意料。

许沐是个刚进公司的实习生，虽说在校成绩突出，但毫无实战经验，这么重要的任务交给她，看似重用，实则为难。

往期案例，规则范围，风格定位，什么都没有，直接扔过来。

做好是应该，做不好砸了你名牌大学毕业尖子生的招牌。

沈瑜在二部，但也听说这事，忙不迭给她发微信。

叫老娘仙女：怎么回事，你惹她了？

Dancing fish：话都没说过几句，怎么惹？

叫老娘仙女：那她这是唱哪出啊，这不是欺负人吗？

Dancing fish：没事，一条广告，我们又不是没做过。

叫老娘仙女：可就你一人，要构思、做方案写策划、做PPT，三天能行吗？

Dancing fish：试试吧。

许沐这人有个特点，遇强则强，遇弱则软，平时不声不响，你好好说话，她比水都温柔，你横眉冷对，她也不吃素，来什么接什么，当了这么多年第一，这点自信还有。

只是她有些疑惑，之前过来开会时沈秘对她还不错，态度忽然转变，不太正常。

但她没想太多，时间紧迫，要先从了解历史开始。

她在网上搜集了所有非比旗下品牌软件的广告，下载到电脑里仔细研究，午饭都没去吃。

游戏部办公区空荡荡，所有人都在会议室开会。

新项目定位为战术竞技类游戏，无固定剧情，组队射击敌方，胜者为荣。

市面上这类"吃鸡"游戏很多，爆款也有，但更多昙花一现，邵东来总结了市面上竞争产品的概况，他提到某款产品："当年首发营收一亿两千万，不到半年便跌至四千三百万，创新有，灵活度也大，为什么会发生这种情况。"

他看了一圈，点名罗迹："你说说看。"

罗迹玩过那款游戏，还算了解，他从容地说："创新应有，但要有度，出场方式太花哨，体验不好，冲淡了玩家对游戏本身应有的热情，新地图太少，无法维持新鲜感，有些关卡又太难，留不住没耐心的新玩家，"他想了下又补充，"服务器不行，不稳定。"

他没说太深，点到为止。其实一款游戏的爆火和没落哪里是三言两语说得清的，技能体验，外挂猖獗，冗长无趣，包括制作公司和策划人后续的骚操作，指不定谁是压死骆驼的最后一根稻草。

邵东来对罗迹的回答很满意，又点了另外几名同事，大家讨论研究，会议一直开到下班。

邵东来笑说让他们珍惜最后几天按时下班的日子，过阵子就没这么轻松自在了。

罗迹一整天没看到许沐，下楼时心不在焉，天涯在旁说了什么他也没听清，天涯捅他胳膊："想什么呢？问你呢。"

罗迹回神："什么？"

"我问你一会儿吃什么。"

"随便。"

天涯撇嘴，又是随便，罗迹真是他见过的对吃最没追求的人。

出了办公大楼，罗迹在不远处的石柱旁看到赵清欢。

他昨晚刚见过，有印象。

他以为赵清欢来找许沐，没想到她忽然叫住他："罗迹。"

罗迹停下脚步看过去，赵清欢单肩挎一只精巧的小包，淡妆，很有气质。

他让天涯和大路先回去，走到赵清欢前方一米处站定："你找我。"

赵清欢笑着说："知道我是谁吗？"

罗迹淡淡嗯了声，昨天已经猜到她是许沐的小姨。

"有时间吗？我有几句话想跟你聊聊。"

赵清欢说完，看罗迹没有拒绝的意思，便转身往较偏僻的小路走。

罗迹猜她来许沐不知道。

两人走到大厦边沿的拐角处，罗迹停下："好了，这里没人，有什么话就说吧。"

赵清欢长得很美，嗓音也好听："你是小沐的前男友？"

罗迹说是。

她再次仔细打量罗迹，发现他真人比上镜还惹眼，昨天太匆忙，连他的鼻子、眼睛都没太看清。

赵清欢清了清嗓子："小沐昨天都跟我说了，你还不错，没被吓跑，还想负责。"

昨晚她想了很久，许沐不是随便的女孩儿，能跟他发生那种关系，八成心里还想着他。

现在最重要的是探探罗迹的口风，如果他真翻篇了，这事就了结，日子还长，有大把好男孩儿等着喜欢许沐。

她也不想许沐受委屈。

赵清欢想了下，换了个问法："你交过几个女朋友？"

罗迹神色淡漠，倒是很配合："一个。"

赵清欢愣了下："一个？这几年没谈过吗？"

"没有。"

赵清欢似乎不信，他这样的外形条件，随便给前女友买件衣服都好几千，家世应该相当不错，怎么可能在大学没谈恋爱。

她不死心地追问："只有过小沐一个？"

罗迹说是。

赵清欢抬眼看他："那你们当初为什么分手？"

这话一出，似乎碰了他的雷区，他表情瞬间冷掉，微微眯着眼睛，薄唇紧抿。

"我也想知道。"

罗迹忽然探身向前，将赵清欢逼退一步。

"小姨，不如你帮我问她。"

这答案倒有些出乎意料。

当年那丫头哭成那个德行，赵清欢还以为是她被甩，看样子另有隐情。

直到罗迹离开走到只剩个远远的背影，赵清欢才回过味儿，小崽子叫谁小姨呢？比人高大半头，他也叫得出口，许沐都不怎么叫。

这晚赵清欢不在，宿舍安静许多。一整天过去，许沐的策划案几乎没有进展。

不是没灵感，是她想弄些不一样的东西。

看了很多之前的广告，都以相机的功能作为突出点着重展现，好是好，只是略带刻板，少了点烟火气。

许沐想添一些情怀色彩，让人一看心里会有暖暖的感觉。

第二天中午许沐去得晚，食堂只剩炒饭，她随便打了一点儿，找位置时，窗边的沈瑜招手叫她："沐沐这里。"

许沐坐在沈瑜对面，沈瑜旁边是吃了一半的天涯，他喝着汤，含混不清地打招呼："前大嫂。"

沈瑜扭头看他："你叫她什么？"

天涯放下勺子："我说中午好。"

许沐旁边的位置没人，但有份还没动的饭，是跟她一样的蛋炒饭。

她抽出筷子外面的纸套："这是谁的？"

天涯还没开口，罗迹从水吧的方向走过来，手里拎了瓶零度，看到许沐时微顿了下，随即镇定拉开她旁边的椅子坐下。

他身材高大，腿也长，往那儿一戳，瞬间占满剩余的位置。他坐姿豪放，空间不足，挨着许沐那侧的腿越了界，贴着她的牛仔裤，他低头吃饭，好像没发觉一样。

许沐靠窗，没多少地方可躲，缩着不敢动，一口接一口吃得飞快。

沈瑜还在控诉沈秘："白瞎我们老沈家这么高大上的姓。"

天涯问怎么回事，沈瑜说了一遍："你说她是不是故意的，幸亏是沐沐，要是我非得麻爪不可。"

许沐舔了舔嘴唇："我也快了。"

沈瑜问："你还没谱呢？"

"没。"

许沐嘴角沾了粒米，沈瑜刚要提醒，罗迹忽然扯了张纸巾丢过去，也没说话，照旧吃自己的。

许沐意识到什么，摸摸自己嘴角，拿起他给的纸巾擦掉。

也怪了，罗迹跟许沐坐一边，也没见他往旁边看，眼睛够毒的，这也能发现。

沈瑜忽然盯着许沐的脖子："沐沐，你的项链呢？"之前没发觉，现在回想起来好像有阵子没见了。

许沐握住筷子的手停顿两秒："没戴。"她迅速吃完最后几口，端着餐盘站起来，"我还有事，先走了。"

沈瑜知道她时间紧迫，没留她："快去吧。"

天涯好奇："什么项链？"

"沐沐一直贴身戴着的项链，好几年了，从不离身。"沈瑜神神秘秘，"我们都猜八成是她前男友送的。"

天涯立刻偷瞟罗迹，发现这人并不高兴，脸色甚至还有些阴霾。

罗迹剩下一些没吃完，把筷子扔餐盘上，端起走人。

沈瑜纳闷儿："他怎么了？"

天涯扭头看他的背影："更年期，别理他。"

罗迹高兴才怪。

他没送过她项链。

以前她也没戴过项链，只可能是离开岳城后发生的事。

想到他曾听过的那些传言，心里就越发难受。

也许他只是许沐生命中很短暂的一段过往，没了他，她依旧过得很好。

她那么好，怎么可能没人追。

这件事导致罗迹整个下午心情都不怎么好。三点下午茶时间，他去茶水间冲咖啡，门虚掩着，里面有抹淡淡的人影晃动。

他推门进去，看到许沐正奋力踮起脚，抬手够最上方那层储物柜的把手，可拼尽全力，也只能摸到底部的边沿。

罗迹悄无声息地走到她身后，轻而易举摸到把手："想拿什么？"

许沐被身后突然出现的声音吓了一跳，脚落地后没站稳，一下后仰撞到他胸口。

罗迹眼疾手快地扶住她的腰，他身上浓烈的男人气息萦绕在她周围。

许沐隔着衣服都能感觉到他掌心的温度，勉强压着心跳："咖啡罐。"

罗迹低头看了她一会儿，嘴角挑了挑，打开柜门。

不知是谁将里面的东西塞得满满当当，几乎在柜门打开的同时，一个立放的棕色铁盒滑落，直奔许沐头顶砸下来。

许沐轻呼一声，下意识低下头紧闭双眼。罗迹反应极快，瞬间将手掌罩在她头顶，整个手臂箍着她，将她安全护在怀里，铁盒底部尖锐的地方狠狠刮过他的手背，划了很长一道口子。

铁盒里的茶包散落一地。

许沐惊魂未定，小心睁开眼睛，视线里是他宽阔的胸膛和起伏的呼吸，他的手还护着她的头。

他怀里的温度太让人留恋，许沐盯着他领口的扣子看了一会儿，轻轻从他怀里退出来。

"谢谢。"

罗迹望着她，一瞬间真的很想问，我之后，你还有过别人吗？

这句话在舌尖盘旋许久，最终被他咽下。

自尊心让他无法问出口，他怕听到她的回答，也怕这么多年，只有他一个人活在过去。

罗迹蹲下身子捡地上的茶包。

幸好都是独立包装，里面还是干净的。

许沐也去捡，罗迹手背鲜红刺眼的一道痕迹特别显眼，她心里一惊，脱口而出："你受伤了？"

她紧张拉过他的手，伤口已经开始慢慢渗出血迹。

罗迹任由她拉着自己的手，眼睛望向她担忧的目光，心里的阴霾被扫平一些。他放低声音："没事。"

"我给你拿创可贴。"

许沐急急奔向门口，手腕忽然被人握住，罗迹另一只手端着铁盒站起来："不用，"他把盒子放回柜子，将一旁的咖啡罐拿下来，"加糖吗？"

许沐回头看罗迹，他已经若无其事取了两个纸杯，用小勺放了些咖啡粉进去。

罗迹没等她开口，似乎也不需要她的答案。

许沐怕苦，冲咖啡一向加糖加奶，罗迹轻车熟路泡好两杯，纸杯有点儿烫，他在外面套了个杯套。

他的背影宽厚、结实，有种隐秘的沉静。以前两人约会，他在远处等，许沐总是趁他不注意冲过去跳上他的背，幸而她身量娇小，他能稳稳接住她。

许沐脑中有什么东西闪过，她忽然自言自语："我知道了。"

她脸上是罗迹许久未见毫无保留的笑容，他看得有点儿愣。

许沐渐渐兴奋起来，抓着他的衣服特别激动："我知道了！"

罗迹回神，高举纸杯，生怕洒下的咖啡烫到她："怎么了？"

许沐似是着急抓住眼前灵感，连咖啡都没拿转身就跑。

他有些无奈又好笑地把咖啡杯放在操作台上，扯了张纸巾擦手。

门外进来个人，罗迹眼熟，但没说过话，正是中午沈瑜提到的广告部沈秘。

沈秘对罗迹有所耳闻，年轻优秀又英俊的男人总能轻而易举吸引异性的关注。她笑容甜美："你好。"

她自恃美貌，本以为罗迹会热情地回应，谁知他无动于衷，眼神阴森又冷淡，盯得她浑身发毛。

她从没想过一双这么好看的眼睛里竟能折射出那样冰寒的目光。

最终罗迹一字未说，像面对空气，端着两杯咖啡离开茶水间。

灵感这个东西很玄妙，来了便如洪水猛兽，挡都挡不住。

许沐一直忙到下班，回到宿舍接着弄，连饭都没时间吃。

沈瑜给她打包一份饭菜回来："打仗也要先填饱肚子，先别弄了，快过来吃。"

许沐嘴里答应着，身体却没动，依旧在奋力敲击键盘。

沈瑜凑过来："激昂澎湃的，悠着点，键盘让你敲碎了。"

许沐还不动，沈瑜强硬将她拉走按在桌边："老娘特意给你买的饭，非要等凉了再吃。"

她把筷子递给许沐："待会儿老娘豁出去了，陪你熬夜，伺候你茶茶水水，行不行？"

饭香四溢，都是许沐爱吃的菜，她心里暖和，刚要开口，沈瑜抬手制止："别说肉麻的话，我受不了。你把案子做得漂漂亮亮，打那老女人的脸，比什么都强。"

许沐低头笑："嗯。"

许沐安静地吃饭，手机响个不停，有一串未读信息，她有些强迫症，都点一下，右上角没小红点才舒服，她一边吃一边点进群里，翻了翻大家的聊天记录。

他们可真能聊，虚拟币、人和自然的关系、哪儿哪儿又挖出古墓、哪个游戏上了新地图，没他们不说的。

她想了想，点进群成员，找到"拉钩为什么要上吊"，点击添加好友。

这名字怎么看怎么别扭，罗迹那种性格，恨不能直接叫本名，他懒得想这些东西。

许沐觉得这里一定有什么典故，不然他不会取这样无厘头的名字。

直到她吃完饭，对方还没通过。

许沐盯着那个界面看了一会儿，锁屏将手机扣在桌面。

洗漱完回来后，许沐坐在电脑前继续工作。

十分钟不到，她忽然拿起手机，点进微信，在列表里划拉几下，找到天涯的账号，发了一句话过去。

Dancing fish：天涯，罗迹的手划伤了，不知道现在严重没有，有时间提醒他处理一下吧。

不到一分钟。

Penta Kill：关心他？

Dancing fish：不是，但他为我受的伤，发炎就不好了。

那边干脆利落发过来一句话：那就别管他。

最后这句话许沐看了一遍又一遍，总觉得天涯好像有些生气。

他最先认识许沐，跟罗迹也最好，对他们以前的事应该很清楚，大概知道当年是许沐提的分手，多少有点儿护着自家老大的意思。

许沐没有再回复他。

这一晚许沐熬到很晚，第二天早上没来得及吃早餐，匆忙赶到公司还有些时间，在楼下的粥铺点了一份红枣粥和两个小花卷，意外碰到上次跟她穿情侣装那个男生。

男生端着餐盘找位置，看到许沐挺高兴的，坐在她对面："今天怎么来这儿了？"

他不住校，每天在这儿吃早餐，从没见过许沐。

许沐着急，吃得很快，两人打过招呼后就各吃各的，没有再说话。

没一会儿罗迹他们几个进店，天涯和大路各自去拿食物，只有罗迹站在门口没动。

他就是有这个本事，不管在哪儿，多少人，总能一眼看到许沐。

那个男生坐在她对面，殷勤地给她递纸巾。

昨天那项链拱的火还没处撤，罗迹毫不犹豫地走过去，从兜里掏出钱夹摸出几百块钱拍到许沐面前。

"上次酒店房间的押金，前台退我了，还你。"

这话信息量有点儿大，对面男生的目光在许沐和罗迹之间徘徊许久，但那两个人没一个关注自己，互相看得很来劲。

男生终于意识到自己现在有些多余，三两下解决掉剩下的包子，起身离开这里。

男生一走，罗迹就拽了下椅子坐在许沐对面，气势很足："怎么不说话，不记得了？"

许沐淡定喝粥："记得。"她知道罗迹看那个男生不顺眼，他一向这个德行，不喜欢谁从不掩饰自己。

许沐拿了一张纸币扔过去："多一百。"

罗迹哼笑一声："记得倒清楚。"

他看了眼时间，食指在桌上敲一下："在这儿等着。"说完走去餐区买食物。

许沐以为他要给自己买什么东西，但他只拿回一杯豆浆和两根油条，坐下就开吃。

罗迹吃相豪放，但不粗鲁，特别男人，家教很好没有声响，配上那张秀色可餐的脸，看着就香。

许沐已经吃完，等了一会儿他还没说话，她等不及问他："你还有事吗？"

罗迹没拿吸管，直接用杯子喝豆浆："怎么？"

"你不是让我在这儿等着？"

罗迹看一眼时间："来得及，不会迟到。"

许沐深吸一口气，所以这人说"在这儿等着"，真的就是字面意思，只是等他吃完？

罗迹手背那道伤口已经结痂，他果然没做任何措施，说不定昨晚还洗澡沾了水。

也是，这点小伤对他来说根本不算什么，他高中后就已经很少打架，但许沐听别人说过他之前的战绩，不知是讲故事的人夸张还是什么，总之很吓人，当时许沐听得心尖儿一颤一颤的，罗迹以为她被吓到，还凶了那个多话的同学一顿。

粥铺门口的吧台上有薄荷糖，罗迹拿了两颗，丢给许沐一颗，自己含一颗。

天涯和大路自觉跟他们拉开距离，再也找不到比他们更贴心的兄弟。

等电梯时，罗迹两手插兜，懒洋洋地问她："策划案怎么样了？"

许沐没想到他还关注这个，嗯了声："在弄了。"

他从不怀疑她的实力，时间越紧，越能激发她的斗志。

许沐在岳城的高中生涯，只有一次没拿到年级第一。

那时两人的关系被告到老师那儿，老师、家长轮番上阵约谈他们，连罗迹都自我怀疑是不是影响到她，但许沐斩钉截铁说不是，只是最后一道大题失误，而且那次也只比第一名少了2分。

那段时间许沐顶着压力咬牙复习，期末考试比年级第二高了足足23分，彻底打了那些人的脸。

后来许沐曾说，她不愿意让别人在背后指点罗迹，说他影响她，耽误她的大好前程。

罗迹也是从那时开始，不逃课，不惹事，成绩上升得很快……

电梯来了。

高峰期人太多，许沐站在电梯角落，罗迹被人群冲散到另一侧。

许沐前面紧挨着一个背黑色双肩包的男人，男人看起来很疲累，大概刚从外地出差回来，匆忙赶回公司复命。

他没留意身后，鼓鼓的背包挤着许沐的身体。

许沐一直侧身躲避，她开口提醒，但声音被其他人盖过，男人似乎没听到。

片刻后，罗迹从另一侧挪过来，手臂撑在电梯间的墙面，将她与其他人隔开，他客气道："哥们儿，包。"

男人忙抱歉，将包卸下用手拎着。

罗迹身上永远像火炉一样热，这么凉的天外套也要挽起来一些，露出手腕上方的皮肤。

他很白，皮肤一点儿都不粗糙，手指修长，屈起的造型特别好看，她眼睛一转就能看到他的手。

随着楼层渐高，电梯里的人越来越少，两人挤在一起就很奇怪，许沐往前挪了一点儿。

罗迹面向门口："今天能完成任务吗？"

"我尽量。"

电梯"叮"一声，门缓缓打开，许沐先走，罗迹随后。

一整天许沐都没下楼，安静地坐在角落的位置盯着电脑。

其间沈秘过来转了几圈，通知大家明早九点开会。

她看向角落的许沐，根本不信许沐能在三天内完成。就算真的赶出来，质量也无法保证。

在这座大楼里，加班到深夜的人比比皆是，今晚许沐也是其中一员。

不是不能回去做，但有些灵感一断开就可能再没办法找到最初的感觉，她想一鼓作气弄完，只是没想到弄这么晚。

晚上九点时，办公室最后一个同事收拾东西下班："许沐，你还不走吗？"

许沐应声："快了，你先走吧。"

偌大的办公室只剩她一人，空空荡荡，有些阴森。

外面走廊的灯已经熄灭，门口黑洞洞。

许沐用手机小声放了音乐，试图让安静的空间稍微热闹一点儿。

她预估了下时间，大概再有一小时就能完成，动作便不自觉加快一些。

办公室里的灯忽然闪了几下，"啪"的一声灭掉，眼前骤然一片漆黑。

外面嘈杂声起，应该不止这一间办公室断电。

电脑瞬间黑屏，许沐第一反应完了，没保存。

她想出去看看怎么回事，手下意识地扶桌子，不小心碰掉手机，音乐乍停。

她正奋力将手伸进桌底摸索时，听到一阵细微的脚步声。

声音由远及近，似乎已经进到这间办公室。

许沐身子隐匿在桌下，看到一个黑影晃过。

黑影慢慢走近，许沐听到打火机擦燃的声音，一道暗黄色的火焰逐渐明亮，映出一张熟悉的脸。

是罗迹。

许沐紧绷的情绪豁然松弛下来。

"许沐。"罗迹出声喊她。

许沐应了一声。

火光调转方向，罗迹朝这边走过来，打火机熄灭。

走到她跟前，罗迹压低身子迁就她的高度："蹲着干吗？"他单手握住她肩膀，好像早猜到一样，"害怕？"

打火机再次被擦亮。

罗迹看到她那张映着温淡光晕的脸。

空气安静，她眼睛里的光亮如星星一般闪耀，罗迹看得有些入神。

两人中间那簇火焰温柔跳动。

机身发烫，罗迹松了手，房间再次昏暗，许沐在恍惚中回神："你怎么没走？"

罗迹没答："你干吗呢？"

许沐指了指桌底："手机掉下去了。"

罗迹把打火机递给她，单膝跪地，手臂探到桌底摸索："害怕不知道喊人。"

许沐握着依然滚热的打火机，嘴硬："没怕。"

罗迹没戳穿，摸到她的手机，拿出来顺手在自己衣服上蹭了蹭，递给许沐。

许沐摁亮手机，屏幕一片细碎的裂痕，但里面没事，估计是钢化膜碎掉了。

罗迹特别随意往地上一坐，一条长腿屈起，懒散靠在她桌子腿儿上。

许沐坐在他身边，双手抱着膝盖："怎么忽然停电？"

罗迹歪着头，有一下没一下地摁着打火机，火光时有时无："不清楚，有人去看了。"

许沐盯着那抹蓝色的火焰，它在跳动。

罗迹以前就会抽烟，但从不在许沐面前抽，偶尔在哥们儿那边过了瘾，见许沐之前一定会漱口吃口香糖，怕她讨厌他身上的烟味。

许沐又问了一次："你怎么这么晚还没走？"

罗迹说有事没做完。

游戏部比广告部忙太多，加班再正常不过。许沐不知道说什么，低头摆弄手机，点开音乐软件，随机了一首歌。

旋律一出，罗迹摆弄打火机的手忽然顿住。

夏天的风，我永远记得
清清楚楚地说你爱我

我看见你酷酷的笑容
也有脆腆的时候
…………

夕阳西下，两人坐在江边，许沐常常放这首歌给他听。

放到那句"为什么你不在，问山风你会回来"时，罗迹说为什么要问山风，你不如问我。

许沐趴在他膝间，仰起头问他："那你什么时候回来？"

罗迹两手撑地，身体微微后仰，偏头认真地看她："我永远不会走。"

他没走。

可她走了。

屋子里的灯闪了几下，亮了。

光线刺痛许沐的眼，她按掉音乐，扶着桌子站起来。

罗迹起身拍打衣服上的灰尘，看到她打开电脑，等待的时候鼠标乱点，有些急躁。

他发现许沐表情不对，问怎么了。

许沐蹙眉："东西丢了。"

"没保存？"

"嗯。"

罗迹走过去："我看看。"

许沐听话地让了一点儿位置，把鼠标给他。

罗迹在屏幕上点几下："这个吗？"

许沐嗯了声。

"丢了多少？"

许沐很懊悔："三分之一。"

幸好之前顺手保存过，不然另外的部分也保不住，可就算这样，重做这部分也要花费大量时间，并且做不出跟第一次一模一样的版本。

许沐想今晚大概不用睡了。

罗迹看她郁闷懊恼的样子，低头笑了笑，什么都没说，转身离开。

两分钟他又回来，手里拿了个银色的U盘，回到座位上把她挤走。

U盘里不知有什么程序，他利落地安装到许沐的电脑里，弄了不到十分钟，从小程序里下载回来一个文件："再看看。"

许沐打开那个名字是一串乱码的文件，特别惊讶，丢掉的部分竟然一点儿没少，全回来了。

她欣喜又崇拜地看向他："你是怎么弄的？"

罗迹喜欢她这样的目光，面上倒是很克制："随便弄的。"

他把椅子让给许沐："还有多少？"

"快了。"许沐将文件备份，改了名字，随后抬起头，"你忙完先走吧。"

罗迹嗯一声，没多停留，离开了。

晚上十点时，许沐终于完工，她将最后的版本再次备份，收拾东西离开公司。

电梯空荡，这会儿也真是没什么人了，许沐还是第一次享受专梯。

这时节晚风已经很刺骨，许沐将外套上的帽子戴好才出门，依旧觉得冷。

门侧有个人影，夜色中，人影前方小小的火光亮点分外显眼。

许沐仔细分辨，看清那人竟是罗迹。

他还没走。

罗迹斜斜靠在冰冷的墙面，一条腿微微屈起，眼睛盯着地面，沉默地吸烟。

许沐怔了怔："罗迹？"

罗迹抬眸，指尖夹着烟，歪着头吸了一口，缓缓吐出烟圈："弄完了？"

"嗯。"

罗迹淡淡看着她走到自己面前，低头把烟熄灭，余下的部分弹进垃圾桶："我这人从不白帮忙。"他从兜里摸出口香糖扔进嘴里一颗，"你怎么谢我。"

如果没罗迹，今晚她大概要熬通宵，确实应该好好谢谢他。

只是许沐没想到他竟等到现在。

外面这么冷，他耳朵都红了。

许沐很干脆："你说，怎么都行。"

罗迹低头笑了下，似乎没想到这么顺利。他舔了舔嘴唇，目光在她唇上流连："怎么都行？"

许沐看出他眼神的变化，心一慌忙改口："你先说，我再看行不行。"

罗迹彻底笑出来，不再逗她："我饿了，请我吃个宵夜。"

许沐没想到他的要求这么简单。她看了眼手机，这个时间早已关寝，早一会儿晚一会儿都得折腾阿姨。

罗迹没耐心："有问题？"

许沐抬头："没问题。"

这一片罗迹已经很熟，十分钟不到的路程就有条美食街，整条街都是小档口，卖一些烤串米粉之类的小食。

他把许沐带去那里，也没客气，要了三四样东西，许沐像个小媳妇一样跟在后面付钱。

一旁的年轻女人对罗迹赞不绝口："看人家感情多好，那帅哥一看就不管钱。"她特别嫌弃地瞪了一眼身旁自家老公，"再看你，每月上交工资跟要你命一样。"

憨厚的男人嘿嘿一笑："要命我不是也给你了，命都给你了还嫌不够？"

这条街很多人撸串喝啤酒，常常热闹到后半夜，这会儿公共餐桌没位置，罗迹索性直接找了个干净的墙根儿靠着吃。

他手里拿着几串牛肉，似乎真的很饿，吃得很香。

余下几样都在许沐手里，她拎着没动。

罗迹瞥她："你不吃？"

许沐摇头："太晚了。"

罗迹目光扫过她身上，那么瘦，风一吹就能刮跑。

"你不胖，可以吃。"他递给许沐一串牛肉，她没手拿，罗迹直接将肉串递到她嘴边，她不张嘴，他就不撤。

僵持了一会儿，许沐拗不过他，只好吃了。

牛肉很嫩，确实很香。

过了会儿，罗迹把外套脱掉扔给她，她下意识地接住："我不冷。"

"我热了。"

他加了很多辣椒，吃得嘴唇红红的。

许沐将他的衣服裹在身上，暖意袭来，她想起罗迹另一件衣服："你那件我洗了，干了给你带去。"

那晚在林子里找东西时衣服被蹭得很脏，她手洗后挂在阳台，现在应该已经干了，但这几天忙得团团转，没想起这事。

罗迹说不急。

他将手里的鸡米花吃完，最后一块顺手塞进许沐嘴里："走吧。"

许沐还没反应过来，罗迹已经把垃圾收拾好走出几步，他回头看她："还不走？"

他指尖刚刚触碰到她的唇，她那一瞬间的酥麻感，比满口酥脆香嫩的鸡米花还上头。

许沐用手背蹭了下嘴唇，吃掉最后那块鸡米花，跟上去："还吃什么。"

罗迹大步走在前面，痞气地丢下一句话："送你回去。"

出租车到学校时已经快十二点，这次罗迹没走，一直陪她到宿舍楼下。

他抬眼看向一片黑暗的窗口："你住哪屋？"

许沐说："二楼，在另一面，这里看不到。"

罗迹低声："嗯，去吧。"

许沐应了一声，转身上台阶，走到门口回头看了一眼，罗迹还在原地。

阿姨给许沐开门，她闪身进去，再回头时，罗迹已经不见了。

许沐上楼，忽然想起身上的衣服忘记给他。她打电话过去，才响了两声，罗迹就接了："怎么了？"

"衣服忘给你了。"

他嗯了声："放你那儿吧，我已经走了。"

许沐在走廊打电话，怕吵到别人，声音很小："可是外面很冷，你回来一下，我从阳台给你扔下去。"

他没听："你早点睡吧。"

挂掉电话，罗迹靠在与校外隔开的铁栏杆前，低着头，掌心护住冷风，点了一根烟。

他抬起头，看向二楼一排黑漆漆的窗口。

不到一分钟，其中一个房间隐隐有光亮透出，隔着窗帘，光线不是很清晰，有人影微微晃动。

他盯着那个纤瘦的身影，沉默将手里的烟吸完。

灯光熄灭，窗口再次变得黑暗。

除了决赛前那晚，今晚是罗迹近一年吸烟最多的一次。

他从兜里把剩下的小半包烟拿出来，整个烟盒攥成一团，连同手里的烟蒂，通通扔到垃圾桶里。

他最后看了眼那扇窗，随后纵身一跃，直接跳墙出学校。

许沐的策划案非常成功。

倒不是百分百完美，但一个实习生能在短时间内做到这种程度，已经足够引起领导们的注意。

除了分内应做的，许沐另外增加了一段十八秒的简笔动画做演示。

简笔动画对她来说不算什么，但费时间。

一男一女两个卡通形象将她要表达的内容完美呈现，广告部领导甚至已经动了取消真人拍摄，改为动画广告的念头。

故事的主角是一对年轻情侣。

画面温暖明亮，窗外是璀璨的烟火，男孩儿已经在窗前准备好，女孩儿在近处调整镜头，倒数模式开始后，她飞快跑到男孩儿身旁，将一条红色的围巾围在两人身上，女孩儿的头靠在男孩儿肩上，两人背影互相依偎，甜蜜温馨。

拍了几次女孩儿都不满意，心情低落。

画面一转，男孩儿想到好主意，打开自拍软件，调好滤镜，加了一款双人围巾的贴纸。

两人不再手忙脚乱围围巾，暖洋洋的围巾特效逼真又可爱，很快拍到一幅满意的照片。

结尾加一句简单好记的广告词，软件名字突出在画面正中间。

清晰又点题。

故事整体基调清新温暖，红色的围巾也很符合过年的气氛，许沐的讲解逻辑清晰，表达明确，详略得当，领导们很满意。

广告部老大周部长夸沈秘有眼光，把这个任务交给许沐。

沈秘的脸青一阵白一阵，勉强扯出一丝尴尬的笑。

这灵感来自许沐和罗迹一次拍照。

那次他们本想拍一张两人坐在长椅上亲吻的背影，谁知许沐手滑按了录影，她噔噔噔跑回椅子那边，刚坐下罗迹就野蛮地吮她的唇，她说他太粗鲁，没有美感。

本想重新设置倒数，结果发现镜头竟然在录影。

后来许沐反复回看那段视频，觉得他真帅，哪儿哪儿都好看，虽然连个正脸都没有。

最终结果要几天后才能定下，沈瑜比许沐还兴奋，嚷嚷要大吃一顿庆祝。

许沐说她只想睡觉。

吃过午饭，许沐找了个没人的小会议室休息。她无聊地趴在桌上，点开微博翻了翻评论区，回复了几个大 V 的留言。

她有些困意，渐渐合上双眼。

这样趴着睡不实，迷糊间，许沐觉得耳朵痒痒的，身边好像有人，她动了动，下意识地嘟囔："别闹，罗迹。"

说完，许沐就醒了。

她抬起头，看到一脸惊呆的沈瑜。

沈瑜张了张嘴，憋半天："小妮子，你不声不响的，竟然暗恋罗迹？"

许沐没慌，身体后仰靠在椅背上："别瞎说。"

沈瑜叫道："你做梦都是他还嘴硬？"

"你小点儿声。"许沐捂住她的嘴，看了眼门口，"让人听见。"

沈瑜挤着许沐坐下："你不心虚干吗怕人听见？从实招来，你们两个是不是偷偷勾搭上了。"

许沐本来也没打算刻意瞒她，简单说了。

沈瑜只知道许沐谈过恋爱，但没细问过，问了她也不会说。沈瑜缓了一会儿，不可思议地盯着许沐："前男友驾到，你竟然连我都不告诉，瞒得这样深。"

许沐摆弄投影仪的遥控器："你也说是前男友了，有什么好说的。"

"怪不得决赛那会儿我总觉得气氛不对，原来是冤家路窄。"沈瑜忽然扭头看她，"都前男友了你睡觉还喊人家名字，沐沐，你是不是——"

"不是。"许沐打断她，"大概最近天天见，见多了。"

她失神一会儿，随后起身整理头发和衣领："走吧。"

两人在走廊正碰上罗迹和天涯，擦肩而过时，罗迹想说话，但许沐似乎没打算理他，目不斜视，拉着沈瑜走得很快。

罗迹回头看许沐的背影，觉得奇怪，明明昨晚还很好。

天涯说："老大，你听没听过一句话？"

"什么？"

"如果一个女孩儿和她的闺蜜从你面前经过，女孩儿不看你，闺蜜却在看，那女孩儿八成对你有意思。"天涯一副了然于胸的样子，"刚沈瑜就看你来着。"

那眼神儿，跟他哥几个当初看许沐一样一样的。

许沐的身影消失在广告部来回悠荡的玻璃门后。

天涯的话犹在耳边，罗迹沉默站了一会儿，转身离开。

不知是许沐这次的策划案表现突出还是什么，几天后的一次应酬，周部长竟然把许沐也带去了。

同去的还有沈秘和另一个男同事。

饭店是沈秘订的，离公司不远，一家粤菜馆。

许沐吃不惯粤菜，全程话少，也不喝酒。她没参加过这种应酬，不习惯，也不喜欢。

沈秘在这种环境下如鱼得水，看得出很有经验，替周部长给对方公司的人敬酒，很会说漂亮场面话。

她忽然提到许沐，把许沐面前的杯子倒满："这是我们公司新来的实习生，很厉害的，人长得又美，以后还要徐总多多照顾。"

她示意许沐："跟徐总喝一杯。"

话已经递到这儿，许沐再推托就显得很不懂事，也不给自家人面子，只得喝了。

徐总眼睛一直往许沐身上瞄："哪个学校毕业的？"

"A大。"

徐总笑："A大不错，出来的毕业生素质也高。"

沈秘看出他对许沐挺有兴趣，张罗着挪位置，让许沐过去坐。

许沐没接茬，站起来："抱歉，我去下洗手间。"

她在洗手间磨蹭了十几分钟才回去，那个话题揭过去，便没人再提。

这顿饭她总共也没吃几口，终于熬到结束，已经将近九点。她站在马路边准备打车回学校。

一辆车忽然停在她面前，车窗落下，是徐总。

他脸上挂着笑，上下打量许沐："许小姐去哪儿，我送你。"

许沐忙摇头："不用了徐总，我离得不远。"

本想快点打发他走，谁知徐总竟然下了车，他走过来站在离许沐很近的地方："这么晚，你一个小姑娘不安全，还是我送你吧。"

他伸手拉许沐，许沐下意识地后退一步。

"真不用，"她咬咬牙，"有人接我。"

"是吗？"

许沐点头："我男朋友马上就来，就不麻烦徐总了。"

徐总没动，似乎猜出许沐在说谎："那我陪你等，他来了我再走。"他指了指自己的车，"要不上去等，外面冷。"

看情形这人一时半会儿不会走，许沐没单纯到认为他真的只想送她。

许沫摸索着拿出电话，在最近通话列表里翻，手指在屏幕上划过，后退，再划过，最终停留在一个名字上。

她拨过去。

电话响了三声，罗迹懒洋洋的声音传过来："喂。"

许沫努力保持镇定："不是说好来接我吗，你怎么还不来？"

罗迹顿了顿，以为她打错，一瞬间又在想她跟谁约好去接她："知道我是谁吗？"

"知道。"许沫走远一步，"你是不是又玩游戏忘了时间，我都出来了。"

电话那边的人静了一会儿。

几秒后，里面传过窸窸窣窣匆忙的穿衣声，罗迹嗓音低沉："你在哪儿？"

饭店离公司不远，罗迹只用了不到十分钟就赶到。

离很远就看到许沫跟一个中年男人站在一起，旁边停一辆宾利。

他下意识地皱眉，快步走过去。许沫看到他，向前迎了几步，挽住他的手臂。

她态度亲密，有些撒娇似的埋怨："你又迟到。"

她跟徐总介绍："这是我男朋友罗迹，"又说，"这是徐总。"

罗迹已经大概猜到这里的状况。他脱掉外套裹在许沫身上，搂着肩膀把人夹进怀里，眼神不怎么友好："徐总。"

徐总没想到还真有这么一号人，他打量面前的年轻人。

罗迹没什么好脸色给他，气场很强，好像除了怀里的姑娘，其他都是敌人。

没搞头了，徐总不再停留，象征性地打个招呼走了。

人一走，许沫松了口气，才发现手心里都是汗。

罗迹低头看向怀里的许沫："这人是谁？"

"广告部的合作商。"

"怎么回事？"

许沫脸色不太好，她没经历过这种事："部长带我们几个过来吃饭。"

罗迹又问："他哪个公司的？"

许沫说了公司名，又低头："谢谢。"

罗迹心里已经有数。他松了手，像摆弄娃娃似的把她两条胳膊塞进袖口，拉锁拉到顶端："你一个实习生，怎么这种应酬也叫你？"

"不知道。"

罗迹盯着她："吃饭时他骚扰你没？"

许沐摇头："没有。"

罗迹心里还是不痛快，但没发作，揽着她把人推上出租车，送回学校。

这次依旧送到宿舍楼下，罗迹忽然想起什么，拉着她绕到楼后，停在他上次吸烟的地方："在这儿等我。"

许沐想问他要做什么，罗迹手臂一撑，轻车熟路地跳到墙外。

许沐惊讶地喊他："罗迹！"

罗迹跑到马路对面进了个小饭馆儿，没一会儿出来，手里拎了个打包餐盒。

他没跳回去，直接隔着栅栏把饭菜递进去，示意她接着。

他太了解她。

许沐不爱吃粤菜，又碰上这种事，一定食不下咽，估计没怎么吃东西。

热乎乎的饭菜香气四溢，许沐盯着餐盒，忽然湿了眼眶。

初入职场，她知道自己懂得太少。

能从事自己喜欢的行业，有多难得，多少毕业生离开学校后便再没踏足自己的专业领域。

但什么是底线，她心里有杆秤。

没人护着，她只能自己扛。

可罗迹来了。

罗迹晃了晃餐盒："我手酸了。"

许沐接过去，低声说："谢谢。"

"你今天说了两次谢。"罗迹淡淡的嗓音有种治愈的温柔，"回去吧，我走了。"

他没等许沐说话，很快消失在路口。

回到壹号院公寓时已经十点多，大家都没睡，横七竖八地窝在沙发上看球。

天涯见罗迹只穿了件薄衫，便问："老大，你的衣服呢？"

罗迹没答，去冰箱拿了瓶矿泉水，一口气喝掉一半。

不用问也能猜到，天涯叹了口气："这都第几次了，你一共就带那么几件衣服，都折腾前大嫂那儿去了你穿什么？"

小柔已经在火山怀里睡着，火山把自己的衣服盖在小柔身上：

"你懂什么，这叫情趣。"

天涯不乐意："怎么着合伙欺负我没女朋友啊？"

罗迹没听他们掰扯，回房间拿出电话给罗曜拨了过去。

他知道罗曜一向睡得晚，果然那边很快接起来。

罗迹叫了声："哥。"

他很少主动打电话，罗曜倒有些不习惯："怎么了？"

罗迹说："之前听你提过，公司是不是跟先科有合作？"

罗曜有些意外，罗迹从不过问公司的事："是有合作，怎么想起问这个？"

"老板是不是姓'徐'？"

罗曜说："是。"

罗迹干脆道："撤了他的单子。"

"理由。"

"那人心术不正，人品有问题。"

罗曜笑道："他惹你了？"

罗迹没说话。

罗曜略加思索："我也不太喜欢徐维科这个人，不过他们的报价一直很不错，"他顿了顿，"行，我看着办。"

他这样说，就是答应了，罗迹心里顺畅不少。

罗氏是先科最大的客户，罗氏撤单，先科等于瘸了一条腿，必然深受打击。

小惩大诫，如果那王八蛋碰了许沐，他能废了那王八蛋的手。

两兄弟闲聊几句，电话那头忽然传来一声："是小迹吗？"

罗曜的声音远了些："是，奶奶。"

罗迹皱眉："你在老宅。"

"嗯。"罗曜说，"奶奶要跟你说话。"

罗迹已经有阵子没给罗老太太打电话，老人家担心。

"你在那边怎么样？习不习惯？天冷了，多穿衣服，别只顾着好看。"

罗迹平静地应着："我挺好的。"

"需不需要我安排个人过去照顾你？听说你们好几个人住一起，能舒服吗？让你回公司你也不听，非要去那么远的地方，在家你大哥还能照顾你——"

"我一切都好，不用惦记，夜深了，您早些休息。"

对老人家最起码的尊重，是罗迹本性使然，其余的，他一句都不想多说。

　　第二天上班，许沐接到通知，策划案通过，仅有个别细节需要
修改。

　　这案子交给许沐全权负责，她成了公司历年来最早接案子的
新人。

　　休息时，她去卫生间洗手，晶莹的泡沫搓了满手，是茉莉的味道。

　　里面隔间有人在聊天。

　　许沐听出其中一人是沈秘。

　　另一个同事说："许沐算这两年实习生里最拔尖儿的吧，我记
得当年你来时半年才独立负责项目。"

　　沈秘语气轻蔑："运气而已，她一个靠关系进来的，能有什么
实力，没本事公平竞争，打着优秀毕业生的旗号占别人名额。"

　　那人惊讶："她是谁的关系，没听说呢。"

　　冲水声先后响起，沈秘推门出来："让你知道，人家还怎么操
美女学霸的人设。"

　　两人往出走，同时看到洗手池旁的许沐。

　　许沐将手伸到感应器前方，若无其事地将泡沫冲洗干净。

　　同事一脸尴尬冲她笑了一下："许沐，恭喜你。"

　　许沐面无表情："谢谢。"

　　那人忙脚底抹油跑掉。

　　沈秘没觉得尴尬，也没准备理她。两人擦肩而过时，许沐忽然
将手撑在对面的大理石墙壁上，把人堵在那里。

　　她还没擦手，透明的液体在光滑的墙壁上凝成一溜水珠，快速
滑落。

　　沈秘心中"警铃大作"："你干什么？"

　　其实她比许沐还高一点儿，但对上许沐那双凌厉的眼睛，她竟
莫名心慌。

　　许沐平静地开口："沈秘，我这人不喜欢拐弯抹角，有话当面
说清楚。"

　　沈秘："说什么？"

　　"你刚才说过什么。"

　　沈秘扬眉："说你靠关系？"她哼一声，"你难道不是靠关系
进来的吗？薛总特意叮嘱周部长好好照顾你、培养你，你还想否
认吗？"

许沐皱眉："薛总？"

沈秘冷笑："别装一副不知情的样子，在非比，所有人都是凭真本事进来的，你凭什么，凭你那张脸吗？成绩单漂亮有什么用，实操见真章。"

许沐终于知道沈秘为什么忽然态度大变，合着以为她是走后门进来的。

没准儿还担忧许沐以后挡她的路。

沈秘想拨开许沐的手，许沐硬是没动，她语气冰寒："第一，我是正大光明考进来的，我不屑，也没那个后门可走，薛总的事我会问清楚，麻烦你以后注意言辞，不要造谣。我有没有真本事，你又不是明天就辞职，以后可以慢慢看。"

她手指叩了叩墙壁，发出砰砰两声："第二，你是前辈，大方敞亮一点儿，想做什么摆到明面上来，我接招。我只是个实习生，以后你安排的正常工作我会做，超出我职责外的事，我不会任你摆布，谁来都没用。"

许沐眼神又冷又凶，沈秘被她唬住，脸涨得通红，一句话都说不出。

沈秘忽然觉得这画面熟悉。

不久前，在茶水间，罗迹也是用这样的眼神看她。

那么诱人的一双眼，蕴藏着冰冷的目光，随时爆发，他们某些地方很像。

许沐说完跟没事人一样重新冲了一下手，扭头就走。

沈秘刚松一口气，许沐忽然又回来："还有。"

沈秘再次绷紧神经。

许沐盯着她："我知道昨晚是你跟周部长说带我去，以后这种应酬不要找我，我是设计师，不是陪酒的。"

她再次扬长而去。

狠话说完，许沐心里舒服不少，但很快又开始发愁。

这位传说中的薛总一直在外出差，前几天才回来，两人没见过，也不认识，他好端端让人照顾她干吗。

许沐在副总办公室门口徘徊许久，想问，又觉得唐突。最终她没有敲门，还是决定先观察观察，看看什么情况再说。

下午直到下班前，群里都很热闹，大家忙里偷闲，在研究晚上找个地儿替许沐庆祝。

其实接个小项目不算什么大事，还不是他们想找机会出去玩。

最后定了一家很红的酒吧，据说好多在这边拍戏的明星演员都会去。

晚上不到七点，一群人到达那家酒吧。

他们人多，很招风，不少人都往这边看。

舞池昏暗，夜场还没开始，一张沙发坐不下，他们分别坐在临近的两张沙发上。但这也仅仅是开始，没有多久大家就四散在各个角落，有的划拳，有的在吧台那边看调酒表演。

上次许沐喝醉，犯过的错还历历在目，这次她吸取教训，坚决不喝，只点了一杯果汁。

音乐响起，舞池里的人渐渐多起来。

许沐看向罗迹那边，他一个人坐在沙发上，跷着腿，手里一杯冰蓝色的鸡尾酒。

闪烁的灯光晃过他的脸，忽明忽暗。

这种场合，英俊的男人总是很吸引人，没有多久，就有一个身材姣好、穿着短裙、长发披肩的女人端着酒坐到罗迹身边。

女人笑着把酒杯伸过去，用沾着口红的部位碰了他的杯口一下。

罗迹没动，也没看她，开口说了句什么。

许沐还想看，视线忽然被一个高大的身影挡住，她抬起头，是个陌生男人，穿着花衬衫，袖口挽起，一副富家公子的纨绔模样。他笑着坐在她身边："一个人吗？"

许沐往旁边挪了一些："不是。"

男人并未介意她明显疏离的动作，打了个响指。侍者送来两杯透明的酒，他递给许沐一杯："我看你一个人在这儿很久了，不无聊吗？这里的酒很不错，可以试试。"

许沐越过男人的肩头，看向不远处的罗迹。

那杯被女人口红碰过的酒他没有再碰。

他的眼睛正一眨不眨地盯着这边。

许沐收回视线："抱歉，我不会喝酒。"

她没再看这个男人一眼，起身坐到其他位置。

罗迹似乎不太好脱身。

身边是个难缠的女人，他有些不耐烦，几次皱眉，女人身上浓烈的香水味让他浑身难受。

他指着许沐的方向说了句话，女人一脸不信的样子。

罗迹起身走过来。

许沐发现时，他已经走到她身边，不由分说拉她起来，搂住她纤细的腰，把人整个圈进怀里。

罗迹低下头，薄唇在许沐耳边贴了贴，嗓音诱惑至极："别挣扎，也别乱看。"

他搂紧她："借我用一下。"

罗迹身体滚烫，唇也滚烫，许沐觉得自己没喝酒，就有些醉了，下意识地问他："借什么？"

"你。"他说，"把你借我用一下。"

第三章

他眼里全是你

　　罗迹拥着她挪到舞池里，随着音乐慢慢摇晃。

　　他一直没松手。

　　许沐看到刚刚缠着他那个女人，她似乎信了他有女伴，有些泄气，很快端着杯子离开。

　　许沐的脸贴在他胸口，他身上有淡淡的烟味，不知是他的，还是别人身上沾染的。

　　他的怀抱宽厚、温暖，许沐闭上眼睛，有些上瘾，不想离开。

　　但同学们还在。

　　她轻轻推了推他胸口，低声说："她走了。"

　　罗迹脚步停下，睁开眼睛。

　　过了会儿，他松开她。

　　许沐后退一步，想离开。舞池灯光忽然灭掉，场内只剩昏暗的低光。

　　旋律轻快慵懒，音乐换了。

　　罗迹忽然扯住她的手腕，把人拉回去。

　　许沐撞进他怀里，听到头顶低沉的嗓音："老同学一起跳支舞，也不行吗？"

　　罗迹双手环住她的腰，将人轻轻圈在怀里。两人中间隔着一道若有似无的缝隙，没有贴紧，也没有很远。

　　许沐看不清其他人的脸，渐渐放松下来，两手搭在他肩上，慢慢搂住他脖子。

　　他们毫无章法，没有固定的舞步，只是一点点挪蹭脚步。

台上多了个弹吉他的年轻男孩儿，似乎在这里很受欢迎，引起人群波动。

许沐好奇地看了几眼，罗迹立刻抱着她调转方向，用自己的身体挡住台上的人。

他们像一对热恋的情侣。

恍惚间，仿佛分开这几年不是真实存在，他们做了一场很长的噩梦，梦醒了，他们还是无忧无虑的那时候，学习，考试，吵架，和好，拥抱，接吻。

按部就班，憧憬未来。

一曲毕，灯亮了。

人群渐渐散去，许沐如梦初醒，低着头没有看他，嗓音有些沙哑："我走了。"

她很快转身，走得匆忙，在人群中寻觅，找到沈瑜。沈瑜拉着她去看第二场鸡尾酒表演。

罗迹低下头，看到自己胸口的衣料上有一小片湿润。

他伸手按住那里，感受自己跳动的心脏。

这晚他们玩得很疯，很晚才结束，有 A 大的男生跟许沐和沈瑜一路回学校，罗迹没有送她。

第二天许沐忙了一上午，对策划案的细节做了一些调整。

公司也审批同意准备专门为这则广告制作一款双人围巾的贴纸届时同步更新。

中午吃过饭，许沐再次路过副总办公室，看到门开着一点儿缝隙，她正想透过缝隙看看里面的人时，门忽然开了。

一个中年男人拿着保温杯走出来，两人目光一碰，许沐脱口而出："薛叔？"

许沐的父亲许清丰最好的工作搭档——薛明坤。两人合作过很多楼盘项目，盖过很多房子。

算算时间，他们大概有十一年没见了。

那年薛明坤的妻子遭遇很严重的交通意外，对方两死一伤，而他的妻子最后诊断为脑死亡，成了植物人。

许清丰带着女儿去医院探望，那时的薛明坤很憔悴。

办公室里，薛明坤亲自给许沐倒了杯水："人事把简历递到我这儿，我一眼就认出你。你跟小时候变化不大，还是很漂亮。"

许沐双手接过杯子，很恭敬："薛叔，我真没想到是您。"

薛明坤坐在对面："我最近有些忙，本想过几天找你，谁知你先来了。"

许沐低头笑了下："同事说您让周部长照顾我。"

薛明坤点头："是有这么回事，你是清丰的孩子，我自然该照顾你。"他停顿一下，"当年清丰走了歪路，连累你和你妈妈也吃了不少苦，以后有什么需要，你尽管找我。"

提到父亲，许沐神色暗了一分："薛叔，我爸爸不是那样的人。"

薛明坤拧开保温杯盖，又扣上："调查结果出来，我也很意外，我跟他合作多年，也不愿相信，"他将手臂搭在沙发扶手上，"那段时间公司确实遇到难处，他也是迫不得已。"

他转了话题："不提这个了，你妈妈还好吗？"

"嗯，她挺好的。"许沐抬起头，"阿姨呢？"

"老样子。"

老样子，那就是人还在。

薛明坤照顾妻子十一年还没放弃，也算痴情。

许沐说："过几天我去看她。"

薛明坤笑说好。

许沐忽然想到一件事："薛叔，应聘那会儿您就认出我了吗？"

薛明坤知道她在想什么："递到我手里的简历已经是定好的名单。放心，"他笑了笑，"你很优秀。"

许沐松了口气。

从薛明坤办公室出来，许沐靠在走廊尽头的窗口，依旧觉得不可思议。

人的际遇真的很奇妙。

当年她还小，父亲在狱中去世，之后便再没薛明坤的消息，她都快忘了这个人，没想到竟在这里遇见，不知他是举家搬到青城，还是因工作暂时落脚。

薛明坤跟许清丰合作房地产前做过许多行业，搞过家具销售，开过快递公司，现在辗转到了青城，又加入到科技公司。

不过也不奇怪，卖家具、卖服务、卖房子，乃至现在的卖广告、卖流量。

归其本质都是销售。

宏观把控能力在，吃透市场，什么都能卖。

薛明坤也算厉害。

群里的人还在讨论昨晚那家酒吧，许沐忽然想起罗迹已经有三件衣服在她那儿了。

罗迹一向嫌麻烦，出门只有一个包，能装多少装多少，宁可不用也不会多拿。

报到那天他身边只有一个箱子，带的衣服应该不多。

下班时在楼门口碰见罗迹，许沐叫住他。

天涯和大路见状，递给罗迹个眼神儿："我们先撤了。"

罗迹眼睛只看许沐："有事？"

"晚上我把衣服给你送去。"

"不急。"

许沐摇头："周末我有事不能去，又要拖到周一，你在家等我。"她想了下，"你如果有事就去办，家里有人就行。"

罗迹喉结滚了滚，垂着眼看她："周末忙什么？"

"去郊区采风拍照。"

罗迹："郊区有什么可拍的。"

"那边有一条河。"

他踢脚下的石子："去两天？"

许沐说不一定，可能会在那边住，也可能回学校。

罗迹嗯了声："我跟你去吧。"

许沐愣了愣："去哪儿？"

罗迹有点儿好笑似的："去你宿舍拿衣服。"他瞥她一眼，"你以为我去哪儿。"

许沐盯着那颗被他踢飞的小石子，没说话。

两人坐公交车回去，并肩坐在最后一排，一路上都没怎么说话。

罗迹在心底默默计算，堵了两个路口，到 A 大花了四十分钟，早高峰只会更久，许沐不到七点就要从学校出发。

她那么爱睡懒觉，早上起床不知要多费劲。

两人沿着学校里的林荫小路走去宿舍，在楼下看到等在那里的赵清欢和一个陌生男人。

男人身材高大，相貌英俊，面带微笑，给人很温润舒服的感觉。

许沐有些意外："你怎么这么早？"

她知道赵清欢今晚要来，两人还约好吃饭。

赵清欢看到她身旁的罗迹也十分惊讶，用眼神问怎么回事。

许沐同样用眼神问你边上那人是谁。

来都来了，赵清欢心一横，把男人推到许沐面前："介绍一下，这是顾希霖，之前跟你提过的，我们机长，他今天跟我一班，晚上没事，我把他叫来跟咱们一起吃饭。"

那个履历表十几页，多少人排队等着的机长。

许沐没想到是他，有些尴尬。

之前她还拒绝了人家的微信好友申请。

人都戳这儿了，总不好不理，两人互相打了招呼。

顾希霖礼貌又绅士："我来得唐突，也是临时决定，希望你别介意。"

许沐忙说没有，不介意。

前男友和相亲对象同时在场，怎么都别扭。许沐低声对身旁的罗迹说："我去拿衣服，你等我一下。"说完也没等罗迹回应便进了楼。

赵清欢这才将目光转到罗迹身上："你也来了。"

罗迹面无表情地嗯了一声。

赵清欢摸不透两人现在什么关系，试探道："你送小沐回来？"

"不是，来拿衣服。"

这语气应该没复合，赵清欢稍稍放了心："我们约了一会儿吃饭，你有时间就一起吧。"

苍天做证，她真的只是客气客气。

罗迹淡淡瞥了眼一旁的顾希霖，一身制服，像模像样。

机长是吧。

令人敬仰的职业，神秘莫测，从容冷静，自带英雄光环，女孩儿都喜欢。

他眼里发出晦暗不明的光："好啊。"

几分钟后，许沐从楼里出来，手里拎了个纸袋，是罗迹给她买那件衣服时带的袋子。

她保存得很好，一点儿折痕都没有。

三件衣服叠得规规整整，衣料上隐隐有股淡淡的清香。

许沐把纸袋递给罗迹："我都洗过了，最上面这件还有些潮，回去你挂阳台晾一晾。"

罗迹接过去。

赵清欢小心翼翼地扯了扯她的衣袖："那个，一会儿吃饭，他也去。"

许沐愣了下，转头看罗迹："你也去吗？"

罗迹反问："我不能去吗？"

两人对视几秒，他表情平淡，看不出一丝异样。许沐只好说："能去。"

这附近只有许沐熟，她选了家四川火锅店，离得不远，他们走路过去。

两个姑娘脚步渐缓，落到后面。

许沐终于逮着机会："你怎么回事，把他带来也不提前跟我说。"

赵清欢也后悔："我哪知道你前男友出镜率这么高，今晚他本来约了朋友，结果朋友失约，我随口说要不跟我们一起，没承想他答应了。"她愤愤的，"现在这些男的怎么都这么实在，你那前男友也是。"

许沐说："你没事总瞎客气什么。"

赵清欢挽着她的手臂，撒娇似的："好了别怨我了，就吃个饭嘛，咬咬牙就挺过去了，一个前男友，一个相亲未遂，总不至于打起来。我赔罪，晚上给你按摩，泰式的怎么样？"

许沐有些无奈，这赖皮模样，也不知谁才是小姨。

赵清欢想了下，忽然又笑了："说不定是好事呢。"

"好事？"

"对啊。"赵清欢一脸认真，"是骡子是马，拉出来遛遛，罗迹对你什么态度，一试便知，男人有时是需要刺激一下的。"

许沐甩她的手："你这都什么比喻。"

赵清欢抓住重点不放："你看你看，还护着呢，要不要这么明显。"

对面一辆车急速驶过，赵清欢忽然停下脚步，眼神追随，直到那辆车消失在路口。

许沐顺着她的目光看过去："怎么了？"

赵清欢看了一会儿："好像一个认识的人。"

"谁？"

赵清欢笑了笑："没谁，走吧。"

也许是看错，但刚刚那一瞬，真的很像那个人。

十几岁时，在她生命里短暂停留过的年轻男孩儿，他们只见过几面，也许对方根本不记得有她这么个人，虽然后来也谈过恋爱，但心里偶尔也会冒出他的影子。

这么多年过去，算算年龄，他也三十多了，应该已经成家。

两个男人并肩走在前面。

顾希霖单手扶正衣领，笑道："冒昧问一下，你是许小姐的同事，还是朋友？"

罗迹目不斜视，语气淡然："你看我像是她什么人。"

顾希霖偏头看了他一眼，两人身高差不多，但罗迹比顾希霖小几岁，少年感更足。

他笑："我看更像同事。"

"为什么？"

顾希霖说："直觉。"

罗迹："直觉有时会骗人。"

顾希霖看向他，罗迹略抬了抬下巴："到了。"

这家火锅店看着是个连锁，铺面很大，装修也不错，他们没要包间，就在一楼靠窗的位置坐了。

两个女孩儿一边，两个男人一边。

许沐的对面是罗迹。

许沐和赵清欢先去自助调料区调蘸料，服务员拿来菜单，顾希霖勾了几项，又递给罗迹。

罗迹扫了眼他点的东西，没怎么犹豫思考，握着笔又填了十来样。

许沐端着蘸料回来，顾希霖说："我们点了一些，你看看还有什么想吃的。"

许沐接过菜单，从头看到尾，笔尖晃来晃去，没下笔的机会，又把单子递给赵清欢："没有了，我喜欢的都点了。"连她爱喝的饮料也没落下。

她看了眼对面罗迹，他正用免费的白开水烫杯子。

许沐正要去拿水壶，罗迹忽然把自己的杯子递给她，顺手拿了她的杯子接着烫。

细节有时很可怕。

以前一起吃饭，许沐从不用自己操心，罗迹点的都是她爱吃的，杯子也是他烫，玻璃瓶的饮料就用纸巾擦擦瓶口，调蘸料的时候要放一点点芥末，没有不行，多了又辣。

许沐觉得，跟他在一起那段时间，自己仿佛生活不能自理。

明明爷爷生病时，家里的灯泡都是她换。

赵清欢一手促成这顿尴尬的饭局，她不遗余力地活跃气氛，效果也还可以，除了许沐那位一向脸臭的前男友，另外两人还算配合。

聊到后来，顾希霖说飞青城这么多次，还没好好逛过，问明天能不能跟许沐一块儿去郊区转转。

赵清欢犯难："可是我明天还得去医院开药。"

顾希霖看向许沐："那我们两个去，行吗？"

许沐不好明着拒绝，支支吾吾说："看明天天气情况吧。"

顾希霖去夹拌菜里的小黄瓜，偏巧罗迹也将筷子伸向那里，夹住小黄瓜的尾部。

两双筷子同时摁住小黄瓜。

空气仿佛静止一般，谁都没松筷。

气氛有些不对，许沐看向罗迹，那人眼皮都没抬。

赵清欢赶紧盛了满满一勺拌菜放顾希霖面前的碟子里："你尝尝这个，酸辣的，特别爽口。"

顾希霖笑着松了筷。

罗迹夹起那根小黄瓜扔进嘴里。

顾希霖也吃了一根，细细品味："这黄瓜是不是醋里泡久了，这么酸。"

罗迹涮一片牛肉："酸点好，开胃。"

"罗同学也爱吃酸的吗？"

罗迹面不改色："谈不上爱吃，不过有时喜欢挑战一下。"

这顿饭吃得赵清欢心惊肉跳，发誓再也不跟人客气。

从饭店出来时，顾希霖要去下一个街口的超市买东西，之后回航空公司安排的酒店休息。罗迹也准备打车回壹号院，他站在路口，忽然听许沐说："我也有东西要买，我跟你去吧。"

罗迹脸色变了变，回头看过去。

许沐把宿舍钥匙递给赵清欢："你先回去吧，现在管得不严，阿姨应该能让你进去。"

顾希霖欣然随行。

两人走了没多远，许沐忽然回头看向罗迹。

他一个人孤零零站在路边，手里拎着他的衣服。

两人目光一碰，罗迹脸上隐隐的期待全落在许沐的眼里。

最终，她说："你别忘记晾衣服。"

许沐的身影渐小，很快消失在路口。

赵清欢拍拍罗迹的肩："人都没影啦，还看。"她仔细观察罗迹的表情，"你现在的样子特别像一样东西。"

"什么？"

"刚刚那根酸黄瓜。"她歪着脑袋，"酸得透心凉。"

超市里。

顾希霖推着车，两人在食品区挑选食物。

许沐说："对不起啊，之前没通过你的好友申请。"

顾希霖拿了两瓶水放进购物车："没事，我要介意，今天也不会来了。"

许沐停下脚步，语速温和缓慢："有件事我想应该跟你说清楚。不知道我小姨之前怎么跟你说的，但我现在刚刚开始实习，一切都还没进入正轨，暂时还没有心思想别的事。"

顾希霖似乎早有预料："你故意跟我过来，就是为跟我说这个？"

许沐诚恳地点头。

他肯来，就是有进一步接触、互相了解的打算，许沐不想浪费彼此的时间。

顾希霖看了她一会儿，忽然说："其实我之前见过你。"

许沐有些意外，抬起头看他。

"有一次在机场，你给清欢送东西，我就在她旁边。"他回忆那时的许沐，"你当时穿了一条白色的连衣裙，很青春，很漂亮。"

顾希霖淡笑了下："所以那次她跟我提起你，我几乎没犹豫就答应了，但你竟然拒绝我的申请，我还郁闷了好一阵。"

许沐回想几次去机场跟赵清欢接头，她身旁确实有过其他同事，但她真的没注意到顾希霖，一点儿印象都没有。

两人慢慢走到糖果区，许沐看到架子上一整排口香糖，其中有罗迹一贯爱吃的牌子，她拿了两盒放进购物车。

顾希霖忽然转了话题："刚刚那位罗同学，好像对我很有敌意。"

许沐顿了顿："他一向那个样子，不是针对你，你别介意。"

顾希霖笑道："也许你看不出来，想知道别人眼里他什么样吗？"他停顿两秒，"他眼里全是你。"

许沐触碰糖果的手顿住。

顾希霖丢进车里一袋牛奶糖："眼睛是不会骗人的，只有当局者迷。"他意有所指，"你的眼睛也不会骗人。"

他兀自笑了下："也许我出现得有些晚，不过谢谢你能坦白跟我说这些，能够及时止损，也是一件幸事。"

两人结了账,走出超市。顾希霖想送她回学校,被许沐拒绝:"你酒店的方向不顺路,就在这儿分开吧。"

顾希霖没勉强:"听说你会拍照?"

许沐谦虚说:"会一点儿。"

顾希霖笑:"那作为好朋友,以后有时间也替我拍几张,公司拍得太丑。"

许沐欣然应允:"没问题。"

他摇了摇手机:"这次能加了吧?"

许沐低头笑了下,拿出手机,两人添加微信好友。

"有时间你找我,我给你拍。"

临走前,许沐叫住顾希霖:"你这么优秀,又这么帅,一定会遇到特别好的女孩儿。"

顾希霖笑意温柔:"对我评价这么高?我有些飘了。"

许沐语气肯定:"是真的。"

顾希霖冲她摆摆手:"谢了。"

他潇洒转身,拦下一辆出租,很快消失在车流中。

这一晚,许沐辗转反侧,失眠很久。

她脑子里一直回响顾希霖那句话——

他眼睛里全是你。

隔了这么多年,她对罗迹几乎已经不抱希望,两人能像现在这样,时常见面,偶尔说句话,做一对普通朋友,她已经很满足。

其他的,她不敢想。

当年伤他那样深,她没资格想。

周末的实习生宿舍很颓废,大家起得晚,快十点才出来觅食。

火山支棱着头发从小柔房间晃出来,看到小柔在厨房给大家做早餐,他转身回浴室洗漱,很快出来帮忙。

男生们很绅士地把带独立卫浴的主卧让给小柔住,倒是便宜了火山,天天去蹭住。

吃饭时,大路问天涯:"老大呢?"

天涯说:"一大早就走了,不知道跑哪儿去了。"

大路往嘴里扔了一块小面包:"天天也不知瞎忙什么,跟前大嫂没啥进展,也不撩别人,我看坐你对面那美女就对老大有点儿意思,跟他说句话那小脸儿红的。"

小柔吃得差不多了，回房间补觉。她走后大路才敢敞开说话，男生们聊天的尺度总是很大。

他像个老父亲一样操着罗迹的心："这样下去，什么时候才能从男孩儿变为男人。"

天涯一口水呛在那里，他偏头咳了几声："咸吃萝卜淡操心，人家变没变成男人你怎么知道。"

大路听出话里有话，顿时来了精神："你什么意思，他又没女朋友，又不出去乱搞，哪儿来的机会？"

天涯没明说："现在没女朋友，以前不是有吗？"

大路琢磨了一会儿，忽然一拍桌子，义愤填膺："这个禽兽，我看错他了，那会他才多大啊，竟然干出那种缺德事。"

天涯憋着笑，也没解释。

十点整时，罗迹给天涯打电话："让大家收拾一下，都下楼。"

天涯还惦记有场游戏直播要看："哪儿去？"

"下来就是了。"

十分钟后，大家换好衣服下楼，看见门口停了一辆七座的SUV，罗迹坐在驾驶位，滑下副驾驶的窗子示意他们："上车。"

几个人一脸蒙。

大路围着车绕了大半圈："不是，这是谁的车啊？"

"租的。"

天涯打开副驾驶跳上去："你租车干什么？"

火山他们几个先后上车，罗迹一脚油门踩出去："兜风。"

天涯瞪着眼睛瞅他："兜什么？"

罗迹瞥他一眼："安全带。"又对着后视镜说，"安全带系上。"

出了小区，罗迹将车开到一条宽阔的主路上，一路向北。

车速越来越快，天涯两手死死攥着棚顶侧边的安全把手："老大，迹哥，你慢点儿开，有话好好说，万事可商量，虽然咱们是兄弟，但我妈还年轻，暂时不想白发人送黑发人……"

后头大路捣他肩膀："能不能闭上你那乌鸦嘴！"他探头问罗迹，"咱去哪儿？"

罗迹目视前方，偶尔瞥一眼后视镜观察路况："不说了吗，兜风。"

天涯插嘴："兜哪儿去？"

"郊区。"

罗迹说去河边野餐。

这主意倒是不错，现在白天温度尚可，再过几天想"野"都"野"不了，非得冻麻不可。

天涯最爱热闹："可咱们什么都没准备啊。"

罗迹下巴一扬，示意右前方："现在准备。"

天涯看过去，路旁是家大型超市。

面对这场突如其来的郊区野餐活动，大家都很积极，食品和水果堆了一购物车，又拎了一箱矿泉水、一箱啤酒，单独给小柔买了两瓶饮料。

罗迹又从货架上拿了两瓶青柠味儿的饮料放进车里。

他小时候去过那边。

许沐说的那条河很宽，夏天的水凉爽又清澈，可以光脚下去捞鱼，河边有很多椭圆形的小石头，那会儿很多小姑娘都喜欢捡一些回家放进花盆或者鱼缸里当摆设。

这时节光脚是不行了，但风景应该还是不错的。

可没想到，到那完全是另一幅景象。

水色暗沉，垃圾随处可见，周边绿植大片消失，昔日风光再无。

罗迹皱眉，不过十年光景，这里竟被污染成这个样子。

天涯他们几个下了车，看到这条河也愣了下。大路说："老大，你确定我们要在这里野餐吗？"

罗迹没答，他看到不远处的许沐。

许沐穿着他送的那件外套，袖口挽起，牛仔裤的裤脚也挽起一点儿，依旧是干净的小白鞋，她手里拿着相机，躬身压低角度，在拍不远处一个小男孩儿。

小男孩儿站在河边，背对着她，正弯腰捡起一个脏兮兮看不出本色的塑料袋。

男孩儿一无所知，越走越远。

许沐低头翻看刚刚随手抓拍的照片，忽然觉得身后有人靠近。

她回头看过去，竟然是罗迹。

许沐微微发愣，有些意外："你怎么在这儿？"

罗迹示意身后："我们来玩。"他随意扫了扫附近，发现没有其他人，淡淡开口，"你自己？"

许沐抬起头看他一眼，又移开视线："不然呢，还有谁。"

这衣服真合身。

量身定做一样，颜色也配她。

罗迹唇角不自觉扬了扬，又偏头压下，看了眼脏兮兮的河面："你拍这个？"

许沐点头："近几年附近开了很多工厂，环境越来越差，不少居民在投诉，可是没有人管，我来看看。"

她低下头，继续翻看刚刚的照片。

罗迹在地上捡起一颗石子扔进河里："我们本想在这儿野餐，但现在这里好像不太合适，"他又捡起一颗，在手心颠两下，"附近你熟吗，还有别的地方可去吗？"

许沐指了指西边："我住那家民宿后面有个小山坡，应该可以野餐。"

罗迹偏头看她："要在这儿住吗？"

"嗯，今天天气好，郊区这边晚上清晰度应该不错，我想拍拍月亮。"

罗迹没应声，将手里的石子扔进河里。

接下来的一会儿，许沐又对着河流拍了几张照片，罗迹也没回去，车旁已经没人，那几个人不会委屈自己傻傻等着，早就不知溜达到哪里去了。

许沐站在河边沉思一会儿，忽然看向罗迹。

他就那么直接坐在地上，手臂搭在膝盖上，手里捏着不知在哪儿捡的小树枝，随手乱画。

许沐走过去在他面前蹲下："能不能帮我个忙。"

罗迹几下把地上的痕迹蹭掉："说。"

许沐指了指他的腿："能不能把这个借我用用？"

虽然没听懂她什么意思，但罗迹还是答应了，他一本正经地问："怎么借，需要截下来给你吗？"

许沐被他逗笑："不用那么大牺牲。"

她没有酒窝，但罗迹就是觉得她笑得甜。

真好看。

罗迹偏头看向别处，手臂撑着地面站起来，拍拍身上的灰："怎么弄？"

许沐也站起来："可能会有点儿脏，有点儿凉。"

罗迹听懂了："在水里？"

许沐点头。

两人走到河边，罗迹脱掉鞋子，袜子随手塞鞋里。

他很爱干净，袜子是白色的，很新，也没有异味，他把鞋扔一旁，挽起裤脚。

许沐指挥他："往里站一些，面向我，水面保持在脚踝处就可以。"

罗迹下水时面无表情，仿佛脚下不是冰冷的河水。他找地方站好："这样吗？"

"对。"许沐飞快调试相机参数，"你忍一下，我尽快。"

罗迹听从指挥，按照许沐的要求站位，他身后的水面有漂浮的垃圾，水底泥泞。

许沐半跪在地上，镜头对准他小腿以下："你不用动，我来找角度。"

拍了几张都不满意，许沐干脆脱掉鞋子，自己也下水，从另一个方向看过去，画面远方是连绵的山，构图果然更协调一些。

这双腿挑不出任何瑕疵，当她的模特绰绰有余，只是画面截到哪里都觉得可惜，许沐觉得他哪儿哪儿都好看。

试来试去，许沐改了主意，决定拍他全身背影。

罗迹没有一丝不耐烦，任她摆弄。

水太凉，许沐忍不住勾起脚趾。罗迹回头，看得皱眉："你快点儿。"

又拍了大概十分钟，许沐低头回看照片，罗迹问她："拍完了？"

她口中答应，头也没抬，罗迹蹚着水走到她身边，拉住手臂把人拽上岸："上来再看。"

许沐背包里有纸巾，两人擦了脚穿上鞋，舒服很多。

火山他们四个从远处过来，天涯手插着兜，走得晃晃悠悠，跟小痞子似的："这么脏的水，你们俩也下得去脚，果然艺术家的世界我不懂。"

大路手里拿着一袋开了封的薯片，已经见底："老大，还'野'不'野'了，我要饿死了。"他看向许沐，"前大嫂跟我们一起啊。"

天涯锁他喉："瞎说什么，说跑了你负责吗？"

许沐有些犹豫。

火山给小柔使了个眼色，小柔会意，跑到许沐旁边挽着她的手臂，带她往车那边走："你就跟我们一起吧，人多热闹。待会儿他们都喝酒，只有我一个人孤零零，你陪陪我。"

她趴在许沐耳边悄悄说了句话。

许沐忍不住笑出声："好。"

谁知她们女孩儿之间搞什么鬼,反正许沐同意就行。一行人上了车,天涯自觉把副驾驶的位置让给许沐,钻到后面。

许沐指了方向,罗迹顺利将车开到她住的民宿,但没停车,直接从路口穿过去,绕到后面的山坡旁。

几人下车后,从后备厢把东西拿出来,整整四大袋,男生一人一袋,火山抱了两箱酒水,许沐和小柔拿野餐垫和餐具。

这里地势高,没有遮挡物,视野很好,大家围着餐垫坐了一圈,面前铺满食物,满足感爆棚。

这是许沐第一次正儿八经地跟他们一起吃饭,天涯特别兴奋,张罗着喝一杯。

大家一人开一罐啤酒,罗迹递给许沐一瓶饮料。

青柠味的。

许沐接过来,握在手里半天没打开。

罗迹酷爱青柠,口香糖、饮料,都喜欢青柠味。

这饮料刚出来那年,最先喝的其实是罗迹,后来许沐也跟着一块儿喝,渐渐也爱上这个味道。

那时罗迹常常在学校的篮球场跟同学打球,她坐在最角落的位置等他,他打完球一身汗,众目睽睽跑向她,喝她的水、用她的纸巾,毫不顾忌。

后来想想,两人关系"败露",完全因为罗迹的明目张胆。

他太狂了,什么都不放在眼里。

吃到一半,天涯张罗着玩游戏。

他最爱搞这些花样,无论什么场合,只要有他,永远没有冷场的时候。

小柔问怎么玩,天涯说"真心话大冒险",大路反对:"每回都这个,腻了,换一个。"

"那你提一个。"

大路想了一会儿:"这样,咱们每人在群里扔个骰子,谁的点最大,谁就说一个自己的秘密,不说就喝酒。"

主意不错,大家都没意见。大路打开微信:"我把前大嫂拉咱们群里,那群人太多。"

许沐对"前大嫂"这个称呼已经免疫,被动接受,但还是忍不住偷看罗迹一眼。

那人一口一口抿着小酒，不知在想什么。

天涯开始还摩拳擦掌，没一会儿忽然想起个事，一惊一乍："停！"

大路手快，已经把许沐拉进他们的群，他抬起头："瞎叫唤什么。"

天涯一脸心虚："玩点儿别的。"

大路翻白眼："还带反悔的，怎么着有小秘密不想说啊，不说就喝酒。"

许沐看了眼他们的群名：上上下下左右左右BABA。

她不懂："什么意思？"

大路笑说："青春记忆，年少情怀，回头你自个搜一下就知道了。"

大家很快开始扔骰子，许沐也点了一个出去。

只有罗迹和天涯没动。

大路催天涯："干吗呢你，入定了？"

天涯看躲不过去了，一咬牙狠狠心扔了一个出去。

许沐的手机实时出现一条信息。

拉钩为什么要上吊：[六点]

许沐看了又看，反复看。

紧跟后面又来一条。

Penta Kill：[六点]

大路嚷嚷："你俩一样，重来一个。"

罗迹和天涯重新扔。

Penta Kill：[六点]

拉钩为什么要上吊：[二点]

大路说："迹哥最大，说吧，喝酒还是小秘密。"

许沐确定了，Penta Kill竟然是罗迹。

当初是天涯给的号，一定是他在搞事，但罗迹竟也不戳穿，任由她误会。

许沐看向罗迹，那人垂着眼睛，特别坦然，脸上并没有被识破的尴尬和愧疚。

大家都等着看好戏，罗迹的秘密肯定劲爆。

罗迹手里捏一罐啤酒，指尖点几下边沿："我不爱吃樱桃。"

天涯翻白眼："敷衍，你不爱吃樱桃我们都知道，这算什么秘密，不想喝酒就直说。"

大家接着扔骰子，只有许沐思绪忽然烦乱。

罗迹竟然不爱吃樱桃。

许沐爱吃。

他有时整箱给她买，两人窝在沙发看电影时，许沐就抱着一小盆樱桃，自己吃一颗，喂他一颗。

她喂了他那么多次，他还抢过她嘴里的，野蛮地卷走她口中的甜味。

他从没说过不爱吃，她递过去的东西，他看都不看就张嘴吃掉。

他不挑、不拣，仿佛许沐喂他毒药，他都会毫不犹豫地吃掉。

小柔拍拍许沐的手背："沐沐，就差你了。"

许沐眼睛有些发酸，她轻轻吸了吸鼻子，低着头点了个骰子出去。

这次是小柔，她小手撑着下巴想了想，还没说话，自己先笑了。

"我想说，"她看向火山，"你追我的时候，我真的很烦你。"

众人哄然大笑。火山不跟罗迹他们一个宿舍，平时在自己班也拽得很，只有在小柔面前才肯吃亏，心甘情愿被损。他捏了一把小柔的脸："欠收拾。"

罗迹的手机响，是罗曜给他打来电话。他起身走开一点儿，按了接听："哥。"

罗曜说："我在青城，出来吃个饭吧，我派人接你。"

罗迹有些意外："什么时候来的？那天打电话没听你提。"

"临时出差，昨天下午到的，有事没找你。你在宿舍吗？"

罗迹看了眼那边几个人，不知谁又说了什么，许沐笑得很开心。

他说："没有，我跟同学来郊区这边玩。"

罗曜没多问："我这几天都在，你回来联系我。"

"好。"

两兄弟都不是话多的人，简短的通话后，罗迹走回去，发现天涯挪了位置，他只好在许沐身边坐下。

这一轮，路大爷"誓死不烫头"荣获魁首。大路挠了挠头，想喝酒，被天涯压住杯子："不行，你起的头，你必须说秘密。"

"我没秘密啊，我内裤什么颜色你都知道。"

"滚蛋，谁要知道你内裤的颜色，就说说你电脑里那个上锁的20G文件夹里到底什么东西。"

大路面不改色："《名侦探柯南》《火影忍者》《樱桃小丸子》。"

"就没有那种描写亲情、友情和爱情的片子？比如'隔壁的谁'‘谁不在家’‘年轻的谁’什么的？"

大路暴躁怒吼："没有！没有！没有！"

众人再次狂笑。

游戏继续。

许沐出了五点，这次她最大。

大家都等着，许沐沉默一会儿："我没有秘密。"她扔掉手里的饮料，拿了罐啤酒，一口气喝掉一半。

小柔赶紧制止她："行了，意思一下就好。"

罗迹自始至终盯着她。

这时天涯忽然指着头顶的天空："你们看。"

大家仰起头。

久违的蓝天白云，是城市里见不到的明艳。

天涯整个身体向后仰，躺倒在草地上，两只手垫在脑后，安静地观赏。

其他人也围着野餐垫原地躺下，小柔打开摄像头对准一小团白云，拍了几张。

其实很讽刺，见惯了城市里灰蒙蒙的天，偶尔看到这样的，就觉得很满足。

天空本该这样。

如果附近的环境没被污染，这里的天空会更美。

大家似乎很舒服惬意，许久没有作声。

小柔放了段轻音乐。

时间过得很快，傍晚时，大家把这一片收拾干净，垃圾带走，准备回家。

许沐跟大家道别，提前离开。

几个人把剩余的东西放回后备厢后，才发现一个问题。

罗迹喝酒了，没办法开车。

这里只有小柔没喝酒，但她没带驾照。

罗迹斜靠着车头，摆弄手里的打火机，淡淡问："怎么办？"

大路说："叫代驾吧。"

天涯偷偷掐了大路的后腰一把，猛使眼色："荒郊野岭哪儿来的代驾，咱们跟这儿住一晚吧。"他指了指前面，"那不是有民宿吗？"

罗迹沉默地望着眼前打火机发出的微不可见的蓝光："那就住一晚。"

他的那点小心思，几个人心知肚明，谁都没戳破，特别默契地忽略另外几家民宿，直接进了许沐那家。

一进门就被吓一跳，前台没人，迎接他们的是一桌布偶猫。

没错，一吧台小猫咪。

有六七只，个个漂亮，白的花的都有，懒洋洋地挤在一起。

小柔轻呼一声，第一个冲过去，摸了摸其中一只的小脑袋："太可爱啦，这么多。"

走近了才发现，猫妈妈也在，被一群小猫挤在角落。

身后有女人的声音："住店？"

大家回头，是个穿格子毛呢连衣裙的年轻女人，大概很怕冷，肩上还披了条毛毯。

她头发随意拢了个团子，眉眼漂亮，但很没精神，懒洋洋的模样跟她的猫一模一样。

罗迹说："开三间。"

老板娘打开隔板走进吧台，一手两个把桌上几只小猫拎起来放到后面的沙发上，露出键盘和鼠标，在电脑上查了一通："还剩两间。"

天涯说："要不我跟大路去隔壁。"

正研究，许沐从旁边的木头楼梯走下来："老板，203灯不亮——"看到前台围了一群熟人，"你们没走啊？"

天涯说："都喝酒了，开不了车。"

许沐点头："要住这儿吗？"

大路说只剩两间房，不够住。

许沐看了眼罗迹："要不让小柔去我那儿，你们四个正好两间。"

这主意倒是不错，只是火山不大乐意，他挺黏小柔的，一天都离不开，又不好表现得太明显，只好勉强同意。

定下后，男生们在楼下办手续，许沐带小柔回房间。

这里的民宿都是自家开的，设施简陋，但也算干净，房间里两张床，许沐把靠里侧那张床上自己的东西拿走："你睡这儿吧。"

小柔道了谢，看到桌上一堆摄影器材，光镜头就有三个，旁边还立着一个三脚架，便问："你这么专业啊。"

许沐笑了笑："没办法，兴趣在这儿。"

外面天色已暗，许沐很快将晚上需要用到的东西塞进背包里，拿上三脚架："我去山顶拍东西，你无聊的话先去找火山他们，房间的灯我让老板找人来修。"

小柔站起来，指着她怀里抱着的三脚架："要帮忙吗？"

"不用，不重。"

下午野餐时许沐已经注意过这里的地形，说是山顶，其实很低，一会儿就走到了，如果太高，她晚上一个人也不敢来。

天很快黑了，月亮出来得很早，在东南方高高挂着。

郊区的夜晚清幽静谧，不像城市灯火通明，很适合拍星空和月亮。

罗迹沿着蜿蜒的小路上山，果然在这里看到许沐。

她什么习惯、脑子里在想什么，瞒不过罗迹的眼睛，下午她就时不时看向这个小山包，如果要拍月亮，这里是最好的观测地点。

罗迹没上前打扰，安静地靠在一棵树下，偏头看她忙来忙去。

三脚架支上，找角度，装镜头，调参数，这套流程他看过太多次。

罗迹抬头望向星空。

繁星璀璨，比长青山那晚灯光闪耀的星路还要美。

有多久没有这样认真看一看这个每天都能见到的夜空了？

城市太繁忙。

许沐不常提起她的家庭、她的父母，罗迹只知道她没有爸爸，妈妈再婚，又生了个儿子，她不怎么跟妈妈联系。

只有一次，在她生日那天，两人偷偷跑到学校的天台看星星，许沐哭了，说想爸爸。

当时他特别心疼，一边抱着她，一边想，以后一定得对她好点。

后来的那些生日里，不知道她有没有再哭，哭的时候，有没有人哄她。

外人面前，许沐是懂事的乖孩子，不争不吵不闹，爱学习懂礼貌。

可罗迹眼中的许沐就是个娇气的小姑娘。

她会跟他生气，跟他吵架，会对他任性，做不出题时，她会烦躁得把书摔在地上。

这些都是别人看不到的许沐，只在罗迹面前展现的真正的许沐。

她也许不完美，但真实。

罗迹再看向平台那边时，发现许沐不见了，三脚架和相机还在原地。

罗迹一下站直身子，浑身的肌肉都紧张起来。他跑过去四周看了一圈，一个人都没有。

"许沐！"罗迹出声喊她。

他摸出电话想给她打过去，忽然听到一声细微的回应："啊？"

声音太小，他辨不出方位："许沐？"

这次声音大了些："我在下面。"

罗迹走到平台边缘，发现这里是个很陡的斜坡，许沐整个人趴在草丛中，一只手牢牢扒着埋在土里的石头，另一只手用力伸向身体左侧低矮的树杈里。

罗迹皱眉："干什么呢，上来！"

许沐没办法抬头，但听出是他："等一下，这里卡了只猫。"

猫大概受了伤，叫得凄惨，许沐实在听不下去。

太让人操心。

罗迹不可能在上面等，借着月色看准几块坚硬的石头，算好距离，一步踩一个，很快下到她身边，一把拎起她的胳膊，说："你上去，我来。"

许沐顺势抓住他的身体稳定自己："别动，我马上摸到它了。"

小猫还在一声声地叫，只是声音越来越微弱。许沐轻轻把它拎起来，单手护在怀里。月光下，小猫咪浑身脏兮兮，是一只布偶猫，跟老板娘养的很像，不知道是不是她家的。

单手不好施展，罗迹把猫接过来，塞进许沐外套的帽子里，手扶着她的后背，示意她脚下一块石头："踩那里。"

许沐顺利爬上去，罗迹紧随其后。

两人衣服上又是土又是草，跟在地上滚了几圈似的。

罗迹把小猫从她帽子里拎出来。

许沐赶紧接手："你轻点儿。"

男生没轻没重，小猫直叫唤。

他随手拍两下衣服上的灰："拍月亮拍到沟里去了。"

许沐翻来覆去检查，发现它身上没有明显的伤口，应该是卡在树枝里太疼了才叫。

她稍稍放了心。

如果它受伤，大概还要先送它下去。

月色甚好，正是拍摄的好时机，许沐将猫咪塞进罗迹怀里："替我抱会儿。"

她拍东西很用心，也很享受过程。

罗迹在一旁站着，怀里抱着猫，眼睛看着她。

月光在她身上笼了一层薄纱，罗迹悄悄拿出手机，她拍月亮，他拍她。

怀里的小猫渐渐温顺，脑袋在罗迹手心蹭了蹭，罗迹低着头，忍不住揉了一把。

许沐眼睛没离开镜头，忽然开口："为什么骗我？"

罗迹抬眼看她："骗你什么了。"

"微信。"

"天涯多事。"

许沐说："我叫天涯，你没否认。"

"我也没承认。"

果然还是那个罗迹，不认账时也一副酷得不行的样子。

许沐想起他们寥寥无几的对话，大多跟工作有关，每次要交什么东西，撂下电话没多久天涯就跑来。

这哥们儿也是很够意思了。

罗迹就是有这个本事让身边的人都对他交心，同样只要是他认定的朋友，他也会毫不犹豫地护着罩着。

他护食，最受不了自己人受委屈。

两人回到民宿小院，看到火山在吧台那里和老板商量，可不可以卖给他一只猫。

大概小柔太喜欢了，火山想买来讨她欢心。

听到门口的动静，火山和老板齐齐看过去，眼神怪异地盯着他们。

老板依旧一副懒懒的样子，睡眼惺忪，没什么精神，从上到下扫了眼门口两人，下巴一扬示意外面："隔壁应该还有空房，要不要我替你们联系一下。"

许沐愣了愣，低头看自己，脸唰一下就红了。

她跟罗迹两个人衣服和裤子上都是杂草，他头发上还顶着一根。

他们这是以为两人上哪儿滚草地去了。

罗迹没出声，一副事不关己的样子，有些玩味地偏头看许沐，好像故意不接茬儿，就想看她怎么解释一样。

这个浑蛋。

指望不上他，许沐只好无事一般走过去："不是。"说完又觉得这句话莫名其妙，有点儿不打自招的意思，于是跳过这个话题，把怀里的小猫放到吧台上，"这是你的猫吗？我在后山看到的，卡到树枝里了。"

老板随意瞥了眼，猫脑袋正中间有撮灰毛儿，她点头："是我家的，谢谢。"

　　她好像已经习惯这些小东西每天乱跑，不知道是丢了没找，还是压根儿没发现少一只，就这么随便一拎，把小猫扔到它的兄弟姐妹身上。

　　几只小猫顿时躁动起来，扑腾成一锅粥，几秒后又安静下来，继续昏沉困觉。

　　最终火山跟老板谈妥，定了一只最小的，明早带走。

　　火山付钱时发现许沐一直盯着那只灰毛儿看，笑说你要喜欢，也买一只好了。

　　许沐摇了摇头，有些遗憾："宿舍不让养猫。"

　　她转身上楼，罗迹回头看了眼那只小猫，拿着三脚架上了楼。

　　房间里的灯已经修好，桌子上多了一袋零食，是下午野餐剩下的，小柔正在洗漱，看到罗迹送许沐回来，一点儿都不意外，嘴里含着泡沫，吐字不清："回来啦。"

　　罗迹点了下头，扫一圈房间，这个二楼外面是个小阳台，看着不太安全的样子。

　　罗迹提醒："别忘关窗。"

　　许沐点头答应。

　　罗迹走出一步，想了一下又回头："门帘挂上，我和火山就在对面，有事喊我们。"

　　许沐又点头："好。"

　　罗迹出来直接把门带上，迎面碰到刚上楼的火山。他指指里面："睡了？"

　　罗迹知道他问小柔："没呢。"

　　火山示意罗迹："怎么着，今晚怎么睡？"

　　罗迹瞅他："什么怎么睡？"

　　火山说："你跟我，她跟她，还是你跟她，我跟她。"

　　罗迹推开对面的门走进去："别胡说。"

　　火山跟进来："别装了。"他抬手摘掉罗迹脑袋上的一根杂草丢到罗迹面前，"要不我们在这儿，你过去？还是反过来，都行。"他指指屋里。

　　罗迹倒是想，但也只能想想。

　　火山和小柔隔着一个走廊两道门还在语音，腻得很，罗迹心烦，洗漱后就抖开被子钻进去睡觉。

后来小柔不知说了什么话惹到火山，他咬着牙恶狠狠说："你给我出来。"

说完火山就下床穿衣服，趿拉着一次性拖鞋出去，不到一分钟对面的门也响了一声，走廊很快没了动静。

罗迹掀开被子，两手垫着脑后，直愣愣地盯着天花板发呆。

他摸出手机打开微信，翻到许沐的聊天界面，拇指在屏幕上蹭了半天，想说点儿什么，又不知道说什么。

许沐知道 Penta Kill 是他似乎也没生气，他有些后悔没套她的话，后来又觉得如果套话现在岂不是更尴尬。

这样胡思乱想半天，火山回来了。

关灯后，两个男生毫无困意，有的没的聊几句，没有多久，隔壁传来哼哼唧唧的声音。

这小破民宿隔音太差。

罗迹和火山双双开始上火。

火山暗骂一声："有完没完了。"大冷的天他给窗户开了个缝儿，回头看罗迹，"你没意见吧？"

罗迹说："开得好。"

许沐在给今天的图做后期。

白天在河边拍了很多张，她选出九张做了一个专题，其中他那张背影作为主打，整个画面的色调分左右两边，以罗迹修长有型的身体为中心，左边绿水青山，河水清澈见底，杂物 P 掉，调成明艳的滤镜，右边暗灰色调，垃圾随处可见，天空乌云密布，对比明显。

这张照片被她放在九宫格的正中央，同时编辑了一行文字，微博定时零点发送。

睡前她看了看实习生的群，天涯特别活跃，蹦豆子似的说话，大概这些日子把他憋坏了。

许沐刚放下手机，微信又响一声。

赵清欢发来一串问号。

许沐回了一串问号。

赵清欢发来一张图片，是许沐微博刚发出不久的环保专题里罗迹那张背影。

清欢：这男的谁？我怎么看着像那谁？

Dancing fish：相信你的眼睛。

清欢：……他怎么去了？顾希霖呢？

Dancing fish: 人家有人家的事，我怎么知道。

清欢：啧。

Dancing fish: 啧什么？

清欢：看来你的个人问题不用我操心了。

Dancing fish: 想通就好，有时间操心你自己吧。

赵清欢发了个白眼望天的表情。

清欢：没劲，睡觉！

赵清欢大学谈过男朋友，本来两人挺好，谁知毕业时那人为了前途发展签了南方的一座城市，而那时赵清欢已经准备考空姐。

当时她还闹过一阵，最终也没留住人。

后来一直异地，有回赵清欢去找他没提前说，在他租住的房子里看到了女人的鞋。

惊喜变惊吓，她没哭没闹没纠缠，二话没说分了手，直到现在也没再谈恋爱。

后来许沐曾问过，还恨他吗？

赵清欢说，有爱才有恨，死心了就没感觉了，谁的青春没喂过狗。

赵清欢的洒脱，许沐学不来，她想如果那件事发生在罗迹身上，她一定受不了。

后来换位思考，大概罗迹也觉得自己的青春喂了狗，谁不想初恋甜甜蜜蜜，有个好结果。

就很郁闷。

第二天没有特别的行程，大家准备吃过早饭就回城。火山把那只猫抱给小柔时，小柔特别兴奋，高兴得不得了。

火山就那么默默看着她笑。

他应该是真的很喜欢她吧。

许沐又想起顾希霖那句话：一个人的眼睛是不会骗人的。

回去的路上依旧是许沐坐副驾驶，车上多了只喵喵叫的小猫，热闹不少，几个人轮流撸，天涯让小柔给它起个名字。

小柔早想好了："叫火火。"

天涯酸得掉牙："天天秀恩爱也就算了，连只猫也不放过，你矜持点儿。"

小柔把猫从他手里抢回来："乐意。"

火山斜眼看他："你有意见？"

天涯惹不起："得，当我没说，火就火吧，祝你俩情比金坚，早生贵子。"

火山说:"借你吉言。"

后面热热闹闹,前面安安静静。

罗迹专心开车,偶尔看一眼许沐。她依旧穿着他送的那件衣服,下摆有些脏,是昨晚在山上蹭的。

罗迹说:"回学校?"

许沐嗯了一声。

罗迹打了一把方向盘,把许沐送回学校。车在校门口停下,他下车绕到后备厢把许沐的大背包和三脚架拿下来:"我送你。"

许沐摇头,接过他手里的东西:"这里不能长时间停车,你快走吧。"

罗迹看了她一会儿:"那明天见。"

"嗯。"她说。

晚上,罗迹到了和罗曜约好的那家餐厅。

罗家在青城也有不少业务,罗曜时常过来,有指定的酒店和餐厅。

罗迹推门进包厢时,罗曜正在开一瓶红酒。

他坐在罗曜对面:"兴致这么好。"

罗曜将红酒倒入醒酒器中:"这么晚回来,去哪儿玩了?"

"郊区。"

"跟女朋友?"

罗迹随手拿起一杯冰水喝了几口:"几个同学。"

罗曜笑了笑:"从小你就这样,一心虚就喝水。"

他示意侍者上菜,转头对罗迹说:"徐维科找过我。他求我,我没答应,后来他又找了我一次,说可能无意间冒犯了你的女朋友,一场误会,希望可以正式跟你女朋友道个歉。"

罗曜举杯摇了摇:"你什么时候有的女朋友。"

罗迹并不意外,想必徐维科死也想死个明白。

许沐介绍过罗迹的名字,两件事前后脚发生,以徐维科的人脉,稍微一查便知罗迹是罗家那个从不管事的小少爷。

他没想瞒罗曜,也没必要:"是许沐。"

罗曜有些意外,他认识许沐,当年两人是好朋友,罗曜作为家长去过学校两次,印象中许沐是个安静温柔的小姑娘,罗迹跟她在一起,老实不少,回家也不找碴儿了,他对许沐印象很好。

罗曜："她在青城？"

"嗯，她也在非比。"

"你们又在一起了？"

罗迹舔了下唇："还没。"

还没，就是有复合的可能。

罗曜有些同情徐维科了。

徐维科在合作方面并没出什么差错，他想如果罗迹能松口，道个歉，这事也就过去了。

可现在涉及许沐，那是一点儿转圜余地都不可能有。

他这个弟弟，他最了解，也最护着。罗迹说什么，只要不太过分，他都不会拒绝。

罗曜没再继续这个话题："公司在青城有个新项目，我年底之前会常过来，你有事就找我。"

罗迹应了声："嗯。"

两兄弟碰了杯，安静地吃完这顿饭。

十二月，游戏部彻底进入疯狂模式。

设计与制作并不好协调，有些技能做出来不能满足最初设计的要求，大会小会一个接一个，修改参数，调整节奏，切掉不必要的累赘，白忙几天是常事。

许沐常常一天都见不到罗迹，有时在食堂碰到，他一边吃饭一边还在跟火山他们讨论。

他工作时不苟言笑、严肃认真，许沐已经能想象出多年以后，他带队做游戏，开会时发飙拍桌的模样。

忙归忙，该有的活动还是要有，年会安排在这一年的最后一天，距离现在还有半个月。

几天前行政就将相关文件下发到各部门，要求每个部门至少准备三个节目，唱歌跳舞等形式不限，入选的节目将在年会现场演出。

非比在全国近十个城市都有分部，每年年会办得声势浩大，分部那边也会选送节目过来，不是报名就能上的。

项目组长邵东来并不上心，现在正忙，他没工夫分心管这事，把这活儿交给爱折腾的天涯，还叮嘱道："随便报几个，能上就上，上不去就不上，还有不到两个月过年，时间很紧，到时赶不上进度，谁都别想放假。"

天涯答应着，忙了小半天，凑了几个节目，交差是够了。

　　说到省时间，现成就有一个，大二那年他们参加学校活动，排了个舞，又燃又爆，惊艳全校。

　　当时那支舞的几个主跳，全在这儿了，随便练一练，换身衣服就能上。

　　许沐因为手头有新年广告的项目，比较忙，广告部没给她安排节目，但交给她一项任务，抽时间各部门走一走，拍一些员工日常和排演节目的片段，到时剪辑成视频，作为回顾在年会上播放。

　　快下班时，天涯往实习生群里发了张节目单，是行政部刚刚整理完的备选名单。

　　许沐随手点开往下划拉了几下，看到游戏部的几个节目。

　　其中一首国外的音乐，歌词翻译过来有些露骨，但一般这种场合只注重旋律和节奏，闹哄哄的大概也没人仔细听里面唱了什么，当然仔细听也不见得能听懂。

　　表演者后面跟了 Z 大五个实习生的名字，小柔平时柔柔弱弱，没想到竟然也能跳街舞。

　　第二天是周末，许沐去了薛明坤妻子所在的那家疗养院。

　　探望植物人买水果不太合适，许沐挑了一束百合，清香宜人，也不花哨。

　　房间在五楼最里面那间，很安静的角落。许沐透过小窗看进去，薛明坤坐在床边，正用毛巾帮妻子擦拭手臂。

　　许沐轻轻叩了两下门，推门进去。

　　薛明坤回头，看到许沐，脸上挂着笑："来了。"

　　许沐不敢大声讲话，点了下头，把花递给薛明坤："阿姨好些了吗？"

　　薛明坤接过花："你不用这样小心翼翼，正常说话就好，如果能吵醒她，我还要谢谢你。"他把花插在床头柜的透明花瓶中，"你很会选，她最喜欢百合。"

　　许沐站在床尾："我能帮什么忙吗？"

　　薛明坤换到另一边擦妻子的手，很细致，每根手指都擦到："不用，你坐一会儿，咱们随便聊聊天，她喜欢热闹。"

　　他看向妻子，像和正常人说话一样介绍许沐："清丰的女儿来看你了。"

　　许沐忙应声，跟床榻上的人打招呼。

　　她搬椅子坐在对面："咱们这样讲话，她会有感觉吗？"

　　薛明坤想了想："也许有，也许没有。"他苦笑一下，"不过我也习惯了，这些年都是这样过来的。"

　　护士姐姐推门进来："周主任回来了。"

　　薛明坤立刻起身，转身看向许沐："你先坐，我出去一下。"

　　许沐点头。

　　房间里只剩两个人，许沐看向床榻上的女人，伸手帮她盖好被子。

　　她的面庞安静平和，好像只是睡着，随时会醒过来一样。

　　床头柜上除了那束花，还有些纸巾之类的日常用品。

　　一个薄薄的本子卷开几页摊在那里。

　　许沐拿起翻了翻，发现是病历本，上面详细记载了薛明坤妻子这十一年来每星期的身体变化、用药等信息。

　　本子的第一页大半是空白，只在最上方有几行潦草的字迹，记录了几次转院信息。

　　岳城——桐州——青城。

　　桐州是许沐的家乡，她看了眼从桐州转院来青城的日期，九年前的冬天。

　　那一年，是许沐最难熬的一年。

　　父亲入狱，重病去世，短短半年时间，许沐的世界天翻地覆。

　　那时她才十三岁，对父亲最后的记忆是他入狱前，蹲在她面前，告诉她，要相信爸爸，爸爸没有做坏事，要她等他出来。

　　他依旧是她心里顶天立地无所不能的爸爸。

　　但许清丰食言了，他再也没回来。

　　从疗养院出来，许沐的心情就一直很沉重。

　　过去的人，总会勾起过去的回忆。

　　离开桐州那座城市，没人认识她，没人知道她的过往，没人在她背后指指点点，说她是黑心建筑商的孩子，不要跟她玩。

　　许沐兜兜转转，在壹号院门口下了车。

　　她有些恍惚，意识到这是哪儿时，出租车已经走了。她原地站了一会儿，这里看不到罗迹那栋房子。

　　睫毛清凉，有东西落在上面，转瞬即逝，与她眼中的湿润融在一起。

　　下雪了。

　　今年的初雪这样晚。

雪花渐大，许沐伸手接了几片，晶莹剔透，每片都不一样。

眼前的光被一道高大的身影遮住，许沐抬起头，看到罗迹的脸。

他似乎有些意外，今天周末，她不应该在这附近出现。

他发现许沐情绪不对，垂着眼看她："怎么了？"

"罗迹。"许沐喊他名字。

"嗯。"

"你能不能先不要动，让我靠一下？"

许沐向前一步，攥住他的衣角，额头轻轻抵在他的胸口。

第四章

说点儿好听的

许沐这样靠了很久。

罗迹没动，也没问她。雪越下越大，她头顶浅浅一层白，罗迹抬手轻抚，雪花融在他掌心。

许沐的肩头隐隐颤动，她忍着没有哭出声音。

罗迹掌心下移，轻拍她的后背，哄她："好了，我在呢。"

发泄够了，许沐低头抹掉眼泪，从他怀里退出来。

罗迹温柔看她："有人欺负你。"

许沐摇头。

"工作上的事？"

她还是摇头。

她不想说，罗迹没勉强："吃饭了吗？"

许沐说话带着些鼻音："没。"

罗迹抬了抬手："我买了面，一起吧。"

他手里拎着超市的袋子，里面装了两包挂面、一盒鸡蛋，还有一些青菜、几瓶水。

罗迹看出她的顾虑："家里没人，他们出去了。"他停顿一下，"有样东西，你看了也许心情会好些。"

许沐抬起头："什么东西？"

"去了就知道了。"

这间公寓许沐只在他们报到那天来过一次，后面再没来过。

罗迹指纹解锁，门锁响了一声，开了。

客厅没有太大变化，只是多了很多东西，生活气息很浓，阳台摆了几盆花，之前没有，大概是小柔添的。

罗迹把袋子放在开放式厨房的超大操作台上，环视客厅一圈，好像在找什么东西。

他走到茶几那弯腰看了眼底下，又掀起沙发上堆在一起的抱枕。

两道白影迅速从抱枕下窜了出来，许沐还没看清，其中一只借助茶几奋力跳跃，直往她身上扑。

她下意识地接住，定睛一看，怀里是只小小的布偶猫，头顶一撮灰毛，正是之前她在郊区救过的那只。

小柔买回来的另一只也在她脚边蹭来蹭去。

许沐特别意外，眼睛都亮了，使劲儿揉它的脑袋："它怎么在这儿，你把它买了？"

她欢喜的表情全落在罗迹眼里，他嗯了声："给小柔那只做个伴。"

那天火山给小柔买猫，她那眼神，就差把"羡慕"两个字写脑门儿上。

罗迹把大家送回壹号院，当天就折返郊区，把它带回来。

灰毛儿似乎还记得许沐，知道是她救了自己，特别热情，叫个不停。

许沐脱掉身上的羽绒衣，把它牢牢抱住，它的小脑袋在她胸口拱来拱去。

许沐："它叫什么名字？"

"没名字。"罗迹停顿一下，"你起吧。"

平时罗迹也不叫名字，想抱了就随手从沙发上拎起来，那猫也黏他，他怎么粗鲁都乐意，天涯一叫就叫唤。

许沐摸摸它脑袋上的一撮灰毛儿："叫'灰毛儿'？"说完又马上否定，"不好，像只鸡的名字。"

她心情好像好很多。

罗迹站在旁边看了一会儿："你慢慢想。"

他转身去厨房煮面。

罗迹从很多年前开始就一个人住，家里给安排的保姆他也不要，什么都自己弄。

反正他只有一个人，吃得也简单，后来跟许沐在一起，就常常带她回家，给她做东西吃。

有时他也赖皮装病，不让许沐走，每次都拖到晚上九点多才送她回家，许沐跟爷爷说自己在图书馆看书时特别有负罪感。

罗迹开火烧水，打开挂面袋子，抬头问她："想吃汤面，还是炸酱面？"

许沐想了一下："炸酱面。"

"什么酱？"

"鸡蛋。"

鸡蛋酱要放一些青椒末才好吃，而且家里也没有酱。罗迹关了火，走到门口穿鞋。许沐抱着猫单膝跪在沙发上看他："你去哪儿？"

"出去一下，你玩吧。"

他把门带上，家里只剩许沐一个人。

沙发扶手上搭了件男生的连帽卫衣，骚气的颜色一看就是天涯的。茶几上还剩半包香蕉干和脆皮核桃，几本游戏攻略书翻开几页摊在那里。

不知道他们是不是还要接着用那些书，许沐没有乱碰，把茶几上其他地方稍微收拾了一下，两只猫放到沙发上，走到厨房的操作台旁。

罗迹已经准备好两个鸡蛋，许沐拿了个空碗，把鸡蛋打进去，用筷子搅拌几下，不知道他什么时候回来，没敢开火。

罗迹去了刚刚那家超市，在生鲜区挑了两个青椒，顺手又拿了一瓶辣椒油和豆瓣酱。

许沐喜欢吃辣，炸酱面必放辣椒，以前他们自己买辣椒炸过一次，又糊又呛，根本没法儿吃，后来再没尝试过。

他又往车里扔了一盒樱桃和切好的菠萝块。

罗迹拎着袋子回家，刚出电梯就听到家里有人说话，很热闹。

进门一看，客厅一堆人，沙发旁的地板上放着五个装衣服的纸袋，天涯他们几个全回来了。

罗迹没想到他们这么早，月末的年会表演需要服装，他们几个去买，本来也让罗迹一起去，但他懒得动，说没意见，穿什么都行，一个人躲在家里偷闲。

天涯迎过来，接过他手里的东西："买什么好吃的了，我瞧瞧。"说完压低声音，做贼一样，"她来了你怎么不跟我们打个招呼，差点儿吓死我。"

罗迹："你们怎么那么早。"

"买完就回来了啊。"天涯打开袋子，看到里面那盒樱桃，"啧，一看就不是给我们买的。"

　　罗迹越过他看向许沐，她正跟小柔一人抱一只猫，挤在一起聊天。说到高兴时，她拎着两只猫爪子，跟它脑门儿对脑门儿使劲儿蹭。

　　以前没发现她这么喜欢猫。

　　大路张罗着试衣服看看效果，许沐说："你们这么早就买了，万一不能上呢？"

　　大路特别自信："那不可能，我们不上就没人能上了，得空我们给你露一手，让你感受一下包场VIP待遇。"

　　服装本来可以租，但他们几个看不上租服装那地儿的衣服，觉得忒俗，也不太干净，索性买新的。

　　统一的黑色鸭舌帽，黑衣黑裤黑短靴。小柔跟他们四个不一样，是显身材的紧身露脐装、工装裤，上身特别飒。

　　小柔把许沐拉到房间里换给她看。

　　罗迹在厨房煮面，天涯看到说："炸酱面吗？我也要。"

　　大路立刻举手："我也要。"

　　罗迹抬头看了他们一眼，火山两手垫在脑后，靠在沙发上，淡淡说："我一会儿带小柔出去吃。"

　　天涯扭头看罗迹："哦，要清场了是吧。"他一脸为难，"炸酱面挺香的，我好久没吃了。"

　　罗迹眼皮都没抬："全聚德，回来找我报销。"

　　"得嘞！"天涯得逗，一把将大路从沙发上拽起来，"炸酱面再香，也没烤鸭香你说是不是，用不用我打包一份鸭汤回来给你加餐？"

　　"不用。"

　　两人很快溜出门。

　　火山走到小柔房间门口敲了敲门："好了没？"

　　小柔把门打开一条缝，探头出来："干吗？"

　　火山看她身上："不是要试衣服？"

　　小柔说："我试完了，沐沐穿呢。"

　　许沐没穿过这种热舞的衣服，很新鲜，想尝试一下。

　　火山揉她的脑袋："走，带你吃好吃的去。"

　　"吃什么？"

　　"你想吃什么咱就吃什么。"

　　小柔的眼睛笑成一弯月牙儿："等我下，我帮她换下来，那衣服拉链在后头自己够不着。"

　　火山一把拽住小柔："有罗迹呢，用不着你。"

　　他把小柔拉出来给她套羽绒服。小柔反应过来，狠狠瞪他："你们男的怎么都那么缺德？"

她不干，转身要回房间。火山忽然拦腰将她抱起，强行退场："饱汉子不知饿汉子饥，你哪头的？罗迹还能吃了她不成？"

小柔挣扎："我哪儿饱了！"

"你不饱吗？"

"流氓！"

小柔哪里挣得过他，三两下就被弄走。

罗迹去洗手间的工夫，客厅里已经一个人都没有了。

面已经煮好，鸡蛋酱也做好，他在餐桌前等了几分钟，许沐还没出来，灰毛儿跳到他膝盖上。罗迹揉了一把它的脑袋："你去叫她。"

灰毛儿懒洋洋地趴着不动。

罗迹挑它的下巴："真懒，那我去了。"

他看了眼小柔房间，门开一道缝，里面没有声音。他走过去敲门："面好了。"

里面传出窸窸窣窣的声音，许沐说："小柔呢？"

"走了。"

许沐打开门："走了？什么时候走的？"

"刚走。"

罗迹看到她身上的衣服，是小柔那件露脐装。

许沐腰肢纤细，一丝赘肉没有，皮肤白皙，工装裤的深灰色腰带卡在腰间，引人无限遐想。

脑子里有些画面闪过。罗迹喉结滚了滚，不自在地移开视线："出来吃饭。"

许沐手在身侧蹭了下："我先换掉。"

罗迹应了声，转身想走，许沐忽然叫住他："哎。"

他回头，眼神问她怎么了。

许沐有些难以启齿，但小柔就这么不声不响走了，这里也没有别人可以帮忙。

她犹犹豫豫："衣服脱不掉。"

罗迹愣了下："什么？"

许沐反手指了指脖子后面："拉不下去。"

罗迹听懂了。

她的脸已经红成苹果。

罗迹上前一步，握住她的肩膀把她身子扳过去，把拉链拉下半截，到她手可以碰到的地方就停下："好了。"

他太自然，好像这是特别正常的一件事。

他临走还不忘催她："你快点儿，一会儿凉了。"

关上门后，罗迹深呼吸，使劲儿揉心口，觉得自己太没出息。又不是要干什么，紧张个什么劲儿？

他指腹滚烫，刚刚不小心刮到她内衣搭扣，他手一抖差点儿没全拉下去。

这种时候一定要绅士，一眼不能多看。

炸酱面很香，许沐一连放了两勺辣椒。

她好像比以前还能吃辣。

桌上放着洗好的樱桃和菠萝。

灰毛儿已经转移阵地，从罗迹的腿上挪到许沐的腿上，依旧在睡觉。

跟它原来那个主人太像了，特别懒。

这顿饭吃得安静又舒服，饭后许沐帮他把碗筷放到水池里，收拾餐桌。

她没理由再待下去，罗迹送她出去。

雪还在下，卷着北风，许沐的刘海儿瞬间被吹乱，她的橘色羽绒服映衬着莹白的雪地，特别柔和。

走到小区门口，许沐停下脚步，抬起头看他："今天谢谢你。"

他目光扫过她的眉眼："有解决不了的事，告诉我。"

许沐盯着他领口的扣子，没有应声。

她后退几步："我走了。"

刚转身，罗迹忽然开口："许沐。"

踩雪的声音停止，许沐脚步顿住。

罗迹看着她的背影："为什么来这儿？"

只出门这一会儿，两人身上便落了一层雪，她微卷的长发中藏了更多。

罗迹想起以前，也是一次初雪，她把他拉到外面，冰天雪地，两人头顶一层白。许沐笑着说："你看，我们一起白头了。"

许沐没动，罗迹又问一遍："为什么来这里？"

过了会儿，她说："路过。"

"只是路过吗？"

罗迹握紧拳头："你是不是有话跟我说。"

罗迹想听什么，许沐心里很清楚。

从决赛到那晚的情不自禁，从他来青城到今天，他们之间发生的所有事都深深印刻在她脑中。

她不是看不出来，她不傻。

但她什么都不能做，如果做了，这几年的苦就白受了，那些疯狂想念的夜晚也白熬了。

她不想半途而废。

许沐想是不是这些日子跟他走得太近，近到得寸进尺，想要更多。

别太贪心。

最终她也没有告诉罗迹为什么会来，拦下一辆出租车很快消失在路口。

罗迹站在空荡的街口，许久没有离开。

失望吗？

也许不。

他花了几年时间接受了他们已经分手的事实，对所有可能面对的结果都有心理准备。

只是当许沐主动靠在他肩上时，他还是忍不住动了一丝那个隐藏在他内心深处的念头。

也许她心里还是有些在乎他的，起码她脆弱无助时，会想到他。

接下来的一段时间，非比进入了热闹又忙碌的阶段。

健身房、会议室，只要是空地稍大一点儿的地方，都有人在排演节目。

罗迹他们不在公司排练，嫌太吵，而且被大家看到，也没什么新鲜感，公寓客厅足够他们几个折腾。

下班时沈瑜想拉许沐一起去壹号院看他们排练："天涯说可燃了，我想去看看。"

那天后，许沐和罗迹再没机会单独相处，人多时偶尔对视一眼，她也很快避开。

许沐不想去，沈瑜探身盯着她的眼睛："你跟罗迹怎么了？"

许沐绕开沈瑜："没怎么。"

这方面，沈瑜跟天涯有着同样敏锐的嗅觉，明明前阵子他们还很和谐，复合的苗头不小，不知从哪天开始，忽然又生疏起来。

.115.

她和天涯私底下互通消息，天涯说不能啊，那天她还在我们宿舍吃炸酱面来着，我都被清场了。

当然他没提他被清去全聚德狠狠宰了罗迹一顿的事。

沈瑜跟上去，挽住许沐："那这几天你怎么不理他？"

"没有不理他，他不是忙吗，我也忙。"许沐指了指远处驶来的公交车，"我要去商场买东西。"

"买什么？"

"围巾。"

那条新年广告需要一条红色的围巾，道具同事找来几条，不是颜色不正就是长度不够，许沐一直不太满意，想试着自己找一找。

她不去，沈瑜也没了兴致，跟她一起上公交车。

这种红色的围巾在品牌店多的大商场其实不太好找，要去一些地下商场，零散的商户，一个个小摊那种地方。

她们下班时间比较晚，过来的时候只有不到一小时可以逛。

地下一层左侧靠里面的位置就是专门卖帽子、围巾、手套这类东西的摊位。

两人转了一圈，围巾倒是有，现在正应季，款式也多，但红色的很少，颜色暗沉，不是很亮眼。

就在许沐以为今天白来一趟，没什么收获时，忽然发现角落不起眼的地方有一家毛线店铺。

一整面墙壁被打成正方形的小格子，每个格子里一种毛线，颜色鲜艳，花花绿绿，远远一看跟糖果屋似的。

她忽然觉得为什么不自己织一条呢？

款式宽度和长度都可以自己决定，再好不过。

已经快要关店，老板正在收拾摊位，许沐扫了一圈格子墙，选了其中三种明暗不同的红色："麻烦帮我拿一下那个。"她指着一个方向，"第三排倒数第六个，还有旁边那个，对。"

沈瑜拿起一包捏了捏，毛线质地不错："你不会要自己织吧。"

许沐一手一团，对比两种颜色："对啊。"

沈瑜惊讶："你还有这手艺呢？"

其实太复杂的许沐也不会，她只会最普通的平针、正反针什么的，这个程度织条围巾应该足够。

以前有那么几年非常流行女生给男生织围巾，织手套。许沐也织过，她特意找邻居家的阿姨学，织了两条，一条给爷爷，一条给罗迹。

罗迹收到时特别高兴，第二天就戴去学校，跟他哥们儿显摆。他是班里第一个收到围巾的男生，得意得很。

男生之间有时就是会很幼稚，很在意这些小事。

不知为什么，想到罗迹，许沐心里一阵难受。

这种难受是跟以前不一样的感受。

分开几年，她心底早已平静，只默默想念，不奢望更多。

可现在她每天都能看到他，看他那么努力地工作，他电脑旁永远有一盒青柠味的口香糖。

他会为了一个技能设定直接跟组长杠，他只坚持最好的，无论多麻烦。

他说过要做最好的游戏。

这样看着，还不如以前见不到的时候。

她会越来越想看，找借口路过他的办公室，在群里翻他寥寥无几的文字，零星从同事那里留意他的消息。

她越来越不满足，无法控制地想要更多。

人的贪欲可能就是这样来的，从没有过可以，但曾有过，又不给我，就很难受。

许沐最终选定一种颜色。她多年不碰这东西，为了保险，多买了几团线备用，又买了几根织毛衣的针。

从地下商场出来时，天已经黑透，但这一片附近有商业街，灯火通明，现在还是很热闹，时间还早，沈瑜说想去吃烤鱼，许沐的脚步忽然变慢。

沈瑜顺着她的目光看过去，发现墙根儿下有一大一小两个人。

他们坐在破旧的褥子上，前面一个塑料盆，里面零星有些硬币和纸币。

那个大人看着脸脏，实际面相年轻，不超过四十岁，一脸凶相，下面只有半截腿，身旁有个拉绳的滑板，应该是代步用的。

坐他旁边的女孩儿三四岁的样子，头发剃得乱七八糟，小脸儿脏兮兮。女孩儿很安静，不哭不闹，眼睛也没有乱看，低着头动都不动。

沈瑜说："这种太多了，可怜不过来，我原来每次看到都给，后来发现他们比我还有钱，天天跟上下班似的。"她看了眼许沐，"你同情心泛滥了是不是，你要不舒服咱就意思一下。"

有路人好心送了个面包给女孩儿，她不敢接，男人给了个眼神才接。

女孩儿只吃了两口，又被男人呵斥，吓得把面包放回盆子里。

许沐表情严肃："我觉得有点儿不对。"

沈瑜奇怪："什么不对？"

许沐让她看那个女孩儿："头发好像剃刀剃的，长得跟那个男的也不像。"

沈瑜："要饭的哪儿来的钱剪头发，长得不像的父女有很多啊，我跟我爸就不太像。"

许沐不敢肯定，但以前也有在网上看到过一些新闻，小朋友被人贩子偷走后，剃头发换衣服，要么卖到山沟里，要么带到外地去乞讨。

有小孩儿的乞者，"生意"总是会好些。

人性的弱点和同情心被那些人钻研得十分透彻。

许沐把疑虑告诉沈瑜，沈瑜有些心惊："不会吧，这种事一向只在网上听说，从没见过。"

"报警吧。"许沐说，"还是确定一下，不是最好，就当我多事。"

她报警说了情况，警察说三分钟到。

许沐和沈瑜没走，站在附近装路人盯着他们。

沈瑜眼珠乱转："太刺激了，沐沐，你紧不紧张，我手心都出汗了。"

没有一会儿，许沐发现那个男人在收拾东西，似乎要走，可警察还没来。

沈瑜急得冒汗："怎么办？他们要走了？"

"你在这儿等我，别过去。"许沐说完，一边掏钱包一边走过去，她没有零钱，拿出张一百的纸币扔进塑料盆里，蹲下身子笑着摸了摸女孩儿的头，"你几岁了？"

女孩儿怯怯地偷看她一眼，又低下头。

许沐出手大方，男人作揖说谢谢，公式化的动作，毫无感激可言。

不远处传来警车的声音，男人加快收摊速度。许沐一把摁住面前装钱的塑料盆："我看小妹妹饿坏了，我给你们买点儿吃的吧？"

"不用，谢谢。"男人使劲儿拽。

许沐没撒手："就在前面的超市，我朋友去买了，马上回来。"

平时警车也会路过，男人本没在意，但这次车停在很近的地方，下来两个穿警服的人直奔这里。

男人忽然紧张，顾不上地上的钱，扯过女孩儿就要撤。

许沐死死拽着女孩儿不放。

警察跑过来，男人一把将许沐和女孩儿推倒在地，站起来就跑。

大概坐久了腿麻，他趔趄两步差点儿摔倒，最后还是爬起来一溜烟钻进胡同里。

早已有警察追过去。

余下另一名警察看了眼许沐："是你报的警？"

许沐点头，怀里的女孩儿死死抱着她不松手。

早在男人推许沐时沈瑜就跑过来了，特别紧张地蹲在她身边："你没事吧？"

"没事。"

许沐看了看怀里的女孩儿，抬手把她的刘海儿抚开，是个很漂亮的大眼睛小姑娘。

许沐和沈瑜被带到派出所做笔录，折腾好久，完事时已经快九点。

那个男人跑掉了，民警说会继续追查这件事。

这事交给警察，许沐放心，但眼前有另一件更棘手的事。

女孩儿不愿意待在派出所，许沐走到哪儿，她就跟到哪儿，不让跟就哭，哭还不出声，可怜巴巴掉眼泪，掉得人心疼。

已经耗到十点多，许沐和沈瑜走不成，民警也头疼。

最后民警跟她商量："要不您先收留她一晚，我们联系好福利院再送她过去。"

一般这种事都是把孩子暂放到福利院那类地方，等找到亲人再办手续接走。

许沐没办法，只好答应。

身边多了个跟屁虫，两人站在派出所门口，一时不知该往哪儿去。

宿舍最近严查，外人一律不许进。许沐说："要不在附近酒店开间房。"

"别花冤枉钱，有现成免费的地方。"沈瑜拿出电话给天涯拨过去。

天涯痛快答应："你们在哪儿，我接你们去。"

服务挺到位，沈瑜破天荒地夸了天涯。

二十分钟不到，路口停了辆车。天涯从副驾驶探头出来，冲这边招了招手："快点儿，这儿不能停车。"

三人很快上车，许沐发现司机竟然是罗迹。

两人透过后视镜对视一眼，谁都没说话。

　　沈瑜左右看了看："这车太豪华了，哪儿弄的？"

　　天涯说："迹哥他哥的。"

　　罗曜出差青城，就住壹号院附近的酒店。

　　后座很宽敞，方便罗曜上下车。

　　路上沈瑜绘声绘色把今晚这事儿讲了一遍，说书一样特别夸张，讲到许沐被那人推倒在地时，罗迹抬眼看向后视镜。

　　许沐似乎有些疲惫，半眯着眼睛快要睡着。

　　公寓里的人都没睡，小柔放好洗澡水，大路准备了不少吃的。

　　趁许沐和小柔在浴室里给女孩儿洗澡时，天涯跟沈瑜商量："都半夜了，你们俩也别走了，这有地儿。"

　　"房间都满了，哪有地儿啊？"

　　天涯指着火山："他房间统共没睡过几次，干净得很，双人床，你们仨住正好。"

　　沈瑜痛快地答应："那行。"

　　本来公寓里五个人，添了两只猫，现在又添了个小孩儿，外加许沐和沈瑜，可是够热闹的。

　　已经后半夜，大家先后回房睡觉。许沐把女孩儿哄睡，轻声退出房间。

　　她还没洗漱。

　　洗手间有人，许沐坐在沙发上等。

　　今晚闹哄哄，她都没跟罗迹说上一句话。

　　洗手间里的人出来，是罗迹。

　　看到许沐在那儿等，他转身又回去，把洗手间里挂着的几条男生内裤都收走。

　　平时小柔用主卧的洗手间，所以外面这间他们就比较随意。

　　罗迹再次出来："去吧。"

　　"嗯。"

　　许沐侧身从他身边过去。洗手台上都是男生的东西，她也没什么选择的余地，随便拿了个男士洗面奶把脸洗了。

　　手掌沾到水有些疼，她看了眼，才发现掌心靠近脉搏的地方擦破了，应该是抱着女孩儿摔倒时蹭的。

　　不太严重，她都没注意。

　　门口有声音，罗迹又进来，往台子上扔了个崭新没开封的牙刷。

许沐顿了顿："谢谢。"

罗迹没说什么，目光在她身上扫过，眼尖看到她手上的伤："那怎么了？"

他皱眉走过去，拎起她的手仔细看，伤口沾了水，泡软了，有些发白，隐隐有血丝渗出。

他不由分说把许沐拉出洗手间，让她坐在沙发上。

茶几底下就是小药箱，罗迹打开翻了翻，找到消毒水和棉签。

处理伤口他最在行，经验丰富。

他坐在许沐对面低矮的小凳上，比她低了一些，小心翼翼捧着她的手，对着那里轻轻吹气，生怕弄疼她。

许沐小声说："其实没事的，一点儿都不疼。"

这伤口还没有他被茶盒刮伤那次严重。

罗迹始终沉默，棉签蘸着药水一点点涂。

灰毛儿似乎睡毛了，叫唤两声。

罗迹握着她的手，忽然开口："打算以后都不理我了吗？"

距离上次在小区门口分开，他们已经整整十天没有说话。

伤口处理完，罗迹没松手。

许沐小声说："不是。"

"那为什么躲我？"

许沐不知道怎么说，一直低着头。

罗迹看她一眼，拇指在她掌心慢慢研磨，拿她一点儿办法都没有。

认了。

"那天我不过随口一问，你不想说可以不说。"他停顿一会儿，嗓音暗哑几分，"我不逼你。"

他掌心温热，许沐的手指动了动："罗迹。"

他抬眸。

"这几年，你是不是很讨厌我，也很恨我？"

罗迹干脆地说："我现在也很讨厌你。"

许沐怔了怔，一双眼睛盯着他看。

"我讨厌口是心非、认不清自己的人。"罗迹没有看她，过了会儿，他松开她的手，"收拾完就睡吧。"

走到房间门口，罗迹忽然又停下："你还没给猫取名字。"

话题转变太快，许沐还沉浸在他刚刚那句话里。

她看向挤在沙发角落的灰毛儿和火火，它们俩在这里的日子过得太舒服惬意，比在郊区时圆润不少，也比以前黏人很多。

她在浴室给女孩儿洗澡时，它就趴在门口等她。

许沐一时也想不出："你要找它时怎么叫？"

"我一般不用找。"

灰毛儿亲疏远近分得很清楚，只认许沐和罗迹，毕竟一个救了它，一个是他的新主人。罗迹一回家准保扑过来，他常常把它拎到自己肩上或腿上趴着。

罗迹做运动时它也跟着凑热闹，上次俯卧撑，他一起来它就趁机钻到他身下趴着，差点儿没被压扁。

许沐是起名困难症："要不就叫灰毛儿吧。"随便了点，倒也好记。

罗迹没意见："行。"

许沐收拾完回房，床上的两个人已经睡熟。沈瑜睡觉不老实，占了半张床，被子有一半掉在地上。女孩儿倒是很老实，规规矩矩缩在中间，似乎怕占了许沐的位置。

可怜的孩子，不知道跟着那些可怕的人多久，睡觉都这样小心翼翼，心里一定很害怕。

许沐绕到那头把沈瑜的被子拉上去盖好，关灯休息。

第二天许沐醒得很早，她睡眼惺忪，偏头看了一下，沈瑜还在呼呼大睡。

两人中间空荡荡。

许沐心里一惊，一下从床上坐起来。

女孩儿不知什么时候起来，就坐在床尾，一双大眼睛转来转去，盯着许沐看。

许沐松了口气，往前挪了一点儿，试探着跟她讲话："你醒啦？"

女孩儿眨着眼睛看她。

"你叫什么名字？"

昨晚问过，但女孩儿没说，沈瑜一度觉得这女孩儿是不是不会说话。

许沐揉了揉她的脑袋，又问了一遍。这次她说话了，声音又小又细："喜乐。"

很好听的名字。

许沐又问她父母是谁、家在哪里，她一直摇头，看样子什么都不记得。

客厅里，小柔把火山买回来的早餐摆到桌上。

今天人多就没有做，买了现成的粥和小饼，火山特意给喜乐买了一兜小零食。

吃饭时许沐没看到天涯和大路，小柔说大路自告奋勇给喜乐买衣服去了。这里没有她能穿的衣服，原来那件脏旧的破烂衣服也不能穿，昨晚小柔拿了一件自己的白衬衣给喜乐套上，长度到小腿，跟大裙子似的，要是男生的衣服，都能拖地。

大路这种反应其实挺正常。

他是苦孩子，家里两个妹妹，从小他就紧着自己，把所有好东西都让给妹妹们，见不得她们受一点儿委屈。大二那年接到通知老家要拆迁，硬生生拆出一千多万，他忽然变成了拆二代。如今手里攥着十几套房子，每月只收租就好几万进账。

拆迁款下来那天，他挺淡定，上午正常上课，下午便没了踪影，后来天涯问他干什么去了，他说也没什么，我上后街吃大闸蟹去了。

他想自己终于能想吃多少吃多少了。

昨晚看到喜乐那副可怜模样，他特难受，想起小时候没钱买衣服，捡亲戚家哥哥的穿，大两号，裤子直绊脚。

今儿一大早掐着商场开门的点儿就去了，天涯一向跟他统一行动，两人早饭都没吃就跑了。

沈瑜喝了口粥："他俩那直男眼光，买来的衣服能看吗？"

小柔忍不住笑："我也这么说来着，可架不住人家积极性高啊。"

许沐在阳台接电话，讲了好几分钟，罗迹隐约听到"医院"两个字，扭头看她。

她回来后把手机放桌旁，拿一杯豆浆喝。

罗迹："怎么了？"

"嗯？"

他示意电话："要去医院？"

许沐点头："是小姨，她这周过不来，一会儿我帮她取下个疗程的药。"她有些发愁，"但快递至少也要两天，她的药只够今天，大概要停两天了。"

"她在哪儿？"

"北京。"

罗迹想了一下："我哥今天回去，让他带过去吧，晚上就能拿到。"

许沐犹豫："行吗？会不会太麻烦？"

印象中，罗曜是个不苟言笑的人，很严肃，那张英俊的脸跟罗迹有几分相似，但比罗迹要冷许多。

当然，罗迹不笑时也很冷。

大概是遗传？不知道罗迹的爸爸是个怎样的人。

"不麻烦。"罗迹说，他把面前的小菜往许沐那边推了推，"先吃饭。"

本以为罗迹会在家等，但许沐准备出发时，看到他也换了衣服，似乎想跟她一起去。

喜乐见状，立刻放下怀里的灰毛儿，跑到许沐跟前揪住她的衣服。

许沐蹲下跟她平视："喜乐，姐姐要出去办事，一会儿就回来，你在家等我好不好？"

喜乐摇了摇头。

许沐指了指旁边几个人："哥哥姐姐都会陪你玩，而且你现在也没有衣服穿，外面好冷的。"

喜乐看了许沐一会儿，冒出昨晚到现在除了名字外的第一句话："什么时候回来？"

她声音小，说得又慢，软软糯糯，可怜兮兮，许沐都不忍走了。许沐把喜乐搂在怀里，轻抚她的背："很快，晚饭前我一定回来。"

出来后，罗迹没打车，去隔壁酒店把罗曜的车弄来，司机恭敬地将车钥匙递给他："我送您吧。"

"不用。"罗迹接过钥匙，把副驾驶的门打开，让许沐上去，"我两个小时回来，找我哥还有点儿事，来得及吧？"

司机点头说来得及："我们下午五点的飞机。"

时间比较赶，罗迹抄了近路，到医院门口先把许沐放下，自己去停车。

回来时，他站在门诊大楼前，忽然想起上次，他误会许沐怀孕。

现在想想，如果是真的，也不错。

管她是否心甘情愿，起码人在身边。

以前和女生交往时太小，什么结婚啊，生孩子之类的话题从没聊过，总觉得太遥远。

那时他只在意当下。

关心她的成绩，生怕自己影响到她。

关心新学期她会不会换个帅气的男同桌。

关心第二天的早餐是给她买豆浆油条还是米粥小笼包。

以前那些琐碎的小事现在回过头看，实在太珍贵。

以至于分手那么久，他依旧不舍、不甘，不管她在他心里藏得多深，在见到她那一刻，总能天崩地裂。

决赛前那晚，看到她的照片，他一夜没睡。

许沐拎着药推门出来，看到罗迹站在门口吹冷风，领口敞开，耳朵和鼻尖都冻红了。

她快速跑过去："你怎么不进去等？多冷啊。"

她有些着急，伸手替他整理领口，遮住他的脖子，不让风灌进去。

罗迹就那么看着她。许沐跟他眼神交汇，意识到自己的行为有些不妥，她松了手："会感冒的。"

罗迹不着痕迹地笑了下："嗯。"他补充，"我有点儿热，所以没进去。"

他接过许沐手里的东西，沉甸甸的中药，足足有十几袋。

两人到罗曜那儿时，已经是下午一点。

罗曜坐在窗边，手里翻阅一本书，他的生活秘书正在收拾行李。

罗迹带许沐进去："哥。"

罗曜的目光只在罗迹身上停留两秒，便转向他身旁的许沐。他有些意外，却没表现得很明显："好久不见。"

许沐说："曜哥。"

很多年前见过几次，她都喊他"曜哥"。

罗曜对罗迹很纵容，但也不是无底线，他再三叮嘱罗迹，要尊重人家小姑娘，做事有分寸，不要任性欺负人，也别一天到晚拉着人家到处玩，学业为重。

他们一起吃过几次饭，许沐对罗曜印象非常好。他是那种坐着轮椅也会让人觉得自己矮一截的人。

罗曜指着一旁的椅子让两人坐，笑意温淡："之前听说你也在青城，我应该早些安排请你吃个饭。"

许沐偏头看罗迹，他有些不自在，拳头在唇边轻抵："哥，我们有事请你帮忙。"

听到"我们"，罗曜不露声色地看了罗迹一眼："什么事？"

罗迹把装药的袋子放在落地窗边的小茶桌上，说让他帮忙把药带回去。罗曜点了下头，示意秘书一起放进箱子里。

许沐道谢："麻烦曜哥了。"

罗曜语气随意，像跟自家人说话："你的事，不算麻烦。"

他又问："你们两个有没有吃饭？"

罗迹说没吃。

罗曜对不远处的秘书说，"叫几个菜送上来。"他把手里的书放到桌上，"吃完我也该走了。"

许沐想起一件事："对了，我小姨叫'赵清欢'，等您飞机落地，我让她找您。"

罗曜手指顿了顿，目光微动："她叫什么？"

"赵清欢。"

有些熟悉的名字。

在他众星捧月，风光无限的那些年里，曾参加过某校的演讲邀约。那个负责接待指引的姑娘，活泼明艳，灵气十足，她似乎也叫这个名字。

她很勇敢，才见过几面就挺直腰板跟他表白，那时他年轻气盛，只顾事业，对谈恋爱没有兴趣。

后来出事，他双腿残废，便彻底断了这方面的心思。

许沐的小姨年岁应该不小，他只当同名："好。"

酒店很快送来饭菜，荤素搭配，营养均衡，看得出罗曜平时饮食很讲究。

罗迹先吃完，衣服不小心蹭了些污渍，去洗手间清理。

餐桌只剩罗曜和许沐两个人。

罗曜说："其实我一直觉得有些可惜。"

许沐抬起头看向他。

"以前你们两个在一起，我一度以为你会成为我的弟妹。"

许沐放在膝间的手指微微动了动，嘴角扯出一丝笑："都是过去的事了。"

罗曜用纸巾擦手："是吗？那小子让我处理先科，我以为你们还有希望。"

许沐怔了怔："先科？"

"你不知道？"

许沐摇头。

罗曜淡笑了下："看来我多嘴了。"

罗迹从洗手间出来，衣角湿了一大块。罗曜问他要不要烘干一下，他随手扯几张纸巾揾去多余的水分："就这样吧，一会儿就干了。"

时间已经差不多，罗曜准备出发去机场。

罗迹说："我不送你了。"

"嗯。"

几人一起下楼，在门口分开。罗曜上车后，秘书将轮椅收起，放回后备厢。

罗曜打开后车窗："你们什么时候放假？"

罗迹："早呢，一月后才能通知。"

"过年早点儿回岳城，奶奶惦记你。"

罗迹没说话，示意司机开车："走槐中路，不堵车。"

罗曜走后，两人回壹号院，许沐答应喜乐晚饭前回去。

派出所已经联系她，说明天就可以把喜乐送走，还要再麻烦她一晚。

今天大概还要住在这边。

路上，许沐犹豫很久，开口问他："先科是怎么回事？"

罗迹偏头看她："什么？"

"曜哥说，你让他处理先科。"

"嗯。"罗迹语气很淡，似乎没把这件事当回事，"徐维科跟我哥有合作，我给砍了。"

许沐看着他，没有说话。她心底涌起无数纷乱复杂的情绪，似乎知道原因，却还是想问："为什么？"

"看他不顺眼。"

"是因为那晚的事吗？"

罗迹的目光在她脸上扫过，试图捕捉她眼中的一丝波动。

他点头："是。

"除了我，别人不能欺负你。"

这话他以前曾说过。

那时他们还没在一起，有次放学许沐被几个外校的小混混堵在胡同里，罗迹一个人就把对方全部打趴下，顶着青紫的脑门儿自以为很帅，特霸气地说："只有我能欺负你。"

后来罗迹回忆，觉得就是从那天开始，许沐对他的态度有了一些转变，偶尔也会对他笑。

那时她对他笑一下，他能乐一天。

女人果然还是抗拒不了可以保护自己的男人，尤其是缺乏安全感的女人。

罗迹见她一直没说话，盯着她的眼睛："觉得我多事？"

"没有。"许沐立刻说，"谢谢你。"

两人在冰天雪地站了一会儿，罗迹说："走吧。"

"嗯。"

回到壹号院，公寓里很热闹。

喜乐已经换上大路给她买回来的小裙子，沙发上还散落几件衣服。

不知道是不是男生觉得所有女生都喜欢粉色，这一整套行装真的是从里粉到外，也没个色差搭配。

太粉了。

不过款式都还可以，喜乐似乎很喜欢。

她长得很漂亮，大眼睛，团团的小脸儿，换上新衣服更精神，就是头发依旧左一块右一块，有长有短参差不齐，现在扎不起来，都剃光了也怪怪的，只能稍微修剪一下，等长一点儿就好了。

喜乐来了不到一天，成功获得这个家里"团宠"的地位。

大家都很喜欢她，吃的喝的通通往她面前塞，到晚上时，她已经放开很多，话也多了不少，只是依旧只跟许沐睡。

沈瑜今晚回宿舍住，只有许沐和喜乐在房间，床宽敞许多，许沐把她哄睡后便悄声出来。

现在才九点多，大家都没睡，天涯和大路研究半天她的毛线，一针没下去。

天涯说："这玩意儿太难了，你们女生是怎么学会的？"

"好多年不弄，我也有点儿忘了。"许沐从天涯手里接过织针，红色的线在针上绕了几圈，似乎哪里不对，她拆了又弄两次，最后放弃，拿出手机上网搜了搜怎样起针。

罗迹从浴室出来，他刚刚洗完澡，脸颊和胸口还有些水珠，正用藏蓝色的毛巾擦头发。

沙发上，许沐坐在那里，手里两根织针，已经起了个头，茶几上立着手机，她织两针，看一眼。

罗迹走到沙发另一侧坐下。

两人中间隔着天涯，大路注意到，给天涯使了个眼色，两人假模假样唠了几句，各自回房。

许沐看了一会儿教程就已经会了，以前也织过，很快熟练起来，织得很快。

罗迹看着电视里她的影子，觉得她那样靠在沙发角落织东西，特别乖，很温顺。

有点儿像……贤妻良母？

这词用在她身上有些奇怪，反正就是有一种家的感觉，很温馨。

过了会儿，罗迹挪了个位置，往她身边靠了靠，一只手臂搭在沙发靠背上，指尖跟她的耳朵只隔一点儿距离。

他坐姿随意，偏头看她灵巧的手。

许沐注意到他的目光，抬头看了他一眼。

罗迹说："怎么想起自己织？"

"找不到合适的。"许沐说。

罗迹哼了一声："公司可真省钱。"

看到这条刚起头的围巾，他不免想起自己那条，目光落在她脸上："你送我那条还在吗？"

那个冬天特别冷，有一天风很大，罗迹把围巾给许沐戴，她忘记还给他，后来分手，就再没见过那条围巾。

许沐没想到他忽然问起这个，犹豫一下，还是说了："在。"

"在青城？"

许沐摇头："在家。"

她没带过来，一直收在自己房间的小柜子里。

罗迹没再继续问。

许沐没挑战难度高的织法，用了最普通的平针，熟练之后速度有些提升，没有多久就织出很长一截。

需要多宽多长，她心里有数，默默计算剩余的尺寸。

罗迹没走，就坐她旁边，有时翻看手机，有时看她织。

十点半一到，罗迹把玩着手里的毛线团："明天再弄吧。"

许沐答应着，手还在继续："我弄完这一行。"

罗迹看她一眼："明天送喜乐走？"

"嗯。"

"我跟你去。"

织针停下，许沐抬头看他，过了会儿："明天你不是要加班吗？"

之前听大路提过，周日他们要加班。

罗迹语气随意："晚一点儿去，我弄得快。"

他能力很强，这一点许沐从没怀疑过。

罗迹在这方面很有天赋，那套东西，包括设计和制作，随便挑一样他都能上手。说白了，现在扔给他个任务，让他独立完成一款游戏，他也办得到，只是时间长短的问题。

第二天一早，其他人都去公司加班，家里只剩三个人。

喜乐知道许沐要把她送走，一直在哭，许沐哄了很久才好一些。

许沐抱着她："警察叔叔会帮喜乐找爸爸妈妈，到时喜乐就能回家了。"

罗迹拎着喜乐的衣服、玩具和零食，两天不到，喜乐已经多了不少"行李"。

出租车上，喜乐眼睛红红的，坐在许沐腿上。

等一个红灯时，喜乐一直盯着车窗外的糖葫芦摊。

绿灯亮起，过了路口，许沐忽然对司机说："麻烦靠边停一下。"

她把喜乐挪到罗迹那边，又对司机说："等我半分钟。"

为了赶时间，许沐跑得飞快，到那直接拿两串，付了钱又跑回来。她气喘吁吁上车，司机一脚油门开走。

许沐给了喜乐一串，喜乐很高兴，一口咬下半颗山楂。另一串，许沐越过喜乐，递给罗迹。

罗迹下意识地接住，又觉得有点儿好笑："你拿我当小孩儿吗？"

许沐说："你不是爱吃吗？"

罗迹拿着那串糖葫芦，有些怔然。他爱吃，以前每次路过都会买两串，但已经很久没吃过了。

"你还记得。"罗迹说。

他低头吃一口，很香甜，冰糖酥脆，很好吃。他把竹签抬高一点儿，递到她嘴边："你也吃。"

许沐没有拒绝，张嘴吃了。

罗迹把她咬剩下那一半吃掉。

本来送到派出所就可以，但喜乐不让许沐走，两人只好随着一起去了福利院。

这里都是孤儿，也有一些是跟喜乐一样情况的孩子，有的已经在这里住了很久，还没有联系到孩子的父母。

许沐又陪了一会儿，这次真的要走了。

她拿出纸笔写下自己的名字和电话："以后想我了，就给我打电话，好吗？"

喜乐把纸条攥在手里，乖乖点了点头。

院长阿姨看到喜乐身边的一堆衣服和零食，有些感慨："孩子有福气，遇到你们这样的好心人。"

许沐摇头："谁看到都会这样做的。"

顿了下，她说："哪个孩子不想跟自己的父母在一起。"

她似乎想起一些不好的事，罗迹站在她身边："走吧。"

今天不太冷，太阳很大，地面的雪都化开了，也没处躲，踩了一脚泥水。

罗迹拉着她手腕走到一旁，找了条相对干净的路："一会儿去哪儿？"

"我回学校，你去公司吗？"

罗迹点头。

许沐忽然回头看了看，身后是空荡的人行道，偶尔有车从旁路过。

罗迹偏头看她："怎么了。"

"好像有人跟着我们。"

罗迹也回头，什么都没看到。他拦下一辆出租车："走吧，我在这儿，你还怕有人抢了你不成。"

这一年的最后一天，年会如期而至。

大路说得没错，他们的节目果然被选上，而且很受期待。

从昨天开始，陆续有外地分公司的同事抵达青城，大家虽然一年到头也见不到几次，但常常在网上沟通，彼此都很熟悉。

非比办公大楼热热闹闹，各部门开年终总结大会，许沐设备齐全，常常被拉去现场拍照。

年会地点定在青城最大那家酒店，一楼的宴会厅能容纳几百人。

分公司只有领导，优秀员工和有节目的过来，所以地方够用。

宴席和节目在同一场地，表演完再上菜。

大家有序进场，游戏部的人坐了两三桌，旁边是广告部的位置，罗迹那一桌的桌底放了一堆衣服和鞋，他们的服装到现在还没公开，除了许沐和沈瑜，其他人都没见过，很期待。

很少露面的董事长莫仲良也出现在现场，他身边一群高管，前呼后拥走进会场。

走到一半，莫仲良往游戏部实习生那桌看了眼，那边的人聊得热闹，没人注意他。

每年的年会其实都差不多。领导总结今年，展望明年，给优秀员工颁奖，又搞了一些抽奖活动。

许沐和另一个同事负责拍照，可以全场任意走动，她对着台上拍了一些，每个领导都拍到，随后转向观众席。

镜头总是不自觉对准罗迹那一桌。

他是真的好看。

英俊又干净，鼻梁高挺，一双诱人的桃花眼，眼尾总是有一点儿淡淡的红色，好像引人吃他，但配上那副随时发火的冷脸，又让人不敢随意接近。

他是薄唇，唇形好看，亲她的时候不用使劲，只轻轻碰一下，她就觉得酥酥麻麻，脑袋不听使唤。

都说薄唇的男人薄情，许沐不觉得，罗迹内心火热，感情浓烈，只是不擅表达。

当然除了对她。

当年两人交往时，可一点儿都看不出来他不擅表达。

其实非比帅哥挺多的，平时办公不在一起，有些也不是同一层，见得少，这会儿大家同场出现，对比顷刻高下立判。

长得帅的人里总有一个最帅的。

罗迹就是那个最帅的。

许沐觉得可能是自己情人眼里出西施，说不定小柔眼里火山才是最帅的。

前面流程走完，节目正式开始，主持人串词说开场白，没有一会儿，大屏幕开始放一段视频。

是之前领导交给许沐的任务，里面都是各部门员工的片段。

视频是她亲自剪辑的，配上音乐，时而温馨，时而震撼，效果非常好。

可渐渐地，许沐觉得有些后悔。

做视频时，她没有控制自己，完全随心，回看时也没觉得哪里有问题，现场看才意识到，里面太多罗迹的镜头了。

工作的，吃饭的，聊天的，各种各样。

公司这么多人，本来有些女生没有注意到罗迹，这下好了，她们似乎终于发现原来公司还有这么一号人物，眼睛直放光，满场搜这个帅气的小哥哥在哪里。

许沐看向罗迹，他左边是天涯，右边是游戏部一个女孩儿，年龄跟他们差不多大，应该也是刚毕业不久。女孩儿一直在跟罗迹说话，罗迹有一句没一句应着，有些心不在焉。

似乎有感应，他忽然看过来。两人目光碰上，罗迹没躲，许沐也没躲。

这么互相看了一会儿，过道中间有人经过，阻断了他们的视线。

节目很快开始。

非比的人真的都挺厉害，唱歌、跳舞、相声、小品，什么都有，现场很热闹，许沐挑准时机拍了很多照片。

罗迹他们出场时，全场灯光熄灭。

前奏先响，随后一道暗光，几人已经背对观众准备完毕，随着音乐节奏打响指。

灯光乍亮，五个人腾空跃起，完美切入音乐的节奏中。

这首音乐真的适合跳舞，几人黑衣黑裤黑皮靴，黑色鸭舌帽，冷峻性感的脸，不带一丝笑意，连一向嘻嘻哈哈的天涯都严肃许多。

他们动作整齐划一，燃爆带感，全场尖叫此起彼伏。

他们没有固定的队形，每个人都有一拍站在 C 位。

许沐的眼睛一直追随罗迹，他主跳那段，歪头舔唇那一下，野性十足，底下小姑娘都疯了。

许沐的相机里又多了一堆罗迹的照片。

一曲毕，场上灯光再次熄灭，掌声哨声雷动。

许沐想，一等奖大概是他们的了。

接下来的表演，许沐兴致寥寥，但还是坚持拍了一些照片。台下已经陆续上菜，沈瑜帮许沐占了位置。

这家酒店的菜不错，但许沐没吃多少，倒是喝了一点儿彩色小酒，沈瑜也喝了，酒的度数低，也不会醉，甜滋滋的。

隔壁桌很热闹，好多人跑来敬酒聊天，讨论他们今晚跳的舞，其中不乏一些小女生，眼神直白地盯着罗迹。

许沐忽然觉得有些心烦。

过了会儿，她拉沈瑜的衣服："我回学校，你走不走。"

沈瑜还没吃完："你急什么？还没完事呢。"

"累了。"她站起来，"你慢慢吃。"

见她真要走，沈瑜赶紧啃完手里的鸡翅，手一擦，拎着包就跑："等等我！"

回去的路上，许沐回看今晚的照片，很多张，元旦假期后还要花时间筛选一下交给公司。

没多久天涯给沈瑜打电话，两人说了一会儿，沈瑜边听边看许沐："行，我问问她。"

挂了电话，沈瑜说："天涯他们转场壹号院继续玩，想让咱俩也过去。"

许沐不想去："我想睡觉了。"

"去嘛。"沈瑜挽她的胳膊，"今年的最后一天哎，这么重要的日子当然要好好玩，睡觉什么时候不能睡，明天放假，你睡一整天也没人管。"

沈瑜不给许沐拒绝的机会，直接跟司机报了新地址。

两人到壹号院公寓时，已经是半小时以后。客厅里很多人，都是游戏部的同事，桌上堆满了啤酒零食，甚至还有一块蛋糕。

几个人脸上都抹了奶油，看来他们刚刚玩得很疯。

沈瑜问天涯："这谁过生日啊，怎么还有蛋糕？"

"哪儿啊，他们在酒店拿回来的，要个气氛，在那头玩不爽。"

沈瑜拉许沐坐在沙发唯一的空位上，大家都认识，打完招呼就各玩各的。

许沐找了一圈，没看到罗迹。

过了会儿，有人提议放烟花，市里不让放，他们说那就买那种可以拿在手里的仙女棒，又环保又能过手瘾。

其他人随声附和，小区外面就有卖，很快有几个人出去买。

客厅里的人少了些，也安静不少，其他声音渐渐清晰起来。

罗迹房门紧闭，里面隐隐有笑声传出，说什么不知道，但能听出有女人声音。

天涯小声问大路："里头是谁啊？"

大路说不知道。

天涯看了眼许沐，觉得有些不妙，推大路："许沐来了，你赶紧把迹哥叫出来。"

"不用了。"许沐忽然开口，她站起来，"我还有事，先走了。"

许沐走了不到两分钟，罗迹从浴室出来，胸口的衣料湿了一块，头发也湿漉漉。

刚刚他们闹得太疯，奶油到处抹，他头发、脸上、衣服上都中招，浑身不舒服，去洗了洗。

天涯愣了一下："你不在屋啊？"

罗迹看他一眼："怎么？"

"你屋里是谁啊？"

"邵工他们，外面太吵，他去里面谈事。"

天涯一拍大腿："完了！"

大路说："刚许沐来了，以为你跟女的在屋，站起来就走了，我觉得她好像有点儿不高兴。"

罗迹眉头蹙起。

天涯语气肯定："把'好像'去掉，是明显不高兴好吗。"

两人话音未落，罗迹已经消失在门口。

前天又下了一场大雪，地面一踩咯吱咯吱，许沐没有坐车，一个人沿着街边走。

天很冷，她有帽子，但没戴，双手插在羽绒服兜里。跨年夜，街上很热闹，商场大屏幕轮番播放实时街景，有情侣发现自己入镜，立刻相拥接吻。

许沐不知道自己在难受什么，现在的生活，这样的境况，不都是自己选择的吗？

罗迹没有女朋友，他跟任何人走得近都很正常，她没资格，也没立场去难受。

可心里控制不住。

人不止控制不住自己的眼睛，也控制不住自己的心。

到了一个十字路口，许沐停下脚步，在想是回宿舍还是继续走。

身后有人奔跑，踩雪的声音渐大，她回头看时，罗迹已经到她眼前。

他跑得很喘，身上只有一件连帽卫衣，外套都没穿。

罗迹清瘦结实，个子又高，站在那里，肩膀又宽又有型："不是刚来，怎么走了？"

许沐眼神躲闪："我有点儿累，想回去了。"

罗迹沉默看了她一会儿，抬手将她衣服上的帽子扯上去戴好，低声说："我刚在浴室，房间里是别人。"

许沐目光微动，抬起头。

她知道他在说什么，他也知道她知道。

许沐不知道现在的心情算什么，他解释了，她更难受，好像无论什么时候，都是他在退让。

凭什么呢？

明明他才是受伤的那个人。

过了会儿，许沐看罗迹还有些湿的头发："你回去吧，别感冒。"

"你跟我回去吗？"

许沐轻轻摇头："人太多了。"

罗迹嗯一声："我也觉得人太多。"他看了眼小区的方向，"你在这儿等我，我很快回来。"

他转身跑两步，又停下回头看她："你不走吧？"

他那样期待，许沐没办法拒绝，她点了头："不走。"

罗迹放心了，扭头就跑。

大概过了五分钟，罗迹再次出现在小区门口。

这次他穿了外套，也戴了帽子，手里一把仙女棒。

他跑到她面前站定，摇了摇手里的烟花："玩吗？"

许沐有些意外："哪儿弄的？"

"他们买的，我顺了一把。"

许沐已经很多年没玩过这种手持烟花，她有些心动："在这儿吗？"

罗迹拉住她的手腕："我有个地儿。"

壹号院附近有个小广场，平时会有一些人在这里放风筝、玩滑板，也有艺术家摆摊画人像，天气好的时候，还有白胡子老大爷拎着水桶和扫帚一样长的地书笔来这边写地书。

今晚跨年，这里比平时更热闹，很多人都在等那座标志性建筑顶端的大屏幕倒计时。

罗迹找了个没人的角落，递给许沐两根，拿出打火机点燃。

黄色的火焰只燃了两秒，烟花顶端突然迸发出耀眼的光芒。许沐特别兴奋，摇来摇去画圈圈，烟花的光亮照亮她的脸，她许久没有这样开心地笑。

一根很快燃灭，罗迹又递给她两根。许沐说："你不玩吗？"

他给她点上："我看着你玩。"

广场其他人都是爸爸给女儿点，男朋友给女朋友点，罗迹点得开心，觉得这饭店送的一块钱一个的打火机也顺眼起来。

十来根很快都点完，最后一根熄灭时，许沐发现罗迹不见了。

附近都是陌生人，没有他的影子。

许沐手里握着一把燃尽了的木头签子，穿梭在人群中，目光寻找每一片角落。她渐渐有些焦躁，大喊他的名字。

终于在某个方向看到他。

他拿着两串鱼丸，就那么站在人群中，身旁的人来回走动，碰到他的肩，他只轻轻晃一下，两人视线相碰。

罗迹走过来。

他低垂着眼睛看她："在找我吗？"

许沐鼻子有些发酸。

他曾说过，如果在人多的地方，我们走散了，你就站在原地别动，我总会找到你。

她觉得自己有些忍不住了。

她低声说："我以为你走了。"

罗迹把鱼丸递给她。

许沐接了。

鱼丸很香，表皮一层烤出来的酥脆，撒上孜然粉和辣椒粉，她最爱吃。

人群忽然躁动，两人抬起头看向大屏幕。

倒计时已经开始。

十。

九。

八……

人们下意识跟着数，声音越来越大。

数到一时，钟声响起，狂欢声也响起，罗迹变戏法一样从兜里摸出个亮闪闪的东西戴到许沐头上，压低身子在她耳边说："新年快乐。"

他的气息太近，许沐的呼吸几乎停滞。

罗迹没留恋，说完就离开，站直身子看她。

其实很多年以前并不流行这样跨年，人们最注重的到底还是农历的除夕新年。

小时候的新年快乐，只是春晚那天的新年快乐。

可不知从什么时候开始，跨年这个概念越来越重，人们的仪式感也越来越强，这是好事，每个重要的日子都应该跟最爱的人在一起。

许沐摸了摸头顶的东西："你给我戴了什么？"

罗迹眼睛里是不断闪烁的亮光，许沐摘下看了一眼，竟然是个猫咪耳朵的头箍，两只耳朵里面有粉色的闪灯，广场上六岁以下的小孩儿人手一个。

许沐低着头，有些忍不住笑："你把我当小孩儿了吗？"

罗迹说："不好看吗？"

"好看。"

许沐把头箍重新戴上，两个人同时笑起来。

敲钟后人群便渐渐散去，广场上清净许多，还有些小摊顽强地等待最后一波生意。

沈瑜打来电话问许沐在哪儿，许沐说："我在壹号院附近，你们完事了吗？"

"别人都走了，天涯说太晚，让咱俩在那儿住一晚，省得回去折腾阿姨又要落埋怨。住不住？"

许沐抬头看了一眼罗迹，罗迹显然也听到沈瑜的话。

许沐说："住吧。"

挂了电话，她看向罗迹："我和沈瑜今晚在你们那里住。"

罗迹脸上没有太多表情，挺淡定的："嗯。"

两人转身朝壹号院的方向走。

今天大家都累坏了，很快进入梦乡，许沐和沈瑜依旧住火山的房间。

她发现火山真是没怎么住过这里，房间干净整齐，平时没什么人动的样子。

大概仅有的几晚也是被小柔赶回来的。

第二天一早沈瑜吃过饭就先撤了。她忙得很，今天也有饭局，是两个同在青城的高中同学。

许沐倒是没什么事，准备回宿舍整理照片。

她收拾东西时，天涯在一旁絮叨："别走了呗，我们待会儿找地儿滑雪去，你跟我们一起去啊。"

许沐扣紧相机包："你们怎么这么多活动，好不容易休息一天。"

天涯说："趁还在青城哪儿都玩玩，万一最后没签这儿呢，别白来一趟。"

许沐整理背包的手顿住。

这些天，她一直回避这个问题，下意识不想去想。实习期本就不长，过年回来也只是做最后的总结，没几天就要回学校做毕业设计，签不签正式合同，公司会有评估，实习生也有自我选择的机会。

他能不能留在青城，还是未知。

罗迹一直在窗边讲电话，偶尔看过来一眼。

他昨晚心情特别好，睡得也好，今早奶奶打来电话，他破天荒没有急着挂断，耐心听她说话，老太太很高兴，说了十几分钟。

挂断后罗迹看向许沐，天涯问她："怎么样，去不去？"

许沐说："去。"

罗迹扭头望向窗外，将嘴角的笑容隐匿。

除了许沐依旧带着她的相机包，其他人全部轻装上阵。滑雪的地方离长青山不远，这座城市有点儿名气的地方都在那一片。

罗曜把留在这边的一辆车给罗迹用，罗迹去取车，其他几个人在小区门口等。

许沐翻了翻背包，青柠味的口香糖吃光了，罗迹还有几分钟到，她去附近的超市买。

跟以前一样，一次买两盒，许沐又买了六瓶水，背包瞬间重了不少。

从超市出来时，迎面碰上三个男人，正堵在路中间。

其中一个许沐看着眼熟，还没等她反应过来，那人就大步上前一把捂住她的嘴，将她拖拽到旁边的狭窄巷子里。

许沐大惊，不停地挣扎，背包落了地，有矿泉水瓶摔裂，透明的液体从黑色背包里渗出来，淌了一地水。

许沐终于想起，面前的男人是那个装残疾的假乞丐。

许沐被人推倒在地，膝盖磕得生疼。假乞丐对中间那个又高又壮的男人说："就是她，我那天亲眼看见她跟警察一起把那个死丫头送走。"

高壮男人额头有刀疤，面相凶，他蹲在许沐面前上下打量："小姑娘年纪轻轻，这么爱管闲事。"

他抬手挑许沐的下巴，被许沐一把推开。

许沐强忍着膝盖疼痛坚持从地上爬起来，她有点儿慌，但没表现出来。

她不是他们的对手，现在不是嘴硬的时候，也不是逞强的时候。

许沐不动声色地慢慢后退，几个男人步步紧逼。

这条路她不熟，但应该不是死胡同，后面通着下一条街，她在心底默默计算能不能跑赢他们，同时暗中去摸手机。

就在几个男人耐心耗尽，准备扑过去收拾她时，后面忽然有人轻蔑地骂了一句："哎哟我去？"

声音耳熟，是天涯。

许沐顿时松了口气，藏在身后的手抖得厉害。

刀疤男回头看过去。

巷子口出现五个人，四男一女，脸比他们还煞，气势汹汹。其中一人手里拎着许沐的黑色背包。

为首的刀疤男脸色阴霾，目光锐利得像一把刀，一手捏着另一只手的骨节，咔咔作响，有些瘆人。

刀疤男挑眉："怎么着，想管闲事？"

罗迹面无表情地向前几步，歪头活动筋骨："是有这个意思。"

火山把许沐的包丢给小柔："到后面去。"

两伙人摩拳擦掌，蓄势待发。

不管从人数还是气势上看，罗迹一方都比这三个强太多，刀疤男似乎意识到自己占不到便宜，寻了个时机想跑，他转身一把推开许沐，几人迅速往下条街窜去。

许沐身子重重撞在墙壁上，忍着剧痛冲罗迹喊："他们是拐卖喜乐的人贩子！"

罗迹听闻，回头扔下一句"看好她"便迅速追过去。

天涯、大路和火山随后，小柔跑到许沐身边扶着她："你没事吧？"

许沐揉自己肩膀："没事。"

人贩子跑得快，但比不过年轻力壮的小伙子，两三条街后，他们就被堵在一个死胡同里。

跑不掉，只能硬着头皮上，几人很快动起手。

几番回合后，他们明显落了下风。

大路咬着牙锁假乞丐的喉，摁住不让他动："你爷爷我好多年不出山了，今儿算你倒霉。"

天涯随手抄起地上一根棍子，往假乞丐身上招呼："你连我大嫂都敢惹，活腻了吧你！"

火山三下五除二解决掉另一个，甩了甩打痛的手，轻蔑地瞥了一眼地上爬都爬不起来的人。

打架方面，他跟罗迹不相上下，收拾他们绰绰有余。

刀疤男被打得最狠，鼻青脸肿，还不服，缠斗中鼻血蹭得罗迹衣服上都是，他没了耐心，一脚蹬上旁边墙壁做助力，把刀疤男踹飞几米远，重重摔在地上。

十分钟不到，三个人全躺下了。

天涯还没消气，膝盖顶着那人后背，把他死死压住："人贩子是吧，啊？你丧尽天良，缺大德了你，大路！报警！"

大路立刻拿起手机打电话。

等待警察的过程中，许沐和小柔终于追过来。

她们赶到的时候，先是被躺了一地龇牙咧嘴的人贩子吓了一跳，天涯、大路和火山一人控制一个，罗迹胸口袖子上都是血，斜靠在一旁的墙壁上，正低头点烟。

许沐大惊，飞快跑到他面前死死抓住他的衣服，声儿都颤了："你怎么了？哪儿伤着了？"

罗迹用指腹摁灭刚点燃的烟，注视她眼里慌乱担忧的神色，没有说话。

许沐不敢碰他的身体，用力揪住他上衣口袋，眼泪断线珠子一样掉下来："对不起，是我多管闲事惹到他们。"

　　大路见状，张嘴就要说话，罗迹一记眼神甩过去让他闭嘴。

　　天涯小声骂大路："你是不是傻。"

　　大路说："我怎么了？迹哥没受伤啊，吓着前大嫂了呢。"

　　天涯压低声音："只要你闭嘴，前大嫂很快变现大嫂。"

　　大路眨了眨眼睛："真的假的？"

　　"你就等着看吧。"

　　罗迹伸出一只手轻抚许沐的后背。

　　许沐情绪缓和不少，松了手，红着眼小声问，"是不是很疼？"

　　她想去检查他哪里受伤，手忽然被罗迹攥住。

　　他微微低了头："心疼我吗？"

　　许沐没有理他，坚持去看他的伤。

　　但她摸来看去，半天没找见。罗迹被她弄得很痒，摁住她的手："行了，我没事。"

　　许沐看向他，他懒洋洋地靠在墙上，唇边一抹淡笑，确实不像受伤的样子。

　　她撤了手："那你刚才不说。"

　　罗迹低头摆弄打火机。

　　天涯适时开口："以我们老大的身手，怎么可能被这几个瘪三伤到。"

　　警察很快赶过来，一看都见血了："这怎么回事？"

　　天涯忙安抚："没事，鼻血，警察叔叔，我们都收着力呢。"

　　一个看起来像是队长的人挥了挥手，其余几人立刻上前把地上的人控制住。队长看向天涯："你们报的警？"

　　天涯点头："这几个是人贩子，"他指着许沐，"前几天她还从他们手里救了个小姑娘呢，这不来报复了。"

　　队长看了眼许沐，有些讶异，没想到外表这样柔弱的一个年轻姑娘竟然有胆子在人贩子手里抢人。

　　他没说什么，转头看天涯那边："人贩子你们也不能这么打，一切要等警察来了再处理。"

　　大路说："知道知道，我们错了。这不是他们拒捕嘛。"

　　天涯捣他的胳膊："怎么用词儿呢，'拒捕'是咱能用的吗？你有执法权吗？"他看向队长，"警察叔叔，你们可得好好查查，指不定还有多少小孩儿在他们手里呢。"

　　因为这件事，今天的滑雪计划泡了汤，几个人跟着警察一起去了趟派出所做笔录，警察感谢之余还不忘教育一番，说他们几个一看就经验丰富，以后不许当街打架斗殴。

从派出所出来已经快中午，天涯嚷嚷着饿，几个人随便在附近找了家面馆吃饭。

罗迹衣服上都是血，一进门就引起面馆老板和客人的注意，大路忙打哈哈："别紧张别紧张，见义勇为来着。"

几人坐在角落不起眼的位置，点了面，又点了几个小拌菜。

等餐时，许沐检查她的包，里面还剩五瓶完整的水，另一瓶漏了，把包里的东西都淹了。

她一样样把东西折腾出来。

钥匙、钱包、相机、两盒青柠味的口香糖、一个猫耳朵发箍，还有纸巾之类零零碎碎的东西。

罗迹瞥了眼那两盒口香糖。

许沐打开相机包，机身有水，开不开机，她把储存卡拿出来擦了擦，收到另一个小包里，准备抽时间去售后修一修。

天涯看到那个猫耳朵："这什么东西，还挺好看的。"

他顺手拿起来，拨开灯光的开关，猫耳朵不亮，他又试了几次："这玩意儿是这么玩的吧。"

许沐接过来拨弄两下："可能沾水坏掉了。"

她有些泄气，罗迹送她的，只戴一次就坏了。

许沐的手机进来一条微信，是福利院的院长阿姨发来的。

那天许沐走后没多久，院长阿姨就加了她的微信，手机号码应该是喜乐给的。

喜乐几乎每天都会用院长阿姨的手机给许沐发语音，小孩子正是话痨的时候，她啰啰唆唆讲一些小朋友之间发生的事，比刚见到她时要开朗许多。

她的声音奶声奶气，许沐耐心回复。

晚上，许沐坐在桌前，身上只穿一件内衣，沈瑜站在她身后撕开一贴膏药，手按着她的肩膀："这里吗？"

许沐说："下面一点儿。"

"这里？"

"差不多，就那儿吧。"

白天她怕罗迹担心，一直忍着没说，其实后来撞墙上那一下挺严重，肩膀和后背一直疼。

沈瑜叹了口气："你可真行，有始有终的，到底把那伙人弄进去了，幸亏他们几个在，不然就你自己，多吓人。"

许沐低头摆弄那只猫耳朵，偶尔用吹风机吹一下电源那里："他们要不堵我，我也找不着他们。"

沈瑜又撕了一贴，把她肩带拉开，挨着上一个的位置贴好，探头看她手里的东西："哪儿来的闪亮亮，这么宝贝，相机你都不管了，一晚上在这儿鼓捣这玩意儿。"

许沐没抬头："相机我自己又修不好，改天送售后。"

沈瑜贴完膏药，抬手拍她后腰一下："这小腰，我要是有这身材，出门直接贴三片树叶。"

许沐被沈瑜逗笑："女流氓，走开。"

"哎？过河拆桥不要太快，你换药用不上我是吗？"

熄灯时间到，沈瑜在黑暗中翻了个白眼："什么时候才能不住这个破宿舍，公司怎么不给咱们弄个宿舍？"

许沐已经洗漱完，踩梯子爬到床上去。她把被子铺开："你想好了吗，要留在青城了？你家里能同意吗？"

沈瑜也爬上去："再说吧，我还没想好。不过我们老大说我可以签北京分公司，那边好像有空缺。"

"能回去不好吗？"

沈瑜有些烦躁，伸手抓了几下长发，扭头问她："你呢，不回桐州了？"

黑暗中，许沐沉默一会儿："嗯，不回了。"

　

元旦假期过后，上班的第一天，大家都没怎么收心，上午的工作效率不太高，中午吃过饭，许沐和沈瑜在活动室碰到罗迹他们几个。

沈瑜兴奋地拉着许沐过去聊天凑热闹。

天涯和大路在打台球，沈瑜来了，大路把杆子递给她："你玩吧，我歇一会儿。"

许沐和罗迹靠在另一个没人用的台子旁。

罗迹看她一眼："吃过饭了？"

"嗯。"

"刚没看到你。"

许沐手里摆弄一根台球杆："在西餐那边。"

空气中飘着一股药味，罗迹嗅了嗅，味道在她身上："贴膏药了？"

许沐以为肩上的膏药露出来，下意识地摸了一下："没。"

想了想，她又说："落枕了，贴一片。"

罗迹的目光在她肩头扫了几眼，没说话。

休息时间很快过去，大家一起回办公室。走到楼梯口时，许沐恍惚间看到小柔进了走廊尽头那扇门。

那是董事长莫仲良的办公室。

沈瑜拉了一下许沐："看什么呢？"

许沐回过头："没什么。"

今年过年特别早，一月下旬就是除夕，按照公司每年的惯例，小年那天就放假，直到正月初七，连放半个月，比国家法定假日多一倍。

这也是非比众多吸引人的福利之一。

元旦过后没几天大家的心就焦躁起来，外地的盼着回家，还要提前买票，准备给家人和朋友带的礼物和特产。

假期第一天，是罗迹的生日。

几个人想给他过，被他拒绝："你们该回家回家，不用管我。"

他本来也不是爱热闹的人，天涯和大路便按原计划离开青城。

火山先把小柔送回老家，再回北京跟妈妈一起过年。

罗迹没买到当天的机票，要留一晚，第二天飞。

许沐没有急着回家，她还有一些拍摄任务没完成。

学校放了假，校园里空荡荡，食堂窗口关了多半，只留下两三个还在正常供应饭菜。

许沐没什么胃口，随便要了两个半份的菜和二两米饭，刷卡后，她目光瞥向隔壁档口的蒸饺。

罗迹很爱吃饺子，尤其是蒸饺，干干爽爽，他一口能吃两个。

今天他生日，他们都走了，不知道他一个人在家会不会随便泡碗方便面凑合。

阿姨把打好的饭菜递给许沐，许沐接了，走到第一排餐桌那坐下。

她吃得有些心不在焉。

蒸饺卖得很快，她以前吃过，很好吃。

忽然不想让他一个人孤零零地过生日。

许沐吃完后，没有再纠结，走到那个窗口打包了一份蒸饺，又用小袋装了一些酱油和辣椒油，出门打车去了壹号院。

大概是快要过年的原因，小区里很热闹，人来人往，很多人大包小包拎着年货回家。

许沐知道密码，但还是敲了门。

门打开那一刻，她愣了一下。

开门的人她不认识。

那人似乎也挺意外，扭头喊："迹哥！"

许沐看向屋里，客厅的沙发和地上坐了一圈人，她一个都不认识，茶几上摆满了外卖餐盒，十几个菜已经吃得见底。

罗迹坐在沙发中间，手里一罐啤酒，正抬头看她。

这些人是罗迹在青城的发小。

罗迹来青城几个月，没告诉他们，今天他生日，有人打电话问候了一下，得知他人就在青城，立马拉帮结伙过来庆祝。

罗迹从一群人中站起来，越过一地酒瓶子走到她面前："你怎么来了？"

许沐觉得自己好像来得不是时候，她捏紧手里的打包餐盒："我……"

那帮人你看看我，我看看你，一下热闹起来："这是大嫂不是？"

开门那人搓着手："你也不提前说，早知道我们就不来打扰了。"

罗迹没承认，也没否认，看向许沐手里的东西："给我的吗？"

许沐把饺子往后挪了挪："你吃过了，我就——"

"我没吃。"罗迹说，"他们吃的，我没吃。"

一票兄弟立刻搭腔："对对，都是我们吃的。"

开门的哥们儿给那帮人使眼色："我们早吃完了，这就要走了。"他看向罗迹，"迹哥，过年回来再聚。"

罗迹点头："我找你们。"

"得嘞，走了兄弟们，撤撤撤。"

一帮人闹哄哄，穿衣服穿鞋，没几分钟，房间就安静下来，只剩电视里欢快热闹的综艺节目。

罗迹把门关上，示意她进去："你吃了吗？"

"吃过了。"

房间里烟酒味太重，罗迹走到阳台把客厅里的窗户打开散味。

茶几太乱，他把饺子装在一个盘子里，放到餐桌那边，拿了两副碗筷，递给许沐一副。

许沐坐他对面："我吃不下了，刚在食堂吃完。"

罗迹没勉强，也没再多说什么，低头吃饺子。

他放了不少辣椒，又放了一些醋。饺子是他没吃过的一种馅儿，但味道还不错。

他好像真的很饿，很快把一整盒都吃光。

刚刚人太多，家里被弄得很乱，许沐看不下去，去收拾茶几和沙发。

罗迹就跟在她后面，她收什么，他就拿着垃圾袋等着装垃圾。

最后收拾出满满两袋，他出门倒垃圾。

回来的时候许沐已经把沙发整理干净。

罗迹洗了手，把阳台的窗户关上，指着沙发："歇一下吧。"

他自己没去坐沙发，倚着贵妃椅拐角的地方直接坐在地上，手臂搭在沙发上，蜷起一条腿，特别随意。

许沐就在他旁边的地上坐了。

罗迹回手拿了个抱枕递给她："地上凉。"

许沐接了，垫在屁股底下。

两人有一搭没一搭地聊天。

罗迹问她："你什么时候走？"

许沐说后天，顿了下："你呢？"

"明天上午。"

许沐："回北京吗？"

"回岳城。"罗迹把剩下的半罐啤酒喝完，"我哥和奶奶今年都在那边。"

罗曜已经在北京定居，罗迹也在北京上学，有时罗曜会把奶奶接到北京过年。

许沐低了头，手指悄悄攥紧："你奶奶身体还好吗？"

"挺好的。"

许沐没再继续问。

电视里是最近很火的一档综艺，热热闹闹，很符合小年的气氛。

罗迹往那一靠，安逸又舒适，有些犯困。

许沐看了一会儿电视，没有多久，听到罗迹轻微的呼吸声。

他脑袋歪在沙发上，睡着了。

许沐认真看了他一会儿。

他睡着时很乖，大概喝了不少酒，脸颊和脖子都有些发红，领口被他扯开一些，露出一点儿结实的胸膛。

许沐悄声挪了位置，靠他更近。

他睫毛很长，比很多女生都长，嘴唇有些干燥。

她很想亲亲他。

太想了。

事实上，许沐真的这样做了。

她慢慢靠近他的唇，即将碰到时，她脑子里忽然闪过一些画面，那些足以击垮她所有自尊和信心的锋利言语再次充斥她整个大脑。

许沐像是忽然清醒一般，瞬间离开他身边。

她默默流眼泪，拿起茶几上没打开的一罐啤酒，一点点喝掉，全部喝光。

罗迹醒来时，天已经黑了。

许沐没有走，桌上多了两罐空啤酒，她在他身边坐着，已经睡着。

罗迹微微皱眉，这人怎么自己喝上了。

他看向许沐，她一喝酒就困，就脸红，就难受，这会儿眉头皱着，好像在做什么不好的梦。

罗迹伸手抱她，想把她弄到床上好好睡。

许沐头一歪，靠在他的肩上，他的手顿住。

她的脸离他很近，那么近，她的气息就在他唇边。

罗迹伸手抚摸她的脸，没有忍住，低下头，轻轻吻住她的唇。

她依旧柔软香甜。

电视里放着李健的《贝加尔湖畔》。

多少年以后，如云般游走。

那变换的脚步，让我们难牵手。

罗迹轻吻她的额头："小沐。

"其实，我没那么生气了，你哄哄我，说点儿好听的，我就愿意继续爱你。"

他落下一滴泪："我还要你。"

第五章

你醉了吗

假期第三天，许沐乘高铁回到桐州。

桐州火车站一直在改建，从前年到现在还没有完工，今天堵这里，明天围那里，几天不来就不知道哪里通哪里不通。

许沐一年只回来一两次，路更不熟。

打车回家时司机师傅说她应该在马路对面叫车，因为前面已经变成单行线，在这边上车需要绕行。

许沐靠在后座的窗子上，很疲惫："随便吧，能到就行。"

她家在一个很不错的小区，之前许清丰做房地产时给自己留了几套房子，现在只剩下这一处。

他们在这里住了很多年。

许沐十三岁以前是很无忧的，什么都不缺，小公主一样。

后来出事，流言太可怕，妈妈怕她受影响，把她送到岳城爷爷家生活。

出租车不能进小区，许沐在小区门口下车。

她带的东西不多，只有一个黑色的旅行背包。小区里很多老住户，她戴着毛绒鸭舌帽，低头穿过小花园，进了楼道。

房子在五楼，她在门口翻找钥匙时，隔壁邻居正巧出门。看到她，邻居阿姨挺惊讶："小沐回来啦？"

许沐笑了一下，礼貌回应："嗯，张姨。"

张姨从上到下打量她："又漂亮了，有一年没回来了吧？"

许沐似乎不太想跟张姨多说什么："差不多。"

她打开门："我先进去了。"

"行，去吧去吧。"

关上门后，许沐靠在门板上，舒了口气。

这里的每个人都清楚她的过去、她家的过去，她不知道那些人在她转身的一刻是什么表情，也不知道这么多年过去她家是否依然是他们茶余饭后的谈资。

她不想跟这里的任何一个人有交集。

家里已经很久不住人，许沐把窗子打开换气，去卫生间洗了个抹布把桌椅板凳擦了擦。

忙了大半个小时，房子终于干净舒服了一些。

妈妈赵美云打来电话："小沐，到家了吗？"

许沐用耳朵和肩膀夹着手机，在浴室洗抹布："刚到。"

"什么时候过来？今天都是你爱吃的菜。"

许沐把手擦干净，手机开了免提放在茶几旁，躺在沙发上："我今天不过去了。"

赵美云："怎么不过来？菜我都买好了。"

电话那边有小男孩儿不停叫妈妈，赵美云的声音远些："不是让你等一会儿吗？先看会儿动画片，妈妈在跟姐姐说话。"

许沐侧过身，将半边脸贴在沙发上："我有些累，明天再去吧。"

赵美云没再勉强："那行吧，你好好休息，不爱做饭就点东西吃，要是自己做一定关好燃气，知道吗？"

"知道了。"

这里常年不住人，没有网络，电视看不了，许沐一直在沙发上躺着，不知道什么时候睡着，醒来的时候天已经黑了。

她中饭、晚饭都没吃，竟然也没什么感觉，不太饿。

晚上七点的时候，有人敲门。

许沐懒着不想动，不知道这个时候有谁会来，但门外的人特别执着，敲个不停。

许沐叹了口气："来了。"

她去开门，看到赵清欢笑得跟花一样，举着两兜吃的："外卖来啦。"

赵清欢不顾许沐微愣的表情，侧身挤进来："干吗，好心好意给你送吃的，你这什么表情，不想见到我啊？"

许沐关了门："你怎么知道我在家？"

这段时间两人都很忙，一直没联系，许沐回桐州，赵清欢不知道。

赵清欢把餐盒里的菜一样样摆到桌上："红烧排骨、香煎刀鱼、老醋菠菜和紫菜汤，你都爱吃，来吧。"

许沐两手撑在餐桌上，看着这一桌吃的："什么意思？"

"还不是你妈，我姐，"赵清欢递给她一双筷子，"她说你一个人在家肯定不好好吃饭，让我来看看。"

许沐接了筷子，坐在她对面："你什么时候回来的？"

"前天，不过我不是一直放假，后天还得飞。"

"过年呢？"

赵清欢说："要飞。"

许沐夹了一块刀鱼："过年也不放假吗？"

"随便吧，排了就飞呗，习惯了。"

两人吃了一会儿，赵清欢忽然盯着碗里的一块排骨发愣："你说——"

许沐抬起头，等她说话。

赵清欢夹起那块排骨："假如，我是说假如，有一块骨头，很香，你很多年前曾惦记过，后来又遇见，发现他还没被啃，你啃不啃？"

许沐抿唇笑了："这么多年的骨头，你确定没变质，还能啃？"

赵清欢瞪她："领会精神就可以了，不要挑字眼。"

"好。"许沐顺着赵清欢，"那要看我现在想不想啃，以及他愿不愿意让我啃。"

赵清欢忽然没了胃口，放下筷子，手心撑着下巴："很难啃。"

又臭又硬，不解风情。

许沐别有意味地望着她："你试过了？"

"不好攻克。"赵清欢似乎在回忆什么，咬了咬唇，"我偏喜欢啃硬骨头。"

许沐已经吃完，站起来把自己的碗收掉："你慢慢啃吧，我补觉去。"

赵清欢看她的背影："还睡啊？"

"困。"

"我今晚不走！"

"随便。"许沐打开自己房间的门，"去客房睡，别吵我。"

许沐确实很困，但躺床上却睡不着。新的一组照片发到微博后反响很不错，好多人私信敲她咨询版权问题，想商用。

她又随手点了几个热搜看，屏幕上方忽然弹出一个微信的消息提示。

沈瑜让她看电视。

许沐想起今天她负责的那个广告正式上星播出。

家里看不到电视直播，她在网上找了个回放，看到那则广告。

其实线下她早已看过成片，但正式在电视里播放又是另一种感觉，很有成就感。

广告里那条红色的围巾正是她亲手织的那条，效果很好。

许沐忽然想起给罗迹的那条。

她一下从床上坐起来，翻箱倒柜，最终在底下的小收纳箱里找到那条围巾。

黑色的毛线，针脚稚嫩，还错了几针。

但当时罗迹很开心，天天戴。

许沐对着镜子，把围巾往自己身上缠了好几圈，左看右看。

围巾上仿佛还有他的味道。

许沐就这样缠着围巾睡了。

除夕那天，罗家老宅跟往常相比倒是冷清不少。

阿姨和司机都放假，只留了一个平日照顾老太太的保姆在家。两个孙子话都不多，罗曜依旧很忙，电话一个接一个，罗迹朋友多，今天聚，明天聚，过年这天也要出门。

罗老太太坐在客厅，看到罗迹从楼上下来，换了身出门的衣服，问他去哪儿。

罗迹只说出去一下，拿了家里的车钥匙就走。同学蒋旭昨天半夜才到岳城，赶着年前聚一下。

两人依旧约在当年学校旁边那家烧烤店，蒋旭喝着小酒，一直在控诉："你说有没有这样的，我这还没转正呢，就这么剥削我，恨不能让我过年都在那儿给他卖命。"

罗迹开了车，没喝酒，只要了瓶矿泉水，一直听他说，安静地吃串。

蒋旭看出不对："怎么情绪不高？罗少爷有心事。"

"没有。"

蒋旭叫服务员，又点了二十串牛肉："多烤一会儿，火大点儿，谢了。"他转头看罗迹，"你可得了吧，我还不知道你。说吧，小爷我给你开解开解。"

罗迹沉默一会儿，手一直摆弄桌上的餐巾纸盒："许沐——"

"许沐？"蒋旭没等他说完便嚷嚷一声，"你又见着她了？"

罗迹一直没跟蒋旭提在青城遇见许沐的事，他点了点头："她现在跟我一个实习公司。"

蒋旭花了一会儿时间消化这件事,连干一大杯酒:"这是什么孽缘,还带连续剧的。"他忽然兴致大增,一颗八卦的心按捺不住,"所以你们两个和好了吗?"

罗迹想了一下:"还没有。"

"那就是有希望。"

在蒋旭面前,罗迹没隐瞒:"我总觉得,她很矛盾。"他回忆这段时间的种种,"她好像对我还有感觉,但一直止步不前,我摸不透她什么意思。"

蒋旭急得拍桌子:"大少爷,她止步不前你不会往前走吗?"

罗迹没说话。蒋旭眯着眼睛瞅他:"你是不是介意她在你之后还跟过别人啊?"

"不是。"罗迹立刻说。

"那你什么意思?"

烤串上桌,热乎乎的,蒋旭递给罗迹两串:"不是我说你,你就是太要面子,她甩了你,你就想让她先主动。大哥,两人在一起面子算个屁啊,什么都不如身边那个实实在在的人重要。

"这么多年你还过不去,就甭为难自己了,该上就上,她现在不是没男朋友吗?你别等时机没了,到时你想上都没机会。"

直到下午回家,罗迹还在想蒋旭说的话。

生日那天,许沐带饺子给他,她从头到尾没提他的生日,也没有说生日快乐。

但罗迹知道,她一定记得。

她什么都记得,记得他喜欢吃青柠味的口香糖,记得他喜欢糖葫芦,喜欢饺子。

其实那天他的生日愿望很简单,希望许沐能陪他一起过。

她真的来了。

老天待他还是很好的。

除夕夜的年夜饭,祖孙三人一起吃,保姆做好饭后就回家过年,明早回来。

气氛不错,老太太提起罗曜的婚事:"你也不小了,该成个家了。你秦叔叔的女儿,刚刚留学回来,对你很中意。"

罗迹放下碗筷:"我吃完了,你们慢吃。"

他上楼后,罗曜说:"奶奶,她见都没见过我,便这样感兴趣,您觉得她是对我感兴趣，还是对罗家感兴趣。"

他不再多说什么，用公筷替老太太夹了一块鱼："您吃这个，没有刺。"

天已经黑了，楼下电视机放着春节联欢晚会，罗老太太每年都看。

罗迹站在自己房间的窗前，外面烟花炮仗不断，年味十足。

他低着头，反复拨许沐的电话，挂断，再拨，再挂断。

与此同时，许沐在赵美云家过年。

弟弟才五岁，长得清秀干净，跟小姑娘似的，许沐一年到头也不来几次，他对这个姐姐很陌生。

许沐坐在餐桌吃饭，不言不语，倒像外人。

继父吃完，跟赵美云对视一眼，把弟弟一起带走。

许沐敏锐察觉，他们去了客厅后，许沐说："有事吗？"

赵美云似乎有些不好开口："是有点儿事。"她给许沐夹菜，"你弟弟过两年就要上小学了，我们想换套学区房，但你知道，学区房太贵了。"

许沐筷子顿住，等她继续说。

赵美云："把我们现在这套卖了钱也不够，所以我想，"她顿了下，"把咱们家那套房子连这个一起卖了，两套换一套学区房，还能余下不少钱，以后你结婚也用得上，想跟你商量一下。"

许沐放下筷子："那我以后回来住哪儿？"

"你可以跟我们一起住。"赵美云握住她的手，"这里也是你的家，妈妈的家永远都是你的家。"

许沐沉默许久，她轻轻挣开赵美云的手："那我爸呢？"她站起来，"我爸以后就没有家了。"

许沐不再看赵美云，穿上羽绒服，拿起手机出了门。

外面很冷，一个人都没有，所有人都在家团圆，吃饺子，看春晚。

许沐绕着小区花园一圈一圈地走，脚已经冻得冰凉。

手机忽然响，罗迹的名字在屏幕上跳动。

只看到他的名字，许沐就已经忍不住，很想抱抱他。她接起来，克制自己的声音："喂。"

几秒后，罗迹的声音响起："在干吗？"

许沐看了一眼身后的楼群，万家灯火，一半的窗口都有人在厨房忙。她说："跟我妈包饺子。"

他笑了笑："放烟花了吗？"

"买了，一会儿吃完饺子出去放。"

"嗯。"

好像也不知道还有什么话可聊。

两人就这样安静了一会儿，谁都没挂。

许沐这边忽然有很大的鞭炮声，响了很久。

罗迹说："你在外面吗？声音很大。"

"没有，"许沐说，"我在窗口，客厅很吵。"

他又嗯一声："那你忙吧，我不打扰了。"

许沐握紧电话，不太想挂，但他似乎已经说完。她说了句"好"，正想挂断，罗迹忽然叫她的名字："许沐。"

许沐再次把电话放在耳边："嗯。"

"你……"他嗓音很低，"想我吗？"

他只是遵从内心问出了口，并没指望她能回答。

但隔了几秒，许沐的声音传过来，小小的，却很坚定："嗯，想了。"

想了。

只这两个字，罗迹一整夜都没睡着。

他翻来覆去回想这句话，觉得必须见她，立刻，马上。

大年初一，一大早罗迹就收拾东西，边订票边下楼。罗曜在客厅打电话，眉头紧蹙，似乎出了什么事。

看到罗迹，他让电话那边的人等一下，叫住罗迹："你现在马上收拾东西，跟我去趟广州。"

罗迹顿住脚步："什么事？"

罗曜简单说了情况，确实严重，关乎整个南方市场，那些人专挑过年的空当搞事，看来蓄谋已久。

罗迹不想去："我不想管公司的事。"

罗曜表情严肃，不再纵容他："你不要分不清轻重缓急，有些事我不方便出面，你不参与经营，又是罗家的人，出面再合适不过。不要多说了，收拾东西，一会儿出发。"

罗迹意识到情况严重，他原地站了一会儿："什么时候回来？"

"看情况。"罗曜不再跟他多说，继续和电话里的人沟通。

老太太知道后有些上火，罗曜安抚她："您在家好好休息，放心交给我和小迹。"

半小时后，司机来接，将罗曜和罗迹送上飞往广州的航班。

同一时刻，许沐已经坐上去往岳城的高铁。

本来跟爷爷说好，初三过去，假期后直接回青城，但不知为何，今天早上一睁眼，她便改了主意，提前过去。

昨晚说出那句"想了"，她如释重负。

罗迹说过，他讨厌口是心非、认不清自己的人。

许沐不想他讨厌她。

想了就是想了，就算她承担不了这句话，在他开口问的那一刻，她没办法违心说不想。

赵美云劝了半天，说大年初一哪有出门的，好好在家歇两天，爷爷那边也不着急。

许沐没听，吃过早饭便回家收拾东西，把罗迹那条围巾一起塞进背包。

爷爷知道她今天就要来，很高兴，问几点到，要多做几个菜。老爷子一直自己生活，过年吃得也简单，做多了浪费，但宝贝孙女来了，怎么他都乐意。

车上人不多，许沐换了个靠窗的位置。外面的景色很熟悉，是她以前每次放假往返桐州和岳城时都会看到的建筑。

实习生的群里，大家纷纷晒出自家的年夜饭，是昨晚就开始的，她一直没看。

每家的菜都不太一样，但不管多与少，简单或丰盛，总透着温馨幸福。

许沐已经记不得有多久没有吃过这样一顿饭了。

赵美云的家是她自己的家，她有丈夫，有儿子，那不是许沐的家。

许沐的家早在妈妈改嫁时就没有了。

动车到达岳城时，已经是下午一点。岳城的温度比青城低一些，但也差不多，依旧很冷。

街上人很少，偶尔有出租车慢悠悠经过。

自从那年转学离开岳城，她跟所有同学断了联系，包括两个最好的闺蜜，每年只在过年时回来看一次爷爷，几天就走，哪儿都不去。

她怕碰到罗迹。

爷爷家离车站不远，她步行过去，这里跟去年比变化很大，翻新了几栋楼，重新修葺了绿化带。

路口依旧是那条狭窄的小巷，以前下了晚自习，罗迹总会送她回家。

许沐在路口站了一会儿，鼓起勇气拿出电话，给他打了过去。

关机。

她松了口气，不知是失望还是庆幸，如果打通，要怎么说？

——我来岳城了，见面吗？

然后呢？

许沐回到家，爷爷已经炒好了几个菜，就差一个汤，餐桌热气腾腾，熟悉的香味。

电视里放着重播的春晚，玻璃上贴着红色的"福"字，许沐现在才有了一点儿过年的感觉。

她脱掉外套想进厨房帮忙，被爷爷赶出去："外面等着，就好了。"

爷爷很有文化，是个兽医，还做得一手好菜，风趣幽默，在一众广场舞大妈中人气很高。

老年团比赛跳舞，他特抢手，都想让他当舞伴。

现在虽然年岁大了，可在十里八乡依旧招牌响亮，附近乡下谁家马啊驴什么的病了治不好，都会托人请他过去看看。

许老爷子不停地给许沐夹菜："怎么今天就过来？我还以为你得初四初五。"

许沐难得撒娇："我想你嘛。"

老爷子心明镜似的，知道她不爱在赵美云那待着，也不多问："鱼汤好不好喝？"

他的独家秘方，汤里加了几味中药，对女人特别好，他特意煲给许沐喝。

许沐特别给面子地说："好喝。"

吃过饭，许沐让爷爷歇着，自己去厨房把碗洗了。收拾完后，祖孙两个坐在沙发上看春晚。

许沐还跟以前一样，倚着爷爷的肩膀，一边吃橘子一边看电视。

许老爷子问她："工作的地方怎么样，有没有人欺负你，顺不顺心？不顺心就回岳城，在这里找个工作，就住家里，省钱还省心，我天天给你做饭。"

工作方面倒是没人再为难许沐，上次沈秘被她凶了一顿后，老实不少，再没找过她麻烦。

后来她独立负责项目，跟另外的同事合作，虽然顶着实习生的头衔，但做的事跟沈秘一样，几乎算平级，沈秘就更不敢出什么幺蛾子。

许沐说："你孙女厉害着呢，没人敢欺负。"

许老爷子哈哈笑两声："那倒是，随我。"

爷爷年岁毕竟大了，没多久就有些犯困。许沐拿了条毯子盖在他的身上，将电视调小声一些。

茶几上的电话忽然响，许沐怕吵到爷爷，连忙按了静音。看清屏幕上的名字时，她的心开始怦怦跳。

是罗迹打来的。

许沐迅速拿了衣架上的外套，换鞋出门。

关门那一刻，她接起来："喂？"

院子里积了厚厚一层雪，地面有扫帚扫过的痕迹，大概后来又下了。

罗迹那边很安静，只有他说话的声音："吃饭了吗？"

许沐一手拿着电话，另只胳膊伸进袖口穿好羽绒服，走到外面巷子里，沿着小路慢慢走："嗯，刚吃完。"

她低头看着铺了炉渣的雪地："你在哪儿？"

罗迹说："广州。"

许沐停在原地，有点儿愣："广州？"

"嗯。"那边有其他人的声音，罗迹说马上过来，随后对着电话说，"公司有事，我和我哥过来处理。"

许沐有些低落："哦。"

"许沐。"罗迹忽然喊她名字，很郑重、很认真。

许沐应声。

罗迹说："我会尽快处理好这边的事，你等我回来。"

顿了下，他说："我有话跟你说。"

许沐握紧电话，眼睛有些湿润。她努力控制自己的声音："好。"

得到回应，罗迹放了心。那边似乎真的很忙，一直有人在催他，两人匆匆挂了电话。

许沐戴上帽子，一个人沿街边走。路旁有卖糖葫芦的小摊，她买了一串。

大颗的山楂裹着糖浆，咬一口，酸酸甜甜，那滋味，一直延伸到心坎儿里。

这里离一个地方不远，许沐走了一条小路，十五分钟就到。

西郊公园。

公园里有棵许愿树，记得以前很多人来这里挂风铃许愿，那时她还跟同学约好也来挂一个，后来转学，她没能完成这个心愿。

大年初一，许愿树旁没有人，卖风铃的小摊也不在，倒是有个算命的老大爷。

过年也不休息，这么敬业。

大爷说："小姑娘算一卦？"

许沐摇头笑了下："谢谢，不用。"

想了下，她问："您知道还有哪里卖风铃吗？"

算卦的大爷低头在桌子底下翻了翻，找出一条没用过的红丝带："用这个也行，风铃挂不好容易掉，碎了不吉利。"

许沐忙接过来道谢："多少钱？"

"不用钱，拿去挂吧。"

许沐坚持给了大爷一点儿。跟钱没关系，记得以前听闺蜜说过，这东西要自己花钱买才灵验。

她借了支笔，把红丝带平铺在木头小桌上，弯腰认真写了一句话。

她的字好看，很清秀，一笔一画看着很舒服。

许沐把红丝带系在她能系到的最高的地方，抬头看了一会儿，树枝枯了，可能刚刚被公园的工作人员清理过一批风铃，现在挂在上面的很少，她的那根红丝带特别显眼。

许沐在岳城住到初六，再没回桐州，直接从这里回青城。

上班第一天，她发现罗迹没来。

这几天，两人没有联系，没打过电话，也没发过信息，他像消失了一样。许沐有些担心，不知道他家的公司到底出什么事，似乎很严重的样子。

午饭时，天涯坐在对面，兴致勃勃说起火火和灰毛儿："宠物店是真专业，钱到位了那给伺候的，"他指着大路，"比他还干净。"

放假前，两只猫被送到宠物店寄存，昨天才领回来。

大路咬了一口酥饼："太快了，我还没觉得怎么着呢，年就过完了。"

许沐听了一会儿，没有忍住，还是问出来："罗迹回来了吗？"

天涯摆摆手："没。他请假了，人在广州呢，听说事儿挺大，他和他哥两人都快压不住了。"

许沐："知道什么事吗？"

"不太清楚，好像是公司内部的动荡，我也不懂。反正他们大公司里有头有脸的人有自己的势力不是很正常吗，没准儿是哪个山头的人要自立为王呢。"

大路看向天涯:"我估计没个十天半月回不来,过几天咱都要回学校了,订票带不带他啊,你问没问他是直接回学校还是回青城跟我们一起走。"

"订票时再说吧。"

许沐没再说话。

吃过饭,天涯叫上隔壁桌的火山和小柔,大家一道回办公室。

经过走廊时,迎面碰上董事长莫仲良。

莫仲良常常出差,在公司的时间不多,就算来了也是坐专梯,下面的员工很少见到他。

他身边是薛明坤,两人似乎在商讨事情。

薛明坤看到许沐,隔空点了下头算作招呼。

路过的同事纷纷叫莫董、薛总。

两边人擦肩而过时,莫仲良忽然开口:"莫屿辰。"

许沐一行人脚步定住,顺着莫仲良视线的方向看过去。

火山一言不发,看都没看莫仲良一眼,拉着小柔就走。

莫仲良的声音带一丝怒气:"这就是你见到爸爸的态度?"

在场其他人逐渐安静,一脸惊诧地看向火山。

火山面无表情:"我姓'霍'。"

莫仲良许久未出声,最后妥协:"好,霍屿辰,你跟我来一下,我有话跟你说。"

"我没话跟你说。"

火山继续走,莫仲良嗓音浑厚:"站住。"

火山脚步停下,但没回头:"别以为我来了就是原谅你,如果不是你把小柔诓来,我这辈子都不会来青城。"

小柔被他拉着,匆匆回头看了莫仲良一眼。

两人很快消失在楼梯拐角。

在场的人大气都不敢出。

薛明坤见状,给莫仲良递了个台阶:"大家在等您开会。"

莫仲良脸色非常差,他永远拿这个儿子没办法。

直到莫仲良离开,走廊的同事才忽然炸锅,消息太劲爆,一时反应不过来。

游戏部那个火山竟然是非比的太子爷。

这太不可思议。

火山一向很低调，什么头都不出，也没有任何特权，工作能力很强但心思不在上面，以至于大家最初猜测时，都没想到他。

他们猜过罗迹，因为只有罗迹敢跟组长杠，也猜过天涯，因为天涯最大大咧咧、最随性，什么都不放在心里，有股子富家子弟那种纨绔劲儿。

没想到是一直不显山不露水的火山。他姓霍，没人把他跟莫董联系在一起。

天涯忽然意识到一件事——

火山是为小柔而来，小柔是为缓和火山的父子关系而来。

罗迹早知道许沐在青城，肯定是为她而来，能在一个公司纯属额外奖励。

大路就更不用说了，手里攥着十几套房子，干得不高兴随时回家当包租公。

合着折腾半天，只有他一个人是实打实来实习的。

好像大家一起玩游戏，别人都有特殊身份，只有天涯一个平民路人。

这就很郁闷了。

晚上天涯给罗迹打电话说这事时，还在抱怨，说火山不够意思，这么大的事都不告诉哥们儿。

火山跟他们不是一个宿舍，同系不同班，大家只知道他家很有钱，具体做什么不知道。

罗迹说："他怎么样？"

"下午到现在没见着影儿呢，不过小柔跟他在一起，应该没事。"

罗迹沉默一会儿："她呢？"

天涯下意识地问："谁？"他很快反应过来，"许沐吗？"

"嗯。"

"她挺好的，今天还问你来着。"

罗迹："问什么了？"

"问你什么时候回来。"

隔壁房间有响动，罗曜似乎摔了杯子。

罗迹挂掉电话，看到之前开会的两个人走出来，无奈地指了指里面，罗迹示意他们先走："我去看看。"

小客厅里，罗曜坐在窗边，地上一堆玻璃碎片，他面色平淡，丝毫看不出刚刚发过火。

罗迹捡起碎片旁的一个文件夹放到小桌上："先吃饭吧。"

秘书从外面进来，看到满地狼藉愣了一下，知道罗曜发了火，他很快恢复神色，附耳说了几句话。

罗曜蹙眉："她怎么来了？"

秘书说："她带了排骨汤，说要啃骨头。"

秘书观察罗曜的表情，试探着说："要不我让她先回，等您——"

"不用。"罗曜语气缓和不少，"带她上来吧。"

秘书偷笑。

罗曜看他一眼："你笑什么？"

秘书正色道："您不觉得，您最近破了不少例吗？"

"多嘴。"

走后，罗曜看着窗外："你先去吃吧。"

罗迹知道他这会儿要见别人，便不再多说，指着地上："小心碎片，我一会儿让酒店过来收拾。"

从罗曜的房间出来后，罗迹没去吃饭，走到顶层的旋转餐厅，那里有个小通道，连接一个大天台。

那里可以俯瞰大半个广州，视野非常好。

这座城市的气候，不像岳城和青城，四季分明。

他看了天气预报，青城又下雪了。

群里响个不停，那些人不知又在聊什么。罗迹心烦，想把实习生的群调成静音。

他点进界面，看到沈瑜发的几张照片。

其中一张里有许沐。

似乎是他们以前的某次活动，广告部的几个实习生都在，他们在一艘快艇上，每个人的身上都穿了橘黄色的救生衣。

她脸上溅了很多水，笑得很开心。

罗迹的目光被她脖子上的项链吸引。

他两指按着屏幕放大照片，看清那个东西时，表情瞬间变了，震惊又无措。

罗迹马上私戳沈瑜，把那张照片编辑了一下，圈出她的项链坠子，发给沈瑜。

Penta Kill：[图片]

Penta Kill：那是什么？

叫老娘仙女：项链啊。

Penta Kill：是你之前说过的那个吗？

叫老娘仙女：是啊，许沐的项链坠子一直是个戒指，所以我们才猜是她前男友送的。

自从知道罗迹是许沐的前男友，沈瑜就默认这条链子来自罗迹，她试探着问：你不知道吗？

罗迹当然知道。

那枚戒指，十块钱一个。

当年他在地摊随手买下，亲自戴在她手上，很无赖地说："套上了，你这辈子都是我的人了。"

一连八天，罗迹音信全无。

他没联系过天涯他们几个，也没联系许沐。

许沐心神不宁，很怕他出什么事。一般罗氏那样的企业有什么风吹草动，网上都能有些消息，但许沐搜了各种关键词，除了股价略有波动，其他什么传闻都没有。

实习期已进入尾声，情人节前后大家就要返校做毕业设计，事实上年前就他们就已经开始选题，有些学校要求学生必须在校完成，Z大倒没有那么严格，但如果想一边实习一边做毕业设计，需要签很多协议，非常麻烦。

好在非比的实习期不长，给了他们足够的时间返校，是否留用要等综合评估结果出来后电话通知，双方都有意愿的情况下，可在毕业后正式过来上班。

这天上午许沐去图书馆找资料，在三楼碰到系主任。

系主任是个快退休的老教授，烫了一头棕色的小卷卷，戴一副金边眼镜，平时把这帮学生当自己孩子看，有求必应，特别宠。

她叫住许沐："你过来一下，我正好有事找你。"

许沐抱着几本专业书走过去，两人挪到角落没人的地方说话。

系主任一边翻自己手里的资料一边说："你之前不是说想出国继续深造吗？现在正好有个机会。"

她拿出一本资料，是个英国的学院，里面夹了张报名表，她一起递给许沐："你看看这个学校，我觉得还可以，知名度不错，专业也对口，你要是感兴趣可以申请试试，以你的条件和成绩，被选上的几率应该很大。"

许沐确实跟系主任提过这件事。

但那是在半年前，她不准备在国内考研，很想出去走走，后来一直没有合适的学校，就去了非比，想一边工作一边等机会。

再后来，遇到罗迹。

现在这种情况，她怎么能走。

许沐没有犹豫，把简章还给主任："谢谢您还惦记我的事，我现在不想出国了。"

系主任推了推眼镜："怎么了？能出去还是尽量出去走一走，不是说国外一定好，只是国内的设计理念和国外毕竟不同，两边都学一学总是好的，以后回国工作，眼界也高一些。"

她把简章塞到许沐手里："报名截止还有段时间，你再考虑考虑，我的建议当然最好是去，但决定权还在你手里，"她看了眼时间，"我得走了，曲老师在等我，你考虑好给我打电话。"

许沐看着简章上的名字，确实是很不错的一所学校，很多国际知名的设计师都在那里毕业。

人生的选择有时就在一瞬间。

如果辩论赛她没答应老师替补上位，她和罗迹就不会重逢。

如果她没选择非比，就不会发生后来那些事。

可人生没有如果，蝴蝶效应永远有效。

从图书馆出来时，天有些阴，早上还在的太阳已经被厚厚的云层遮盖，许沐准备去食堂随便弄点儿东西吃，忽然接到派出所的电话。

许沐接起来，还是上次那个警察，说喜乐的家人找到了，喜乐爸爸的意思一定要跟许沐见一面，亲自感谢。

许沐其实不太想见，想象中应该是个非常激动、痛哭流涕的感人画面。

她很不愿意处理这种情况，怕煽情，索性拒绝："不用了，谁看到都会那么做的，而且我今天还有点儿事，暂时过不去，您替我跟喜乐爸爸说一声吧。"

警察将她的意思原话转达，谁知那边特别执着，坚持要见她一面，见不到就不走。

许沐没有办法，只好答应。

喜乐爸爸已经把喜乐从福利院接走，两人约了个折中位置的小广场。

许沐一到那，喜乐就张开双臂尖叫着奔向她。

她还穿着大路给买的衣服，脸上都是笑，看来福利院把她照顾得很好。

许沐一把抱起喜乐，在空中颠了颠："喜乐重了不少，姐姐都快抱不动了。"她把脸凑过去，"亲一下。"

喜乐吧唧亲了她一口。

刚刚跟喜乐站在一起的男人小跑着过来，情绪很激动。

怕什么来什么。

那么大个男人，见着许沐就哭，还要下跪，许沐赶紧把他拽起来，不想引人注意："您别这样。"

喜乐的爸爸梁信，相貌朴实，很老实的样子，人很瘦，大概找女儿这些日子也吃了不少苦。

"许小姐，您是我们全家的恩人，我实在不知该怎么感谢您。"他从怀里掏出一包东西，用报纸包着，厚厚一摞，"这是我们全家一点儿心意，您别嫌少。"

许沐抱着喜乐后退一步，坚持不要，这也是她一开始不想见梁信的另一个原因。

她实在不擅长这种推来推去。

许沐态度坚决，梁信不得已把钱收回去："这……"他犹豫一下，"那我请您吃饭，钱不要，饭您一定要赏脸。"

话说到这份上，许沐只能答应。

梁信看着条件不是很好的样子，他让许沐选饭店。许沐斟酌一下，选了家价格适中、装修也很不错的饭店，这样不损他面子，也花不了多少钱。

等餐时，喜乐跟许沐坐一边，专心玩手里的小玩偶。

梁信和许沐聊天："冒昧问一下，我还不知道您全名。"

许沐说了自己名字："您不用这么客气，叫我许沐就好。"

意外的是，梁信竟然也是桐州人。

许沐对桐州人莫名抵触，不愿在他们面前多说话，很怕不小心被人揭开过往。

梁信打开话匣子，越说越多，大概也是今天太高兴的缘故。

"喜乐摊上我这么个爸爸，也是倒霉。

"早些年我在工地搬砖，桐州不少大楼盘都是我们包的，后来赚了点小钱，出来做生意。"

他苦笑一下，手里明明是白开水，弄得跟酒似的，抿一口："有句话怎么说来着，不是你的永远不是你的，没多久生意失败，赔得底儿掉，我也没脸再回去搬砖，就一直到处混日子，后来喜乐她妈也跟别人跑了，我就一个人带她，她身体不太好，我干活都走不远，总惦记家里。"

话题有点儿伤感，梁信叹了口气："不好意思啊，请您吃饭，还让您听这些。"他举起杯子，"一句话，您这恩我记着，以后有用得着我的地方，尽管开口。"

许沐连忙举杯："别提恩不恩的了，孩子没事就好。"

梁信想点烟，后来可能顾及许沐是女孩儿，还是把烟放下："是，孩子没事就好。"

分开前，梁信把自己的电话给了许沐："妹子，以后有事找我，我能办到的，绝不含糊。"

回宿舍时，沈瑜正在吃饭。

这个时间也不知道她吃的是午饭还是晚饭，看到许沐，沈瑜指了指许沐桌子："给你带的水。"

许沐正有点儿渴，拧开喝了几口。

沈瑜边吃边说："上哪儿去了你，一天不见人影。"

许沐用手背沾了沾唇角的水珠："我见喜乐爸爸去了。"

沈瑜特别惊讶："找着喜乐爸爸了？"

"嗯。"

沈瑜咂了咂嘴："真不容易，这孩子大难不死，必有后福。"

许沐拉开抽屉，翻找相机充电线："什么死不死的。"

"落那帮人贩子手里，哪有好下场，跟死也差不多了。"

许沐的手忽然顿住，在抽屉最里面，那条项链许久不见天日，她拿出来，仔细擦了擦戒指上的一层浮灰。

这其实是枚银色的指环，很简单的款式，上面也没什么复杂的花纹，地摊老板信誓旦旦说永不掉色。

那时许沐不信，现在她信了。

这么多年过去，戒指真的没掉色，磨一磨估计还能更亮一些，不知道是什么材质做的。

有些事，有些东西，果然经得起时间的考验。

2月13日，情人节的前一天，也是实习生涯的最后一天。

从大年初一那天算起，罗迹已经离开整整二十一天。

天涯他们已经订好明天的机票，准备返京。

实习生们决定晚上一起去壹号院聚餐，昨天他们就去超市大采购，买了不少啤酒饮料和零食水果，准备热闹一整晚。

下午两点，广告部的几个实习生开了最后一次会，把手头还未完成的工作做好交接。许沐从会议室出来，想去茶水间冲杯咖啡。

她推门的同时，里面正巧有人把门拉开。

许沐怔住。

面前是罗迹。

罗迹脸色不太好，很疲惫的样子，似乎刚刚进门不久，身上还带着凉气，手里一杯热水。

他瘦了。

不知这段时间经历了怎样的困难。

两人就这样对视许久，有其他同事要进去，罗迹牵住她的手腕，把人往旁边带了几步。

他没松手，垂着头注视她的眼睛："还好吗？"他的声音很轻，带一丝沙哑。

"嗯。"许沐说。

她抬起头："你公司的事解决了吗？"

"解决了。"

罗迹的手慢慢下滑，用力地握住她的手："晚上壹号院聚餐，你去吗？"

许沐说："去。"

"那晚上见。"

"嗯。"

罗迹捏了捏她的手心，随后松开。

下班后，天涯和大路去附近饭店买一些下酒小菜和卤味，其他几个人直接回壹号院。

灰毛儿许久未见许沐，扒着她的腿往人身上扑。许沐弯腰抱它起来，觉得它比上次重了不少，不知道他们天天都喂些什么。

下酒菜和卤味很快回来，茶几摆满吃的喝的，今晚大家豁出去放纵，平时不沾酒的女生也主动举杯。

几个月的时间，不长，也不短，每个毕业生都会经历一段实习生活，可能很迷茫，可能很无措。

从最初什么都不懂，到后来一点点磨，学习，做错事，受委屈，长教训，经历的事越来越多，也逐渐被磨平棱角，变得圆滑，不再尖锐。

尽管如此，大家依旧希望多年后自己依旧是当初那个单纯的自己，只为梦想，只为初心。

虽然这很难办到。

但期望总是要有的。

有人说起刚来时在长青山，谁吃了六十八串牛肉，第一次开实习生培训会，谁又忘了开静音，《西天取经》的电话铃响彻整个大会议室，年会那天，谁抽奖抽了个电饭锅，结果请大家吃饭吃掉了两个电饭锅的钱。

说着说着，大家声音渐渐弱下来。

今日一别，可能再也聚不齐这些人。

话题渐渐伤感，有人想切过这茬，他扭头问罗迹："都最后一天了，我以为你不回来，直接飞北京呢。"

罗迹靠坐在沙发旁边的地板上，跟偷亲许沐那晚同一个位置，同一个姿势："还有点儿事没办完。"

客厅里的灯忽然熄灭，周围一片黑暗。

大家以为停电了，没多久音箱里传出年会那晚罗迹他们跳的热舞音乐。

天涯打开手机的手电筒，对着天花板猛摇："燥起来吧兄弟姐妹们！跳舞跳舞跳起来！"

大家的热情忽然被点燃，迅速默契地拿出自己的手机调出手电，一分钟不到，群魔乱舞，客厅瞬间有了舞池的味儿。

许沐坐在最旁边的位置，没有动，屋里太乱，又黑，她什么都看不清。

眼前一道黑影闪过，她被人拉起来抱在怀里。

除了罗迹，没有别人。

罗迹没有说话，只把唇瓣贴到她耳朵上，搂着她慢慢晃。

一首热舞，被他们两个晃成了慢摇。

许沐垂在身侧的手往上挪了一点儿，搂住他的腰。

一首，接一首。

这一晚，大家一直玩到后半夜，因为怕扰民，所以后半场从跳舞变成打牌。

凌晨一点的时候，大家累惨了，一个个坚持不住，横七竖八在沙发和地板上睡着。

许沐从洗手间出来，差点没被躺在地上的大路绊倒。

罗迹十分钟前回房间后就没出来。

许沐盯着那扇门看了一会儿。

她走过去，想敲门，手在半空停下，在想开门后她要说什么。

还在犹豫，门开了。

罗迹换了套舒服的衣服，看到许沐也没意外，就那么站着等她开口。

许沐放下手："我……想问问你们明天几点飞。"

罗迹没回答，盯着她的眼睛看了一会儿。

沙发上天涯动了一下，有要醒的迹象，罗迹忽然伸手一把将许沐拽进房间里。

撞上门的那一刻，他把许沐压到门板上，毫不犹豫地堵住她的唇。

他下嘴狠，许沐吃痛，用力抓住他的肩膀。

罗迹搂住她的腰把人往上一提，许沐轻松挂在他身上。

罗迹走到床边，把许沐扔上去，两手撑在她身侧，俯身看她："告诉我，你醉了吗？"

许沐一滴眼泪落下，顺着眼角滑向耳朵："没。"

罗迹再次吻住她。

他吻过她很多次。

但从没有哪次像现在这样凶猛。

许沐几乎无法呼吸，她执拗起来，翻身换在上面咬他唇，罗迹将她的衣服推上去，再次翻身换到上面。

他不想被动，他要主动。

如果上次还有醉酒这块遮羞布，那这一次，谁都没办法找其他理由。

罗迹张口咬了她的脖子一下，嗓音诱惑："等我。"

他翻身起来，随便套了件衣服出去。

那些人还在睡，客厅一片狼藉。

罗迹去火山房间里找了一盒东西，出来时迎面撞上火山的目光。

两人对视几秒。

火山视线下移，看到他手里的东西。

小柔哼了两声，似乎要醒，火山捂住她的眼睛，低头吻了吻她的额头，轻声说："乖，再睡会儿。"说完不再看罗迹，眼睛一闭，继续睡觉。

罗迹转身进了房。

屋里没开灯，床上一团黑影，许沐侧身躺着，蜷缩着腿，小小一团。

罗迹在她身后躺下，炙热的胸腔贴着她的背。

他把许沐牢牢困在怀里。

"你要想好，今晚一过，我不会再放过你。"

第六章

我要你在我身边

这个晚上怎么过来的，罗迹这辈子都不会忘。

火热，汗水，柔软，香甜，他脑子不停炸开，冷却，再炸开。

不再克制，不再忍耐，用尽力气，想给她最好的。

混沌后又清明。

他似乎等得太久，又觉得好像也没多久，几年而已，他经得起挥霍，只要她肯回来，再等几年又怎样。

吸取上次的教训，这次罗迹不敢睡得太死，许沐稍动一下他就睁眼。

她累坏了，后来几乎没了知觉，什么时候睡着的都不知道。

罗迹就这样断断续续地睡，没有多久天就亮了，许沐额头抵着他胸口，呼出的热气弄得他痒痒，但他一动都不敢动。

七点多时，外面有了动静，不知谁醒了，喊饿。

罗迹看了一眼怀里的姑娘，她似乎睡得不太安稳，眉头皱着，唇瓣有些干，他想低头吻她，忽然听到一声轻微的声响。

许沐在叫他名字："罗迹。"

很轻的一声，如果不是离得近，几乎听不到。

罗迹以为她醒了，抬手摸她的额头，把她贴在眼角的头发拨开："在呢。"

许沐依旧闭着眼睛，断断续续地说："下午替我请假。"

罗迹唇角扬了扬："实习结束了，不用请假。"

几秒后，许沐的声音比之前还弱："老徐说……下午要画重点，你替我记。"

罗迹抚摸她脸颊的手僵住。

老徐。

是他们班主任的名字。

许沐在做梦。

罗迹盯着她，不敢再出声。

许沐又说了一些，罗迹靠近她的唇，仔细分辨，似乎是要他好好听课之类。

曾经有段时间许沐确实有些焦虑，很怕不能跟罗迹考到一个地方。

梦里她压力都那么大，罗迹不忍再听，想把她叫醒，她忽然又开口。

她说得很慢，没有力气，但每一个字，都像千斤重担压在罗迹心上。

"你为什么没来青城？

"我以为，你一定会来的……"

罗迹怔怔看她好久。

原来她心里这么在意这件事。

罗迹有些难受，把胳膊从她身子下抽出，扯过被角蒙住双眼。

有人敲门，罗迹缓了一会儿，用被子揉了揉眼睛，轻轻下床。

他捡起地上的衣服和裤子套上，把许沐的衣服简单折两下放到床头，走去开门。

天涯站在门口探头往里看，但罗迹只开一道小缝，他什么都看不到。

罗迹侧身出来，把门关上："什么事？"

"老大，许沐哪儿去了？早上我一醒，大家都在，就她没在。"

"不知道。"罗迹语气平静。

天涯说："什么时候走的？大半夜她一个人回去安不安全啊，你要不要打个电话问问？"

"一会儿打。"罗迹说，"你还有事吗？"

天涯奇怪，按理罗迹不应该这反应。他看向罗迹，发现罗迹眼睛红得厉害："你眼睛怎么了，跟哭似的。"

罗迹偏头看向客厅："困的。"

火山从洗手间出来，两人目光交汇，火山心下了解，转头跟沙发那头横躺竖卧的人说："我请吃早餐，有没有人去？"

一听说有吃的，大家顿时精神起来，昨晚都没好好睡，一个个腰酸背痛直喊疼。

大家先后出门，天涯也拿了沙发上自己的羽绒服，忽然发现许沐的外套就压在他衣服底下。

他哎了一声，指着那衣服看罗迹："她衣服还在呢。"

罗迹和火山都没说话。

天涯脑筋一转，忽然意识到什么："我去……"

屋里还有许沐的同学，他不敢直说，怎么也要给许沐留面子，不能让她同学知道这事儿。

但他憋不住啊，扭头瞥火山："怎么个意思，今儿这顿到底是你请还是迹哥请？"

火山拉上黑长款的羽绒服拉链："你管谁请，又不让你花钱。"

天涯挑眉："我不管，别想用一顿早饭打发我，回学校我要吃后街的大闸蟹。"

"我看你像大闸蟹。"火山抬手搂住他的脖子，半锁喉给他拖出去。

许沐醒来时，窗外的阳光已经很刺眼。

她眯着眼睛，用手背遮挡光线，房间很安静，她翻了个身，旁边没人。

许沐还是第一次进罗迹的房间，昨晚有些激烈，她脑子嗡嗡的，什么都顾不得看。

房门紧闭，她的衣服在床头，没看见罗迹的衣服。

昨晚罗迹说，你要想好，今晚一过，我不会再放过你。

那一刻，她只想到明天他就要走，热血上头，翻过来就把他搂住了，主动吻他，连她自己都不敢相信她能干出这种事。

罗迹一开始被她那股猛劲儿唬住，但没有多久就适应过来，大手扣着她脑袋死命往自己唇上压。

再然后，天崩地裂。

许沐发现，抛开一切，遵从内心的感觉是真舒服。

许沐舒了口气，两条细白的胳膊撑着床坐起来，余光处有一人影。

她心里一惊，下意识抓住被子护着自己胸口，整个人往床头退去，定睛一看，罗迹就坐在窗边的一把竹椅上，跷着腿，一只手随意搭着扶手，把玩她的黑色头绳。

他穿戴整齐，面色平淡，坐得闲散舒适。

许沐只有被子遮体，惊慌失措，缩在床头。

"醒了。"罗迹说。

许沐一时没弄明白，他这副兴师问罪三堂会审的架势是什么意思。

她嗯一声，不知怎的，一跟他对视心就发虚。

许沐想拿自己衣服，罗迹说："之前我说过，有话跟你说，记得吧。"

她缩回手，把被子往上提了提，遮住那处不经意间露出的沟壑："记得。"

罗迹喉结滚了滚："我现在说。"

被子被许沐抓出一团褶皱。

罗迹注视她的表情："你要不要重新跟我在一起？"他说得太快，没有犹豫，也没铺垫，就这么直接把这句话扔给她。

许沐顿了几秒："我……"

罗迹拿起手机调出倒计时，定时五分钟："我们五分钟后出发去机场，你慢慢想。"说完把手机扔到床上。

许沐看着黑色屏幕上的倒计时，时间一点点流淌。

其实到了现在这个地步，她不该再犹豫，但她担心以后。

根本问题没解决，她摆脱不掉身上隐形的标签，以后会不会重蹈覆辙，这样的分别再来一次，她和罗迹能承受吗？

五分钟很快过去，倒计时变成"零"时，罗迹直接站起来，捞起手机就走，急得许沐一把抓住他手腕。

不管了。

什么都不管了。

此时此刻许沐脑子里只有一个念头，如果今天罗迹走了，她会后悔一辈子。

做出决定有时就是那一秒钟的事。

许沐攥住他的胳膊："别走。"

罗迹站在原地，低头看床上的人，觉得自己是不是上辈子欠她。

"喜欢我为什么不说？"

许沐咬着唇："我不敢。"

"为什么不敢？"

许沐没回答他这句话，忽然倾身靠过来，伸手搂住他的腰。

"罗迹，以前都是我不好，你能不能不要生我的气？"她高度只到他腰腹，脸颊紧紧贴着他的身体，"对不起。"

她说话带着哭音，特别可怜。

罗迹沉默一会儿，最终叹了口气，将滑下去的被子往上扯了扯，把她的身体裹进去。

"除了我，你没有别的男朋友，是不是？"

许沐愣了一下，从他怀里抬起头："为什么这么问？"

罗迹抚摸她的脸，垂着头看她，缓缓开口："其实大一那年，我知道你在青城，曾经想过来找你，但他们说你已经有男朋友了。"

他有些懊恼，为什么当初信了别人的话。

可那个时候，是他思绪很脆弱烦乱的阶段，任何言语都可能将他好不容易鼓起的勇气熄灭。

误以为她有男朋友的那段时间，他要气死，觉得许沐太没良心，怎么可以那么快将他们的感情忘得一干二净，跟别人在一起。

许沐不知道哪里来的传言，她很着急："我没有，罗迹，我没有。"

罗迹紧紧搂住她，下巴贴在她发顶，声儿都有些发颤："我知道，我知道了。"

两人就这样安静地抱了一会儿，许沐稍稍抬起头偷看他："那你是不是不生我气了。"

罗迹捏她的脸："就说些废话，生你的气，我干吗还回来，不嫌折腾吗？"

许沐忽然挺直身子："你是不是要出发了，几点的飞机？"

罗迹搂着她的腰："明天飞。"

许沐愣了愣："改签了吗？"

"本来就是明天。"

许沐环住他的脖子："骗我？"

罗迹单膝跪在床上，伸手把她的衣服拿过来："你这种人，就得逼一下才肯说实话。"

许沐只顾跟他讲话，没注意他的动作："我是哪种人？"

罗迹拉着黑色的肩带，环住她身体扣后面那排搭扣，微微皱眉："这么难挂。"

许沐低下头，脸腾地红了，一下把他推开，扯过衣服护着自己胸口："你干吗？"

罗迹觉得好笑："还怕我看，你里里外外哪儿我没看过。"

许沐去捂他的嘴："别说了。"

　　她躲进被子里穿内衣，被子一鼓一鼓的，看着就憋屈。罗迹也不走，就站那儿看她，目光特别坦然："一会儿带你去个地方。"

　　许沐穿好衣服，掀开被子下床："去哪儿？"

　　罗迹把床尾的拖鞋拿过来，弯腰替她穿好："秘密。"

　　许沐说："我要先回一下学校。"

　　"回学校干吗？"

　　许沐指了指那件皱巴巴的衣服："怎么穿啊？"顿了下，又指自己的脖子，上面像开花了一样，有红痕，有齿印，"你怎么那么爱咬人。"

　　那件衣服领口有些大，遮不住。

　　罗迹也指自己肩膀和胸口，一样的杰作："我也有。"

　　昨晚她像一头小狮子。

　　许沐不想跟罗迹继续讨论这个话题，过去开门，手握住门把手又停下，回头看他："外面没人吧？"

　　罗迹靠在一旁的墙壁上，抱着肩膀："你怕啊？"

　　他好烦人。

　　许沐耳朵贴在门板上，外面一点儿声音都没有，应该没人。她把门打开一条小缝，看到一片狼藉的客厅。

　　有些壮观，不知道昨晚怎么疯的，能把房子弄成这样。

　　许沐在想怎么收拾，从哪儿下手。

　　罗迹过来牵她："不用你管，待会儿我们自己弄。"

　　他又抱她。

　　没完没了。

　　过了好一会儿，许沐轻轻推他："我回学校了。"

　　"我送你。"

　　"不用。"许沐抬起头，"我还要找老师问点事，一会儿我们去哪儿，你可以先去等我。"

　　罗迹想了一下："那你快完事告诉我，我去学校接你。"

　　许沐低头笑了："好。"

　　许沐离开没多久，天涯他们四个回来了。

　　一见面，天涯就迫不及待地说："某些人春光满面，是不是要直接领证啊，用不用我把民政局给你搬来？"

　　放平时天涯这么阴阳怪气的说话，早挨揍了，但罗迹今天心情好，没跟他计较，还带头收拾屋子。

其他人也跟着一起收拾，一小时不到，客厅就恢复如初。

火山和小柔出去扔垃圾，罗迹在房间换衣服。

许沐还没给他打电话，他有些等不及，想先去学校。天涯叫住他："你过来一下。"

罗迹脱掉穿了一半的鞋："怎么？"

天涯掏出兜里所有的钱，特别豪气地往桌上一拍："你跟大嫂复合后的第一次正式约会，好好给人家买点礼物什么的，别小气，丢我们的脸。"

大路也把钱包扔桌上："算我一个。"

Z 大习俗，宿舍哪个哥们儿脱单了，其他兄弟都会上赶着主动凑钱，让哥们风风光光去约会，自己也长脸。

罗迹笑了下："行了，心意我领，我用不着这个。"

天涯变脸特快，伸手就把钱搂回去："我就知你这个大少爷不缺这点儿钱，但程序还是要走一下的。"

他嬉皮笑脸地说："以后我有了女朋友，你可别忘了咱们这个光荣传统。"

罗迹被他气笑："等你有女朋友再说吧。"

许沐那边很忙，非常忙。

沈瑜身兼数职，化妆师、造型师、服装师，把许沐从头到脚折腾一遍。

许沐看着镜子里的自己，有点儿怕吓到罗迹："口红不用涂这么厚吧……"

"要的，要的。"沈瑜一边给许沐编头发一边说。

她特别会编头发，花样繁多，能一个星期不重样："咱们宿舍终于在毕业之前成功脱单一个，还是吃回头草的，可喜可贺，我这个娘家人怎么可能让你乱七八糟就去约会。"

许沐："也没有乱七八糟那么差吧。"

她们宿舍其实有四个人，另外两个签去了外地，过几天回来，一个母胎单身，一个分手不到半年。

沈瑜说，要是到毕业那天还四个女光棍儿，会被人笑话。

许沐的衣柜已经被沈瑜翻遍，终于找到一套她最满意的，特别配她今天给许沐编的这个头发，很仙。

许沐的手机响了一声，她跑到窗边往下看。罗迹就靠在上次给她买饭的那个栅栏旁，单脚踩着底部的水泥台阶，帅得惹眼，路过的女生几乎都忍不住看他两眼。

罗迹冲她扬了扬手机。二楼也不高，许沐没接电话，直接朝下面说："五分钟。"

"不急，你慢慢来。"

这感觉很奇妙。

以前他在班级门口等她，在校门口等她，在她家门口等她，现在他出现在青城，她的宿舍楼下。

这种画面许沐从没想过，觉得不现实。

但现在那个活生生的人就站在那儿，说不急，你慢慢来。

哪慢得下来。

许沐把单反塞进背包，匆匆下楼。

出门前她拿出小镜子和纸巾把口红擦掉不少，颜色淡了一些，果然舒服很多。

她还是比较适合淡妆。

罗迹已经换了地方，在楼门口等。

看到许沐，他上下打量，笑得不加掩饰，朝她伸出手。

许沐一下牵住："来多久了？"

罗迹答非所问："很漂亮。"

许沐抿唇笑了。

罗迹是开车来的，罗曜的车留给他简直明智，省去不少麻烦。

路两旁的建筑越来越少，离市区也越来越远，许沐看向罗迹："我们去哪儿？"

"长青山。"

许沐有些奇怪，现在是冬天，长青山开放的项目不多，而且以前也不是没来过。

但她没问，反正他带她去哪里，她跟着就是了。

景区外面车位很多，罗迹去售票口买了票，牵着许沐往里走。

他方向明确，好像有目标一样。许沐不熟悉这里的路况，但越走越眼熟，好像上次也走过这条路。

直到她看到那个游乐场。

她似乎意识到罗迹要做什么，他拉着许沐站在一个靠边一点儿的地方，抬手捏了捏她的下巴："在这儿等我。"

上次他们就是在这里，游乐场的出现，破坏了原本轻松的气氛。

在这样美好的地方提分手似乎很残忍，前一晚罗迹还答应给她买冰激凌。

那之后，他应该再也没去过这种地方。

身后有人拍她的肩，许沐回过头，一支抹茶冰激凌出现在眼前。

罗迹似乎很高兴："幸好这里的店一年四季都开门。"

他把冰激凌塞进许沐手里，轻声说："欠你的，补上。"

许沐不是爱哭的人。

在她的世界，哭没用，没有爸爸，没有罗迹，什么都要自己扛。

罗迹用自己的方式弥补当年的遗憾，似乎这冰激凌一吃，时间便会倒回那个时候，他们没有分手，没有离别，中间这几年只是一场梦。

醒了就好了。

许沐忍不住掉下眼泪。

罗迹有些慌，抬手帮她抹掉："怎么了？"

许沐低着头："对不起。"

罗迹把她搂进怀里："我不要对不起，我要你在我身边。"

两人安静地拥抱。

过了会儿，他把冰激凌递到她唇边："你尝尝。"

许沐边流泪边吃了一口。

"甜吗？"

"甜。"许沐把冰激凌推给他，"你也吃。"

罗迹拿开她的手，低头吮她唇角上的一点儿奶油，完事舔了舔嘴唇："嗯，是挺甜的。"

许沐笑出来。

罗迹耐心地给她擦眼泪："为了见我精心化的妆，都哭花了。"

许沐嘴里还有奶油，含含糊糊："谁说的。"

天太冷，她刚刚又哭过，脸都红了，罗迹牵着她往大门口走。

许沐说："不进去转转吗，就这么走了？"

"没什么好转的，再带你去个地方。"

也不知道他哪儿来那么多地方可带。

这次罗迹只开了五分钟的车便到达目的地。

是个不小的院子，围墙低矮，从外面可以看到里面的房子，有点儿像北京的四合院，很安静，地上有厚厚的积雪和未清扫的落叶杂草，不像有人住的样子。

许沐问他："这是什么地方？"

"我姥姥家。"

之前就听说他姥姥家离长青山很近，没想到这么近。

许沐下车，看罗迹拿钥匙开门："你带我来这儿干什么？"

罗迹把门推开："我们今晚住这里。"

许沐愣了一下："住这里吗？"

罗迹牵着她进去："对。"他踢开碍事的杂物，"不然怎么办，最后一个晚上，你那儿不能去，我那儿人太多，住酒店你又不好意思。"

他搂住她的腰，低头看她："你不想跟我待在一起吗？"

他故意的。

薄唇在她耳边轻蹭，许沐最怕这个。

她忍着那股莫名的心跳，缩了缩脖子："痒痒。"

罗迹笑了出来，牵住她的手："先进屋。"

这里已经两年没住人，但水电没停，老人家出门不方便，罗迹就在网上帮她缴费，一次几百，能用好久。

正房还有一道锁，是那种老式的锁头，这种锁防君子不防小人，砖头一下就能砸开。

罗迹把门打开，里面一股长久不流通空气闷闷的味道。

他洗了条旧毛巾把客厅里的椅子擦干净："你先坐一会儿。"

许沐没坐，站他旁边："你要做什么，我跟你一起。"

罗迹笑："得先把炉子点一下，你会吗？"

冬天的平房，不点炉子屋里根本没法儿住人，特别冷。

许沐说："会，以前我跟爷爷在乡下住过一段时间，爷爷教过我。"

"那也不用你。"罗迹把车钥匙给她，"去后备厢把那个白色的袋子拿过来。"

"哦。"许沐拿了钥匙转身出去。

罗迹看着她的背影，觉得特别踏实。

从辩论赛那会儿到现在，不过几个月而已，那时他从没想过，能有今天。

一切跟以前都一样，但似乎又有哪里不同，那些不同是什么，他猜不透，也不想深究，只想珍惜眼前。

他去院子角落的杂物房看了下，还剩下不少煤，墙角堆了些柴，靠近门口的部分有些潮，里面的将就能用，他挑了一些抱回屋里。

罗迹的妈妈不止一次地提过让姥姥搬到市里，生活方便，只冬天生火这一项就省去不少麻烦。

但老太太不愿意，说在这儿住了一辈子，不想折腾，也习惯了。女儿嫁了个有钱人，她特别小心，一点儿便宜不愿占罗家，就怕女儿在婆家挺不直腰板，受委屈。

许沐在后备厢找到罗迹说的那个白色袋子，看了下里面，是两套新的毛巾牙刷之类的东西，还有一瓶洁面乳。

准备工作很到位了。

回到屋里，罗迹蹲在炉子前点火，许沐进到里面的房间，把袋子放桌上。

整个房间的陈设跟以前去过的乡下差不多，她不仅跟爷爷去过乡下，自己也去过，有一次采风，拍田野，太晚了回不来，她在当地的农民伯伯家借住了一晚，到现在还忘不掉酱香大拌菜的味道，太香了。

房间南边是一整面大炕，墙角一个老式的棕黄色木头柜子，西边除了同系列衣柜，还有张特别大的桌子，书架上立着不少旧书本，大概是以前罗迹学习的地方。

许沐走过去，发现整张桌子铺了块跟桌子一样大的透明玻璃，下面压了不少老照片。

不知道大家是怎么做到全国统一的，好像都喜欢这样在桌子下面压照片。

她目光扫过去，看到好几张罗迹的。

那时他还很小，个子不高，大概常常在外面乱跑，晒得有些黑。

他的眼睛跟现在一模一样，在一众小孩儿里是最精神最漂亮的那个。

他真是从小帅到大。

屋子里忽然飘进一股烟味，许沐跑到厨房看，罗迹正从里面出来，拉着她撤到外面。

许沐以为出什么事："怎么了？着火了吗？"

罗迹眼尾蹭了些烟灰，手上也有，指尖黑乎乎："木头有点儿潮。"

许沐伸手替他擦拭眼角脏兮兮的地方："能点着吗？"

"问题不大。"罗迹盯着她看，忽然笑了下，伸手摸她的脸。

许沐一下识破，扼住他的手："你想干吗？"

"好看。"罗迹力气大，许沐哪控制得住他，吓得立刻跑开，罗迹轻松追上，从后头拦腰把人抱起，许沐两脚悬空，没处躲，脸上很快中招，被他抹了两道灰，跟小花猫似的。

许沐边笑边叫："罗迹你浑蛋，快点儿放我下来。"

正闹着，隔壁墙头忽然冒出个脑袋："迹哥？"

两人瞬间安静，同时朝那边看过去。许沐觉得眼熟，但一时想不起在哪儿见过。

罗迹放下许沐，许沐整理自己的衣服。

爬墙头的人小眼睛，平头，长得一股精明劲儿，他特兴奋："你什么时候回来的？我看这院冒烟以为进小偷了呢。"

罗迹说："刚回来，你没在店里？"

"我妈在那儿盯着呢。"

这人是罗迹的发小兼邻居，两家人就隔一堵墙，大专毕业后没找工作，回家开了个熟食店，当起小老板。他目光转向许沐，眼睛亮了一下："大嫂，又见面了。"

怕许沐不记得，他又说："迹哥生日那天，我给你开的门，记得我不？"

许沐想起来了，开门的人确实是他。她笑了一下："记得，你好。"

"甭客气大嫂，叫我刚子就成。"他转头看罗迹，"你这是要在这儿住啊？"

罗迹点头："木头太潮，都是烟。"

刚子听了撂下句话："等着。"说完便从墙头跳下去。

许沐蹭了蹭自己脸上的灰："生日那天，那些人都是你的邻居吗？"

"对。"罗迹用手背蹭她的脸颊，把黑灰擦掉，"住得都不远，从小一起玩的。"

大门被刚子用脚踢开，他抱了一堆干燥的木头过来："你住几天啊，这够不够？"

哥们儿之间没那么多讲究，罗迹也不客气，接过来："就一晚，明天我回北京。"

刚子愣一下："这么仓促，那今晚烤起来？"

罗迹看了许沐一眼："今天我还有事，下次回来我找你们。"

刚子也不啰唆："那行。"他转身出去，想了下又回头，"待会儿你俩怎么吃饭啊，你这儿啥都没有。"

"我带她出去吃。"

刚子点了下头，走了。

罗迹把冒着浓烟的柴火拿出来，换上刚子送来的木头，鼓捣了一会儿，果然点着了。

许沐就站在他身后，一会儿给他递报纸，一会儿给他递打火机。

罗迹又把炕烧上。

他从来不是养尊处优的大少爷，什么都会弄。

屋子里的烟散得差不多了，闷闷的味道也没了，罗迹把门关上，没有一会儿就暖和不少。

许沐指着刚刚她去过的房间："那是你的房间吗？"

"对。"

炕已经有些热，罗迹和许沐把整个房间能擦的地方都擦了一遍，终于能休息一会儿，两人双双倒在炕上。

罗迹偏头看许沐，她睁着眼睛看有些斑驳的棚顶。

他伸手捏她的耳朵："累吗？"

"不累。"

"在想什么？"

"想你。"

罗迹看了她一会儿，被她这句话哄得开心。他凑过来，把手臂伸进她脑袋下面，让她枕着自己："想我什么？"

许沐翻过身，跟他面对面躺着，两人隔着很近的距离看彼此。

许沐伸出一根手指蹭他的唇，眼睛毫不掩饰直白地盯着那里："你们系女生多吗？"

她问得突然，罗迹意外，但没回避："不多。"

"有人喜欢你吗？"

"有。"

许沐的手指停在某一处："漂亮吗？"

罗迹看着她："漂亮。"

许沐的眼神暗了一些，情绪明显低落不少。过了会儿，她撤回手，翻身背对罗迹。

罗迹没给她机会，搂住肩膀又给人扳回来："你问完了，该我了。"

许沐不看他眼睛："你问什么？"

"你们系男生多吗？"

"还行吧，一半一半。"

"追你的人多吗？"他没问有没有人喜欢她，只实习生这么四五个人里就有打她主意的，系里有多少可想而知。

许沐说："怎么算多？"

"超过五个？"

"那就算多吧。"

罗迹已经有些冒火，翻身压住她："是他们帅还是我帅？"

许沐对上他的眼睛："你先说，是她们好看还是我好看。"

罗迹一只手垫在她脑后，怕炕太硬硌着她，另一只手的拇指抚摸她的眼角，低头俯视她，笑得勾人："你最好看。"

许沐满意了，伸手搂住他的脖子："那行吧，你帅。"

罗迹皱眉，作势掐她的脖子："'那行吧'是什么意思，这么勉强？"

许沐连连求饶，胳膊腿儿都跟着一起使劲儿："不勉强，不勉强。"

罗迹略显粗粝的指尖捏了捏她柔软的唇瓣，几秒后，低头吻下去。

他没深吻，只用舌尖轻轻描绘她的唇，一点点带着节奏，让亲吻变成一种享受。

等他磨蹭够了，安静的房间里忽然不合时宜地响了两声。

是许沐的肚子咕噜咕噜。

她有些无辜，睁眼看他。

罗迹退开一点儿，忍着笑："饿了？"

许沐捏住他的嘴："不许笑。"

罗迹搂她起来："先去吃饭。"

两人起来收拾东西，罗迹从柜子里拿出两床被褥，平摊开铺在炕上："先烘一下，去去潮气。"

他指着其中一个："我的被，今晚你盖这个。"

许沐看着那床被子，觉得有点儿好笑，浅粉色的小碎花，很干净，倒像女孩儿的被子。

罗迹挺无奈："姥姥做的，我没得选。"

大门口有声音，罗迹出去看，刚子又来了，手里拎着几个餐盒。

他把东西递给罗迹："我家今儿包饺子，我给你留了两盒，别折腾大嫂出去吃了，怪冷的。"他指着另外几个袋子，"我店里的熟食，拿来给你尝尝。"

刚子来得及时，罗迹正不知带她去哪儿。他刚说了句谢，就被刚子打断："你有病吧跟我还谢，一顿饭的事儿。"

刚子走得很快，只把背影留给他："我先撤了，店里没人。"

罗迹连句话都没来得及说。

他们一向这样，忙时很久不联系，闲时天天一起混，有事不用说话，自觉往上冲。

许沐一直扒着窗口往外看，见罗迹进屋，她爬到炕沿："刚子给我们的吃的吗？"

罗迹把餐盒放桌上："饺子和熟食。"

许沐都闻着味了："好香。"

罗迹搬进来一个小桌子放到炕上，两人盘着腿，面对面坐着。

他拆了双一次性筷子递给许沐："刚子他妈包的饺子很好吃，你尝尝。"

许沐吃了一个，三鲜馅儿的，确实好吃。

另外几个袋子里装的是辣鸭脖、熏豆腐什么的，许沐每样都吃了一点儿。

冬天黑得特别早，这里看不了电视，也没别的活动，两人收拾完就早早钻进被窝。许沐躺在罗迹怀里，两人一起用罗迹的手机看电影。

电影是个小众题材，当年特别火，许沐记不清上映那会儿她在忙些什么，反正没有去电影院看。

到了后半段，许沐有些犯困，罗迹吻她的额头："睡觉？"

许沐在他怀里动了动："想去厕所。"

罗迹说："我陪你。"

这边都是室外厕所，有些人家房子做了改造，把厕所装到室内，跟楼房一样的构造，姥姥家没改，还在院子里。

罗迹站在外面等她，怕她害怕，一直跟她讲话。

天真冷，只出来这一会儿，身上就凉透了。

回来后许沐去厨房洗了手，两人重新钻回被子里。

白天她穿得多，罗迹没有注意，现在她脱掉衣服，罗迹才发现她脖子上的项链。

她又将它戴上。

罗迹盯着那里看了一会儿，不自觉地伸手去触碰那枚戒指。

许沐没有动，安静地等他。

他什么都没说，但许沐什么都懂。

她握住他的手："睡吧。"

这一晚，两人相拥到天明。

　　早上许沐先醒，房间的热度已经降下来，两人睡一个被窝，他身子像个小火炉，许沐一点儿没觉得冷。

　　罗迹的飞机是下午一点，他们还要回壹号院拿行李。时间很赶，许沐温柔叫醒他。

　　罗迹翻了个身，腿压在许沐的腿上："再睡会儿。"

　　"要迟到了。"

　　罗迹眯着眼睛皱眉："赶不上就不走了。"

　　他其实已经醒了，只是忽然有些烦躁，昨天才和好，今天又要分开，简直折磨人。

　　许沐没再吵他，反正男生收拾东西比较快。她先出去洗漱，这边什么都没有，她只涂了点口红提亮气色。

　　她很白，皮肤也好，平时不化妆也好看。

　　罗迹到底没任性，学校那边很多事，不能耽误。

　　两人也没在这边吃饭，直接开车回了壹号院。

　　罗迹的东西是早就收拾好的，大家把行李搬上他的后备厢。天涯笑嘻嘻地说："我们是不是得把'前'字去掉，叫大嫂了？"

　　许沐跟他们已经很熟，也没扭捏："随便啊。"

　　一帮人起哄，罗迹就靠在驾驶位旁看他们笑。

　　闹够了，时间也差不多了，罗曜的司机过来送他们，几个人先后上了车。

　　这个时间路上不堵，大家要回学校，心情很好，一直在聊天开玩笑。

　　只有罗迹和许沐从头到尾没出声。

　　两人坐在最后一排，罗迹一直牵着她的手。

　　到了机场，天涯拿着大家的身份证去办理乘机手续，罗迹拉着许沐走到一旁人少的地方。

　　他牵着她的手："一会儿让我哥司机送你回学校。"

　　许沐低着头："嗯。"

　　罗迹看着她的眼睛："你有驾照吗？车可以留给你用，你去哪里拍照还方便一些。"

　　许沐摇了摇头，没有说话。

　　过了会儿，她抬起头，特别认真地叫他名字："罗迹。"

　　"嗯。"

　　许沐手指勾着他羽绒服的口袋，轻声说："你回去，好好准备论文，等毕业，"她停顿一下，"不管你回不回非比，你去哪儿，我就去哪儿。"

这相当于一个很正式的承诺了。

罗迹的心跳不受控制地快了几分："你别哄我。"

许沐抬起头："没哄你。"

罗迹嗓音低哑："你有前科。"

他那么高的个子，站她面前，语气委屈，不知道的人还以为她欺负了他。

许沐看着他的眼睛。

以前她说过，最喜欢他的眼睛。

许沐伸手抓住罗迹的衣领，把他身子拉低一些，踮脚亲吻他微红的眼角。

"再相信我一次，行吗？"她举起手，发誓一样，"我不骗你。"

他捉住她的手，两个人互相看了一会儿。

罗迹的手机一直响，天涯已经办好手续，到处找不到人。

他按掉电话。

没有一会儿，手机进来一条信息：人呢？

罗迹没理，把手机揣兜里，揽住她的腰："要安检了。"

许沐低着头，一直掉眼泪。罗迹看得心疼，轻轻搂住她，拍她的背："好了，不哭了行不行？"

他亲吻她很久，试图安抚她的情绪，但并没起什么作用。

最后罗迹没办法，两只手捧住她的脸，声音温柔得不得了："我又不是不回来。"他用拇指帮她擦掉脸颊眼角的泪，"我下个月就来看你。"他想了想，"不，我安排一下时间，下星期就过来，行吗？别哭了。"

那眼泪，都流到他心里去了。

他就见不得她哭。

许沐抽泣着，抬手抹了把自己花猫一样的脸："不要。"

"什么不要？"

"不要下周来，太折腾，你忙你的，我没事。"

她抬起头，伸手替他擦嘴角的口红印。

天涯已经看到罗迹，但没过来打扰，看两人腻歪的样子，哼一声，翻了个白眼。

大路瞅他："你哼什么？"

天涯说："也不知某些人现在脸疼不疼，我记得当初谁跟我说过，和许沐天生犯冲。"

大路想象了一下那个画面，觉得这话还真是罗迹能说出来的。

许沐不能进候机室，安检口排队的人很多，几个人分散在不同的队伍里，这样比较快。

她陪他排队，一点点往入口挪，罗迹说："灰毛儿放你们宿舍能行吗？"

许沐心里也没底："还有几个月离校，先藏着，露馅儿再说。"

火山前几天就已经给火火和灰毛儿办了检疫证明，连宠物航空箱都买好了，后来罗迹说要把灰毛儿留给许沐，所以今天只有火火上了飞机。

灰毛儿本来就是他买给许沐的。

很快轮到罗迹，他一手牵着她，一手把登机牌和身份证递给工作人员。

也不知怎么回事，别人那么慢，到了他就这样顺利。

手续办好，工作人员示意他可以进去。

后面还有别人在等，罗迹不能耽搁太久，他也没管还有外人在，低头狠狠亲了她一口："乖，好好照顾自己。"

他松了手，不敢再看她，转身离开。

许沐也不知道自己是怎么了，之前几年没见，生活照样过，这次他一走，心里就是难受，又不能任性不让他走。

好像刚被喂了一颗糖，还没吃出滋味，又被人收走。

她觉得自己有些变了，变得没有以前干脆利落，一点儿都不潇洒。

许沐一直没离开机场，直到大屏幕显示他那个航班开始登机，她跑到栏杆旁向外看，这个角度一架飞机都看不到。

没有一会儿，罗迹打来电话。

许沐缓了一下，接起来："喂。"

电话那边有些嘈杂，大概旅客还没有上完，罗迹轻声说："我要关机了。"

许沐努力控制自己的声音："嗯。"

罗迹听出异样："小沐。"

许沐抹了一下眼睛："我没事，你睡一觉，休息一下，到了给我电话。"

她怕罗迹担心，语气轻松地又嘱咐他几句。

自从挂掉电话，罗迹就一直沉默。

他心里很不踏实，知道她一定没走。

天涯管空姐要了个毯子，转头问罗迹要不要，可那人根本没反应。

舱门关闭，现在已经不能下机，起飞前下机是很麻烦的一件事，也有安全隐患，一般航空公司不会允许乘客这样做。

空姐已经开始礼貌提醒乘客关掉手机。

罗迹忽然跟天涯说："给沈瑜打个电话。"

天涯啊了一声："什么？"

罗迹拿过他的手机，在通讯录里找到沈瑜，拨了过去。

沈瑜很快接起来，罗迹时间不多，长话短说："你有赵清欢的电话吗？"

赵清欢常去许沐宿舍住，跟沈瑜很熟。

沈瑜听出这头不是天涯："你是谁啊？"

"我是罗迹。"他有些着急，"飞机要起飞了，你先把赵清欢的电话给我。"

虽然不知道他要做什么，但罗迹不是外人，沈瑜从通讯录里找到赵清欢的电话号码告诉罗迹。

她那边说的同时，罗迹在自己手机里拨号，随后把电话还给天涯："替我谢一下。"

赵清欢不知在忙什么，一直不接电话，罗迹持续打。

响了十来声，那边终于接通："喂？"

罗迹说："小姨，我是罗迹。"

一旁的天涯：这人是怎么脸不红心不跳这样坦然叫出口的？

赵清欢也没反应过来："谁？"

罗迹说："我在回北京的飞机上，马上要关机，小沐应该还在机场，她情绪不太好，"罗迹看了一眼礼貌地站在他身边等待他打电话的空姐，"你在机场吗？在的话麻烦你去看一下吧。"

赵清欢听懂了："你们和好了？"

"嗯。"

这倒不意外，赵清欢早有预料："我不在，但顾希霖应该在，要不我让他去看看？"

罗迹："那我还是跳飞机吧。"

赵清欢笑个不停："行了不逗你了，我在呢，现在去找她，你放心吧。"

旁边空姐微笑提醒，罗迹用手捂住电话："抱歉，马上。"

他又对电话那边说："下次见面我请吃饭，地点你定。"

"成交。"

赵清欢刚散会，还没来得及换衣服，穿着修身漂亮的空姐制服，拖着个精致的拉杆箱，边往大厅走边给许沐打电话。

两人接上头，赵清欢看了眼许沐哭红的双眼："瞧瞧你这没出息的样子，一点儿也不随我。"

罗迹不在，许沐也不掩饰自己郁闷的情绪："你怎么来了？"

"你男朋友神通广大，不知从哪里弄到我的电话，让我来看看你。"

许沐没什么心情说话，赵清欢一把搂住她的肩膀："好了，和好那么困难的事你都做到了，还怕区区异地吗？北京又不远，飞机一眨眼就到了。"她捏了捏许沐的脸，"哭得小脏猫似的，可不好看了，嫁不出去了。"

她把许沐搂起来，带许沐出去："我带你吃火锅好不好，或者烤肉？烤鱼？"

赵清欢哄人有一套，许沐心情好了不少。

两人上车，司机对许沐很客气。

赵清欢小声说："罗迹还给你留了个司机？"

"不是。"许沐解释，"这是他哥的车，他哥的司机，就送咱们一下。"

赵清欢眼珠转了转："哦，罗曜的车。"

回学校的路上，许沐不说话，赵清欢一直在跟司机聊天，没一会儿就混得很熟。

"你们罗总经常来青城吗？"

司机说："项目初期常来，最近总部那边有些忙，就不怎么过来了，一般都是电话沟通。"

赵清欢把玩着自己的手链："那这边项目什么时候结束啊？"

"也快了，三月末吧。"

赵清欢没再说话，眼睛看向窗外。

到了学校，司机下车替两位女士开门，同时递给许沐一张名片："许小姐，项目结束之前我一直在青城，您有事可以给我打电话，要用车也可以联系我。"

他这样客气，许沐不太习惯："我没什么事的，谢谢您。"

司机笑了下："您不用见外，罗少吩咐过，您有事我们随时到。"

司机走后，赵清欢探身盯着许沐："我怎么闻到了霸道总裁小娇妻的味道？"

　　罗迹走前把她的一切都安排妥当，许沐心里是很高兴的，但嘴上不说："你才小娇妻。"

　　两人进了宿舍，沈瑜不在，许沐放下包到处翻，赵清欢说："你找什么呢？"

　　话音刚落，从上铺跳下来一只雪白的猫，赵清欢没有心理准备，一声尖叫，吓得魂都没了。

　　许沐接住灰毛儿，把它抱在怀里："你喊什么，吓到我们了。"

　　赵清欢睁大眼睛："你宿舍怎么有只猫啊？"

　　许沐走到那边把门锁上，低头揉它的脑袋："不怕不怕，她就爱瞎叫。"

　　赵清欢看向她怀里的猫："这不会是罗迹送你的吧？"

　　许沐默认。

　　赵清欢其实不怕猫，只是刚刚有些突然。没一会儿，她就跟灰毛儿玩到一起。

　　许沐看到她抱着灰毛儿的手："你的手链呢？"

　　赵清欢那条手链是用她人生中赚的第一笔钱买的，不是很贵，但意义重大，她戴了很多年。

　　"没戴。"赵清欢捏着灰毛儿的脸。

　　许沐回想了一下："没戴吗？刚刚好像还看到了。"

　　"你看错了。"

　　许沐没再纠结这个，收拾自己的背包，拉开拉链一件件往出拿东西，忽然发现里面多了一样。

　　是个精致的包装纸盒，外面的标志是她相机的那个牌子。

　　许沐拿出里面的东西。

　　她愣了一下。

　　是跟她相机同品牌的一款单反镜头，配置很高，是那个品牌最新一代的产品，刚出不久，两万八千多。

　　盒子里还有一张折了几折的纸，许沐打开一看，里面包着一张罗迹小时候的照片。

　　许沐有印象，昨晚在他的房间里，那块玻璃底下压着的其中一张。

　　纸上有几行字。

　　小沐：

偷看我照片那么久，看你可怜，送你一张最帅的，允许你放到钱包里每天观赏。

另：镜头送你，情人节快乐。

爱你。

昨天是 2 月 14 号，情人节。

许沐没有提，罗迹也没提，她觉得跟他待在一起就是最好的节日礼物。

不知道他什么时候买的，也不知道他什么时候把这些东西塞进她的背包里。

昨天他们一直在一起，唯一的可能是他在广州的时候就已经提前买好。

这个浑蛋男人，又勾出她的眼泪。

许沐把镜头和那张纸好好收进抽屉里。他那张照片不是普通尺寸，稍小一些，正好可以塞进钱夹的照片卡位里。

她小心翼翼地放进去。

罗迹回到北京第一件事就是把蒋旭叫出来。

他把人约到一家拳击俱乐部，以前两人来过几次，蒋旭兴趣不大，纯粹陪他玩。

蒋旭到那儿时，罗迹已经换好衣服，戴上拳击手套，他冲蒋旭挥了挥手，让蒋旭过来。

蒋旭以为罗迹有话说，掀开拳击台子上的围绳就迈进去。

他一句话还没来得及说，罗迹忽然一拳招呼过来，蒋旭下意识躲开："干吗你，等我换衣服啊！"

罗迹不听他说话，连续出招，蒋旭连连后退，很快招架不住，整个身子靠在围绳上，眼看就要折下去："我去，你来真的？"

罗迹脱掉一只拳击套，抓着领子不让他起来："说，你听谁说的许沐有男朋友？"

蒋旭疼得龇牙咧嘴："松手松手，我的腰，腰折了！"

罗迹松了手，蒋旭艰难地扶着腰爬起来："抽什么风啊你，许沐又怎么了？"

罗迹站他边上活动手腕："大一那会儿，她没谈恋爱。"

蒋旭愣了愣："不能啊，张冲他们说她跟一男的一起来着。"

"张冲亲眼看见了？"

蒋旭犹豫一下："应该也是听别人说的。"

罗迹眉目间都是怒气："等下回见着他……"

他生传谣人的气，也生自己的气。如果当初他能亲自去看一眼，也许他们早就可以和好。

那会儿他太骄傲。

蒋旭观察他的表情："你听谁说的？"

罗迹摘掉另一只手套："她亲口告诉我。"

蒋旭："不要告诉我你们两个又在一起了。"

罗迹没有否认。

蒋旭好半天没说话，他觉得自己对罗迹还是不够了解。

过年那会儿还说没复合，现在才过了不到一个月，中间他家还出那么多事，他是怎么做到一边平息公司的麻烦，一边跟前女友复合的？

蒋旭靠坐在一个台柱旁，罗迹在他对角线那边。

刚刚罗迹自己在这里时应该已经打过一会儿，额头有细碎的汗。

这么多年罗迹是怎么过来的，没人比蒋旭更清楚，他是真替哥们儿高兴："你现在如愿以偿了，挺好，没白熬。"

罗迹不知想到什么，低着头淡笑。

蒋旭有些感慨："要么说人生如戏，当初那么好的两个人，谁也没想到你俩能分手，这会儿我估计他们也没人想得到你们还能复合。"

他看向罗迹："那会儿为啥跟你分手，她说了吗？"

罗迹没有说话。

分手时，许沐说不喜欢他对学习吊儿郎当的态度，不喜欢他霸道强势，也不喜欢他占有欲太强，总是对她身边的异性抱有敌意。

她说累了，腻了，想收心学习。

罗迹一个字都不信。

从他们认识那天起，他就是那副德行，从没在她面前掩饰过自己，如果她介意，一开始根本不会答应他。

罗迹从不认为自己是个完美的人，但他会尽最大的努力让她舒服，克制自己那些坏脾气和不好的习惯。

事情发生得太突然，他一度自我怀疑，是不是以前对自己太有信心。

罗迹被甩得不清不楚，他身边的人多少对许沐有点儿不满，再没有以前那样热情。

自习课轮到她上台讲题，有人故意不配合，给她难堪，罗迹当场摔了书。

后来哥们儿说你别好赖不分，他是在替你出气。

罗迹说："我的事不用你们管，别找她麻烦。"

后来再遇见她，他们之间发生的每一件事都历历在目。

她眼睛里有眷恋，有不舍，有隐忍，也有爱。

罗迹有些迷茫，是时过境迁，她后悔了，还是有什么难言之隐？

忽然觉得无所谓了。

只要她肯回来，以前的事他不想追究，也没有再问她。

不知道在畏惧什么，可能是那未知的真相，也可能怕刨根问底，会动摇瓦解许沐好不容易下定的决心。

他怕了。

这一晚罗迹和蒋旭聊了很久，分开时蒋旭说："你们俩以后什么打算，你就准备留在青城了？"

其实当初有更专业的游戏公司对罗迹感兴趣，就在北京，但最终他选择了青城的非比。

非比虽然有游戏部，但不算主业，扶持力度不够。

罗迹说："看情况，她想在青城，我就过去。"

回到宿舍，还没进门就飘出一股骨汤麻辣烫的味道，天涯和大路一人一碗，不知是加餐还是没吃晚饭。

天涯边吃边念班级群里老师发的通知，已回校的学生这两天需要去她那边报个到。

罗迹的行李箱还没打开，今晚也懒得弄了，洗漱后就拿着手机躺到床上。

刚点出许沐的微信界面，那边就很默契地先发过来一张照片。

Dancing fish：[图片]

Dancing fish：新镜头拍的，好看吗？

图片里，灰毛儿懒洋洋趴在一个枕头旁，床单是嫩绿色的小碎花，跟姥姥家他那个被子倒有些像。

罗迹对单反多少懂一点儿，但不够专业，在广州时特意找人选了这款，据说是玩相机的人都无法抗拒的一款镜头。

她好像确实很喜欢。

罗迹回复她。

Penta Kill：好看。

Penta Kill：在干吗？

Dancing fish：准备睡了。

Penta Kill：拍张照片，我想看看你。

Dancing fish：不行，头发乱七八糟。

Penta Kill：不嫌弃你。

许沐那边几分钟都没动静，过了会儿发来一张照片。

她怀里抱着灰毛儿，半边脸压在枕头上，凌乱的长发遮住另外半边脸颊，只隐隐露出一只眼睛。

可能是摄影人的自我修养，这样随手一拍都很有结构感，她加了滤镜，整个画面有种很仙很淡的气质。

罗迹仔细看了一会儿，把这张照片设置成了聊天界面背景图。

Penta Kill：都看不到脸，差评。

Dancing fish：这样显脸小。

Penta Kill：你不用显。

Dancing fish：你头像是什么意思？黑乎乎的。

Penta Kill：瞎弄的，没有具体含义。

两人就这样随意地聊天，一直到许沐有些犯困，罗迹发过去一句话几分钟都没有回应，他知道她已经睡着。

今天下飞机时两人已经通过电话，许沐说看到了他的礼物，太贵。

罗迹拉着箱子，走在几人后面："用得上的东西，就不贵。"

他的思维很简单，实用的东西再贵也值，用着方便高兴就好，买来落灰的东西，再便宜也是浪费。

许沐有些后悔："可我都没给你准备礼物。"

罗迹低头笑了笑，压低声音："你不是把你自己都给我了吗？"

许沐想说，可你也把你自己给我了，话到嘴边绕了一圈，没说出口，这话怎么听都有些怪怪的，容易让人联想起一些面红耳赤的画面。

她在心里默默想好，一定要补给他点儿什么。

许沐从没意识到，异地这样难熬。

起初几天还好，他们每天都会通电话，晚上也会视频，聊天记录翻不到头，聊今天吃什么、做什么，这样琐碎的小事。

但时间久了，还是觉得有些难受。

罗迹每天的时间安排得都很满，不是在图书馆就是在机房，机房信号不好，有时不能及时回复许沐的信息，她也没有任何怨言。

她不想让罗迹觉得她是缠人的女朋友，只担心他可能会不好好吃饭。

三月初，天气已经渐渐回暖，罗迹的毕业设计已经做好初步的框架，具体方向他心里早就有数，所以很顺利。

与此同时，他跟非比的邵东来一直有联系。

实习时罗迹负责的部分一直比较核心，他的创意和点子也有很多审核通过，应用到具体设计中。

设定里最火的两个技能都是罗迹的创意。

邵东来常常给他打电话，两人一聊就是两三个小时。

虽然最终去不去非比还不知道，但罗迹在这款游戏里投入很多精力，也费了很多心血。

将来上线那天，他不想听到有人说它不好。

周一中午，罗迹从机房出来，手机进来一条短信，是订票软件发来的通知。

他定了周末的机票飞青城，没告诉许沐，想给她一个惊喜。

回到宿舍，只有天涯在，他正跟沈瑜聊天。罗迹没出声，把从食堂带回来的饭菜放桌上，去水房洗了手，回来吃饭。

天涯是公放，罗迹有一句没一句地听。

那头隐隐传出几声咳嗽。

罗迹听出是许沐，皱了下眉，起身拿起电话走到阳台，给她拨过去。

三声后，许沐把电话挂了，随后微信进来一条消息：*我在图书馆，不方便接，你忙完了吗？*

罗迹看着那行字，没有戳穿她，只说刚从机房出来，想着告诉她一声，没什么特别的事。

回来后，罗迹在手机里打出一行字给天涯看：*让沈瑜去外面接，我有事问她。*

天涯点了下头，过了大概半分钟，沈瑜说："我出来了，怎么了？"

罗迹："小沐是不是病了？"

沈瑜说："是，咳嗽几天了，今天还有些发烧，我给她买了药，刚吃过，要是晚上还烧，我就准备送她去医院了。"

罗迹回想这几天，确实能找到一些蛛丝马迹。

他给许沐打电话，她经常不接，要么就在老师那儿，要么就在图书馆。

沈瑜说："我认识她快四年了，从没见过这样的许沐。"

罗迹握着电话的手紧了紧："什么样？"

"消沉，低落，情绪反复。

"她原来多独立潇洒一人啊，遇到麻烦从来不用我们的，就一个人扛，你们走之后，每次她跟你聊天视频看着是开心，可放下电话，她表情马上就不一样了，这段时间，我都没怎么见她笑过，我觉得她可想你了。"

沈瑜声音压低了些，似乎怕屋里的人听见："她不让我告诉你她生病的事，可能怕你担心。

"她对你是真好。"

罗迹好半天没有出声。

过了会儿，他沉声说："我知道了，谢谢。"

天涯在一旁接过电话："怎么了？"

罗迹匆匆回宿舍，从柜子里拿出他的黑色旅行背包，捡要紧的东西往里扔。

天涯看得有些蒙："你要上哪儿去？"

"你替我请个假，我要去青城。"

天涯："什么事这么急，现在走吗？"

罗迹把笔记本电脑塞进去，又随便拽了两件衣服和袜子内裤什么的一起扔进去。

五分钟不到，他拉上背包拉链，套上黑色的长款风衣，单肩背包，走到门口，想了一下又回头："我一会儿自己跟老师说吧，这两天有什么通知给我打电话。"

他往楼下走，天涯追出来："你几天回来啊？"

"不一定，电话联系。"

罗迹周末的机票最早能改到明天，他索性重新买了一张，晚上六点就能到青城。

他有些懊恼，觉得自己太粗心，没有提早看出她的异样。

她不舒服还要强撑着听他说那些难懂的游戏术语，有时还会给出一些小建议。

外行人的建议有时很有用，就像初学麻将的人总是很有灵气，常常赢牌，懂得越多，束缚也越大，有时会被困在某个灵感的角落出不来。

许沐总是能一语点通他卡顿的节点。

下飞机时天已经快黑透，罗迹出来得急，忘记带手机充电器，电量还剩不到十个。

打车去 A 大的路上，罗迹给沈瑜打电话："我大概还有四十分钟到，手机快没电了，一会儿麻烦你下来接我一下。"

沈瑜有些惊讶："我猜到你会来，没想到这么快。我知道了，我七点左右下楼。"

挂掉电话，罗迹看向灯火阑珊的窗外。

这条路，这个方向，他一共走了三次。

第一次来实习，他没想到能在非比遇见她。

第二次从广州回来，他带着思念与忐忑，准备捅破那层纸，问她到底愿不愿意重新跟他在一起。

第三次他心疼。

特别想她，离 A 大越近，越想她。

七点的时候，罗迹到了许沐宿舍楼下，沈瑜已经在门口等他。她把罗迹拉到角落不显眼的地方："沐沐烧还没退，比白天更严重了，让她去医院也不去。"

罗迹听了，二话不说就要进楼。沈瑜赶紧拉住他："你等一下啊，我去跟阿姨聊个天，转移一下视线，不然你进不去的。"

"不用。"罗迹说，"照实说，阿姨应该能同意，我五分钟就下来，带她去医院。"

沈瑜不太放心："能行吗？"

罗迹没再耽误时间，背着包进了一楼大厅，正对门口那间房就是宿管阿姨的值班室。罗迹略弯了腰，敲了敲窗子。阿姨拉开窗口："什么事？"

罗迹实话实说："抱歉阿姨，我女朋友住 209，她生病了，一直发烧，我想去看看她。"

宿管阿姨："209 谁啊？"

"许沐。"

"不行。"阿姨说，"男生不能进去。"

罗迹说："阿姨，我大老远从北京过来的，只上去五分钟，把她弄下楼送医院。"

一旁沈瑜赶紧接茬："我们宿舍就在楼梯口，他撞不见其他女生，我一个人真弄不动她，麻烦阿姨了，通融一下。"

最终宿管阿姨没辙，也不能看着学生发烧不管："那你速度快点儿，别到处看，五分钟就下来。"

罗迹道了谢，沈瑜赶紧带他上楼。

进门后，罗迹放下背包，走到许沐床前。

下面是许沐的书桌和衣柜，她的小零碎东西很多，但很规整，有很多小的收纳盒，分门别类，干净利落。他很熟悉，之前跟许沐视频时，她给他看过。

衣柜外面贴了两个小粘钩，挂着她的猫耳朵毛巾和一个毛衣链，毛衣链是在网上买的，她还发给他照片，咨询哪款好看。

许沐整个人缩在被子里，看不到脸，只露出一撮长发搭在床沿，灰毛儿趴在床尾。

罗迹伸手探进被子里，摸了摸她的额头，滚烫。

他轻声喊许沐，许沐没有任何反应。

没办法，罗迹脱了鞋，两下迈上床，轻挪到她身侧，一只胳膊撑着身体，温柔地叫她名字："小沐。"

许沐脸色不好，嘴唇很干，没有血色，额间的碎发有些潮湿。

她似乎睡得不熟，迷糊间睁开眼睛，看到罗迹时并没意外，她嘴角微微动了动，以为自己在做梦。

罗迹伸手轻抚她的脸："小沐，起来，我们去医院。"

本以为这样她便能醒，谁知许沐哼唧两声，捉住他的手抱进怀里，抬腿骑在他腰上，把罗迹整个人压在床上。

"别动，陪我睡一会儿。"

第七章

温柔炽热的他

许沐晕乎乎，抱着罗迹不放，沈瑜有点儿不好意思，指了指外面跟罗迹说："那个，我先出去溜达溜达，你快点儿啊。"

罗迹朝沈瑜点了下头，沈瑜在外面把门关上。

没了外人，罗迹立刻凑过去吻她的额头，这样试温度比刚刚手摸还热，不能再拖。他声音大了些，晃她的肩膀："小沐。"

他叫了好几次，许沐终于有些清醒。

她睁眼看了看罗迹。

有点儿不太敢相信，揉了揉眼睛，再看，人还在。许沐腾一下从床上坐起来，腿也收回来。

罗迹赶紧扯住她的手臂："你慢点儿啊，起这么快头不晕吗？"

她头发乱糟糟，看一眼罗迹，看一眼门口，又看罗迹，发了好一会儿愣，终于意识到这不是做梦。

反应过来后，许沐一下扑进他的怀里，声音委屈："你怎么来了？"

罗迹搂住她，哄小孩儿一样轻拍她的背："你这样，我怎么能不来。"

许沐眼睛红了，抽噎着不说话。

罗迹把她从怀里捞出来，伸手抹了抹她的眼泪："生病为什么不告诉我？"

许沐低着头："告诉你有什么用，你能马上出现在我面前吗？"

罗迹觉得有些好笑，捏了捏她的下巴："我这不是来了吗？"

许沐想了想，好像是这么回事。

罗迹温声说："穿衣服，跟我去医院。"

"不想去。"

"听话。"

许沐的眼皮已经睡成三层："以前发烧，吃片药睡一觉就好了。"

"你都烧一天了，再不去就烧傻了。"罗迹没踩梯子，直接跳下床，掐着腰把她从床上抱下来放到椅子上，"我可不想娶个小傻子。"

他把搭在椅子上的裤子拿过来，套到她脚上。许沐的脸庞红红的："谁答应嫁给你了。"

罗迹抬起头，手上动作没停："不嫁我，你想嫁谁？"

许沐低着头笑，有些不好意思，按住他的手："我自己穿。"

她把裤子拽上去，罗迹又蹲下给她穿靴子："里头怎么没鞋垫？"

"鞋里本身带一个。"

"不够厚。"

门开了个小缝，沈瑜捂着眼睛探头进来："好没好啊？再不下去阿姨要杀上来了，屋里还有灰毛儿呢。"

"马上。"罗迹抬手替许沐整理头发，"你收拾一下东西，晚上不回来住。"

许沐抬起头："去哪儿？"

"跟我回壹号院。"

她抿了抿唇："哦。"

要带的东西不多，只有一些洗漱用品和面霜，再带一套换洗内衣。

许沐收拾东西时，罗迹站在她桌旁随手翻看她的资料。

她很细致，打印出来的资料都用彩笔画上重点，看起来清晰便捷，这个习惯她以前就有，一直保持到现在。

罗迹的眼睛扫过她的书架，忽然在夹缝处看到一张纸。

他随手抽出，目光落在那行标题上。

他的手顿住。

许沐已经收拾好，背上双肩包："可以走了。"

罗迹把纸反扣，塞进她的资料下，表情有一瞬间的不自然："好。"

许沐看了眼那摞资料："看什么呢？"

"没什么，走吧。"

他背上自己的包，又把许沐的包摘下来拎在手里，另一只手去牵她，两人一起下楼。

罗迹打车把许沐带到壹号院附近的医院，打完针回家也方便一些。

时间已经很晚，医院只有值班医生，看病的人也不多，许沐需要打两瓶药，一瓶退烧，一瓶消炎。

罗迹跑前跑后缴费、拿药，许沐坐在输液室等。

他和护士一起进来，许沐在最角落的位置坐着，旁边的椅子上放着他们两个的背包。

许沐有这个习惯，床喜欢睡里侧，这样一排的椅子，只要边上有空位，一般不会选择坐中间。

总觉得有墙靠着，有安全感。

这护士看着像是刚毕业的样子，经验不足，第一针没扎好，回血了，罗迹一脸严肃地站在一旁。

许沐推他："你先转过去，你这样看着连我都紧张。"

罗迹心里不满，又不能对个小姑娘说什么，转身出去买水。

没有他在旁边，小护士放松很多，第二针成功扎进血管，她笨拙地贴胶带。许沐用另一只手按着胶带一侧，帮她给针固定位置："别紧张，慢慢来。"

小护士脸都红了："对不起，我昨天刚来。"她心有余悸地看向门口，"你男朋友好凶，他一看我特紧张。"

许沐忍不住笑："是吗？他很凶吗？"

小护士连连点头："凶帅凶帅的。"

这词儿许沐还是第一次听，也不知是褒义还是贬义。

罗迹严肃的时候确实挺凶，不少对他有意思的女生都有些纠结，一边被他那张脸吸引，一边又有些畏惧他那副生人勿近的模样。

护士调了一下滴液的速度，指了指旁边的按钮："还有一瓶，待会儿按这个铃，我来给你换。"

许沐点头："谢谢。"

几分钟后，罗迹从外面进来，手里拎着两瓶水。他坐在许沐的旁边，抬头看了下中间的滴管，把速度又调慢了些，握住她冰凉的手："晚上是不是没吃东西？"

"沈瑜给买了粥，喝了一点儿。"

罗迹把人搂过来，让她靠在自己肩上："待会儿回家再吃点儿，给你煮荷包蛋？"

其实许沐现在一点儿食欲都没有，但还是听话地应了一声："好。"她有点儿困，"罗迹，我想睡一会儿。"

罗迹偏头吻她的额头："睡吧。"他把许沐扎着针的手放在自己腿上，大手护在上面，替她暖着。

对面两个调皮的小孩儿吵个不停，罗迹成功用眼神唬住他们，房间终于安静下来。

许沐醒来时，已经快九点，第二瓶还剩一少半。

罗迹没有睡觉，也没玩手机，视线落在对面的墙上，很久没有动。

许沐抬手碰了碰他的下巴："在想什么？"

罗迹回神，揉了揉她的发顶："醒了。"

"嗯。"

他嘴唇贴在她的额头上，温度降下来不少。她的额头有些潮湿，罗迹从兜里摸出一包纸巾，抽出一张替她擦了擦："再忍一会儿，差不多二十分钟就能走了。"

许沐抬起头看他："你赶飞机过来，吃饭了吗？"

"吃了飞机餐。"

"那一会儿回家你多做一些，跟我一起吃。"

"好。"

拔针时，罗迹没叫护士，自己给她拔了。许沐按着手背，看罗迹收拾东西，他把自己的装备，帽子、围巾什么的，通通招呼到许沐身上，十分钟回家的路程，她一点儿没觉得冷。

大家主要的东西都带回北京了，壹号院的公寓显得空荡荡，回来的路上，罗迹买了一袋手擀面、一盒鸡蛋、一点儿青菜，又绕到生活区拿了两双鞋垫。

许沐坐在沙发上，觉得没那么难受了，也不知是因为打了针，还是因为他来了。

热汤面很快做好。

手擀面总是比挂面口感要好一些，罗迹少放了一点儿盐，咸淡正好，许沐吃了整整一大碗。

有同学找罗迹，似乎程序上出了点儿问题，他们解决不了，罗迹用微信回复，连续发了几条五六十秒的语音。

许沐觉得一遇到专业相关的东西，他眼睛里都会发光，讲话的时候思路清晰，特别有魅力。

罗迹放下手机，见许沐一直盯着自己，笑了下："怎么？"

许沐说："你这样忽然跑来，学校那边没问题吗？"

罗迹吃掉最后一口面："没事，我请假了。"他示意沙发上的包，

"我带了电脑，耽误不了事儿。"

许沐盯着他看。

这么过年过去，他依旧是以前那个罗迹，面对不熟悉，不相干的人，他不爱多费精神，也懒得浪费时间，看起来似乎不好相处。

也许从小是不被认可的那一个，后来又变成所谓替补，他不愿意轻易对人敞开心扉，可一旦走进他的世界，被他接纳，被他视为自己人，就能很轻易地觉察到他那颗柔软的心。

他表面坚硬，内心温柔滚烫。

这一晚，两人睡在罗迹的房间。

关灯后，罗迹掀开被子躺在她身边，伸手抱她。许沐紧张地缩了缩："我还病着呢。"

罗迹低笑，把她搂进怀里："知道，不碰你。"

许沐将脸颊贴在他胸口上，能清楚地听见他心跳的声音。

过了会儿，罗迹轻声说："小沐。"

许沐懒懒地嗯一声。

"你不会再离开我了，是不是？"

他问得奇怪，许沐在他怀里抬起头："为什么这么问？"

罗迹抱紧她，没回答这个问题："真希望快点儿毕业。"他低头轻吻她的唇，"我想天天跟你在一起。"

许沐觉得他有些异样，又觉得可能是自己多想，伸手搂住他的腰："我也是。"

罗迹一连在青城住了四天。

中间许沐想回宿舍拿电脑和资料，罗迹没让，什么都不准她做，就老老实实在壹号院养病。

每天吃完饭，两人就窝在沙发或者床上，许沐有时看手机，有时睡觉，罗迹在一旁打开笔记本忙自己的事。

第三天罗迹回了一趟非比，跟邵东来把之前电话里没讲透的地方疏通了一遍。邵东来说实习生留用名单下来了，里面有罗迹，只是还没通知。

他问罗迹什么时候能过来。

罗迹想了一下："我不一定，要看我女朋友，她来我就来。"

邵东来没听懂："你女朋友是谁啊？"

"许沐。"

邵东来挺乐："行啊你，速度够快的，这么短时间就把人家广告部最拔尖的实习生拿下了。"

罗迹懒得解释前因后果，默认他的话。

邵东来说："那你不用担心了，许沐是广告部那边第一个定下来的人。"

罗迹没再说话，把一些收尾部分弄完便离开非比。

许沐还在家等他。

离开那天，罗迹先送许沐回学校。

本来许沐想跟他一起去机场，但他没同意，两人牵着手在 A 大校园里散步一样慢慢走。

罗迹的飞机是晚上六点，时间很宽裕。

许沐指了指右边一栋建筑："这个是二教，我们大部分的课都在这儿上。"

她又指前面不远处一条林荫小路："穿过那里就是食堂，有机会我带你吃，三楼窗口的菜最好吃。"

她一路走，一路介绍，跟个小导游一样。

罗迹几次来 A 大，都是匆匆忙忙，几乎没这样逛过。

他很耐心听她说话，偶尔还问一句，这里是干什么的、那里是干什么的。

路过那片林荫小路时，迎面碰到一个熟人。

是去年辩论决赛，A 大代表队的那个二辩。

台上跟许沐交头接耳说个没完，晚上吃饭时坐许沐边上，给她放好玩的视频看，还送她回酒店。

罗迹印象深刻。

二辩挺高兴："好久不见。"

许沐笑着跟他打招呼。

二辩说："之前找你吃饭，你一直说没时间，今天这么巧碰见。"

罗迹松开许沐的手，转而搂住她的肩膀，把人往怀里拢了拢。

这个动作成功吸引了对面的人，他看向罗迹，目光慢慢变得惊讶，似乎已经认出罗迹："他是？"

许沐大方地介绍："你们应该认识，他是罗迹，我男朋友，Z 大辩论队的。"

罗迹淡淡开口："你好。"

二辩回神："你好。"

许沐有男朋友这件事让他特别意外，更意外的是那人竟然是他们的决赛对手，刚刚他还当着人家的面约人家女朋友吃饭。

有点儿尴尬。

二辩随便找话说了几句，很快说自己还有事，匆匆走掉。

罗迹看着那人的背影："他还约你吃饭。"

许沐挽住他的胳膊，两人继续穿过小树林："嗯，我没去。"

罗迹心烦气躁，觉得到处都是敌人："他再缠着你，告诉我，我找他。"

许沐忍着笑："你不要这么紧张，他没缠着我，而且快毕业了，以后也没机会见面了。"

刚刚搂她那一下，意图太明显，许沐早就看出来。

"你能不能对自己有点儿信心，跟你这种质量的男人谈过恋爱，我还能看上谁啊。"

这话成功地把罗迹哄笑，他心情瞬间转晴，捏她的脸："今天这么会说话。"

走到宿舍门口，许沐抬手帮他整理衣领："路上小心，到了给我电话。"

"嗯。"

许沐想了一下，又说："下回你不要折腾了，等忙完这一阵，我去找你。"

罗迹目光向下，盯着她的唇看了一会儿。

许沐踮脚亲他。

不知是不是错觉，许沐总觉得罗迹走时，心里装着事儿。

回到宿舍，屋里一阵凉气，沈瑜忘了关窗户，许沐走到阳台把窗子关上，包放在椅子上。

那天走得匆忙，书桌乱七八糟，许沐把电脑放在一旁，整理凌乱的资料。

看完的放一边，没看的放另一边。

忽然发现资料最下面多了一张纸，是之前系主任给她的报名表。

那天她随手塞进书架里，后来就忘到脑后。

这张纸原本不在这里。

许沐原地站了一会儿，想起那天他动过那摞资料，心里渐渐发慌。

她忽然明白那晚罗迹问她那句话的意思。

这个傻子。

许沐没有犹豫，抓起电话和那张纸冲向门外。

她边跑边给罗迹打电话："你在哪儿？"

罗迹说在校门口打车。

许沐丢下一句话："站那儿等我，我马上到！"

罗迹已经拦下一辆出租车，听了许沐的话又抱歉地让车离开。

他以为许沐落下什么东西在他这儿。

不到五分钟，许沐气喘吁吁地出现在校门口。

罗迹皱眉迎过去，拍她的背："跑这么快干什么，不是说了会等你。"

许沐拍了拍胸口，平复自己的呼吸，她扬起那张纸："你是不是看到这个了？"

罗迹看向那张纸，眼中一瞬间有了波动，沉默不语。

看到他的表情，许沐知道自己没猜错。

她当着他的面把这张纸撕得粉碎。

"我不走。"许沐说，"我哪儿都不去。"她语气坚决，手里牢牢攥着纸张碎片。

罗迹心底翻滚着难言的震撼，一双眼睛紧紧盯着许沐。

许沐说："之前我确实想过要出去走走，但现在我有你，我一点儿都不想去了。我答应过你，以后你去哪儿我就去哪儿，我不骗你。"

许沐踮脚环住他的脖子："罗迹，以后你看到什么、听到什么，不要在心里憋着，要来问我。"她紧紧搂住他，"只要你问，我什么都告诉你。"

这几天，罗迹曾动过几次念头想问她，但最后也没有开口。

他愿意再相信许沐一次，她说过，以后都跟着他。

今天许沐这样坦诚，罗迹其实很窝心，也很震动。他忽然觉得有些罪恶，心底对她的那点儿怀疑让他感到愧疚。

罗迹掐着腰把人从怀里拉开一些，低头凶猛地吻下去。

他不知道还能说什么，只想吻她。

许沐从被动承受，到慢慢开始回应，轻咬他的唇。

到底是在她学校门口，罗迹没太放肆，亲了一会儿就放开她："我信你。"

许沐终于笑出来。

这次许沐坚持要送他，罗迹没有办法，只能带她一起去机场，他一直在外面等到最后时刻才安检进候机室。

分别前，许沐说："等你回去，我给你发个东西。"

"什么东西？"

"看了就知道了。"

罗迹捏捏她的手："现在怎么不给我？"

许沐低头抿着唇乐："怕你笑话我。"

罗迹实在好奇，不知道他能笑话她什么。

坐上飞机时，罗迹随手摸兜，忽然发现两边都被塞了不少碎纸片。

他低头淡笑，笑了一会儿就渐渐忍不住，彻底笑出来。

许沐还是老样子。

以前两人在一起时，吃过口香糖的外包装纸，如果身边暂时找不到垃圾桶，她总会顺手塞他兜里。

久而久之，罗迹已经习惯兜里莫名其妙出现一些小东西。

一支笔、一块橡皮、糖纸、发卡、小包装的零食，她都塞过。

罗迹把这件事看做两人之间默契又甜蜜的一个小秘密，别人都不知道。

一下飞机，罗迹就迫不及待地给许沐打电话，告诉她可以发了，他已经到了。

许沐说东西在电脑里，等回宿舍给他。

"还没到宿舍吗？"

"到了，我和宿舍的人出来吃饭。"

许沐宿舍另外两个人的实习期有些长，现在才回来，大家好久没见，一起出去聚餐。

时间已经很晚，罗迹有些担心："早点儿回去，你们几个女生不安全。"

"嗯，我们就在学校外面的餐馆，很近，能看到宿舍楼。"

罗迹稍稍放了心："那也早点儿回去。"

许沐笑着答应。

直到晚上九点半，罗迹才收到许沐发来的东西。

是一段视频。

罗迹戴着耳机点开。本以为是她录的自己，结果不是，开头是一张他的照片。

在参加辩论赛的那座城市，那个景点的人工湖旁，他握着电话，手里捏一颗石子，不太开心的样子。

罗迹忽然觉得有些难受。

当时他没注意周围，不知道她在拍他，后来她在湖边，为了捞相机差点儿掉进去。

那时他很凶地吼她，问相机重要还是命重要。

她低声说里面有不少照片。

视频配了他们以前经常一起听的那首歌，卡点搭了很多照片。

每一张都是他。

工作时的他，发呆时的他，下班人潮中他的背影，长青山那条上山的小路上他的背影。

很多背影。

他的眼睛渐渐有些湿润。

在郊区的河边，他拍完照片，顺手把脚边的垃圾捡走，她在拍他。

在那座小山包，他低头撸猫，她在拍他。

年会，他在台上跳舞，她在拍他。

再后来，姥姥家的热炕头，他趴着睡觉，她在拍他。

后面还有一些两人分隔两地，视频时她截下的照片。

从他们重逢那天开始，她就一直在他身后默默关注，照片里的他，从远景，到背影，再到后来，他的正面越来越多，两人的距离越来越近，他脸上的笑容也越来越多。

那些并不久远的记忆被勾起，罗迹发现当初自己对她又凶又冷漠。

她心里一定很难过。

最后一张照片定格好几秒，是他们重新在一起后，拍的唯一一张合影。

还是在姥姥家，许沐靠在热炕头摆弄手机，罗迹挤在她身边，两人对着镜头比心，拍摄的那一秒，罗迹扭头亲她的脸颊。

这段视频，许沐一句话都没有说，也没有在照片上配什么文字，但罗迹就是觉得好像听她讲了一个很长的故事。

他给许沐打电话，许沐已经躺在床上："你到学校了吗？"

"刚到。"

"嗯，我们今天吃的烤鱼，味道还不错，下次带你尝尝……"

"小沐。"罗迹打断她。

许沐嗯了一声。

"我以前是不是对你很凶？"

许沐静了一下，随即笑了："是啊，很凶。"

罗迹不再说话。

过了会儿，许沐叫他："你干吗呢？"

罗迹嗓音很低："凶你还对我这么好。"

许沐在床上滚了一圈，身体贴到墙上："你知道就好，以后你对我好点儿就行。"

罗迹低笑："我对你还不够好吗？"

"再好点儿。"

"嗯。"罗迹低声应着。

分离的日子总是显得很漫长。

一个月像一年那样久，四月初，罗迹没忍住，又跑了一趟青城，这次他住了五天，除了第一天带许沐去长青山那边跟发小聚了一下，后面几天两人几乎没出门，就在壹号院厮混，罗迹买了不少蔬菜和肉，每天变着花样给她做菜。

四月下旬，许沐接了个摄影工作，一个人跑到南方暴雨洪水的城市拍摄民生及消防员和军人抗洪营救市民的专题照片。

起初她怕罗迹担心，没告诉他，后来因为工作时间不固定，接电话时又太吵，被罗迹发现，罗迹特别生气，说她不让人省心，哪儿危险往哪儿跑。

许沐知道他这回真怒了，撒娇地说自己会游泳，而且是跟消防那边的摄影在一起，很安全。

罗迹坚持要订票过去接她。

许沐赶紧说她拍得差不多了，马上就走，第二天就走。

后来罗迹看到她的票才作罢，扬言让她等着，下次见面一定好好收拾她。

五一假期后，许沐交了论文，老师会给大家做一个初步审查。

许沐浑身轻松，准备偷偷买票去北京，给罗迹一个惊喜。

上午吃过早饭，许沐一个人去了商场。之前罗迹因为情侣装的事跟她闹脾气，许沐索性真买一套情侣装送他，他应该会很高兴。

差不多的牌子里其实很少有专门的情侣装，都是同个系列的男女款，需要自己搭一下。

许沐眼光好，很快有了决定，因为要顾及罗迹是男生，所以颜色不能太嫩，也不能太花哨，黑白灰这类简单色调最佳。

许沐拿了她那套去试衣间试穿。

试衣间里有镜子，她左看右看，觉得效果还不错，对着镜子拍了一张发给罗迹。

Dancing fish：好看吗？

罗迹很快回复她。

Penta Kill：布料这么少是为节约成本吗？

Dancing fish：你不懂，布料越少越贵。

Penta Kill：腿不错。

Dancing fish：我让你看衣服！［抓狂］［抓狂］［抓狂］

Penta Kill：好看。

Dancing fish：敷衍。

Penta Kill：好看！

Dancing fish：这还差不多。

Penta Kill：就差个叹号？

Dancing fish：不跟你说了，我还没试完呢。

罗迹让她把其他衣服的照片也发来。许沐兴冲冲地换上另一套，是她刚刚一起拿进来的，风格大胆，她从没穿过这种款式，想尝试一下。

拍好照片，她给罗迹发过去。

罗迹也觉得挺好看，说喜欢就买。

许沐又给他发了张背面。

不出所料，电话马上打过来："你要是敢穿出去，别怪我手下无情。"

许沐忍着笑："怎么了，你又不在，我穿你也不知道。"

那衣服是件露背装，只有一根细窄的带子系着，摇摇晃晃，一碰就掉。

许沐腰细，少女背，皮肤细腻白皙，谁看了都忍不住想入非非。

罗迹想了一下："买也行，回家穿给我看。"

许沐不干："这是外面穿的衣服，又不是睡衣。"

罗迹语气肯定："没关系，不穿着睡觉，玩一会儿就扒掉。"

他说话不正经，许沐不想继续这个话题："逗你呢，我不买。"

罗迹也收起玩笑的语气："你可以买，喜欢就买。"

他不想剥夺许沐作为女生展示自己年轻美好的权利，也不想限制她这个限制她那个，他想让她活得轻松快乐，想怎样就怎样。

"不过，"罗迹又说，"以后我可能要在兜里准备不少弹珠。"

许沐奇怪："准备弹珠干吗？"

"谁看你我弹谁眼睛。"

许沐靠在试衣间的隔板上，低头不停地笑。

过了会儿，她说："那我买了。"

"买吧。"

许沐小声说："我就穿给你一个人看。"

　　从试衣间出来，许沐决定要这两件衣服，连同罗迹那套男装，他的尺码不用问，没人比她更了解。

　　付款时，许沐接到程老师的电话，程老师语气严肃，让她赶紧去趟小公室。

　　许沐不知道发生什么事，没有继续逛，连宿舍都没回，拎着衣服去找程老师。

　　办公室还有其他学生，程老师见了许沐，让她先等一下，转头继续跟其他学生谈事。过了大概十分钟，学生们走了，程老师招手让许沐过去，她指着桌旁的椅子："坐。"

　　许沐把装着衣服的袋子放在脚下："老师，是不是我的论文有问题？"

　　论文定稿前都要改无数次，许沐有这个心理准备。

　　程老师把她的论文找出来，翻开其中一页："许沐，你一直表现不错，无论是成绩还是其他方面都是让我最放心的一个，我没想到你能犯这种错误。"

　　许沐皱眉，没太听懂："老师，发生什么事了？"

　　程老师点了点纸张正中间那张图片："这张照片被查出不是你原创，可你并没注释标记，还把它当作自己的作品进行深度分析，我需要一个解释。"

　　许沐看向那张照片，抿了抿唇，没有说话。过了会儿，她开口："老师，我只能说，我没有抄袭别人的作品。"

　　程老师有些生气："这是摄影师羡鱼去年在微博发过一组图片中的一张，你是觉得她粉丝不够多，还是觉得时间久远别人查不到？

　　"许沐，按理你的版权意识不应该是这样。"她语气失望，"你先回去吧，明天下午之前给我一个满意的答复，不然这篇论文在我这过不了。"

　　一直到晚上睡觉前，许沐都有些心烦。熄灯后，罗迹给她打电话，她穿着睡裙跑到楼道尽头的阳台接。

　　罗迹听出她好像不太开心，问怎么了，许沐说了。

　　罗迹说："要我过去吗？"

　　许沐低头用食指蹭深红色的铁栏杆："不用，你过来也帮不上忙。"

　　两人又聊了一会儿，许沐说："你怎么不问我照片怎么回事？"

　　罗迹那边有流水的声音，忽远忽近："问那干吗，你又不会抄别人。"

　　许沐低头笑了下。

罗迹忽然说："要不要视频？"

"干吗？"

"给你看点儿你喜欢看的。"

许沐说："你知道我喜欢看什么？"

几秒后，罗迹发来视频申请，许沐点了接受。

画面一接通，许沐差点儿没把手机扔了。

满屏的腹肌，对面是暖光，照得肤色诱人。

许沐说："流氓！你干吗呢！"

罗迹倒真不是故意的，他刚洗完澡就给她打电话，还没来得及穿衣服，视频接通那会儿他正摆放电话，一不小心被她看到。

不过他也无所谓，本来也没什么可避讳的。

许沐看清他身后："这是哪儿啊？"

画面里是个很大的浴室，装修很有品位。

罗迹坐在镜头前，一边擦着湿漉漉的头发一边说："我哥的房子，我来找东西，太晚了就没走。"

"哦，那曜哥也在吗？"

"不在，他不住这边。"

许沐说："你不是说要给我看什么东西，东西呢？"

罗迹用毛巾有一下没一下擦拭自己的身体，上面还挂着水珠，他往镜头前凑了凑："这么大个活物看不见吗？"他指了指自己，"你不想看吗？"

许沐红着脸骂他无耻。

两人又聊了一会儿，许沐心情好了很多。

罗迹擦完身上的水也不穿衣服，脸上那股痞劲儿弄得许沐心痒痒。

她没有忍住，脱口而出："我去看你好不好？"说完她就后悔了，本想给他一个惊喜的。

罗迹心里高兴，嘴上逗她："你来干吗啊，我很忙的。"

许沐蹲在阳台墙角，做贼一样小声说："你不是说下次见面要收拾我？

"我等着你收拾我。"

罗迹一听这话，恨不得马上打着飞机过去收拾她。

但他太了解许沐，她这人就嘴上来劲儿，一见真章就尿，好几次嘴欠手欠把他撩出感觉，转身就跑，躲在浴室怎么叫都不出来。

后来还是罗迹发誓不动她，她才敢出来。

他们第一次那晚，许沐完全是酒壮怂人胆。

罗迹强压心口的燥热，咬牙切齿道："你可要记住刚才的话，到时别抵赖。"

许沐捂着嘴偷笑："迹哥今晚难入眠吧？"

这死丫头就是故意的。

罗迹觉得一会儿还得冲个凉水澡。

玩笑过后，许沐认真问他："给我个意见。"

"你说。"

"一篇不够完美的论文，和一个宁静安稳的生活，你选哪个？"

罗迹想了下："不安稳的生活会怎样？"

许沐捡起墙角一块小石子，在地上写罗迹的名字："其实也不会怎样，只是可能会有很多人关注，也可能——"她声音止住。

也可能会有一些好奇心强的人去翻你的过去。

许沐低着头说："反正不是很方便。"

罗迹没有模棱两可，也没有含糊敷衍，而是认真地给出建议："如果是我，可能会选后者。"

"为什么？"

"你有写好一篇论文的能力，这是属于你自己的东西，并不会因为做出修改而变得不优秀，那些都是给外人看的，够用就行，如果舍掉一点点，可以保证生活不受影响，那我觉得可以接受。"

许沐本来很纠结，但经他这样一说，眼前的路似乎清晰许多。

她对着镜头笑："我知道了。"

罗迹看她的背景："你在哪儿，怎么这么黑？"

"阳台。"

"回去吧，早点儿睡。"

"嗯。"

许沐做了决定，花一晚上加第二天上午的时间把论文里那张照片和相关的解析替换掉。

她还是选了相同的题材，所以替换的部分跟上下文衔接也没什么问题，只需要微调。

下午，许沐去了老师办公室。

办公室没有其他人，许沐把重新修改打印出来的论文放到桌上："程老师，那张照片相关的部分都已经删了，您再看下。"

程老师翻看一会儿，新增的部分虽然也不错，但图片的画面冲击力显然没有羡鱼那张强。

她又翻了几下其他地方，看向许沐："按理说你已经有了抄袭行为，我是需要记录在案并且上报的。"她把论文合上，"但人难免犯错，你一时糊涂，我就不追究了，以后别再犯，以你的能力，一篇论文还难吗？"

程老师一向看好许沐，这几年对她不错，也是不舍得她的档案上留下污点。

许沐闭口不谈其他："我知道了。"

程老师又说："这事到此为止，别再外传。"

许沐心里感激，点头："谢谢老师。"

开门出去时，门口站着一个女生，跟她同系不同班，叫王昕若。

两人关系比较微妙，王昕若自身能力很强，但运气不好，遇到许沐，这几年不管是成绩还是人缘，处处被许沐压一头。

两人平时没什么交集，谈不上恶，但绝不算好。

王昕若扫了许沐一眼，点头算作招呼。

许沐也点了下头。

解决完这件事，许沐订了几天后飞北京的机票。她买了一些罗迹爱吃的东西准备一起带过去，都是些当地产品，北京那边没有。

临走的前一天，她去了一趟医院。薛明坤的妻子病情有恶化的迹象，已经从疗养院转到医院，经过治疗后虽然已经有所好转，但植物人身体免疫力极低，薛明坤的妻子已经昏迷多年，面临外部感染及器官衰竭等一系列问题。

有人劝薛明坤放弃，对他的妻子也是一种解脱，但薛明坤不肯，坚持治疗。

许沐忽然觉得他有些可怜。

这么多年过去，他有妻子像没妻子，有家像没家，下了班，大部分时间都在疗养院，积蓄大概也都花在治疗上。

妻子如果有感知，应该也会心疼他。

这天上午许沐要参加一个系里的会，下午六点乘坐跟罗迹那次同个航班的飞机去北京。

早上她收拾好箱子，宿舍四个人一起去食堂吃早饭，随后赶到二教的一间教室。

会上程老师宣布了接下来的一些安排，答辩的时间也定好。她总结了一下这段时间审查过的论文，把一些很多人都会犯的毛病做了统计，并且提醒大家一定要注意格式和标点的正确使用。

会议时间不长，后面老师也没什么要说的，但大家都没走，前后桌聊天，讨论论文和毕业相关。

程老师就坐在前头，偶尔有学生过去咨询事。

结束时，程老师站起来："行了，大家没事的话——"

"老师。"

有人打断程老师的话。

同学们看过去，是坐在第一排的王昕若。

程老师把手里的书本放回桌上："你还有什么事？"

王昕若说："有件事，我想您应该给我们一个合理的解释。"

程老师有些疑惑地看着她。

王昕若的声音不大不小，刚好教室里所有人都听得到："是不是您喜欢的学生就可以抄袭，不受任何惩罚？"

这话一出，程老师的表情瞬间变得不自然。

系里同学交头接耳，都在猜王昕若说的是谁。

王昕若偏头看了眼侧后方："许沐的论文涉嫌图片抄袭，您就这么一声不吭压下了，对我们是不是有些不公平？我们以后是否也可以随便用别人的照片，发现了改掉就行？"

教室里一下安静下来，所有人看向许沐。

许沐坐在第三排，紧抿着唇不说话。

旁边沈瑜有些生气，瞪着王昕若，语气很冲："你怎么说话的，谁抄袭？造谣也靠点儿谱。"

王昕若没理她，看向台上："程老师，同学们应该有知情权吧，毕竟涉及最后的成绩问题。"

教室里的平静渐渐被打破，有人替许沐说话，也有人开始怀疑许沐，还有人质疑老师的公平公正性。没有一会儿，大家讨论的声音越来越大，程老师被王昕若问住，尴尬又为难，承认也不是，不承认也不是。

承认了，就代表她确实包庇许沐。不承认，王昕若既然敢在全系面前说，就一定是听到了什么，或者看到什么，如果她拿出证据，这事更难收场。

嘈杂的声音中忽然有人开口："程老师。"

大家安静下来，看向事发到现在一直没说话的许沐。

许沐站起来，拎着包走到前面："您把我后交的那版作废吧，我还是用以前的版本。"

程老师一脸疑惑，不知她什么意思。

许沐语气平静："一会儿我会把我是羡鱼的证明给您发过去，这样您对上面也好交代。"

她看向王昕若："是我让程老师替我保密，我不想把摄影的工作跟本职工作混在一起。"

事到如今，只能承认。

不承认，程老师那边会很难做，顶着包庇学生的罪名，还有可能被学校处罚，她选择替许沐隐瞒，也是为许沐好，许沐不想连累程老师。

另一方面，其实王昕若也没错。她并不知情，在她眼里，许沐确实有抄袭行为，这样站出来，虽然有些公报私仇的意思，但表面上看是没问题的。

学术问题很严肃，造假可耻。

许沐说出她是羡鱼的那一刻，程老师意外，系里很多同学也非常意外。

学广告的人很多都玩摄影，两者之间有一些共通的地方，比如视觉效果。

羡鱼是自由摄影师，微博千万粉丝，除了人文景观，她还常常拍一些比较特别的专题，比如环境污染、旧区改造、老人孩子、抗洪救灾之类，在圈内有一定影响力，好多同学都知道。

许沐离开教室后，一个人去了球场。

她坐在最高的那个台阶上，烈日炎炎，晒得睁不开眼，她用手机在额头上搭了个凉棚遮挡阳光。

从上大学开始，许沐就没再花过家里一分钱，她所有的学费生活费都来自奖学金和摄影。

后来有了点儿小名气，赚到一些钱，除了换更好的拍摄装备，还能存下不少钱。

这两年，羡鱼的名气在圈里越来越大，粉丝也越来越多，她小心翼翼地捂好自己的小马甲，不想让人知道。

关注的人越多，麻烦也越多。

如果有人知道羡鱼现实中的身份背景，就很有可能被人扒出她的家庭，她的爸爸。

那段她不想提及的过去也许会被很多陌生人翻来覆去地讨论、扩大，爸爸在天有灵，也不会安宁。

流言的可怕，她早就领教过。

其实这次的论文也是她自己疏忽。

照片发表时，她名气没有现在大，见过的人也不多，她没想到还有人记得。

她选了很久，那照片最贴切符合这篇论文的内容，她没舍得切。

事已至此，只能这样，现在后悔也来不及了。

晚上，许沐拎着箱子，准时登上飞往北京的航班。

罗迹开车去机场接她。他走得早，所以即便路上堵车也没迟到，站在接机人群的最前面等许沐。

以前他最不爱待在人多的地方，乘坐火车、飞机时都是等人家排队进得差不多才慢悠悠去检票。

这会儿倒是很积极，他想让许沐第一眼就看到他。

结果人都走完了，还没许沐的影子。罗迹给她打电话，一声就被挂掉，他抬起头，看到许沐拖着大箱子小跑出来。

两米外许沐就松了手，箱子靠着惯性自己往前冲，许沐直奔罗迹，一下跳进他怀里。

罗迹脸上挂着笑，一手搂住她的腰，一手及时按住溜过头的箱子。

他低头看她的眼睛："怎么这么慢？"

许沐小声抱怨："箱子一直不出来，你等多久了？"

"刚到。"罗迹把人搂在怀里，另一只手拖着她的箱子，两人往出口走。

上了车，罗迹探身过来替她系安全带，系完没走，压着她亲。

他力气大，吮得她疼，唇上那点儿口红很快干干净净，一点儿不剩。许沐掐他的腰："你什么时候能不这么粗鲁？"

罗迹咬了下她的耳垂："一会儿还有更粗鲁的。"

他饶有兴致地看向她身上的衣服，是那件露背装，她外面搭了件外套。

罗迹伸手碰了碰："真穿给我看？"

许沐脸红，直接否认："做梦，买都买了难道放衣柜里落灰吗？"

罗迹也不戳穿，逗了她一会儿就开车离开机场。

路上许沐把羡鱼的事跟他说了，罗迹表情平静，毫无波动。

许沐奇怪："你怎么这个反应？"

罗迹笑笑没说话。

许沐恍然大悟："你早猜到了？"

前面红灯，罗迹停车："这件事只有两个可能，一是羡鱼抄你，二你就是羡鱼。那天打电话，你从头到尾没提羡鱼可能抄你，又让我给你出主意，傻子都能猜到好吗？"

他偏头捏捏许沐的耳垂："没想到我们家小沐这么厉害，还有隐藏身份。"

许沐想了想，觉得他说得也对，那天她早就露了馅儿，只是她把罗迹当成自己人，并没觉得那些话有什么问题。他那么聪明，怎么会猜不到。

绿灯亮了，罗迹把车开到一条主路上："有个疑问，为什么要叫羡鱼，有什么典故吗？"

许沐说："羡慕鱼啊，在水里游，自由自在。"

"鸟在天上飞，更自由，怎么不叫羡鸟？"

许沐有点儿想笑："你不觉得羡鸟怪怪的吗？"她看向罗迹，"要不你也起个笔名，就叫羡鸟，咱俩一个鱼，一个鸟。"

"不要。"罗迹拒绝得干脆，"一个天上飞，一个水里游，总见不到，不好。"

他别有深意说："真要取名，我就叫羡猫。"

"这又是什么意思？"

"猫吃鱼，我吃你。"

路上一个半小时，最终罗迹把车开进一个别墅区。许沐看向窗外："这是哪儿？"

"我哥的房子。"

"是你上次说的那个地方吗？"

"对。"罗迹停车，绕到副驾驶给许沐开门，"他嫌这儿太大，离公司又远，一直住城东。"

许沐下了车，抬头看向这栋小别墅。

三层，带花园，带泳池，现代简约风，地段也好。

这还只是其中一套房子，北京，岳城，别的城市，不知还有多少。

罗家是真有钱。

许沐忽然有些低落。

以前对罗迹家世的预估猜测似乎又要被推翻。

学生的爱情总是很纯粹，只看眼前我喜欢你，想跟你在一起，不会管未来，是否门当户对，是否匹配，都不在考虑范围。

罗迹见她发呆，搂她风肩膀："想什么呢？"

许沐低头笑了笑："没什么，就是有点儿饿了。"

"我给你弄吃的。"

"嗯。"

这里平时没人住，冰箱里的食物大概是罗迹新买的，他忙了一会儿，很快弄出两份意大利面，还配了西蓝花和虾。

许沐尝了一口，罗迹像等待批卷子的老师一样盯着她看："怎么样？"

"好吃。"

"真好吃？"

许沐耐心用叉子卷了一点儿喂他："你尝尝。"

罗迹张嘴吃了，味道确实不错。

他第一次做意大利面，怕翻车。

吃完饭，两人在客厅休息一会儿。许沐把给罗迹带的东西都翻出来，占了整整半个箱子，都是他爱吃的。罗迹留了一半在这里，剩下的放到一个袋子里，准备带回宿舍。他说不能全带走，不然都被天涯和大路他们抢光。

休息够了，他把许沐带到二楼卧室，房间大，床也大，许沐转了一圈，打开浴室的门，跟上次视频里那间浴室的装修不一样，应该不是他的房间。

许沐回头："这不是你的房间吗？"

身后的罗迹忽然将她拦腰抱起："这张床比较大。"

许沐没有心理准备，下意识地搂住他的脖子："你干吗！"

"收拾你。"

这么久没见，罗迹早就忍不住，从机场见到她那一刻就想这么做。

他把许沐扔到床上，倾身压上去吻她颈侧："给我看看这件衣服里头什么样儿。"

许沐觉得腰下有东西，推他的胸口，躲着他细密的吻："罗迹，罗迹，你先等一下，有东西硌着我。"

罗迹把手探到她身子底下："什么东西？"

许沐爬起来，掀开平铺的被子，里头确实有东西。

是一支口红。

两人都愣了一下。

许沐说："曜哥有女朋友了吗？"

罗迹摇头："没有。"

"你又不是每天跟他在一起，可能他现在有了。"

罗迹把她手里的口红抢过来丢到一旁，伸手抱她下床："不管他，爱有没有。"

这里有别人的东西，想必之前有女人住过，自然不能在这儿。

其实他挺意外，这么多年罗曜身边从没女人，什么时候悄悄摸摸有了女朋友，竟也不告诉他。

许沐搂着他的脖子："去哪儿？"

"我房间。"

许沐红着脸："我想先洗澡。"

罗迹嗯了声："一起洗。"

许沐被他抱到他房间的浴室里。

这里很熟悉，就是那天视频时他身后的背景，罗迹把许沐放到洗手台上，两手撑在她身侧，偏头吻她的耳朵。

外套已经丢在刚刚那个房间里，这会儿不用转身，只看后面的镜子，那片光嫩白皙的少女背便一览无余。

罗迹眸色暗了几分，手从她腰间穿过，落在上面。

许沐的手一直没松开，依旧搂着他的脖子，下巴搭在他的肩上，他手碰哪儿，哪儿烫。

罗迹拉开那根细带，在她耳边低声问："怎么没穿内衣？"

许沐脑袋换了个方向，偷笑："迹哥没听说过胸贴吗？"

罗迹轻啄她颈侧："那是什么东西？"

"就是没有肩带和后面的内衣。"

罗迹低笑："没听过，我看看。"

许沐没有拒绝。

于是罗迹又长了见识，学到了新知识。

今晚也许是在一个崭新的地方，又是浴室，罗迹精力充沛，洗不洗澡也就那么回事了，反正许沐从头到尾脚没沾地，抱着进来，抱着出去。

她的换洗内衣在楼下的箱子里，罗迹裹着浴巾下去拿，回来时手里多了两套衣服，他已经猜到有他一套："给我的？"

许沐缩在被子里，只露出一个小脑袋："嗯，你试试。"

这两件一看就是情侣款，罗迹嘴角的笑意已经忍不住，也不避讳，就在她面前换。

许沐把脑袋埋进被子里，听到一阵窸窸窣窣的声响。

过了会儿，罗迹说好了。

许沐露出两只眼睛，看到他已经把衣服穿好，很合身，效果比想象还好。

罗迹单膝跪在床上，压低身子亲她一下："谢谢，我很喜欢。"

许沐脸还有些红，看着他笑，也不说话。

罗迹掀她被子："明天穿？"

许沐按住他的手："又来？"

"一次够？"

"够了够了。"

罗迹把刚穿上的衣服又脱掉，扔旁边床头柜上，有些无赖地说："我没看出来，刚才是谁说——"

许沐慌忙捂住他的嘴："你再提这件事，就别来了。"

"行，我不说。"

这方面，许沐一向很顺从，只是偶尔兴起逗他，装不愿意。

他这个年龄，别说两人许久未见，就算天天见，想做都正常。

不想才不正常。

许沐想给他所有好的体验，有些事罗迹怕她不习惯，不让她做，但她也不是什么都不懂，觉得他应该会喜欢，还是做了。

她想做一个合格的女朋友。

当然罗迹这个男朋友也很合格，非常合格。

第二天两人起得很晚，快十点才醒。许沐一跟他睡觉就很不老实，要么搂他的腰，要么把腿搭他的腿上，反正总要缠住个什么地方。

罗迹正相反，只要她在身边，就睡得特别香、特别沉，如果早上没人叫，他能自然醒到十点。

大概跟消耗体力也有一定关系。

许沐迷糊着眼睛问他："今天什么安排？"

罗迹拢了拢她肩头，指尖在上面轻蹭："去我学校那边，天涯他们知道你来，要吃饭。"

"嗯。"

许沐懒懒的，有些不想动："你常来这里吗？"

"不常来，但我哥的房子都有我房间。"

在北京，罗迹名下其实也有房子，但那是罗老太太给他买的，他一次都没去过。

两人又躺了一会儿，罗迹先起，下楼热牛奶，许沐揉着凌乱的头发去昨天那个房间拿自己的外套。

床上还扔着那支口红，她随意捡起看了一眼。

是个很不错的牌子，这个色号赵清欢也有一支，特别宝贝，刚买回来就拿给她看，她手滑摔在地上，底部磕出个小坑，赵清欢心疼得不得了，好半天没理她。

许沐把口红放在床头柜，转身离开。

刚走出两步，忽然觉得哪里不对，刚刚一晃而过，好像看到什么，她回去再次拿起那支口红，翻到底部，果然有个磕痕。

跟赵清欢那支的位置一模一样。

她原地站了一会儿，有些愣神儿。

是巧合吗？

同款口红并不稀奇，但连磕痕的位置都一样，就有点儿微妙了。

如果是赵清欢，那她的口红怎么会在罗曜房子的床上？

印象中两人唯一一次交集是去年底她托罗曜把赵清欢的药带回北京，之后便再没听赵清欢提起过他。

短短一分钟，许沐已经头脑风暴，想了好多种可能。罗迹叫她下楼，她把口红揣兜里，转身出去。

罗迹递给她一杯牛奶："先垫垫肚子，一会儿吃饭。"

许沐接过杯子，没提这事，想先问问赵清欢再说。

赵清欢早知道许沐要来，两人还约了见面，许沐给她发信息把时间改到今天下午，就在罗迹学校附近。

一来她想快点儿搞清楚口红的事，二来如果是明天，折腾出门，吃饭聊天，说不定还要逛街，回家怎么也要晚上，又少了跟罗迹在一起的时间，还不如一天之内把事情都办完。

这里离他学校很远，两人在家磨蹭了一会儿，到学校时已经是下午一点，天涯饿得心慌，打了好几个电话催。

两人一到，众人先对他们的情侣装起了个哄，随后大路嚷嚷着要罚酒，罗迹开车不能喝，大路说让许沐喝。

一旁天涯说："你敢让大嫂喝酒，你真飘了。"

许沐笑着说没事："我酒量不好，但可以喝一点儿。"

对他身边的朋友，她一向很给面子，这杯子小，一杯也就几口。

大路看她真要喝，赶紧拦住："别别别，大嫂，我就随便一说，你喝饮料就行，咱不是外人，不扯那事儿。"

罗迹倒了杯饮料递给她："喝这个吧。"

火山和小柔也在，今天一桌全是熟人，许沐很高兴，也很感慨。

在青城几个月，他们一起工作，一起玩，一起野餐，一起打架，那时她和罗迹还没和好，但这里的每个人都对她怀抱最大的善意，把她当自己人看。

非比的名单早就下来，罗迹、天涯和大路都被留下，名单里没有火山和小柔。

火山早就放话，不会留在那里，小柔努力过，也争取过，当初撒娇让火山陪她去非比实习，想拉近他和他父亲的距离，可到最后还是没能成功。

她不再勉强，火山不去，她自然也不会去。

两人决定留在北京。

而大路那边，他妈妈一直想让他回老家，留在父母身边。经过深思熟虑，他也决定放弃，毕业就回家。

他说在那个小县城，每天收收租，喝喝茶，放慢生活节奏，精神也不用绷得那么紧，挺好。

这样一来，只剩罗迹和天涯。

壹号院公寓再也不会那么热闹。

这顿饭吃到后来，除了罗迹和两个女生，其他人都喝了不少。

快毕业了。

人的一生总是会经历很多分别，你永远不会知道某一次的分别，是一阵子，还是一辈子。

吃完饭，天涯他们几个回学校，罗迹问许沐想不想去学校转转。

许沐搂着他的胳膊说："你先回家行吗？我约了小姨，就在这附近，见完她我自己回去。"

罗迹捏捏她的手："你找得到吗？"

"找得到。"

罗迹笑了下，伸手揉她的脑袋："那我回宿舍等你，完事我接你，咱们一起回家。"

许沐点头："好。"

罗迹把人送到那家咖啡馆，进去跟赵清欢打了个招呼，没待一会儿就走了。

许沐没说让他一起来，大概跟小姨也有不少女生之间的话要聊，他在这儿不太好。

许沐盯着落地窗外罗迹的背影，直到看不见才转回来。迎面撞上赵清欢的目光，她淡定低头喝咖啡："看什么看。"

"我才要问你，有那么难舍难分吗，眼睛像要长在人家身上。"赵清欢有些不满，"还有，你好不容易来趟北京，连个饭也不跟我吃，就喝咖啡？"

许沐说："我刚吃完。"

赵清欢："不但不跟我吃饭，还把我排到后面。"

服务生送来两块蛋糕和两份甜品，说是刚刚那位先生临走前点的单，钱已经付完了。

赵清欢看向许沐，叹了口气："行了，想笑就笑吧，别憋出个好歹。"

许沐敛起笑意："怎么了，不能笑吗？"

"能笑，笑吧，笑个够。"

玩笑过后，许沐看着赵清欢："我有一件事想问你。"

赵清欢挖了一小口蛋糕："什么。"

许沐从包里拿出那支口红，放她面前："这是你的吗？"

赵清欢有些惊讶，拿起口红："怎么在你那儿，我找了好久，以为丢了。"

"我在罗曜家看见的。"

赵清欢的手顿了下，脸上没了笑容。

"我和罗迹昨晚在曜哥的房子住，在一间卧室的床上看到的。"许沐试探着问，"你在跟曜哥谈恋爱吗？"

"没有。"赵清欢的情绪明显低落很多，"那次，反正就是个意外，我们不在一个房间，别瞎想。"

她很少这样，许沐很担心："有事别瞒我。"

赵清欢沉默不语，低头咬着吸管。

一杯咖啡的时间，许沐靠坐在椅子上，消化他们的故事。

在许沐的认知里，罗曜和赵清欢是两个世界的人，生活圈子不一样，唯一的交集还是经她手。

世界竟这样小，原来他们早就认识。

那个时候，罗曜是赵清欢学校的客人，过来参加一个活动，他特别帅，才二十四岁就已经研究生毕业，骨子里透着自信优秀，说话的时候，赵清欢都觉得他好像在发光，她从没见过那样的男人。

她胆子大，喜欢就说了，但罗曜没有答应，转天回了岳城。

后来赵清欢给他发信息，说你要后悔了，就来学校找我，我在路口那棵大树下等你。约好的那天，她等了整整一夜，他没有来。

从那以后，她再也没提过他的名字。

虽然赵清欢大学时也谈过恋爱，但再也没有当初那种心动的感觉。

那时候有个男生追她，从大一到大三，诚心诚意的，宿舍的人都感动了，说她铁石心肠。后来她生了一场病，男生不眠不休一直照顾她，两人就在一起了。

再后来异地，她去看他，把他和另一个女人堵在家，她二话不说分了手。

谁都没想到当初对她那么好的人能做出这种事。

主动的没结果，被动的也没好结果，赵清欢没了信心，再也不敢谈恋爱。

赵清欢说："那天我去取药，看到他时我都蒙了，我没想到还能再遇见他。"

许沐看着她："现在呢，你还喜欢他吗？"

赵清欢没回答这个问题："前几天我才知道，当年我给他发信息的第二天，他就出了事，我在路口等他那晚，他刚刚做完手术，还在危险期。

"我问他，如果那时他没出事，会不会来。"

她目光向下，盯着那杯冷掉的咖啡："他说不会来。"她自嘲般苦笑一下，"追人家两次都被拒绝，我是不是挺没用的？"

许沐没有笑。

这一点儿都不好笑。

在她心里，赵清欢一向洒脱，从不拖泥带水，跟渣男分手干脆利落，拿得起放得下。

眼前这个，是她从未见过的赵清欢。

许沐握住她的手："清欢。"

许沐很少直接叫她的名字。

"你有没有想过，曜哥可能一辈子都会坐在轮椅上，你不介意吗？"

赵清欢摇了摇头："我心疼他。"

跟赵清欢在咖啡馆门口分开后，许沐一个人慢慢往罗迹的宿舍走。

她忽然觉得，在感情方面，跟赵清欢相比，她太怯懦、太多顾虑，她和罗迹能重新在一起，是罗迹一步步在朝她走。

他一边骄傲，一边放不下她，如果他狠得下心不理她，那他们就再没机会了。

好险。

这样想着，许沐就越发想见他。她进了学校，跟着指路牌往宿舍区走，罗迹告诉过她自己的宿舍楼。

大概六七分钟后，她找到十一号楼。

同时在楼下看到罗迹和一个女孩儿。

那女孩儿看着挺小的，扎着一个马尾辫，背着黑色双肩包，一直仰着头跟罗迹说话，还扯他的袖子。

罗迹皱着眉抬起胳膊，有些不耐烦地挣开女孩儿的手，指了指一个方向。

他眼睛顺着那个方向看，意外地发现不远处的许沐，脸上很快扬起笑意，冲她勾了勾手指。

他又跟女孩儿说了句什么。女孩儿看向许沐，似乎不太高兴，转身走了。

罗迹迎过去，牵住许沐的手："不是说我去接你吗？"

许沐佯装生气："我不来，也不知道迹哥这么受欢迎。"

罗迹低笑，捏捏她的下巴："吃醋？"

许沐不说话。

罗迹以为她生气，搂她的腰："她是我哥司机的女儿，在隔壁的学校上学，找我借图书馆的卡。"

他啰唆一堆，一脸认真地解释着，好像很怕她误会。许沐被他逗笑："我就那么小气？"

罗迹也笑了："等我一会儿，我上楼拿东西，我们回家。"

"嗯。"

这里进出都是男生，许沐往旁边的小路上走了几步，站在不碍事的地方等。

忽然，有人拍她肩膀。

回头一看，是刚刚那个女孩儿。

她长得倒是挺漂亮，个子稍矮一些，大眼睛，也没个开场白，上来就问："你是迹哥什么人，为什么跟他穿情侣装？"

许沐觉得这女孩儿挺有趣的，一张嘴就暴露自己的意图，这一看就是罗迹众多小桃花中的一朵。

她看着这朵桃花："你都说是情侣装了，自然是男女朋友才能穿。"

女孩儿皱了皱眉："不可能，迹哥没有女朋友。"

许沐反问："那你又是他什么人？"

女孩儿挺直腰板，似乎这样就很有底气："我是他未来的女朋友。"

胆子挺大，跟赵清欢有一拼。

许沐笑了笑："那你可能要稍微排个队，等我走了才能轮到你。"

女孩儿有些生气："我认识迹哥两年了，你认识他才几天，有什么资格让我排队？"

放平时，许沐不会跟这种天真的小姑娘计较，但今天就是很想计较一下。

她问："小妹妹，你多大了？"

"十八岁，怎么了？"

许沐的身体微微前倾，盯着她的眼睛，语气淡然却又让人无法忽视："我十八岁的时候，就已经开始跟罗迹谈恋爱了，你说我有没有资格。"

罗迹从楼里出来时，许沐在一旁的小路站着。

他手里拎着个纸袋，走过来牵她："走吧。"

许沐没动，罗迹压低身子盯着她瞧了一会儿，好笑地用指尖逗弄她的唇："怎么好像不高兴？小嘴儿噘着。"

许沐拨开他的手："你得意了。"

罗迹不明白："得意什么。"

"你的小桃花跑来跟我宣战，要来抢你。"

罗迹皱眉："什么小桃花。"想到刚刚的事，"那小孩儿找你了？"

许沐仰起头："十八岁还小吗？你十八的时候都知道追我了，什么不懂。"

罗迹笑着把她搂进怀里，觉得她吃醋都能吃得他心痒痒："行，我的错，十八不是小孩儿。那你是怎么说的？"

许沐推了他一把，没推动："我说随便，想要就拿走。"

罗迹眉头皱了皱："随便？"

许沐不说话。

罗迹捏她的脸："怎么能随便，你不抢我吗？"

许沐瞪他："你是什么香饽饽吗？"

罗迹笑得暧昧："我不香吗？"想了一下，"也是，没你香。"

他又把人搂怀里，四周没人，他放肆拍了拍她的腰一下："好了，别生气，她从小被惯坏了，一向疯疯癫癫口不择言，她爸对我哥尽心尽力，对我也不错，所以我哥很照顾他们一家。"

其实许沐并没有太在意这件事，她对罗迹很放心，只是刚刚知道赵清欢的事，心里有些难受，这小桃花又来添堵，她就没忍住，怼了对方几句。

这会儿她不想再提，趴在罗迹怀里，声音闷闷的："我想跟你说件事。"

罗迹觉得她情绪有点儿不好，低头摸摸她的发顶："怎么了？"

故事有点儿长，许沐说："回去再说吧。"

罗迹没有多问，搂着她去取车。

一路上许沐都没怎么说话，到了家，时间已经很晚，罗迹给许沐热了一碗牛奶，两人洗澡后就准备休息。

许沐主动躺进他怀里，搂着他的腰，断断续续地把赵清欢和罗曜的事说了。

罗迹虽然很意外，但并没有太大反应。他们两兄弟的性格有些像，会对对方好，但私人的事很少说。

就像上次在广州，明显是女人来给他送汤，他不主动说，罗迹也没有问。

现在回想起来，那女人很可能是赵清欢。

以罗迹对罗曜的了解，如果不是对他很特别的女人，他绝不会把她带到家里，还过了夜。

过去那么多年，从没有过。

罗迹默默想着，这件事也许并不像许沐了解到的那样，甚至也不是赵清欢认知的那样。

许沐的手指在他胸口乱蹭："我知道感情的事不能勉强，曜哥的想法我们也不能左右，我就是有点儿难受。"她脑袋动了动，把脸埋进他怀里，"罗迹，我以后一定会对你好的。"

罗迹低笑："怎么忽然说起这个？"

许沐今晚很不一样，很依赖他，有些黏人："两个人相爱的概率实在太低，世界上那么多人，到底要多幸运，才能让你喜欢的那个人刚好也喜欢你。"

女孩儿大概都是这样，比较容易感性。

罗迹哄了她一会儿，不停地吻她，才让她的情绪稍微好一些。

临睡前，两人谈起非比，许沐认真地问他："告诉我，你来青城，是为了我吗？"

罗迹很坦诚："是。"

许沐在他怀里仰起头："游戏这个行业，是不是在北京发展更好一些？"

罗迹看着她："你想说什么？"

许沐已经思考很久："你的资源和人脉都在北京，对这边相对也更熟悉一些，我觉得，你在北京发展比较好。"

房间里只留了一盏床头灯，调得很暗，许沐的眼睛映着浅浅的光亮："我可以来陪你。"

罗迹盯着她看了一会儿，抬手抚摸她的眼角："可你的资源和人脉都在青城，而且你在非比刚刚完成了一个很好的项目，起点非常高，放弃不可惜吗？"

许沐摇头："不可惜，我在哪儿都行。而且你忘了，我是羡鱼，在北京就算找不到比非比更好的公司，应该也不会混得太惨吧。"

罗迹笑了下，揉揉她的脑袋："惨也没事，我养你。"

许沐在他怀里闷笑。

罗迹把灯关掉，房间一片昏暗，只有窗帘的缝隙露出一点儿细窄的夜光。

他想了一会儿，随后说："不然这样。"

"嗯？"

"我们还是去非比，你需要更多的项目磨炼，我也把FKA做完，之后我们再商量，是留在青城，还是来北京。"

FKA是游戏部一直在做的项目，罗迹放了很多心血在里面，不想半途而废。

许沐也觉得这样比较好："我听你的。"

罗迹忽然捉住她一直在胸口乱动的手："事情说完了，我们是不是该做点儿别的了？"

许沐装不懂："做什么？"

"你手一直撩我，你说做什么。"

许沐没有注意，刚刚她一直绕着他胸前那一点画圈圈，罗迹早就在忍。

她脸一红："我不是故意的，我想事情的时候就爱乱动。"

"晚了。"

罗迹一把掀开被子，把两人全部裹进去。

许沐只来得及一声轻呼，便被他堵住唇，再也发不出一点儿声音。

第二天罗迹又带许沐去了一次学校。昨天许沐自己过来，直奔宿舍区，还看到了他的小桃花，没有留下好印象，所以今天他准备好好带她逛一下。

这是罗迹生活了四年的地方，许沐也很想看看到底是什么样子。

如果当年他们没分手，他的学校，她一定早就来过八百遍。

两人没起早，到学校时已经快中午，罗迹直接带她去了食堂。

Z大的食堂很大，有两栋三层小楼，罗迹最常去一食堂。

这个时间大一大二的学生很多，许沐在角落找了个位置坐，罗迹去了两趟，买回来四个菜、一个汤、两份饭。

许沐有些艰难地看着一桌菜："吃得完吗？"

"每份都不多，你尝尝，剩了给我。"这几个都是罗迹平时常吃的菜，都想让她试试。

他喜欢的基本都是许沐爱吃的，以前两人在一起，许沐从来不用费心想中午吃什么，都是罗迹帮她选。

许沐一边吃饭，一边看他。

他在给她剥虾。

许沐忽然想起去年辩论赛那会儿，他们一桌吃饭，罗迹剥了几只虾，摆在盘子里，到最后都没吃。

别人不清楚，只有许沐知道。

许沐爱吃虾，但很怕麻烦，罗迹每次都给她剥，他们分手后，她再也没吃过虾，一吃就想他，索性不吃。

娇气又犯懒的女生大多是宠出来的。

后面的时间，两人沿着几条主路把学校转了一圈，有些地方许沐眼熟，之前罗迹给她拍过照片，有的地方没见过，但大学似乎都差不多。

许沐脖子上挂着相机，几乎拍遍每一个去过的地方。

接下来的几天，罗迹带她去了几个景点。五一假期刚过不久，现在不是旅游高峰，但人也不少，许沐只去了两个地方就有些够了，还是觉得跟罗迹窝在家里比较舒服。

罗迹的论文完成得很顺利，没有把电脑带过去，专心陪了她几天。

许沐的箱子已经又被塞满，罗迹买了很多北京这边的小吃给她带回去。

临行那天，他把她送到机场。两人依旧在安检外面的候机室，罗迹抱着她，心里有种异样的感觉："以前都是你送我，今天反过来，我忽然能体会到你当时的心情。"

许沐靠在他怀里，揪着他的上衣口袋："什么心情？"

罗迹想了下："说不清，反正不太舒服。"他松开一点儿，低着头看她，"下次见面，我就不走了。"

六月底，听起来也不是很远的样子。

许沐已经开始憧憬了。

回到青城后，时间就过得很快了，论文定稿，答辩，出成绩，杂七杂八的事情不少，但许沐没有一点儿厌烦，反而很来劲儿，她迫不及待，想让时间快一点儿，再快一点儿。

在一个周末，宿舍四个女生约好一起拍照。别人都去影楼拍，但她们有许沐，比影楼还专业。她们穿着大二那年一起买的闺蜜装，就在学校里拍。

有趣的动作都是沈瑜想出来的，她鬼点子最多。

许沐带了三脚架，定好倒计时，再跑过去跟她们挤在一起。

大家都在笑，没有人提毕业，没有人提分别。

沈瑜得到了北京分部唯一一个空缺的名额，拿到毕业证就要回北京，另外两个室友也签了外地的公司，只有许沐留在青城。

下一次见面，不知道是什么时候。

晚上吃饭时，许沐意外接到了顾希霖的电话。自从上次见面后，两人还没联系过，只偶尔在朋友圈点个赞。

顾希霖："听清欢说你前阵子来北京了？"

许沐握着电话站起来，走到包间的窗口，这里信号好一些："对，上个月。"

顾希霖笑着说："怎么没告诉我，我好尽地主之谊，请你吃个饭。"

许沐用手指轻点纱窗："那次是抽时间去看我男朋友，行程比较紧张。"

"是那位罗同学？"

许沐笑了下："嗯。"

顾希霖早有预料："恭喜，我说得没错吧。"

许沐想起那时在超市里，他曾说过，一个人的眼睛不会骗人。

果然还是旁观者清。

顾希霖这次是有事找她。他有个朋友在青城一家杂志社，想找一个兼职摄影师，不用上班打卡，只每月固定时间给杂志社交照片就可以，待遇也不错。

他知道许沐喜欢玩摄影，所以想问她有没有兴趣，可以边玩边赚钱。

对一般人来说，这是好事。

可顾希霖不知道，羡鱼这样级别的摄影师，一般的小杂志社想都不敢想。

顾希霖能在这个时候想起她，许沐挺感激，所以也没拒绝得太快，装作为难的样子："实在抱歉，我们公司还挺严的，不许员工在外面兼职，而且过几天有一个比较大的项目，可能会有些忙，应该没有时间出去拍照。"

顾希霖嗯了声，他只是看到有这个机会，觉得挺适合她，所以问问："没事，还是公司那边要紧。"

两人又聊了一会儿，顾希霖说："你还答应帮我拍照呢，是不是也没戏了？"

许沐笑了笑："你一个人还是没问题的，花不了多长时间。"

顾希霖："真的？"

"真的。"

"那我不客气了。"

许沐说："没关系，你什么时候过来，提前说一声就行。"

顾希霖说他后天飞青城，会在这边待两天。

两人约好见面，给他拍一组机长制服的照片。

挂了电话，许沐坐回去继续吃饭。

她想了一下，还是觉得这件事得告诉罗迹，不然他那个小心眼儿爱吃醋的样子，知道了一定会生气。

她又拿起电话，点开微信给罗迹发了一条信息。

Dancing fish：报备。

Penta Kill：？

Dancing fish：后天我可能会跟顾希霖见个面，给他拍几张照片。

Penta Kill：？？？

许沐看着那串问号忍不住笑，果然不到一分钟，罗迹的电话就打过来，这次她到外面接。

罗迹："什么意思？"

许沐："字面意思。"

罗迹皱眉："好好的怎么想起拍照片？"

"以前答应过人家的，不好反悔。"

罗迹很会抓重点："以前？"

许沐叹气："就是吃饭那次。后来我们不是一起去超市了嘛，那时候说好的。"

罗迹心里有些泛酸水，但许沐这样坦诚，还这么乖跟他报备，显然心里坦荡，不怕他知道。

但还是不太舒服。

他勉强答应："以前你也给别人拍过照吗？我以为你只给山水石头拍照。"

许沐故意逗他："拍过很多啊，都是帅哥。"

罗迹咬牙："许沐。"

许沐忍着笑："好了，我拍的人很少。"她小声说，"等你过来，我给你拍个不一样的，跟别人都不一样。"

罗迹就是这样，不管生多大的气，许沐一哄就没脾气。

他语气终于好了些："行了，你赶紧吃饭吧，你们几个总是这么晚回去。"

许沐嗯了声："一会儿就回。"

两天后，顾希霖准时抵达青城，他开完会就给许沐打电话，特意带上两套制服。

他一直想好好拍几张照片，给定居国外的父母看。

之前公司拍得太死板，他不喜欢。

许沐到得早，顾希霖去的时候她正在调试设备。他看到那套东西，有些惊讶："你这么专业。"

许沐笑说："设备专业，拍得好不好不敢保证。"

两人玩笑几句，刚要进入主题，研究一下姿势和背景，许沐的电话忽然响了。

是罗迹。

许沐接起来："怎么了？"

罗迹说："小沐，我在青城机场，你能不能来接一下我？我东西多，一个人拿不了。"

许沐有点儿愣神儿。

罗迹要一个星期后才能过来，现在在机场？

她不太敢相信，又问一遍："你说你在哪儿？"

"机场。"

"青城？"

"对。"罗迹有些不耐烦，"你来不来啊？"

许沐缓了一下："来，我现在过去。"

挂了电话，许沐有些抱歉："对不起，我男朋友提前回来了，我可能要去机场接一下他。"

顾希霖手臂上还搭着那件制服外套："那我……"

许沐又说了一遍抱歉："明天你不是还在吗，要不明天吧，拍完我请你吃饭。"

顾希霖好脾气地笑了一下："没关系，那就明天，男朋友当然要排在前面。"他看着许沐收拾东西，"要吃饭也是我请你，那明天还是这个时间？"

许沐点头："明天谁来我都不走了。"

这里离机场很远，她没找机场大巴，直接打车过去，还能早一会儿到。

越着急越堵车，许沐比预计时间晚到二十分钟。

在机场一楼大厅，她看到了那个号称东西多一个人拿不了的人。

他就坐在自己的大箱子上，长腿无处安放，伸得老远，百无聊赖用脚蹭地，戴着一个黑色的鸭舌帽，低着头摆弄手机。

身旁除了那个箱子，就只有脚边一个黑色的背包。

许沐看得有些来气，板着脸走过去，在他一米外站定。

罗迹抬起头，随手正了正帽檐，无赖地痞笑一下。

许沐皱着眉："不是东西多吗，东西呢？"

罗迹指着一旁空地："那么大个缸醋，看不见吗？你扛回去。"

许沐知道他的意思，瞪着他不说话。

罗迹低头笑了下，张开双臂："别说废话，先过来给我抱一下。"

许沐磨蹭了一会儿，还是走过去。

他也没站起来，就这么抱住她的腰，脸埋在她锁骨那儿："没良心，你不想我吗？上来就兴师问罪。"

许沐被气笑，搂住他的脖子，声音闷闷的："不是下周才回来吗？"

"后院都要着火了，哪等得了下周。"

许沐打了他的后背一下，不轻不重，跟挠痒痒似的："瞎说。"

罗迹拍她的腰："我等了你一个半小时，手机都快没电了。"

"谁让你不提前说，我已经很快了。"

罗迹从她身上起来，抬头看她："给他拍了？"

"拍个鬼，见面话都没说几句，你就来了。"

"那就对了。"罗迹站起来，拎起地上的背包放在箱子上，"我也要拍，你先给我拍。"

"幼稚。"

罗迹不管那句评价，搂住她的肩膀，两人一起往出走。

"你还没给我拍过呢。"

许沐说："怎么没拍过，没有一千也有八百了。"

"那都随手拍的，我说的是正经拍。"

许沐笑："随手拍的不正经吗？"

罗迹偏头看她："你不是说要给我拍跟别人不一样的吗？怎么个不一样法？"

他坏笑一下："不穿衣服的吗？"

许沐抬了抬眉："随便啊，你敢脱，我就敢拍。"

罗迹笑得狂妄："我什么不敢，到时你出息点儿，别被吓跑就行。"

上了出租车，许沐终于想起天涯："他怎么没跟你一起来？"

"他下周来。"

许沐："你就这么过来了，那边的事呢？"

"什么事。"

"毕业照？"

"照完了。"

许沐："剩下的手续？"

"天涯代办。"

"毕业证呢？"

"天涯代领。"

许沐有些无语："天涯是你助理吗？什么都让人家帮忙。"

罗迹说："先记账，等以后他有女朋友，我也给他当助理。"

两人先到壹号院，把罗迹的行李放下。许沐看着那个箱子和背包："你就这么点儿东西吗，宿舍里还有没搬的吗？"

"还有一些放我哥那儿了。"

罗迹去浴室洗了手，出来走到她身边，也没个前奏，捧住她的脸，低头吻下去。

他难得温柔，多数时候都比较简单粗暴。

许沐手指勾着他的腰带，仰着头任他摆弄。

他口中有股淡淡的青柠味。

亲够了，罗迹薄唇上移，碰了碰她的额头："什么时候搬过来？"

　　许沐趴在他的肩上："不用这么着急吧。"

　　"急。"

　　许沐低笑："你想什么时候？"

　　罗迹想了下："现在？"

　　许沐抬起头，有些无奈地看着他。

　　罗迹有点儿可怜似的："不来吗？那我今晚一个人？"

　　许沐叹了口气："下午。"

　　他立刻说："行。"

　　总得歇一会儿，吃个饭。

　　罗曜在青城这边的项目结束了，留了几个人负责后续部分，那辆车也留给罗迹了。中午吃完饭，罗迹先出门把车取回来，快到壹号院时给许沐打了个电话，接上她回学校搬东西。

　　这段时间每天都有往出搬的人，所以白天不是很严格，做好登记就能上楼。

　　沈瑜和另外两个女生都在，许沐提前给她们打了电话，告诉她们一会儿罗迹要过来。

　　罗迹买了不少水果和零食给宿舍其他三个女生带过来。除了沈瑜，另外两个女生只在照片里见过罗迹，这会儿看见真人，不停地给许沐使眼色：抄上了抄上了，这又帅又有礼貌，谁扛得住。

　　罗迹没有乱看别的地方，只在许沐那一小片范围内活动，把她的东西分类放进不同的纸箱里。许沐在旁边，把一些不要的东西挑出去。

　　沈瑜在上铺帮她打包被褥："本以为你是最后一个走的，结果第一个走了。"

　　另外两个女生签在同一个城市，大后天走，沈瑜也快了。

　　罗迹抱着整理好的箱子下楼，另外两个女生立马围过来。

　　"你这回头草质量也太好了。"

　　"我就喜欢这种人狠话不多的，还有这种类型的记得留给我。"

　　许沐有点儿好笑："'话不多'倒是真的，'人狠'你是怎么看出来的？"

　　那女生用两根手指戳自己的眼睛："看这里啊，典型只对你一人温柔的类型，你没发现他看你跟看我们眼神都不一样吗？"

　　沈瑜跪坐在上铺，把打包好的被子递下来："这个类型你就别想了，就是真碰见，你也降不住。"

没有一会儿，罗迹上楼，看了一圈只剩一些废弃资料的书桌："好了吗？"

许沐点头："差不多了。"

她手里拿着跨年那天他买给她的猫耳朵发箍："坏掉了。"

她尝试修过，没修好。

罗迹说："我给你买新的。"

许沐把那个发箍塞进背包里："不要，我就要这个，不亮就不亮吧。"

罗迹把剩下的东西搬下楼，顺带把灰毛儿一起弄出去。

许沐把不要的东西装进一个大袋子里，准备一会儿带走扔掉。

她拿了扫帚扫地，对床室友把扫帚抢过去："行了你赶紧下去吧，回头草一会儿该等急了。"

沈瑜扭头说："走吧走吧，等下我们收拾，后天吃饭别忘了。"

她们走之前，大家最后再吃一顿饭。

罗迹已经下去好一会儿，车开过来不能长时间在楼下停，许沐说知道了，赶紧拎着两个装鞋的袋子和大垃圾袋下楼。

离寝的人都要把钥匙交到宿管阿姨那里，许沐从一串钥匙中拆下宿舍的那把，递给阿姨。

这把钥匙挂了四年。

现在没有了。

许沐心里有些空荡荡，她扭头看向门外，罗迹倚在车旁，后备厢还开着，在等她。

她忽然觉得自己也算是幸运的吧。

有一群好朋友、好闺蜜，有喜欢的工作、喜欢的专业，有爷爷，有清欢，还有他。

他足够抵消弥补那些不幸，人总要向前看。

罗迹接过许沐手里的袋子，放进后备厢，打开副驾驶让她进去，安全带扣好。

许沐的东西在女生中算是少的。

和对人的态度正相反，许沐会定期对物品做断舍离的清理，再加上她本身就不爱囤积东西，很少冲动消费，穿旧了的衣服也早在大四开学那会儿整理打包塞进了楼门口的捐物箱。

所以她现在留下的几乎都是利用率很高也很新的东西，搬家时干脆利落，很好收拾。

两人一路开回壹号院，罗迹直接把她装着衣服的那两个箱子拎进自己的房间。

许沐跟进去："放得下吗？"

"我衣服只占了三分之一的柜子，你的也不多，放得下。"

两人花了一会儿时间就把夏天的衣服都挂进去，其他季节的衣服直接摞在底下，不占地方。

当年许沐送他的那条围巾也混迹在里面，她过年时从家里带了回来。

许沐往里藏了藏，没给他看。

被他知道，又要得意好一阵：看，你多喜欢我，还大老远拿到这边来。

今天两人折腾一天，有些累，家里缺东少西的，先凑合一下，明天再去超市买。

许沐先去洗澡，本以为罗迹会耍流氓冲进来，谁知他今天很老实，一个人在外面也没个声音，不知在忙什么。

洗完澡，许沐穿着睡裙出来，用浅粉色的毛巾擦头发。

罗迹不在客厅，茶几上放着她的猫耳朵发箍，旁边还有一些零散的工具，剪刀、打火机什么的。

许沐走过去，随手拿起发箍，拨了一下按钮。

两只耳朵瞬间亮起，一闪一闪，跟那晚一模一样。

许沐特别兴奋，喊他名字："罗迹！"

没人回应，许沐已经擦完头发，顺手把发箍戴在头顶，跑到房间找他，刚一开门就被罗迹扯进去。

他似乎在换衣服，身上只有一条睡觉穿的裤子。

家里没有其他人，他放肆得连门也不关，就那么托起许沐扔到床上。

许沐往后挪了一点儿："我还没吹头发。"

罗迹单膝跪在床上，两手抓住她两只脚踝，把人往自己身边拖，倾身而上，手臂撑在她身侧，饶有兴致地逗弄她亮闪闪的猫耳朵："不是说要拍不一样的吗？怎么拍？"

许沐笑着看他眼睛里闪亮的光线："你修好的？"

"不然呢。"

"你怎么什么都会？"

罗迹低笑，眼睛扫她的唇："有奖励吗？"

"没有。"许沐说，"这属于售后服务。"

她推他起来："我拿相机。"

罗迹翻了个身，就那么张开双臂躺在床上，盯着雪白的墙壁笑了一会儿，随后蜷起一条腿，两只手臂垫在脑后，等得悠闲。

几分钟后，许沐拿着相机回来，又转身在柜子里拿出一条他的领带。

罗迹领带不多，这条还是去年辩论赛时他戴的那一条。

许沐把领带两头卷在手心里，往两头拽了拽，笑得狡黠。

罗迹挑眉："怎么，绑我？"

"迹哥不敢吗？"

罗迹瞥了眼一旁的相机，嘴角挑了挑："我有什么不敢。"

他躺那儿没动，两只手腕贴在一起，随她折腾。

许沐跳上去，骑在他身上，拿着领带三下五除二把他绑得结结实实。

她随手拿起身旁的相机，对准他："迹哥想好，照片万一流出去，名节不保。"

罗迹就愿意陪她玩，看她得逞的小样子："我还有名节吗？"

许沐笑个不停，装模作样地摁了几下拍摄按钮，指挥他这样那样。

罗迹耐心听话，任由她折腾。过了会儿，他舔了舔下唇："玩够了吗？"

许沐的眼睛从相机后挪出来："怎么？"

罗迹手腕灵活转几下，那根被绑得结结实实的领带几秒钟就被他挣开，他翻身将许沐压在床上："你玩够了，该我玩了。"

许沐奋力挣扎："不可能，你怎么解开的？"

"你那点儿小把戏还想捆住我，"罗迹夺过她手里的相机，"这玩意儿指示灯都没亮，你演技不错。"

罗迹太了解她，碰一下就脸红的人，怎么可能主动给他拍什么捆绑照。

起码现在还没开放到这种程度，还需要他慢慢挖掘她的潜力。

罗迹拿了床头柜上一卷纸，随手扔到门旁的墙壁上，正中开关，房间顿时一片黑暗，只剩她头顶粉红色的小猫耳朵。

那一点点的光亮，不多不少，衬得她脸颊微醺，比平时更添几分韵味。

罗迹轻抚她的眼角，低头亲了一会儿："明天你给顾希霖拍照，我也去。"

许沐两只手都被他困住，动弹不得："你去干吗，扛着醋缸去吗？"

  罗迹说不："我带着醋厂去，现场酿给你看。"

  "你就捣乱。"

  罗迹笑了下："逗你的，我明天有事。"

  "什么事？"

  "下午奶奶打来电话，她明天过来，我去接她。"

第八章

你去哪儿，我就去哪儿

　　过年期间罗家出事，内忧外患，老太太跟着上火，病了一场，那段时间苍老不少，身体也不如以前硬朗。

　　罗迹对她再冷淡，她毕竟还是他的亲人。

　　所以除了接手公司的事依旧不能谈，其他方面倒是比以前强了一些，还能心平气和地相处。

　　许沐听到那句话后，便没了声音。

　　罗迹摸摸她的脸，温声说："怎么了，紧张？"

　　许沐低低地嗯了声。

　　他轻笑："紧张什么，丑媳妇早晚要见奶奶。"

　　罗老太太春节后就再没见过罗迹，心里惦记，本来准备去北京看他，没想到罗迹提前回了青城，所以她改飞青城。罗曜特地派人跟她一起过来，照顾她这两天的起居。

　　房间里的温度并不低，可许沐的手很凉，罗迹把人搂紧了些，握着她的手按在自己心口，"没事，她又不咬人，到时我在你身边，你怕什么。"

　　许沐将脸埋进他的胸口，闭上眼睛。

　　他们已经许久未见，刚刚又闹了一会儿，身上的火还在，罗迹不可能就这么放过她。

　　许沐很配合，但罗迹总觉得她有些心不在焉。

　　他不停地吻她，问是不是不舒服。许沐趴在枕头上，额间都是细密的汗，闷闷地叫他别废话。

　　罗迹较上劲儿，果真没再废话。

第二天上午，吃过早饭，两人收拾好准备出门，罗迹帮许沐背好双肩包："拍完你们还要吃饭吗？"

许沐点头："昨天放了人家鸽子，得请他吃个饭。"

"你给他拍照，还要请他吃饭？"

罗迹捧住她的脸，稍稍向上一托，让她对上自己的眼睛："我想说什么，你知道吧。"

许沐噘起嘴，做出要亲亲的动作。罗迹用拇指按住她的唇瓣："别想糊弄。"

许沐笑出来："我知道。"

罗迹满意了，手指下移，逗弄她的下巴："那我先把奶奶送到酒店，然后去接你？"

许沐忽然握住他的手："罗迹。"

她牵着他的手垂在两人身侧，脚步靠近一些："我想跟你商量一件事。"

罗迹懒洋洋地嗯一声："什么事？"

"我可不可以先不见你奶奶？"

罗迹的目光有一瞬间的停顿，看着她的眼睛："为什么？"

许沐盯着他领口的一小块刺绣："我还没准备好。"

罗迹搂住她的腰，把人往怀里揽："不用你准备什么，她也不是特意来看你，你不需要有压力。"

许沐低着头，没有说话。

罗迹看了她一会儿，心里有片刻的失落。他嗓音低了几分："还是你觉得，我们还没到可以见家长的程度？"

"不是。"许沐有些着急，"我不是这个意思，我只是——"

罗迹忽然有些怕。

怕什么，他不知道，但来自心底那丝隐隐的潜意识让他觉得不安。

罗迹按住许沐的唇瓣，堵住她接下来的话，手掌轻抚她的后脑："好了，你不想见就不见，没关系，以后再找机会。"

许沐眼睛有些红，伸手搂住他的腰："你别生气。"

他吻她的脸颊："没生气。"

他松开一点儿，替她整理衣领："那你在家等我，我早些回来。"

许沐轻轻地嗯一声。

她有些难受。

罗迹好像很希望带她见奶奶，他一定很失望。

许沐跟顾希霖约好的地方和机场顺路，罗迹把许沐送过去，远远看见顾希霖穿着一身制服站在一棵树下。

许沐朝那边走了几步，又回头看他："你开车小心。"

罗迹点了下头："待会儿给你打电话。"

"嗯。"

许沐一直看着罗迹的车消失在路口，才转身走向顾希霖。他还是跟昨天一样，穿一身，拎一身。

两人打了招呼，顾希霖笑说："罗同学怎么走了，我还想一会儿请你们两个吃饭。"

"他还有点儿事。"

许沐把背包放在台阶上，一样样往出拿装备。

他们身后是青城的标志性建筑，很适合做背景，也衬他的衣服。

顾希霖的长相在男人中算上乘，制服上身更加笔挺，许沐试了一下位置构图，指尖晃了晃，让他往左挪一点儿。

许沐的镜头里是别人，心里却在想罗迹。

如果他穿上这样的制服，会是什么样子。

他很少穿正装，觉得束缚，衣服大多休闲，衣品很好，有时戴着墨镜走在街上，会被人认作哪个明星。

许沐有些罪恶地想，如果他穿这么一身衣服，大概拍不了几张照片，她就会忍不住把他推倒。

罗迹在这方面花样繁多，也有很多小嗜好。

比如他很喜欢许沐主动，每次她像小野猫一样趴在他身上，亲他喉结，他都受不了。

这样乱七八糟地想着，丝毫没影响许沐的发挥。

照片拍完，顾希霖回看了几张，挺意外："之前我以为你只是玩票，原来你不止设备专业，技术也很专业。"他偏头笑了下，"今天这顿饭得去贵一点儿的地方。"

许沐被他夸得有些不好意思："你太客气了，应该我请你，昨天白折腾你一次。"

两人一起在附近的商场吃饭，分开前顾希霖问怎么拿照片，许沐说："等我修一下，微信发给你。"

顾希霖走后，许沐不想这么早回去，一个人在商场逛。

五层是家居用品区，很多床上用品，漂亮的床单被罩，小抱枕什么的，许沐很喜欢这类东西，但买得不多。

之前一直住宿舍，大一和大二的时候还强制要求用学校统一发的蓝格子，没有机会用自己的东西。

许沐挑挑选选，看中两套，她和罗迹一人一套，都是单人被的尺寸。

付款时她忽然犹豫，看向店里另外一面架子上的双人被。

她和罗迹一起睡时，都是盖一床被子，好几个早上都看到罗迹半边身子在外面，胳膊搂着她，压着她那边的被角，她一点儿肩膀都没露出来。

许沐几乎没怎么思考，就买了一床双人被，之前的单人被罩不要了，换了两套双人被的四件套。

怕他挑剔，选了最好的蚕丝被，四件套也是最好的面料。

拎着东西，她没有继续逛，打车回了壹号院。

另一边，罗迹在机场接到罗老太太，直接把她送到酒店。

酒店是罗曜上次住的那家，就在壹号院附近，他给老太太订了个豪华套间。

见到孙子，老太太很高兴，说他又瘦了，一定不好好吃饭，有时间也不回家，反正每次都是那一套。

罗迹坐在落地窗前的茶椅上，跷着长腿，懒懒散散地望向窗外。

对面，奶奶兴致勃勃地把带来的东西一样样拿出来："都是你爱吃的，你赵姨早起做好了放在保温盒里，还热着，你尝尝。"

罗迹没动："这边什么都有，带这个干吗？"

"外面的能有家里好吃。"她把筷子递给罗迹，"尝尝，你不是最爱吃赵姨做的菜。"

罗迹接过筷子，象征性地吃了几口。

跟以前比，他肯吃，就已经是巨大的改变。老太太觉得最近几个月罗迹的脾气越来越好，临近毕业，她心思活泛，想再提一下让他回公司的事，但罗迹一点儿活口不留，一定要来青城。

老太太望向窗外，不知道这里哪儿好，没有北京繁华，也不是岳城的家，怎么就认死了要在这儿留下。

她看向罗迹："一会儿吃完，带奶奶去你住的地方看看吧。"

罗迹低头点开微信："不用了吧，没什么可看的。"

"我来都来了，总得看看你房子怎么样，用不用找个阿姨什么的给你做饭？"

罗迹给许沐发微信。

Penta Kill：拍完了？

Dancing fish：早都拍完了，饭都吃完了。

Penta Kill：回来了吗？

Dancing fish：快到了。

罗迹抬起头："你不是来看我的吗，我在这儿了，看什么房子。"说完他觉得自己语气有些重，补了一句，"外面热，别折腾了。"

罗老太太没再勉强："那你记得有什么不舒服的地别挺着，实在不行在这儿买一套，租别人的房子像什么话。"

"知道了。"

两人又聊一会儿，老太太忽然提起罗曜："你大哥是不是有女朋友了？"

罗迹抬起头："为什么这么问？"

"听说前阵子他和一个女人在郊区那边的房子住过一晚。"

听说。

罗迹轻哼一声："您还有内应。"

罗老太太："我给他找知根知底的人他不看，把外面不知道哪里来的女人带回去过夜。你要是知道，问问是什么人家的姑娘，别让他把乱七八糟的人往家带。"

罗迹心下不满："我哥的事您就别管了，他有分寸。"

老人家特意来看罗迹，他没走得太早，天快黑才从酒店出来。

许沐这会儿应该在家，他给她打电话："吃饭了吗？"

许沐说吃了，问："你要在那边住吗？"

"不住，我马上到家，想吃樱桃吗？我买一些。"

许沐笑了一声："想。"

"好，等我。"

罗迹拐进小区门口的超市，买了一大盒樱桃，又买了几样她爱吃的小零食。

进门后看到许沐坐在沙发上，怀里抱着灰毛儿，在看电视。

罗迹先去厨房把樱桃洗了，放在一个瓷白的小盆儿里，过来坐在她身边："晚上吃什么了？"

许沐接过樱桃，吃了一颗，顺势靠进他怀里："煮面。"

"方便面？"

"嗯。"

罗迹皱眉："我不在你就是这么对付的。"

许沐怕他生气，转移他的注意力，看向电视里那几个闹吵吵的人："我们以前也住过帐篷。"

电视里是一个新播出的综艺，几个艺人野外生存的故事。

他们正在搭建帐篷，歪歪扭扭，不知哪个地方没安装好。

罗迹怎么会不记得。

那时他们刚在一起不久，许沐说想看星星，他当天下午就买了双人帐篷，带她去山上露营。

那晚星空很美，两人拉开帐篷，躺在山坡上，满眼都是星星。

许沐说，她从来没有这样随心所欲过，想做什么，马上就去做。

罗迹让她枕着自己的胳膊，说你不怕吗，大半夜跟我出来。

许沐笑着说不怕，你不会欺负我。

罗迹偏过头，温柔看许沐："想睡帐篷吗？"

许沐嗯一声。

罗迹说："那就睡。"

许沐愣了一下："现在？"

"现在。"

罗迹起身进了天涯的房间，不到一分钟就出来，手里拎着个装帐篷的收纳袋。

许沐有些惊讶："你们怎么有这个东西？"

罗迹把帐篷拿到阳台，熟练地安装："天涯无意间发现的，在他房间衣柜顶上放着，应该是房东的，或者之前租客留下的。"

帐篷还很新，是自动撑开那种，只需要安装四个角就可以，罗迹几分钟就搞定。

许沐有些兴奋，她觉得罗迹好像会变戏法，她想要什么都有。

罗迹拿了个毛巾把帐篷里外都擦一遍，许沐跑到房间里拿出被子，折成差不多的大小铺进去。

罗迹把屋里的灯关了。

两个人钻进去。

阳台是半落地窗，视野很好，窗子全部打开，有风吹进来。

许沐趴在里面，两只手撑着下巴，安静地看着天上的星星。

好神奇，刚刚还在想，这么一会儿就已经躺在帐篷里，她觉得好像回到当年刚刚跟他在一起时。

那时他表面淡定，实际很怂，亲她一下都能听到他的心跳声，特别紧张。

许沐翻了个身，滚到他怀里，搂住他的腰："罗迹，你怎么这么好？"

罗迹觉得有些好笑："这么点儿小事就感动了。"

许沐很久都没有说话，罗迹调整了一下姿势，跟她面对面躺着："在想什么？"

许沐用手指轻蹭他的下巴和唇瓣："罗迹，如果你家里人不喜欢我，我们要怎么办？"

罗迹看了她一会儿："谁不喜欢你？"

"我是说如果。"

罗迹说："是我在跟你谈恋爱，以后也是我娶你，跟别人有什么关系。我本来就是罗家不要的孩子，从小被扔在青城，我没求过他们，自己过的也很好。"

他认真地看她的眼睛："而且现在只有哥和奶奶。我哥你是知道的，他不会不喜欢你。至于奶奶……"罗迹轻揉她的耳垂，嗓音低沉且坚定，"她有时确实古板严肃，控制欲很强，但我的事，她管不了。

"谁都管不了我。"

这一晚他们没有回房睡，就挤在那个狭小的帐篷里，相拥到天明。

罗老太太在青城住了两天，第三天中午罗迹送她去机场。许沐站在不远处的石柱后，看着她从酒店出来，上车。

罗老太太头发花白不少，脊背也有些佝偻，但双目炯炯，衣着不凡，很有气派。

她拉着罗迹的手臂，不停地嘱咐什么。罗迹淡淡回应，打开车门送她离开。

几天后，天涯回来了。

巧的是，沈瑜飞北京的航班跟天涯到的时间差不多，罗迹接天涯，许沐送沈瑜，四个人在候机室碰面。

天涯拍拍沈瑜的肩膀，长吁短叹："我来你走，咱俩有缘无分。"

沈瑜白他一眼："干吗，喜欢我啊？"

天涯笑了一下，扭头看罗迹："虽然你一向重色轻友，但这次也太过分了，你们都走了就剩我一人，最后一晚多难熬你知不知道。"

罗迹难得愿意听他絮叨，接过他手里的行李："还挺感性。"

天涯说："我多重感情一人。"

许沐拉着沈瑜的手："在那边要好好照顾自己，别总吃泡面。"

罗迹瞥她一眼，心想你还说别人，看来你们宿舍平时没少吃泡面。

沈瑜笑说："在北京你还用惦记我，你忘了那是我老巢了，就算不住家里，我妈肯定也三天两头电话轰炸让我回家吃饭，躲都躲不开。"

天涯在一旁插嘴："有事找火山，提我名儿好使。"

沈瑜说："显着你了。"

时间差不多了，两个姑娘抱在一起，伤感了好一会儿。沈瑜趴在许沐耳边："罗迹要是欺负你，告诉我，我杀回来替你报仇。"

许沐最受不了这种环节，简直催泪。尤其跟罗迹在一起后，她泪点直线下降，几乎把这几年没流的眼泪都补上了。

两个姑娘分开，天涯也不要脸地凑过去："来，咱兄弟俩也抱一个。"

沈瑜推他："谁跟你兄弟，一边儿去。"

天涯强势一搂："你就是太不温柔了，以后怎么找男朋友。"

"要你管。"

两人吵吵闹闹，大家把沈瑜送到安检口，一直看着她进去。

沈瑜也没回头，估计怕哭。

三个人原地站了一会儿，互相看了眼彼此。

许沐说："就剩我们了。"

罗迹悄悄牵住她的手。

回到壹号院，罗迹开后备厢拿天涯的行李，天涯故地重游，挺兴奋，第一个溜进屋。

客厅还是老样子，变化不大，连灰毛儿喜欢趴着的位置都一样。

灰毛儿依旧无视他，淡淡瞧他一眼便重新趴下睡觉。

天涯心里感慨，这厮把罗迹眼神那点儿精髓全学去了。

阳台那边的帐篷特别显眼，里头还有被角露出来。

天涯回头，表情耐人寻味："老大，路子这么野？"

许沐脸一红，慌忙地解释："不是，是我想露营，又没时间去，"她推罗迹，"不是让你收起来吗？"

那晚两人在这里睡过后，帐篷就没再收起来，罗迹偶尔来了兴致还会拉许沐进去躺一会儿。

罗迹说："搁那儿吧，也不占地方。"

天涯摸摸后脑勺儿："那什么，要不我还是去别地儿租个房子吧。"

罗迹瞥他一眼："这么大房子不够你住是不是？"

"不是，以前人多，现在就咱们仨，我这几千瓦的电灯泡天天在你俩面前来回晃……"

"别废话，收拾东西，出去吃饭给你接风。"罗迹干脆利落地扔下这句话，回房间换衣服。

许沐说："你就别想着走了，你永远是这房子里的一员。"她示意里面，"那位是不会让你走的。"

天涯笑得比哭还难看："我发誓我真的很感动，但我这只单身狗天天看你俩秀恩爱是不是有点儿煎熬。"

许沐笑说那我们给你找个女朋友。

天涯忙摆手："女朋友还是算了，我比较喜欢自己找，包办婚姻不可取。"

天涯爱吃烤鸭，在北京时一个月吃好几回。这会儿罗迹问他想吃什么，天涯说："北京烤鸭。"

罗迹："你都快吃成烤鸭了。"

天涯挺得意："你是夸我肉质鲜美吗？"

"我说你胖了。"

三人去了最近的一家烤鸭店，天涯轻车熟路地点了一只鸭子、一份鸭汤，外加几道菜。

罗迹去卫生间，天涯趁机告密："大嫂，记不记得有回你来我们公寓，迹哥给你做炸酱面。"

那时她第一次去看薛明坤的妻子，想起很多以前的事，心里难受，无意识走到壹号院，罗迹把她带回家。

许沐点头："记得，怎么了？"

天涯用拳头挡住嘴："为了把我们赶出去，跟你二人世界，迹哥被我宰了一顿，"他点点桌子，"就在这家。"

许沐微微愣了下，想起那天确实没有多久，公寓里的人就都跑光了。

她低头笑，心里泛着甜味："还有吗？"

天涯想了想："太多了，说不过来。"

"比如？"

"比如，那只傻猫。"天涯对灰毛儿不爱搭理他一直耿耿于怀，但碍于罗迹，不敢对它怎样。

天涯说："咱们从郊区回来那天，迹哥把我们送到壹号院，掉头就回去了，当天就把它带回来，待遇比我都好，一看就是给你买的。"

他越说越来劲："再比如，他就带三件外套过来，全折腾到你那儿去了，后来他都是抢我的衣服穿，把衣服拿回来的那晚，他气压低到炸，我们谁都不敢惹他。"

许沐都能想象到他那时的样子。

看到她跟顾希霖一起去超市，一定憋屈生气又委屈，还没处撒火。

许沐觉得，好像应该对他再好一些。

罗迹从外面回来，看到两人目光表情都不对，坐在许沐旁边："怎么了？"

许沐给他倒了一杯水："迹哥喝水。"

罗迹一脸疑惑地接过杯子，往里看了一眼。

许沐拍他的腿一下："干吗，怕我下毒啊？"

天涯在对面憋着乐。

吃完饭，天涯先回去收拾行李，罗迹和许沐去超市买一些家里缺的东西。

在二楼生活用品区，罗迹推车，许沐一直紧紧跟着他，搂他的胳膊，有时还偷笑。

罗迹实在忍不住，捏她的脸蛋："你一个晚上都很奇怪，说，干什么坏事了？"

许沐踮脚亲他的下巴："罗迹，我好像更喜欢你了。"

罗迹被她突如其来的表白弄得很蒙，一时间有点儿不敢接话，只用不明所以的目光看她。

许沐亲完冲他笑了一下，走到对面一排计生用品的架子旁停下，她回头看他："我们还有吗？"

不对，一定是哪里出了问题。

罗迹把车推到她和货架中间："是不是天涯跟你说什么了？"

想来想去，只有这个可能。

许沐挽住他的胳膊："是说了点儿。"

"说什么了？"

许沐想了下："反正都是好话。"

两人对视一会儿，同时笑出来。

罗迹看向货架："要哪种？"

许沐胡乱指了几个地方："那个，那个，还有那个。"

罗迹伸手一划拉，稀里哗啦掉进车里一片："够了吗？"

许沐赶紧点头："够了够了。"

她做贼一样把车里的套套拢到一起，用两提纸抽盖住。

罗迹顺手把架子上剩下的推回原位："小胆儿吧。"

天涯的归来，意味着正式上班的日子就要到了。

星期一，三人一同报到，分别进了自己部门的办公室。

阔别将近五个月，办公室的变化不小。

有新人入职，有老人离职，工位挪了位置，窗口多了一排绿萝。

第一天许沐事情不多，上午开会，做了未来一个月的工作安排，她又有新任务，要做下个季度的广告策划。

她还是负责人，公司似乎准备重用她。

去茶水间的路上碰到薛明坤，他手里依旧拿着一个保温杯，问她有没有不习惯的地方。许沐说一切都好，又问："阿姨怎么样了？"

薛明坤说："不太好，现在只是挨日子罢了。"

对于他的选择，许沐没有资格评判。放弃亲人的生命，不是那么容易做到的，只要有一线希望，哪怕只剩一口气，相信很多人也会选择坚持，不会轻易放弃。

茶水间没人，许沐站在台子前，拿了一个纸杯，放了一点儿咖啡粉进去。

身后忽然有声音，许沐的腰被人搂住，耳边一丝热气："许小姐，好巧。"

许沐没有心理准备，吓了一跳，推开罗迹的手："干吗，这是在公司！"

罗迹松开她，靠在操作台上："这里没别人。"

他钩住她的小指："忙吗？"

"不忙，你呢？"

许沐用另一只手去接热水，罗迹帮她按了一下按钮："我也不忙。"

"你们不是着急上线吗，怎么会不忙？"

"谁知道了，说是有什么调整，暂时先不动。"

有其他同事进来，许沐立刻抽出被他钩住的手。罗迹低笑，忽然想起两人以前偷偷谈恋爱。

那时除了许沐身边两个最好的朋友和蒋旭，其他人都不知道。

许沐坐在前排，偶尔会回头看他，每次都能捕捉到罗迹的目光。

后来有一次许沐问他，为什么我看你的时候你总能发现？

罗迹说，因为我一直在看你啊。

上学时，罗迹只有一个爱好，睡觉。

课本到了期末还崭新的一样。

后来两人在一起，他的爱好变成陪她和睡觉。

许沐不喜欢他上课睡觉，他就不睡，听不进去课就支着下巴看她背影，她回头看他一眼，他能舒坦到下课。

放学时，他会先走，到学校外等她，送她回家。

其实他什么都不怕，但许沐不愿意，他就忍着，后来惦记许沐的人有些得寸进尺，他把那男生堵在厕所里聊了会儿天。

从那时开始他才渐渐不愿意忍，巴不得告诉所有人，这姑娘是我的，谁有胆子惦记就试试。

许沐已经冲好两杯咖啡，递给罗迹一杯："发什么愣，我要走了。"

罗迹接过来，附在她耳边低声说："食堂见。"

许沐笑得很甜："嗯。"

茶水间只剩罗迹一个人，他没动地方，依旧倚在那里，一边小口抿着许沐冲的咖啡，一边翻微博评论。

他没有账号，但知道许沐是羡鱼后，专门注册了一个，就关注她一个人。

他看到自己那张背影，那个有关环境污染的专题关注度很大，几十万个赞，还有许许多多他没见过的照片。

有时他也会翻评论区，看见好听的话就随手点个赞。

天涯发来一条信息：开会，速回。

罗迹喝完最后一口咖啡，把纸杯扔到垃圾桶里，起身离开。

许沐回办公室后，坐在电脑前把自己电脑里的资料整理了一遍，她习惯用很多文件夹，项目类别分得很细致，需要什么东西一下就能找到。

中午去食堂吃饭，没看到罗迹和天涯，不止他们两个，游戏部的人一个都没看到，许沐问其他同事，说是游戏部在开会，一直都没出来。

不知道什么重要的会，要占用午休时间。

吃了饭，许沐也没去活动室，一个人回了办公室。行政部小妹来了，在跟别的同事聊天，看到许沐，她特别高兴，扬了扬手里的文件："等你半天了。"

许沐接过来，是一份正式合同。

行政小妹一向喜欢许沐，跟她挤在一把椅子上，告诉她怎么签、签几份："一会儿我来取。"

许沐把桌子上的橙子给了她："不用，签完我给你送过去。"

许沐还记得，她最爱吃橙子。

人走后，许沐翻开合同，粗略看了一眼，一式两份，签三年，细则有很多，还有薪酬福利待遇、保密协议之类。

虽然对公司已经有一定了解，但她还是很谨慎地全部看了一遍。

非比的合同一向做得很细致，没什么不妥，许沐拿出一支签字笔，刚要签上自己的名字，天涯忽然在门口露头，冲她招了招手，神色焦急。

许沐放下合同，快步走过去："怎么了？"

"你去楼顶看一眼吧，迹哥刚跟我们组长起了点儿争执。"

"为什么争执？"

"他们要把 FKA 卖了。"

从第一天来非比，罗迹他们就参与 FKA 的制作，所有人都为它倾注了数不清的心血，尤其是罗迹。

许沐没有犹豫，抓起电话跑进应急楼道。

楼顶只在检修日开放，许沐爬了几层楼，推开那扇小门，看到罗迹靠在一堆废弃的机器旁吸烟。

他已经很久没吸烟了。

许沐走过去，拿掉他手上只剩少半截的烟："怎么一个人在这儿吹风？"

罗迹情绪很差，但面对许沐，他收着力。

"他们要卖掉 FKA。"

"有说为什么吗？"

"他们觉得前景不好，现在卖掉，不至于赔钱。"

许沐握住他的手："那你呢，你觉得前景好吗？"

罗迹蹙着眉："现在还没到最后，还有很多地方可以细化，可以修正和完善。"他薄唇紧抿，"他们不相信我，不相信我们的团队。"

许沐搂住他的腰，靠在他胸口上："也许还可以再争取一下，你先不要着急。"

罗迹望着远处一片乌云："这种半成品如果卖给小公司，只会被他们改成垃圾，我们之前的努力就全白费了。"

许沐不停地抚摸他的背，试图舒缓他焦虑的情绪。

罗迹伸手扣住她的后脑，将人压在自己心口，脸颊轻轻贴着她的额头："小沐。"

"嗯。"

"如果他们执意要卖，我想，我不会留在非比了。"

许沐搂紧他："我知道，我跟着你。"

私心里，罗迹当然希望她跟着他，但理智上，他又不希望许沐为他放弃自己喜欢的工作。

当初他选择来青城实习，一是为许沐，二也是为以后打基础。

他能力虽强，但没有实战经验，现在他对一些模糊不清的概念已经摸透，一旦离开非比，势必要自己干，不会再去其他游戏公司。

如果要自立门户，最佳的选择是在北京。

许沐说得对，他的人脉和资源都在北京，罗曜也在北京，做什么都很方便。

公司做出这样的决定，他始料未及。这款游戏虽然确实有这样那样的问题，但在罗迹眼里，它依然潜力无限，是公司太急功近利，想尽快收回成本。

其实他觉得很奇怪，按理非比已经走到今天这一步，应该具备长远的目光，足够判断这款游戏的潜力。

不知道他们在急什么。

因为这件事，游戏部的人都有些不满，连续几天工作情绪都不算太高。董事长没露面，游戏部长和项目组长周二出差，一直没回来，不知道是不是在忙这件事。

今年许沐妈妈的生日正赶上周末，她特地打电话，希望许沐能回去，一家人团聚吃个饭。

这个节骨眼儿，许沐不太想离开罗迹，但妈妈已经开口，而且她已经连续几年生日都没回去过，所以最后还是同意了。

她请了周五下午的假，坐动车回桐州。

罗迹把她送到楼下，叫的车还没到，他牵着她的手走到阴凉一点儿的地方，抬手理顺她额间一点儿碎发，天有些热，她都出汗了。

罗迹说："明天组长回来，也许会有结果。"

许沐的手很软，钩着他的手指："不管怎样，你做任何决定，我都支持你。"

罗迹垂着眼睛认真地看她："我不会让你失望。"

她用力点头。

车来了，罗迹把后门打开让她上去："到了给我电话。"

"好。"

罗迹弯腰，探进一点儿身子，贴在她耳边说："晚上睡不着，也给我打。"

许沐的脸红了红："快回去吧。"

罗迹笑了下，关上门，目送她离开。

那天在楼顶一时难以接受，没有控制好情绪，后面这几天，罗迹在许沐面前一直很平静，偶尔还会逗逗她，不想让她跟着担心。

许沐走后，罗迹立刻敛起轻松的神色，给罗曜打了个电话。

有些事他想参考一下罗曜的意见。

罗曜听了他的想法，觉得可行："如果是这样，你得回来，许沐怎么办？"

"她说跟着我。"

罗曜有些羡慕，能勇敢追随自己喜欢的人，是一种幸福，也是一种幸运。

他说："好好待人家。"

罗迹嗯了声："我知道。"

许沐的车在下午五点到达桐州，路上信号时有时无，下车时一下进来六七条信息，她以为是罗迹，打开一看是喜乐。

她们一直没有断联系，前天许沐还收到她发来的几张在幼儿园做手工的照片。但那时许沐心里装着事儿，担心罗迹，所以没有很积极地回复她。

许沐坐上回家的出租车，跟喜乐聊了一会儿。

知道她来了桐州，喜乐吵着要见她。许沐想给妈妈过完生日早点儿回青城，说下次回来再看她，小姑娘似乎有些失望。

回到家，依然是空荡荡的房子。

许沐打开窗子透气，打扫家里的灰尘，这是每次回家都要走的一道程序。

刚刚路过小区门口的超市，她进去买吃的，图省事拿了一包方便面，想到罗迹不喜欢，她还是放下，换了一盒鸡蛋和龙须面。

在厨房煮面时，客厅里的电话响，她往锅里添了一点儿水，跑去接电话。

罗迹问她吃没吃饭。

许沐说在煮面。

"又是面？"

许沐赶紧说："龙须面，还加了鸡蛋，不是方便面。"

罗迹低声笑了下："这么乖。"顿了顿，"多吃点儿，你太瘦了。"

面好了，许沐关了火："最近胖了三斤。"

罗迹说："是吗，摸着没感觉出来，下次好好感受一下。"

许沐咬着唇，岔开这个话题："你呢，吃了吗？"

他嗯一声："吃了。"

睡觉前，两人又通了一次电话，罗迹陪她聊天，直到她有些困了，才挂掉电话。

第二天是星期六，楼里空荡荡，只有少数人过来加班。

罗迹和邵东来在办公室碰面。

邵东来见到他的第一句话就是：定了，卖。

具体卖给谁，还在谈，据说有两家公司有兴趣，只是价格有些高，还需要再商量。

邵东来指了指自己的办公室，两人进去面对面坐着。

"我知道你不愿意，我也不愿意。"邵东来指着墙上画得乱七八糟的日程表，"这大半年我就忙这一件事，我也心疼，但没办法，这是上面的决定，不是我们能左右的。"

罗迹蹙着眉："我们的可行性计划递了不知多少遍，他们到底有没有认真看过？"

"看过与否都不重要。"邵东来在职场摸爬滚打十几年，早已深谙其道，"FKA在我们眼中是亲儿子、亲闺女，是我们从无到有，一点儿一点儿把它做到现在这个程度，但在商人眼中，它只是一件商品，不管以什么形式，赚钱最重要。

"按照公司的评估和市场现状，他们认为继续开发下去亏损的可能性很大，现在卖掉稳赚不赔，如果你是商人，你怎么选？"

罗迹沉默一会儿："所以现在是一点儿转圜的余地都没有，卖定了。"

"卖定了。"

"卖了之后呢？"

邵东来说："一连几个项目都不行，公司要么削弱这一块的投入，要么大换血，换一批设计和技术。"他看向罗迹，"不过你不用担心，肯定不会换掉你。"

罗迹面色平淡："他们要卖FKA，我不会留在非比。"

邵东来摇了摇头："你不要意气用事，非比这个平台非常适合你，上面对你个人的能力还是很肯定的，而且什么时候能卖掉还不一定，价格比市场价要高一些。"

"我买。"罗迹忽然说。

邵东来愣了愣："你说什么？"

罗迹又说一遍："我买，你们不要，我要，我买了自己做。"

邵东来不信："开什么玩笑，你以为是十万二十万，说拿就能拿出来吗？"

"我没有开玩笑，钱不是问题，但我要全部版权。"罗迹掷地有声，丝毫没有玩笑的意思，"从今往后 FKA 的发行、升级、更替、盈亏，都是我的事，跟非比再没关系。"

邵东来半信半疑地看着他："你来真的？"

他对罗迹的了解仅仅是一个能力非常不错的毕业生，是个有想法、有冲劲的年轻人。

从来都不知道，罗迹竟然有这样的实力，能吞下 FKA 这块肉。

罗迹不愿再多说，起身准备离开，他看着邵东来："麻烦您替我跟上面沟通一下，如果可以，我想尽快办手续。"说完他头也没回，转身离开。

回到壹号院，天涯正在看一场游戏直播，怀里抱着不情不愿一直挣扎的灰毛儿。

看到罗迹，天涯问他："什么情况？"

"我买了。"罗迹边说边往房间走。

天涯跟过去："你买什么了？"

罗迹打开柜门，找了件衣服换上："FKA。"

不是说就去问问什么结果吗？怎么一小时不到的工夫给买了？

"多少钱啊？"

罗迹说了个数字。

天涯嘴都合不上："我天天都跟些什么人一起混。"

看罗迹换衣服，又拿了车钥匙和手机，要出门的样子，天涯问："你去哪儿啊？"

"去桐州找小沐。"他想当面跟她说这件事，也想她，想见她，索性过去接她。

走到门口，罗迹忽然停下，回头看天涯："我可能会回北京，成立工作室，找团队继续做 FKA，如果你——"

"我去。"天涯一秒钟都没犹豫，"你都不干了我还在这儿干吗啊，我不要一个人留在青城，我跟你走。"

罗迹看着他，心底漾起一丝动容。

不管发生什么事，他这些兄弟永远都是第一时间站在他身边。

他嗯一声："好。"

天涯说："那我们接下来怎么办？"

"你先在家等着，我把小沐接回来，周一先正常去公司，如果他们同意，我尽快办手续，完事我们回北京。"

"成。"

罗迹翻了一下软件，火车票已经没了，他买了一张客车票，时间比动车要长一些，但下午怎么也到了。

以前谈恋爱那会儿，寒假两人分隔两地，他给许沐寄过东西，地址还记得。

后来分手，她在车站走得头也不回，罗迹憋着一口气，没有去找她，再后来她在青城，他更没必要去她桐州的家。

罗迹几乎没坐过这种长途客车，座位有些窄，他的腿伸不开，很不舒服，但他忍了。

好在有空调，车里不是很热，罗迹戴着鸭舌帽、墨镜，全副武装，耳机塞进耳朵里，闭上眼睛睡觉。

醒来时，窗外是一片陌生的建筑，不知穿梭在哪个途中经过的城市。

罗迹看了下地图，发现还有一个小时差不多就到了。

他来桐州没告诉许沐，想看看她忽然见到他时的样子。

大概会飞奔过来，扑到他怀里吧。

许沐在妈妈家帮忙做菜。

今天是赵美云的生日，许沐特意早过来一些。在外面这些年，她没什么机会做菜，但打打下手还是可以的。

继父掌勺，两人之间话不多，但继父这个人还算不错，对赵美云很好。

桌子上摆着生日蛋糕，弟弟在吃蛋糕店赠送的一块甜品。

外人如果看到，一定以为这是很幸福的一家四口。

吹蜡烛时，赵美云双手合十，说着自己的心愿："希望我们小旭开开心心长大，小沐工作顺利，找个好男朋友，我们一家永远幸福快乐。"

继父笑说："你这愿望可够多的，人家记得过来吗？"

赵美云切蛋糕："记得过来的，我每年都是这几个，说多了老天自然就记住了。"

她切了一块给弟弟，又切了一块给许沐。

许沐看着眼前这块蛋糕，忽然想起许清丰。

小时候，也是赵美云过生日，许清丰给她买了生日蛋糕，一家三口围坐一桌，赵美云那时的愿望是，希望我们一家三口永远在一起。

许沐觉得，不管继父多好，这个家多好，她都没办法完全接受他们，总觉得那是对爸爸的一种背叛。

可能她还需要时间调整自己的心态。

妈妈想有自己的家，这没有错。

饭后，许沐没有立刻走，帮赵美云洗碗。赵美云推她出去："你去歇着，跟弟弟玩一会儿。"

她从厨房出来，听到客厅里，弟弟和继父在说话。

"爸爸，我想玩骑大马。"

继父哄他："一会儿玩。"

"一会儿是什么时候？"

"姐姐走了就玩。"

弟弟说："那姐姐什么时候走？"

许沐原地站了一会儿，没有过去，转身去了卫生间，出来时看向端着水果的赵美云："妈，我先走了。"

赵美云说："今晚在这儿住吧，房间都给你收拾好了。"

许沐摇了摇头："不住了，我的东西还在家，明天要回青城。"

赵美云没再勉强，叮嘱几句，天热睡觉也要盖着肚子之类，把许沐送出门。

许沐的家不是那种老旧的小区，门牌号清晰，很好找。

罗迹下车后直奔那栋楼，她住五楼，罗迹低着头敲门，想象她看到自己惊喜的模样。

半天没人开门，罗迹又敲几下，依旧没有人回应。

他拿出电话想给她打一个，隔壁的门忽然开了，一个中年女人探头出来："你找谁？"

罗迹站直身子，礼貌地回答："阿姨，我找许沐。"

女人把门打开一些："你是她什么人？"

"我是她的男朋友。"

中年女人上下打量罗迹，有些意外："是小沐的男朋友啊，她在外地，不常回来住，你不知道吗？"

罗迹说："知道。她昨晚回来了。"

女人点头："那可能上她妈那儿去了。"

她似乎对罗迹很感兴趣："你是她同学还是同事？"

"同学。"

阿姨笑着点头："同学好，知根知底。处多长时间了？"

这人自来熟，有些想唠家常的意思，罗迹没什么时间，急着给许沐打电话，答得敷衍："有几年了。"

阿姨说："好好处，小沐这孩子从小吃了不少苦，也该过些好日子了。"

她从小看着许沐长大，是真心疼许沐。

罗迹按电话的手顿住，目光动了动，抬起头看她："吃了很多苦，是什么意思？"

阿姨叹了口气："跟你说也没什么，也不是什么秘密，这一片的人都知道。"

她指了指许沐家："她爸原来不是干房地产的嘛，盖房子，后来是贪污还是偷工减料，具体我也说不太清，反正那楼没多久就塌了，死了几个人，她爸也蹲监狱了，没多久就病死在里边了。"

她有些感慨："小沐这孩子是真不错，就是被她爸给拖累了，在这儿待不下去，上她爷爷那儿念了几年书，后来不知怎么又回来了，在这儿考的大学，考走后就不常回家了。"

她似乎觉得自己说得有点儿多："行了，你给她打个电话吧，可能快回来了，她一般不在她妈那儿住。"

罗迹不知道自己是怎样下楼的。

他坐在绿化草坪的石阶上，脑子一片混乱，呆愣许久。

那女人的话不停在脑海中回响，他无法平静。

这些事，许沐从没告诉过他，一点儿都没有。

他一直以为许沐是因为妈妈再婚，没人管她，才去爷爷家住。

原来她曾受过那么多委屈。

当年她还那样小，到底是怎么熬过来的。

怪不得每次放假回家，她都急着回来，怪不得她不愿意抛头露面，小心翼翼保护自己羡鱼的小马甲。

罗迹终于明白那时她那句可能会有很多人关注，不是很方便是什么意思。

罗迹心里难受，拿出电话，给她打过去。

电话响了三声，许沐接了。

罗迹嗓音低沉："在干吗？"

许沐顿了顿："在我妈这儿切蛋糕。你呢，吃饭了吗？"

罗迹抹了一把眼睛："一会儿吃。"

他低了下头："你去吧。"

许沐觉得他有些奇怪："你怎么了？"

"没事。"

挂掉电话，罗迹从石阶上站起来，眼睛望向不远处，发现石子路上的许沐。

她手里还握着手机，脚步很慢，情绪不太好的样子。

罗迹就站在原地等她。

许沐一直低着头，没有看前面，直到眼前出现一双熟悉的鞋。

她抬起头，看到罗迹。

她眼中有一瞬间的慌乱，手不自觉握紧手机，贴着裙边："你怎么在这儿？"

罗迹压着心疼，望着她的眼睛："不是在切蛋糕吗？"

许沐抿了抿唇："我、我回来取——"

话没有说完，罗迹上前一步抱住了她。他把脸颊埋在她的颈侧，隐藏自己微红的眼角，两人许久没有说话。

过了会儿，罗迹轻声说："我饿了，能给点儿吃的吗？"

许沐一直觉得，无法融入那个家是自己的问题。

她无法忘记爸爸，跟别人像一家人一样相处。

每次她下定决心，尝试改变自己，总会有种无能为力的感觉。

也许别人并没把她当作一家人。

每当这个时候，她就很想罗迹。

她可以在罗迹面前任性、撒娇、做任何事，也不会怕他离开。

他是这个世界上唯一一个不会离开她的人。

他总是这样，在她想他的时候出现在她面前。

罗迹紧紧抱着她，一直都没再说话，许沐也没有动，眼角的泪安静落下，被她悄悄蹭掉。

她从罗迹怀里出来，两只手攥着他腰间的衣料："饿了？"

“嗯。”

“家里只有昨天剩下的龙须面和鸡蛋。”

他低声嗯：“我就跟你吃一样的。”

许沐牵着他上楼。

这是罗迹第一次看到她从小生活过的家。

房子面积不小，很干净，大概因为一直没有人住，所以家具比较旧，没有换过。

许沐把空调打开，遥控器递给他：“你随便找地方坐吧，我去给你煮面。”

她进厨房忙，罗迹环视了一圈客厅，电视旁边那面墙上还挂着几张照片。

有许沐自己的，有夫妻俩的，也有他们一家三口的。

她的爸爸年轻英俊，许沐的眼睛很像他。

许沐那张单人照年龄非常小，扎着两个羊角辫，穿着白色的小裙子，撅着屁股在海边挖沙，白嫩的小脚被沙子埋了一半，她似乎有些不高兴，噘着嘴跟沙子较劲。

那时她看起来像个宠坏了的小公主，跟他刚认识她时很不一样。

锅里的水还没开，许沐从厨房出来，看到罗迹在沙发那边坐，她走过去拉着他的手，站在他两腿间，低着头看他：“你来怎么不提前跟我说一声，我明天就回去了，是有什么事吗？”

罗迹松开她的手，搂着腰把人抱进怀里，许沐不得不坐在他的腿上。他嗯一声：“是有点儿事，待会儿再说。”

他抬手抚摸她的眉眼，想看看这副小小的身躯里到底蕴藏着多大的能量，可以承受那些可怕的流言蜚语。

也许懂事的孩子并不想懂事，只是迫不得已。

谁不想一辈子做被宠的那个。

罗迹扣住许沐的后脑，轻吻她的唇。

他没有深吻，只是单纯触碰她的唇瓣。

虔诚又认真。

许沐的手搭在他的肩上，被他搂得有些热，轻轻推开他：“你怎么了？”

罗迹看着她，满眼温柔：“想你了。”

许沐低头笑了下：“就会哄我，才一天没见。”

“不骗你。”

"嗯。"她很乖地应了一声，"水开了，我去煮面。"

一盒里四枚鸡蛋，昨天吃了一个，还剩三个，她煮了个荷包蛋，又做了个煎蛋，连同半袋榨菜，一碗面，都端上桌。

罗迹过来坐，看着面前几个碗碗碟碟："还挺丰盛。"

许沐坐他对面，递了一双筷子过去："你这么容易满足，两个鸡蛋就打发了。"

罗迹说："有别的，你会做吗？"

"我做的东西你敢吃吗？"

"你敢做我就敢吃。"

许沐低着头笑，不再跟他说话，安静地看他吃完这碗面。

罗迹吃饭一向很快，今天却慢条斯理，也不抬头看她，专注地吃面。

放下筷子后，他扯出一张纸巾擦手，没说话，也没有动。

许沐想起身把碗筷收到厨房，罗迹忽然叫她的名字："小沐。"

许沐无意识地看向他："怎么了？"

"我今天碰到你的邻居了。"

许沐的手停滞在半空，几秒后，她眼神躲闪："哦。"

罗迹看着她："她跟我说了一些事。"

许沐似乎有感应，僵硬在空中的手慢慢收回，坐回椅子上。

罗迹不想假装不知道，他想让许沐知道，无论发生什么事，他都会是站在她身边的那一个，不需要隐瞒，不需要回避。

许沐低着头，不敢看他，她的心跳得厉害。

太突然了。

她没有心理准备，好像忽然被扒光了衣服暴晒在烈日下，不知道要怎么面对他。

她藏在桌下的手紧紧攥着："说了什么？"

罗迹："你家的事，你爸爸的事。"

许沐垂着眼睛，咬着唇，唇瓣微微发抖，她似乎在竭力控制自己的情绪。

罗迹起身走过来，握住她的肩膀，让她站起来，面对自己："为什么不告诉我？"他用拇指轻拭她夺眶而出的眼泪，"一个人扛着，不累吗？"

许沐红着眼睛，一句话都说不出。

罗迹轻搂住她，嘴唇贴着她的耳朵："怕我介意吗？"

过了一会儿，她带着颤音嗯了一声。

他一下一下轻拍她的背，特别心疼："傻不傻。"

许沐趴在他的肩上，小声说："你不介意吗，我爸爸是——"

"别人做的事，不需要你来负责。"

许沐离开一点儿，仰着头跟他对视："可他不是别人，他是我爸爸。"

罗迹双手捧着她的脸，认真地说："小沐，你要清楚，你和你爸爸是两个不同的个体，不只是他，这个世界上任何一个人，他们说什么、做什么，都有他们自己负责，跟你没有关系，你不需要为别人做的事付出代价，也不需要有心理负担，懂吗？"

许沐眼泪汪汪地看了他很久，脸都哭花了："你真的不介意吗？"

罗迹故意皱起眉，捏她的脸蛋："你再问我就生气了。"

许沐忽然踮脚搂住他的脖子，紧紧抱住他，没有一会儿，罗迹就觉得后颈湿了一小片。

他偏头吻她的耳朵："小沐，你说过，我们两个要坦诚相待，我的事从没瞒过你，我也希望你能相信我，给我机会证明给你看，无论发生什么事，我都不会离开你。"

他眼角的红晕更甚："我们能重新在一起，我已经很满足，别的事都不重要，我们都能克服，不是吗？"

许沐收紧手臂，哑着声："嗯。"

两人这样拥抱许久。

罗迹轻拍她的背，安抚她的情绪："下楼走走，好吗？"

"干什么？"

"我来得急，什么都没带。"

许沐从他怀里退出来，像小孩儿一样随便抹了一把眼泪。罗迹看笑了，抽出一张纸巾替她擦："哭得太丑，以后别哭了。"

许沐被他逗笑："你才丑。"

两人把碗收了，一起下楼。

傍晚时分，小区里很多吃过晚饭出来遛弯的人。

许沐眼神躲避，一直低着头。罗迹注意到，伸手搂住她的肩膀："好好走路。"

与相识的叔叔阿姨擦肩而过时，他们热情地打招呼："小沐回来啦？"

罗迹手上用了些力，许沐不得不抬起头，跟他们打招呼。

人走远了，罗迹才低声说："你看，他们对你很友好。大家都懂这个道理，不会把别人的事迁怒到你身上，也许以前有过，但现在已经过去这么多年，只有你自己还陷在过去不出来。"

他站在后面，握住她的肩膀，让她看前方："这里是你从小生活的地方，应该有美好的回忆，只要你愿意走出来，就会看到不一样的东西。"

落在许沐眼中的，是夕阳西下，落日余晖。

干净整洁的小路，偶尔有牵着狗狗的大爷走过。

小时候，她也养过一只小狗，是许清丰送她的生日礼物，邻居阿姨说，小沐最乖了，在外面从来都牵着小狗，不让它乱跑。

许沐的脸上渐渐露出笑容。

罗迹走到她面前，压低身子对上她的眼睛："你看到什么了？"

许沐注视着他："看到你了。"

罗迹笑了，牵住她的手："是不是觉得还挺帅的？"

"嗯，帅。"

"拿得出手吗？"

"拿得出。"

以前罗迹这样问，许沐大多不认真回答，总是说他臭美、自我感觉良好什么的，但今天她特别配合，问什么，说什么，都是他爱听的话。

两人去附近的超市逛了一会儿，买了新的毛巾牙刷、半个西瓜，罗迹又拿了一包内裤和两盒套。

许沐看到了，装没看见，罗迹直接扔车里。

到家时天已经黑了，许沐让罗迹先去洗澡，自己在厨房把西瓜切成块，放在一个买牛奶时赠的大瓷碗里，搁在冰箱里，这样凉得快一些。

罗迹出来后，许沐进去洗，浴室水雾蒙蒙，晾衣竿上搭着他洗过的内裤。

地面很干净，没有沐浴露的泡沫，他出来前应该是擦过一遍，大概怕她滑倒。

平时对自己那么糙的人，也有这样细心的时候。

许沐洗得很快，换了身吊带睡裙，一边擦头发一边出来。罗迹没在客厅，她房间的灯亮着。

许沐走过去，看到他躺在她床上，手里拿着一本已经翻了几页的书。

他身上穿着许沐爸爸的一件衬衣，大小刚好。

看到许沐，罗迹拍拍身侧的床："过来。"

"我吹头发。"

"拿过来，我给你弄。"

许沐走过去，从底下的抽屉拿出吹风机递给他："你会吗？"

罗迹已经插上插头，把她拽到床上："你躺下，冲外面。"

许沐扭着身体转了一个圈，睡裙蹭到大腿上面，罗迹看得心发慌，不轻不重地拍了她的腰一下："快点儿。"

许沐脑袋躺在床沿，头发垂下去，罗迹打开中挡，手指插进发丝，一点点抖开。

许沐很舒服，闭着眼睛笑："迹哥什么都会。"

罗迹没理她，一心只想快点吹完做别的。

吹了一半，许沐问他："你不是说有事告诉我吗？"

吹风机的声音很吵，罗迹说吹完再说。

许沐乖乖闭嘴，眯起眼睛很享受地躺着。

过了一会儿，罗迹把吹风机关掉，拔掉电源放在一边，挪了个位置躺在她身边。

许沐侧着身面对他："什么事？"

罗迹说："我把 FKA 买了。"

许沐愣了愣："你买了？"

"嗯。"他也侧过身，跟她面对面躺着，"我买了自己找团队做，我要让他们看看，FKA 最终能走到什么地步。"

许沐往他身边贴了贴："你一定行的。"

她抬起头："是不是很贵？"

罗迹说："我爸妈的钱，我哥当年都给我了，公司的股份分红我也一直没动过，钱这方面问题不大，只是我可能要回北京了。"

许沐立刻说："我跟你走。"

罗迹摸摸她的脸："你如果喜欢这份工作，可以先不跟我走，再做两个项目磨炼自己，我可以两头跑，等北京那边的工作室稳定了，我再接你回去。"

许沐摇头："我不要，我们回北京吧。罗迹，你忘了我当初也很喜欢北京的，我一点儿都不勉强，真的。"

她像是怕罗迹不信，又说："而且北京那边的广告公司也很多，不比非比差。"

罗迹看了她一会儿，亲了亲她的额头："好，那我们一起走。"

许沐钻进他的怀里。

过了会儿，罗迹忽然说："我的围巾呢？"

"嗯？"

"你不是说送我的围巾在家吗，我想看看。"

许沐舔了舔嘴唇，没有说话。

罗迹低头捏住她的下巴："是不是骗我了，你扔了？"

"没有扔，"许沐赶紧解释，"我带回青城了。"

罗迹愣了下："什么时候？"

"过年那次回来就带走了。"

罗迹嘴角挑了挑，没掩饰自己的好心情："怎么没给我看？"

"怕你骄傲。"

罗迹回忆了一下，搬家那天似乎没见过："在哪儿放着呢？"

许沐说："就在柜子里，那个黑色的袋子里。"

"回去看看。"

许沐的指尖蹭着他的喉结："现在回过头看，那条织得好丑，没有拍广告的那个好，你喜欢的话，我重新送你一条。"

"不要。"罗迹握住她不老实的手，"我就要原来那个。"

他翻身压住她，她的两只手腕都被他固定住："你这床太小了。"

许沐的床比单人床大，比双人床小，是个比较中间的尺寸，她一个人睡正好，多了他，就显得很拥挤。

罗迹轻咬她的颈侧："被子也小。"

那天晚上，他看到许沐买的双人被，特别高兴，当场就想拆了套进去，但许沐不许，说要把两个四件套都用清水洗一下才能用。

他等了两天才睡上那床双人被，在里头不停地折腾。

其实重点不在双人被，床上的事，只要许沐主动，他都喜欢。

第二天早上，两人都没醒。

昨晚折腾得太晚，许沐嚷嚷着腿要断，想把罗迹踹下去，但罗迹不理，他说了，按照以往的经验，你说不要，就是要。

两人裹在许沐的小被子里，都没穿衣服。

睡裙和衬衫堆在床脚，已经发皱，套套的盒子扔在地上。

外面的门锁忽然响了一声。

罗迹睁开眼睛。

他碰了碰许沐，许沐睡眼惺忪："怎么了？"

"有声音。"

许沐仔细听了一下，确实有脚步声。

她下意识地抓紧胸口的被子。

罗迹说："还有谁有这房子的钥匙？"

"我妈。"

全世界我最贪恋你

下

鹿随 ——•—— 著

花山文艺出版社
河北·石家庄

有爱的青春陪伴者

第九章

想跟她结婚

罗迹一下从床上坐起来。

他脑子忽然一片空白，压着声音："衣服呢？我的衣服呢？"

许沐爬到床尾往身上套睡裙，手忙脚乱："你在哪儿换的我爸的衬衣？"

罗迹喉结滚了滚："浴室。"他觉得身上一层冷汗，"我内裤在浴室挂着呢。"

外面赵美云叫了一声："小沐，没起呢？"

许沐房门没锁，她怕赵美云进来，小跑过去挡在门前，一边整理自己乱糟糟的头发一边说："我把衣服给你拿进来，你先别出声。"

罗迹扶额，觉得头疼。

曾经想象了很多次见她妈妈的画面，没有一次是这样狼狈的。

他忽然有些后悔，这次来得着急，随便换了套衣服，早知道应该穿那件更庄重一些的。

赵美云只说了一句话，便没再出声。

许沐把门开了一条小缝，侧身挤出去，看到赵美云在餐桌那边，桌上放了几个袋子，她把里面的东西一样样拿出来，有蛋糕，有用保鲜盒装着的小咸菜。

许沐有些局促："妈。"

赵美云看了眼她身上的睡裙，继续低头整理带来的东西："家里来人了？"

许沐愣了下，下意识地看向门口，罗迹的鞋还在那儿。

她顿了顿："嗯。"

"男朋友。"

"嗯。"

赵美云去厨房洗手："昨天我看你也没吃几口蛋糕，就给你留了一块，还有这几样小菜，你带回青城，能吃几天。"

她看了看时间："我回房拿点儿东西，五分钟后出来。"

说完这话，她转身走回房间。

关门那一刻，许沐说："谢谢妈。"

许沐看了眼闭合的卧室门，溜到洗手间把罗迹的衣服和已经干了的内裤拿回自己的房间。

罗迹边穿边说："怎么办，形象还行吗？"

许沐从没见过他这样紧张，全国比赛都没有过。她笑着说："都堵在房里了，还有什么形象。"

罗迹皱眉："你还笑。"

许沐换了身裙子，看罗迹已经穿好衣服，她抬手理了理他有些凌乱的头发。

罗迹偏头看穿衣镜："还行吗？"

许沐捧住他的脸揉了揉，眼睛笑得眯起来："非常行。"

"我一会儿说什么？"

"你是最佳辩手，话都不会说了。"

罗迹舒了口气："最佳辩手并不知道怎么跟丈母娘说话。"

许沐抬头瞅他："哪儿来的丈母娘。"

"外面呢。"

"脸呢？"

罗迹面不改色："脸是什么，我没有那个东西。"

许沐推他出去："你快点儿吧，别磨蹭了。"

两人出去时，赵美云还没从房间出来。许沐跟罗迹对视一眼，走到赵美云的房间敲了敲门："妈。"

她打开门，看到赵美云坐在床边，床上放着一个老旧的铁盒，赵美云手里拿着一本相册，正翻到有许清丰那页。

听到声音，赵美云抬起头。

许沐看了眼她手里的东西，赵美云放下相册："我找点儿东西，这就来。"

许沐站在门口等她。

赵美云从房间出来，看到站在客厅中间的罗迹。

罗迹两手垂在身侧，笔挺又自然："阿姨好，我是罗迹。"

很帅气的小伙子，个子不错，长得不错，又有礼貌。

赵美云没有见女儿男朋友的经验，一时间也不知道该摆什么范儿，只礼节性地笑了一下："来了。"

她指了指沙发："坐吧。"

她不动，罗迹也不敢坐。

许沐拉着赵美云先坐了，罗迹坐在另一侧，两只手搭在膝间："抱歉阿姨，这次来得仓促，没提前跟您说。"

赵美云："没事，你从哪儿过来？"

"青城。"

"那你是小沐的同事？"

罗迹看了眼许沐："我是她的同学。"

赵美云点点头："家是哪儿的？"

许沐拉了一下赵美云的衣袖："妈，您问这么多干吗？"

赵美云扭头看她："不能问吗？"

罗迹赶紧说："能问。"他示意许沐，让她别说话，"阿姨，我家是岳城的，在北京上大学，来青城实习。"

赵美云仔细打量他一会儿："刚我没太听清，你是叫罗迹？"

"是，阿姨。"

赵美云偏头小声问许沐："你以前那个，是不是也姓'罗'？"

许沐拳头在唇边抵了下："就是他。"

那会儿两人因为这事被找家长，虽然是许沐的爷爷去的学校，但老师也给赵美云打过电话，她对男孩儿了解不多，只知道姓"罗"。

眼前这人就是许沐以前的那个，赵美云很意外。

记得那会儿所有人都在劝两人分手，许沐死撑着不答应，后来大家已经不再提这件事，她倒是分得干脆利落。

赵美云很了解许沐，她有主见，想做什么谁都拦不住，她想分，那一定是处不下去了。

没想到还能复合。

赵美云没有多说什么，拍了拍衣服站起来："你第一次来家里，我给你们做顿饭吧。你们俩在家等着，我去买菜。"

罗迹站起来："阿姨，咱们出去吃吧，应该我请您。"

赵美云没听："就在家吧，你们待着，看会儿电视，我一会儿就回来。"

罗迹说："那我陪您去。"

赵美云没拒绝，走到门口穿鞋。

许沐想跟着："我也去。"

罗迹大手扣她脑袋上，把她按回沙发："我自己去。"

许沐小声说："你行吗？"

罗迹给了个眼神让她放心。

赵美云没去超市，去了附近的菜市场。

罗迹跟在她身边拎东西。这里大多是年岁稍大一点儿的人，罗迹这么高个子，站在人群中特别显眼。

有相熟的老邻居问赵美云身边这帅小伙儿是谁。

赵美云说："小沐的男朋友。"

邻居立刻变得热情起来："是吗？小伙子长得真不错，家是哪儿的？"

好像所有人都喜欢问这个。

终于寒暄完，两人继续往前走。

路过卖鱼的摊位，赵美云问他："喜欢吃鱼吗？"

罗迹赶紧说："我都可以，您做什么我吃什么。"

赵美云微微笑了下，买了条大的。

回去的路上，两人没怎么说话。到楼下时，罗迹忽然开口："阿姨，这次实在失礼，下次我一定提前准备，正式登门拜访。"

赵美云停下脚步。

她转身看他："下次？"

罗迹点头，语气认真："我和小沐不是随便谈着玩，我们是奔着结婚去的，该有的礼数我都懂，您放心。"

赵美云看了他一会儿："你想跟她结婚？"

"是。"

"她知道吗？"

罗迹："我没有正式跟她说过，但她心里一定明白。"

赵美云沉默一会儿，似乎在思考应该怎么说："小沐从小吃了很多苦，受过很多委屈，你知道吧。"

几秒后，罗迹点头："知道。"

赵美云看着他，不知道他具体了解多少，但应该也不是一无所知。

她轻轻叹气："我不是个合格的妈妈，陪在她身边的时间不多，她懂事、从不哭闹，但我知道，她心里是有些怨我的。"

罗迹说："在她心里，您很重要。"

赵美云笑了下："看得出你是个好孩子，你们之前恋爱，分手，现在又在一起，都是你们的事，我不参与，但是以后——"

她停顿一下："你们要真奔着结婚去，就要知道婚姻和恋爱是不一样的，可能会有很多平淡琐碎的事消磨恋爱时的激情，真到那个时候，希望你能好好待她。我对你没有任何其他方面的要求，只希望她以后能过得好，别再受委屈。"

一番话听得罗迹心里难受，他郑重地点头："您放心。"

只这三个字，掷地有声，无须多说。

许沐一个人在家也没闲着，去厨房把饭焖了，又简单收拾了一下客厅和自己的卧室，路过赵美云房间时，看到床上摊着的那个相册。

她走过去，捡起翻看。

他们家很早就有自己的相机，很多赵美云和许沐的照片都是许清丰给拍的，许沐自己也很小就接触相机，大概她爱拍照，就是那个时候激起的兴趣。

相册下面是一些老旧的笔记本，还有不少以前留下的文件资料。

许沐随手翻了翻，忽然从其中一本里掉落一张 A4 纸。

她捡起来，看到一张建筑工人的工资单。

记得这些跟许清丰公司有关的东西，当年来人都搜走了，这应该是遗落的。

许沐眼睛扫了一圈，意外地看到一个认识的名字。

梁信。

喜乐的爸爸。

她回想起他们一起吃饭的时候，喜乐爸爸确实说在工地做过几年。

原来他曾在许清丰的项目里工作过。

也许是重名，但就算真是也不意外，桐州总共就这么大，那些工人基本都是哪里开工去哪里，几个建筑公司都去过也不奇怪。

门口有动静，许沐把东西放回原位，出去看到赵美云在换鞋，罗迹手里满满一兜菜和肉。她走到门口想接罗迹手里的东西，罗迹躲了一下："我来吧。"

赵美云做菜时不喜欢身边有人，让两人去客厅等。

许沐拉着罗迹回自己房间，门一关，她特别紧张地问他："你们说什么了，我妈有没有为难你？"

罗迹笑着摸摸她的头："怕她欺负我？"

许沐拨开他的手："别闹,你们聊什么了?"

罗迹盯着她的眼睛："我说我想跟你结婚。"

许沐愣住："才第一次跟我妈见面你说这个干吗?"说完她抿了抿唇,小心翼翼地问,"那她怎么说的?"

罗迹:"她不同意。"

许沐一下急了:"她为什么不同意?"

"她说我看着不像好人。"

许沐皱眉:"她怎么能这么说。"

她扭头就走,罗迹赶紧拉住她:"上哪儿去?"他忍着笑从后头把人搂进怀里,"我逗你的。"

许沐偏头看他。

罗迹贴着她的脸颊:"她让我好好照顾你。"他亲了亲许沐白嫩的耳垂,"原来你这么怕她不同意。"

许沐气得从他怀里挣出来:"烦不烦人。"

罗迹闷笑着看她跑出房间。

一共就三个人,赵美云做了四菜一汤。

罗迹吃了很多,后来又盛一碗饭,不知是真那么好吃还是故意哄赵美云开心。

赵美云还有事,吃完就走了,许沐和罗迹把她送到楼下。

赵美云回头看了眼罗迹,两人心照不宣,除了道别没再说别的。

回到青城后,罗迹就正式跟公司交涉 FKA 的收购事宜。因为他本身就在跟这个项目,对 FKA 各方面都十分了解,出价合适,还是一次性付款,所以流程很顺利。

但再顺利,制作合同,层层审批也要花费不少时间。

其间许沐和天涯先后提出辞职,因为一直没有签署正式的劳动合同,所以只是跟领导打个招呼,连辞职信都不用写。

广告部的两个部长轮番找许沐谈话,也没能成功挽留。

后来薛明坤找到许沐。

许沐本来也想跟他道别,两人在薛明坤的办公室面对面坐下。

薛明坤说:"怎么突然要走?"

许沐有些抱歉:"我是因为一些私人原因,所以决定去北京发展。"

薛明坤:"是不是遇到什么麻烦了,有需要跟我说,我尽量帮忙。"

许沐摇头:"谢谢薛叔,我没有麻烦。"她没跟别人提过和罗迹的关系,但薛明坤是相对来说比较亲近的人,一直也很照顾她,所以她说了，"其实是因为我男朋友要回北京，所以我跟他一起走。"

"男朋友？"

"嗯，罗迹。"

罗迹买了FKA，薛明坤是知道的。他也是最近才注意到罗迹，大概又是京城哪个有钱人家的少爷出来打工磨炼，不爽了就把项目买下来，出手大方得很。

他笑了笑："既然是跟着男朋友，那我就不劝了。你到那边安顿好来个信儿，我也放心。"

许沐点头："谢谢薛叔。"

一切办妥后，三人整理行装，踏上飞往北京的航班。

登上飞机的那一刻，许沐最后看了一眼青城这片土地。

四年前，她为罗迹来到这里，读书，拼搏，在这里寻找他的影子，也寻找更好的自己。

四年后，她为罗迹离开这里，开始新的生活，新的旅程，她不后悔。

在飞机上，罗迹替她扣好安全带，握住她的手："记得岳城有一棵许愿树吗？"

许沐看向他："记得。"

那时大家都知道，很多人会去系上一个风铃，许下自己的愿望。

他们说好一起去，但后来许沐走了。

罗迹说："我去了。"

许沐望着他："许愿了吗？"

"许了。"

"许了什么？"

罗迹回想那时候，班里同学都挂完了，他最后一个过去，还看到有个同学的风铃掉在地上碎掉了。

他在想会灵验吗？

心诚则灵吧。

他握住许沐的手，一笔一画在上面写下当年的愿望。

——你什么时候回来。

许沐眼角有些湿，掌心攥住他手指："其实，我也挂了一个。"

罗迹目光微动："什么时候？"

许沐低着头："过年的时候。"

"过年你回岳城了？"

"嗯。"

他追问："哪天？"

"你去广州那天。"

罗迹看她许久，伸手把她搂进怀里。

原来在他不知道的那些时间里，她也在一步步走向他，为他们重新在一起努力。

"你许了什么愿？"

许沐学他刚才那样，一笔一画在他掌心写下几个字。

——我想回来了。

飞机抵达北京是下午两点。

罗迹去办手续领灰毛儿，许沐和天涯在大厅转了一圈，找到赵清欢。

她今天有飞行任务，知道许沐要来北京，特地早到一些等许沐。

赵清欢穿着一身空姐制服，精致漂亮，拖着个拉杆箱小跑过来，看到许沐身旁几个大箱子："你们这么多东西啊。"

许沐指了指一旁天涯："一半都是他的。"

天涯杂七杂八的东西多，好多带过来都没用过，原封不动带回北京，比如他那把落了灰的吉他。

天涯贱兮兮地跟赵清欢打招呼："小姨好。"

罗迹叫小姨一本正经，天涯嘴里叫出来总有股相声味儿，赵清欢看许沐："都是你带的，弄得我好像很老一样，以后叫'姐姐'。"

天涯立刻改口："清欢姐姐好。"

赵清欢乐了："你还挺逗。"

她问许沐："怎么着，这次要常驻？"

许沐点头："嗯。"

"住哪儿？"

"不知道。"

赵清欢一脸问号："不知道？"

许沐说："没问他。"

赵清欢"啧啧"两声："你这个样子，以后被人家卖了都不知道。"

许沐一点儿都不觉得这有什么问题："他又不会卖了我。"

赵清欢看了眼四周："你男朋友呢？"

"灰毛儿托运了，他去取，应该快回来了。"许沐看向赵清欢身后，"回来了。"

赵清欢转身，看到拎着宠物航空箱的罗迹，还有他身旁的罗曜。

罗曜坐在轮椅上，他的生活秘书在后面扶着把手。

两人视线对上那一刻，赵清欢脸上欢愉的表情渐渐消失。

她目不转睛地盯着罗曜，但仅仅几秒钟便移开视线。

她转头笑着对许沐说："你安顿好了找我，我得去开会了。"

许沐拉着她的袖口："曜哥来了。"

赵清欢没有接这句话，冲天涯示意一下："走了。"她拖着箱子向后面走去，一次都没有回头。

罗曜一直沉默不语，望着她的背影逐渐变小，直到消失在人群中。

自从那次赵清欢问他，如果当初他没有出事，会不会赴约，他说不会，她便再没找过他。

他们已经很久没见。

赵清欢似乎瘦了，但依旧漂亮。

天涯不知道现场的气氛是什么情况，想跟罗曜打招呼又不敢，只能悄悄站在一旁不说话。

罗迹和许沐对视一眼，打破沉默："我哥从外地出差回来，特意等着没走，送咱们回家。"

许沐走到罗迹身边："曜哥。"

罗曜点了下头："走吧。"

罗曜的车很大，载他们几个没问题。路上，他问："在哪儿住，别墅那边需要打扫一下吗？"

罗迹说："不用，回我那儿。"

罗曜看了罗迹一眼，虽然意外，但没说什么。他跟司机说了个地址，司机应声。

罗迹在北京是有房子的，只是他一次都没住过，这次带着许沐和天涯，又是常住，以后还有其他打算，自然不能去罗曜的地方。

车子开进一个独栋花园洋房小区，在其中一栋前面停下。罗迹几人下车，开后备厢拿行李。

罗曜打开车窗："你这房子能住吗？"

罗迹说："能住，凑合一晚，缺什么明天买。"

罗曜点头："行，有事打电话。"

车开走后，几人把行李折腾进去。

天涯站在门口，看着眼前的景象："老大，你这不是缺什么，你这是什么都没有啊。"

一楼客厅比壹号院那间公寓的客厅还大，空空荡荡，什么都没有。

装修像是开发商精装交房那种，没有太复杂，方便用户改造。

罗迹把门关上，屋里说话都带回音："今晚睡袋凑合一晚，明天去买床。"他指着侧边的楼梯跟天涯说，"二楼房间你随便挑。"

天涯："我以后都住这儿了？"

"那你还想住哪儿？"

"不是，我的意思是，不止今晚，以后我都住你家？那我岂不还是电灯泡，而且白住你房子，不太好吧？"

罗迹说："不白住也行，保姆间租给你。"

天涯摆手："那算了，我还是比较喜欢二楼。"他费劲提着行李上楼，"反正以后你是我老板，我就当公司福利了。"

他絮絮叨叨上楼，拐进走廊，很快没了声音。

罗迹牵着许沐的手："走。"

许沐跟着他上楼："我们住哪儿？"

"现在带你去。"

这房子一共三层，最上面一层比下两层面积小很多，只有一间大卧室，另一边是个露天阳台，站在上面可以看到大半个小区和一条人工河。

罗迹从后面抱住许沐，在她耳边说："我们以后就住这儿，喜欢吗？"

"嗯。"许沐点了下头。房间里什么都没有，她已经想象出哪里摆床，哪里是衣柜，晚上睡觉可以不拉窗帘，直接就能看到天上的星星。

阳台可以种花，还可以摆张桌子，跟朋友们在这里烤肉。

只是想想，就觉得很美好。

许沐转身搂住他的腰："罗老板想好下一步怎么走了吗？"

这个称呼很新鲜，罗迹有些不正经："晚上玩的时候可以再叫一次我听听。"

许沐掐了他的腰一下："你认真点儿。"

罗迹躬身皱眉，很痛苦的样子："谋杀亲夫吗？"

许沐推他："别装，我都没用力。"

罗迹笑着直起身子，不再逗她，牵着她走到阳台，两人靠在棕色的木头栏杆上说话。

"我想把他们都找回来。"

许沐拽着他衣服上的一根带子，在食指卷了几圈："大路他们吗？"

罗迹点头："对，大路、火山和小柔，他们的能力我信得过，而且我们一直一起做，很默契，"他想了一下，"还有一个人。"

"谁？"

"蒋旭。"

许沐侧过身："蒋旭现在在什么公司？"

罗迹把她柔软的手包裹在自己掌心，无意识地捏揉："他对现在的公司不太满意，一直想换，而且我要专注设计开发，对外推广方面没有太多时间，他是专业的，最合适。"

许沐："他愿意吗？"

"晚上吃饭时问问。"

对于工作室的人员配置，罗迹心里有数，人在精不在多，技术好、人品可靠为上，慢一点儿出成绩也没关系。

国内的独立游戏开发大多是相熟的几个朋友合伙做，有时分工不是很明确，需要全能型人才，建模、编程、美术之类，很多人身兼数职，这些部分以后要如何分配，都是罗迹要思考的问题。

他一只手臂搭着栏杆，另一只手把玩她的耳垂："羡鱼大神，有兴趣加入吗？"

许沐也学他的动作，仰起头瞧他："你请得起我吗？"

罗迹偏头笑了下，随后低着头，薄唇贴在她耳边轻轻吹气："出不起钱，还出不起人吗？"他含住她的耳垂，"大神随便提要求，我什么都满足你。"

罗迹这个人，只要他想，分分钟让人脸红，方法都不带重样的。

许沐不想让他得意，偏每次都控制不住。她有些懊恼地推开他："你就会来这套，没有正经的时候。"

罗迹笑得很坏："我对别人都很正经，大概你构造不太一样，我对你正经不起来。"

玩闹过后，许沐认真想了一下："我不想。"

罗迹看着她的眼睛："不想吗？"

许沐点头："不是都说，最好一家两个人不要在同一个地方工作吗，这样万一一边出了什么事，还有另一边顶着，家里不至于垮掉。"

罗迹盯着她看了一会儿，长久地没有说话。

许沐是真的很认真地在规划他们的未来，好的方面，不好的方面，都想到了。

他心里一阵发热，把人搂进怀里，低声说："好，听你的。"

许沐在他怀里笑了下，有些调皮地说："不过我可以做个场外援助，比如设计个 Logo、做个广告、拍个宣传片什么的，你们游戏里某些素材我也可以帮忙做啊，我都会。"

罗迹低笑："行，那你就算编外人员吧。"

"编外有工资吗？"

"工资没有，老板随便用。"

晚上罗迹把蒋旭约出来，许沐也叫了沈瑜，大家一起吃了顿饭。

天涯和沈瑜见面就掐，沈瑜说他阴魂不散，追到北京跟她杠。

罗迹出去打电话，蒋旭拿着酒杯坐到许沐身边，两人已经多年未见，当初许沐和罗迹谈恋爱，蒋旭是最先知道的，还帮了不少忙。

蒋旭支吾半天，还是开口："许沐，这杯酒算我赔罪，跟你道个歉。"

许沐有些疑惑："怎么了？"

蒋旭说起大一那年谣传她有男朋友的事："你要生气，就打我两下，我绝不吭声。"

许沐有一会儿没说话，现在回想从前，如果罗迹那时真的去找她，她不知道自己会不会回头。

也许那个时候她没有现在的勇气。

那时也不知道分开这么多年她依旧没能忘掉他。

当年她以为自己可以的。

所以一切都需要时机，当下的，才是最好的。

没有什么如果。

许沐用自己的饮料碰了碰他的酒杯："都过去了，你不用抱歉，我们现在不是很好嘛。"

蒋旭非常懊悔："可你们毕竟错过了这么多年。"

许沐说："没有这几年，我也不知道他在我心里这么重要。"

蒋旭看了她一会儿，不知道许沐是为了安慰他还是真的这样想。

他干脆连喝三杯："反正是我不对，这顿揍你留着，想打我随时过来让你打。"

许沐被他逗笑，觉得他还跟以前一样，一点儿都没变。

罗迹在外面跟火山通话，他此刻人在外地，忙非比的事。

罗迹今天才知道，原来董事长莫仲良重病入院，火山临危受命，主持大局。

之所以要卖掉FKA，是因为要尽快集中资金收购散股，恐生有变。

罗迹以高于市场的价格买下FKA，相当于变相帮了火山。

莫仲良入院的消息一直对外封锁，火山的声音很疲惫："不管怎样，他终究是我爸。"

再恨他，也不能眼睁睁看着非比倒下。

火山说："小柔一直在北京，我让她去你那儿吧，有你照顾我还放心些。"

罗迹嗯一声："我让小沐联系她，安顿好了通知你。"他停顿一下，"还有你那边，有需要帮忙的地方告诉我。"

他们之间无须多说，火山答应了，两人挂掉电话。

第二天罗迹带许沐去买床和家具，天涯也去了。

几个人挑了一上午，把二楼几个房间和三楼那间卧室里需要的床和其他家具都订了。

一楼除了餐厅用品和一张沙发、一台液晶电视，还空一片很大的区域。

中午吃饭时，罗迹一边在餐巾纸上写字一边跟天涯说："入职的第一项任务，去我说的这地儿把东西配齐，我回来之前要是能全部安装完就最好了。"

天涯接过那张餐巾纸，看到一串电脑机箱和显示器的配置参数，品牌数量，还有一个地址："这么多，放哪儿？"

"哪儿有地儿放哪儿。"

"一楼？"天涯反应过来，"你要把你家改成工作室？"

罗迹就是这个意思。

他想把那栋房子当成基地，不需要再另外找地儿，大家还住在一起，热闹又方便，还省了他们几个租房子的钱。

在北京租房子也是一笔不小的开销。

天涯想象了一下那样的生活，有些兴奋，兴奋后才回过味儿："交给我，你干吗去？"

"我去趟大路家。"

关于大路，其实大家都知道，他很喜欢做游戏，也喜欢玩游戏，回家是迫不得已，他爸妈一直想他能安稳待在家里，一辈子收租提前过养老生活。

后来大路不止一次地在群里牢骚，说现在一眼就能看到五十年后的日子。

想让大路回来，还得先说服他爸妈。

许沐说："你什么时候走？"

"下午。"

"这么着急？"

罗迹点头："越快越好。"

许沐央求他："我也想去。"

罗迹笑了，摸摸她的头："本来就要带你去。"

许沐眼睛亮了："真的吗？"

他点头："大路家山清水秀，是个好地方，听说还有个特别好的观景地，可以看日出，你带着相机，一定有收获。"

天涯非常不满："你俩公费旅游？为啥不带我，我不干。"

罗迹从兜里拿出一张卡递给他："明天床和家具都要到，家里得有人接，待会儿买电脑用这卡里的钱，密码我发你手机里，你责任重大，这活儿我不放心交给别人。"

天涯不吃这套："哪来别人。"

罗迹拿出撒手锏："两顿全聚德。"

天涯清了清嗓子，不吭声。

"三顿。"

天涯："五顿。"

"成交。"

许沐在一旁笑个不停。

吃完饭，天涯先去配电脑，罗迹牵着许沐在三楼户外区闲逛。

他兴致很高，买了两套户外装和鞋，都是情侣款，还有搭配的帽子和袜子。

许沐说："你想爬珠峰啊搞这么全。"

"珠峰这点儿装备哪够。"罗迹停在卖帐篷的区域，目光转了两圈，最终选了一款双人帐篷。

壹号院的那套本来也不是他们的，所以走的时候没有带。

许沐有些兴奋："我们要露营吗？"

罗迹指着那两个颜色："喜欢哪个？"

许沐选了墨绿色。

罗迹让人开票。

等待的过程中，他偏头对许沐说："你不是一直想露营吗，我们到那可以露个营，看个日出，顺便——"

他压低声音："玩一会儿。"

现在七月，罗迹买的户外装太热，暂时穿不了，许沐穿着白色短袖，牛仔短裤，两条腿又白又直，全露在外面。

罗迹的目光在她腿上扫了一圈，舔了舔嘴唇："现在说不带你还来得及吗？"

许沐拧他的腰："来不及了。"

她最了解他哪里敏感，一掐一个准儿。罗迹抖了一下："你这女人怎么动手动脚。"

"那我以后不碰你了。"

罗迹立刻反悔："那不行，该碰的时候还是要碰的。"

本来去大路家需要坐几个小时的火车，再转一趟客车，可现在已经是下午，从火车上下来时天估计也黑了，没客车，又要在当地住一晚，耽误时间，所以罗迹准备直接开车过去。

车到小区门口，转弯时看到天涯。

罗迹把车停下，隔着许沐那边的车窗看他："这么速度。"

天涯瞥了眼后座，一个帐篷收纳袋、一个黑色旅行包，副驾驶坐着女朋友，怎么看怎么像自驾游度蜜月。

他气得牙痒痒："我越来越觉得你们俩就是想出去玩，什么找大路，全是借口。"

罗迹说："全聚德别忘开票，回来按票报销。"

"再见。"

天涯蹦出这两个字，走得头也不回。

罗迹就是懂得怎样一招制敌。

车开上主路，许沐说："天涯怎么那么爱吃烤鸭？"

"他上辈子大概是只鸭子。"

许沐笑："上辈子是小鸭子这辈子应该不吃鸭子，我觉得上辈子鸭子可能得罪他了。"

罗迹单手扶着方向盘，另一只手摁了下车载音乐："那你上辈子可能得罪我了。"

许沐听出他的意思，不想理他，扭头看窗外。

随机的歌曲有些吵，许沐换了首比较慢的。

高速两旁绿树荫荫，天气格外好，有太阳，但被云层遮住，不是很晒。

车里开着空调，有些凉。罗迹把提前准备好塞到侧边的防晒衫拽出来扔给她："盖着腿。"

他说话时没什么表情，也没看她，但许沐就是觉得这会儿他特性感。

许沐一直盯着他看。

罗迹目不斜视，嘴角带着笑："帅吧。"

许沐马上收回目光："好好开车。"

"我在开。"

"那怎么知道我看你?"

罗迹："凭感觉。"

行吧,你了不起。

行至一半的时候,罗迹在一个服务站停下,两人分别去了卫生间,回来的路上许沐买了两瓶冰镇水。

罗迹靠在车旁,接过许沐递过来的水："大概还有两个小时。"

他已经连续开几个小时,许沐说："你累吗?要不换我开一会儿?"

罗迹有些意外:"你会开车?"

许沐点头。

之前在机场,许沐送他回北京,罗迹曾问过她有没有驾照,车可以留给她用,那会儿她只顾着难过,又摇头,也不说话,罗迹以为她不会开车。

罗迹回身把剩下的半瓶水扔进车里:"驾照带了?"

许沐说带了。

罗迹点她脑门儿:"蓄谋已久。"

想了一下,他还是没同意:"高速不好开,你经验不多,还是我来吧,我还可以,不累。"

许沐扯他的衣袖:"我开过高速,以前经常租车去荒郊野外拍东西,路都不好走。"

罗迹看了她一会儿,觉得她好像也不是单纯觉得他累,还有点儿技痒的意思。

他跟她谈条件:"那先说好,觉得不行下个服务点换回来,路上别随便超车换道,高速最低车速多少知不知道。"

"60。"

"最高呢?"

"120。"

行吧。

罗迹把车钥匙递给她,坐上副驾。

事实上,当许沐坐上驾驶位那一刻,罗迹就觉得好像小看她了。

那架势分明是个老司机。

罗迹刚想说话,许沐一脚油门踩出去。

罗迹的手不自觉抓紧安全把手："你稳当点儿。"

许沐不看他："哪里不稳了，刚后面没有车，正好出去。"

十五分钟后，罗迹已经确定之前确实是小看她了。

每当他想提醒许沐什么操作，她总能先他一步出手，且神态轻松，丝毫看不出紧张。

电视里不都是女生吓得嗷嗷叫大喊老公我该怎么办吗？

罗迹还等着在她面前显摆一把。

哪儿来的机会。

两个小时后，车开进小镇街里，在大路说的那个地方停下。

大路早到了，大老远跑过来，一看驾驶位是许沐："大嫂也来了？"

罗迹打开车窗："还有多远？"

大路指着一个方向："十分钟。"

"上车。"

大路打开后门坐上去："规格太高了，大嫂都来了，我怪不好意思的。"

许沐一边打方向盘一边说："这里还挺漂亮的。"

"小县城，能有点儿游客，也不多。"他看向前面罗迹，"怎么我不在这阵子发生这么多事，迹哥成老板了？"

罗迹："说来话长，待会儿再细说吧。"

许沐沿着大路指的方向开了大概十分钟，车子停在一家客栈门口。

几人下车，罗迹抬头看着客栈的门面："这是你家的？"

大路说是。

怪不得大路爸妈想让他回来，原来他们家不止收房租，还开了这么大一间客栈，生意似乎不错。

大路说："这一排房子都是，街里还有几个门市，都租出去了。"

他把两人带进去，问吧台小妹："我妈呢？"

小姑娘说在后院。

大路说："让厨房多做几个菜，炖个鱼，送后院去，我哥们儿来了。"

小姑娘脆生生地答应："好嘞！"

大路回头摆手，让罗迹和许沐跟他上后院。

后院有个二层小楼，大路说他家人和雇的服务员厨师都住这儿。

大路妈妈是个憨厚朴实的中年女人，苦日子过了大半辈子，现在虽然有钱了，也改不掉忙碌的习惯，总是在后厨帮忙。

看到罗迹和许沐，大路妈妈非常高兴，让他们进屋坐，又给切西瓜。

罗迹也把提前准备好的礼物送给她。

知道几个同学许久没见，大路爸妈没跟他们一起吃，把空间留给几人。

菜很快上来，满满的农家院气息，一看就有食欲，他们边吃边聊。

罗迹把这段时间的事简单说了："现在他们都在我那儿。怎么着，你来吗？"

大路抿了口酒："我也想去，但我是真拗不过我妈，你看她一天笑呵呵的，可有主意了，我一说想走，她就头疼腰疼哪儿都疼，我哪走得了。"

许沐说："阿姨年岁大了，希望儿子陪在身边，也正常。"

罗迹用两根手指捏着面前的杯子，缓慢转动："她了解咱们是干什么的吗？"

大路往嘴里塞了块鱼："她哪懂这个，就说我天天玩游戏也不干正经事。"

这也是当下游戏行业的现状。

不管是台前打比赛，还是幕后做游戏，只要跟游戏沾边，就有很多人不理解，觉得不是正经工作，干不长久。

不管怎样，来都来了，还是要争取一下。

几人吃完饭，许沐帮忙把碗收了，罗迹蹲在院子里帮大路妈妈洗菜。

他旁敲侧击提起想让大路回北京的事，大路妈妈也没有不给面子地干脆拒绝，她说得很委婉："其实那小子之前提过，你们一来我就知道你们要干什么。"

她把洗好的菜放进另一个盛着清水的不锈钢盆里："我们平民老百姓，也不图大富大贵，能开这么个客栈就挺好，知足常乐，是不是？

"北京那地方生活压力太大，以后成家生孩子上学都是问题，你别看我们家房子多，小地方的房子不值几个钱，全卖了上北京换个房子，我们都过去住？那生活质量也得下降是不是。"

罗迹没说话，他忽然觉得，大路妈妈的话也挺有道理。

"人这一辈子，活着图个啥，不就图个安安稳稳，一家团聚吗？现在挺好。"她端起菜盆。

罗迹接过去："我来吧，放哪儿？"

大路妈妈说厨房。

罗迹一边往厨房走一边回头看了大路一眼。

一直在后面偷听的大路无奈摊手，看，我就说吧。

傍晚，他们一人一个小板凳坐在院里乘凉。大路说晚上让罗迹和许沐住后院："还有空房，待会儿我给你们收拾一下。"

罗迹看了眼天色，已经快黑了："这附近有能看日出的地方吗？"

大路说有，他指了一个方向："出门右转，都不用开车，走过去就十几分钟，有个上山的路口，你们要看日出？那明早得早点儿起来。"

罗迹说："我带帐篷了，晚上带小沐露营。"

大路干笑两声："那你现在就得过去。"

"为什么？"

"去了就知道了。"

罗迹和许沐把准备好的东西拎着，大路又去厨房装了一兜洗好的水果让他们带着："明早回来吃早饭啊，我等你们一起。"

大路说的那个地方确实不远，山也不高，只是远处没有遮挡物，视野特别好，非常适合拍日出。

两人到了山顶，罗迹才知道大路为什么说要早点儿去。

来这儿露营的人太多了。

平地有限，再晚一点儿帐篷都没地儿搭。

罗迹一下没了兴致，许沐忍不住笑："迹哥还玩吗？"

那人半天没动，许沐拉着他往边上的空地走："快点儿吧，一会儿真没地了。"

她心情倒是没受什么影响，把装着帐篷的袋子打开，自己蹲那儿研究。

罗迹看了一会儿，还是走过去把她推开："我弄吧，笨手笨脚。"

许沐站在一旁，看他几分钟就轻松搭好帐篷，把开口冲向东边。

许沐抱着小毯子铺进去，又把自己的相机和三脚架放进去。

两人忙了一会儿，终于坐下休息。

他们坐在帐篷里，脚伸在外面，罗迹身体微微后仰，两只手臂撑在地上，许沐靠在他身上。

星空很美。

许沐说："会有流星吗？"

罗迹低笑："那你可别眨眼，没准儿什么时候划一颗过去。"

许沐把相机拿出来，支在三脚架上，调好参数，打开延时摄影。

做完这一切，她又挤回罗迹怀里，罗迹伸手接住她："拍星星吗？"

延时摄影下的星空，像一块幕布，有种平移震撼的美。

许沐的脑袋靠在他的肩上："罗迹。"

"嗯。"

"我们第一次露营时，也这样看过星星。"

罗迹抬起头，仰望星空，小时候他妈妈曾说，每一颗星星都代表一个可爱的人，最亮的那颗就是小迹。

后来长大，罗迹发现，每个妈妈都会认为天上最亮的那颗星星是自己的宝宝。

星星有什么不同呢？

只因为妈妈眼里自己的孩子才是最好的。

许沐觉得他有些不对，靠他更近一些："怎么了？"

罗迹低声说："小沐。"

"嗯。"

"过几天，是我爸妈的忌日。"

许沐望着他的眼睛。过了会儿，她伸手搂住他，温声说："你想他们了。"

她柔软的身体紧紧贴着他，试图让他的情绪稍微好一些。

罗迹扣住她的脑袋，下巴贴在她的额头上，看着天上的繁星："其实，我跟我爸妈相处的时间非常少，奶奶不喜欢我妈，也不喜欢我，姥姥怕我在罗家受委屈，很早就把我接到青城生活。

"姥姥一辈子要强，就用那点儿退休金养我，没要罗家一分钱，也不要我妈的钱。她不愿意让奶奶觉得她接我回去是为了钱，怕我妈在罗家说话没底气。

"她自己省吃俭用，什么都给我最好的。"

罗迹搂着许沐，手掌轻抚她的脸："7 月 25 日，那天我考试得了第一名，姥姥给我做鱼吃，做了一半，接到我爸妈出事的电话。

"鱼煳了，我永远忘不了那天。"

罗迹和姥姥赶回岳城时，已经晚了，没有见到爸妈最后一面。

许沐恍惚觉得，似乎在哪里也看到过 7 月 25 日这个日期，但她没有时间想那么多，她半跪着起身，把罗迹搂进自己怀里："都过去了，妈妈在天上看到你现在长得这么好，这么优秀，她会很开心的。"

罗迹搂住她的腰："小沐，人死了还会有意识吗？"

许沐温柔说："也许会。但如果真的有，他们也一定希望最在乎的亲人能过得更好。"

许沐就这样抱着他，直到夜色很深，罗迹有些昏昏欲睡。

没有人见过这样的罗迹。

他只在许沐面前才会放松紧绷的情绪。

许沐把后面的小毯子铺平，让罗迹安稳躺在上面，出去把相机和三脚架收回来。

当她拉上帐篷的拉链，躺在罗迹身边时，终于想起在哪儿见过那个日期。

在青城的疗养院，薛明坤妻子的病历本上，记载着几次转院信息。

其中第一行的事发入院日期，就是那年的 7 月 25 日。

跟罗迹父母出事，是同一天。

早上罗迹醒来时，身边已经没有人。

他撑着手臂坐起来，觉得有些头疼，拉开帐篷的拉链，正对东方，天边隐隐有些红晕。

许沐已经把三脚架安装好，相机调好参数，准备就绪。

昨晚一起露营的人也有不少起来拍日出，齐刷刷站了一排，有用单反，也有用手机的。

早上山顶还有些凉，罗迹把毛巾被披在身上，钻出帐篷，走到许沐身后，把人裹进怀里。

他和毛巾被的温度一起暖着许沐。

许沐知道是他，没有回头，眼睛看着相机屏幕："醒了？"

"嗯。"

清晨的嗓音有些沙哑，他懒懒地将下巴抵在她的肩上："睡得好吗？"

许沐说："不好。"

罗迹歪着脑袋看她："怎么不好？"

"非得搂着睡，热死了。"

罗迹笑了下，吻她的耳朵："不能玩，还不能抱了。"

他昨晚情绪有些低落，一觉醒来已经好很多，两人拥在一起等日出。

天边冒出一点儿橘黄色，边沿清晰，火烧一样夺目，不远处还有别人，大家都在安静拍摄，许沐小声说："快看快看。"

太阳升起的速度很快，罗迹一时不知该看前面还是该看她的屏幕。

许沐学他平时对她那样，伸出手指勾着他的下巴往上一抬："看前面。"

罗迹很顺从地抬起头。

许沐的视线在他脸上停留，没有移开。

现在这样仔细看，他好像确实跟以前有很多不同。

有少年的青春和朝气，也有男人的英气和硬气，这个年龄的男孩儿本就界限不清。

他的好坏，沮丧，冲动，喜悦，欲望，任何一面都愿意给她看。

罗迹眼睛依旧望着东方，太阳已经升起大半："你是来看我，还是来看日出？"

许沐目光没动："日出有相机拍呢。"

罗迹说："想亲我吗？"

没等许沐说话，罗迹便捧住她的脸，偏头亲下去。

这里明明有很多人，可许沐就是觉得好像只有他们两个。

太阳完全升起时，罗迹从许沐的唇上离开，看了她一会儿："小沐，有件事我一直想问你。"

许沐轻声嗯。

"你说过，之前曾想出国，去外面看看，你现在不走，是为了我，还是真不想去了？"

他身上的毛巾被还裹着她，许沐转身趴在他怀里："有一部分原因是为了你。"

罗迹低头看她："一部分？"

许沐被他盯得发毛："一大部分。"

罗迹不纠结到底是一部分还是全部，他揉了揉她的发顶："其实，你想出国也不是不可以，如果有机会，我们可以一起走。"

许沐仰起头看他："一起走？"

"嗯。"罗迹点头，"游戏创作也需要更新换代，需要不断学习新的思路和模式，以后我可能也要出国进修，到时我们一起。"

他的手藏在毛巾被下，不老实地往下蹭，拍了拍她的腰："如果时间不能赶在一起，我也可以给你陪读，白天你上课，我在家给你做饭，秀色可餐，便宜你了。"

听起来好像是很不错。

许沐都有些向往了。

罗迹捏捏她的腰："你觉得怎么样？"

许沐低着头，一根手指戳着他的胸口："有合适的再说。"

罗迹逗弄她的唇瓣："不愿意？"

"非要我说得那么清楚吗？"

"非要。"

许沐无奈："愿意，愿意，行了吧。"

罗迹满意了："没事瞎矜持什么，都把我看光也用过了，还矜持。"

许沐慌忙捂住他的嘴："你小点儿声！"

罗迹拿开她的手："人都散了，谁听。"

许沐看向旁边那侧，不少人已经开始收拾帐篷准备下山。

许沐说："咱们也走吧，大路说等咱们吃饭。"

罗迹收帐篷，许沐整理她的装备。

下山时，许沐问他："罗迹，你还记不记得当初曜哥出事，对方那辆车的情况？"

昨晚睡前许沐想起这件事，觉得实在有些巧合。

同天车祸不奇怪，但她印象中薛明坤的妻子就是在岳城出的事，是后转院回桐州的。

听爸妈两个人聊天时提过，对方两死一伤，薛明坤的妻子是全责，除了必要的赔偿费用，还有妻子这边高额的治疗费用，而且他的妻子已经构成交通肇事罪，如果醒过来，还可能面临牢狱之灾。

那段时间薛明坤愁到整夜睡不着觉，许清丰还主动借给他一笔钱，让他周转。

罗迹的父母，薛明坤的妻子，他们在许沐的脑海里一直是两个世界的人，不可能有交集。

如今想来，也许世界真的很小，可能真的会有这样的巧合。

罗迹有些奇怪："为什么问这个？"

许沐说："你先告诉我，有件事我需要确认一下。"

罗迹拉了她一把，让她避开前方挡路的石头："我不知道，我回去的时候，爸妈已经不在了，我没看到另一方的人，家里乱成一团，也没人告诉我那些。"

"那曜哥呢？"

"他应该知道。"罗迹握住她的肩膀，"到底怎么了？"

许沐把自己的猜测说了。

罗迹觉得有些不可思议，他跟薛明坤的交集很少，怎么都想不到薛明坤可能会是那场事故另一方的家属。

罗迹一手拎着东西，一手牵着她："你怎么知道的？"

"当年他是我爸爸的合作伙伴。"

"怎么没听你提过？"

许沐说："以前你也不知道我爸爸的事，所以我没跟你说。"

罗迹拿出电话："我问问我哥。"

许沐握住他的手臂："太早了，晚一些打吧。"

两人回到客栈，已经有不少早起的游客在一楼吃早餐，大路招手让他们去后院。

早餐已经上桌，一盘煮鸡蛋，一盘小花卷，小咸菜和粥。

大路说："先凑合一下，待会儿我带你们四处转转，中午撸串。"

罗迹看了一眼还在厨房那边忙的大路妈妈，往嘴里塞了半个小花卷，没说话。

一整天，大路带着两人把小镇能逛的地方都逛了个遍，没问他们什么时候走，罗迹也没说。

中午吃串时，罗迹走到一边给罗曜打电话。

电话持续了三分钟，后来那边似乎有事，就挂了。

罗迹回来后坐下，跟许沐对视一眼，点了下头。

许沐表情略带讶异："真的是？"

"我哥现在忙，待会儿细说，但他说了名字，确实是。"

许沐忽然觉得，幸好他们现在已经不在非比工作，不然罗迹见到薛明坤，大概心里也会别扭难受，总想起以前的事。

有种说法叫六度空间理论，说在这个世界上，只要通过六个人，就可以联系到你想认识的任何一个人。

也许很多事其实是一个闭合的圆环，只是我们深陷其中，看不到全局。

傍晚，许沐在客栈门口打电话，有相熟的圈里人知道许沐来了北京，邀请她做一期故宫专题。

大路上前台退房，罗迹一个人搬着小板凳坐在后院的阴凉地方，拿着手机看视频。

大路妈妈就在他旁边，在削一大盆土豆。

视频声音不小，里面一个"小男孩儿"不停在吃前方的道具，手中的武器散发出绚烂的光芒，大 Boss 出现，"小男孩儿"疯狂出击，胜利的音乐欢快响起。

大路妈妈往那边瞟了一眼，罗迹靠过去："阿姨一起看吗？"

大路妈妈看着手机屏幕："怪热闹的。"

"嗯。"罗迹点了重新播放，"一个小游戏的视频。"

大路妈妈也只看了几眼，便继续削土豆，她对这些没什么兴趣。

罗迹说："这是大路做的。"

他妈妈不信："他做的？"

罗迹点头，把手机再次送到她眼前："里面的人、衣服、石头、遁甲，都是大路做的。"

这段视频是大路在学校时的一个小作品，一段独立完成的游戏Demo。

大路妈妈这才认真看了几眼，她指着那个"小男孩儿"说："这会跑会动的东西也是他弄的？"

罗迹说："是。大路很厉害，在我们系排名一直靠前。"

大路妈妈继续削土豆："他还有这个本事。"

罗迹把凳子挪近一些，拿起盆子里的一个土豆把泥搓掉："阿姨，其实您昨天说的我都懂，也理解。

"可大路还年轻，他有能力、有梦想，他跟我们这群人一样，都喜欢游戏，这个游戏不是您理解的玩物丧志，是一种职业，这和任何一种职业都一样，需要技术，需要顶尖的人才，不是随便哪个泡游戏厅的人都能做的。"

他换了一个土豆，这土豆长得奇形怪状，像个葫芦："我自己出来创业，其实很不容易，能信任的人太少了，阿姨，我需要大路，他很优秀，而且我们的人都是相熟的同学，一定好好照顾大路，您可以放心。"

大路妈妈叹了口气："可是——"

罗迹没给她机会拒绝："如果试都不让他试一次，这辈子他一定会后悔，至于您说的安稳，他现在才刚刚大学毕业，您给我们三年时间，如果三年后我们做不出名堂，我亲自把他给您送回来，您看成吗？"

大路妈妈闷头干活，过了会儿："你这个小伙子也太能说了。"

她这个语气，多半有戏。

罗迹说："那阿姨我就当您答应了。以后您和叔叔来北京，吃住行我全包，让大路好好陪您玩几天。"

大路和许沐一人捧着半个西瓜进后院，罗迹站起来走到许沐身边："有纸巾吗？"

许沐兜里有，但没手，侧身冲着他："裤子兜里。"

罗迹用干净的那只手伸进去，把纸巾夹出来。

他们就在旁边的木头圆桌上切西瓜。

大路妈妈还在削土豆，但明显心不在焉，在想事情。

直到土豆全部削完她才站起来，甩了甩手里的水："你跟我进来一下。"

大路不知道什么意思："啥事？"

罗迹把他手里切西瓜的刀接过来："去吧。"

大路一脸狐疑地进了屋。

许沐看向罗迹："怎么了，你跟阿姨说什么了吗？"

罗迹看她手里那块西瓜："甜吗？"

许沐递到他唇边："你尝尝。"

罗迹吃了一口。

"挺甜。"他说，"我们大概明天就能回去了。"

许沐愣了愣："那大路呢？"

罗迹看向那栋二层小楼，半掩的门帘里，大路和他妈妈面对面站着，两人不知在说什么。

几分钟后，大路掀开门帘走出来，面色平淡。

他妈妈随后出来，端起那盆土豆进了厨房。

厨房门一关，大路忽然变脸，极度兴奋地在空中挥了几下拳头，猛地蹦跶几下，无声嘶吼。

许沐看懂了，激动地摇晃罗迹的胳膊："成了？"

罗迹轻笑着摸摸她的脑袋："大概成了。"

大路爸爸一向跟老婆统一战线，老婆同意，他自然没意见。

罗迹和许沐在客栈住了一晚，第二天上午，三人启程回北京。

夫妻俩在客栈门口送儿子，车开走好远还不回去，一直到转角看不到车。

一路上大路都很兴奋，在群里刷屏。

路大爷誓死不烫头：路大爷我又回来了！

拉钩为什么要上吊：你快点儿回来，老子都要累虚脱了。

天涯往群里扔了一张照片，他脖子上挂着一条毛巾，短袖蹭得哪儿哪儿都是灰，大花裤衩，大趿拉板，背景是一堆乱七八糟的桌子，机箱，显示器，插线板，看那样他们再不回去他就要把房子炸了。

大路乐得不行，两人在群里互相攻击。

罗迹看了一眼后视镜，觉得这两天他都没这样笑过。

回到北京后，一切渐渐朝着正轨迈进。

大路和小柔先后搬进那栋房子，蒋旭一百个想来，但辞职需要一些时间，原来的房子也还没到期，所以晚几天过来。

罗迹购置了制作过程中需要的各种正版软件，还有一些琐事，大家都跟着一起忙。

他们非常享受现在的生活，做喜欢的事，跟喜欢的朋友在一起，闲暇之余在楼顶的阳台烤肉撸串喝啤酒。

再没有比现在更惬意的生活。

罗迹从头到尾梳理了一遍 FKA 的核心内容，把之前他不是很满意但因为没有话语权无法做主的地方都做了调整。

整个框架改动很大，但预期呈现的效果会非常好，所以尽管麻烦，大家也都憋着一股劲儿想把它尽快完成。

没有人比他们更想看到 FKA 尽早面世，被玩家喜爱、认可。

这天晚上，罗迹从罗曜那儿回来，一进门，天涯就说："大嫂和小柔不见了。"

罗迹皱眉："什么叫不见了？"

"不在家，打电话两人都不接。"

这些天，小柔心情一直不太好，偶尔会坐在窗边发呆。火山一直没有回来，小柔心里惦记，又觉得自己帮不上忙，很无力。

许沐常常陪她聊天散心，开解宽慰她。

罗迹说："可能在小区里散步，找了吗？"

"找了，没有。"大路说，"什么时候出去的都不知道，天都黑了，不会出什么事儿吧。"

罗迹沉默一会儿："给沈瑜打一个。"

天涯一拍脑袋："我怎么把她忘了。"他拨过去，这次不是没人接，是压根儿不在服务区，没信号。

罗迹心里有数："她们仨肯定在一起。"

他拿出手机先给许沐打了个电话，跟沈瑜一样不在服务区。

他打开定位软件，查看她手机的位置。

之前两人异地，每天都乐此不疲互报行踪，后来罗迹去青城看许沐时，两人干脆添加了彼此手机的位置信息，可以看到对方实时位置。

罗迹放大地图，看到许沐此刻所在的位置。

三里屯酒吧街。

夜场还有半小时开始。

离舞池最远的那张沙发上坐了四个女人。

沈瑜上来就很猛，点了四杯 Tequila Pop："来玩就要爽，你们谁选的位置，离这么远，都看不清 DJ。"

为了哄小柔开心，许沐和沈瑜带小柔出来玩，路上接到赵清欢的电话，所以把她也叫来。

许沐很少来酒吧，上次还是在青城，跟实习生们在一起，那时罗迹拉她跳了一支舞。

现在想想，好像是很久以前的事了。

许沐把单子递给小柔："你看看想吃什么。"

小柔接了，但没有看，她把单子放到桌上："不想吃，就想在人多的地方待一会儿。"

赵清欢说："舞池里人多，一会儿我们也去跳，我好久没好好玩一把了。"

服务生上酒，沈瑜握着酒杯往桌上砸："来来，先走一个，庆祝今天没有那些男人掺和，就咱们几个一起才爽，今天谁都不许耍赖，不喝醉不许回家！"

赵清欢端起酒杯使劲儿跟她碰了一下："对，不要那些臭男人。"

许沐搂了搂小柔的肩膀。

小柔心里明白，他们平时很少来这里，都是想让她开心。她揉了揉自己的脸，让自己尽量显得精神一些："好，今晚我们不醉不归。"

四个女人一人一杯，很快喝光。

Tequila Pop 很烈，许沐有些不习惯，觉得嗓子辣辣的。她抬手叫服务生，要了几样爆米花之类的小零食，吃点东西能舒服一些。

服务生刚转身，沈瑜叫住他："再给我看看单子。"

她眼睛扫了一圈酒单，拿手指从上往下一划拉："这些五颜六色花花绿绿的，一样一杯。"

赵清欢从没见过这么点酒的，有些惊讶："这么多，我们喝得完吗？"

"不多，咱们四个人，一人才两三杯，喝不完的归我。"

赵清欢看向许沐："她酒量有那么大？"

许沐说："没见醉过。"

"……"

零食和酒很快上来。

一张长条桌，从左到右摆了整整一排，红的黄的蓝的绿的，阵势浩大，特别引人注目。

在沈瑜的带动下，另外三个姑娘很快活跃起来，猜拳，玩骰子，输的人喝酒。

那一排酒看着多，不经喝，很快下去一半。

有几个男人注意到她们，想过来搭讪，话还没说两句，就被微醺的沈瑜怼回去："滚滚滚，这里都是已婚妇女，没空跟你们瞎扯。"

赶走那些人，沈瑜歪在沙发上，打了个酒嗝，忽然叹气："你们说，世界上那么多好男人，怎么就没让我碰见一个。"

她指着许沐，又指小柔："你，还有你，在哪儿淘的好男人，能不能给我指条明路？"

赵清欢靠着许沐，两只手攥着歪歪斜斜的杯子，眼中雾气蒙蒙："遇见了又怎样，人家不要你。"她自嘲般笑了笑，"追人两次都失败，我有那么差劲儿吗？"

小柔低着头，将脸埋在膝间，肩膀隐隐抖动。许沐弯腰轻拍她的背："怎么了？"

小柔带着微弱的哭音："我想他了。"

许沐抱住她的肩膀，低声轻哄："不哭，他很快就回来了。"

沈瑜脸都红了："我们这里，最好的就是沐沐了。"她一根一根掰着自己的手指，"长得漂亮、成绩好、性格好、会照相，谈个恋爱还能吃到档次那么高的回头草，回头草对她又好……"

赵清欢："对啊，我又不差，长得也不丑，身材也说得过去，性格也还行，他怎么就不喜欢我呢？"

两人自己说自己的，根本不在一个频道。

气氛不知怎么就忽然低沉起来。

许沐轻拍小柔的背，心里却在想沈瑜的话。

别人眼里，她和罗迹是很好，可只有许沐自己知道，她每天有多害怕。

害怕那颗不定时炸弹，不知什么时候就会突然袭击。

她珍惜每一天安稳平静的生活，奢望这样的日子永远不要结束。

许沐端起面前剩下的半杯鸡尾酒，慢慢全部喝光。

她从没喝过这么多酒，感觉脸也热，手也热。

许沐拿出手机，想看看罗迹有没有找她，发现这里没有信号。

她站起来："我出去打个电话。"

场上音乐忽然炸起，DJ 开始打碟喊口号，舞池灯光暗下来。

夜场开始了。

沈瑜一下精神起来，拉着许沐和小柔，嘴里喊着赵清欢："开始了开始了，走了走了！"

大家跟着拥挤的人群往舞池里走，音乐一转，燃炸全场。

所有人都在摇摆，舞动，狂欢。

这气氛感染了几个姑娘，她们很快跟着大家一起跳起来。

心情郁闷的时候，很需要这样放松发泄一下。

她们今晚似乎都需要发泄。

半支曲子过去，酒吧门口出现几个年轻男人，他们没有找地方坐，也没有在吧台点酒。

他们分散开来，四处寻觅，似乎在找人。

罗迹的手机只能显示大概位置，他们已经找了这附近好几家酒吧，他在散座中穿梭，目光扫过每一处，一张桌子都不落下。

这边没有，他看向沸腾的舞池。

劲歌热舞，也没什么固定动作，很多人都在瞎跳。

有不知道是不是情侣的男女抱在一起跳贴身舞。

罗迹挤进人群，四处搜寻，终于看到那个玩疯了的女人。

她倒是没跟别人跳，身边是小柔和沈瑜，竟然还有赵清欢。

他从没见过这样的许沐，张扬、放纵，不知道是不是为了来酒吧特意打扮，她穿了身黑色的紧身衣、牛仔短裤，白得晃眼的两条腿跟着节奏跳动，勾人魂魄。

罗迹看得冒火，挤过去一把扯住她的胳膊，把人拉出舞池。

迎面碰上天涯和大路，罗迹扔下一句话："在里面，都喝酒了，把她们弄出来。"

罗迹把许沐拉到一处人少的地方，这里声音不那么震耳。

许沐有些站不稳，罗迹搂住她软绵绵的身子，压着火："玩爽了？"

许沐眯着眼睛看了他一会儿，忽然搂住他的脖子亲了他一下。

劲儿不小，都亲出声了。

她身上酒味重，罗迹舔了舔嘴唇，不知道她到底喝了多少："知道我是谁吗你就亲？"

许沐说："帅哥。"

"帅哥多了，你都亲？"

许沐想了下："挨个亲。"

罗迹咬牙："许沐，你欠收拾了是吧。"

许沐踮脚再次搂住他的脖子，软绵绵的身体紧紧贴着他胸口，开口声音更软："你来接我吗？"

罗迹叹气，拿她一点儿办法都没有："不然呢。"

"我还没喝够。"

"喝了多少？"

"记不得了。"

他想把许沐弄到外面去，但她赖在他身上不走："罗迹，你别生我气。"

罗迹轻拍她的背，想让她舒服一些："没生你气。"

他抓着她的手让她离开一些，替她整理头发："你可以玩，但你要告诉我，或者告诉他们，别让我担心。"

许沐将脑袋抵在他胸口上："我害怕。"

罗迹把人整个夹进怀里，不让她往下滑："怕什么？"

"就是怕。"

他笑了笑，以为她说醉话："那你以后乖一点儿，我就保护你。"

许沐仰起头："不乖就不保护了？"

罗迹看了她一会儿："保。"

许沐眼睛一闭，脑袋歪在他肩上。

罗迹把她抱到沙发上，那头三个姑娘都醉醺醺。

他皱眉："到底喝了多少？"

天涯一边摁着乱动的沈瑜一边说："她怎么弄啊，话都说不清楚，谁知道她家在哪儿。"

"先把她带回去吧，醒了再说。"

罗迹让大路看着许沐，一边拨出个电话一边往外走："哥。"

几分钟后他回来，找服务生要了几杯柠檬水给她们喝。

缓了大概二十分钟，赵清欢清醒了一些，但头还是疼，看到罗迹，她知道今晚不能继续了，拎着包站起来："晚了，我回家了。"

罗迹扶了一把摇摇晃晃的赵清欢："等会儿，我找人送你。"

赵清欢摆摆手："不用，我离得不远，自己走。"

罗迹的手机响，他看清来人，没接，跟着赵清欢出去。

酒吧外面，罗曜的车停在路边。

赵清欢开始没有注意，出了门右转，径直往前走。

司机按了两下喇叭，缓慢开到她身边。

罗曜打开后窗，嗓音低沉："上车，送你回家。"

赵清欢看清车里的人，眼睛一点点红了："不用。"

她继续走，车跟在她身边。

罗曜耐着性子，又说一遍："上车。"

赵清欢咬着唇，忽然发作，抓着包狠狠砸了一下窗沿："我说了不用！"

她没有回头，沿着街边走得很快。罗曜没再说话，他的车一直保持在她身后一米远的地方，缓慢行驶。

罗迹站在门口看了一会儿，转身回去。

他的车坐不下那么多人，天涯带着沈瑜另外打车。罗迹把账结了，看到账单上的酒那么一长串，他心里来气，这几个女人胆子也太大了。

他和大路把许沐、小柔弄上车，一路开回家。

天涯到得早，一个人在餐桌那边冲蜂蜜水。

大路说："沈瑜呢？"

"我屋里睡着呢。死女人那么沉，累死老子了。"

大路："禽兽，趁着人家醉酒占便宜。"

天涯说："你滚，我是那种人吗？我睡蒋旭那屋。"

蒋旭虽然人还没来，但东西已经过来一部分。

大路看热闹不嫌事儿大："那你怎么不直接让沈瑜睡蒋旭那儿？"

天涯说他俩又不熟，不太好。

大路"哦"一声："不想让人家睡别人床呗。"

天涯扬起杯子就要砸他："你找揍是不是。"

小柔已被安顿好，睡在自己房间。

罗迹抱着许沐回三楼。

他发誓，再也不让许沐喝酒了，酒量差又禁不住劝，人家喝她也喝，稀里糊涂就亲人，亲错了怎么办？

罗迹把人扔床上，脱了鞋，去浴室洗了条毛巾出来，给她擦脸和手臂。

天很热，她披散着头发跳了半天，脑门儿上都是汗。

许沐哼哼唧唧不老实，扭腰翻了个身，把毛巾压在腿下。

罗迹拍她屁股，用了些力："起来。"

许沐不动，罗迹把毛巾拽出来扔到一边，单膝跪在床沿，俯身摸了摸她的额头："难不难受？"

许沐小声说了句什么。

他没听清，压低身子凑到她唇边："什么？"

许沐皱着眉："你好烦。"

没等罗迹反应，许沐忽然翻过来骑在他身上，将罗迹狠狠推倒："你好烦啊，吵死了。"

罗迹扶住她的腰："你小心点儿，别摔了。"

　　不知是因为喝了酒还是什么，许沐今晚力气特别大，她再次把罗迹推倒，随后下摆一掀，把自己的衣服脱了。

　　许沐把衣服往地上一扔，趴下去强势吻他的唇。

　　太突然了，罗迹有些蒙，不知该束手就擒还是反守为攻。

　　唯一可以确定的是，刚刚他发的誓，已经从再也不让许沐喝酒，改成再也不让许沐在他不在的情况下喝酒。

　　两个人的时候，喝一喝还是可以的。

　　这个许沐太野了。

　　野的他全身着了火一样，却还在克制，想看看她到底还要怎样。

　　罗迹忽然想起他们第一次那晚，她也是喝了酒，主动拽着他的衣领不让走。

　　那一晚的每分每秒，他都记得清清楚楚。

　　罗迹晕乎乎任由许沐摆布，抬手摸到床头的智能触摸屏，将房间里的灯关掉。

　　窗帘没有拉，今晚夜色真好。

　　早上许沐醒来时，罗迹已经不在房间了，她揉了揉脑袋，觉得头疼，腰和腿也疼。

　　昨晚怎么回来的完全没印象，怎么喝个酒喝得浑身疼，像被人打了一顿似的。

　　她撑起手臂坐起来，清醒了一会儿，去浴室冲了个澡，连头发一起洗了，换身衣服下楼。

　　路过二楼时，迎面碰到神色匆匆的火山。

　　火山得到消息，连夜订票赶回来。他面色焦急，来不及跟许沐打招呼，径直走进小柔的房间。

　　小柔还没有醒，淡黄色的毛毯裹着她纤细的身体。

　　她晚上没洗澡，现在房间里还有股酒味。

　　火山轻轻走到床边，压下身子温柔看她，抬手轻触她的脸。

　　他轻唤的她名字。

　　小柔蹙着眉，微微转醒。

　　看到眼前的人，她先是不信，伸手摸他的脸。发现不是梦后，小柔的眼泪瞬间掉下来，脑袋缩进他怀里："屿辰。"

　　火山心疼，紧紧搂着她："对不起。"

　　许沐悄声帮他们把门关上。

　　下楼后，天涯和大路还在吃早餐，罗迹一个人在工作区那边，一边翻阅手上的工具书，一边看电脑上的东西。

　　许沐走到厨房那边倒了一杯水。

　　天涯说："大嫂吃饭。"

　　许沐应了一声："一会儿吃。"

　　大家都很忙，罗迹请了一个阿姨，每天过来做午饭和晚饭，顺便打扫一下客厅。

　　早饭有人吃有人不吃，一般都是自己弄。

　　许沐喝了一杯温水，在餐桌那边拿了一个小花卷，边吃边往工作区走。

　　罗迹专注工作。

　　许沐坐在他身边："吃饭了吗，这么早就开始忙。"

　　罗迹没理她。

　　许沐推他手臂："跟你说话呢。"

　　罗迹合上书，淡淡瞧她一眼："昨晚做了什么，还记得吗？"

第十章

他们的名字

许沐顿了下："做了什么。"

她目光向下，看到他颈侧的一小块红印："你这儿怎么了，过敏了吗？"

她伸出手指摸了摸，仔细看，越看越觉得不对劲。

怎么那么像小草莓。

许沐有些心虚，抬起头看他："我弄的？"

罗迹面无表情："不然呢，你觉得谁还敢在我身上弄这东西。"

"我们昨晚？"

她努力回想，毫无印象。

罗迹扬手做出要打她的动作，咬着牙："你这个人——"

许沐吓得往回缩了缩。

他的手往后移了一些，落在她的腰上，不轻不重地拍了一下："以后我不在，不准喝酒。"

许沐抿了抿唇，小声问："昨晚我们真那个了？"

罗迹扯住衣服下摆，作势要掀开："里头还有，要不要看看你的杰作。"

许沐赶紧伸手压住："不用不用。"

罗迹瞪着她："那么大劲儿，让我怀疑以前柔柔弱弱一推就倒的人是不是你。"他忽然变脸，有些玩味地盯着她，"这才是你的真面目，对吧，以前都跟我装的？"

他回想昨晚，当他受不住准备反攻时，许沐用力压住不让他动，一边咬他唇一边空出手做别的。

她的手又软又小，毫不客气，抓哪儿哪儿跟火烧一样。

许沐脸红，不知道他说的"那么大劲儿"指的什么，大概是一些她清醒时绝不会做出的举动。

她咬着唇站起来，想离开这个是非之地，走了两步忽然想起一件事，转身问他："昨晚我们怎么回来的？清欢呢？沈瑜呢？"

罗迹下巴一扬，示意楼上："沈瑜估计还没醒，你小姨我哥送回家的。"

许沐愣了下："曜哥送的？"

"嗯。"

正说着，沈瑜急匆匆从楼上奔下来："完了完了，迟到了。"

她连脸都没洗，站门口冲许沐摆了摆手："我上班去了，电话联系！"说完便消失在门口。

许沐拿出电话，走到院子里给赵清欢拨过去。

赵清欢似乎也是刚醒，说话软绵绵的，没什么力气。

许沐说："昨晚曜哥送你的吗？"

赵清欢不想提他，转了话题："你不是说沈瑜酒量大吗？怎么比谁晕得都快。"

许沐叹气："以前她也没喝过这么多。"

大概昨晚被她们几个丧丧的情绪影响了。

赵清欢那边有些响动，随后流水声传过来："不跟你说了，我洗个澡，晚上还飞呢。"

两人挂掉电话，许沐转身进屋，看到火山牵着小柔从楼上下来。

火山刚要跟罗迹说话，罗迹示意门口："去吧。"

火山点了下头，把小柔带走。

他在北京陪了小柔两天，第三天把人送回来，说等那边的事结束就把她接走。

小柔说 FKA 还有大概两个月就可以上线，她怎么也要待到那个时候。

罗迹这里人手不多，小柔走了，确实有些麻烦。

接下来的一段日子，大家进入了异常忙碌的状态。

罗迹没有规定上下班时间，完全弹性工作制，但没有一个人懈怠懒惰，效率很高。

可能当一群人拥有一个共同目标时，就会觉得能量加倍，信心也加倍。

FKA 在拿到手时已经接近成熟，修改框架后只差一些收尾的微调和上线前的准备。

蒋旭已经到位，他一来就拿了所有的资料研究推广方案，一些跑外的工作也交给他。

许沐常常半夜醒来，罗迹还没有上楼。

她穿着拖鞋走到二楼的楼梯口看下去，工作区灯火通明，所有人都在敲键盘，低声研究。

罗迹微微弯着腰，手臂撑在大路的工作台前，两人看着电脑在讨论什么东西。

他们似乎遇到些麻烦，罗迹表情严肃。

许沐回房换了件衣服，悄声下楼，走到厨房切了一些刚从冰箱里拿出来冰冰凉的水果，拌了酸奶进去，做成水果捞，分成几份给大家端过去。

这里的人多半爱吃这个，纷纷道谢。

许沐把罗迹那一份放在他旁边的桌上，挽住他的手腕："休息一下吧。"

罗迹跟大路说了两句话，大路说："行，我再试试。"

罗迹牵着许沐的手，另一只手端起盘子，两人走到餐桌那边。

他累的时候眼角的红晕就更深，许沐抬手摸了摸："遇到麻烦了吗？"

罗迹嗯一声："是有点儿问题，不过应该很快能解决。"

他伸手捏捏她的下巴："还不睡？"

"你没回来。"

罗迹看了她一会儿，凑过去轻轻亲了她的唇一下："对不起，最近没有时间陪你。"

他们已经很久没有出去约会过，也很久没有好好聊过天。

罗迹有时把她哄睡后，会下楼继续忙。

许沐摇头："没关系，只是你不要给自己太大压力。"

罗迹看向工作区依旧忙碌的几个人："他们那么信任我，从公司辞职，从老家回来，我不想让他们失望。"

许沐把盘子往他身边推了推："你吃一点儿。"

罗迹用小勺吃了几口。

许沐看了他一会儿："我有件事想听听你的意见。"

罗迹抬起头："什么事？"

不知道为什么，自从许沐来了北京，约她拍摄的人一个接一个，之前拍了故宫专题，对方很满意，又约了冬天时再拍一套雪后的故宫，这样可以把两套作为对比。

中间还有其他人找她，拍798，拍老北京胡同。

她连找工作的时间都没有。

最近一个合作过很多次的圈里人问她愿不愿意一起开一家摄影工作室，那边出钱，她出羡鱼这个招牌。

其实那人以前就有这个想法，只不过他在北京，许沐在青城，两人分隔两地，不太方便。

许沐来了北京后，他心思又开始活跃，正式跟她提出邀请。

许沐一直在考虑，还没有回复。

罗迹想了一下："摄影工作室都做什么，接什么类型的工作？"

许沐说："一部分跟我之前一样，还有一部分是接一些广告公司的单子，拍些视觉类的平面照片或者短片，比如食品广告里特别好看的效果图什么的。"

罗迹一听就懂："意思是广告公司的外包？"

"对，差不多。"她又补充，"他有渠道，好像还会给明星拍一些写真。"

听着倒也不错。

罗迹忽然探身过来："找你合作的人是男的？"

许沐也凑过去，隔着很近的距离看他："你不要犯老毛病。"

两人互相看了一会儿，同时笑了。

罗迹不再逗她，认真地问："你以前有没有想过把摄影作为主业。"

许沐点了下头："想过。"

罗迹说："那就去做。"

他挑出一块草莓喂给她："也许通过这次可以打开羡鱼的知名度，对你以后的发展比较有利，就算试过不行，还可以回来继续工作。"他伸出手指抹掉她嘴角的酸奶，"再不成，还有我呢，饿不着你。"

遇到拿不准的事情时，许沐总是习惯听听他的意见。

不只是因为她信任罗迹，还因为罗迹不像别人，只会说都好，随你之类模棱两可的话。

他会通过自己的分析给许沐指出一条他认为最合适的路。

当然最终决定权还是在许沐。

研究完这件事，时间已经很晚。

罗迹让大家都去休息，一个人走到工作台那边收拾盘子。许沐跟过去："我来吧，你去睡。"

罗迹没让，许沐就跟在他后面，看着他把盘子放进洗碗池里，用水冲干净。

水果和酸奶都比较好洗，罗迹把干净的盘子放回柜子里。

洗了手后，罗迹转身抱住她："许小姐，明天下午有空吗？"

许沐搂住他脖子："干吗？"

"约你看个电影。"

"你有时间吗？"

罗迹亲她鼻尖："时间挤一挤总会有的，我只是觉得，再不表现一下，许小姐都忘了自己在谈恋爱了。"

许沐低着头笑："那我要回去查一下我的档期。"

"查吧。"

说完，他搂着腰轻松把人抱起来，大手托着她的腿，迈上楼梯。

许沐紧张搂着他脖子："放我下来，让人看见。"

"不会，除了小柔，那几个人我了解得很，沾枕头就着。"

罗迹买了下午四点的场，一个爱情片。

他不爱看爱情片，但许沐爱看，反正他去电影院也不是真为了看电影，放什么不重要。

许沐精心打扮一番，穿了一条特别文静的白裙子，微卷的长发披在肩上，肤色又白，整个人看起来特别仙。

罗迹去车库取车，许沐站在院子外面等。

看到许沐时，罗迹的目光明显停顿一下。

她这个样子，像极了他们第一次约会时，那次她也是穿一条白色的裙子。

她真是一点儿都没变，现在说她十八岁，别人也信。

许沐上了车，罗迹帮她把安全带扣上，他故意离她很近，热热的气息笼着她："刚刚不是这身，特意换给我看？"

许沐在家时穿得很随便，舒服为上，很久没这样正式过。

她一本正经地说："不要想太多，只是很久没穿这件，拉出来见见光。"

罗迹偏头笑了下："很漂亮。"

许沐抿唇："还不开车，要迟到了。"

回想起来，两人似乎从没一起去电影院看过电影。

以前课业太忙，没有时间，两人基本在罗迹租的那间房子里约会。

重新在一起到现在也有大半年了，两人要么异地，要么忙这些乱七八糟的事，好不容易闲下来恨不能一天二十四小时窝在房间不出来。

所以他说去看电影，许沐特别期待。

两人准备看完电影再吃饭，但罗迹怕她饿，在旁边的店里买了一些鸡翅汉堡和可乐。

许沐有阵子没吃炸的东西，馋得很，在外面站着就吃起来。

罗迹给她端着纸袋，看她吃得那么香，也有些想吃，偏头把她手里只剩一半的鸡翅叼走。

许沐手里一空，舔了舔嘴唇："我咬过了。"

"不嫌弃你。"

许沐看着他吃完，低头翻找纸袋，拿出一块鸡米花递到他嘴边，罗迹张嘴吃了。

已经开始检票，罗迹从许沐包包侧边的口袋里翻出纸巾，抽出一张撕开两半，一半给她，一半自己用。

不知是这个电影口碑不好还是什么，看的人很少，影厅里只寥寥坐了十几个人。

罗迹拉着许沐走到后排，找了个中间的位置坐了。

许沐摘了包包放在腿上："是不是太远了？"

罗迹目视前方："不远。"

没坐最后一排的角落位置，已经很收敛了。

事实证明，这电影确实不怎么样。

前面已经有人昏昏欲睡，还有对情侣几乎没怎么看屏幕，坐下不久就搂在一起亲。

罗迹看了许沐一眼，她竟然看得津津有味。

这人真是奔着电影来的。

罗迹刚要抱她，许沐忽然趴在他耳边小声说："这男的一看就不怀好意，黑灯瞎火动手动脚。"

罗迹看了前面一眼，剧情正演到女主家里停电，男主趁机亲她。

这两人可真磨叽，明摆着互相喜欢，非要蹭到最后才在一起，吊观众胃口。

罗迹清了清嗓子，压低声音："小沐。"

她没转头，依旧看着前方大屏幕："嗯？"

"你有没有听说过，电影院后面那个小窗口里，有夜视监控。"

许沐扭头："怎么了？"

"在电影院里，最好不要干坏事，工作人员看得一清二楚。"

许沐："所以呢？"

罗迹语气轻松："想不想来点儿刺激的？"

许沐没懂："什么刺激？"

罗迹没有给她反应的时间，忽然凑过来，单手扣住她的后脑，将人拉到自己面前，凶猛吻住她的唇。

他一点儿都不温柔，把她嘴里的青柠味搅得一干二净。

刚刚吃过东西后，她吃了两块口香糖。

他亲得凶，离开得也快："你说他们会不会看到？"

许沐依旧保持刚刚那个姿势，一双眼睛愣愣看着他。

反应过来后，许沐使劲儿推他胸口，低声说："你吓我一跳！"

罗迹亲完便靠回自己的座位，一脸得逞的表情。

黑暗中，许沐用手背碰了碰自己的脸，觉得挺没出息的。

从以前到现在，也不知被他亲过多少次了，比这凶的都有，可他一靠近，她还是忍不住心跳加速。

好像永远没办法对他免疫。

电影结尾有彩蛋，但负责打扫的工作人员已经等不及开了灯，前面的人陆续退场。

罗迹收起空着的可乐瓶子和纸袋："小沐，过几天奶奶生日，我得回一趟岳城。"

许沐背包的手顿住。

罗迹伸手摸摸她的头发："你乖乖在家等我回来。"

他没有提出让她一起回去，不愿勉强她做不愿意做的事。

许沐没有说话，过了会儿，她轻轻点头："要待多久？"

"两天就回。"

三天后，罗迹和罗曜一同回了岳城。

许沐这边也正式答应了合伙人的邀请，开始筹备羡鱼摄影工作室。

其实她要做的事不多，执照和资源之类都是合作人来做，许沐只负责拍摄的部分，倒没有很费心。

这天傍晚，她从合伙人那边回家，进了客厅，工作区那边没人，不知道他们都去哪儿了。

许沐正想上楼，忽然听到餐厅那边隐约有人在说话。

听声音是天涯："跟你说，老大这次回去不只是给老太太过寿，听说他们家老太太还给他安排了一个相亲对象。"

"千万别跟大嫂说。"

相亲对象。

许沐原地站了一会儿，转身上楼。

进了房间，她随手把包扔在一旁的柜子上，懒懒地躺在床上。

她并不担心罗迹，他不会答应奶奶这个安排，说不定还会吵一架，提前回来。

就是有点儿心烦。

她一直担心的事，还是发生了。

罗迹这样的家世，早晚会有这种安排，尤其罗老太太那种家族利益至上、控制欲极强的人。

不止罗迹，也许还有罗曜。

罗曜身体虽不好，可一点儿都不耽误女人喜欢他。

不管对方是出于真心，还是他的背景，如果罗曜愿意，这些年绝不会一直单身。

许沐翻了个身，压到兜里的手机，她拿出来按亮，又熄灭。

罗迹打来电话。

许沐接起来："嗯。"

她这一声懒洋洋软绵绵，听得罗迹心痒痒。他似乎待在一个很安静的地方，一点儿杂音都没有："吃饭了吗？"

许沐侧身躺着，把电话搁在耳朵上："没。"

"怎么还没吃，没到家吗？"

"到了，在房里。"

"不舒服吗？"

许沐小声哼唧："没有，就是有点儿累，躺一会儿。"

罗迹知道她今天去忙摄影工作室的事："那边事情多吗？"

"也不是很多，就是累，什么都不做都累。"

罗迹低笑两声："累了就睡一会儿，让天涯他们给你留些菜。"

"嗯。"

许沐的手指蹭着手机屏幕的边缘："明天我有时间，去接你吗？"

罗迹说："我正要跟你说，我这边还有点儿事，大概要晚一天回去。"

许沐手指顿住，过了一会儿："很重要的事吗？"

"嗯。"那边似乎有人在叫他，罗迹应了一声，随后说，"先挂了，晚上给你打，你乖一点儿，睡醒去吃饭。"

许沐躺在床上，没有动。

她相信罗迹，但还是有些不安，也许他推不掉，不得不赴约，可只要想到那个画面，他跟别的女孩儿坐在一起，就很不舒服。

这一晚，许沐把被子蒙在头上，没有下去吃饭。

罗迹挂掉电话便匆匆跟着罗曜进了一家私人会所。

这家会所基本不对外开放，会员都是岳城有头有脸的人物，罗曜觉得这里安静，偶尔会在这跟朋友见面。

侍者将两人带到提前定好的套间，安排好一切后从外面把门关上。

罗迹在沙发一侧坐得舒适懒散，长腿跷起，低着头摆弄手机，在刷羡鱼的评论区。

偶有不好听的话，他还要怼上两句。

罗曜看他几眼："坐没坐相。"

罗迹没动："这儿又没外人。"

"今天生日宴，看你那副不耐烦没精打采的样子，要来就精神点儿，要么就别来。"

罗迹说："本来也没想来，是你们让我来。"他抬起头，"他什么时候到，迟到十分钟了，罚酒。"

话音刚落，侍者把门打开，从外面进来一个男人。

那人身材高大，面色冷峻，利落的短发，眼神锋利，看着有些凶。左边颈侧与锁骨间露出一小片文身，向后延伸至衣领内，看着就是个不好惹的主儿，跟这会所的气质格格不入。

罗曜示意他过来坐："来了。"

罗迹打了声招呼："烬哥。"

那人走过来，还没坐下，罗迹便忍不住问："我那车到底好了没，我已经推迟一天回去了，再弄不好我不等了，你给我空运回北京。"

余烬坐在对面沙发，随手开了瓶水："你那老古董一身毛病，还要求那么高。"

"要求不高也不找你。"

余烬说："后天带走。"

"成。"

余烬是罗曜多年好友，比罗曜小几岁，在岳城也是有头有脸的人物。

传说中的摩托车改装大神，任何车经他手过一遍，可以直接拿去参赛收藏。

他是最不像富家公子的富家公子。

新区几乎半边房产都姓余，他却一个人在一间小破公寓一住就是四五年。

个性得很。

三人许久未见，聊了几句，余烬忽然提起一件事："听说你奶奶给你安排了一个相亲对象。"

罗迹嗯一声："消息挺灵通。"

"是蒋家的？"

"嗯，她没事瞎操心，我已经推了。"

余烬沉默一会儿："别推。"

罗迹看向他："什么？"

"去说一声，就说你去。"

罗迹看了余烬一会儿，没明白他什么意思。

罗曜听懂了："时间地点告诉他。"

余烬没说话。

罗迹愣了一下，好奇心被勾起来："你跟她？"

印象中，余烬一向独来独往，朋友少，也不怎么跟亲人来往，女人更不用提，正眼看都不看，什么时候发生的事，也没有听他提起过。

对那个蒋家的女孩儿，罗迹不是很了解，只听说她一直在国外，才回来不久，也是个被惯坏的了千金小姐，一块价值连城的红宝石说送人就送人，都不带犹豫的。

看这意思，余烬在追她。

罗迹笑了下："那行吧，看在你辛苦帮我调那辆车的分儿上，帮你这个忙，不过——"他点了点手机上的时间，"后天早上我要拿走，你不要只顾谈恋爱把我的事耽误了。"

那辆摩托车，是他很多年前的那辆。

他曾骑它载着许沐，穿梭在岳城大大小小的街道胡同里，许沐开始胆子小，坐他的车眼睛都不敢睁，他故意吓她，加快速度，这样许沐可以抱他更紧一些。

这车几年没用，大大小小的问题不少，罗迹提前一个月就让岳城这边的人把车送到余烬那儿，让他抽时间帮忙重新检修调试一遍。

许沐看到，一定会高兴。

第二天上午，罗迹去了余烬的车行。

车行规模不大，地上零零碎碎物件不少，罗迹捡好走的地方进到里面，看到余烬躺在一张小破沙发上，两条长腿交叠在一起，脸上盖着一本书。

罗迹把书拿开。

余烬睁开眼睛，两人对视一下，余烬指了指旁边，把书拿回来重新盖在脸上。

罗迹调侃他："看你这副样子，昨天不是很顺利。"

余烬："幸灾乐祸是吧。"

罗迹走到自己那辆车旁边，从头摸到尾，骑上去感受了一下。

他心情不错，看向沙发那头："怎么谢你？"

"让我好好睡一觉。"

小时候罗迹跟着罗曜，早就认识余烬，他们之间不用客套，他把车骑出去绕着周围转了两圈，试了一下车的各种性能，觉得比以前还舒服不少。

他着急赶回北京，进去跟余烬打了个招呼，临走前说："有好消息告诉我。"

余烬脸上还盖着书，冲门口扬了扬手。

罗迹这次没坐飞机，开车回北京，可以直接把摩托车一起带回去。

虽然路上的时间要比飞机长几个小时，但总比托运快。

中午，许沐在家跟大家一起吃饭。

下午她要出去工作，合伙人周乾效率很高，联系到一个新晋小生的团队，为他拍一套写真。

其实许沐开始有些犹豫，她不常给人拍照，大多是山水静物之类。

现在一来就是个小有名气的演员，还是工作室第一单任务，如果拍不好，对以后也有影响。

但周乾觉得她没问题，说那个演员的团队之前就听说过羡鱼，很期待能合作一下，而且演员本身也很随和，应该会很配合。

许沐这才答应。

可她心里还有些紧张，想尽快吃完早点过去准备。

那个演员是最近两年火起来的，演过几部青春剧的男主角，外形很好，很符合年轻女孩儿的审美。

许沐一边吃饭一边思考拍摄方案。

方案已经给那边的团队看过，对方很满意，但许沐觉得还能再好一些。

工作室第一个单子，她想做得尽量完美。

天涯和大路边吃边研究一个技能设定，蒋旭问起罗迹："他是不是今天回来？"

许沐低着头吃饭："嗯。"

"几点到？晚上吃饭等他吗？"

"我也不太清楚。"

罗迹没跟她说航班号，也没说什么时候回来。

天涯说："再有几天就上线了，我怎么这么紧张。"

大路往嘴里扒了一口饭："我也紧张。"

天涯瞅他："你紧张个啥，没见少吃一碗饭。"

"我越紧张吃得越多。"

小柔注意到盘子底下一张纸，上面写着什么大赛："这什么东西？"

蒋旭说："不知道，打印机那头废纸里拿过来垫桌子的。"

小柔把纸抽出来，看到上面一行标题：201×年独立游戏开发者大赛开启网上报名通道。

下面是一些报名流程，规则和截止时间。

小柔抬起头："这是谁打的？"

天涯和大路看了眼："不是我。"

不是他们，那就是罗迹。

大路说："我们要参加开发者大赛吗？"

天涯很笃定地说："不能，咱们这才哪儿到哪儿，工作室刚成立没两天，FKA还没上线呢，火候不够，要参加怎么也得明年吧。"

他指着那张纸上的参赛规则："而且你看，要求独立创作。咱们虽然也参与了FKA的创作，老大也买了版权，但之前还有那么多人也掺和过，算不算独立？感觉不好界定，我觉得老大不会愿意拿一个别人经手过的东西去参加这种比赛。"

天涯说的话有一定道理，许沐看向那张纸，隐约觉得好像在房间里也见过。

罗迹似乎在研究，但没跟他们说。

吃过午饭，许沐带着自己的相机去了约定的地方。

其实她答应做合伙人也才没几天，周乾倒是很速度，马上着手办手续，租工作室。摄影器材还没到，许沐还是用自己的。

办公室也没定下，看起来很不正规的样子。

好在那边对这些细节也不太在意，只冲着羡鱼来。

这也是周乾想尽快定下许沐的原因，太抢手，万一被别人捷足先登就不好了。

约好的地点是一家新中式茶楼，他们包下整个二楼进行拍摄。

许沐到的时候，周乾已经把反光板之类的东西都准备好了。

这个合伙人真的不错，身兼数职，连许沐的助理都一并包揽。

因为工作室目前就两人。

对方还没到，许沐熟悉了一下周围的环境，找了几个合适的背景。周乾再次上线成为替拍，在镜头里按照许沐的要求摆了几个动作。

许沐感受了一下位置和光线，做最后的调整。

等了大约一个半小时，对方到了。

阵势浩大，呼啦啦上楼七八个人，看样子有助理，有保镖，还有经纪团队的人。

其中一个戴着鸭舌帽、黑口罩的年轻男人，应该就是今天的主角。

许沐差不多能认出来，他拍的戏，她也看过一些。

周乾上去寒暄，因为男演员晚上还要去拍戏，所以时间很紧，大家话不多说，开始工作。

趁男演员去换衣服时，经纪团队那边过来一个年轻女人，她一直在微博关注羡鱼，今天第一次见到，热情地跟许沐打招呼，还说很喜欢羡鱼的作品。

许沐忽然觉得，这些当红的艺人经纪团队也没有像网上传言的那样趾高气扬、耍大牌什么的，都很随和。

可能她见得少吧。

男演员需要做妆发、换衣服，大约又等了一个小时才开始。

两人握手，许沐说："一会儿您尽量放松，按照我说的做就好，角度我来找。"

这个男演员果然很好说话，笑着答应："这两小时我归你管。"

他很幽默，旁边的工作人员都笑起来。

许沐心里也放松不少。

开始拍摄后，闲杂人等靠后，场内很安静，只有相机快门的声音。

他们配合得还不错，演员很听话，让怎样就怎样。而且他镜头感很好，有时许沐只看他一眼，他就知道要用怎样的表情面对镜头。

拍到中后期，他换了身衣服，许沐让他坐在窗边那张茶桌旁，身后是一面复古屏风。

他的衣服很适合这个背景，许沐拍了几张，觉得衣服领口可以再高一些，便让男人拉起一点儿。

男人弄了几次，许沐都不满意。她放下相机，走到他身边，抬手将衣领上调，整理到她满意的位置。

就在这时，身后周乾的声音小声响起："您找哪位？"

许沐回过头，看向茶室门口。

门口的人一身黑色风衣，手里握着一副墨镜和车钥匙，风尘仆仆，面色平淡地盯着许沐。

是三天未见的罗迹。

两人目光对视一会儿。

罗迹明显不太高兴，但没说什么，想先随便找个不碍事的地方等她工作完。

本以为许沐会给他点儿眼神暗示，但她直接把头转过去，继续工作。

男演员注意到这个小细节，手指勾了勾，让许沐靠近一点儿。

许沐耳朵凑过去，他用只有两人才能听到的声音说："那是你男朋友吗？"

许沐说："是。"

"他好像不太高兴。"

"不用管他。"

"闹别扭了？"男演员声音低了些，"以我这几年拍戏的经验来看，闹别扭最好的解决方法就是让他吃醋，要不要我帮帮你？"

"不用。"她说，"我男朋友出门自带醋厂，一般都主动酿，不用帮忙。"

许沐觉得好笑，心想这位演员，你看不出他正在吃醋吗？再加码，他怕是要把这里的房顶掀翻。

那演员看她笑了，也跟着笑起来。

在罗迹的角度，两人有说有笑，很熟悉一样。

他看得生气，又不能发火，索性下楼等。

许沐再回头时，门口已经没有人。

她专心继续拍摄。

剩下的部分很顺利，对方还有通告，很快走了，周乾和许沐留下收拾东西。

周乾说："刚那个是你男朋友？"

"嗯。"

"那你先走吧，我自己慢慢弄，反正我也没事，我看他还在楼下呢。"

　　距离他来到现在，已经一个多小时。

　　他倒沉得住气，看那些人走了也没上来找她。

　　许沐说："那我先下去一下，一会儿回来。"

　　周乾让她赶紧去。

　　许沐走到门外，看到罗迹靠在店面右侧的广告牌旁，抱着手臂，眼睛盯着前方的地面。

　　她走过去，在他身边站定："什么时候回来的？"

　　"一小时前。"

　　"没到家吗？"

　　"没有。"

　　罗迹本以为她会主动过来牵他，告诉他刚刚是工作需要，让他不要在意。

　　他不是公私不分的人，只是有些不舒服。

　　她随便哄一哄，就能让他好受很多。

　　没有人知道许沐那双手有多柔软。

　　每次她的小手在他领口动来动去，帮他解扣子时，他都特别享受。

　　距离那么近，他都能闻到她手上那股淡淡的香味。

　　一想到刚刚那一幕，他心里就一阵烦躁。

　　许沐看了他一会儿，忽然说："那个女生漂亮吗？"

　　罗迹没懂："什么女生？"

　　"你不是去相亲了吗？"

　　罗迹皱眉："你听谁说的。"

　　许沐抿了抿唇："所以，你真的去相亲了。"

　　罗迹忽然明白，她刚刚为什么没有理他，直接去工作。如果是平常，怎么也会对他笑一笑。

　　罗迹立刻没了刚才那股气势，走到她身边牵住她的手，低着头看她："生气了？"

　　这会儿，罗迹心里已经在思考怎么收拾天涯，回岳城那天天涯开车送他去机场，他和罗曜在电话里提到过这事，准是被天涯听去了。

　　那个大嘴巴，没一次靠谱。

　　他把人搂进怀里："就怕你这样，才没有告诉你。"他亲了亲她的额头，"我没有去。"

　　罗迹一开口，许沐这两天憋在心里的难受就有些忍不住，眼睛渐渐湿了。

她抬起头看他。

罗迹摸了摸她的脸，又心疼又想笑："这么可怜，什么时候知道的，怎么没早问我？"

许沐看着他的眼睛："你没去吗？"

"我像是那种任人摆布的人吗？"

许沐的额头抵在他胸口上。

罗迹搂着她的腰，把人往自己怀里按："奶奶不知道我有女朋友，等你准备好，我告诉她，她就不会给我安排这种事了。"

最开始许沐不想见奶奶时，他心里是有些失望的。但后来知道她家里的事，他便理解她为什么这样抵触害怕。

大概是怕奶奶知道那些事，对她有意见。

罗迹不愿给她压力，想让她慢慢调整心态。

什么时候她愿意了，再见也不迟。

罗迹有些埋怨的语气："大老远从岳城赶回来，见了面你不亲我，也不抱我，还当着我的面给别的男人整理衣领，白费心思给你准备惊喜了。"

许沐攥着他的风衣口袋，仰起头："什么惊喜？"

罗迹示意她身后。

许沐回头看过去，发现不远处停了一辆摩托车。

看着有些眼熟。

她眼睛渐渐睁大："你那辆？"

罗迹偏头看着她笑，准备了一个月，就为看到她这个表情。

许沐跑到那辆车旁，欢喜的眼神藏不住，她摸了摸座椅："你怎么把它弄来了？"

记得那时每到周末，他都会带她出去玩，岳城的大街小巷几乎都有他们的影子。

罗迹长腿迈上车，单脚撑着地面，拿起前面那顶专门为她准备的女士头盔："许小姐，兜风吗？"

许沐特别兴奋，熟练地戴好，扣上安全扣，搂着他劲瘦的腰迈上车："出发！"

罗迹的摩托车还是余烬教的，技术自然好，许沐紧紧搂着他的腰，感受耳边呼呼的风声，她睁开眼睛，看到飞速倒退的建筑和树木。

忽然想到从前。

在岳城最初那段日子，她状态很不好，新同学，新环境，她封闭自己，不愿跟人接触。

后来有了无话不说的好朋友，也有了罗迹。

不是刻意，但在罗迹面前，她就是能不自觉地打开自己，她压抑许久的任性、坏脾气、娇气，都给了他。

他来者不拒，通通接受。

有时许沐觉得，好像对他有些不公平，但罗迹说，你是我女朋友，不给我给谁？你还有那么多的好，温柔、细心，对我好，你还亲我，抱我，黏着我，我不能只要你的好，不要你的不好，那不是完整的你。

那时许沐觉得，罗迹好厉害，说出的话那么好听，让人心里舒服。

也是从那时开始，她越来越离不开他。

如果当初能预料到现在，她大概会有另一番选择。

可惜没有如果。

中间空白的几年，她愿意尽一切努力弥补他。

罗迹带着她在郊区兜了一大圈，过足了瘾。

两人回到家时，天已经快黑了。许沐从车上下来，摘了头盔，忽然想起一件事："完了。"

罗迹把车停好，钥匙拔下来："怎么了。"

"我忘了，我跟周乾说一会儿就上楼，怎么跟你走了。"

罗迹低笑："有我在，你还能想起别人吗？"

许沐推他的胸口："谦虚点儿。"

罗迹捉住她的手："事实如此，不让说吗？"

许沐拿出手机给周乾打过去，连连道歉。周乾特别大气地说没关系，东西不多好收拾，许沐的相机他也一并收起来了。

许沐叹气，觉得自己幸亏没有生在古代帝王世家，不然准保是个昏君，见了罗迹，连吃饭的家伙都忘到脑后了。

两人进了家门，罗迹先让许沐上楼。

她刚走到二楼拐角处，就听到一楼工作区那边天涯哀号的声音。

大概是罗迹在收拾他。

FKA 之前已经通过封测，现在正在内测阶段，他们发放了少量账号，通过玩家试玩的反馈，修正一些漏洞，做最后的完善。

上线后还要进行一段时间的公测才能进入收费阶段，所以这段时间大家依旧没有松懈，各种调试和修改不断，力求完美。

这天晚饭前，罗迹难得空闲，陪许沐在一楼客厅看电视。

许沐靠在他怀里，盘着腿，腿上放了一小盆草莓，自己吃一颗，喂他一颗。

电视里放着一部民国悬疑片，许沐以前看过，很喜欢里面的男主角。

这一集正播到男主和女主因误会分手，许沐掉了几滴眼泪。

罗迹伸手抹了一把她的脸，特别不理解："你们女生看个电视也这么投入？"

正好一集播完，罗迹换了个台，想给她换换心情。

这次是个青春片，男主角霸道总裁，帅得没边，许沐也不挑，给什么看什么。

罗迹跟着看了几眼，觉得里面那人越来越眼熟。

几分钟后，罗迹终于想起，这人不就是上回许沐拍的那个男演员吗？许沐还给他整理衣领来着。

罗迹看向许沐，那人抱着剩下不多的草莓，眼睛眨也不眨盯着电视，看得津津有味。

他心里莫名拱火，拿起遥控器关了电视。

许沐扭头看他："干吗？"

"不看了。"

"我还看呢。"

"吃饭。"

他往餐厅走了两步，又转身回来，拉起许沐一同过去。

吃饭时，大家随意聊天，说着说着就有些感慨。

大路看着桌上那道红烧刀鱼："这一年年过得真快，去年这时候咱们在青城实习，非比食堂那红烧刀鱼我天天吃。"

天涯偷偷瞥罗迹："可不，我还记得某些人就带那么几件衣服，天天往出折腾，最后一件不剩，还抢我的穿。"

罗迹不知道许沐早已知道这件事，在桌下踢了天涯一下："吃你的饭。"

几人一起笑起来。

罗迹说："大家先吃，一会儿开个会，我说件事。"

天涯喝了口汤："什么事？"

"一会儿再说。"

罗迹很少这样正式地开会，一般都是趁大家都在的时候有事说事。

几人不再玩闹，吃过饭后，大家围坐在客厅的沙发上，罗迹去工作区那边拿了一张纸过来，放在茶几上，往另一侧推了推。

　　大家仔细看了看，发现是上次看到的那张独立游戏开发者大赛的报名表。

　　大路抬起头："咱们要参加吗？"

　　罗迹点头："对。"

　　天涯还是上次的观点："这个我们之前讨论过，咱们虽然有 FKA 的版权，但拿它去比赛合适吗？不是说要完全独立创作的作品，以后会不会有麻烦。"

　　罗迹说："我们有完全独立创作的作品。"

　　众人愣了一下，互相看一眼，不明白他什么意思。

　　过了会儿，天涯忽然反应过来："我去。"他脑袋忽然炸了一下，"你是说——"

　　"对。"

　　众人不解，天涯说："我怎么忘了，迹哥有自己的游戏。"

　　从大二开始，罗迹就已经开始独立创作，他计划设计一款竞速类的游戏，但因为什么都需要他自己来，所以进度很慢。他也不着急，精益求精，这几年一直在不断改进和完善。

　　除了他，这款游戏没人见过，没人玩过，天涯也是一次偶然才知道。

　　它完全符合大赛的要求。

　　罗迹想过，以现阶段的情况来看，FKA 是否能给他们带来名气和回报，还是未知数。

　　如果成绩不符预期，再想用其他游戏出头，太慢。

　　要想让工作室早日崭露头角，参加今年的独立游戏开发者大赛是最好的选择。

　　这个大赛在中国非常权威，历年来获奖的作品后期发展都非常好，而且像他们这种名不见经传的小工作室也需要这样的机会让更多的投资商认识了解他们。

　　说不定会有新的机会和发展模式。

　　所以有时许沐半夜醒来，罗迹还在楼下工作。

　　他想把一切都准备好，确定可以报名才告诉大家，怕大家失望。

　　知道他们有参赛资格，众人都很振奋，几乎瞬间就全票通过。

　　这种机会太难得，错过又要等一年。

　　罗迹的目光扫过大家："但是我们的 FKA 即将公测，参赛作品还需要做最后的准备工作，如果入围，或者获奖，我们就要两边同时进行，可能会很忙，非常忙。"

　　天涯第一个举手："我没问题。"

大路和蒋旭也举手："我也没问题。"

小柔说："我跟屿辰说一下，晚一些时间走。"

她同样珍惜这个机会，想跟大家共同作战。

罗迹跟许沐对视一眼，许沐冲他点了点头——你想做的，我都支持你。

罗迹拿起笔，郑重地在报名表的参加人员名单那一行，写下他们的名字：

罗迹 郑泽天 路城 顾柔 蒋旭

距离报名截止日期还有五天。

这几天，大家分工合作，天涯和大路继续 FKA 公测前的最后准备。

罗迹剪出一支参赛用的视频，准备了相关资料和游戏界面截图。

小柔制作游戏封面，游戏 Logo 由许沐来设计。

许沐笑说自己是编外人员。

她想起刚来北京时，她和罗迹在楼顶的阳台上，罗迹说，编外没工资，但老板随便用。

罗迹似乎也想起这件事，两人目光一碰，心照不宣，谁都不知道他们在笑什么。

报名后，中间有一个月的时间审核，十一月公布入围作品名单，十二月在上海举行颁奖典礼，现场公布获奖名单。

奖项有十几种，最高奖项为最佳游戏大奖，还有最佳美术、最佳音效、最佳设计之类。

罗迹不敢保证一定能拿那个最高奖项，但入围应该是没问题的。

只要入围，就会被圈里人看到，被大众看到，那么离他的目标就不远了。

罗迹不否认，在这方面，他有野心，也很着急。

他刚自立门户不久，正是打基础稳定的时候，在外人面前，他还嫩得很。

可他不想等。

有机会，为什么不用，有实力，为什么要等。

有人几年才熬出头，有人一飞便能冲天。

起点就不一样。

罗迹要做后者。

奶奶说过，这个行业不靠谱，让他回公司，怎么都比外面强。

如果这次他可以崭露头角，有自己的事业，以后许沐嫁给他，回了罗家也不会受委屈，看人脸色。

成功就是有话语权。

他想早点儿把许沐娶回家，如果他在这个家有绝对的话语权，许沐也许就不会有那么多顾虑。

每次想到这些，他身上就有使不完的劲儿，想时间快一点儿，再快一点儿。

他要成功。

FKA 上线半个月后，成绩喜人，玩家评价非常不错，下载量逐日攀升，已经爬上 APP 同类型下载量日榜前二十。

这是非常难得的一个数据。

这天晚上，大家准备小小庆祝一下。

他们提前跟阿姨打了招呼，晚上不用过来做饭，天涯和大路去超市买了不少牛肉和羊肉，还有蘑菇蔬菜什么的，蒋旭提前在网上订购了一整套烧烤装备。

从傍晚开始，所有人都聚集在楼顶阳台，自助烤串。

阳台有张很大的长方形木头桌子，这会儿上面摆满了材料，有切好的肉和肠，洗好的蘑菇和青菜，大家心情特别好，边聊天边串串。

天涯偷懒，串了几个就把东西丢下："太静了，没气氛，我给你们来个伴奏。"

他一溜烟儿跑下去，不到一分钟上楼，怀里抱着他那把落了灰的吉他。

这玩意儿从学校宿舍一路带到青城，又从青城带到这儿。一年了，没见天涯弹过。

他环视一圈，坐在墙边的花坛上，身后是枯萎的枝丫，莫名有种萧瑟感。

他跷起腿，摆出架势："点个什么歌。"

大路说："《简单爱》。"

天涯打了个响指："OK！"他扭头吹了吹吉他上的灰，试着弹了几下。

大路一脸嫌弃："什么玩意儿，你这吉他该调音了吧，要么就是你技术不行，弹棉花似的。"

天涯"嘶"了一声："别吵，闭嘴。"

众人等了一会儿，他终于开始弹。

别说，找到感觉之后，天涯弹得还不错，平时看惯了他不正经，冷不丁来这么一出，还有些不习惯。

许沐已经烤好几串牛肉，拿起一串吹了吹，温度刚好，她跑到栏杆那里递到罗迹嘴边："尝尝，我烤的。"

罗迹这几天就没什么食欲，今晚也是不想扫大家的兴才一起上来。

他勉强低头咬走一块："好吃。"

他状态不好，许沐有些担心，用手背贴了贴他的额头："你是不是生病了？不舒服要告诉我。"

最近这段日子，罗迹没有一天半夜两点前睡觉。

饭量也不多，有时不想吃饭，许沐就把饭菜送到他办公桌前。

罗迹额头有些烫，许沐心里一惊："你发烧了？"

她扭头就走，想下楼拿温度计，罗迹捉住她的胳膊，把人往自己怀里揽了一下。

他没用多少力气，许沐自己往他怀里靠，搂住他的腰："罗迹，你是不是很累？"

他的头低低靠在她的肩上："没事，抱你一会儿就好了。"

许沐特别心疼："你不要这么拼，我们还有很多时间，可以慢慢来。"

罗迹松开一点儿，低着头瞧她一会儿，目光下移，落在她项链上的那枚戒指上。

他用拇指和食指捻动几下，随手将戒指套进食指里一点儿，望着她的眼睛："以后给你换一个，好不好。"

许沐低头看了看："不换，我就要这个。"

他低笑："那再给你买一个，"他握住她的右手，轻轻捏着无名指，"戴在这里。"

许沐微微发愣，抬起头跟他对视。

这样的话，罗迹以前也说过，但不知为什么，今天感觉很不一样。

他好像很认真。

两人互相看了一会儿。

木桌那边忽然有人一声惊呼，打断了吉他的声音。

大路一下从桌边站起来，速度快，力道也大，不小心撞到桌角，疼得他直咬牙。

小柔被他吓了一跳："怎么了？"

大路盯着手机，一脸震惊，暗骂一声："完了。"

在许沐和小柔面前，他们很少说脏话，一定是出了什么事。

大家全部围过去，大路的手机界面显示：新人领取金钻一百个。

一瞬间，所有人鸦雀无声。

片刻后，罗迹率先下楼，其他人紧随其后，蒋旭留在上面把火灭了。

罗迹匆匆走到工作区域那边坐下，打开电脑飞速操作，先进入后台设置回档，再紧急发布通告，临时维护系统，暂停下载及更新软件。

许沐一开始没明白发生什么事，她怕自己碍事，站在最边上，后来才知道，软件出了漏洞。

新账号设定可以一次性免费领取十个金钻，金钻不能提现，可以用来购买价值比十个金钻高的道具和服饰，相当于促销，怎么都是赚的。

而漏洞后可以领取一百个金钻，玩家不需要花一分钱。

一个金钻价值人民币一元，一百个金钻，相当于每个玩家白送一百元。

发现的时候，已经被领走八千多份，价值人民币八十万左右。

幸亏大路及时发现，不然以现在的新用户流量，几个小时就会损失几百上千万。

天涯已经吓出一身冷汗。

这一块是他负责，是他操作失误，导致发放金钻数额出现错误，他站在罗迹身边，脸色发白，还在后怕。

罗迹拍拍他的肩膀："还愣着干吗？"

天涯回神，不敢再想其他，赶紧跑到自己电脑那边进行修复。

出现这样的事，大家都没心情吃饭，紧急开会。

现在已经发了通告，也做了回档，但这金钻如何处置，大家有争议。

大路的意思，八十万对大游戏公司来说九牛一毛，以前出现的运营事故损失上亿的都有，但对他们这个刚刚起步的工作室来说，还是一笔不小的数字。

一般游戏出漏洞必有补偿，有些公司会补偿一些无关痛痒的小道具，以期减少损失和安抚玩家情绪。

大路建议可以效法其他公司，补偿低价位的道具或少量金钻。

天涯一直低着头，没有说话。

其他人也都有自己的想法，大家研究了好一会儿。

罗迹坐在沙发最中间，手臂撑着膝盖，在揉太阳穴。

他那会儿就已经开始发烧，现在已经有些撑不住。

他听了一会儿大家的意见，一直没有表态。

许沐坐在他旁边，看他眼睛都有些睁不开，伸手摸他的额头，比刚才还烫，她实在不放心："能撑住吗？先去医院吧。"

罗迹闭了一会儿眼睛，放下手，终于开口："我的意见，金钻照常发放。"

大家一时静默无言。

蒋旭说："这可是八十万。"

罗迹的嘴唇已经有些干涸："八十万我还亏得起，现在 FKA 刚上线不久，客户群不稳定，还没有培养出游戏惯性，随时可能跑路，经不起折腾，而且——"他点了点桌上刚刚打印出来的数据表，"这一个小时的下载量比同期增长几倍不止，说不定还能赚些口碑。"

这可真是真金白银挣来的口碑。

大路说："那这八十万，我们要多久才能赚回来，你资金链还可以吗？"

"钱的事是我的事，你们不用操心。"

罗迹身体实在撑不住，不能说太多。许沐已经等不及，赶紧送他去了附近医院。

蒋旭开车送他们，大路和天涯留在家里落实罗迹的话。

罗迹到底有多少钱可用，他们不知道。

他们只知道，自从成立这个工作室，电脑设备、正版软件、推广费用，还有他们几个的工资、工作室每个月的日常开销，零零碎碎，钱像流水一样花出去。

现在刚看见点儿曙光，眨眼损失八十万。

放谁身上都堵得慌。

一到医院，罗迹没说两句话就睡过去了。

许沐一开始以为他是晕倒，吓得不行，后来值班医生说他只是疲劳过度，给他开了退烧针和消炎药，还有葡萄糖之类的东西，估计要打到后半夜。

许沐让蒋旭先回去，她一个人留在医院。

罗迹躺在床上，睡着时眉头还蹙着。他左手打着针，许沐坐在他另一侧，握住他右手，趴在床边。

她抬手轻轻帮他把眉头抚平。

回想这段时间，她很自责。

摄影工作室那边的事越来越多，她有时午饭和晚饭都不在家吃，没办法一直照顾罗迹。

他不舒服，从不跟她说，今晚那样难受，为了不扫大家的兴，还要坚持在楼顶吹风。

北京这个季节，外面已经有些凉。

许沐一直没有睡熟，半小时一醒，到了换药的时候也没有叫护士，自己给他换。

凌晨三点，最后一瓶终于打完，她帮罗迹拔了针，把他的手放进被子里。

她坐在椅子上，安静看了他一会儿。

摸了摸他的额头，好像好了一些。

许沐把房间里的灯关掉，也没有去睡旁边那张空床，直接在他床边趴着，就那么睡着了。

清晨，罗迹渐渐转醒。

他已经退烧，整个人清醒很多。

他缓了一会儿，觉得胳膊动不了，他偏头看过去，发现床边有人。

许沐就坐在医院那个简陋的小椅子上，趴在床沿，抱着他一只手，还在睡觉。

罗迹看了她一会儿，慢慢将手抽出来，轻揉她发顶。

她睡得很熟，昨晚大概累坏了。

有护士进来，看到他已经醒了，过来检查他的体温："好多了，不烧了。"

罗迹嗓子还是哑的："谢谢。"

小护士笑着看了眼还在睡着的许沐："你女朋友对你真好，她昨晚一夜都没怎么睡，你打了三瓶药，她一直看着，一步都没离开。"

罗迹转过头，眼神温柔，抚摸她头发的手更轻柔。

许沐醒来时，发现自己躺在床上。

医院的天花板很白，空气中隐约有股淡淡的消毒水味。

昨晚大概在床边趴得太久，脖子和腰都有些不舒服。

她无意识地翻了个身，眼前出现两条随意交叠的腿。

许沐忽然清醒，一下从床上坐起来。

罗迹皱了皱眉："这个毛病什么时候能改，睡醒起床的时候能慢点吗，头不晕吗？"

他坐在床边的椅子上，跷起一条腿，坐姿随意，手里握着手机，似乎在跟人聊天。

许沐探头找鞋："你什么时候醒的？怎么不叫我？"

罗迹弯腰把床底的鞋递给她："睡那么香，叫出起床气怎么办。"

许沐穿好鞋就去扶他："你快回去躺着。"

罗迹执着她的手贴上自己额头："不烧了，你摸摸。"

许沐感受了一下，凉凉的，确实不烧了。

她把人推到床上："那也得好好躺着，医生说今天下午还有一针，打完才能走。"

许沐就站在罗迹腿间，他故意夹紧，箍住她不让动，手也上去，把人搂进怀里，脑袋埋进她腰间："抱一会儿。"

许沐挠痒痒一样拍他一下："快躺好，一会儿来人了。"

"怕什么，我光明正大。"

罗迹身子往后挪了一点儿，把许沐拽上床："陪我躺一会儿。"

许沐扯不过他，只好躺下。

他手臂收紧，把人搂进怀里："饿吗？"

"还好，你饿吗？我去买粥。"

罗迹的下巴在她的脸上蹭了蹭："一会儿吧，现在不想吃。"

他今早没刮胡子，下巴冒出一点儿胡楂，硬硬的，戳得许沐脸痒痒，她在他怀里笑了几声："你这病来得快去得也快，现在这么精神，真该让你看看昨晚你什么样儿。"

"什么样儿？"

"软绵绵的，浑身没劲儿，整个人压在我的肩上，我都扛不动。"

罗迹皱眉，低着头捏她的下巴，让她的视线对着自己："软？没劲儿？"

他手上用了些力气："你知不知道，有些词儿比较敏感，最好不要随便用在男人身上。

"尤其是自己男人。"

他使坏把手伸到她背后，摸到内衣搭扣，作势要解开："我身体好得很，要不要现在证明给你看。"

许沐心里一慌，反手摁住他："你别瞎闹，一会儿进来人。"

"那你去锁门。"

许沐瞪他："罗迹。"

看她一脸认真的样子，罗迹松了手，嘴里哼一声："小胆儿吧。"

许沐翻身想起来，他一把将人拽住，抱着不让动："行了，不逗你了，说真的，我头还有点儿晕，你别乱动。"

"你就编吧，我看你现在好得很。"虽然嘴上这样说，许沐还是没有动，乖乖在他怀里躺了一会儿。

她仰起头看他，罗迹已经闭上眼睛，似乎又想睡觉。

昨晚发生那样的事，他现在跟没事人一样，许沐不知道他是真没事，还是故作轻松，不想让她担心。

"罗迹。"许沐轻轻叫了他一声。

他没睁眼："嗯。"

许沐说："昨晚的事，已经决定那样处理了吗？"

"这种事越早处理越好，昨晚我已经让他们发公告，这会儿大概已经完事了。"

许沐把玩着他衣领的扣子："你跟我说句实话，你现在资金有没有很紧张。"

罗迹低头看了她一会儿，轻轻捏着她的耳垂："怎么，怕我没钱娶你？"

许沐拿开他的手："你正经一点儿，我很认真地在问你。"

罗迹唇边勾着笑："娶你不是正经事吗？"

许沐叹了口气，索性直接一点儿："我的意思是，你如果很紧张，我可以帮你。"

他看着她："怎么帮？"

"这几年，我上学和生活的钱一直用奖学金，摄影赚的钱除了买一台相机，其他都没怎么动过。"

她认真掰着手指算："其实我的摄影作品也拿过不少奖，奖金有时还挺多的，而且现在工作室也开始赚钱了，如果你需要，我可以都给你，怎么也能撑一阵。"

许沐知道，罗迹一直用的都是父母留给他的钱。

公司的股份分红和奶奶的钱，不到万不得已，他不愿意动。

他虽然表面跟奶奶关系已经缓解不少，但依旧置着那口气，不愿轻易低头。

虽然他爸妈留下的钱罗曜一分都没要，全给他了，那也有限，而且当初只买 FKA 版权这一项就花了不少，现在等于是在没有进账的情况下损失八十万，多少对他会有一定的冲击。

罗迹安静地看了她一会儿。

两人面对面躺在枕头上。

他伸出手掌摸摸她的脸，稍显粗糙的拇指在她唇瓣上轻碾："你的意思是，你养我。"

许沐笑了下，眼睛亮亮的："算是吧。"

罗迹心底滚烫，窝心又动容。

他知道，许沐大学后再没花过家里的钱，努力课业，得奖学金，摄影虽是兴趣，可赚的钱却是一个女孩儿独身在外可以挺直腰板的底气。

万一有什么紧急需要，不至于慌乱无措。

她把她的底气，毫无保留地给了他。

罗迹靠过去，轻吻她的唇。

许沐闭上眼睛。

他的舌尖在她唇瓣轻轻描绘，越吻越深，手也不自觉把人扣进自己怀里，用力揉搓，想距离近一些，再近一些。

吻到情浓，许沐克制地拉回一些理智，手掌抵着他胸口上，小声说："还在医院呢。"

罗迹呼吸很重："那回家。"

"不行，医生说你下午才能走。"

罗迹的脸埋在她心口，深深吸了口气，松开一些，两人平躺在狭窄的病床上。

他看着天花板："小沐。"

"嗯。"

"要不要给你看看我的银行卡余额？"

许沐偏头看他："干什么。"

罗迹轻舔下唇："再来几个八十万我都亏得起，所以，"他捏着她软若无骨的手指，"你不要担心，你的钱好好留着，当小金库，什么时候想给我惊喜，偷偷买礼物给我，再用。"

他还能开玩笑，应该不是骗她，许沐心里稍稍放心。

过了会儿，她反应过来："谁要偷偷给你买礼物。"她从床上坐起来，"我去买早餐。"

罗迹拉住她的手："不用，我哥正好在附近的房子住，说让人在家煮好，一会儿送过来。"

许沐回头："曜哥怎么知道？"

"早上跟他说了点儿事。"

门外有人影晃动，罗迹偏头看了眼。

许沐说："我去看看。"

她出去一会儿，不到一分钟回来："天涯来了。"

罗迹说："让他进来吧。"

许沐把门全部打开，让了一下，大概过了十几秒，天涯才走进来。

他还是昨天那身衣服，整个人挺丧的，没什么精神，罗迹让他在床边的椅子上坐。

许沐想把空间留给他们俩，站在门口跟罗迹说："要不我去取一下粥吧，你把曜哥地址发给我。"

罗迹点了头："路上小心。"

"嗯。"

许沐在外面把门关上。

罗迹从床头拿过手机，把罗曜的地址给许沐发过去。

他抬头看天涯："怎么回事你，探望病号连个水果都不带，空着手就来了。"

他故作无事的态度让天涯心里更难受，天涯闷头沉默一会儿："老大——"

"行了。"罗迹说，"小事，别放在心上，以后仔细点儿就好。"

天涯抬起头："八十万，怎么是小事，我多少年也挣不来八十万啊。"

罗迹不满："怎么着，嫌工资少了。"

"不是，哎。"罗迹这样说话，让天涯有话都堵着说不出来，他支吾一会儿，"我寻思，要不我还是——"

"还是什么？"

"要不我还是走吧，我真没脸待下去了。"

罗迹这回是真不满了："你有毛病啊，明知道现在正忙，这时候走，我上哪儿找人去，你是不是成心跟我对着干。"

"不是。"天涯这会儿嘴笨起来，一肚子话说不出口，最后只说了句，"反正我对不起你，也对不起他们。"

罗迹看了天涯一会儿。

他握拳顶了顶天涯的肩头："你想说什么，我很清楚。

"咱们兄弟这么多年，这点儿事儿扛不过去吗？谁都有犯错的时候，我也有，昨天这事儿，要是换在大路和小柔身上，你会怪他们吗？"

天涯没说话。

"现在正在紧要关头，过两天入围名单就出来了，你走了，我怎么办，谁帮我？"他让天涯放宽心，"八十万而已，等以后咱们出了头，一天就赚回来了，你有时间在这儿丧，不如回家重新查一遍，还有没有别的疏漏。"

"查过了。"天涯说，"昨晚就查了。"

罗迹扫了一眼他的黑眼圈："一夜没睡？"

"睡了一会儿。"天涯顿了顿，"大路跟小柔一起帮我弄的。"

罗迹嘴角扬了扬："你看，他们也没有怪你，就你自己在这儿瞎想，赶紧回去给我干活。"

天涯站起来，往外走两步，想了下还是觉得不对，他回过头："那八十万咋办，要不你从我工资里扣吧，或者我出去找个兼职什么的，能赚点儿是点儿。"

罗迹一个枕头砸过去："再说以后不请阿姨了，就让你做饭。"

天涯被赶出房间，两分钟不到又回来，这次只把门开了条缝儿，没进来。

罗迹揉了揉脑门儿："又干吗？"

"老大。"天涯说，"给我个将功补过的机会吧。"

罗迹看向他："怎么补？"

"你不用管，我去办，成了再告诉你。"说完他就把门关上，一溜烟儿跑了。

罗迹在床头靠了一会儿，拿起枕边的手机，给罗曜发了一条信息。

Penta Kill：刚跟你说的事先缓一缓吧。

LY：怎么？

Penta Kill：他要想办法，就让他先试试，要不他心理负担也大。

隔了一会儿。

LY：行。

Penta Kill：对了，小沐去你那儿了，拿粥。

LY：知道了。

许沐按照罗迹给的地址，顺利找到罗曜的房子。

高档小区，电梯直接入户。进门后，有个年逾五十的中年男人在门口迎接许沐。

他看起来很有修养，又礼貌，头发有些花白，将许沐指引到客厅里。

罗曜靠在沙发上，手旁有个可移动的小茶桌，桌上放了一杯茶，一本书。

许沐走过去："曜哥。"

罗曜点了下头："坐吧。"他看向许沐身后，"季叔，把厨房的粥拿出来吧。"

季叔听了，转身走去厨房。

罗曜看向许沐："照顾我生活的季叔。"

许沐轻轻地嗯了一声，她目光向下，看到罗曜的手上握着一串手链。

是赵清欢的那条。

罗曜似乎注意到许沐的视线，若无其事地将手链藏入掌中："小迹怎么样了？"

许沐回神："好多了，下午再打一针巩固一下，就可以回家了。"

"嗯。"罗曜将手链放进兜里，"昨晚辛苦你了。"

许沐抿了抿唇："曜哥，不用跟我这么客气。"

罗曜笑了笑："也对，早晚是一家人。"

许沐忽然发现，罗曜笑起来很好看，她在罗迹那里看过罗曜以前的照片，他个子很高，篮球打得特别好，眉眼间满是贵气与自信。

现在他大多时候很严肃，大概只有这样才能震慑到商界的对手和一些不怀好意的人。

毕竟罗家除了他，就只有一个年逾古稀的奶奶和一个不管事的弟弟。

罗曜说："他们的入围名单什么时候公布？"

许沐没想到他还关注这些："快了，再有几天就出来了。"

"等以后去上海，让他带你一起去。上海还不错，如果没去过，可以玩两天。"

许沐："你对他这么有信心？"

"我了解他。"

季叔把装着粥的保温盒拿过来，罗曜伸出手："我看看。"

季叔递过去："南瓜小米粥，养胃，小迹最近饮食不好，我这几天换样做，给他送过去。"

罗曜检查过，把盖子盖好："嗯，劳烦您。"

季叔把保温盒拿走装袋，许沐看着对面的男人，越来越觉得有些看不透他。

罗曜没有抬头，却知道她在看他："有什么想问的吗？"

许沐说："你对罗迹真好。"

罗曜笑了下："你是想说，我跟他异母所生，还对他这样好。"

许沐淡淡笑了下，没有说话。

这其实是她一直有些想不通的事。

罗曜年少时众星捧月，那样骄傲，是罗家鼎力培养的继承人，前程无限，风光无限。

一朝出事，他成了残废，再也站不起来，奶奶又说让他退居二线，把公司交给罗迹。

谁能受得了。

可罗曜什么都没说，这些年心甘情愿给罗迹铺路，罗迹提出的要求他都尽力满足，宠着罗迹，护着罗迹，做罗迹和奶奶之间的调和剂。就连父亲死后留下的一大笔钱，他也一分没要，全给了弟弟。

这不是常人能做到的，同父同母的亲生兄弟都不见得能做到。

放在别人身上，或许还会演变成兄弟相残、争夺家产之类的狗血剧情。

罗曜看着窗外的天空，语气淡然："其实，人和人和相处，要讲缘分。有缘的人，不是亲人，胜似亲人，无缘的人，就算血脉相连，也隔着一层心。

"我和小迹虽然不是同一个妈妈，但自小感情就好，被送到青城前，他就喜欢跟着我，什么都学我，我打篮球，他也要学，我骑摩托，他也要骑，那时他太小，不能骑摩托，我说等你长大，我教你。"

罗曜停顿一下，似乎想起一些往事："后来我出事，他被接回来，我不能教他骑摩托车，就让哥们儿教他，我再也不能骑摩托，他可以替我骑。

"出事那天……"

他指尖攥紧扶手："那一瞬间，他妈妈死死将我护在身下，如果不是她，我早就飞出车外，摔死了。

"没有小迹的妈妈，就没有现在的我，所以，我什么都愿意给他。"

罗曜看向许沐："哪怕是我这条命。"

第十一章

那些年的往事

回医院的路上，许沐一直在想这件事。

从来都不知道，当年那场事故，还有这样的隐情。

罗迹很少提到他的母亲，许沐只知道她是个非常温柔善良的人，说话都不会大声。

她和罗迹父亲的感情也非常好。

太可惜了。

许沐忽然觉得，能在一起的时候，一定要珍惜，明天和意外，谁都不知道哪个先来。

回到医院，罗迹站在窗边打电话。

许沐把保温盒里的粥倒进碗里，用小勺搅拌一下。

粥刚刚做好就被放进保温盒，现在还是烫的，她放在小桌上晾了一会儿。

罗迹食指轻点窗沿，沉默听对方的时候多，偶尔说两句，似乎是跟大赛的事有关。

许沐没有打扰他，坐在床边翻看微博。

现在除了她的个人账号，周乾又弄了个单独的工作室账号，挂上邮箱，像模像样。

她拍过的一些照片专门发在那边。

周乾不缺钱，什么都要最好的，工作室租在北京最繁华的地方，摄影装备也比许沐的高级，又招了两个刚毕业的大学生做一些杂事，现在已经初具规模。

罗迹挂了电话，看了一眼床边的许沐。

她虽然没看他，但似乎一直在关注窗口那边，听到他打完电话，立刻端起桌上的粥："过来，现在温度正好。"

罗迹走过去，拉了一下椅子坐在她对面："一起吃。"

"你先吃，那儿还有呢。"

罗迹把粥接过来，几口吃完一碗。

许沐："你慢点儿。"

他说："垫垫肚子，回家吃别的，嘴里没味儿。"

"你现在就应该吃清淡的。"

罗迹重新盛了一碗给她："我没事了。"

许沐接过来："天涯说什么了？"

罗迹把天涯那点儿别别扭扭的小心思说了："他想做什么就去做吧，能有点儿效果更好，他心里会舒服些。"

"嗯。"

两人一直在医院待到下午，罗迹打完针才回家。

不得不说，他身体素质是好，那晚病得跟什么似的，两三天就恢复如初，但许沐还是不敢让他太累，每天晚上十一点就下楼揪他回房间睡觉。

有时罗迹会逗她："着急了？"

许沐就掐他的腰，说他不要脸。

罗迹那地方最敏感，一掐就受不住。

天涯这几天行踪诡秘，常常躲在房间打电话，有时晚饭也不回家吃，大家怕他还惦记之前那件事，都默契地不提，没事人一样跟他聊天，工作。

这天罗迹难得空闲，去接许沐下班，本来已经说好一起在外面吃饭，再看场电影，但许沐临时加了个工作，暂时走不了。

他没上楼，就站在楼下跟她通电话。

许沐有些抱歉："我好像还要两个小时，要不你先回家，我待会儿自己回。"

罗迹握着电话，扫了眼对面商场："你忙吧，我在附近转转，完事给我打电话。"

许沐说："找暖和的地方，别在外面。"

"知道了。"

罗迹依稀记得对面商场顶层有室内篮球馆，他以前在那边玩过两次。

他从天桥过到马路对面，再走几百米就是商场大门。

忽然发现一家珠宝品牌店，透明的落地玻璃里展示的样品璀璨夺目。

那么大一颗钻石镶在戒托上。

旁边还有一些广告语，永恒、唯一什么的。

罗迹看了一会儿，推门进店。

这种店铺的店员都很会看人，罗迹穿得不花哨，很低调，但随便拎出来一件都能抵人半个月工资，他很快受到热情款待。

柜台前两三排钻戒，罗迹看了半天，觉得都长得差不多。

店员拿出几款给他看，介绍每一款的克数大小、设计理念和价格。

罗迹似乎都不太感兴趣。

他时间不多："不好意思，还有更好的吗？特别的，贵一点儿没关系，求婚用。"

对面小姐姐预感自己遇到了大主顾，立刻笑得跟朵花一样："有，您跟我来。"

她把罗迹带到二楼一个单独摆放的专柜旁，戴着白手套，拿出小钥匙打开抽屉，从里面小心托出一款钻戒。

罗迹几乎一眼就相中。

有人觉得钻石越大越好，但在真正买得起的人眼中却不这样，有些暴发户的感觉。

大小适中，设计特别的最好。

这款戒指像是量身为许沐定做的一样。

它的主设计是一条小鱼。

鱼身围成指环的形状，头的部位是一颗主钻，尾巴两颗碎钻，整体看起来青春灵动，不拘泥于传统钻戒的款式。

店员还在介绍："这款钻戒是国外——"

罗迹问："能刻字吗？"

店员顿了顿："能。"

"今天能刻吗？"

"能。"

"多少钱。"

店员说了一个数字。

罗迹说："开票吧，刻字麻烦快一些，我还要去打球。"

店员从没见过这么买戒指的，这么贵，都不带犹豫一下的，她准备了一肚子的情怀理念，设计师都得过什么奖，什么全球限量，还没来得及说。

量大小时，罗迹让店员拿了几个指环过来，挨个在自己手上试，最后指着其中一个："这个。"

接下来的半小时，开票，刻字，包装。

罗迹拿着戒指盒从店里出来的时候，抬头望了望天。

天很蓝。

今天看到这家店之前，他没想过要买戒指。

以前他觉得这种事很神圣，一定要提前定好时间，多看几家店，多选几个款式，他还想过找人去国外订购。

可有时决定一件事只需要几秒钟。

从天桥上下来那一刻，他还在想待会儿是带她吃火锅还是蟹煲。

路过那家店，他忽然想去看看。

看到喜欢的，就买了。

所以有些事别想太复杂，决定了就去做，准备越久越麻烦。

这个季节，室内篮球场人不少，罗迹把大衣脱掉锁进衣柜，一个人玩了一会儿。

后来场地不够，几个小男生过来问能不能拼场子一起玩，罗迹欣然应允。

他已经有阵子没打球，但上手依旧厉害，没有一会儿已经一对三，几个小男生一起堵他。

罗迹的篮球是罗曜教的。

那么点小孩儿球都抱不过来，像模像样拍球运球，使劲儿一投，篮球架一半的高度都不到。

那会儿他背着比他还重的大书包站在球场看罗曜打球。

后来变成许沐抱着他们俩的书包站在场外看他打球。

那时许沐一来他就爱耍酷，玩花样，每次进球看到许沐为他尖叫，他都特别得意。

在罗迹又进了个球后，他无意间瞥向门口，看到许沐不知什么时候过来，溜边坐着，没有叫他。

两人目光交汇，同时笑起来。

罗迹口型说："等我一会儿。"

许沐点头，示意不着急，等他打完。

他们这边人数已经增加到六人，三对三，本来罗迹就很强，许沐过来后，他更变本加厉，让也不让了，接连进球，想快点儿结束好撤退。

中间休息时，几人凑一起喝水，其中一个男生指了指许沐的方向："那儿有美女。"

男生们不约而同地看过去，立刻有人说："挺好看，是我的菜。"

"哪个学校的，没见过。"

几人说了半天，怂恿其中一个去要电话："别尿，我们做你的后盾。"

另一个说："算了吧，我赌五百根辣条，他不敢。"

几人小声叽叽咕咕，把罗迹晾在一边。

罗迹挑眉看了他们一会儿，觉得这帮小孩儿眼光还不错。

他轻咳一声："打赌啊，我最喜欢打赌了。"

几人同时看向他。

罗迹示意许沐："你们信不信，十秒内，我让她主动亲我。"

几个人同时"喊"了一声："你做梦还能更快。"

罗迹低头笑了一下："这样，我今儿没带钱，我过去，她要是亲了，这场算你们请我。"

说许沐是他的菜那个男生立刻说："没问题。"

罗迹把手里的球丢到旁边人手中，转身向许沐走过去。

许沐正低头看手机，没有注意，看到罗迹时他已经半蹲到她面前。

罗迹说："先别笑。"

许沐蒙蒙的："啊？"

"亲我一下。"

"什么意思？"

罗迹指了指自己的唇："亲我一下，亲完告诉你。"

许沐虽然不知道他要干吗，还是乖乖亲了他一下。

不远处几人目瞪口呆，张大了嘴，眼睁睁地看着罗迹把人牵走。

其中一人说："什么情况？"

同伴拍了他脑袋一下："这还看不出来，这一看就是男女朋友，"他揉了把脸，"这人丢大发了。"

罗迹去更衣室把衣服取回来穿上，又到门口把那个场子的账结了，还多给了两小时的钱。

逗逗他们挺开心，总不能让小孩儿付钱。

他心情挺好，一直紧紧牵着许沐的手。许沐觉得奇怪："你怎么了，刚刚是什么意思？"

罗迹捏着她的下巴又使劲儿亲了一口："没什么意思，就是想亲你了。"

许沐觉得他这两天心情都很好，大概也是因为昨天收到了作品入围的邮件通知。

罗迹的游戏同时入围三个奖项。

最佳设计、最佳新星。

还有最高的那个——最佳游戏大奖。

当之无愧的黑马。

这一晚，两人一起在外面吃了顿饭，回家时已经九点多。

工作区那边只有大路，听声音在打游戏，小柔在厨房热牛奶，看到许沐，她招了招手："要喝吗，给你热一杯。"

许沐脱掉外套随手扔到沙发上："还有吗？早上我看只剩一点儿了。"

"我新买的。"小柔又拿出个杯子，把刚热好的牛奶给许沐倒了一杯。

罗迹看了一眼厨房那边，转身上二楼，去了天涯房间。

天涯正在洗澡，听到外面的动静："谁啊？"

"我。"

罗迹把藏了一路的戒指盒从里怀兜里拿出来，扫了一圈他的房间。

天涯只穿一条大花裤衩就出来了，一边用毛巾擦头发一边看罗迹："怎么了？"

罗迹扬了扬手："这东西帮我藏几天。"

天涯接过盒子打开看，发现是枚钻戒，他愣了愣："什么意思，你要求婚啊？"

罗迹说："碰到合适的就先买了，先在你这儿放着吧，以后找到机会再说。"

天涯仔细观赏了一会儿这枚戒指，"啧啧"两声："这得挺贵吧。"他抬起头，"你也太有正事儿了，毕业半年，事业老婆全搞定。"

罗迹走到窗边，斜斜靠着窗沿，心想早吗？

他还觉得晚了，应该一毕业就娶她。

"成不成还不一定。"

天涯说："怎么还不一定了，你俩好得跟一个人似的，她还能不答应啊。"

罗迹没说话。

许沐家那些事别人不知道，许沐的顾虑也没人知道，没法儿解释。

天涯把毛巾扔桌上："跟你说，求婚这事说难也难，说简单也简单，好好筹划一下，精心设计，求到点子上，女生一感动，肯定答应。"

罗迹看向他："仔细说说。"

天涯一屁股坐上窗台，盘着腿跟个大仙儿似的："女生嘛，都有点儿虚荣心，你阵仗弄大一点儿，隆重一点儿，终生难忘一点儿，让所有人都知道你爱她，想娶她，铆足劲儿把大嫂感动得热泪盈眶，她脑子一热，这事儿就成了。"

罗迹摩挲着手里的戒指盒："阵仗大一点儿。"

"对。"天涯说，"你看新闻上总说，哪个商场大厅一堆气球，电影院包场，不都是这个意思。"

罗迹否决："太俗。"

天涯转了转眼睛："眼前就有个不俗的。"

罗迹抬起头："什么？"

天涯说："十天后，上海，颁奖典礼。"

"那么大场面，还有网络直播，你当众求婚，那不止全场，到时所有看直播的人，她的亲人、你的亲人，全能看到，还有比这更有诚意的吗？"

当众求婚。

直到躺在床上时，罗迹还在想天涯的话。

确实阵仗大，确实隆重，也确实终生难忘。

但不适合他和许沐。

他们两个在某些方面很像，虽然本身很优秀，人群中常常成为焦点，但结婚是两个人的事，他更愿意在一个相对私密的环境下，只有他们两个人，说温情的话，做温情的事。

许沐应该会喜欢这种。

而且在那种场合求婚，总给人一种被绑架、被压迫的感觉，她如果答应，到底是因为不想他丢脸，还是真心想答应？

这件事不可行。

别的倒是可以安排一下。

罗迹眯着眼睛，脑子里想这些乱七八糟的事。

许沐从浴室出来，淡黄色的浴巾在胸口围了一圈，下面只到大腿。

她去衣柜那边找睡衣，罗迹趴在床上，脑袋偏到这一侧，看着她的背影。

也是奇怪，这浴巾扯了多少次了，还是看不够。

每次都觉得很有新鲜感。

许沐一直不太习惯在他面前换衣服，她觉得被他脱掉是一回事，换衣服是另一回事。

她也从不在洗澡的时候开着门。

有时保持一点儿距离感和神秘感也不错，老夫老妻摸一下像摸自己，那感觉很不好。

许沐有时会想，等她和罗迹老了，变成老头儿老太太，他会不会还像现在这样，哪个老头儿多看她一眼，就生气，就酿醋。

他生气，觉得好幼稚，不生气，好像也不太舒服。

换好睡衣，许沐发现床上的罗迹一动不动地盯着她。

她扣上最后一颗纽扣："看什么？"

罗迹说："第二个抽屉左边有个小盒子，麻烦帮我拿过来。"

许沐依言走到五斗柜那边，拉开第二个抽屉，看到左侧那两盒套。

她扭头瞪罗迹，罗迹闷笑着将头埋进枕头里，被子掉落一小截儿。

许沐拿出一盒扬手砸在他身上，迈上床骑在他的腰上，掐他的脖子："罗迹，你是不是一天到晚脑子里只有这件事？"

罗迹又笑两声，反手钳制住她，翻身把人拉到眼前："我一天到晚脑子里只有你，"他停顿一下，"和这件事。"

说完他扬手掀开被子将两人一同裹进去，许沐的声音从里面传出来，闷闷的："流氓，我刚洗过澡！"

第二天早上，大家一起吃早饭。

他们的早餐很简单，有时是粥和小花卷，有时是牛奶和面包。

桌上很安静，只有小柔腿上的火火喵喵叫。

她把火火放在地上，让它去猫窝那边跟灰毛儿玩。

这两只跟去年刚来的时候比大了不少，也胖了不少，灰毛儿脑袋顶上那撮毛的颜色都淡了。

蒋旭一边吃一边翻着 APP 排行榜，他管这摊事儿，每天关注下载量和排行。

他忽然"咦"了一声。

大路看过去："怎么了？"

蒋旭说："怎么忽然爬上去这么多，都前十了。"

罗迹接过手机看了一眼，下载量相比昨天确实激增不少，再看评分，也是五分居多。

他看了一眼天涯，天涯闷头吃饭，却挡不住眉宇间那股得意劲儿。

罗迹心下有数，把手机还给蒋旭："说吧，搞什么鬼了。"

大家顺着他的目光看向天涯，那人一副深藏身与名的样子："略施小计，不值一提。"

大路催他："到底怎么回事？"

天涯一口喝光碗里的粥，把手机拿出来翻到一个界面，往桌中间一推。

罗迹拿起看了一眼，手指往下划拉几下，表情有了细微的变化，嘴角挑了挑："你还有这门路。"

天涯说："高中同学。"

大家挤过去一起看，才知道怎么回事。

天涯有个同学现在从事自媒体相关行业，认识不少粉丝几百上千万的博主，他花了点儿钱，让同学从中牵线，挑了几个跟游戏相关度比较高的博主，写了篇稿子让他们发出去。

内容围绕 FKA 这次小小的运营事件，把罗迹猛夸一通，什么游戏行业一颗冉冉升起的新星，处理及时得当，为玩家着想，没让玩家损失一分一毫，事故后没有回收金币，该有的新人福利照旧。中间夹带私货，植入了 FKA 这款游戏的相关内容。

几篇稿子一发，马上在小范围内引起玩家注意，玩家们对这款游戏的好感度直线上升。

再加上 FKA 确实不错，游戏体验很好，口口相传，下载量和关注度激增是很正常的事。

天涯说："这才刚开始，还有下轮呢，稿子怎么写我都想好了。"他指尖在空中一个字一个字点，"独立游戏开发者大赛惊现黑马，迹世界脱颖而出，一举摘下含最佳游戏大奖在内的三项大奖！"

他说得太有感染力，大家听得有些飘飘然。

蒋旭仔细品了品："我怎么觉得你要呛行？"

天涯面露歉意："我这不是给逼的吗？让大家赔了那么多钱，怎么也得想想办法，不然哪还有脸在这儿待下去。"

正说着，许沐从楼上匆匆下来，罗迹叫住她："没吃饭呢，去哪儿？"

许沐面色焦急："我要去下医院。"

罗迹立刻放下筷子，起身走过去："怎么了？"

许沐说："喜乐来北京了。"

她刚刚接到梁信的电话，才知道喜乐要做心脏手术，他已经带着喜乐在北京待了三天，可医院一直没有床位，他实在没办法，只好给许沐打电话，想问问她有没有认识的人。

罗迹听了立刻说："我跟你一起去。"他拿了手机和车钥匙，带着许沐直奔医院。

路上，罗迹给罗曜打电话说了这事。罗曜问哪个医院，拿到医院名字便挂断，几分钟后回来，让罗迹到那儿直接找孟院长。

两人赶到医院，在一楼大厅的等候区看到梁信和喜乐。

父女俩坐在最旁边的两个位置上，喜乐手里一串糖葫芦，已经吃了两颗。

看到许沐，喜乐直接从椅子上跳下来，奔过去扑进她怀里。

喜乐比上次见时长高了一些，头发也长了，大概因为梁信技术不好，小辫扎得歪歪扭扭。

她眨着眼睛说："姐姐你怎么一直不来看我？"

许沐想起上次回桐州，那时她心里惦记罗迹是否能在非比留下，想尽快回青城，没有去看喜乐。

后面就来了北京，更没机会回去。

她摸了摸喜乐的脑袋："姐姐不是说让你来北京，带你玩吗？这次正好，姐姐好好带你玩一玩。"

喜乐小腰挺得溜直："可是爸爸说，我生病了，不能到处玩。"

许沐站起来，看向梁信："怎么这么突然？"

梁信无奈地笑了笑："不突然，先天带的心脏病，医生说最好六岁前做手术，我一直拖，现在眼看超了，不来不行了。"

许沐问："是钱不够吗？"

梁信赶紧摆手："够，现在够了。"

他说："桐州那边的医院说这手术北京这家最好，我就来了，可都三天了，别说手术，连床位都没有。"

他们说话时，罗迹一直在旁边打电话，这会儿他看向许沐："咱们去找孟院长。"

许沐点了下头，跟梁信介绍罗迹："这是我男朋友。"

又介绍梁信。

知道是罗迹把拐走喜乐那帮人捉住的，梁信特别感激："你们两个都是我们家的大恩人。"

罗迹不习惯别人这样："您别这么说，应该做的。"

孟院长亲自给喜乐安排了床位，说这是其他人已经预订好的，过两天就来住，让喜乐先在这儿，这几天有床位再调。

梁信千恩万谢，又谢许沐和罗迹。

把人安顿好后，两人从医院出来，许沐的情绪一直不太好。

罗迹捏捏她的耳朵，随后牵住她的手："怎么了？"

许沐低着头，他掌心的温度暖着她冰凉的指尖："我爸爸就是因为心脏病去世的。"

罗迹微怔，看了她一会儿，随后把人搂进怀里："没事，都过去了。"

他轻拍她的背："喜乐跟叔叔不一样，孟院长说这种手术他们医院一年要做很多个，不会有问题。"

许沐对喜乐有种特别的感情。

也许是因为她救了喜乐，莫名对喜乐有种负责到底的责任感。

喜乐也非常信任喜欢她，每次见她都会扑进她怀里。

许沐觉得，她们很有缘分。

这天后，所有人都放下手头工作，开始忙颁奖典礼的事。

典礼在最后进行，白天还有一整天的展会，每个入围的游戏公司或工作室都有一个展位，用于宣传展览自己的游戏。

他们需要做出几段宣传片，印制易拉宝海报、宣传彩页，还给每个人印了名片。

罗迹问许沐："要不要给你印？"

许沐说："我什么职位？"

"罗迹的老婆。"

许沐掐他的腰："你想得美。"

几天后，一行人登上飞往上海的飞机。

许沐特意空出两天时间陪他去，这么重要的事，再忙也不能缺席。

他们住在外滩附近的酒店，许沐和小柔一间房，其他几个男生两人一间。

晚上他们凑在一起整理明天要带到现场的宣传单和其他资料，随后自行活动。

罗迹带许沐下楼散步。

这里走到外滩只需要几分钟，傍晚外滩人很多，很多人对着黄浦江拍照。

华灯初上，夜上海果然绚丽多彩。

罗迹牵着她走到人少一些的地方，两人靠在围栏旁，看着江面上来往的船只。

罗迹面对她，牵起她的手放在唇边哈气："冷吗？"

许沐笑眼弯弯："还好。"

"喜欢这里，我们可以多留几天。"

许沐摇头："后天就得回去，我还有工作。"

罗迹盯着她看了一会儿。

许沐把手塞进他兜里，顺便把一直攥着的口香糖包装纸一起塞进去："看什么？"

罗迹把她的头按进自己怀里："忽然觉得有些不真实。"

"什么不真实？"

"所有，一切。"

回想这一年，时间过得太快。

找回许沐，成立工作室，参加大赛，入围。

罗迹忽然觉得，一切好像太顺利。

顺利得让人不安，好像在某个他看不见的角落，隐藏着未知的风暴，随时准备席卷而来。

许沐从他怀里出来，抬手帮他整理围巾。

那条她送的围巾，入冬以来他就一直戴着。

许沐捏住他的脸："疼吗？"

罗迹说疼。

许沐笑了："不是梦。"

罗迹的电话响，是罗曜打来。

他接起来："哥。"

罗曜那边有小声的昆曲："到了？"

"嗯，你在老宅？"

罗曜说："是。岳城分部这边有点儿事，顺便陪奶奶住几天，她刚刚问起你，问你到没到。"

"嗯。"罗曜问他元旦有没有时间回家。

罗迹想了下："再说吧，看情况。"

两人随便聊了一会儿，挂断后，罗老太太问罗曜："他回来吗？"

罗曜说："不一定，年底可能忙。"

老太太不太高兴："他那个小公司，三五个人，能有什么可忙的。"

她把电视的声音调小一些，转头看罗曜："你说他参加的那个什么比赛，明天就出结果吗？"

"对。"

"电视上有吗？"

罗曜说："电视没有，网上有直播。"

"能看见他吗？"

"应该可以。"

老太太点了下头："那明天你给我调出来，我也看看。"

罗迹没想到，展会的规模还不小。

一百多个入围作品，每家都有一小片区域用来展示自己的游戏。

展厅装修跟北京798的工厂有些像，棚顶镂空，可以看到各种线路管道，很潮，很有设计感。

天涯和大路利落安装显示屏，调试后试播，许沐和小柔把整理好的资料整齐排放在展台旁的桌子上。

已经有很多参展人过来，各自在自己家的摊位忙碌，他们大多是年轻人，有些看起来年龄很小，大学还没毕业的样子。

过了九点，前来参观的人渐渐多起来。

依旧是年轻人居多，偶尔也掺杂几个中年男人。

不过这种时候，年轻人反而是看热闹的比较多，中年人不一定是什么身份，也许是某家大型游戏公司或者投资公司的老板。

天涯他们几个忙得不亦乐乎，给里三层外三层围观的人讲解游戏玩法。

其实这个游戏从头到尾全部都是罗迹一个人完成的，他可以以个人名义参加，但还是用了工作室的名字，把大家全都算进去。

谁都知道在这种比赛里能挂上名意味着什么。

许沐举着相机四处拍，她看到罗迹站在显示屏旁边，脖子上挂着组委会发的参赛证，和前来咨询的人侃侃而谈。

许沐把镜头对准他。

几年前，许沐怎么都没有想到，罗迹以后会走上这条路。

那时她以为他只是单纯爱玩游戏，那些厚厚的攻略书翻得比课本还旧。

她还曾因为这件事跟他闹过矛盾。

那时她很担心罗迹的成绩，奇怪的是，罗迹平时也不怎么听课，却偶尔能解出许沐都解不出的题。

要知道，许沐那会儿是年级第一，连她都觉得困难，难易程度可想而知。

开始许沐以为他是蒙的，或者提前看了答案，但罗迹连解题思路都一并告诉她。

这样的事发生两三次后，许沐渐渐觉得，他似乎不是不会，而是不想。

那样的题都能解出来，如果认真学，成绩怎么能不好。

他是故意的。

也许跟他奶奶有关。

——你想让我当替补，你看，我就是这样一块料，什么都不会，怎么当。

后来蒋旭跟许沐说，她走后，罗迹一反常态，上课不再睡觉，抓紧时间赶进度，甚至还报了补习班。

就为能去北京。

那时所有人都以为许沐一定会去北京。

蒋旭觉得有些造化弄人，说谁能想到你竟然去了青城。

似是有感知，罗迹的目光落在不远处的许沐的身上，见她镜头对着自己，冲她笑了一下，两人目光短暂交汇，他便继续跟旁边的人讲话。

中午吃饭时，大路特别激动："名片都快发完了，好多人对咱们感兴趣。"他挥着拳头，"我现在浑身都是劲儿。"

天涯把桌上一张纸推给他："你再看看这个，劲儿更大。"

大路拿起看了一眼，眼睛渐渐睁大："我去，都是些什么神仙人物，都来了？"

那张纸是今晚要参加颁奖典礼的嘉宾和评委名单，也许外行人不知道，但他们在圈里名气很大，身上贴着各种标签，创始人、开发者、体验师、策划师什么的。

大路指着其中一个："这人出道五年就能当评委，那过几年咱们老大岂不是也能当评委了。"

罗迹看向不远处讲电话的许沐，今天喜乐手术，这会儿应该进手术室了。

那么小的孩子，也是可怜，梁信说她本来就瘦小，但自从落到那些人手里，她吃不好睡不好，整天担惊受怕，回来后身体就不如从前。

罗迹扯了张纸巾擦手，起身走过去。

许沐挂了电话，罗迹拉住她一根手指："没事吧。"

"嗯，刚进手术室，听医生的意思，应该问题不大。"许沐反手握住他，"谢谢你。"

罗迹揉了揉她的脑袋："跟我谢什么。"

罗迹托孟院长为喜乐安排了最好的主治医生，病房也换到了安静的单人间。

他牵住她的手："吃饭。"

许沐坐回位置，发现自己那份盒饭里多了几块牛肉。

大家吃的都是组委会统一发放的盒饭，许沐爱吃牛肉，罗迹把自己那份都给了她。

许沐看向罗迹，他正专注看那张嘉宾名单。

晚上七点多，大家陆续入场。

颁奖典礼阵仗不小，领奖台的背景是一面超大的显示屏，下面是可以容纳几百人的座位，摄影器械已经调试完毕，主持人和组委会的几名工作人员在讲台侧边做最后的准备。

许沐为了拍照方便，选了过道边上的位置，大家跟着她依次往里，坐了一排。

天涯眼尖，看到讲台侧边已经摆放一排展示牌和奖牌。

获奖有奖金，但金额不多，大家也不在乎多少钱，主要是那块牌子。所有的奖项都会颁发一块奖牌，只有最高奖项是一座奖杯。

天涯悄声跟罗迹说："我打听过，一起入围的只有他们还能跟咱们抗衡一下。"

罗迹顺着他的目光看过去，前面几排坐了几个年轻男孩儿，背对这边，看不到脸。

罗迹收回目光："等结果吧。"

台前的大屏幕显示镜头摇晃过台下的人群。

天涯看到自己入镜，立马比了个心，场内的人都笑起来，气氛逐渐活跃，声音也越来越嘈杂。

没过多久，颁奖典礼开始，现场音响播放音乐，瞬间燃炸全场，主持人上台，大家自发鼓掌。

这种颁奖典礼流程都差不多，几个主办方领导和嘉宾依次发言后，正式进入颁奖环节。

罗迹的超能追击入围了三个奖项，都比较靠后。

前面几个奖项公布名字，颁发证书和奖牌，许沐偏头看过去，他从容不迫坐在那里，脸上并没有焦虑和担心的表情。

终于轮到最佳新星。

大屏幕轮番展示入围作品，颁奖嘉宾说得很慢，故弄玄虚，现场音乐越来越急促。

吊足胃口后，嘉宾终于大声念出："获得第 × 届独立游戏开发者大赛最佳新星奖的是——迹世界，《超能追击》！"

一时间，全场掌声雷动，大屏幕晃过众人，最终聚焦在罗迹的脸上。

早在入围结果出来后，罗迹就已经备受瞩目，很多人对他很好奇，这会儿前排的人不满足于大屏幕，纷纷回头寻找罗迹的身影。

天涯几人欢呼不停。

罗迹神色淡定，起身走出去，两步后又停下，回头看了眼许沐。

许沐冲他竖起大拇指。

两人目光交汇几秒，罗迹整理衣领，走上领奖台。

对于这个结果，许沐并不意外，罗迹很强，她一直都知道，只是真到这一天，她忽然觉得鼻子有些酸。

他没有白白努力，那些彻夜不眠的夜晚也没有白熬。

他应该也是担心的吧，怕自己凭借一腔热血做出的东西不被大众认可，他把最好的兄弟朋友都聚在一起，他赔不起他们的青春和时间。

还好。

接下来颁发最佳设计奖。

颁奖嘉宾打开信封，看到上面的名字时，忽然笑了。

台下纷纷催促，嘉宾一字一句："获得第 × 届独立游戏开发者大赛最佳设计奖的是——"他停顿几秒，"依旧是《超能追击》，恭喜迹世界！"

罗迹刚坐下，又要上台。

这次的掌声口哨声比上次还要大。

他再次上台。

许沐立刻将镜头对准他。

坐回位置时，大路接过他手里的奖牌颠了颠："这玩意儿质量真好。"

天涯手里也有一个："回家打个柜子装奖牌，打个超大的，不然以后不够放。"

大路说："同意。"

台上接着颁发其他奖项，许沐在底下悄悄握住罗迹的手，凑到他耳边低声说："你好厉害。"

罗迹什么都听得，就听不得她说这话。

他反手握住她，与她十指相扣："以后还会更厉害。"

许沐没有提那个最佳大奖，怕如果不是他，他心理落差大，会不舒服。

她笑着说："已经够厉害了，等回北京给你奖励。"

罗迹果然被她这句话吸引，偏头看她："什么奖励？"

许沐说："秘密。"

两人互相看了一会儿。

场上忽然响起雷鸣般的掌声，比之前任何一次都热烈。

天涯忽然猛劲儿推罗迹："老大，干吗呢你？"

罗迹回神，转头看他："怎么？"

天涯疯狂示意台上，罗迹看过去，大屏幕上那么大一行字。

最佳游戏大奖，超能追击。

主持人和颁奖嘉宾重新念了一遍他的名字，请他上台。

在场所有人都看向罗迹。

许沐捏捏他的手，帮他把褶皱的袖口拉平，低声说："大家在等你。"

罗迹起身，走向领奖台。

这次跟前面两次的感觉完全不同，一贯冷静的他，此刻也无法平静。

他从嘉宾手中接过那座奖杯，嘉宾很幽默："连拿三个奖，是不是获奖感言都不知道说什么啦？"

场下大家都笑起来。

罗迹手握话筒，目光下意识地搜寻某处。

许沐正用相机对准他。

罗迹说："其实，想说的话刚刚已经说过了，接下来的话，我只说给一个人听。"

场下渐渐安静下来。

"谢谢你出现在我的生命里，陪我熬过那段最昏暗的时光，包容我所有的倔强、坏脾气，把你最好的那一面给了我。"

很多年前的那段时间，是罗迹人生中最难熬的日子。

父母双亡，哥哥残废，奶奶强势，他跟所有人憋着一股劲儿，不愿妥协，一个人搬出老宅，自己在外面住。

那段时间，也同样是许沐最难熬的日子。

为了躲避流言蜚语转学到岳城，跟年迈的爷爷一起生活。

他们不幸，却又幸运。

因为他们遇到了彼此。

罗迹说："也谢谢你再次出现在我的生命里，谢谢你愿意回到我身边。"

他走下台，迈上通往后方的阶梯。

镜头一直追随他，直到他在一个姑娘面前停下脚步。

许沐的眼泪已经掉下来。

罗迹单膝蹲下，握住她膝间的手，仰起头看着她："谢谢你。"

他凑到她面前，轻吻她的唇，低声说："我爱你。"

大屏幕停留在罗迹吻许沐那一刻。

全场鸦雀无声。

几秒后，不知是谁带的头，掌声雷动，越来越热烈。

这个颁奖典礼令人印象深刻。

回去的路上，许沐许久未曾缓过神，脑子里反复回想罗迹那番话，和那个吻。

他第一次说我爱你。

他就是那样的性格，当年表白时酷酷地说，跟着我，天天给你亲。

那么霸道蛮横，却把许沐吃得死死的，许沐就喜欢他那副酷酷的、不可一世的样子。

他从没这样直白地说爱。

还当着那么多人的面。

许沐捂住自己的脸，后知后觉，觉得发烫。

机器还对着呢，屏幕上那么清晰的一张脸，他就敢亲她，胆子真大。

比赛大获全胜，晚上当然要好好庆祝一番。

罗迹请客，他们在上海最贵的餐厅大吃一顿，天涯说想在这儿玩两天，罗迹心情好，让他们在这儿玩，不过他要陪许沐先回北京，因为许沐明天还有工作。

小柔也要一起回去，比赛结束了，火山应该很快会来接她。

第二天上午，三人乘坐飞机先行回到北京。

许沐下了飞机就打车直奔工作室，那个工作已经推了两天，不能再推。

罗迹说："你什么时候完事，我去接你。"

许沐打开出租车的门："不用，你好好休息，我自己回去。"

罗迹看着她的车走远后，才拦下另一辆，和小柔一起回了家。

许沐到那时，对方还没有来，她有充足的时间准备。

周乾笑着说："你厉害了，男朋友当众表白，是不是离我吃喜糖不远了？"

许沐有些意外："你也知道？"

周乾点头："我看直播了。"

周乾知道许沐去上海是陪男朋友参赛，特意去看直播，没想到还被塞了一把狗粮。

许沐有些不好意思，两人又说了几句话，她便专心准备接下来的摄影工作。

这次对方很准时，拍摄很顺利，但是因为内容比较多，所以也忙到傍晚。

快到吃晚饭的时间时，周乾忽然进来："外面有人找你。"

许沐转头："是我男朋友吗？"

"不是，不认识，就在楼下门口那辆车里。你去吧，这边我收拾。"

许沐放下手里的东西，拎着包下楼。

门口只有一辆车，她不认识，司机看见她后打了双闪。

许沐走过去。

副驾驶没有人，许沐看向后座，贴了膜的玻璃看不到里面，许沐刚想问司机，后车窗的玻璃忽然缓慢滑下。

里面的人目光平淡望向许沐，许久后，她笑了笑，声音苍老却蕴含力量——

"好久不见。"

罗迹这段日子实在太累，到家后回房洗澡，定了个下午四点的闹钟，准备睡醒起床去接许沐。

在上海时，许沐说回来有奖励，他迫不及待想知道奖励是什么。

家里很安静，没有人打扰罗迹。

他一觉睡到三点多，睁开眼睛看了眼手机，还差三分钟到四点。

他翻了个身，准备给自己几分钟清醒时间。

电话响了。

一开始罗迹以为是闹钟，没动，后来忽然反应过来是来电，才伸手摸向床头柜看了一眼，是罗曜。

他接起来，声音还懒懒的。

罗曜说："你在睡觉？"

"嗯。"

"我和奶奶在北京。"

罗迹睁开眼睛："她来干什么？"

罗曜说："今早我要回来，她说跟我一起，到我那没多久就一个人出门，还把司机也带走，我不放心，刚问了问，司机说她去找了许沐。"

罗迹一下从床上坐起来："她找小沐干什么？"

罗曜说："昨晚的直播，奶奶也看到了，我觉得她神情有些不对，她认识许沐吗？"

记得以前罗迹和许沐的事被找家长，都是罗曜去学校处理，罗老太太并没参与。

罗迹怔了怔："应该不认识。"

他马上下床穿衣服："她们在哪儿？"

罗曜把地址告诉他。

同一时间，许沐和罗老太太面对面坐在公司楼下的咖啡厅里。

许沐两手放在膝间，交叠在一起，紧张的情绪无法掩盖。

对面的老人家气定神闲，喝了一小口咖啡："多少年了，我还是喝不惯这个，中国人还是适合喝茶。"

她目光定在许沐脸上，瞧了一会儿："没想到我们还有机会见面，也没想到——"她转动着手腕上的玉镯子，"你说话这样不算话。"

对于今天这一幕，许沐早有预料，只是没想到会这样突然。

再次见到罗迹的奶奶，那些她不愿回想起来的往事，那些她很怕罗迹追究的往事，忽然从心底某个角落翻涌而出，无比清晰。

她还记得那晚罗迹送她回家，两人在门口拥抱，约好第二天去游乐场，他说会买抹茶冰激凌给她吃。

他刚走没有多久，一个陌生人找到她，说是罗迹的奶奶。

那晚的罗奶奶，雍容华贵，从豪车上下来，看着许沐的表情温和平淡，慈祥无比，说出的话却比刀剑还锋利。

她说，想过好日子没有错，但别找罗迹。

她说，你爸爸害死那么多人，你身上流着他的血，骨子里的东西是无法改变的。

她说，罗迹是罗家唯一的希望，身上不可以有一丝污点。

她查过许沐。

那时的许沐多脆弱啊，又自卑。她只觉得无地自容，一句话都说不出来，脑子里不停徘徊那个词——

污点。

她不敢想，如果罗迹知道她的家庭背景，会怎样。

还会像现在一样对她好吗？

也许会。

可以后呢？

如果他们以后真的能走下去，结了婚，外人知道，要怎么想他。

也许在岳城的日子太幸福了，幸福到她都快忘了当初为什么会来。

好像冰雪冬日，一盆冷水浇在头上。

她退缩了。

罗老太太叹了口气，似是无奈："我们罗家不是嫌贫爱富的人家，只要小迹喜欢，姑娘家干净清白，就是不门当户对，我也不会说什么。

"你们现在还小，应该以学业为重，你又这么漂亮，不愁没有好男孩儿喜欢你。"

那一晚，许沐一整夜都没有睡。

咖啡凉了。

许沐终于抬起头，直视罗老太太的眼睛："很抱歉，我没有履行承诺。"

罗老太太看着她："当年你处理得很好，我一直以为你是拿得起放得下的好孩子。"

许沐抿着唇："我以为我可以放下，可这么多年过去，我没有放下，他也没有。我没办法再欺骗自己，也没办法再推开他。"

罗老太太："所以，这一次我说什么都不会管用，是吗？"

许沐攥紧衣角："这件事是我和罗迹之间的事，除非他开口说不要我，否则，我不会再离开他。"

罗老太太看了她一会儿，忽然笑了："你是认定他被你迷住，不会放手，才这么有自信。"

许沐目光坚定："我是认定我们两个之间的感情。"她拿着包站起来，"抱歉，我还有事，就不多聊了。"

罗老太太看着她的背影，忽然觉得这女孩儿变了。

变得坚韧、厉害。

当年她们初见，她连直视她的眼睛都不敢。

许沐走出咖啡厅，一直没有回头，她无意识地向前走，直到一个十字路口才停下。

她不知该往哪儿走。

一直忍着的眼泪终于绷不住，疯狂掉落。

她抱着包蹲在路边，哭到抽噎。行人匆匆路过，都在看这个奇怪的女孩儿。

赵美云打来电话，想问她元旦回不回家。

许沐握着电话，哭得可怜，像个孩子一样："妈妈。"

赵美云听出不对："怎么了小沐，怎么哭了？"

冰天雪地，许沐的脸被冷风刮得疼，她颤着音儿问："爸爸为什么要做那样的事？"

电话里安静了一会儿，赵美云说："怎么忽然提起这个？"

"我想不通，爸爸那么好的一个人，为什么要做那种事，妈，我想不通。"

赵美云不停地安抚，问她发生什么事。

许沐哭得伤心，断断续续地说了。

女儿受了这么大的委屈，赵美云再也坐不住，北京都是男方家的人，赵清欢天天飞外地，许沐只有自己，这种事又不能跟别人说。

女儿连个娘家给撑腰的人都没有，心里得多难受。赵美云挂了电话，马上订了飞往北京的机票。

罗迹到达那家咖啡厅时，正碰上罗老太太从里面出来。

他眉头紧蹙，看向她身后："许沐呢？"

罗老太太冷着一张脸："你见到我，连声招呼都不打，开口问别人，你身上的教养和规矩呢！"

罗迹盯着她："您找许沐干什么。"

罗老太太："我问问她出尔反尔是什么意思。"

罗迹皱眉："什么出尔反尔？"

老太太看他一眼："看来她没跟你说过。"她走向一直等在楼下的车，"也是，就你那个脾气，如果知道，早来找我兴师问罪了。"

罗迹一把按住开启一半的车门，声音冷了几分："您以前见过她。"

"对。"

"什么时候？"

罗老太太没有说话。

看着奶奶的表情，罗迹忽然意识到什么，他声音不自觉地发颤："最近，还是以前？"他握住她的手臂，"以前？"

罗老太太深深舒了口气："对。"

罗迹眼睛已经有些发红："你找她做什么，说了什么？"

"我让她看清自己。"

祖孙俩互相瞪着对方。

过了许久，罗迹松开他，手臂无力地垂在身侧。

过往无数画面不停在脑中一帧一帧划过。

奶奶找过她。

所以她忽然要分手，所以她一直逃避，不愿意提当初为什么要分手，所以她那么抗拒跟奶奶见面。

罗迹后退几步，转身就跑。

罗老太太慌了神："浑小子，你给我回来！"

罗迹脚步停下，但没有回头。他声音冰冷，一字一句："我不会原谅您。"

离开那里后，罗迹不停给许沐打电话，她不接。

罗迹打开手机定位软件，看到她就在附近。他跑到那条十字路口，终于看到蹲在墙角的许沐。

她怀里抱着包，把脸埋进去，不知在这里冻了多久，手都红了。

罗迹站在她面前，没有着急去抱她："为什么不接我电话？"

许沐手指动了动，没有抬头。

罗迹强压胸中怒气："怕见我吗？"他忽然握住她肩膀，把人从地上提起来，"看着我。"

许沐的眼睛还有哭过的痕迹，她没有直视罗迹，依旧低着头。

罗迹手劲儿很大，捏着她的肩膀："以前奶奶找过你。"

许沐忽然抬头，两人目光交汇。

罗迹红着眼，声音发颤："为什么不告诉我？"

许沐没有说话。

"她让你跟我分手。"

过了会儿，许沐轻轻地嗯了声。

罗迹的忍耐终于达到临界点，他突然爆发，将许沐按在墙上："所以你就听了？

"你因为一个不相干的人说几句话，就要跟我分手。在你心里，我算什么？"

许沐再次哽咽："可她是你奶奶。"

罗迹手上用力："在我这儿，除了我和你，所有人都是不相干的人！你是跟我谈恋爱，还是跟别人谈恋爱？我是当事人，你问都不问我，一个人做决定，只有我被蒙在鼓里。"

罗迹没有控制住自己，许沐皱眉缩着肩膀，手不自觉抓住他胸口的衣服："疼。"

他下意识地松了手，许沐的衣服已经被他抓出褶皱。

两人沉默许久。

罗迹掉了眼泪："知道那几年我多恨你吗？

"好的时候对我那么好，说分手就要分手，那么坚决，一点儿缓和余地都没有。我跟你说话，你不理我，我给你打电话，你也不接，那天晚上，我在你家门口等了你整整一夜，你都能忍着不出来见我。

"有时我会想，我到底做错什么了，你要那么讨厌我，是我不好好学习，让你对我们的未来没有信心，还是怕我影响你，或者——"

他停顿一下："或者你喜欢上别人，不想跟我在一起了。"

罗迹低着头苦笑："嫌我不学好，我学就是，你要喜欢别人了，我就跟他公平竞争，我总会抢回你的，可你不给我机会，就那么走了。"

许沐一直都没有说话，哭得厉害。

她的脸红红的，已经哭花。

罗迹伸手将人搂进怀里，轻拍她的背："对不起，我不是故意凶你，我就是——"

他闭了闭眼睛："后怕。

"你有没有想过，我们可能就这样错过，再也见不到了。"

许沐趴在他怀里，眼泪全蹭在他身上。

"想过。"她说。

"事实上，我没想过我们还能遇见。

"我们在一起从头到尾一年不到，你能有多喜欢我，一个月忘不掉，半年呢，一年呢，总会忘掉。到时你会有新的生活，交新的女朋友，她可能比我温柔，比我漂亮，不会跟你吵架，有清白的家世，你那么好，一定会有很好的女孩儿喜欢你。"

罗迹忍着眼泪，抱紧她："那你呢？"

许沐在他怀里轻笑："我想，我也会有新的生活，新的男朋友，我也不可能一个人过一辈子是不是。"

罗迹看着她："可你没有。"

"我似乎低估了你在我心里的分量，我尝试过接受别人，但就算只是一起吃顿饭，我都浑身难受。我坐在别人身边，脑子里想的全是你，想你是不是也在跟别的女孩儿吃饭，你会不会像对我一样对别人那么温柔，会不会抱别人、亲别人。"

罗迹狠狠吻她的额头："别说了，别再说了。都是我不好，是我没注意你的情绪。如果我早发现，我不会跟你生气，不会不理你，我会死缠着你，不让你走，我会去跟奶奶说，不让你受委屈。

"小沐，我心里只有你，也只要你。你低估了我在你心里的分量，也低估了你在我心里的分量。我喜欢你，喜欢得发了疯，跟你分手的每一天，我都在煎熬中度过，我没有睡过一个好觉，我甚至想，只要你愿意回来，要我做什么都行，我再也不玩游戏了，我天天跟着你学习，要跟你去同一个城市，我一天也不要跟你分开。"

罗迹忽然发现，这些年，他有多可笑。

作为被甩的那个，他可以委屈、可以发泄，甚至重逢后，对她冷言冷语，凶她，怨她。

可许沐没有人倾诉，她只能沉默，一个人承受。

最委屈的那个人，其实是她。

罗迹觉得自己太浑蛋。

他松开许沐，低头为她抹掉脸上的泪水，指腹轻揉她微红的眼角："你没有不喜欢我，从没想过跟我分手，是不是？"

许沐的眼泪停不下，渗出一滴，沾染他的手指："嗯。"

罗迹心内火热，低头吻住她。

这是个绵长又深沉的吻。

两人都在对方口中尝到了彼此眼泪的味道。

咸的。

也是甜的。

罗迹离开她唇瓣，依旧不够，在她嘴角轻啄："走。"

"去哪儿？"

"找奶奶。"罗迹说，"我不能让她这么欺负你。"

罗迹拉着许沐坐上一辆出租车。

罗老太太应该已经离开咖啡厅，多半是回罗曜那里，他刚想给罗曜打个电话，对方却先打过来。

罗迹问他："奶奶有没有回你那儿？"

罗曜："奶奶进了医院，你现在马上过来。"他说了医院的地址后便匆匆挂了电话。

罗迹听着耳边的忙音，片刻后告诉司机改地址。

许沐握紧他的手："怎么了？"

罗迹放下电话："奶奶进医院了。"

许沐的手僵住，她愣愣看着罗迹，震惊又无措。罗迹紧紧把她搂进怀里："没事，我们先过去看看情况。"

许沐的手瞬间变得冰凉："是我们把她气进医院的。"

罗迹抬手揉她发顶："是我，跟你没关系。"

"可我也说了让她生气的话。"

罗迹吻她的额头："你先不要着急，一切有我。"

到了医院，两人匆匆赶到病房，在门口看到罗曜和他的秘书。

罗曜说："睡下了，你先别进去。"

罗迹看向里面，罗老太太躺在病床上已经睡着，她脸色不好，床头一堆瓶瓶罐罐。

他问罗曜："严重吗？"

罗曜说："医生说只是受到刺激，急火攻心，血压有点儿高导致的头晕，休息两天就好。"

他示意罗迹走远一些，几人离开病房门口。

"你跟奶奶说什么了，把她气成这样？"

罗迹一直没有松开许沐的手："你不如先问问她做了什么。"

罗曜猜测事情与许沐有关，他看向许沐，许沐一直低着头，脸上都是愧疚与不安。

罗曜没有细问："她年岁大了，你跟她说话注意点儿分寸。"

罗迹没吭声。

这一晚，罗曜派人在医院看护奶奶，让罗迹先带许沐回家。

晚上两人都没吃饭，罗迹从浴室洗澡出来，看到许沐坐在床边发呆。

他走过去蹲在她面前，抬手摸了摸她的脸："别担心，医生说了，休息两天就好。"

许沐望着他的眼睛："罗迹。"

罗迹打断她："我知道你在想什么，你听清楚，这件事我们没有错，等她好了，该说的话我依旧会说。但你放心，我会控制自己，不惹事。"

许沐压下身子，搂住他的脖子："跟我在一起是不是特别累？"

罗迹轻笑着拍她的后背："不累，只要你别再退缩，老老实实待在我身边，我怎么都行。"

许沐搂紧他。

罗迹把她拉开一些："我陪你吃点儿东西吧。"

许沐摇了摇头："不饿。"

"那你陪我。"

许沐看着他："你饿了吗？"

"嗯。"

"那你想吃什么，我给你做。"

罗迹站起来："我去看看家里还有什么。"

小柔还在楼下，他换了身家居服下楼。

工作区那边亮着灯，天涯和大路还没回来，小柔临时盯着后台。

罗迹走过去："怎么样？"

"一切正常。"

罗迹嗯了一声，又问她："确定好什么时候走了吗？"

小柔说："等大路他们回来，屿辰就来接我。"

"决定留在青城了？"

"不然怎么办？他现在接了非比，要常驻那边。"小柔嗓音低了些，"反正我去哪儿都是一样的。"

罗迹沉默一会儿："行，你们俩好好的吧，什么时候办喜事记得通知我们。"

能好好在一起的时候，一定要珍惜。

小柔笑："不一定哦，也许你和沐沐还要快一些。"

罗迹低头笑了下，没说什么。

他去冰箱里翻了翻，找到一袋水饺，他开火烧水煮饺子。

等待的过程中，他给罗曜打电话，问奶奶现在怎么样了。罗曜说好多了，刚醒了吃了点儿东西，又睡了。

毕竟是亲奶奶，她病了，他担心是真担心。

恨也是真恨。

罗曜问罗迹今天发生什么事，罗迹说了。

电话对面沉寂一会儿，大概罗曜也不知道该说什么。

没人比他们更了解奶奶，她就是那种霸道强势的性格，本身就是富家千金，又嫁给爷爷，从没吃过苦，被人宠了一辈子，也光鲜了一辈子。

她不喜欢许沐那样的家庭实在太正常。

第二天一早，许沐跟周乾打了招呼，今天有事不过去。

该来的总是要面对，她准备一起跟罗迹去医院，两人收拾好出门时，许沐接到了赵美云的电话。

赵美云上午十点半的飞机到北京。

许沐想到赵美云会来，但没想到来得这么快。

她忽然有些后悔，昨天是不是不应该告诉赵美云，电话里，赵美云似乎非常生气。

她怕赵美云为难罗迹。

去机场的路上，罗迹一直都没有说话，他有些不安。

他不怕奶奶，但他怕赵美云。

自己的女儿受了这么大委屈，哪个母亲还愿意把女儿嫁过去。

十点半，飞机准时抵达。

赵美云拎着个小号的行李包从人群中走出来。

罗迹规规矩矩叫了声"阿姨"，又去接她手里的包。

赵美云像没看见他，绕过他把包递给许沐："你小姨呢？"

罗迹站在原地，收回空中的手，脸上没露出一丝不满。

许沐接过妈妈手里的包，看了眼被忽略的罗迹："不知道。"

"给她打电话。"

赵美云一个人走在前面，步履匆匆："让她过来。"

许沐小跑着跟在她身边："妈，您要干什么？"

赵美云看了她一眼："我见见他们的家人。"

许沐拉住她的胳膊，不让她走那么快："妈，罗奶奶住院了。"

赵美云脚步停下，有些讶异："昨天不是还好好的吗？"

许沐没有说话。

赵美云瞥向侧后方的罗迹，发现她的包不知什么时候被他从许沐手里接走，自己拎着。

她转回来："那正好，我去医院看看她。"

许沐不松手。

赵美云叹了口气："你这副表情干什么，以为我去跟人家吵架吗？"她看一眼罗迹，"你们两个要想接着好，早晚得过这关，你一个小孩儿，怎么应付？"

这种事，还是两方家长一起聊比较好。

几人走到外面，罗迹替赵美云拉开车门，低声说："谢谢阿姨。"

赵美云停在车门口："我是为我女儿。"

她没看罗迹，弯腰上车。

他们在路上接到赵清欢，赵清欢坐上车，特别惊讶："姐，你怎么来了？"

赵美云说："都被人欺负到头上了，能不来吗？"

赵清欢看了眼开车的罗迹，眼神问许沐怎么回事。

许沐没有说话，看向窗外。

他们在医院门口下车。

罗迹先去停车，赵美云到附近的花店买了一束鲜花，又在旁边的水果店买了个果篮。

鲜花让许沐拿着，果篮给赵清欢。

几人进楼左转上电梯，从电梯出来的时候，与三五个等电梯的人擦肩而过，其中有梁信。

梁信看到许沐的背影，追了过去，想问她个事。

喜乐的手术很成功，还要在医院住一段时间调养观察，看是否有并发症。

他刚去缴住院费，发现里面多了几万，这里他只认识许沐，想问问是不是她交的，要把钱还给她。

病房里，罗老太太已经好了不少，人也精神许多，靠在床头吃苹果。

罗曜也在。

外面忽然有动静，罗曜看向门口出现的几个人，目光第一时间锁定在赵清欢身上。

赵清欢只看了他一眼便移开目光。

罗迹推门进来，先叫罗曜："哥。"随后看向病床上的人，"小沐的妈妈和小姨来看您。"

他让出门口，赵美云和赵清欢进来，许沐走在最后，把花放在一旁的桌子上，跟罗迹并排站着。

罗迹悄悄钩住她一根手指。

赵美云面带笑意，把果篮接过来放在床尾的小桌板上："老人家您好，我是许沐的母亲，正巧有事来北京，听说您病了，过来看看。"

是不是"凑巧"，大家心知肚明，罗老太太也没戳破，很热情："不是什么大病，怎么好兴师动众。"

她让罗迹搬了张椅子给赵美云坐。

罗迹赶紧搬来一张放在赵美云身后。

赵美云也不客气，直接坐了。

她脸上依旧挂着笑："按理说，我们小沐和你们家罗迹好了也不是一天两天了，咱们两边家长早该见见。"

罗老太太说："是该见见。"她意有所指，"你知道得早，我是这两天才知道，不然早该请你喝茶。"

赵美云佯装怪罪，偏头训斥许沐："这种事怎么还藏着掖着，不懂事。"

许沐没说话。

赵美云转过头，脸上依旧端庄有礼："小沐从小没爸，我也忙，管教不周，她不懂规矩，您别怪罪。"

罗老太太用纸巾擦了擦水果叉，放在一旁桌上。

赵美云说："我就不跟您兜圈子了，听我们家小沐说，您不大喜欢她。"

罗老太太："你误会了，抛开别的，单看许沐这孩子，聪明乖巧，长得又好，我很喜欢。"

赵美云笑了："那就行了，孩子们的事就让他们自己做主，咱们当家长的就别操心那么多了，您说呢？"

"但是，"罗老太太说，"喜欢归喜欢，她跟罗迹，不行。"

赵美云两手放在膝间，毫无退惧："怎么不行？"

罗老太太："还用我说得很清楚吗？当年在桐州，她爸爸的事闹得那么大——"

赵美云："那和我女儿有什么关系。"

"是没关系。"罗老太太说，"她可以跟任何人，就是不能跟罗迹。我们罗家在岳城也是有头有脸的人家，将来传出去，罗家孙媳妇的父亲是黑心建筑商，害死不少人命，以后罗家如何在商界立足？血脉相承，她会不会影响罗家的下一代，我不可能让她进罗家的门。"

赵清欢听不下去，刚要上前，手腕忽然被人握住。

罗曜不知什么时候移到她身侧。

她皱着眉："松手。"

罗曜态度强硬："我会帮他们，你不要掺和进来。"

赵美云忽然发现跟这个老太太无法沟通。

作为女方家长，她买了鲜花果篮，带着诚意，赔着笑脸来看她，摆明来求和。

只要两个孩子能好好过，她不介意放低姿态。

但这个老太太油盐不进，欺人太甚。

她站起来，声音也不似方才温和，已经有些怒了："许清丰是什么样的人，我比你们谁都了解，用不着你来评判。换句话说，就算他真的十恶不赦罪恶滔天，跟我女儿有什么关系，血脉？"她冷笑，"罗迹身上倒是流着你们老罗家的血，怎么没见他像你们一样自私自利蛮不讲理。"

罗老太太的眼睛瞪得老大，指着她："你——"

"我告诉你，"赵美云拨开椅子，"现在不是你不同意，是我不同意，你们罗家以后就是拿八抬大轿请我们，我们也不嫁！"她扔下这句话，转身就走。

路过许沐时，她眼神锋利："你跟我走。"

事情忽然变得无法控制，许沐一时间不知该怎么办，赵美云拉住她的手腕，将人扯出病房。

病房门口站着梁信，他满眼震惊，一脸不可思议望着许沐："你是许清丰的女儿？"

许沐被赵美云拉着，顾不得其他："妈，妈。"

罗迹追出来。

他腿长，步子大，很快追上赵美云："阿姨。"

赵美云用力甩开他："你之前怎么答应我的？再说一遍！"

罗迹挡在她们面前，抿着唇："不让她受委屈。"

"你做到了吗？"

罗迹胸口起伏很大，他无话可说。

赵美云脸上的怒气已经很浓："你是觉得我们孤儿寡母，好欺负、好骗，是吗？"

罗迹红着眼，没有为自己辩解："阿姨，我们家的事我会解决，您放心。"

许沐试图挣开赵美云，赵美云一记锋利目光射向她："还有你。"

许沐不动了。

赵美云说："天底下那么多好男孩儿，你偏在他身上吊死，我看你也别在北京待着了，收拾东西跟我回桐州，就在我眼皮子底下找个工作，我也省心。"

罗迹下意识地拉住许沐手腕。

赵美云也看向她："还不快走。"

许沐低头抿着唇，指尖已经把手心抠出红印。

过了会儿，她轻轻挣开罗迹的手："你先回去。"

罗迹望着她，低声轻唤："小沐。"

许沐闭了闭眼睛，又说一遍："你先回去。"

罗迹目光向下，看到她的手比了一个电话的手势。

他松开她。

赵美云把许沐拉走，头也不回。

赵清欢赶紧跟在后面。

赵清欢是跟朋友一起合租，不太方便带她们回家，地方也不够，她给赵美云在酒店开了个房间。

安顿好后，她把许沐拉到浴室："你准备怎么办？"

许沐说："我不分手。"

赵清欢急死了："谁让你分手了，我问你准备怎么办。"

许沐没说话。

事实上，她也不知道该怎么办。

本以为今天妈妈愿意出面，事情会有回转，谁知闹成这样。

赵清欢下午还得去机场："我得走了，有什么事告诉我，我下飞机马上开机。"她抱了抱许沐，"别怕，我陪着你。"

许沐轻轻地嗯了声。

赵清欢走后，许沐回到房间，看见赵美云侧躺在床上，背对自己。

今天她情绪失控，是从罗老太太提起许清丰那一刻开始的。

她跟许沐一样，不管外人怎么看、法官怎么判，依旧愿意相信许清丰。

她见不得别人那样说自己的家人。

许沐走到窗口，对面全是建筑楼房，只能看到一点点天空。

地面还有未化的雪，有些已经结成冰。

她看到罗迹站在楼下。

许沐两只手扒在窗口看下去，罗迹似乎并不确定她具体在哪一间，挨个窗口看过去。

到了她这一层，他的目光定住。

两人眼神交汇，许沐掉下眼泪。

罗迹手指了指电话，许沐摇头，示意她不能接电话。

罗迹指了指地面，让她下楼。

许沐回头看了眼床上的赵美云，赵美云闭着眼，似乎已经睡着。

许沐悄声走向门口，赵美云忽然说："不许出去。"

许沐回头："妈，我一会儿就回来。"

赵美云坐起来："你还去，你没听到人家怎么说你，怎么说你爸吗？"

许沐攥紧拳头："罗迹没说。"

赵美云摇了摇头："你太天真，恋爱是两个人的恋爱，可结婚是两个家庭的结合，你逃不开，避不过。他家人那个样子，以后你嫁过去，是准备一辈子低头过日子吗？"

说完这些，赵美云翻身躺下，再不看她："五分钟，跟他说清楚，明天跟我回家。"

许沐在门口站了一会儿，转身跑出去。

她急得很，不停按电梯按钮，到一楼时，电梯只打开一点儿她就挤出去，飞快奔向门外。

罗迹看她跑得那么快，怕她摔了，赶紧张开双臂迎接她。

许沐扑进他怀里。

罗迹扳过她的头，狠狠吻下去。

两人咬着对方唇瓣，呼吸都要停顿。

疯狂纠缠后，罗迹抱住许沐，把脸埋进她颈窝，哑着嗓子："别离开我。"

两人在冰雪中拥抱。

许久后，许沐松开他，把他两只手握在一起，用自己的手包裹住。

她的手比他小很多，根本包不住，但她还是执拗地替他暖着，把他的手放在嘴边哈气。

罗迹望着她："小沐。"

许沐抬起头："我不离开你。"

她抚摸他微红的眼角，踮脚亲吻他的眼睛："我已经错了一次，不想再错第二次，你放心。"

"嗯。"他这一声，带着一丝颤音，"奶奶那边你不需要担心，我不在乎，她没有任何筹码可以牵制我。我现在只担心阿姨，我怕她——"

许沐一根手指搭在他唇边："妈妈这边我来处理。"

罗迹搂住她的腰："小沐，你一个人扛了这么多年，这次就让我来扛吧。"

他把自己的大衣敞开，把人裹进怀里："你妈妈那里，你是你，我是我，她会希望看到我的态度，而不是你去说，你等我。"

许沐用力搂住他："你要做什么？"

他的下巴抵在她额头："我会给她一个交代，也给你一个交代。"

许沐仰起头看他："你做什么决定要告诉我，不要瞒着我。"

罗迹吻她额头："回去吧，外面冷。"

他松开一点儿，手滑下去，牵住她的手："今晚你在这里住吗？"

许沐点头。

罗迹看了她一会儿："上去吧。"

许沐倒退着走了几步，转身离开。

走到门口时，她回头，看到罗迹还站在那里看着她，她招了招手："快走，冷。"

罗迹点了头，直到看不到许沐的身影才离开。

这一晚，母女两个交流不多，赵美云没有问她提没提分手，许沐也没说。

到了第二天上午，赵美云收拾东西准备回家，她问许沐，什么时候回住的地方收拾东西。

许沐站在床边："妈，您回去吧，我不走。"

赵美云停下手里的动作。

许沐弯着腰，接过她手里叠了一半的睡衣，继续折好，放进包里："这些年，我不常回桐州，也很少看您，因为桐州那个地方是我的噩梦。"

她低着头，继续帮忙整理行装。

"爸爸出事，我只有您，可您后来又嫁给别人，我只剩自己。我没有怪您的意思，您想有个完整的家，有人疼、有人爱，这很正常，可我真的无法融入。叔叔是好人，弟弟也是好孩子，他们都很好，但他们是你的家人，不是我的。"

她眼泪掉在手背上，被她抹掉："在岳城那几年，我过得很快乐，因为有罗迹。我开心时他陪我，我难过也是他陪我，我过生日，我考试没有考好，我生病，我所有的喜怒哀乐，都是他陪我，我愿意为他受委屈，愿意为他做任何事。

"妈妈，您也爱过，您一定懂我的感受。"

赵美云坐在床边，眼眶湿润："我不是个好妈妈，我一直知道。"她轻轻叹气，"你疏远我，不愿意待在那个家，我也知道。也许你觉得，你的人生我已经缺席不少，现在没有资格来管你的事，可是小沐，"她握住许沐的肩膀，"不管怎样，你是我女儿，我不能眼睁睁看着你被人欺负，那种可以预知的未来，我们是能避免的，是不是？"

许沐回握住赵美云的手："妈，人的命运是早就定好的，也许当爸爸出事，我来到岳城，认识罗迹那天起，就已经注定今天的结果，我自己选的路，怎样都会走完，我没有怨言。"

她凑上前，轻轻抱住赵美云："妈，您现在有那么好的家庭，有丈夫，有弟弟，你好好过，我的生活，让我自己做主，行吗？"

赵美云掉下眼泪："如果你过不好，我怎么跟你爸交代？"

许沐抱紧她："我会过好的，罗迹会护着我，我自己也会努力，我过好给你看，行吗？"

赵美云没再说出一个字。

赵美云在北京陪了许沐两天，第三天上午，她一个人登上飞机，回了桐州。

而这两天，罗迹没有消息，他只跟许沐说回岳城一趟办事，其余就只有早晚打个电话。

天涯他们几个已经从上海回来，火山也把小柔接走。

大赛结束后，有不少投资商和游戏公司看上迹世界，想具体咨询合作的事，罗迹通通交给蒋旭，吩咐一概不拒绝、不答应，等他忙完手头的事再来处理。

第三天中午，罗迹出现在罗老太太的病房门口。

隔着小窗看进去，老太太精神不错，正戴着金丝边眼镜看书。

他推门进去。

罗老太太见到罗迹，只用眼睛在眼镜上方瞄了他一眼，便装作没看见。

罗迹站在床尾看了她一会儿，开始往出拿东西。

他把手里拎着的文件袋打开，把里面的东西通通倒在床尾的被子上。

罗老太太放下书："你这是干什么。"

罗迹一样样拿给她看："这是岳城和北京我名下所有房产的房本。"他把那摞红彤彤的房产证放到一边，又指着另一边，"这是我名下的车本。"

罗老太太的表情渐渐严肃。

罗迹拿起那张 A4 纸："这是股份转让协议，我已经找律师看过了，也签了字，公司的股份，我不要了，都给大哥。"

罗老太太慌了神："你这是干什么！"

罗迹目光直视她："奶奶，您是我的亲人，我尊敬您，所以那天您那样说我的女朋友和她的家人，我没有当众顶撞您，在外人面前，我给足您面子，但不代表我认同您的话。

"当年您背着我去找许沐，逼她跟我分手，我心里多难受，也许您不了解，当然，可能您根本不会顾及我的感受，您心里只有公司，只有您自己。

"许沐为我受了很多委屈，我想补偿她，我以后会跟她结婚，跟她生孩子，跟她过一辈子。她的家庭就是那样，无法改变，如果您实在接受不了，就当没我这个孙子吧。"

他嗓音低了些："反正我一直不是您喜欢的，如果我哥没有出事，您也不会接我回来。您看到了，就算我哥是现在这个样子，依旧能把公司经营得很好，您可以放心了。"

罗迹把手里的文件袋一并放到床尾："这些东西都还给您，以后如果您想通了，逢年过节，我带她回去看您，如果您还坚持现在的想法，我们俩就在您面前消失，再也不出现。"

罗迹说完便转身离开，没有给老太太开口的机会。

对他来说不重要了。

罗老太太望着空荡荡的门口，忽然觉得心似乎空了一块。

空了什么，她说不清。

这些年，她对罗迹的感情越来越深，越来越惦记他，已经分不清到底是为了公司，还是因为那份原本淡薄的祖孙情。

她一直觉得自己没错。

罗氏是丈夫一生心血，她不能看着公司倒在自己手中，可这些年，她费尽苦心，得到了什么?

仔细想想，似乎什么都没有。

她有些迷茫了。

下午，许沐来医院看喜乐。

这几天她自己的事还乱糟糟，实在顾不上，现在空出时间，专门来看喜乐。

小丫头术后恢复得很好，只是伤口还没有完全愈合，不能随意走动，只能躺在床上。

许沐买了故事书，念给她听。

梁信在一旁欲言又止，最终还是忍不住问:"许小姐，那天我无意间听到，你的父亲是叫许清丰?"

许沐愣了愣，这个名字从别人口中说出，还是让她心尖颤了颤。

几秒后她说:"是。"

梁信追问:"是桐州的许清丰?"

许沐抿着唇:"是，怎么了?"

梁信的脸色霎时变得毫无血色，他有些慌乱地整理床上喜乐零散的衣服，没有看她的眼睛:"没什么，有些耳熟。"

许沐没有接话。

梁信当初在建筑工地上班，耳熟父亲的名字很正常，何况以前许沐还在家里见过父亲公司的工资单，梁信似乎在还在爸爸的项目里工作过。

大概也听说过当年的事。

许沐低着头，将故事翻到新的一页。

两人都没说话。

喜乐说:"姐姐，念哪。"

许沐摸了摸她的毛茸茸的小脑袋:"好。"

许沐又读了一个故事后，梁信忽然想起什么:"对了，我上次是想问你，有人给我们存了几万住院费，是你吗?"

许沐摇头:"不是，住院费多了吗?"

梁信点头："是不是谁交错了？"

许沐想了一会儿，放下书："我问问我男朋友。"

她出去给罗迹打了电话，问是不是他。罗迹似乎没把这件事当回事，说是他存的。

原来上次他路过医生办公室，听到梁信问可不可以把单人病房换成普通病房，单人病房太贵了。

这个病房还是罗迹找人帮着调的，安静又舒服，当时他没想那么多，只想让喜乐住得舒服。

他下楼时路过缴费窗口，顺手给存了几万。

许沐回到病房，跟梁信说了这事。

梁信听了，好半天没说话。过了会儿，他叹了口气："你们这样，我以后怎么还。"越欠越多，早已还不清。

许沐安慰他："别想这么多，喜乐的病要紧，好在她手术很成功，以后就可以正常生活了。"

从喜乐那儿出来后，路过罗老太太病房的楼层，许沐犹豫一下，还是从电梯里出来。

病房的门开着，罗曜给老太太找的护理正劝她喝粥。

老太太心情不好，把粥推到一边，不想喝。

护理阿姨没有办法，把粥放到床头桌边："那我先去药房拿药，回来您一定要喝。"

她从病房出来，跟许沐擦肩而过。

许沐在门口站了一会儿，推门进去。

罗老太太靠在床边，半眯着眼睛养神。

许沐走到床边拿起碗，用小勺搅拌一下，盛了一勺递到她嘴边。

罗老太太以为护理又回来，不耐烦地睁开眼："我说了不吃。"

看到面前的许沐，她惊诧又意外："怎么是你？"

许沐晃了晃小勺："吃吧，不吃饱怎么有力气对付我和罗迹。"

罗老太太冷哼一声："你是故意来气我吗？"

许沐说："我只是来看看您。"

"我不用你看。"罗老太太一把推开许沐手中的碗，"你别想耍什么花样哄我开心，我不会改变主意。"

罗迹中午跟她说了一大堆，还不是因为眼前这个小姑娘。

她想想就来气。

许沐灵活躲开："您以为我是来哄您开心，求您成全吗？"

罗老太太偏头瞥她。

　　许沐说："我现在之所以出现在这儿，不是向您屈服妥协，也不是讨好您，是因为您是罗迹的奶奶，我不想您因为我们的事弄坏身体。"

　　她皱着眉，用力搅拌几下碗里的小米粥，强势喂了老太太一口："我不是以前的许沐，您吓一吓就会跑，今天我明确告诉您——

　　"不管您喜不喜欢我，我嫁定罗迹了。"

第十二章

用尽全力奔向你

晚上，许沐洗完澡从浴室出来，看到罗迹已经靠在床头。

他冲许沐勾了勾手指。

许沐走过去，罗迹把她拉坐在床上，跟他面对面坐着，接过她手里的毛巾，轻柔替她擦拭湿漉漉的头发。

许沐的脑袋被他揉来揉去，脸被头发和毛巾遮住大半。

她眯着眼睛："罗迹，我今天又把你奶奶气到了。"

罗迹低笑："你做了什么？"

"她不想喝粥，我硬喂了她一碗，她可生气了。"

罗迹擦头发的手顿了顿。

她玩笑一样的语气，让他心里难受。

他把许沐脸上的头发拨开，捧着她的脸："小沐，你不需要做这些。"

许沐眉眼弯弯："我没有求她，我说话可硬气了。"

罗迹看着她："说什么了？"

许沐转了转眼珠："秘密。"

两人对视一会儿，罗迹放下毛巾，握住她的手："小沐，我们可能要搬家了。"

许沐微怔："为什么？"

"我把我名下所有的房产、车、股份，都还给他们了。"他把人搂进怀里，"我以后只有你了。"

许沐在他怀里趴了一会儿，随后伸出双臂搂住他的肩膀，她笑着说："不只有我啊，你还有天涯、大路他们，还有迹世界，我们都陪着你。"

罗迹抱紧她，偏头吻了吻她的耳朵："我们暂时可能要租房子，我手里可用的资金，如果在北京买一套够我们几个住的房子，余下的流动资金就很紧张了。"

许沐从他怀里出来，认真地说："没关系，我们就先租。"她似乎根本不在乎这个，"现在你刚获奖，正是上升期，很快会赚钱的。我的工作室也很好，我那天还给一个一线明星拍照来着，她可满意了，说会给我们介绍资源。"

许沐也不知道怎么回事，说好各方面都涉及一些，但最近找她拍照的人腕儿越来越大，导致来找她拍照的人也越来越多。

她手指蹭着他胸口："我们一起攒钱买房子。"

罗迹看了她一会儿，靠近一些，吻住她的唇。

房间安静，只有湿濡的唇瓣亲吻的声音。

罗迹松开她："明天我可能要去一趟青城。"

许沐仰起头："去做什么？"

罗迹把被子掀开，两人靠在床头："那边有人对我们很感兴趣，想谈一下合作的事，邀请我过去看看他们公司。"

他笑了笑："我得抓紧时间赚钱，总不能让老婆帮我买房子。"

许沐的脸红了红："哪里有老婆，没看见。"

罗迹勾住她的下巴："这里。"

他碰到她的湿头发："是不是要吹一下？"

许沐说："一会儿吹。"她被子里的腿往他那边挤了挤，"那你什么时候回来？"

罗迹想了下："大概两三天吧。"他看向许沐，"你不要有事没事跑去医院，我不在，别过去。"

"嗯，我去看喜乐。"她在他怀里抬起头，"喜乐爸爸说谢谢你，要把钱还你。"

罗迹说："不着急。"

挺可怜的小孩儿，跟许沐又那么有缘，他愿意帮，不还都行。

第二天吃早饭，趁大家都在，罗迹说了搬家的事。一桌人先是沉默几秒，互相看了看，随后天涯一拍桌子："搬，必须搬，不蒸馒头争口气，为了咱老大和大嫂的幸福，让我睡大马路都成。"

大路翻出手机："这两天我看看网上有没有合适的房子，咱们租多大的，租什么位置？"

蒋旭也看着罗迹："你放心出门吧，这事儿我们办，房租咱们大家可以分摊，再说现在咱们工作室也算小有名气，自打完比赛，给我打电话要合作的没有十个也有八个了，咱们很快就能盈利，放心吧。"

罗迹看着大家，心底触动很大。

能有这样几个同甘苦共患难的兄弟，还有许沐，前路纵然迷茫，似乎也没什么好怕。

干就完了。

这天中午，许沐把罗迹送上飞机，随后打车去了医院。

昨天她答应喜乐，今天还来。

跟小孩子之间的约定是不可以反悔的，小孩儿做什么都很认真。

路上经过一家玩具店，许沐下车给喜乐买了一只小熊玩偶，不大不小，正好可以让小姑娘抱满怀。

她抱着玩偶走到喜乐的病房门口，发现房间里只有喜乐一个人。许沐推门进去，用小熊挡住自己："猜猜我是谁——"

喜乐笑个不停："姐姐！"

许沐把小熊挪开一点儿，露出自己的脸："喜乐今天有没有乖乖吃药？"

喜乐点头："吃了，饭也吃了。"

"真乖。"她走过去，"爸爸呢？"

"爸爸去找医生叔叔啦。"喜乐两只小手伸过去，急着抱小熊，"小熊好可爱啊。"

许沐把玩偶送到她怀里："可爱吗？那就送给喜乐了。"

喜乐特别高兴："真的吗？谢谢姐姐！"

小孩子的喜怒哀乐都很明显，高兴就是高兴，遮掩不住。

许沐坐在床边的椅子上，陪她玩了一会儿。

没有多久，喜乐忽然看向门口："爸爸回来了。"

许沐回头，看到梁信在门外，不知站了多久，他表情有些异样，说不出是什么感觉。

看到许沐，梁信回头抹了把眼睛，再进来时已经露出笑容："来了。"

"嗯。"

看到梁信手里拿着检查单，许沐说："怎么样，医生怎么说？"

梁信："挺好的，再有一周就能出院了。"

许沐松了一口气。

梁信身上的衣服好几天都没换，整个人也有些颓。许沐想他这些天大概累坏了，也没有人跟他换班照顾喜乐，天天住狭窄的陪床，一个大男人，腿都伸不直，肯定睡得不舒服。

她跟梁信说："要不你去我们那儿洗个澡，好好休息一天吧，我们那儿有空房，我在这儿看着喜乐。"

梁信赶紧摆手："不用不用，我还行，不累，已经够给你添麻烦的了。"

"不麻烦，你要觉得不方便，就去附近找个洗浴中心也行，那里有大厅，也能好好睡一觉。"

梁信想了下，妥协："那行，我找地方洗个澡，很快回来。"

他已经好几天没洗澡，确实难受。

许沐一直在这里陪喜乐玩，直到梁信回来她才走。

梁信把洗澡那一套东西放在窗台，走到喜乐旁边摸了摸她的脑门儿，温度正常。

医生说要随时观察她有没有发烧的迹象。

他在床边坐下，看到床头许沐留下的故事书："姐姐又给你讲故事了？"

喜乐点头。

"讲了什么故事？"

喜乐开口带着小奶音："姐姐讲了王子的故事。"

梁信一边倒水一边跟她聊天："故事里讲了什么？"

喜乐说："国王把好多种子分给好多小哥哥，告诉他们，谁的种子能开出花，谁就是王子，后来只有一个小哥哥的种子没有开出花，但是国王却让那个小哥哥当了王子。"

梁信觉得有趣："为什么？"

喜乐："因为那个小哥哥不会撒谎啊，国王给的种子是坏掉的，长不出花，国王说喜欢诚实的孩子。"

她睁着一双纯真的眼睛看向梁信："爸爸，我以后也要做个诚实的好孩子。"

梁信沉默许久，最后摸了摸她的脑袋，低声说："好，以后喜乐一定会是个诚实的好孩子。"

许沐从喜乐的病房出来后，又去了罗老太太的病房，但那个房间已经没有人，只有护工在打扫。

许沐敲了敲门："您好，请问这里的病人呢？"

护工说："刚刚出院了，被几个西装革履的人接走的。"

许沐在门口站了几秒，道声谢，转身离开。

西装革履，应该是罗曜的人。

也是，昨天她精神就很好，早就没事，大概一直不走，是在等罗迹道歉。

可罗迹不但没道歉，还划清界限，她心里可能比之前还不痛快。

罗老太太被罗曜接回家后，就一直赌气在房里不出来。

罗曜推门进房，看见她侧躺在床上，面向窗口。

好像个老小孩儿。

罗曜移动轮椅至她床边："奶奶，还不舒服？"

老太太闭着眼："浑身疼。"

罗曜笑了笑："好了，别装了，大夫说您早就没事了。晚饭想吃什么，我让季叔去做。"

罗老太太从床上坐起来，花白的头发都有些散乱。她气呼呼从身后的拎出个文件袋扔给罗曜："你看看他这是什么意思，长大了，翅膀硬了，为了个女人要跟我划清界限，跟你爸一个德行。"

罗曜打开文件袋，看到一摞房本和车本，还有那张股份转让协议，没有说话。

这里的每一样东西，都代表罗迹的决心和勇气。

罗曜忽然有些羡慕。

罗老太太还在控诉："我这辈子为你们罗家操碎了心，结果养出个什么东西！"她看向罗曜，"现在也就只有你让我省心，如果是你，你一定不会这么不懂事。"

罗曜沉默许久，他握紧手里的股份转让协议，沉声说："如果是我，我会比他更极端。"

罗老太太愣了愣："你说什么？"

罗曜将那份股份转让协议撕碎，抬起头直视罗老太太的眼睛："奶奶，其实您有没有想过，这些年，您从没考虑过别人的感受，也从没试图认真了解过我们。

"爸爸、白姨、小迹，"他顿了顿，"还有我。"

白姨，是罗迹的妈妈。

罗老太太怔怔地看着他。

罗耀说："我出事，您让我把公司给小迹。其实您不说，我也会这么做，但您说了，我心里多难过，您知道吗？

"我是个废人了，我再也不是罗家的骄傲，可我还是您的孙子，我也会脆弱，也需要您的关心，可您一门心思想的只有公司，公司，好像我和小迹只为公司而存在。"

这些话，罗曜从未说过，一个字都没有说过，也从未表达出任何不满。

以至于罗老太太从没留意过他的情绪。

这就是所谓爱哭的孩子有糖吃吗？

不哭的孩子，只能忍着。

罗曜眼底有一丝红："还有小迹。

"您从小就不喜欢他，您有没有想过，他是一个独立的人，有血有肉，他不是罗家的工具人，不需要就扔在一边，需要就找回来。所以我说，如果是我，我会更极端，我不会忍到现在，我一天都不会在这个家待下去。

"您是我们的奶奶，是长辈，我们尊敬您、爱您，别再消费我们对您的爱了。

"认真看看这个世界，您会发现很多美好的事情，小迹很好，许沐也很好。"

他手一松，被撕碎了的股份转让协议缓缓掉落地面，如同翩翩的雪花。

"您再这样下去，别说孙媳妇，连孙子都没了。"

这么多年，罗曜对奶奶从来都是恭敬有礼，没有忤逆不听话过。

不管是从前，还是现在。

他甚至一句重话都没有讲过。

唯一一次没有听从她的安排是那次奶奶给他安排了一个门当户对的未婚妻。

他没有听。

这是唯一的一次。

一席话后，祖孙两个相对无言。

罗老太太靠在床头，没有说话。

她似乎想起一些往事，一直以为只有罗迹不喜欢她，原来一向听话的罗曜心底对她也有怨言。

她回忆这一生，争强好胜，得到了什么。

除了那些身外之物，什么都没有。

罗曜触碰轮椅扶手上的智能触摸屏，后退，转弯，走向门口："您先休息，季叔做好饭，我会通知您。"

说完这些，他离开房间，头也不回。

回到客厅，罗曜坐在落地窗旁，看着远处的落日。

晚霞绚烂。

他从衣服里侧，靠近心口的兜里拿出那串手链，一颗珠子一颗珠子摸过去。

珠子光滑细腻，手感像那晚她熟睡后，他轻抚她的脸。

罗曜拿起手机，在通讯录里找到她的名字，手指悬浮在屏幕上方，犹豫许久，还是放下。

她大概已经被他伤透，不会再想他。

晚上，许沐洗过澡出来，正赶上手机不停响。

她飞奔过去直接扑到床上，拿起手机接起罗迹的视频邀请。

那边黑乎乎一片，似乎被什么东西遮住。几秒后忽然亮起来，罗迹的脸以一个非常怪异的角度出现在屏幕里。

如果不是他长得帅，这个角度大概不能看。

许沐趴在床上，手机立起来，正对着自己："你在干吗？"

罗迹正了正镜头："跟你视频啊。"

许沐"嘶"了一声："我问你刚刚在干吗。"

罗迹笑："洗澡。"

他头发确实有些湿，身上只套着一件白色的短袖，睡觉时候穿的。

许沐说："我也刚洗完澡。"

他不怀好意："那四舍五入，我们等于一起洗过了。"

许沐隔着屏幕瞪他一眼。

罗迹不再逗她："今天做什么了？"

许沐把脑袋随意歪在床上："没做什么，去医院看了喜乐，奶奶出院了。"

"嗯，我哥告诉我了。"

他们没有继续这个话题，随便聊了些别的。许沐说："最近你不要去看评分了。"

罗迹已经躺在床上，跟她一个姿势："怎么？"

"反正不要去看。"

自从 FKA 下载量攀升，逐渐走进大众视野，评分也越来越多。

评分多了，自然有好有坏。有些玩家语言直白，控诉不满，甚至攻击游戏策划，许沐看了一些，很生气，不想让这些事影响罗迹的心情。

罗迹翻了个身，一条腿蜷起，舒服地躺在床上："早看过了。"

许沐眨了眨眼睛，看过了？他好像并没什么异样，丝毫没被那些评论影响。

罗迹说："我从不奢望做出的游戏能让全部人喜欢，天底下任何一款游戏都不可能做到，有好评自然有差评，有人吃自然有人不吃，这很正常。至于他们提的那些地方，有道理就改，没道理就当没看见，而且我觉得——"

他还没有说完，发现许沐用手托着下巴，眼睛发亮盯着他。

罗迹伸手晃了下镜头："干吗呢？"

许沐小迷妹一样："我觉得你侃侃而谈的样子，特帅。"

罗迹目光向下，看到她胸口若隐若现一道沟壑，嗓音喑哑几分："我觉得你不穿，最好。"

许沐低头看自己，用手捂住："流氓。"她不给他看，"你刚说什么，没有说完。"

罗迹想了下："忘了。"他坏笑，"我现在脑子里只有那个画面，挥之不去。"

许沐干脆捂住镜头："挂了吧，我要睡觉。"

罗迹说："再看一会儿。"

许沐挪开手："你今晚在哪住？"

"你学校附近的酒店。"

许沐换了个方向趴着，眼睛渐渐眯起来。

罗迹知道她困了，也没说话，找了个枕头放在身边，手机靠在枕头上立着，关掉灯。

直到她睡着，他才关掉视频。

第二天罗迹去了那个游戏公司，规模没有非比大，但是专门做游戏的，在圈里也有一定地位，也出过比较有名的游戏。

他们谈得还不错，但那家公司的老板不想让罗迹以工作室的名义合作，他们只想要他一个人。

罗迹没有犹豫，不同意。

要想合作，必须接受他的团队。

那边说要考虑，罗迹也没多留，说自己还要去看朋友，先走了。

罗迹去了非比。

现在火山已经全面接管非比，坐在莫仲良原来的办公室里。

人生有时就是很奇怪，越排斥什么，可能最终都会走向那条路。

火山能力一向很强，起初来非比当实习生也是刻意低调，不想引人注意，现在初出茅庐，很多人不了解他的实力，以为好欺负，想搞事的不少，他花了几个月时间平息，现在终于逐渐进入正轨。

两人在董事长办公室见面。

火山冲了两杯咖啡，递给罗迹一杯："尝尝，跟当初一不一样。"

罗迹接了："怎么样，还撑得住吗？"

火山笑了声："暂时死不了。"

他坐在罗迹对面："之前去接小柔，本想跟你好好喝一杯，但你不在北京。"

罗迹："那会儿有点儿事。"

火山看着罗迹："天涯跟我说了一些，你还真是比我都犟。"他扬了扬下巴，"有事说话，别跟我客气。"

罗迹低笑："放心，不跟你客气。"他问起小柔，"她回来工作了吗？"

提起小柔，火山苦笑："她不来，说一天到晚跟我待在一起，烦。"

其实谁都能看出来，小柔只是怕他们的关系同在一个公司会不太方便，她是新任董事长的女朋友，放在哪儿人家都不敢轻松相处，她自己也累。

反正小柔本身能力也够，到哪里都能发光。

最关键的是，火山拗不过她。

火山看向罗迹："说真的，现在我在非比，你愿不愿意回来？"

罗迹低着头喝茶，没说话。

火山很认真，似乎经过深思熟虑，不是随便说说："你是带团队，管游戏部，或者干脆想入股，都可以。"

之前公司迫于无奈，把执行了一半的FKA卖掉，火山很歉疚。

他和罗迹一样舍不得。

罗迹搭在沙发扶手上的手指一下下轻点："让我想想。"

火山这个提议不是不可以。

以前他们没有话语权，现在火山是老大，FKA的版权还在罗迹手里，他们兄弟间做事自然方便，而且非比的资源也比他做独立工作室好很多。

可一旦这样，就等于历史倒退，他一直想做自己的工作室，如果贪恋所谓资源，那一开始他就不会出来自己做。

而且他们现在得了奖，已经在圈里崭露头角，以后的资源未必会差。

还要仔细想想。

晚上两人一起吃了饭，火山把小柔也叫来。

他们就在天涯常吃的那家烤鸭店吃饭，还特意拍了照片发到群里气天涯。

不管过了多久，不管大家是否已经进入社会，扮演什么角色，只要凑到一起，他们依旧是大学校园里那群欢乐朝气的年轻人。

第二天许沐没什么事，也没去医院，在家修照片。

罗迹之前打来电话，告诉她已经上了飞机，要关机。

这是他们两个的习惯，每次起飞关机前都要告诉对方一下，下了飞机再打一个。

现在也差不多快到了。

罗迹说赵清欢也在飞机上，还拍了照片给许沐发过来。

工作中的赵清欢比平时要温和许多，笑得特别甜。

许沐决定快点把手头的事情忙完，不要占用晚上的时间。

今天是元旦，她想把欠他的那个奖励给他。

她打开平板电脑，想查一个接下来要拍的艺人资料，了解一下他以前是什么风格。

忽然看到历史界面有几页她没见过。

是一家英国的学校，去年系主任推荐她去的那家，今年又开始招生。

这个平板许沐和罗迹都会用，许沐没有查过，只可能是罗迹。

许沐翻了翻那个网站，想再仔细看看，天涯忽然闯进房间："大嫂！"

楼上只有一个房间，天涯和大路他们一般不上来，除非要去天台，可能会在门口路过。

许沐看到他脸上是从未见过的慌乱，莫名紧张："怎么了？"

天涯呼吸急促，手都在抖："刚收到消息，老大那架飞机出了故障，你赶紧下楼咱们一起去机场！"

一行人赶赴机场时，机场大厅已经一片混乱。

很多人聚集在出口，大概都是得到消息赶来的乘客家属，安保不停维持秩序，安抚大家的情绪。

媒体记者也在现场。

许沐站在人群后，身边是天涯、大路和蒋旭。

她没有哭，也没有像其他人一样冲到咨询台崩溃嘶喊，她只是安静地站在那里，目光盯着拥挤的出口，一动不动。

没有人发现，她攥成拳头的手已经发青，指印深深陷进肉里。

那架飞机上，有她的爱人和亲人，她从没有哪一刻如此希望时光倒流。

也从没有想过，这样的事会发生在他们身上。

很后悔。

没有在安静平和的日子里好好跟他在一起，多跟他说几句喜欢你，爱你。

他那么好哄，她说几句，他就很满足。

生活中的所有喜怒哀乐，悲欢离合，所有的不如意、不顺心，在生命面前，实在太渺小。

如果他回不来，以后她要怎么办。

勇敢来得太晚。

气氛凝重，身边几个人都不敢说话，仔细辨别广播里的语音播报。

那架飞机的起落架出现故障，一直在机场上空盘旋，消耗燃油，等待迫降最佳时机。

天涯在不远处看到罗老太太和罗曜，他示意大路看那边，两人默契地没有作声。

罗老太太站不稳，被人搀扶，依旧坚持等在那里，那张苍老的面庞失了血色，再不似往日容光焕发。

而一旁的罗曜，面色冷峻，薄唇紧抿，脸上是从未有过的慌乱与无措。

时间一分一秒地过去。

没有好消息，也没有坏消息。

蒋旭看到许沐脸上的表情，想说点儿什么。他碰到她的手臂，发现她整个人僵硬得很，他到了嘴边的话说不出口，只轻轻拍了拍她的肩膀。

又过了漫长的十分钟，前方忽然一阵躁动，接着有人欢呼、哭喊，大厅吵成一片。

天涯挤到前面打听情况，不到半分钟飞奔回来，说出的话都有些抖："没事了，没事了！飞机迫降成功！没有人员伤亡！"

众人松了口气，许沐松开握紧的双手，瞬间瘫坐在地上，一点儿力气都没有了。

蒋旭和大路赶紧扶住她："没事了，放心吧。"

许沐坐在地上，后知后觉，眼泪流个不停，但没有声音，让人看得心疼。

媒体现场直播，将这个激动人心的好消息告诉线上的网友，没有一会儿，这个信息传遍全网。

一直跟着提心吊胆的那些可爱的陌生人也放了心。

从知道迫降成功到乘客从出口里走出来，大家等了整整半个小时。

这半小时是许沐过得最漫长的半个小时。

每一分钟都无比煎熬。

看到罗迹的身影时，许沐甩开蒋旭和大路，拨开人群，飞奔向他。

罗迹扔掉手里的黑色背包，稳稳接住扑进怀里的许沐。

他死死抱住她，几秒后，捧住她的脸，狠狠吻下去。

两人像窒息已久一样，拼命从对方口中汲取氧气，撕咬，索取。

周围全是欢呼庆幸的人群。

他们却只能看到彼此。

罗老太太在不远处看着这震撼感动的一幕。

罗迹抵着她额头，依旧捧着她的脸："吓到你了。"

许沐抽噎着说不出话。

他将她脸上的泪水吻掉："我好好的，别哭。"

许沐颤着音开口："我爱你。"

罗迹继续吻她的泪："我知道。"

许沐又说："我爱你。"

罗迹低笑："多说几遍，我爱听。"

许沐不厌其烦，一遍又一遍地重复，罗迹再次堵住她的嘴。

许沐从他怀里退出一点儿："我姨呢？"

罗迹回头看了下："机组最后出来，应该在后面。"他把人抱进怀里，"她也没事，放心。"

两人拥抱许久，罗迹看到不远处的罗老太太和罗曜，还有大家。

他摸摸她的脑袋，松开她。

罗迹走到奶奶和罗曜身边，先跟罗曜对视一眼。

两兄弟心照不宣。

他看向奶奶，弓着腰，压低身子，轻轻抱了抱她："让您担心了。"

罗老太太依旧后怕，哭到失声，一下下捶打孙子坚实的后背。

一众机组人员终于出来，赵清欢走在最后。

许沐跑过去一把将人抱住。

　　赵清欢作为机组人员，在飞机出现事故时，一直冷静处理，安抚乘客情绪，她不敢哭。

　　此刻看到许沐，她的眼泪终于绷不住，两人抱着哭了。

　　劫后余生的感觉，这辈子都不想再尝试。

　　罗曜看着赵清欢，目光从上到下慢慢扫过，她没有受伤。

　　一颗紧绷的心终于完全放下。

　　赵清欢哭够了，松开许沐，泪眼婆娑地环视周围，没有看到那个人。

　　她挤进人群，四处寻找。她有些委屈，手里还攥着遗书。

　　她的遗书里有她生命中所有重要的人的名字。

　　她想告诉他，里面也有他的名字。

　　赵清欢追寻许久，终于在通道尽头看到那辆熟悉的轮椅和那个熟悉的背影。

　　她毫不犹豫地追过去。

　　另一边，天涯他们也放了心，大路说："人都说大难不死必有后福，老大，你以后的福气可大了。"

　　罗迹搂着许沐，偏头看了她一眼："我本来也很有福气。"

　　天涯说："就冲你这么有福气，咱们今天是不是得来一顿全聚德？"

　　罗迹摇了摇头。

　　天涯说："我请！庆祝老大劫后余生，咱们以后都是好日子。"

　　罗迹："一顿不行，至少五顿。"

　　众人欢呼起哄，迫不及待。

　　幸福其实很简单，跟爱的人在一起就好。

　　罗迹让罗曜的秘书和助理先送罗老太太回家，秘书说："罗总电话不接，不知道去哪儿了。"

　　罗迹心里有数："他没走远，留个人在这边就好，待会儿他会联系你们。"

　　秘书点头答应。

　　这一晚，大家疯闹庆祝到很晚，直到半夜将近十二点才渐渐累了，各自回房休息。

　　罗迹牵着许沐上楼，两人都没有说话。

　　当他们房间的门关上那一刻，两人似乎都已经忍耐不住，同时撕扯对方的衣服，罗迹连灯都没开，两人滚进那张大床。

　　他一遍遍亲吻她，一遍遍说爱她。

　　许沐不厌其烦地回应。

此时此刻，他们什么都不想，只想深爱对方。

她在他身上留下许多痕迹，执拗地印章一样。

她第一次知道，不喝酒，她也可以不尿，潜力是需要激发的。

罗迹觉得这回死里逃生，太值了。

第二天早上，罗迹对着浴室镜子看自己身上，有些感慨："我好像解锁了一个新女朋友。"

许沐靠在洗手台旁："想换吗？"

罗迹搂住她的腰，手往下，不老实地捏了捏："就这个了，死也不换。"

他握住她的手，看到两边的手心都有伤口，是指尖用力过猛，抠破的。

罗迹牵起她的手，放到唇边亲了亲。

许沐看了他一会儿，踮脚亲他的喉结。

罗迹把人托在空中，一脚把浴室的门踹上。

这一天，他们下午才出门。

赵清欢出了事，赵美云肯定要来，赶到她跟朋友租住的房子时已经快傍晚。

赵清欢的朋友不在，只有姐妹两个。

赵美云又怕又紧张，说以前不让赵清欢当空姐她偏不听，家里人每天惦记。

没有一会儿，许沐和罗迹敲门。

赵美云看到罗迹，先是沉默一会儿，随后指了指沙发："坐吧。"

罗迹没动。

赵美云看着他："还要我请你不成？"

罗迹赶紧过去坐了。

赵美云从上到下看了他几眼："没事吧，没受伤吧？"

罗迹说："没事。"顿了顿，"谢谢阿姨。"

赵美云叹了口气："没事就留下，待会儿跟我们一起吃顿饭。"

罗迹怔了怔，抬头跟许沐对视一眼。许沐抿着唇不说话，嘴角带着一丝笑。

罗迹压下心内的激动："行，待会儿我们出去吃，我请您。"

这次赵美云没有拒绝。

她指了指许沐："你跟我过来。"

许沐看了眼罗迹，跟着赵美云进了赵清欢的房间。

赵美云把椅子上的包拿过来打开，翻出一个用A4纸包住的东西。

许沐看着她一层层剥开，从里面拿出一本深红色的房产证。

许沐愣了一下："妈。"

赵美云把房产证打开到户主名字那一页，递给许沐："这是咱们家那套房子，我前两天改成你的名字了。"

赵美云把许沐拉到身前坐下，握住她的手："女儿大了，有自己的主意，有自己喜欢的人，我管不了，只能尽量让你过好。这房子位置好，面积大，怎么也能值个百八十万，虽然不多，但你留着，好歹心里有底，不至于空着手嫁给人家。"

"他们家条件好，你也不要觉得自己矮一截儿，等结婚的时候嫁妆我另给，不让你丢脸。"

许沐红着眼睛，觉得手中的房产证发烫。

她抱住赵美云。

赵美云轻拍她的背："小沐，一定要幸福地过日子，你爸知道，也会放心。"

许沐掉下眼泪："妈，我以后一定常回去看您。"

赵美云笑了："好。"

这一次，赵美云在北京多住了几天，罗迹专门抽时间陪她逛几个必去的景点。

订酒店，车接车送，陪吃陪玩，安排得明明白白。

连许沐这个女儿和赵清欢这个妹妹都要靠边站。

赵清欢偷偷跟许沐说："完了完了，丈母娘看女婿，越看越顺眼，我看你老妈马上就要被攻克了。"

许沐笑眯眯看着，不说话。

几天后，喜乐终于出院。

许沐去送她，罗迹本来也要去，但中途被罗曜叫走，不知什么事。许沐让他忙自己的事，反正那边也没有什么东西需要拿，她就是去看看喜乐。

梁信办好出院手续，回到病房时看到许沐正帮喜乐穿衣服。北京的冬天太冷，许沐给喜乐买了新的围巾和帽子，把小丫头包裹得严严实实，只露出两只眼睛。

喜乐怀里还抱着许沐送的小熊。

梁信站在门口看了一会儿，许沐回头看到他："手续办好了吗？"

梁信点头："好了。"他走进来，"那个钱，我得还给罗先生，你有他卡号吗，我给他转过去？"

许沐把喜乐的一些小东西装进行李包里："不着急，你那要是紧张可以先不还，慢慢来。"

梁信说："要还的，"他沉默一会儿，"欠你们的都得还。"

他拎起行李包："那就微信吧，我转给你，你帮我还给他。"

许沐说怎么都行。

从医院出来，梁信打了个出租车，许沐再三叮嘱："喜乐的身体还没有完全好，回家得好好养着。一会儿到了车站，注意别让她走得太快，抻到伤口，或者你们可以找工作人员说一下，看能不能走特殊通道先进去，不然上车人太多，挤着她。"

梁信的眼圈已经泛红，摆着手，半天没说出话，也不敢看她。

最后上车前，他说了两个字："谢谢。"

许沐跟喜乐道别，看着出租车开走。

车只开了几米便停下，梁信下了车，小跑过来："许小姐。"

许沐有些意外："怎么了，落下什么东西了吗？"

梁信说："假如，假如我以后不能经常陪在喜乐身边，你能不能答应我，偶尔抽时间回桐州看看她？她那么喜欢你，看到你一定会很高兴。"

许沐没明白他的意思："你怎么会不在她身边，要出远门吗？"

梁信不再说话，掉头跑回车里。

这次车没有停，很快消失在车流中。

许沐回想他这句话，依旧不明白是什么意思。

同一时间，罗迹被叫到罗曜家。

看到开门的人，罗迹礼貌打了招呼："季叔。"

季叔答应一声："进去吧，他在客厅等你。"

罗迹换了鞋走到客厅，发现只有罗曜一个人，他在罗曜对面坐下："奶奶呢？"

罗曜整理膝间放着的一摞东西："回去了。"

罗迹愣了下："回哪儿？"

"当然是岳城，还能回哪儿？"

罗曜把手里的一摞房产证、车本，还有已经成了碎片的股份转让协议一股脑儿丢给罗迹："以为这样你就不是罗家的人了？幼稚。"

罗迹下意识地接住，手边掉下不少碎纸："什么意思？"

"奶奶让我把这些还给你。"

罗迹看了一会儿那摞东西，抬起头："然后呢？"

"然后？"罗曜故意板着脸，停顿一会儿。几秒后，他松了绷紧的表情。

"雨过天晴。"

雨过天晴。

罗迹想，他大概熬过去了吧。

他和许沐，大概是熬过去了。

回家的路上，他开着车，视线逐渐模糊。他把车停在路边，手搭在方向盘上，头低下去。

这些年到底是怎么过来的，他不敢回想。

爸妈没了，许沐来了，许沐走了，他去到她曾经心心念念要去的地方，发现她没有去。那段时间，他的生活中除了游戏，什么都没有。

他刚到大学时其实很孤僻，独来独往的时候比较多。

是天涯，是大路，是这些兄弟主动走进他的世界，让他的生活不那么单调。

后来又遇见她，他很矛盾，每天挣扎在怨她、气她、想她、念她这些情绪中，一边嘴硬，一边不由自主地靠近她。

看到别的男人接近她，就是难受，就是生气。

他不想承认，但不得不承认，他在吃醋。

第一次让他下定决心找回她，是那次他们意外在壹号院附近遇到。

她心情不好，很低落，主动靠在他的肩上。

她似乎很累。

罗迹想，她大概对我还是有感觉的吧。

后来除夕夜，他问她，想我了吗？

她说想了。

罗迹想，我要去找她，天亮就去。

这么一想，似乎又要过年了。

一年，时间过得好快。

回到家，客厅一片凌乱。

工作区域那边已经差不多被搬空，天涯费了牛劲儿把所有电源线、网线、插排全都分门别类绑好，主机箱和显示屏也已经收拾到包装箱里。

天涯说幸亏当初的纸箱没扔。

他们已经找好地方，准备明天搬家。

看到罗迹，天涯和大路特别得意，指着地上一堆打包完毕的电脑机箱："求夸奖。"

罗迹看了看地面："挺好的。但是——"他看向几人，"麻烦大家再给装回去吧。"

天涯愣了愣："啥意思？"

"我们不搬了。"

整个客厅里的人瞬间安静。

看着一屋子的成果，大家也不知该开心还是不开心。

最后还是大路先反应过来："不搬了？我们不用搬家了？！"

罗迹给了他们肯定的答案，独自一个人上楼。

身后一片欢呼。

回到房间，许沐站在衣柜前，正在整理罗迹的衣服。

明天就要走，今天要把所有暂时用不到的打包好，她也是刚进门不久，还没有开始整理，只是先把衣服都折腾出来，打算分个类。

罗迹走到她身后，抱住她。

许沐微微缩了缩脑袋，闻到他身上的味道，偏过头："这么快？我以为你要晚上才回来。"

罗迹把她手里的衣服夺过来扔到一边，抱着人不放。

许沐笑了笑，小声温柔地说："别闹，我收拾一下。"

他的唇贴在她的耳边："不用收拾了。"

许沐："嗯？"

"我们不走了。"

许沐愣了愣："不走了？"

"嗯。"

罗迹扳着肩膀把人转过来面对自己："奶奶回岳城了。"

许沐的表情有些紧张，似乎在期待什么，又不敢肯定："然后呢？"

罗迹看了她一会儿，忽然笑了。

有人说，相爱的两个人在一起时间久了，会越来越像。

他和许沐知道这件事的第一反应都是这句话。

罗迹捏着她的肩膀："然后——"他忽然转了话题，"你之前说的奖励，是什么？"

许沐眨了眨眼："什么奖励？"

罗迹皱眉："在上海，说好回来要给我奖励，到现在我连影子都没见着。"

许沐抿着唇:"给过了。"

罗迹愣了下:"什么时候,什么东西?我怎么没看见。"

许沐低着头不看他:"那天晚上。"

她做了几个掐他胸口的动作。

罗迹明白了,从青城回来,劫后余生那个晚上,她在他身上种了很多小草莓。

他控制住她的手,作势要压住她:"那算什么礼物,你耍赖是不是。"

许沐红着脸:"不是。"

她唇瓣凑到他耳边,小声说了句话。

罗迹听了,脱口而出:"这也算礼物?我还以为那次是你对我捡回一条命的补偿,或者怕失去我才故意哄我,敢情几回合并到一回了?"

许沐慌忙捂住他的嘴:"你叫那么大声干什么!"

罗迹抓开她的手:"我不干。"

"那你想怎样?"

"多几回。"

许沐咬着牙:"你不要得寸进尺。"

她虽然一贯愿意配合他那些花样,但对于这件事,一直很抗拒,觉得不好意思。

但罗迹很喜欢。

估计没有男人不喜欢。

她肯,简直太不容易。

罗迹必须好好把握这次机会,他把她的手反扣到背后,一张脸痞得不行:"你就是用这种态度跟一个差点儿回不来的人说话的。"

许沐又去捂他的嘴:"你不要总是把这件事挂在嘴边,怪害怕的。"

罗迹咬住她一根手指,说话含混不清:"那你答应我。"

许沐用力抽出来:"大白天的,你注意点儿影响。"

罗迹坏笑说:"那就晚上。"

许沐推开他,把衣服又挂回去。

这个晚上,罗迹软磨硬泡,终于又尝试一回。

一月下旬,又快到罗迹的生日了。

许沐提前准备好了生日礼物,花了她不少积蓄,但她觉得值。

是他从飞机上下来那天,就想对他做的事。

从店里取回东西时，她满心欢喜，心里想着罗迹到时会是什么表情。

大概会被她吓到。

这也许是她这辈子做得最疯狂的一件事。

坐上回家的出租车时，许沐接到了赵美云的电话。

电话持续了三分钟，许沐的表情从欢喜，变成疑惑，又变成震惊、愤怒。

她的心狂跳，手都在抖。

赵美云说，警察联系她，有个叫梁信的人来自首，自称当年知情不报、隐瞒事实，许清丰的案子另有隐情……

罗迹一觉醒来就没看到许沐。

她只在微信里发了条留言说她跟沈瑜逛街，不用等她吃午饭。

罗迹很困，又睡了个回笼觉，再醒来时已经快中午。

比赛的事结束，他和许沐似乎也前路光明，最近罗迹都很闲，给自己放假。

FKA越来越受欢迎，前几天更新的新版本也好评如潮，尤其是新加的那个道具，还是许沐灵光一闪提出的意见，他夸许沐有潜力，可以考虑转行。

下楼时碰见天涯从房里出来，罗迹又把人叫回去。

门一关，罗迹说："戒指给我。"

天涯满脸兴奋："要出手了？"

罗迹想了下："不确定什么时候，先准备着。"

天涯比他还兴奋："什么形式？什么地点？要不要我帮你策划策划，用摇人吗？我把同学都弄来，保证阵势浩大。"

罗迹伸出手指勾了勾："给我。"

天涯跑衣柜里掏了半天，找出戒指盒递给他："用不用订蛋糕，买蜡烛？我出钱。"

罗迹笑着看天涯："你这么好心？"

天涯一本正经："从份子钱里扣。"他特别好奇，"看你这表情，胜券在握，似乎有招了？"

罗迹走到窗边："秘密。"

他看向楼下，发现许沐站在院外，离得远看不清表情，但她整个人的状态很不对。

罗迹皱了皱眉，转身跑下楼。

他跑到别墅院外，握住她冰凉的手："站这儿干吗，到家怎么不进去？"

许沐抬起头，他看到她微红的双眼。

罗迹的心慌了慌，把人搂进怀里，轻哄着："怎么了？怎么哭了？谁惹你，告诉我，我给你撑腰。"

许沐趴在他怀里，开口嗓音便是哑的："罗迹。"

"嗯。"

"我爸爸可能是被冤枉的。"

这件事震撼着许沐，也同样震撼罗迹。

谁能想到，多年前那桩案子竟另有隐情。

许沐一刻都不能等，马上订机票回桐州，罗迹要跟她一起回去。

他刚经历那场事故不久，许沐怕他有心理阴影，不想让他坐飞机，但他不肯，坚持要跟她一起，许沐没有办法，只好妥协。

他们订了第二天的机票飞桐州，临走前罗迹把接下来几天的工作交代好，许沐也在前一天晚上把两天后要交的照片全部修完，整理好发给周乾。

上了飞机，许沐怕他紧张，一直紧紧握着他的手。

本以为他的手会很凉，结果她比他还凉。

罗迹反手握住她："放心，梁信既然肯去自首，一定做好了和盘托出的准备，具体怎么回事，警察调查完自然会跟你和阿姨说。"

她们是许清丰的家人，有知情权，而且如果确定是冤案，他们也一定会给许清丰平反，恢复名誉。

其实这么多年，许沐从心底一直不愿相信父亲会为了钱做出那些事。

他很绅士，很有修养，对待图纸认真又仔细，细致推敲各种细节。

他画的图漂亮极了，像一件艺术品。

许清丰曾对许沐说，爸爸要造一座世界上最漂亮结实的房子，给你和妈妈住。

他甚至曾想过给许沐取个小名叫"钉钉"。

他说，盖房子不是小事，小到一颗螺钉都很重要，马虎不得。

后来赵美云拒绝了这个提议，说一个女孩儿叫这个名字，有点儿硬，不温柔。

那时许沐很小很小，他们一家三口很幸福。

罗迹把人搂进怀里："最坏的都过去了，从现在开始，都是好事。"

许沐轻轻应着："嗯。"

飞机准点到达桐州，他们先去赵美云家。

这趟来得急，罗迹没有时间准备礼物，但还是在小区门口买了不少水果带上去，显得不失礼。

知道他们有重要的事要谈，继父把弟弟带出门："我出去买个菜，你们先聊。"

赵美云点头："买条鱼。"

"知道了。"

赵美云看向沙发对面的两个人："其实现在也没什么能说的，我知道的都在电话里告诉你了，警察让我去一趟，我想等你一起去。"

她有些疑惑："当年你爸公司的人我差不多都记得，对这个梁信没有印象，到底是哪里冒出的人，怎么会知情。"

许沐脑中不断将过去的一些记忆碎片进行拼接、整理。

她忽然明白上次分别前，梁信那番话的意思。

他说如果他不在喜乐身边，许沐能不能偶尔去看看她。

也许那时他就已经准备好要自首。

许沐说："梁信应该在爸爸的工地里工作过，我见过有他名字的工资单，就在家里那个铁盒子里。"

赵美云还是不懂："他已经隐瞒这么多年，为什么忽然说出来？"

这次许沐沉默了。

罗迹握了握她的手，看向赵美云："应该是因为小沐。"

赵美云疑惑："什么意思？"

"小沐救过他的女儿。"

罗迹把许沐怎样救喜乐，以及喜乐在北京住院时许沐对他们父女俩提供过的帮助都告诉赵美云。

赵美云："所以他心生愧疚，良心发现去自首？"她有些不信，"他隐瞒了这么多年，甘心吗？"

甘心吗？

也许不，但他从此以后将会忍受良心的煎熬和折磨。

每个人内心深处都蕴含着欲望与贪婪，只不过有些人可以自控，有些人不行。

欲望和贪婪也是多面的，有人对金钱有着极度的热爱，有人偏偏视金钱如粪土，反而对感情要求极高。

每个人的选择不同，造就了每个人不同的人生、不同的轨迹。

这一晚，许沐和罗迹住在老房子那边，第二天一早他们三人一同去了警察局。

罗迹不方便进去，他在外面等。

警方那边已经给梁信做过笔录，也审过。梁信将自己所有知道的事全都说了。

他供出一个人。

薛明坤。

在梁信的口供中，是薛明坤背着许清丰擅自修改工程图纸，把降低了用料标准的采购单混在其他文件中骗许清丰签了字，并贿赂审核单位使得工程顺利通过，从中获取高额利润。

梁信无意间得知此事，薛明坤给了他一笔钱封口。当时他还欠着外债，一时鬼迷心窍，便答应了。

真相如此残酷。

无论如何许沐都想不到，那个父亲口中的多年好友，那个口口声声要照顾许沐的薛明坤，竟是始作俑者。

他是怎么做到脸不红心不跳说出那些话的？

许沐问："薛明坤呢？"

对面警察说："我们已经联系青城方面的警方，第一时间把薛明坤控制起来，我们的人也过去了，相信很快会有结果。"

许沐攥紧拳头："我要见他。"

"现在只有律师能见他。"

许沐："你们有把握吗？如果他不承认呢？"

警察说："我们现在有梁信的指证，也在调查他这些年的银行流水，重新调查那家审核公司，一旦证据链完整，就算他不承认，我们也会依法起诉他。"

许沐抿着唇："那我要见梁信。"

警察摇了摇头："抱歉，你也不能见，不过，"他顿了顿，"梁信有句话，托我带给你。"

许沐望着他。

警察说："他说：'对不起。'"

从警局出来时，一直等在外面的罗迹立刻迎过去，牵住她的手："怎么样？"

许沐没有说话。

赵美云也有些沉默。

时间久远，有些证据早已不复存在，重审难度太大，除非薛明坤自己承认，不然不知道要等多久。

赵美云看了眼时间："你们回家吃饭吗？我让你叔提前做。"

许沐摇了摇头："我想回家睡一觉。"

赵美云没有勉强："那有什么事给我打电话。"

"嗯。"

罗迹陪许沐回了家，他们中午没有吃饭，许沐似乎也不想吃，她脱了羽绒衣，走到卧室里随便躺在床上。

罗迹在门口看了一会儿，走到床边把她的拖鞋拿掉，躺到她身边，一只手臂撑着身体，一只手去摸她的脸。

他拇指在她脸上蹭了几下，低声说："怎么了？一直不说话。"

许沐睁开眼睛，两人对视一会儿。

她挪蹭身子，靠近他，把自己塞进他怀里："对不起。"

罗迹轻拍她的背，哄着："为什么说对不起。"

许沐把脸埋进他的胸口："今天是你的生日，我没有送你礼物，还要你陪我折腾。"

罗迹笑了笑，低头在她额头吻了一下："没关系，爸爸的事要紧。"

许沐躺在他怀里，慢慢把薛明坤的事说了。

罗迹许久都没有说话，也不知道该说什么，只感叹人性难辨，也许恶魔就在身边。

他摸摸她的头发："想吃什么？我去买。"

许沐摇头："不想吃。"

罗迹说："要不还是打卤面荷包蛋？就当你给我过生日了。"

许沐睁开眼睛："那我去做。"

"我做，你等着。"

许沐："哪有过生日的人自己动手的。"

罗迹捏着她的下巴亲了一下她的唇："我愿意。"

下午两人吃过饭，罗迹陪许沐去了一个地方。

是从警察那里拿到的地址，离许沐家很远，在郊区。

那里都是老旧的胡同和狭窄的街道，因冬日显得格外萧条。

许沐和罗迹站在胡同口，看到不远处有个老奶奶牵着一个小女孩儿，两人都走不快，老奶奶步履蹒跚，从兜里摸出一把小钥匙，开自家的铁门。

喜乐很乖，不吵不闹地站在一边等。

她还戴着许沐给她买的帽子和围巾。

两人一起进院。

罗迹看向许沐："要去看看吗？"

许沐摇了摇头："不了。"她嗓音很低，"如果她问我爸爸去哪儿了，我不知道怎么说。"

喜乐什么都不知道也好，可以开心快乐地生活。

接下来的一段日子，他们没有在桐州等，北京那边还有许多抛不开的事要处理。

只是许沐会常常跟桐州警方这边联系，询问进展。

后来她知道，当年收到那笔钱，薛明坤没有挥霍，没有买房子买车，全部用在这些年妻子的医疗费用上。

一笔笔流水，清清楚楚。

坏人也有情。

也许有些人，正是因为有情，才被迫变为坏人。

可即便如此，也不值得同情。

薛明坤那边，据说一直闭口不承认，还找了金牌律师替他辩护。

他们不知准备了什么证据反驳，但听说那个律师从没有输过官司。

这个周末，许沐要去青城出差，拍东西。

忙完后，她买了一束鲜花，去了薛明坤妻子所在的医院。

依旧是一间 VIP 单人病房，环境好，安静又舒适。

许沐站在门口，没有进去。

病床上，薛明坤的妻子瘦了许多，整个人状态非常不好。许沐想起薛明坤曾说过，她只是挨日子罢了。

这样活着，对她来说，也是一种煎熬吧。

也许薛明坤的执念早已不在她身上，而是在自己的心里。

那场车祸，让罗迹没了父母，罗曜从此坐上轮椅，薛明坤的妻子成了植物人。

为了延长妻子的生命，薛明坤不惜违法犯罪，获取钱财，害了许沐的父亲。

这一连串的因果，让人唏嘘。

如果当年能避免那场车祸，也许一切都不会发生。

可世间没有如果。

开车的人，掌控自己的生命，也掌控别人的生命，哪怕有一点点的不专心，也可能酿成大祸，害人害己。

所以，为了自己，也为那些无辜的人，请小心。

许沐没有进去，拜托护士替她把花带进去，转身离开。

当她即将转弯时，听到身后一阵嘈杂。她回头看过去，发现几名医护人员急匆匆走向走廊尽头，不知去哪间病房。

她看了几眼，没有停留，进了电梯。

第二天回到北京，罗迹来接机。

他接过许沐手里的背包自己背着，另一只手把人搂进怀里："怎么样，累不累？"

许沐摇头："不累，你来多久了？"

"刚到。"

快要新年，罗迹想给大家多放几天假，这两天在忙更新版本的事，有些漏洞要修复，还要增加一些呼声高的小技能，超能追击已经获奖，这个时机面世热度刚好，所以最近他都很忙。

两人上了车，罗迹帮她系安全带，许沐说："我还抽时间去学校看了一下我们系主任，她好像快退休了，说以后天天在家带孙子。"

罗迹听她说过这个系主任，很和蔼的一个小老太太，对许沐也很好。

许沐忽然想起，系主任去年给她推荐的那所英国的学院，前阵子还在平板里看到了，那天他飞机出事，她吓得要死，忘了这事，后来就丢到脑后，一直没问。

她转头看向罗迹："你是不是在查我之前报名表上那个学校？"

罗迹启车，转动方向盘："为什么这样问？"

"我看到历史记录了，你要干吗？"

罗迹笑了下，刚想说话，许沐的电话响，他示意她先接电话。

许沐拿出手机，看到是桐州那边的警察打来。

她赶紧接起来："有什么新进展吗？"

"薛明坤放弃辩护，承认了。"

许沐愣在那里，没有说话，也没有动，眼睛直直望着前方。

罗迹看出她不对，把车停在路边："怎么了？"

许沐回神，颤着声儿问："怎么这么突然，他不是一直否认吗？"

电话那边说："他太太去世了。"

得到这个消息，许沐一时间不知该做什么反应。

他认罪了。

那么，爸爸就可以洗清冤屈、恢复名誉了，是吧？

好像是这样。

她忽然很想大哭一场，把这些年受过的委屈，憋在心底的怒气、怨气，全部发泄出去。

罗迹伸手抱她。

当他的手触碰到她身体的那一刻，许沐崩溃大哭。

罗迹赶紧把人搂进怀里，死死抱住。他什么都没说，只不停安抚她，亲吻她。

她的委屈，她的无措，他明白。

许沐在他怀里哭了很久，直到双眼哭肿，用掉半包纸巾才渐渐停下。

她抽噎着说不出话，看得罗迹心疼。他再次吻住她的额头，柔声安慰："乖，都结束了。"

走流程的日子过得很煎熬，小年的前一天，许沐终于可以见薛明坤。

在看守所的会见室，许沐坐在玻璃一侧，看到了身穿蓝色上衣的薛明坤。

他一如既往的温和，面带微笑，只是双鬓有了些白发，人也苍老许多。

他在许沐对面坐下。

两人平静地望着对方，许久没有拿起通话器。

几分钟后，还是薛明坤那边的狱警提醒："只有十五分钟，抓紧时间。"

薛明坤目光动了动，终于拿起手边的通话器。

许沐也拿起另一边的。

薛明坤先开了口："其实我犹豫很久，要不要出来见你。"

许沐紧抿着唇，极力控制自己的情绪："为什么这么做？"

薛明坤看着她的眼睛："都说女儿像爸爸，你跟你爸爸有些地方确实很像，像到每次看见你，我都有些心里发颤。

"这些年，我没有睡过一个好觉，我有罪，我自私，可我别无选择，不那样做，我太太就会死。"

许沐拳头砸向台面，红着眼睛："你妻子的命是命，我爸爸的命就不是命吗？"

薛明坤垂着头，片刻后："是，我对不起清丰。"

"不许你叫我爸的名字！你不配！"许沐从未这样歇斯底里。她只觉胸中一股怒火，烧得她难受，如果不是隔着这一块玻璃，她不知自己会做出什么事。

薛明坤嗓音干哑："我对不起清丰，也对不起她，是我让她出门帮我送东西，是我让她出门的。如果那天她好好待在家里，什么事都不会发生，我没办法放弃她，我过不去这个坎儿，就算搭上这条命我也在所不惜！"

许沐："可你搭上的是别人的命。"

她忽然没了欲望，不想说话，不想骂他，甚至不想再看他一眼。

许沐站起来，目光冰冷，声音也冰冷："如果人死后真有天堂地狱之分，我希望你下地狱。

"再也不见。"

说完这句话，她放下通话器，转身走掉，没有回头。

从看守所出来时，天气晴朗，阳光普照。

许沐仰起头，手放在眉间，遮挡骄阳。

天真好。

以后应该都是晴天了。

罗迹靠在车旁，默默看着她。

她似乎变了，又好像没变。

她还是以前那个许沐，坚韧、独立、漂亮。

但如今，她身上似乎隐隐多了些自信和骄傲，可以堂堂正正、挺直腰板走在路上的底气。

他朝许沐伸出手。

许沐飞奔过去，一下扑进他怀里。

两人在冰雪中拥抱。

小年那天，北京的家里张灯结彩，过了今天，大家各自回家过年，一直放假到正月十六。

天涯特别兴奋，嚷嚷跟着老大果然没错，如果能二月二龙抬头之后再来上班就更好了。

大路说："如果你愿意，可以永远去抬头，再也不用来上班。"

天涯一边往盘子里装水果糖一边说："那还是算了。"

今天大家都在，许沐把沈瑜也叫来，本来还想叫赵清欢，但她说没空。

罗迹找罗曜，他也说忙。

天涯把提前准备好的糖和花生瓜子都摆到盘里，沈瑜在厨房洗水果，两人从头到尾都在捣，没有一时片刻的消停。

大路和蒋旭在门口贴对联，研究半天似乎贴反了，又折腾下来重贴。

家里好久没有这么热闹了。

今晚他们没用阿姨，自己包饺子。

几个男生手艺差，但力气大，负责和面和剁馅儿。

许沐拌了两种馅儿，一种肉的，一种素的，沈瑜最会包饺子，还会包麦穗儿。

她手最巧，以前还给许沐编过头发，今天也编了，不知在哪儿学的新花样，特别洋气，把自己和许沐编成了闺蜜辫儿，一样的造型。

罗迹和蒋旭去超市扛了两箱啤酒和饮料回来，又买了不少熟食，他们男生就爱偷懒，什么现成能吃买什么。

这里的人都爱吃饺子，尤其是天涯，还特别矫情地煮一锅晾凉后煎了一盘，说煎饺子更好吃。

一顿饭打仗一样吃完，盘子空了，酒瓶也空了。

天涯提议玩游戏。

大家踊跃参与，大路问玩什么。

天涯想了下："就玩去年咱们在青城郊区那次玩的，群里扔骰子，谁最大谁说个秘密，不说就喝酒。"

大路更正："前年。"

天涯瞅他："前年？"

"过了两个一月了，可不是前年了。"

天涯点头："成，那就前年。"

大家把沙发前面的茶几搬走，在地毯上围坐一圈，像当初坐在草地上一样。

天涯率先往群里扔了一个。

几个人的手机同时响，叮叮当当。

拉钩为什么要上吊：五点。

沈瑜左右看看："你们什么群啊？我怎么没有。"

天涯一拍脑袋："我把你加进去。"

沈瑜生气："你们竟然背着我拉小群？"

天涯低头加人："这是我们几个内部群，只有家属才能进。"

大路看热闹不嫌事儿大："哦——"

天涯踹他一脚："哦什么哦。"

众人大笑。

沈瑜进群后，大家先后往里扔骰子。

路大爷誓死不烫头：两点。

Dancing fish：两点。

Penta Kill：三点。

越不过：六点。

叫老娘仙女：四点。

大大大旭：四点。

天涯嚷嚷："怎么还有浑水摸鱼的。"

他在群里圈火山。

拉钩为什么要上吊：有你什么事，不参加集体活动的人退下 @越不过

越不过：[恭喜发财，大吉大利]

二百一个的红包，他连着发了好几个。

天涯抢得不亦乐乎，马上变了脸。

拉钩为什么要上吊：财神爷您好 @越不过

小柔也抢到一个。

如何越过男朋友生一个可爱的女儿：谢谢老板！

越不过：早点睡，乖。

众人受不了，接连发了一长串呕吐的表情。

两个中途搅局的人忽然消失，不知玩什么深夜游戏去了，这边的游戏也继续。

大路说："去掉火山那个，天涯你最大。"

天涯气得直咬牙："你们这帮人行不行，这么多连个六都没有。"

众人催他，天涯狠狠心："那我就说一个。"

他转了转眼珠："我喜欢一个人。"

大家疯狂敲地起哄，问是谁，天涯脸色一摆："抱歉，这是一个秘密，无可奉告。"

大家："嘁——"

游戏继续。

这次抽到许沐，许沐看了眼罗迹："我没有秘密。"

罗迹望着她，两人心照不宣。

上次抽到她，她也是说的这句。

可这一次，她是真的没有秘密了。

按规矩许沐要罚酒，罗迹二话没说，替她喝了满满一罐。

这游戏似乎有些上头，大家玩到很晚，到最后说得都没秘密了，就开始喝酒。

后半夜，一群人横七竖八睡了一地。

罗迹示意许沐上楼。

两人牵着手走到三楼露台，靠在栏杆旁聊天。

罗迹的手随意搭在栏杆上，垂下的手指修长好看，骨节分明。

许沐的手揣在兜里，握紧那只小盒子，心里打着草稿，紧张到不敢开口。

她闭了闭眼睛，刚要说话，罗迹忽然起身："等我一下。"

他下楼，半分钟后又回来，手里拿着天涯的吉他。

罗迹走回许沐身边，摆上架势，随手拨弄两下，眉头微微皱了皱："他这东西确实有些年老失修，影响我水平，"他笑了笑，"你凑合听。"

罗迹会吉他，许沐是知道的，他弹的比天涯还好，只是平时很少弹。

他低着头，试了几个音，有些手感后便抬头看许沐："《夏天的风》，送给许沐小姐。"

许沐笑出来。

罗迹边弹边唱，旋律轻盈，几乎瞬间将许沐的思绪拉回到从前。

那时他们常常一起听这首歌，他也曾给她弹过。

> 为什么你不在
> 问山风你会回来

许沐回来了，再也不走了。

两人都红了眼。

罗迹放下吉他，手伸进兜里，摸到那枚戒指，许沐忽然说："罗迹，我们结婚吧。"

罗迹的手顿住。

他望着她，有些意外，心跳加速。

许沐从兜里拿出一个黑色的丝绒锦盒，当着他的面打开，里面是一对婚戒。

许沐眼睛有些湿润："你飞机出事那天我就在想，如果你能安全回来，我就嫁给你。你回来了，我又觉得这种事应该有些仪式感，所以我买了戒指，想在你生日那天说，可那段时间又在处理我爸的事，就一直拖到现在。

"我以前曾放弃过你，离开你的日子我尝过了，不想再尝，我想以后都跟你在一起，陪你年轻，陪你老去，陪你做一切事。"

她抹了下脸上的眼泪："罗迹，我认定你了，想跟你结婚。"她把女款那一枚戒指取出来，"你要是同意，就帮我戴上吧。"

罗迹望着那枚戒指，沉默许久。

许沐一直举着手，等他回应。

她紧张到不行，这辈子都没这么紧张过。

这个男人为什么还不说话？

他应该不会不愿意吧？

应该不会吧？

时间一点点过去，许沐的手已经被晚风吹得有些凉，她渐渐没了耐心，准备放下时，罗迹忽然握住她，让她的掌心将那枚戒指包裹住。

许沐发现他的眼睛红了。

罗迹看着眼前的女孩儿，他爱了这么多年的女孩儿，她那么勇敢，那么倔强，那么热烈地爱着他。为了他，她可以抛下一切，甚至抛下女孩儿应该享受的权利。

罗迹嗓音低哑："戒指很漂亮。"

许沐望着他。

罗迹低了头："可是怎么办，我也准备了一个。"他把那枚钻戒从兜里拿出来，放在掌心，"你真傻，哪有女孩儿求婚的。"

许沐掉下眼泪，委屈得很："你又不求。"

罗迹将两枚戒指都放在她掌心，自己的手托在下面："对不起，是我晚了。"他拢住她的手，"戒指我早就买了，一直想找个合适的机会，没想到被你抢先。"

两人目光交汇，仿佛在彼此的眼中看到了万丈星辰。

罗迹哑着嗓说："小沐，从我见到你的第一眼开始，我就喜欢你，这些年，不管你在我身边，或是不在我身边，我从没有一刻停止过爱你，我不知道这是不是一种病，如果是，我希望永远不要痊愈。

"生活给我们的考验够多了，我想，我们已经熬过去了。"

即便头破血流，遍体鳞伤，他们依旧坚定那颗心，舔舐彼此的伤口，向往美好的未来。

罗迹的指尖在两枚戒指中晃过："想要哪一个？"

许沐抽噎着："你那个。"

罗迹拿起自己那一枚，执着她的手，单膝跪地，无比虔诚："许沐，我想一辈子跟你在一起，我发誓，以后我们的生活没有苦，只有甜，我会永远爱你，保护你，不让你受一点儿委屈。

"我也想跟你结婚，比你更想。"

他停顿一下，望向她："嫁给我吧。"

许沐满脸泪水，下意识地用手背遮住脸。

罗迹将戒指一点点套在她的无名指上。

她掩面哭泣，他单膝跪地，他们像公主与骑士。

戴好戒指，许沐拉住他的手："你快起来。"

罗迹起身，伸手将人抱进怀里。

一路艰难，好在他们没有放弃。

罗迹把她脸上的泪吻掉，稍一弯腰将人横抱起来，走向房间。

许沐搂着他肩膀，任由他将自己扔到那张大床上。

灯没有开，他轻吻她颈侧，低声问："你那对怎么办？"

"婚礼上戴。"

"行。"

今夜注定无眠，温柔夜色似乎都失了颜色。

第二天早上许沐醒来时，床边已经没人，浴室里有流水的声音，他大概在冲澡。

许沐翻了个身，腰疼到不行，她侧躺着，忽然看到床头柜上有一张纸。

她爬到床的另一侧，拿过来看。

她微微发愣，是张报名表。

去年系主任推荐她去的那所英国的学院，今年又开始招生。

罗迹从浴室出来，擦着湿漉漉的头发，脸庞干净清爽，似乎也刮了胡子。

许沐扬了扬手里的报名表："这是什么？"

罗迹走过来站在床边，两条长腿明晃晃在她眼前晃。许沐下意识看了几眼，脑子里不知想起什么画面，脸有些红。

她抬起头："问你呢。"

罗迹说："好歹也是大学毕业，不认字吗？"

"不是。"她从床上坐起来，"我的意思是，你打印报名表干什么。"

罗迹看了她一会儿，头发擦得半干不干，随手把毛巾扔到一旁，坐在床上，两人面对面坐着："小沐。"

许沐疑惑地望着他。

罗迹说："以前你为我受了很多委屈，还放弃了出国的机会，我心里一直不舒服。

"我问你，你现在还想出国吗？"

许沐愣了愣："现在我出不去，我有工作室，有合伙人，不能扔下他们不管。"

罗迹摸了摸她的脸："不看这些，不管他们，也不管我，只问你自己，想去吗？"

许沐眨着眼睛："为什么不管你。"

他把人搂进怀里："我想让你做你自己喜欢的事，不为我，不为别人，只为自己。我想补偿你。"他轻吻她的耳朵，"如果你想去，我陪你。"

许沐怔了怔："可是，你的工作室——"

"我可以远程操控，而且最近一年应该不会有新项目，只维护老项目，我在线跟他们沟通就可以。再说如果有事，我也可以中途回来几天，只要想去，没有不能解决的问题。"

他轻抚她柔顺微乱的长发："到了那边，你白天上课，我在家洗衣擦地，给你准备午餐和晚餐，下了课我们一起在河边散步，我给你拍美美的照片，晚上——"他忽然语气暧昧，"白天我那么照顾你，公平起见，晚上你——"

许沐知道他又要说那些羞人的话，捂住他的嘴："行了我知道，不用说了。"

罗迹笑着握住她的手，放在唇边吻了下。

他描绘得太好了，许沐有些心动。

罗迹认真地问她："告诉我，想，还是不想。"

许沐抿了抿唇："想。"

罗迹笑了："那就去。"

"可是，我还要跟周乾商量一下。他是我的合伙人，我不能不负责任丢下他。"

罗迹点头："好。"

本以为周乾那边不会愿意，毕竟他们合作还不到一年，许沐说的时候很委婉，再三强调以他为主，如果他不同意，她就不走。

谁知周乾很痛快就答应了。

他玩笑说："只要你不是甩了我跟别人合作，你出去个一年半载的，我还等得起，再说你也不是到了英国就不能拍了，英国也有很多可以做的专题，只是到时要辛苦你，又要上课，又要工作。"

周乾有钱，太有钱了。

他们工作室那个位置的租金，加上所有人员设备，一个月的支出也不少，许沐算过利润，虽然没亏钱，但也没赚那么多，可周乾又分给她不少，好像只是兴趣所在，根本不在乎赚了多少钱，他只关心作品是否精致完美。

这种合伙人，打着灯笼都难找。

许沐甚至觉得，他是不是还有什么隐藏的身份没告诉她。

不管怎么样，合伙人同意了，这件事也就算定下了。

今年春节，罗迹和许沐还是各自回家过年，这一次，许沐住在了赵美云为她准备的房间。

大年初一，罗迹开车从岳城直奔桐州。

他特意开了一辆容量大的车，后座和后备厢塞得满满，烟酒、衣服、玩具、各种营养品，特意从乡下搞来的新鲜鸡鸭鱼、牛羊肉，一大堆年货，品类繁杂，像个小超市。

他在赵美云家楼下卸货时，把所有人都惊着了。

邻居特别羡慕赵美云，找了这么个懂事的女婿，开这么好的车，家里条件肯定也不错，长得又帅，跟小沐特别般配。

赵美云笑得合不拢嘴，说一般吧，还行。

许沐已经来回上下楼两三次，第四次下来时，车终于空了，罗迹把最后几样东西拎了满手："你走前面。"

许沐说："你是把超市都搬来了吗？"

"这次凑合一下，下次搬。"

许沐瞪他："这还凑合，我们家都放不下了，你怎么带这么多东西？"

罗迹边上楼边说："第一次正式拜访，总要好看些。"

许沐快走几步，跑到前面给他开门。

初一这天的晚饭，全家人一起吃。

继父做了一大桌菜，大部分都是许沐爱吃的，他以前当过厨师，家里他做菜的次数比较多，这种节日更得他来，赵美云只打下手。

意外的是，许沐的弟弟特别喜欢罗迹，只一个下午就缠住他不让走，要他陪着玩新买的变形金刚和玩具车。

罗迹很懂小男孩儿的喜好，买的玩具弟弟都特别喜欢。

许沐看着弟弟玩得特别开心，靠坐在罗迹身边，小声说："你倒是不见外，他跟我都没这么亲。"

罗迹偷偷钩住她一根手指："没办法，长了一张讨人喜欢的脸。"他压低声音，"小孩儿很好哄的，你陪他玩一会儿，很快就会亲近起来。"

他把许沐拉坐在地垫上，两个大孩子，一个小孩子，一起玩起来。

没有多久，赵美云从厨房出来，看到他们三个笑得前仰后合，弟弟把拼好的玩具递给许沐，求表扬一样让她看。

赵美云看了一会儿，脸上露出笑容，转身回去给他们切水果。

这一晚，罗迹就住在家里，没有走。

他们在桐州住了三天，许沐带罗迹去了她以前的学校和常去的地方，罗迹拿着她的相机，装模作样地拍照。

许沐问你会吗，罗迹说拍不好你补救。

临回北京的前一天，两人去了墓地。

许清丰的墓碑很干净，碑前有几束花，不知是谁送的。

自从他重获清白，这里偶尔会来一些陌生人祭拜，也许是当年死者的家属，曾错怨过他，也许是知道这件事的路人，为他唏嘘。

不管怎样，许清丰应该可以安息了。

许沐把怀中的花放在墓碑前。

她早已来过这里，这次是罗迹想来看看。

两人低头默哀，安静陪了许清丰一会儿，罗迹睁开眼睛："你先去门口等，我想在这儿待一会儿。"

许沐看向他："不让我听吗？"

罗迹抬手揉了揉她的脑袋："乖。"

许沐轻轻点头，转身离开。

许沐走后，罗迹从大衣兜里拿出两瓶白酒，精致的小包装，一手便能握住整个瓶身。

他放了一瓶在碑前，另一瓶拧开，自己拿着。

罗迹看了看墓碑上许清丰的照片，年轻英俊的男人，许沐眉眼间的一丝英气似乎随了他。

他用自己手中的小瓶轻碰另一瓶："叔叔，虽然刚刚已经介绍过，但我还是想再说一次，我是小沐的男朋友，也是她未来的丈夫，罗迹。

"我很早就听说过您，小沐说您特别厉害，是名非常优秀的建筑师。"

他停顿一下，抿了一小口："这些年，辛苦您了。现在已经真相大白，您是清白的，以后不会再有人欺负小沐了。"

他嗓音低哑："叔叔，小沐交给我，您放心，我答应您，会一辈子对她好，保护她，不让她受委屈，一切以她为重，您在天之灵，可以安心。"

许沐站在园区门口，低着头，脚尖轻轻蹭着地面。

罗迹已经在里面停留十五分钟，她想回去看看，又觉得他让她先走，应该是有什么话想对爸爸说。

她乖乖站在门口等。

过了会儿，罗迹终于出来。

许沐迎上去，挽住他的手臂："说完了？"

"嗯。"

"说了什么？"

罗迹笑了一下："以后你乖一点儿，我就告诉你。"

许沐缠着他："我不够乖吗？"

"再乖一点儿。"

他搂着许沐的肩膀，许沐靠近他身体，嗅觉敏锐，闻了闻他身上："怎么有股酒味？"

罗迹偏头看她："回北京之前，别忘带一样东西。"

许沐："什么东西？"

"户口本。"

许沐脚步停下，望着他。

罗迹牵住她的手："下个月就要走了，走之前，还有件大事得先办了，不然我不安心。"

许沐知道他的意思，只是觉得有些意外，又隐隐有些兴奋和激动。

她不是没想过，只是她以为要从国外回来才办，没想到他这么急。

罗迹捏她的手："带不带？"

许沐看了他一会儿，笑了："带。"

罗迹觉得，许沐之前说了那么多好听的话，这句最好听，最甜。

回到北京后，日子就过得很快了。

罗迹联系英国那边的朋友，在学校附近租了套房子，提前找人打扫干净。许沐学校那边的手续已经办完，护照和签证也办完，就等报到。

他们没有选黄道吉日，随便挑了个两人都空闲的日子就把证领了。

罗迹说，我们已经把坏运气用光了，剩下都是好的，哪天都行。

领证的过程极其简单，大钢印一戳，工作人员一张喜气洋洋的脸，把两个小红本双手递给罗迹和许沐:"恭喜二位。"

从民政局出来,罗迹就一直在笑,盯着那张证件照看好久。

他摸摸许沐的脑袋:"骗到手了。"

许沐挤在他怀里,两人一起看。照片里,两人穿着白色的衬衫,满脸幸福的笑容。

摄影师说,他拍过的这些新人里,他们最好看。

罗迹偏头望向许沐,眉眼间全是温柔。

许沐也看向他。

"老婆。"

"老公。"

两人异口同声。

许沐愣了下,他们同时笑起来。

许沐拧他:"你好烦,总学我。"

"我们明明一起说的,怎么成了我学你。"

"就是你学我。"

罗迹无奈:"行吧。"

天气晴朗。

罗迹搂着她的肩,两人越走越远。

许沐说:"问你个事。"

"什么。"

"你微信头像那个黑乎乎的图片到底是什么意思?"

"不告诉你。"

任凭她怎么问,他就是不说。

后来许沐放弃,提起另一件事:"还有个事想问你。"

"说。"

许沐偏头看他:"当年我离开岳城,在车站,你到底去没去。"

罗迹毫不犹豫:"没去。"

许沐不信,在他怀里撒娇:"真没去?不要骗我。"

"没去。"

"说实话。"

罗迹目不斜视:"我对你这种铁石心肠、头也不回的人没什么好说的。"

许沐刚要生气,仔细想了他的话,忽然抱住他:"你去了,是不是?不然怎么知道我没回头。"

"没去。"

许沐捏他的下巴："你去了。"

罗迹捉住她的手，偏头躲开："别弄我，再弄亲你。"

许沐不干，缠着他不放。

罗迹发了狠，一下把人横抱起来，作势要扔在地上，吓得许沐紧紧抱住他不放。

两人边闹边笑。

越走越远。

那年离别，我拎着沉重的背包，没有回头。

怕看到你，又怕看不到你。

如果可以重新选择。

我会毫不犹豫、用尽全力——

奔向你。

- 正文完结 -

番外 "清曜" 篇

有一种爱情

机场大厅。

罗曜和奶奶此刻已经等了近半个小时。

不久前他得到消息，罗迹的那架飞机的起落架出现故障，无法正常降落。

情况紧急，他和奶奶一同过来。前方不远的出口挤了很多机上乘客的家属，场面十分混乱，安保人员不停维持秩序，空气中弥漫着一股浓浓的紧张气息。

罗曜坐在轮椅上，目不转睛地盯着出口的方向。

他手中紧紧攥着一串手链，力道大得近乎将上面的珠子捏碎。

没有人知道他此刻的紧张与无助。

这架飞机上，有他的亲弟弟，也可能有他深爱的女孩儿。

他并不确定赵清欢是否在飞机上。赵清欢以前给过他她的排班表，那时她满心欢喜，说这样他就可以知道她什么时候有时间，什么时候没时间。

尽管那时他对她说不需要。

排班表是上半年的，不知是否有变动。如果没有变动，那今天这架飞机上，就有她。

来的路上罗曜就已经忍不住，给她打了电话，她的手机是关机状态。

从那时起，罗曜的心就再没放下过。

等待的过程是煎熬的，一分一秒都难以忍受。

罗老太太承受着身体与精神的双重压力，已经快撑不住。罗曜让秘书蒲卓扶住她："奶奶，您去车里等，有消息我马上让人通知您。"

罗老太太不去："我就在这儿。"

没有多久，前方忽然一阵嘈杂，隐约听到有人说"没事了"。

罗曜示意蒲卓过去看，蒲卓点头，几分钟后回来："没有人员伤亡。"

所有人都松了口气。

罗曜攥着手链的手松了松，珠串上全是汗。

接下来的时间，依旧是等待。

大约又过了半小时，出口那边开始躁动起来，那架飞机上的乘客陆续走出来。

等待已久的亲属们一拥而上，寻找自己的亲人，相拥哭泣。

罗曜先看到罗迹。

他拎着黑色的背包，从拥挤的人群中侧身出来，目光不断搜寻。

一直在另一侧焦急等待的许沐第一个冲过去，罗迹扔了包，将人紧紧抱住，他用力往上提了提，许沐几乎悬空，整个人挂在他身上。

下一秒，罗迹捧住许沐的脸，狠狠吻下去。

罗曜看向身旁的奶奶，她注视着这一幕，满眼动容。

罗曜没有说话。

直到所有人都已经出来，门口只剩少量人滞留不散的时候，罗曜才看到机组人员。

赵清欢走在最后，脸色有些发白，上次在奶奶的病房看到她时，就觉得她似乎瘦了很多，现在更瘦。

他看到赵清欢和许沐拥抱。

她哭得厉害。

印象中，赵清欢胆子很小。

去年在广州那段日子，她连续给他送了三天排骨汤，在酒店的墙角看到小虫子就吓得往他身边凑。

刚刚她一定吓坏了。

罗曜的目光在她身上扫过，确认她安全无事后，便悄声触摸手边的智能屏幕，操控轮椅后退，离开这里。

他不敢见她，怕自己会控制不住，说出一些连他都无法负责的话。

奶奶这边有罗迹和蒲卓在，他很放心。

他离人群越来越远。

身后的声音也越来越小。

这是两个大厅之间的通道，很长，旁边有自动人行道，罗曜将轮椅停在靠近玻璃那一侧。

自从那年意外，他开始坐轮椅，就养成了这个习惯。

不管是在家，或是酒店，他都喜欢坐在窗口，随时可以看到外面的天空。

不能自由行走，将他牢牢套死在这辆轮椅上，去哪儿、做什么，都要人在身旁陪伴。

很多时候，他觉得自己就是个废人。

这样一个人，怎么给心爱的姑娘幸福。

这些年，他封闭自己，除了罗迹和奶奶、三两好友，从没有人能走进他的世界。

直到去年岁末，他再次遇到赵清欢。

那个执着又可爱的女孩儿。

那年她才十几岁，只见过他几次就敢大着胆子跟他表白。

小孩儿一个，他只当她开玩笑。

他比她大七岁，还是异地，去桐州出差，没多久就要回岳城。

而且那时他刚刚接手公司不久，一心扑在事业上，不想辜负奶奶的期望。

回岳城后，赵清欢给他发信息，给了一个日期，说她会在学校路口那棵大树下等他，如果他后悔了，就去找她。

那几天，罗曜心神不宁。

他不知道自己是怎么了，对一个只见过几面的女孩儿念念不忘。

是喜欢吗？

他不能确定，他没喜欢过别人。

唯一确定的是，这个女孩儿在他心里是特别的，跟别人给他的感觉都不一样。

后来他想，去吧，如果不去，那个一根筋的傻姑娘可能会在那里等一夜。

那天他去机场接爸爸和白姨，本想把他们送回家就出发去桐州。

可就在那一天，出事了。

很久以后他曾想过，这大概也是老天故意的安排，如果他在见了赵清欢之后出事，要怎么办。

赵清欢什么都不顾愿意跟他在一起，会耽误了她。

可如果她觉得他的腿伤是累赘，离开他，他应该会更难过吧。

这样刚刚好，没有开始，就没有结束。

罗曜沉浸在过去的回忆里，忽视了身后逐渐清晰的脚步声。

直到脚步声停下，有人叫他的名字："罗曜。"

罗曜修长的手指瞬间握紧扶手，他没有回头。

赵清欢的声音在他身后不远处响起，带一丝颤音："你来看罗迹吗？"

片刻后，罗曜低声回应："是。"

赵清欢望着他的背影："那你刚刚看到我了吗？"

罗曜紧抿着唇："没有。"

赵清欢向前走了一步："我也在飞机上。"

罗曜没有说话，赵清欢眼里含着泪："我告诉自己，如果一下飞机就能见到你，我就——"

罗曜打断她的话："你没事就好。"

轮椅向前移动，赵清欢站在原地，语气委屈："罗曜，我受伤了，你都不看看我吗？"

不远处的轮椅停止前行。

罗曜的手停留在触摸板上许久，终究还是没有忍住，按了下去。

轮椅慢慢掉头，他看到满脸泪水的赵清欢。

她的脸色比刚才还要白，泪在眼睛里打转，哭得可怜。

他的目光自上而下仔细扫过，没有发现伤处。

赵清欢慢慢走过来，蹲在他面前，双手伏在他膝间，脑袋靠上去："我差点儿死了，你能不能对我好点儿？"她的脸埋进去，哭得哽咽，"我死了，你就再也见不到我了。"

罗曜低头望着她，手指在扶手上握紧，松开，再握紧。

从来都不知道，心疼一个人可以到这种地步。

最终，他放弃挣扎，伸手轻抚她发顶。

他嗓音无比轻柔："好了，没事了。"

赵清欢感受到他的异样，更加委屈。她贴紧他，伸手环住他的腰。

罗曜的手在她头顶停留很久，最终缓慢下移，微微压低身子，抱住她的身体。

她在发抖。

大概是因为刚刚的惊吓没有缓过来，还在后怕。

两人拥抱许久。

从大厅那边寻来的蒲卓看到这一幕，微微愣了下，随后站在原地，没有过来。

罗曜的衣服被她弄湿一小块，几万块的高定，他随她哭。

过了会儿，赵清欢在他怀里抬起头。罗曜将她脸上的眼泪擦净："送你回家？"

赵清欢摇了摇头。

罗曜看了她一会儿，抬头问不远处的蒲卓："奶奶呢。"

蒲卓赶紧过来："被小郑送回去了。"

"车呢？"

"在停车场。"

罗曜让他把车开过来。

罗曜常用的车都是大容量商务专用车，经过改装和备案，适合他用。

副驾驶那一侧的前后门可以同时向上打开，一整套全自动装置不用别人帮忙也可以自己上车。

他让赵清欢先上去，坐在另一侧，随后自己也上车，吩咐蒲卓开去一个地址。

蒲卓透过后视镜看了他一眼，没有多话。

车很快开上机场高速。

罗曜把人带到一处高级公寓。

这里不是他常住的那套，也不是之前罗迹住过的那套。

这里除了蒲卓，从没其他人来过。

蒲卓把两人送进屋内，站在门口没有进去："老太太那边怎么说？"

罗曜："说我今晚忙，在公司住。"

"季叔在那边准备的晚餐，需要送过来吗？"

罗曜看了赵清欢一眼："不用麻烦了，在附近找家餐厅，做几个菜送过来。"

蒲卓点头答应，刚要出门，罗曜叫住他："做个汤。"

蒲卓说好。

赵清欢环视客厅："这也是你的房子吗？"

她去过罗曜常住的那个家，也去过郊区的别墅，没来过这儿。

罗曜没有回答她，拉了她的手一下，让她去沙发那边坐。

赵清欢刚在沙发上坐定，罗曜的轮椅就停在她面前。他注视她的眼睛，又看她的脖子和手背："哪里伤着了？"

赵清欢没反应过来："什么？"

"不是受伤了吗？"

赵清欢抿了抿唇，过了会儿，慢慢伸出一根手指。

右手的食指,指尖有轻微的擦伤,只有两条浅红的印字,连皮都没破。

罗曜看着那根手指,又看赵清欢。

赵清欢有些心虚,本以为他会生气,可罗曜忽然捉住那只手。

她的手有些凉,罗曜将指尖擦红的地方放在手心轻揉:"还疼吗?"

赵清欢望着他。

他从没有对她这样温柔过。

从来都是,不用、不需要、很忙、没时间。

她下意识地摇了摇头。

罗曜松了手。

他轮椅后退一些:"歇会儿吧,一会儿吃饭。"

罗曜转身进了卧室。

他住的地方装修全部都是按照他的喜好和习惯来。

所有的电器、开关、灯,甚至窗帘,全都是智能家居,只要开口说句话,或者联网直接操控轮椅扶手另一侧的控制面板,就能随意发布指令。

在家里,他一个人可以无障碍生活。

他回到卧室,把窗帘打开,换换空气,把没有收起的内衣裤都收起来,又简单收拾了一下别的地方。

没有多久,蒲卓带回四菜一汤,他把餐盒里的菜倒入干净的盘子里,摆放整齐,看向罗曜:"明天您去公司吗?"

罗曜手指轻点扶手:"下午去。"

蒲卓点头:"好,那我中午来接您。"

蒲卓走后,他看向沙发上的赵清欢。

她似乎累极了,已经睡着。

罗曜移到沙发旁,看到她蜷缩着腿,小小的身子团成一团。

他拿起她头顶的抱枕,拉开拉链,把里面的毛巾被拽出来,给她盖好。

忽然发现沙发缝隙中有一张纸。

是一张被折了几折的纸,最外面是两个字:遗书。

字迹不是很好看,透着恐惧与无助。

他曾听说,空乘人员在飞机遇到事故,不能保证是否能安全着陆时,会为自己写一封遗书。

面对已知的恐惧、未知的结果,他们除了安抚乘客的情绪,也要努力克制自己的情绪。

可他们也是人,也有家人、爱人。

面对死亡那一刻，她会写什么。

罗曜犹豫许久，还是打开。

她的遗书很短，字迹潦草却清晰，她提到了父母、姐姐、许沐，以及她未完成的心愿。她的心愿是跟心爱的男人有一场浪漫的婚礼，她还想飞遍世界各地，开着一辆房车到处旅行。

遗书的最后一行，罗曜看到了自己的名字。

她说：

如果我能活着回去，不管你再怎么推开我，我都不会离开你。

罗曜看着这行字，眼睛渐渐红了。

她太傻了。

他要怎样做，才能不辜负她。

赵清欢有些清醒的迹象。

罗曜不动声色地将那封遗书塞进口袋里。

她睁开眼睛，看到罗曜近在眼前，下意识地从沙发上坐起来，揉着头发："我睡着了。"

罗曜没有说话，目光注视她的眼睛。

赵清欢只跟他对视几秒便移开目光："看什么？"

罗曜说："我问你几句话。"

赵清欢重新看向他。

罗曜说："如果我们在一起，我没办法像其他女孩儿的男朋友那样，陪你逛街、陪你散步。"

赵清欢愣愣地看了他一会儿。

罗曜耐心地等她回答。

赵清欢似乎意识到什么，她坐直身体："我不爱逛街。"

罗曜："我也没办法带你骑摩托车兜风。"

"我胆儿小，不敢坐摩托车。"

"我的工作也很忙，可能没有多少时间陪你。"

赵清欢立刻说："我比你还忙，我天天飞。"

最后，罗曜紧握扶手："我也没有办法像别的男人那样，站起来抱你。"

赵清欢两行眼泪掉下来，身体前倾，搂住他的脖子："不一定要站起来，我也可以这样抱你。"

罗曜的目光沉静许久。

随后，他紧握住她的肩膀，把人拉开一些，捧住她的脸，将她的眼泪抹掉，轻声说："好，那我们试试吧。"

赵清欢长久望着他，说不出话。

罗曜依旧捧着她的脸，认真地问："听到了吗？"

赵清欢说："试试，是什么意思？"

罗曜双手滑下去，握住她的手："我要你做我的女朋友。"

这句话，她等了太久。

现在真切从他口中说出，她却不敢相信。

赵清欢脸上有妆，此刻已经哭得小花猫一样："你是认真的吗？不是骗我？不是被我缠得烦了，不得不答应吗？"

罗曜没有忍住，笑了一下。他抬手替她理顺额间的碎发："你这句话有两个错误。

"第一，如果我讨厌你，你根本见不到我。"

以罗曜的身份，如果不是他默许，谁能旁若无人去他的办公室，去他出差的酒店房间，甚至去他的家。

赵清欢抿了抿唇："还有呢？"

"第二，"罗曜的嗓音低了些，"你已经八个月没缠我了。"

赵清欢愣了愣："有那么久吗？"

"八个月，零十三天。"

今天是元旦。

去年的四月，那晚在他郊区的别墅，赵清欢问他，如果当初他没有出事，会不会赴约。

他说不会。

从那以后，赵清欢再没找过他。

这中间，他们只见过三次。

第一次是罗迹和许沐回北京，他在机场见到她，她没有跟他说话，转身走了。

第二次，是她们几个女孩儿在酒吧集体喝醉，他知道后，赶来接她，她用包砸了他的车，冲他吼了一顿，发泄完一个人走路回家。

那晚他的车一直缓慢行驶，跟在她身后，直到她进了楼道，客厅灯亮，他才走。

第三次，是在奶奶的病房。

奶奶说了很多过分的话，赵清欢想理论，被他拦下。

他说会帮他们，不让她掺和。

其实当时他有私心。

尽管他们之间似乎已经不再有可能，可他依旧不想让赵清欢跟奶奶有正面冲突。

他潜意识想维护她在奶奶心中的形象。

除了这三次，他们没有任何联系。

以前赵清欢很话痨，喜欢每晚睡前给他发一些信息，分享她觉得有趣的事。

那晚后，她一次都没有发过。

罗曜用手背轻抚她的脸："你真狠得下心。"

赵清欢眼圈又红了："没你狠。"

罗曜看了她一会儿："对不起，是我不好。"

赵清欢低了头，不想让他看到自己的模样。

不用想也知道她此刻的样子有多狼狈，在飞机上被吓出一身冷汗，下飞机到现在哭了好几遭，妆早都花了。

罗曜拉住她的手："先吃饭吧，一会儿凉了。"

赵清欢站起来："我想先洗脸。"

她走去浴室，看到洗手台是配合罗曜最舒适的高度，墙壁有一块防水触摸屏，她指尖碰了下，看到一些按钮，是浴室的灯、空调、热水器的水温之类。

想起来的路上，他秘书那个眼神，赵清欢忽然意识到，这里可能是罗曜最私密的一处房子。

也许连他的亲人都不曾来过。

其他的房子，都有高低不同的洗手池，只有这里没有考虑到正常的高度。

说明他原本就没打算有其他人会来。

这也许是他心情不好，想一个人安静待着时会来的地方。

可今天他把她带来了。

赵清欢挤了一点儿他的男士洗面奶，在脸上胡乱蹭几下，心里忍不住想，这是不是意味着，她在他心里是很重要很重要的人。

从浴室出来时，罗曜已经去了餐桌那边，秘书走之前就把碗筷都放好，赵清欢走过去，坐在他对面。

她刚洗过脸，什么都没抹，完全素颜。

她皮肤特别嫩，长得又白，跟十几岁时一模一样，罗曜看她很久。

赵清欢低头瞅了瞅自己："怎么了？"

罗曜拿起筷子："没事，吃吧。"

罗曜口味刁钻，对吃很讲究，蒲卓了解他，选的餐厅自然都是上好的，菜很不错，营养健康，就是有些清淡，赵清欢吃不惯。

她吃了小半碗便放下筷子。

罗曜看向她："怎么不吃了？"

"吃饱了。"

罗曜看着她纤细的手腕："你太瘦了，需要多吃。"

赵清欢轻轻摇头："吃不下了。"

她看着罗曜把一碗饭吃完，咬了咬唇："我得回家了。"

罗曜筷子停下："今晚在这儿住吧。"

赵清欢盯着他看。

罗曜抬起头："我不方便送你回去，你一个人我也不放心。"他指了指自己的房间，"你住我的房间，我住旁边那间。"

赵清欢有一会儿没说话，过了会儿，她低着头："哦。"

罗曜没有看她，但嘴角已经含了一丝笑。

不用猜都知道她在想什么。

北京的冬天，天黑得很早。

今晚是元旦，电视台有一些晚会，很热闹，罗曜不喜欢看这些，但他觉得赵清欢也许会喜欢，便打开电视陪她看。

没有一会儿，罗曜的手机响，似乎是工作上的事，他接起来，赵清欢把电视调小声一些。

他一直牵着她的手。

赵清欢在他肩上靠了一会儿，他还没有讲完，她指了指浴室，小声说："我先去洗澡。"

罗曜点了头，一边讲电话一边在她头上揉了一下。

这个动作太亲密，他做得太顺手，好像以前揉过好多次一样。

赵清欢站在原地，挠了挠脑袋，红着脸转身去洗澡。

电话持续了近二十分钟，似乎是一件不太好解决的事，最后罗曜说："明早我去公司。"

挂了电话，他看向浴室，里面已经传出哗哗的流水声。

他转过头，看向电视。几秒后，他把电视的声音调大，遮盖住不停钻进耳朵的流水声。

没有多久，赵清欢的声音从里面传出来："罗曜。"

罗曜立刻关了电视，轮椅行至浴室门口："在呢，怎么了？"

水声已经停下，她似乎已经洗完，就站在浴室门口，小声说："我，没有衣服换。"

她只有身上那一套空姐制服，洗过澡后不能再穿。

罗曜听了，低头笑了下："好，等着。"

赵清欢在门口等了两分钟，外面有了一点儿动静，随后是两声简短的敲门声，她把门打开一条缝隙，罗曜递进来一件男士衬衫。

赵清欢在身上比了下，男人的衬衫又大又长，能遮到她腿根以下。

她抿了抿唇："还有呢？"

"只有这个。"

没办法，她只能穿了。

两分钟后，浴室门打开，赵清欢从里面走出来。

罗曜依旧在浴室门口，他目光在她身上扫了一圈，在她笔直白细的腿上停留几秒，随后移开视线，看向她的眼睛。

赵清欢有些局促，手有一下没一下往下扯着衬衫下摆："有些短。"

罗曜目无波澜："嗯，还好。"他示意卧室那边，"休息吧。"

赵清欢站那儿没动。

罗曜看向她："怎么了，不累吗？"

赵清欢往前挪了两步，走到他身边，揪住他的袖口："你不跟我睡吗？"

罗曜的目光动了动。

赵清欢意识到自己这话有歧义，立刻解释："不是，我的意思是，我一个人怪害怕的，想让你陪我躺会儿。"

就算不能做什么，跟男朋友一起躺一会儿，也是可以的吧……

罗曜沉默片刻，指尖动了动，随后说："好。"

他抬起头："你先去，我一会儿过去。"

说完，他一个人进了浴室，关上门。

赵清欢在门口站了一会儿，听到浴缸放水的声音，想问他需不需要帮忙。

可想了一下，还是没有开口。

那个浴缸造型很特别，应该是专门为腿脚不便的人设计，他没有提，大概自己也能做到。

也许会吃力一些，但相比这些，他应该更不愿意被赵清欢看到他吃力的样子。

赵清欢没有走，就靠在门旁的墙壁上，听着里面的声音，怕他摔倒。

过程似乎很顺利，她没有听到异样的声音，只有洗澡的声音。

想到里面的画面，她后知后觉，有些脸红。

她一直在外面等到他洗完澡，快出来时才悄声回房。

十五分钟后，罗曜终于躺在她身边。

两人中间隔着一点儿距离，罗曜把灯关了。

房间很安静，只有彼此的呼吸声。

过了会儿，赵清欢轻轻挪动身子，靠近他。她侧过身，脑袋贴在他手臂外侧，两根手指揪住他睡衣上的一小块衣料。

很满足。

深爱的男人就躺在自己身边，这样的画面，她以前想都不敢想。

在她无声偷笑时，罗曜忽然将手臂伸到她身下，随手一捞，直接将人搂进怀里。

赵清欢吓得不敢出声。

黑暗中，罗曜的嗓音无比诱人："别人的男朋友是不是都这样抱着女朋友睡？"

赵清欢的心跳得很快，她脸颊贴在他心口处，可以听到他的心跳声。

他的心跳也在加快。

她小声笑了下："大概是吧。"

罗曜的手臂紧了紧，偏头在她脸颊上吻了一下："睡吧。"

直到现在，赵清欢才有了一些真实感。

这个男人，真的成了自己的男朋友。

她伸手搂住他的腰，在他怀里沉沉睡去。

这一晚，她做了一个很长的梦。这梦以前做过，她在天上飞，一脚踩空，坠落深渊，一直往下掉，怎么都掉不到头。

这次依旧做了这个梦，但后半段，罗曜出现了，他在空中将她接住，两人坐在洁白的云朵上，他说不要怕，有他在。

早上醒来时，身边已经没有人，她下床跑到客厅，没看到罗曜。

玄关那边的地上堆了不少纸袋，她走过去，看到里面全是女款衣服，应该是新买的，吊牌还没摘，从里到外整整有两三套，都是她的尺码。

她在门口站了一会儿，转身跑回卧室找到手机，微信里果然有罗曜的留言。

LY：我公司有事，先走了，你睡醒先吃饭，厨房有粥。

LY：衣服是给你的，你试试合不合身，早上时间仓促，我让小郑去挑的，不知道你喜不喜欢，下次我亲自给你挑。

LY：家里门锁的密码110908，你有空录个指纹进去，我其他房子的密码都是这个，你记一下。

LY：醒了给我电话。

罗曜发了好多，整个版面全是他说的话。赵清欢往上翻了翻，他们上次的对话还是去年四月，她一直没舍得删。

他从来没一次性给她打过这么多字。

赵清欢又躺下，被子蒙在头上，在床上兴奋地滚了好几圈。

她把脑袋露出来，长长舒了口气。

原来这个世界上真的有因祸得福这种事。

她翻了个身，趴在床上，给他打电话。

只两声罗曜就接起来："醒了？"

赵清欢："嗯，你早上什么时候走的，我都不知道。"

电话那边的人笑了一声："睡那么死，还抱着我不放，我拿开你的手你都不知道。"

赵清欢半边脸趴在床上："我哪有。"

罗曜低声问她："厨房有粥，吃了吗？"

"还没。"

"去吃吧。"

赵清欢闷了一会儿，小声说："我想你了。"

那边静了一下，没有说话。

赵清欢皱着眉："怎么没声音了，这种时候你不是应该说一句我也想你吗？"

罗曜低笑："是吗，我第一次当人男朋友，没有经验，你重说一次。"

赵清欢很配合地又说一遍："我想你了。"

罗曜柔声说："想我就来找我。"

赵清欢眼睛亮了一下："真的吗？"

他轻声："中午过来，我有时间。"顿了顿，"我也想看看你。"

赵清欢咬着唇："那我可以给你带午餐吗？"

"你做吗？"

"嗯。"

他笑："好，带吧。"

赵清欢："你不问问我带什么吗？"

"什么都行。"

挂了电话，赵清欢一下从床上坐起来，她跑到门口随便拿了一套衣服穿上，下楼在小区附近的超市买了一些蔬菜、肉和鸡蛋，还买了不少调料。

他这里几乎不开火，她都给补齐了。

赵清欢醒得晚，等她买完菜，着急忙慌做出两道菜时，已经将近中午。

厨房跟打过仗一样，她也没有时间收拾了，把饭和菜一起装进新买的保温饭盒里，拎去他的公司。

罗氏总部她来过两回，楼下的前台对她有印象，因为敢来找罗曜的女人不多，来了能成功上楼的也不多。

除了她，几乎没有。

赵清欢站在一楼大厅等罗曜的秘书蒲卓，蒲卓匆匆下楼，看到赵清欢十分恭敬，将她请进电梯。

两个前台窃窃私语，都在猜这个女人跟罗曜是什么关系。

蒲卓把赵清欢带进罗曜的办公室，随后退出，在外面把门关上。

罗曜的轮椅停在窗边，他偏头看到赵清欢，片刻后，冲她勾了勾手指："过来。"

赵清欢把保温饭盒放在茶几上，走到他身边，牵住他一根手指："昨天不是说下午过来吗，是有什么急事吗？"

罗曜目不转睛盯着她。

他觉得自己似乎着了魔，像初尝爱情滋味的男孩儿，只几个小时没见而已，就这样想她。

他忽然握住她手腕，将人扯进自己怀里。

这个姿势太别扭，赵清欢不得不屈起一条腿，抵在他和轮椅之间的空隙中："罗曜——"

罗曜索性搂住她的腰，让她坐在自己腿上。

赵清欢下意识搂住他的脖子："你干吗，放我下来，压到你。"

她怕压到他的腿。

罗曜把人抱进怀里："没关系，你很轻。"

赵清欢环住他的脖子，身体尽量下沉，跟他一样高。

她不想仰视她。

两人互相看了一会儿。

罗曜伸手抚摸她的眉眼："看样子，我的轮椅该换了。"

"换什么。"

"换个宽敞一点儿的。"

赵清欢现在坐在他腿上，如果不是因为她瘦，这里的空间大概容纳不下她。

罗曜的手指下滑，在她唇瓣轻蹭。

赵清欢的心跳渐渐加速。

罗曜慢慢凑过去。

她眼睛闭上。

门口忽然有动静，接着有指纹解锁的嘀嘀声，赵清欢睁开眼睛，一脸紧张地盯着他，下意识地想从他身上下来。

罗曜搂紧她不让动，皱着眉对门口说："什么事？"

声音停下。

助理小郑一脸疑惑，以前他都是随意出入罗总办公室，罗曜忽然这样问，应该是里面不方便。

他没进来："是我，午餐到了。"

"放外面，一会儿吃。"

"好。"

几秒后，门口安静下来。

罗曜看向赵清欢。

她有些不好意思，扭着身子想下去："你先吃饭吧——"

话没有说完，罗曜忽然扣住她的后脑，将人摁到自己怀里，毫不犹豫地吻住她。

这是他第一次吻她。

霸道又强势。

赵清欢曾想过，罗曜这种男人吻一个人是什么画面。

他话少、稳重，日常严肃，活得也精致得体，如果非要套一个模板给他，应该是那种温柔的类型吧，浅尝辄止，亲一下就板着脸离开。

可实事完全不是这样。

赵清欢的身体一直往下滑，他一只手扣着她的脑袋，一只手托着她的腰，防止她掉下去。

她像一只小青蛙般挂在他的身上。

他上来就是深吻，好像已经等了很久，迫不及待。

她被他搅得乱糟糟，感受他的湿濡与力道，脑子都是蒙的，什么都不知道了，只用力抓住他的衣领。

罗曜吻了很久，直到两人都有些喘，他才慢慢从她的唇上挪开，但没有停止，一直在她的嘴角、脸颊、耳垂，四处亲吻。

赵清欢从没见过这样的他。

原来罗曜谈起恋爱，是这个样子。

罗曜亲够了，终于肯放开她，额头抵着她的，说话时嘴唇可以轻易碰到她的唇："不是胆子很大吗，躲什么？"

刚刚他来势汹汹，有那么几秒，赵清欢下意识地往回缩，被他摁住不能动。

赵清欢不敢看他的眼睛："不太习惯。"

罗曜用指尖在她唇上轻碾，柔软的触感，跟他想象中一模一样。

不，比想象中还要软。

他低笑："那就好好习惯一下，以后这种事可能会很多。"

赵清欢红着脸从他身上下来："你就不怕轮椅被我压坏。"

罗曜的目光一直随她移动："这么贵，真坏了我得找商家算账。"

赵清欢把餐盒拿过来，摆在他的大桌子旁。她喜好吃辣，口味比较重，今天做的也是偏川菜口味，一看就有食欲，以前她给他做过一次，他说好吃。

罗曜看着餐盒里那两道菜，将轮椅移到桌旁："只有一份，你不吃吗？"

赵清欢把筷子递给他："我回去再吃，家里还有。"

餐盒里只有一人的量，她吃了，怕他不够。

罗曜按了一下桌上的内部电话，半分钟不到，助理小郑拿着他的午餐进来。

看到他身旁的赵清欢，小郑有些意外，她身上穿的衣服正是他大早上去商场买的。

罗曜紧急派给他的任务，要挑好的、贵的，尺码也告诉他。

他还纳闷儿，罗曜没女朋友，也没有妹妹，怎么买起女人的衣服了。

他刚来不久，不认识赵清欢。

这下明白了。

这是有女朋友了。

小郑把餐盒放在罗曜的桌子上，装作没看见他褶皱的衣领："罗总，饭一直温着，还热。"

罗曜的午餐每天在固定的高级餐厅订购，有专人按时送来。

罗曜淡淡地嗯了一声。

小郑看到赵清欢送来的菜，欲言又止："罗总，这——"

罗曜打断他："出去吧。"

小郑有些为难。罗曜看了他一眼，他只好点头，转身出去。

刚走到门口，罗曜又叫住他："以后进来敲门。"

小郑忍着笑："哦。"

罗曜平时虽严肃，但对属下很好，小郑并不怕他，只是觉得这样的罗曜很新鲜。

人走后，罗曜让赵清欢坐下："你吃我的。"

赵清欢看着那盒营养搭配均衡的菜，抿了抿唇："好。"

罗曜拿起筷子，夹了一口她的菜送进嘴里，赵清欢满脸期待："好吃吗？"

罗曜面色平静："好吃。"

赵清欢特别高兴："那我以后常常给你做。"

罗曜望着她，看她欢喜的样子，他也莫名舒服："好。"

快吃完时，赵清欢说："我一会儿回你那拿我的制服，然后可能这几天都没有时间找你了。"

罗曜筷子停下，抬起头看她："很忙吗？"

赵清欢摇头："我姐知道昨天的事，非要来看我，她可能不会马上走，我得陪她。"

罗曜目光暗了暗："什么时候可以见你？"

赵清欢觉得他好像不太高兴，越过桌子拉住他的手："她最多待三五天，等她走了，我马上来找你。"

罗曜望着她。

赵清欢蹲在他身前，手伏在他膝上，仰起头看他："小沐和罗迹的事还乱糟糟，我姐和你奶奶还没有完全消气，我们的事先不告诉他们，行吗？"

每次跟他讲话，她都喜欢这样蹲在他膝前，她不想居高临下地站在他面前，让他仰视她。

罗曜目光温和，抬手轻抚她的脸："好，听你的。"

赵清欢笑了。

她拉住他的手："这次出事，机组人员都要参加心理辅导，我年前应该都不会飞了，可以多出时间陪你。"

罗曜看着她："你还怕吗？是不是真的没事了，有事要告诉我。"

赵清欢摇头："没事。"顿了顿，她低下头，"有你在，我什么都不怕。"

罗曜轻碾她的耳垂。

又想吻她了。

赵清欢带来的菜罗曜吃得干干净净，一点儿都没剩，她心满意足地回了他的房子。

厨房一片凌乱，她收拾干净，垃圾放在门口，准备一会儿带出去。

剩下的菜她热了下，又吃了一点儿。罗曜的菜太清淡，没滋没味，淡得她想当场买瓶辣椒酱拌进去。

去浴室拿制服时，她随手翻兜，忽然发现那封遗书不见了。

找遍浴室和客厅都没有，她想大概是掉在外面了。

时间已经来不及，她收拾好东西，匆匆回家。

赵美云来了就一顿控诉，又后怕，赵清欢好不容易好了一些，又被她勾起，一顿安抚，好像出事的是赵美云。

这个晚上赵清欢的合租小伙伴有飞行任务，家里只有姐妹俩，她们躺在一张床上聊天。

赵清欢自从毕业离家，已经很少这样跟姐姐聊天。

她们从小没有妈妈，赵美云操心赵清欢所有事，光男朋友就给她介绍好几个，一个都没成。

赵美云心里都是火："你和小沐，有一个算一个，没有让我省心的。"

聊到半夜，赵美云睡了，赵清欢才空出时间看手机。

她把自己蒙进被子里，给罗曜发信息：睡了吗？

罗曜一向睡得晚，常常半夜还在工作。

她等了一会儿，没有回复。

可能睡了吧。

赵清欢发过去一个晚安的表情。

第二天一早，赵清欢醒了就摸手机，已经七点多，他还没有回，赵清欢觉得奇怪，如果他看到，一定会回复。

她一下从床上坐起来，心里开始给自己放小电影。

这人不会摔了吧？

一个人在浴室洗澡，没人发现？

赵清欢手心都冒汗，赶紧给他打过去，电话响了七八声才接起来，她很着急："你在哪儿，怎么不回我信息？"

电话那边是个陌生男人的声音："赵小姐。"

赵清欢怔了怔："你是谁？"

"我是罗总的秘书，"他停顿一下，"罗总现在不太方便接电话。"

赵清欢握紧手机："他怎么了？"

"他在医院。"

半小时后，赵清欢出现在住院部的走廊里。

她神色匆匆跑到秘书说的那间病房门口，看到躺在床上的罗曜。

他脸色很不好，有些虚弱，还睡着。

秘书蒲卓从病房里出来，轻轻将门关上："赵小姐。"

赵清欢："昨天白天还好好的，怎么忽然变成这样？"

蒲卓看着她："罗总一直有胃病，所以饮食一向清淡，不能吃辛辣食物，可能他昨天吃了太多不能吃的东西，傍晚胃病就复发了。"

赵清欢紧紧握住手中的包："他中午吃了我做的菜，可我以前给他做过，他可以吃啊。"

蒲卓叹了口气："赵小姐，上次他吃过后就胃痛三天，吃了三天药，只是没有告诉您。"

赵清欢愣住。

蒲卓说："从前罗总表面冷淡，其实对您很好，只是不爱表达。我天天跟着他，比谁都清楚。这半年多，您没有联系他，他嘴上不说，心里很难受。"

赵清欢抿着唇，好一会儿没说话。

蒲卓把门打开："罗总睁开眼睛见到您，应该会很高兴。"

赵清欢道谢，走到里面，身体靠后把门关上。

她看向床上的男人。

多年后重新遇到他，除了那张她依旧喜欢的脸，其他方面，似乎跟以前有些不同。

少了当年那个少年人身上的骄傲与自信，多了冷漠与戾气。

也许只有这样伪装自己，才能让人畏惧他，守住他一直想守护的家。

床边是他从不离身也无法离身的轮椅。

他应该很讨厌看到轮椅吧。

却甩不开，扔不掉。

他以前是多骄傲的一个人，不知道这些年他是怎样熬过来的。

每次想到这些，赵清欢都特别心疼。

罗曜渐渐睁开眼睛。

看到赵清欢，他干涸的嘴唇动了动，声音轻得很："你怎么来了？"

他朝她伸出手。

赵清欢走到他身边站定，不说话，也不动。

罗曜笑了："谁惹你了，小嘴噘着。"

他依旧抬着手，赵清欢怕他累，不情不愿地把手放在他掌心。

罗曜一下攥住。

赵清欢满眼心疼："不能吃辣，怎么不告诉我？"

罗曜玩笑一样的语气："我也没想到我的胃这么不抗折腾，平时可以吃的。"他伸手摸摸她的脸，"不用担心，没有那么严重。"

赵清欢没有忍住，压低身子抱住他："对不起，我以后给你做清淡的，一点儿辣椒都不放，行吗？"

罗曜笑着搂住她的肩膀："好。"

他听到一点儿哭音，有些无奈："你现在怎么这么爱哭？我记得你以前不爱哭。"

罗曜扶起她肩膀，替她抹掉眼角的泪："我想看你笑。"

赵清欢勉强笑了一下。

罗曜倒是真笑了："这么丑。"

这次两人都笑了。

罗曜认真看她："内疚吗？"

赵清欢重重点头。

罗曜："那再给亲一下。"

赵清欢："……"

"治胃病的新方法吗？"

罗曜想了一下："也许可以缓解。"

赵清欢抹了把眼泪，对着他的唇就亲了上去。

罗曜搂住她的腰。

这次两人都比较控制自己，没有太激烈，毕竟他还病着。

赵清欢主动不少，罗曜渐渐进入状态，掐着她腰的手劲儿越来越重。

亲了好久，赵清欢离开他一点儿："胃还疼吗？"

罗曜煞有介事地感受了一下："有所缓解。"

赵清欢又亲上去。

门外，蒲卓礼貌拦下要进来送药的护士小姐姐："给我就行，谢谢。"

接下来的几天，赵清欢两头跑，那边陪着赵美云，还要抽时间过来陪罗曜。

后来赵清欢发现，赵美云似乎并不需要自己，她那个准女婿每天陪她逛北京城。

赵清欢的存在感越来越低，后来她索性借着去上心理辅导课的由头，天天陪罗曜。

罗曜在医院住了五天，没告诉罗迹，对奶奶只说去外地出差。

如果他们知道，随时可能过来看他，碰到赵清欢就不太好了。

现在还没到公开的时候。

赵美云走的那天，罗曜正好出院。

赵清欢来接他，两人坐在车里，他让司机开车回家。

赵清欢听到他说的地址是他们前几天住的那个房子："你不回你奶奶那里吗？"

罗曜目视前方："给你看样东西。"

"看什么？"

"到那就知道了。"

赵清欢挽住他的手臂，紧紧贴着他坐，没有再问。

到了那栋公寓，电梯直接入户，罗曜把门打开："进去看看。"

赵清欢有些疑惑，先走进去。

客厅跟几天前并没什么区别，她回头看向罗曜，罗曜示意浴室那边。

她走过去，打开浴室的门。

看着眼前的画面，她不敢相信。

只有几天时间而已，浴室已经大变样，原先的低矮洗漱台拆了，重新装修了高低搭配的洗漱台。

正常高度的那边还有女士专用化妆镜，台子上放了两套昂贵的护肤品，还有洗发水沐浴露之类的东西，甚至还有吹风机。

赵清欢满脸震惊回头看向他。

罗曜嘴角笑了笑，将她带去卧室。

卧室里，床单被罩换了全新的一套，衣柜门是打开的，原来空着的一大半位置都被填满，挂上了漂亮的女人衣服。

一柜子的新衣服。

春夏秋冬都有。

赵清欢有些蒙，她走到柜子旁打开的抽屉，看到里面整齐摆放了一排崭新的内衣裤、袜子，什么风格都有。

她回过头："罗曜。"

罗曜眉眼温柔，冲她伸出手。

赵清欢走过去，把手递给他。

罗曜望着她的眼睛："能想到的，我都准备了，愿意跟我住吗？"

赵清欢愣愣地看了他很久。

她手指在他掌心动了动："跟你住吗？"

罗曜轻轻地嗯了声："愿意吗？"

赵清欢低着头："可我们才刚刚在一起，是不是太快了？"

满打满算，一个星期。

在一起的第一晚，他们睡在一张床上，第七天，他问她要不要搬来一起住。

听起来是有些快。

赵清欢又想蹲下，罗曜没让，把她拉坐在自己身上："快吗？可是我觉得，我们已经浪费很多时间了。"

如果当年没有出事，他回去找她，或者他从一开始就没有拒绝她，那他们现在是不是早已经结婚，甚至有了宝宝？

罗曜把她搂进怀里，整个手臂在她身后护着。

赵清欢身材娇小，打眼一看不像空姐，倒像偶像剧当红小花。她能当空姐，全凭专业第一的成绩和绝好的身材气质，让人忍了她的身高，再矮一厘米，就不够资格报考了。

不过这样刚好，坐在他怀里画面特别和谐。

罗曜看着她："我只是觉得，我们都很忙，我白天没有时间，你一飞就是两三天，如果我们不在一起，就没有多少时间见面了，你说呢？"

赵清欢的手搭在他胸口上："可是我还有室友，我走了，她怎么办？"

"她也是空姐吗？"

赵清欢点头："跟我同期的，我们一直一起住。"

罗曜没有说话。

赵清欢轻戳他的喉结："还有，那里怎么也算我的地盘，搬到这里，如果以后你跟我吵架，我都没地方去。"

罗曜被逗笑："我们为什么要吵架。"

"我只是打个比方，两个人在一起，哪有不吵架的。"

罗曜捉住她不老实的手："真吵架，我走，你留在这儿。"

赵清欢垂着眼睛不说话。

罗曜早把她看透："舍不得我走？"

"嗯。"

他这个样子，坐着轮椅，要是真因为两人吵架走了，大概还没到门口，赵清欢就会妥协。

罗曜说："那就不要跟我吵架。"

他捏着她软若无骨的手指，有点儿可怜似的："我都准备好了，你真不来吗？"

这太不像罗曜了。

谁能想到白天在公司板着脸给一屋子高管开会摔文件的罗曜，竟然会对女朋友撒娇。

这是撒娇吧。

赵清欢想。

她又心软了。

怎么可能拒绝得了他。

赵清欢想了一下："那，我房子年后到期，我那个时候再搬行吗？我要给室友一个缓冲的时间，帮她看看还有没有人合租。"

在北京，自己租房子实在吃不消。

罗曜立刻答应："好。"

商量好这件事，赵清欢从他身上起来。

每次她这样坐，都不敢放松身体，怕压到他，特别累，但罗曜好像很喜欢这个姿势，两人可以靠得更近一些。

赵清欢看向那一柜衣服："你什么时候弄的这些？"

这几天，赵清欢每天都抽时间去医院陪他，一点儿蛛丝马迹都没发现。

罗曜说："品牌商把照片发给我，我选好他们直接送到这里。"

赵清欢想起确实有一天看到他靠在床头翻平板，特别专心，当时还以为他在工作，没有过去打扰，原来在选衣服。

"你怎么知道我尺码？"

罗曜的目光从她身上划过，最终停留在某一处："我看人一向很准。"

赵清欢被他盯得脸红："不跟你说了，我回家。"

她走到卧室门口，手被罗曜捉住："今晚不在这儿？"

赵清欢停下脚步："你不回你奶奶那边吗？"

"明天回。"

他看着她："你不留下，我就今天回。"

两人对视一会儿，赵清欢咬着唇："那就明天吧。"

罗曜笑了，很满意她的答案似的："好。"

晚饭两人就在家吃，是季叔做好送来的。

季叔在罗曜身边照顾他很多年，把他当亲儿子一样疼，他刚刚出院，季叔不放心他的饮食，特地在那边做好送过来。

赵清欢见过季叔，礼貌地起身打招呼。

季叔笑得和蔼："赵小姐不用客气，坐。我带了很多，你们两个可以一起吃。"

赵清欢帮他把保温盒里的粥拿出来，倒在小碗里："谢谢季叔，您叫我清欢就好。"

知道他们两个成了，季叔比谁都高兴，看赵清欢跟看自己儿媳妇似的，越看越顺眼。

他带的都是清淡养胃的东西，罗曜怕赵清欢不爱吃，想打电话叫两个别的菜过来，被赵清欢拦住："我跟你吃一样的。"

罗曜看着她："不麻烦，一会儿就到。"

赵清欢摇头："小沐也说我口味重饮食不健康，正好跟你一起吃，扳一扳这个毛病。"

季叔说："下回我给你带瓶辣椒酱，包你多吃一碗饭。"

赵清欢乐了："行。"

吃过饭，赵清欢帮季叔一起收拾厨房。

她回头看了眼在客厅窗口打电话的罗曜，小声问季叔："平时跟他在一起，有什么需要注意的地方吗？比如他能吃什么、不能吃什么，还有，他晚上一个人去浴室真的没问题吗？还有还有，他有没有固定吃什么药？您都告诉我，我以后注意一下。"

季叔看出这姑娘真上了心，跟以前那些想打罗曜主意的女人都不一样。

怪不得罗曜独身多年，对投怀送抱的女人看都不看，却愿意为她破例。

他仔细将需要注意的事项一一说给赵清欢听，包括罗曜的生活习惯、饮食习惯之类。

"药倒是没有固定的，只是偶尔睡眠不好，会吃一些安神的药，对了，"季叔说，"他每晚都要做腿部按摩，这么多年没有间断过。"

赵清欢问："具体怎么弄？"

"也不难，就是帮他活动活动腿，敲打揉捏一会儿，防止肌肉萎缩。"

"要多久？"

"半小时就可以。"

赵清欢点头："我知道了。"

季叔看着赵清欢："孩子，选了这条路，以后多难走，想过吗？"

赵清欢沉默不语，看向窗口的罗曜。

过了会儿，她说："只要是他，再难我也认。"

季叔看她很久，最终也没说什么。

这姑娘，也许真能让罗曜开心一些。

这些年，他很辛苦。

晚上，两人躺在床上，罗曜依旧把人搂在怀里，他抬手关了灯，不到三秒，赵清欢又把灯打开。

她从他怀里坐起来，掀开他的被子。

罗曜抓住她的手："做什么？"

"给你按摩。"

不用想，一定是她问了季叔，或是季叔主动告诉她。

罗曜不让她碰自己的腿："一天不做没关系。"

赵清欢跪坐在他身边："你不是说想让我搬来吗？以后我跟你住，我不学着做，谁帮你？"

罗曜薄唇紧紧抿着，没有说话。

赵清欢明白。

他不想让她看到自己的腿，不想让她看到自己的伤处，脆弱无助的一面，他想在她眼中永远是她崇拜仰视的优秀男人。

她身体前倾，弯腰伏在他的肩上，轻吻他的唇，哄着他："罗曜，你在我心里永远是最好最好的男人，没有人比你好，以后我们的路还很长，你把我当外人吗？永远不给我看吗？"

罗曜目光蕴含一丝痛楚，偏过头不看她："不是。"

赵清欢捧住他的脸，把他转回来："让我帮你，行吗？我想帮你，如果我们以后还想继续走下去，这一步必不可少。"她搂住他，"不要推开我。"

罗曜闭上眼睛，不再说话。

过了会儿，他松开她的手。

赵清欢慢慢拉开他的被子，他穿着家居睡裤，双腿平直躺在床上。

她的手放在他腿上，按照季叔说的方法慢慢揉捏。

罗曜的腿长，笔直，只是稍微瘦一些，捏起来手感还好，并没有萎缩，大概这些年季叔都在坚持给他做按摩。

以前他们站在一起，罗曜比她高大半头，她仰起头看他时，角度完美，她觉得这个世界上怎么会有这么好看的男人。

过了会儿，赵清欢似乎找到感觉，手法渐渐熟练，也敢用力了，她将他的腿屈起又放下，这样反复几次，又去捏小腿。

她弄得专心，不小心碰到某处，罗曜的眉头紧了紧，手指微动，一把掀过被子盖住自己。

赵清欢看向他："还有两分钟呢。"

"够了。"

"哦。"

差两分钟就算了，不跟他计较，他肯让她按摩，已经是巨大的进步了，以后再慢慢延长时间吧。

他的腿需要长期维护，不是一天两天的事。

赵清欢把灯关了，躺回被窝。

罗曜把人搂过来，捏她的手："累吗？"

"不累。"

按摩了快半个小时，怎么可能不累，罗曜帮她揉着手指，一根根捏过去。

捏够了，他抬起她的下巴，含住她唇瓣。

两人安静地接吻。

在黑暗的房间，一张大床上。

他吻了很久，随后将赵清欢的脑袋摁在自己心口。

赵清欢听着他强劲的心跳声，慢慢平复自己的呼吸。

过了会儿，她声音小小的："罗曜。"

"嗯。"

赵清欢不知道该怎么说，但又很想知道，她犹豫许久，还是问了："你是什么时候开始喜欢我的？"

罗曜没有说话。

赵清欢动了动身子："是我不找你之后，还是你知道我在那架飞机上时？"

罗曜的唇还贴在她额间："都不是。"

"更早？"

"嗯。"

赵清欢有些委屈："那为什么我感觉不到？"

"我很会演。"

"为什么要演？"

罗曜沉默一会儿，没有回答这个问题，他轻吻她的眼角："以后不演了。"

赵清欢心里特别难受。

这么多年，在她的思维里，罗曜不喜欢她。

她几乎已经接受了这个事实，在飞机出事那一刻之前，她是真的想彻底把他从心里挖掉的。

所以她忍着不找他，见到了也不跟他对视，不跟他说话。

只在那次喝醉时有些失控。

她从没对他那么凶过。

赵清欢搂住他的身体："知不知道你多打击我自信心。"

罗曜低声："是我不好。"

"知不知道——"

"是我不好。"

赵清欢仰起头："我还没说完呢。"

罗曜摩挲着她瘦削的肩膀："无论你说什么，都是我不好。"

赵清欢被他哄得没了脾气："你怎么这么会说话。"

罗曜说："跟你在一起之前，我也不知道我这么会说话。"

这个晚上，赵清欢睡得特别香。

接下来的一段日子，生活在继续，两人各自忙各自的事。

罗老太太回了岳城，虽然没有明说，但把罗迹还给罗家的东西又留给他，也算间接同意了两人的事。

老人家，总要给个台阶下，留些面子。

那次罗曜和罗老太太深谈后，她心里一直不是滋味。

罗曜对她一向孝顺，什么都顺她的意，她也习惯了跟罗曜这样的相处方式，从不觉得有什么问题。

可那天后，她似乎意识到这些年确实忽略了罗曜，也让他受了不少委屈。

临走前，罗老太太虽然没有多说什么，但言语和目光都温和许多："我老了，你们也大了，你们的事，以后我不掺和了，在家听听小曲儿，养养猫，挺好。"

她心里明白，就算她想掺和，也掺和不了。

这两个孙子一个比一个有能耐，一个比一个犟。

她谁都掌控不住。

这件事，不单在罗迹那是好事，在罗曜这同样是好事，赵清欢家境普通，如果是以前，奶奶是绝对不会同意的。

有她现在这番话，以后什么都好说。

其实她同不同意并不影响罗曜的选择，只是谁不希望自己的婚姻，自己的另一半受到长辈的祝福。

赵清欢这边也有一件喜事。

许沐的爸爸终于沉冤得雪，真相大白。

这件笼罩了姐姐一家多年的阴影终于被驱散，雨过天晴。

她抽时间回桐州陪赵美云，但因为北京这边还有心理辅导课要上，所以两天就回来了。

回来那天罗曜在公司走不开，让小郑来车站接她。

上了车，小郑满脸笑容："清欢姐去哪儿？"

他比赵清欢小两岁，长得精神，一看就是很机灵的那种小男生，反观秘书蒲卓就很稳重，办事果决。罗曜识人很准，有他们两个在公司帮他，万事妥帖。

赵清欢坐在后面，笑着说："当然是回家了。"

小郑打方向盘转弯："我还以为你回罗总家呢。"

赵清欢笑笑没说话，看向窗外。

小郑透过后视镜瞄她一眼："清欢姐，你知道我们罗总在北京好几套房子，最喜欢哪套吗？"

赵清欢很配合："最喜欢哪儿？"

"四环那套。"

他说的就是罗曜为赵清欢改造的那套。

赵清欢来了兴致："为什么？"

小郑说："别看罗总平时不住那儿，那是因为那套离公司远，不方便。除了这点，别的方面没得挑，户型好、视野好、环境好，又安静。"他嘿嘿笑两声，"不过罗总说了，这阵子就让我把他的东西往那边搬一搬，他以后要常住那边。"

赵清欢知道罗曜是为了她，心里很甜。

小郑又说："其实我看得出来，我们罗总可喜欢你了。"

赵清欢没忍住，笑了一下："为什么这么说？"

小郑一脸认真："太明显了，那房子罗总从不让别人进，为了你连洗手台都拆了，那台面齁贵一块，给我心疼的……"

小郑是北京人，京味儿特别浓，说话自带笑点。

两人聊了一路，赵清欢特别爱听他说话。

到家后，赵清欢把包扔在沙发上，整个人趴在床上，给罗曜发信息：我到了。

一分钟不到，罗曜打来电话："到家了？"

"嗯。"

罗曜那边有些嘈杂，似乎有人在商讨事情，赵清欢说："你先忙，待会儿再打。"

她刚要挂掉电话，罗曜叫住她："晚上能见你吗？"

两天没见，他很想她。

赵清欢脸颊压在枕头上："我跟室友约了晚上吃饭。"

罗曜声音低了些："吃完饭呢？我去找你。"

赵清欢不想他折腾："你忙一天了，早点儿回去休息。"她想了下，"明天行吗？明天我上完心理辅导课，下午没事，我去你那儿。"

明天是他每周固定休息的日子。

电话那边似乎有人在跟罗曜说话，罗曜让人等一下。

赵清欢不想耽误他工作："你先忙吧，我挂啦。"

挂掉电话没有几分钟，罗曜就发来一条信息：**明天我去接你。**

赵清欢看着那行字，觉得心里热热痒痒的，身子在床上滚了一圈，抱住枕头。

航空公司有专门的心理辅导机构，在市区这边上课，类似赵清欢这种遇到过飞行事故的空乘人员都要经过系统的心理疏导课程，确认没有问题才能重返工作岗位。

上午课程结束，赵清欢收拾东西急匆匆往外走，时间已经很晚，罗曜应该到了。

从楼里出来时，身后有人叫她。

赵清欢回头看过去，是那天跟她一班飞机的机长。

那天就是他临危不乱、冷静处理突发故障，才让全机一百多人安全回到地面，所有人都很感谢他。

他们多次同机执行飞行任务，很熟悉，他追了赵清欢很久，她一直拒绝。

这次两人也算同生共死一回，他觉得这是种缘分，不想放弃，重新提起他们两个的事。

赵清欢面带微笑，再次拒绝："你救了全机的人，也救了我，我很感激你，但我们真的不合适，而且我已经有——"

男人没有等她说完，拉住她的手："你先别急着拒绝，我也不是给你压力，只是想让你好好考虑一下。"

不远处黑色的商务车里，罗曜静静看着这一幕。

她对面的男人身材高大，长相英俊，跟她站在一起，莫名般配。

司机小心翼翼地看着他的脸色："罗总，要不要我过去叫一下赵小姐。"

罗曜沉默一会儿："不用。"

赵清欢有些生气了。

她甩开男人的手："你能听我把话说完吗？"

男人看着她。

赵清欢说："你是很好，但我不行，我已经有男朋友了。"

男人愣了一下，很意外："什么时候的事，我怎么不知道？"

赵清欢无意间看到路旁罗曜的车，他坐在后座，车窗落下，两人目光相碰。

她皱了皱眉："抱歉，我还有事，先走了。"

她跑向他的车，有些着急。

赵清欢坐到车的另一侧，门关上后，司机便启车离开。

她挽住罗曜的手臂："你什么时候到的？"

"刚到。"

赵清欢抿了抿唇："你别误会，刚刚——"

罗曜没有提这件事，抬手摸了摸她的头发，声音温和："想吃什么？"

赵清欢怔怔地看着他。

他没看到吗？

可他的表情明显不对。

赵清欢手指动了动："什么都行。"

"嗯。"罗曜吩咐司机开去一个地址。

路上两人都没有说话，罗曜接了一个电话，赵清欢顺势把手从他手里抽出来。

这顿饭吃得异常沉默，赵清欢没有看他，罗曜找话题聊天，她也回答得不是很积极。

吃完后，罗曜问她还想做什么，她说想回家。

罗曜吩咐司机开车去他家。

赵清欢低着头："我回自己家。"

罗曜把人搂进怀里，低声问："怎么了？"

赵清欢没有说话。

罗曜没听她的，依旧让司机把车开去自己那里。

进了家门，赵清欢就坐在沙发上，心事重重。

罗曜将轮椅移到她面前，握住她的手："怎么一直不高兴。"

赵清欢抬起头看他："你没有话问我吗？"

罗曜面色平和："问什么？"

"有男人拉我的手，你没看到吗？"

几秒后，罗曜说："看到了。"

赵清欢皱眉："那为什么不问我？"

"你想让我问什么。"

赵清欢也不知道怎么回事，他不生气似乎很好，省去了解释的麻烦，可心里为什么这么别扭。

这不是普通男朋友应该有的反应。

赵清欢说："你不生气吗？不吃醋吗？"

罗曜望着她："你不会喜欢别人，不是吗？"

赵清欢说："是。但你这样，我会觉得你不够在意我。"

罗曜看了她一会儿，伸手抚摸她的眼角。

两人互相看着对方。

过了会儿，罗曜说："你曾问过我，当年如果我没出事，会不会去找你，我说不会。"他停顿一下，"对不起，我骗了你，如果我没出事，我会找你。"

他嗓音很低，像在诉说别人的故事："那时我们刚认识不久，我是个慢热的人，我不敢确定自己是不是喜欢你，但我知道你在我心里是很特别的女孩儿，跟别人都不一样。后来出事，我又很庆幸我没来得及找你，我怕拖累你。"

罗曜的手滑下去，牵住她，把她的手放在自己膝上："其实这些年，我身边出现的女人不少，但我只看一眼，就知道她们想要什么。只有你，"他望着她的眼睛，"你的眼里全是我。

"我不敢跟你接触，怕你越陷越深，也怕我越陷越深。"

罗曜温柔地说："清欢，你现在喜欢我，愿意跟我在一起，我会尽我一切所能给你最好的。"

他握着她的手紧了紧："可如果有一天，你腻了、厌烦了，想过正常的生活，我不会绑着你，我会放你走，你可以去找你更喜欢的人，找一个健康的男人。

"你是自由的。"

赵清欢早已忍不住，眼泪流个不停。她用力抱紧他，带着哭音："我不要自由，我只要你。"

这男人总能轻易几句话就让她心疼。

她把脸埋在他的肩头："你不许放开我，你得抓紧我，不让我走，听到没有。"

罗曜红了眼眶，放在膝间的手慢慢抬起，抱住她，随后用力，将人紧紧搂进怀里。

这一晚，赵清欢没有回家。

她哭得眼睛都肿了，躺到床上还在掉眼泪。

罗曜知道是自己惹到她，躺在她身边耐心哄她，不停地亲吻她的眼睛，试图把源源不断的泪珠都亲掉。

他们已经同床共枕好几次，赵清欢比之前大胆许多。

她翻过身，直接把腿放在他肚子上骑着，把罗曜当大抱枕一样抱着，闷闷地说："以后再遇到这种情况，你得生气、得吃醋，不要什么都憋在心里，听到没有。"

罗曜整个人被她禁锢着，动弹不得，有些无奈："好。"

他想把手抽出来抱她，赵清欢不让，两人拉拉扯扯闹了一会儿，渐渐笑出了声。

可没有多久，赵清欢就笑不出来了。

她不傻，可以感觉到他身体的变化，她慢慢把腿挪下来，不敢再乱动。

罗曜的怀里越来越热，他的耳朵都红了。

赵清欢有些后悔，不该离他那么近的。

他这么年轻，应该不好受吧。

两人安静了一会儿，谁都没说话。

赵清欢悄声挪着身体，想离他远一些，罗曜忽然攥住她的手："清欢。"

赵清欢的心怦怦跳："嗯。"

几秒后，她听到他说："其实，我可以。"

赵清欢又紧张又蒙："可以什么？"

罗曜忽然掐住她的腰，把她整个人提到自己身上。赵清欢从来都不知道，他的力气这么大。

她两手伏在他胸口上，像一只小青蛙。

罗曜一只手搂着她的背，一只手摸她眼角："如果你愿意，我可以。"顿了顿，"只是可能需要你配合一下。"

赵清欢知道他什么意思，不敢看他的眼睛，两根手指无意识地掐他的胸口："这种事，你让我怎么说。"

房间昏暗，只有壁脚的小夜灯亮着，但罗曜依旧可以看清她脸上的表情。

追了他两次，胆子那么大的人，竟然也会脸红。

他嗓音低沉："那我就当你愿意了。"

他没再浪费时间，按着她的头，把人压向自己，吻住她的唇。

这一晚，赵清欢认识了一个全新的罗曜。

她一直觉得他身体不太好，有胃病，饮食常年清淡，身子应该很虚。

可事实证明，她错了。

罗曜就算不能动，依旧可以占据主导地位。

他想亲哪儿，就把她提到哪儿。

窗外下起大雪。

下雪了。

赵清欢趴在他胸口上，闭着眼睛平复自己。

罗曜拨开她的头发，亲吻她额头："还可以吧？"

赵清欢没有动，也不回应他。

过了会儿，她躺回去，罗曜将人搂进怀里。

赵清欢好一会儿没说话，她眼睛眨个不停，睫毛蹭到罗曜的皮肤，他有些痒，伸手摸了摸她的脸："嗯？"

赵清欢小声说："其实，我已经做好当一辈子小尼姑的准备了。"

罗曜搂着她肩膀的手动了动，心底动容："那你还愿意跟我。"

赵清欢整个身子窝进他怀里："我只是觉得，这种事只是生活中的一部分，如果不是跟你，那我也不愿意跟别人。"

罗曜沉默许久。

他将她的脸扳到自己面前，含住她的唇。

无比温柔。

这个世界上，没有人能给他这样的感觉，没有人比她好，也没有人比她对他好。

他想，他大概是彻底栽在她身上了。

一夜好眠。

第二天早上赵清欢醒来时，罗曜还在。

之前几次睡在一起，早上他都起得很早，这里离他工作的地方很远，司机过来接他，他没有让人等他的习惯。

赵清欢第一次看到罗曜清晨熟睡的样子。

他已年过三十，身上有成熟男人的魅力，可现在这个样子，却有些像小男生，让人萌生一股保护欲。

赵清欢趴在他身边，两只手撑着下巴，盯着他看了一会儿。

她没忍住，凑过去亲了他一下。

罗曜睁开眼睛。

赵清欢吓了一跳："你没睡啊。"

罗曜眯起眼睛看她，伸手把人摁进怀里："生物钟，早就醒了。"

"那你不起，今天不上班吗？"

罗曜低笑一下："每天都可以早起，就今天不行。"

"为什么？"

他偏头吻她耳朵："刚刚欺负了你，早上你醒了，见不到我，不会难过吗？"

赵清欢看了他一会儿，脑袋趴在他胸口上，觉得心都要被他融化。

他太会哄人了。

可她刚趴下不过三秒，就被罗曜捉住双手，强迫她抬起头看着他："那人是谁？"

赵清欢有些蒙："谁？"

"昨天拉你手那个人。"

赵清欢愣愣的："这事儿不都过去了吗？"

"没过。"他箍住她不让动，"说。"

赵清欢咬着唇："机长。"

"你们一起工作？"

"常常排到一班。"

"他追你？"

赵清欢抿了抿唇："嗯。"

"追多久了？"

赵清欢挣扎了一下："你干吗啊，问这么多。"

罗曜没动，紧紧攥着她的手："你不是嫌我不问吗？"

"你这么极端的吗？要么一句不问，要么问个不停。"

赵清欢受不了罗曜的眼神，已经猜到他工作中严肃的样子。

她妥协："有大半年了。"

罗曜微微皱着眉："就是说，你不理我的那段日子，他一直在追你。"

赵清欢点头。

罗曜松了手，捧住她的脸："你都不理我了，为什么不答应他。"

赵清欢眼睛湿润："你明知故问。"

罗曜吻住她。

司机已经在下面等，罗曜从没迟到过，他以为罗曜出什么事，打来电话，罗曜说晨会推迟一小时，马上下楼。

洗漱的时候，赵清欢已经帮他搭配好了今天要穿的衣服和鞋。

罗曜觉得这里越来越像一个家了。

等他整理好一切，准备出门时，赵清欢忽然跑过来："等等。"

他轮椅停下，赵清欢弯腰在他脸上亲了一下："别忘吃早餐。"

罗曜伸手捏了捏她的耳朵："好。"

出门后罗曜又回头："你今天还去上课吗？"

赵清欢点头。

罗曜说："离他远点儿。"

赵清欢忍着笑："知道了。"

她帮罗曜按电梯，司机在楼下电梯间等。

时间过得很快，转眼到了小年。

还有七天就要过年了。

赵清欢已经买好高铁票，过了小年就回桐州，罗曜要等除夕前两天才回岳城。

年前最后一天在一起，两人特别珍惜。

罗曜特地带她去了一家餐厅吃饭，之前合作商发现的地儿，请他来，他试过很好吃，就一直想带她来。

去饭店的路上堵车，车停在一个正在搞活动的商场附近。

那里是一条步行街，上面有建筑遮挡，雪落不进去，有很多店家在门口做活动。

离路口最近的那家店门口摆了个投篮机，赢了有奖品，一等奖是个半人高的毛绒独角兽玩偶。

有年轻的小情侣在玩，男生进了个球，女生在旁边尖叫鼓掌，用特别崇拜的眼神看着自己男朋友。

赵清欢盯着那里看好久。

罗曜顺着她的目光看过去，她在看那只毛绒玩偶。

他捏捏她的下巴："喜欢那个？"

赵清欢摇头："你当我是十八岁的小姑娘吗，我是大女人。"她忽然挤在他身旁，用狡黠的小眼神看他，声音只有他一个人能听到，"能治你的大女人。"

罗曜望着她，舌尖轻舔下唇："你是不是觉得我治不了你。"

赵清欢不怕他："那你试试啊。"

罗曜盯着她，觉得她现在胆子越来越大。

一点儿都不怕他，要上房揭瓦。

这笔账他记着，先让司机把车停一边。

见他要下车，赵清欢拉住他的手臂："你干什么去？"

"车里等着。"

司机跟他一起下车，两人往投篮机那边走。赵清欢不知他要做什么，趴着车窗往外看。

罗曜想要那只独角兽玩偶。

游戏规则是连续投进十个球，难度很大，所以这只玩偶一直没被带走。

轮椅行至店铺门前时，被地上一个小台阶拦住，司机刚想帮忙把轮椅抬上去，罗曜扬手止住："不用，就在这里。"

司机看向前面的投篮机："罗总，是不是远了点儿？"

这里比正常投篮的位置远一米左右，店员有些顾虑，看着坐着轮椅的帅气男人："先生，您确定要在这里投篮吗？"

罗曜点头，让司机去投币。

司机投币后，抱回来一堆篮球，罗曜拿一个在手上，随手转了一圈。

手法娴熟，一看就是行家。

他以前篮球打得很好，后来不能再打，也偶尔去球馆定点投篮过过手瘾，但现在也已经很久不玩，其实没有百分百的把握。

他单手托起篮球，另一只手扶着自己手腕，利用腕部的力量，把球投出去。

一次即中。

他松了口气，还好手感还在。

罗曜连续投球，旁边慢慢驻足不少人，投篮不稀奇，但距离远，又是个坐轮椅的帅哥，这就很吸引人的眼球。

赵清欢看得发愣。

她知道他会打篮球，但从没见过，原来他这么厉害。

当第十个球投进去时，周围响起一片掌声。罗曜表情淡淡，示意司机去拿玩偶。

店员是个小姑娘，一脸崇拜，亲自把玩偶送到罗曜手里："先生，您是我见过投篮最厉害的人。"

罗曜接了："谢谢。"他把外面的透明包装拆了递给她，"帮我扔了，麻烦了。"

罗曜回头，看到赵清欢站在车边看他。

他晃了晃手里的玩偶，赵清欢笑得很开心。

上车后，罗曜把玩偶递给赵清欢，她抱个满怀，高兴得像个孩子。

他抬手摸摸她的头发："你现在虽然不是十八岁，但你十八岁那年缺失的东西，我都补给你。"

赵清欢隔着玩偶抱他，只抱到一点儿，罗曜有些无奈："我是不是失策了，晚上你会不会只抱它，不抱我了。"

赵清欢猛摇头："晚上就抱你。"

傍晚回家后，当罗曜再次把赵清欢提到自己身上时，接到了罗迹的电话，罗迹说今晚他那里有聚会，问他过不过去。

罗曜盯着身上的赵清欢，目光火热："不去。"

电话刚挂，赵清欢那边响起来，她接了，是许沐。

"你在北京吗？晚上我们聚餐，沈瑜也在，你来不来？"

赵清欢说："没时间。"

挂了电话，罗曜抬手关了房间里的灯："现在就让你知道，我治不治得了你。"

第二天上午，罗曜将赵清欢送去车站。

外面人太多，他不方便下车，在车里压着人亲了一会儿："我比你先回来，到时我来接你。"

赵清欢搂着他的脖子："嗯。"

"要想我。"

"嗯。"她不放心，"到了那边，晚上有人帮你按腿吗？"

罗曜摸摸她的脑袋："季叔跟我回去。"

赵清欢点头："要按时吃饭。"

他温柔地看她："好。"

时间差不多了，罗曜不太情愿地松开她的手："路上小心，到了给我电话。"

"嗯。"赵清欢下车。

司机帮她把后备厢的行李拿出来，她忽然又探身看向车窗里："罗总，我走啦。"

罗曜笑了出来。

送走赵清欢，罗曜让司机把车开去一家私人医院。

院长是他多年好友孟远，两人许久未见。

孟远把人请进自己的私人会客室，亲自给他倒了一杯咖啡："今天怎么有时间过来？咱们有一年多没见了吧。"

罗曜笑了笑："你这么忙，没事也不敢来打扰你。"

孟远"嘁"了一声："糗我是吧。"

两人玩笑几句，罗曜开口："今天找你，确实有事。"

孟远放下咖啡："咱们之间还用客气，有事就说，能帮我一定帮。"

罗曜看向他："我的腿，如果现在开始做复健，还来得及吗？"

孟远愣了一下，他没想到罗曜会提这件事。

他们当年就是因为罗曜的伤认识，罗曜也曾做过复健，但后来不知为何放弃了。

孟远有些不可思议："你要做复健？"

罗曜点头："还有机会吗？"

孟远对他不说客套话，也不想给他虚无缥缈的希望："已经过去这么多年，恕我直言，机会不大。"

罗曜抿着唇："百分之多少？"

孟远："接近零。"

罗曜沉默不语。

两人都没有说话。

过了会儿，孟远想开口安慰，罗曜忽然说："接近零，不等于零，对吧？

"我做。"

孟远看着他："你确定？"

"确定。"

"可能会很辛苦。"

"没关系。"

孟远："可能到最后还是站不起来。"

罗曜的手握紧："总要试一试。"

孟远不再说什么。过了会儿，他轻轻叹了口气："既然你执意要试，那明天我就安排最好的康复医生给你检查，制订计划。"

"嗯。"

孟远有些疑惑："能告诉我为什么吗？"

"什么？"

"已经过了这么多年，你为什么忽然又想复健了？"

罗曜低笑一声，没答。

他看向窗外，晴朗的天空，小鸟在天上飞，自由自在。

为什么。

答案很简单。

他只是不想让那个傻到让人心疼的姑娘，那个全心全意爱着他，把自己的身心全都给了他的那个姑娘，多年后会后悔当初的选择。

他想陪她开房车，环游世界。

他想给她一场盛大浪漫的婚礼。

这是她的愿望。

从现在开始，也是他的愿望。

其实这件事已经在罗曜心中徘徊许久，在那晚她把自己完完全全交给他之后。

罗曜是个十分保守的男人。

这个女人毫无保留把自己给了他，他忽然觉得身上多了一层隐形的重担。

一个念头从心底翻涌而出，愈演愈烈。

他想变得更好，把那些她因为选择了他，已经默认放弃的，自以为此生无法实现的东西通通给她。

她那么好，值得他为此努力。

即便只有一丝丝希望，他也想尝试。

第二天罗曜再次去了那家医院，孟远替他安排了最好的主治医生，对他的腿进行了全面系统的检查。

他能从医生的表情中读懂对方的意思，但似乎孟远提前交代过，所以医生没有明说。

两天后，具体的复健计划制订完毕，因为罗曜马上就要回岳城过年，所以开始的日期推迟到年后。

大年三十的前两天，罗曜回到岳城。

公司总部虽然已经转移到北京，但岳城这边的老办公楼还在，改为岳城分部。

罗曜去了一趟分部办公楼，听了一下午报告，晚上跟几个高管吃饭，很晚才回老宅。

他不抽烟，只在应酬的时候喝一点儿酒，这边都是自家人，没人敢劝酒，他只喝了一杯，意思一下。

过去这一年不太平，去年过年的时候有人借机搞事，罗曜和罗迹花了不少时间和精力才压下，公司上半年一直处于休养生息的状态，直到下半年才有所好转。

所有人都看得出来，那段日子罗曜整个人都扑在工作上，也曾累病两次，他们不敢劝，也劝不动。罗曜在商场中一向说一不二，他想在年底达成什么目标、想做什么项目，没有达不到的。

只有罗曜自己知道，在那段他和赵清欢失去联系的日子，有多难熬。

他只有用工作麻痹自己，才能忍住不去找她。

好在已经过去了。

除夕那晚，罗曜在老宅二楼的阳台看烟花。

市里不让放，郊区也有固定的时间，烟花璀璨绚烂，他抓拍了几张最美的瞬间给赵清欢发过去。

LY：[图片]

LY：在干吗？

过了会儿，赵清欢回过来。

清欢：看春晚。

清欢：好漂亮，你拍的吗？

LY：嗯。

清欢：技术不错[烟花][烟花]

罗曜还没有回复，赵清欢的电话就打过来。

他脸上很快漾起笑容："喂。"

赵清欢："打字好累，你在外面吗？我这里很少能看到烟花。"

罗曜摩挲着手里那串手链："在家。"他抬头看了一眼，"现在也不放了。"

听到她的声音，罗曜心底的思念翻涌，他低声说："有点儿想你。"

快一个星期没见，好像每天都过得很慢。

赵清欢声音小了些："我也是。"

罗曜初六回北京，她初八，他说去车站接她。

还有八天才能见到。

罗曜说："我想看看你。"

赵清欢什么都没说，挂了电话。不到十秒，她发了一个微信视频，罗曜接起来。

镜头有些晃，她似乎在找角度。

没有多久，那边终于稳定下来，赵清欢的脸出现在他面前。

她穿着一身淡黄色的毛绒睡衣，上面有些小花图案，头发随便扎了一个小团子，下面还掉下来两缕，脸庞白白净净，没有化妆，笑得特别好看。

罗曜盯着她看了一会儿："又漂亮了。"

赵清欢笑得眼睛眯起来："又哄我，才几天不见，能有什么变化。"她仔细看他，"你那边怎么那么黑？"

"在阳台。"

赵清欢皱眉："大冷天怎么跑外面去了，快进屋。"

罗曜低声："想给你拍烟花，就一直没回去，今天还好，不太冷。"

赵清欢坚持让他回房。

罗曜答应着，按了手边的按钮回到房间。

他翻转镜头给她看，赵清欢这才罢休。

罗曜盯着屏幕里的人："零点还吃饺子吗？"

赵清欢点头："对，你呢？"

"奶奶已经休息了，小迹估计也不吃。"他笑了下，"今晚他大概睡不着。"

"为什么？"

罗曜说："他忙了一下午，装了一车东西，明天要去桐州见丈母娘。"

赵清欢笑："我姐现在挺喜欢他。"

罗曜安静地看了她一会儿。

赵清欢的手在镜头面前晃了晃："怎么不说话，卡了吗？"

罗曜的唇动了动："你想要吗？想要我也去。"

赵清欢换了个姿势，趴在床上，露出她的小碎花床单。她把电话立在枕头旁，两手托着腮看他："你来干吗，见我爸吗？"

罗曜："我能见吗？"

她眼睛亮亮的："倒不是不能，就是太突然，我爸还不知道我谈恋爱，你如果突然出现，大概会把他吓到。"

此时此刻，她完全把他当成一个正常男人，她的男朋友。

可罗曜不是这样想。

他看着屏幕："清欢。"

"嗯？"

"你爸爸会同意我们吗？"

这个问题他曾想过，但从没跟赵清欢提过。

赵清欢微怔，但很快笑起来："为什么不同意？你这么帅，又这么有钱，又这么喜欢我，他高兴还来不及。"

罗曜："你知道我的意思。"

赵清欢看了他一会儿，随后靠近镜头，一张漂亮的脸占据他整个屏幕："你不要担心，我爸不会的，他什么都听我的。"

罗曜没有说话。

怎么可能不担心。

任何父母都不会愿意让女儿嫁给一个坐在轮椅上的男人。

电话那边传来一个男人的声音，叫她吃饺子。

赵清欢喊了声："知道了，马上。"

罗曜用拇指轻抚屏幕，好像在触摸她的脸一样："你去吧。"

赵清欢摇头："不要，再等一会儿。"

"等什么？"

赵清欢仔细听客厅电视里的倒计时。

十，九，八——

数到一时，外面烟花鞭炮同时响起来。

赵清欢对着镜头比了个心："罗总，新年快乐，爱你哟。"

她语气有些调皮，罗曜却湿了眼眶。

此时此刻，他更加坚定信念，无论如何，要给她一个健康的自己，不让她有任何遗憾。

罗曜有些艰难地学她比心："新年快乐，我也爱你。"

他从没做过这种小女生的动作，看起来有些别扭。赵清欢笑得趴在床上："罗曜，你怎么这么可爱。"

可爱？

从没有人用这个词儿形容过罗曜。

还挺新鲜。

她爸又来催她，赵清欢喊："来了！"

她对着镜头亲了他一下："早点儿睡，晚安。"

罗曜目不转睛地望着她："晚安。"

两人都没挂，赵清欢说："你挂啊。"

"你先挂。"

"那我挂啦？"

罗曜："嗯。"

镜头晃了晃，几秒后，那边挂断视频。

罗曜盯着两人的微信界面看了一会儿，随后调出医院那边发来的复健时间表。

大概是为了照顾他的承受能力，项目安排得不是很满，时间也不长，每天下午固定时间去医院。

这种事不能急于求成，他做好了长期准备。

只是如果这样，就要压缩他的工作时间，他又不愿意占用下班陪她的时间。

罗曜在心底默默思考方案，今年可以减少一些前景一般的项目，有些事也不必亲力亲为，适当放权。

如果罗迹愿意回来帮他就好了。

可那小子的游戏工作室似乎已经有些起色，这个时候肯定不会放手。

罗曜在家陪了罗老太太几天，初五那天下午，他去了余烬的车行。

余烬挺意外，罗曜出门不方便，两人见面一向他去找罗曜，罗曜很少来他的车行。

车行平时走车，门口平坦，没有门槛，罗曜顺利进屋。

接下来就没什么路可走了。

地上零零碎碎丢了不少零件，余烬几脚踢到一边："你来也不提前说一声。"

罗曜环视车行大厅，视线停留在正对大门那面玻璃隔断里的两辆摩托车上："我只是路过，谁知你这么敬业，大年初五也不休息。"

余烬倚着身旁改了一半的摩托车，低头点了根烟："我又没家，不在这儿在哪儿。"他找了个一次性纸杯给罗曜倒了杯水，"我这只有这个，凑合喝。"

罗曜接了："最近怎么样？"

"还那样。"

余烬看向罗曜，觉得他整个人的状态跟以前似乎有些不同，但又说不出哪里不同。

"最近有喜事？"

罗曜笑了笑："眼睛这么毒。"

余烬挺意外："真有？"

罗曜默认。

余烬："还是那个？"

他知道赵清欢。

罗曜点头。

余烬低头笑了下："挺好。"

念念不忘，必有回响。

他们两个错过这么多年，能在一起，挺好。

罗曜看向玻璃隔断里那辆摩托车："替我好好保管。"

余烬也看向那边："怎么，准备要回去？"

罗曜目光深远："也许有一天。"

也许有一天，可以用它载着赵清欢出去兜风。

她一向爱玩，心很野，她说胆小怕坐摩托车，他从来不信。

隔断里两辆车，一辆余烬自己的，一辆罗曜的，都是名车绝版，价值不菲，余烬放那当展示，也没什么防盗措施。

他的车行，没人敢惹。

回家后，季叔正帮罗曜整理行装，明天他们就要回北京。

罗曜看着他把一些衣服和日常用品整齐放进行李箱里，季叔说："车已经备好，明天上午十点出发。"

这次他们自己开车回去，不坐飞机。

罗曜嗯了声。

季叔把整理好的行李放在沙发旁："你准备复健的事，确定不告诉你奶奶？"

罗曜摇头："谁都别说。"

成了自然好，如果不成，白白给人希望，又让人失望。

"也好。"他看向罗曜，"那你和赵小姐——"

楼上有动静，罗老太太似乎要下楼，罗曜抿了抿唇："也先别提吧，现在还不是时候。"

季叔答应了，转身走去厨房。

刚走两步，罗曜忽然叫住他："季叔。"

季叔回头："怎么了，要拿什么？"

"明天备两辆车吧。"

季叔疑惑："为什么备两辆车。"

"一辆送您回北京。"

"另一辆呢？"

"我想去桐州。"

这几天赵清欢特别忙。

桐州这边亲戚多、同学多，初二赵美云回来看老爸，罗迹和许沐也来了。

罗迹依旧带了很多东西，老头儿被哄得很开心。

后面几天都是同学发小的聚会，有人问赵清欢有没有男朋友，她笑眯眯说有啊，特帅。

好不容易初六消停一些，她睡到中午才醒。

老爸煮好的饺子都凉了，叫了她几次也不起，老头儿也不生气，索性把饺子给煎了。

他从小就疼赵清欢，有时赵美云都吃醋。

煎饺子香喷喷，味道飘进卧室里，把人给香醒了。

赵清欢迷糊着翻了个身，眼睛还没睁就去摸手机。

微信里有两条罗曜的信息。

LY：[图片]

LY：[图片]

是罗曜发来的早餐和午餐的照片。

这是他们两个提前讲好的，赵清欢不放心，怕他不好好吃饭，或者出去应酬喝酒伤胃，要他把每天吃了什么都拍给她。

情侣间的小情趣，罗曜也愿意配合，每餐都给她发。

赵清欢指尖点几下，发了个"困"的表情过去。

没过几分钟，那边有了回复。

LY：醒了？

清欢：[呆滞][困]

LY：怎么睡到中午还困，昨晚不是十点就睡了吗？

昨晚两人语音聊天，聊完又换打字，后来又语音，聊到十点，罗曜让她去睡觉，她口头答应，转头又去刷微博，玩了一会儿游戏，很晚才睡。

罗迹制作的那个游戏她也在玩，很上瘾。

赵清欢怕他生气，把话题扯到别处去。

清欢：你在干吗？

LY：坐车。

清欢：去哪儿，又跟人吃饭吗？

罗曜这样的身份，很多人借着逢年过节的由头请他吃饭，寻找合作机会。

他有些能推，有些引荐的中间人很有分量，推不掉，所以最近他应酬不少。

好在这个圈子里的人都知道他不胜酒力，长辈们也疼他，所以他不想喝的时候，一般都以茶代酒，也没人敢说什么。

清欢：少喝酒。

LY：嗯，今天不喝。

他发了个"摸摸头"的表情，让她赶紧去吃饭。

赵清欢从床上爬起来，头发乱糟糟团了个小团子，身上依旧是那件淡黄色的毛绒睡衣,先去浴室洗漱,出来后直奔厨房。

老爸把碗碟都给她摆好了:"晚上不睡早上不起,你就懒吧,我看你什么时候能嫁出去。"

赵清欢拿起筷子,咬了半个香喷喷的煎饺:"不用你操心,有人愿意娶。"

老头儿听出点儿意思,搬了个凳子坐她旁边,眼睛锃亮:"有男朋友了?"

赵清欢神秘兮兮:"不告诉你。"

这就是有了。

老头儿特激动:"哪儿的人,是不是你们单位的,是不是开飞机的?"

他一直觉得开飞机的男人有型、气派,那些电影里的机长,一米八几的大高个,精神帅气,干的还是技术活。

开飞机啊,多牛。

再好不过的女婿人选。

赵清欢说:"我还非得在公司找了,不是。"

"那是干什么的?"

"做生意,开公司的。"

老头儿咂咂嘴:"这不太好吧。"

赵清欢瞥他:"怎么不好了。"

老头儿说:"大老板,是不是花心了点儿。"

赵清欢"喊"了一声:"你电视剧看多了吧。"

她这老爸跟普通老头儿不一样。

普通老头儿下棋、钓鱼,拿着大扇子坐小区亭子里跟其他老头儿唠嗑。

他不,他打乒乓球、游泳、追剧,还刷微博,紧跟时事潮流,网上出了什么事,他比赵清欢消息还灵通。

老头儿探头过去:"说了半天,到底是谁啊?"

赵清欢已经吃完,放下筷子站起来:"保密,时机到了自然告诉你。"

饭也吃完了,得睡个回笼觉。

老头儿看着闺女的背影:"这死丫头。"

赵清欢回到房间又趴在床上,半边脸颊压在枕头上,无聊地翻看手机相册。

最新几张是跟朋友们聚会时拍的照片,再往前翻一会儿,她停下划拉的手指。

是罗曜给她赢的那个独角兽玩偶。

那个玩偶足有半人高，她抱在怀里，更显娇小。

照片是罗曜拍了给她发过来的。

都说男朋友拍照角度很毒，但罗曜就特别会拍，每张都很好看。

赵清欢忽然想起那天，她在车里看着他的背影。

他是那种就算坐着轮椅，也遮掩不住骨子里那股贵气的人。

他跟人群站在一起，气场强大，让人不自觉忽视他的轮椅，甚至有股莫名的压迫感。

就是这样一个人，肯为她喜欢的一个玩偶，去街边投篮。

他这辈子大概都没做过这样的事。

赵清欢想起他那句话，你现在虽然不是十八岁，但你十八岁那年缺失的东西，我都补给你。

赵清欢觉得自己挺幸运的。

以前有老爸疼，有姐姐疼，现在有他疼。

虽然中间浪费了很多年，但最终结果是好的，这就够了。

手机响了一声，显示进来一条新信息。

赵清欢打开微信，看到罗曜又给她发来一张照片。

LY：［图片］

LY：是这里吗？

赵清欢点开图片。

是一张雪景。

有一排挂着厚厚雪花的树，有被清雪机清扫过的干净路面，还有一家小型超市，超市门口摆了一堆雪糕。

等等。

这不是她家小区门口吗？

赵清欢腾一下从床上坐起来，立刻给罗曜打了过去："你在哪儿？"

电话那边的人低笑一声："看来确实是这里。"

赵清欢跪坐在床上，心怦怦跳："罗曜，你不要告诉我你现在在桐州。"

罗曜轻声嗯："我在你小区门口，出来吗？我有些冷。"

赵清欢一句话都没说，也没挂电话，来不及换衣服，只在身上披了件外套就跑出去。

从来没有一刻觉得家里这栋楼离小区门口那么远。

当赵清欢气喘吁吁跑到门口时，在马路对面看到罗曜和他的车。

他在车外，坐着轮椅，目光温和地盯着她看。

当看到赵清欢身上穿着的衣服时，罗曜眉头不经意间皱了皱，似乎对她穿得这样少有些不满。

他回头跟司机说了什么，司机走到后座拿出一件备用羽绒衣。

赵清欢跑过来。

罗曜皱眉："看车。"

这会儿马路上一辆车都没有，赵清欢扑进他怀里，带一点儿哭音："你怎么来了？"

罗曜接过司机递给他的黑色羽绒衣，裹在半蹲在他面前的赵清欢身上："穿这么少，不怕生病吗？"

赵清欢在他怀里仰起头，罗曜伸手抹了抹她的眼角："高兴吗？"

赵清欢猛点头："不是说好回北京见吗？"

罗曜盯着她看了一会儿："我想了想，如果我没有坐轮椅，我一定会亲自来桐州接你回去。"

他指尖轻蹭她唇瓣："后来我又想，就算我坐轮椅，也没耽误我出差，到处飞，所以我来了。"

他轻轻探身，亲了亲她的额头："我想见你，一天都等不了。"

赵清欢整个人伏在他膝间，不让他看自己的眼泪。

过了会儿，她偷偷抹了一把眼睛，抬起头看他："你住哪儿，订好了吗？"

"附近的小山楼。"

"现在过去吧。"她拉着他的手，"你在这儿待了多久？手这么凉。"

罗曜："没多久，给你发照片的时候刚到。"

小山楼酒店就在离这里五分钟距离的地方，罗曜不想上车，想在外面走走。

印象中，以前似乎来过这里，当年他来桐州出差时，赵清欢的学校就在附近。

赵清欢陪他走。

司机先开车去小山楼办手续开房间，他们到了桐州直接来这里，还没去酒店。

罗曜的轮椅是全自动智能轮椅，他喜欢自己操控，不喜欢别人在后面推，赵清欢就走在他身边，手指偶尔搭在他的扶手上。

赵清欢有些埋怨似的："你又骗我。"

"怎么骗你了？"

"中午我问你在干吗，你说在坐车。"

罗曜轻笑："我确实在坐车，哪有骗你。"

赵清欢："可我以为你在北京呢，你不是今天回北京吗？"

罗曜偏过头，拉住她的手："我来接你，你不高兴吗？"

赵清欢停下脚步："高兴。"她低着头，"我是怕你太折腾。"

罗曜看着她："能早一点儿见到你，我愿意折腾。"

赵清欢笑得腼腆。

罗曜心情很好："想笑就笑出来，不用忍着。"

赵清欢甩开他的手："谁想笑了。"

她转身想走，脚步却不自觉停下。

刚刚注意力都在他身上，没有注意走到哪里。

前面就是她的母校。

当年遇见他的地方。

罗曜也认出那里，多年过去，学校门口变化不大，招牌还是那个招牌，只是老旧了一些，大概这么多年也没有翻新过。

他曾在这里拒绝过赵清欢。

罗曜牵住她的手："那年你说在一棵大树下等我，是哪一棵？"

赵清欢环视一圈，指了指不远处的一个站牌："那里。但是树没有了，绿化改造移了位置，现在那里是个公交站。"

罗曜觉得她似乎想起一些不太愉快的往事，把人拉坐在一旁的长椅上："告诉我，那天等了多久？"

赵清欢低着头："没等多久。"

罗曜握着她的手不说话。

过了会儿，赵清欢说："挺久的。"

罗曜摸摸她的脸："哭了吗？"

赵清欢抬起头："你说呢。"

他把人抱进怀里："对不起。"

赵清欢环住他的脖子："不要你道歉，不是你的错。"

那个时候，他正在手术台上，命悬一线。

赵清欢得知真相的那天，曾一度后怕，如果他当时伤势更重一些，下不来手术台，要怎么办。

只要想到这些，她就什么脾气都没有了，只希望他能平安健康地活着。

两人拥抱一会儿，罗曜把人拉起来："陪我回酒店吧。"

"嗯。"

到了小山楼，司机已经办好手续在大厅等，他把房卡交给罗曜。

罗曜让司机这两天自由活动，可以逛逛桐州，有事会给他打电话。

赵清欢陪罗曜回房间。

房间很热，赵清欢把罗曜的羽绒衣脱了，又把自己的外套脱了。

罗曜这才发现她里面穿了什么。

只有那套淡黄的睡衣，下面连袜子都没有，直接套了一双灰色兔子毛的雪地靴。

他皱眉："再着急也不能穿成这样出来，知道外面多冷吗？"

赵清欢站在那里跟罚站似的："谁让你不提前打招呼，吓着我了。"

罗曜朝她伸出手。

赵清欢走过去，把手递给他。

罗曜一下把人拉进怀里。

他把她整个人都提到自己身上，托着腿抱上轮椅，她搂着他的脖子："干吗。"

罗曜一手搂着她的腰，一手捏着她的下巴："这么久不见，不想我吗？"

赵清欢红了脸："想。"

"怎么想的？"

赵清欢咬了咬唇，凑过去亲了他的唇一下。

罗曜不满意："就这样？"

"那你还想怎样？"

罗曜的手下移，轻拍她的腰："有没有觉得有什么不同。"

赵清欢四下看了看："什么不同？"

他说："仔细看看。"

赵清欢搂着他的手没松，扭头看旁边的扶手。

那里的智能面板似乎跟以前不一样。

她愣了愣："你换轮椅了？"

罗曜摸摸她的头，这才满意："对。"

赵清欢说："好好的换轮椅干吗，那个好像还很新。"

"哪有好好的，你不觉得那个很小吗？"

罗曜忽然搂紧她的腰，嗓音低沉："这个空间大一点儿，做什么都比较方便。

"要试试吗？"

这话暧昧，赵清欢双手伏在他胸前，眼睛盯着他领口，小声说："现在吗？可是我还得回家，我出来都没跟我爸说……"

罗曜掐了她的腰一下，故意说："想什么呢，我的意思是这样抱你更方便。"

赵清欢微怔，随后脸比刚刚更红，使劲儿推他肩膀一下，就要下去："你烦不烦人，我走了。"

罗曜赶紧箍住人不让动，低声哄着："好了，不逗你了。"他笑着看她，"就是你想的那个意思。"

两人对视一会儿，罗曜凑过去，认真亲她。

他不知道自己是怎么了。

三十几岁的年纪，按理应该稳重一些，就算谈恋爱，也不会像情窦初开的小男生那样着急。

可他就是很急。

还有两天她就回去，竟也等不了，大老远从岳城折腾过来，为了给她惊喜，还要提前拍好午餐的照片，就怕她有所察觉。

见到她那一刻，他一路悬着的心才放下。

无法想象过去那些年都是怎样过来的，每天的生活只有工作、工作、工作，接受命运的安排，一切以罗家为重。

直到跟她在一起后，罗曜似乎才找到自己。

他也有自己想要的生活，想保护的人。

他也可以憧憬未来。

罗曜温柔细密地亲吻她的唇瓣、耳垂，缓慢移至她白皙的颈侧。

她太乖了，一动不动地让他亲。

跟以前一样乖。

记得那时赵清欢在其他男生面前一向很豪爽，顶着一张校花脸跟人家称兄道弟，只有在罗曜面前才知道什么是害羞。

他上台讲话，赵清欢给他递话筒，红着一张脸，都不敢看他的眼睛。

那时罗曜觉得这女孩儿又漂亮又逗。

他怎么都想不到，多年后，他竟爱她这样深。

赵清欢的电话响，罗曜没有停，沿着她的锁骨亲下去。

她摸出兜里的电话，看到是爸爸，赶紧接起来。

老头儿问她上哪儿去了，连声招呼就不打人影都没了。

赵清欢指尖穿进他的发丝里，有些艰难地说："去超市了。"

老爸："哦，那回来的时候带两袋盐。"

"知道了。"

挂了电话，罗曜头都没抬，精准摸到她的手机，直接扔到身后不远处的床上。

赵清欢抱住他。

特意为她换的轮椅，总得试试。

快到晚饭时间时，老头儿又来电话，问她是不是出国买盐去了，还不回来。

赵清欢几句话糊弄过去，说马上回。

这会儿他们已经躺在床上休息，罗曜把人搂进怀里，两人一起翻看赵清欢的空间。

她已经很多年不玩空间，但里面的东西都没删，偶尔登录账号还会有提示，×年前的今天，你发了这样一条状态。

起初赵清欢想给他找那棵树，她记得里面有跟同学在校门口的合影，但后来合影没找到，倒是看到不少别的。

两三句一段话，青春疼痛的文字风格，无比伤感，赵清欢回想许久，也不记得那时到底发生什么事，让她发出那种感慨。

除了这些，还有不少她的照片。

初中的高中的都有，那会儿特别时尚的服饰和发型，现在看总有那么一丝丝的——

怪异。

赵清欢捂着屏幕不给他看，她想在他脑海中的自己永远是十八岁那年漂漂亮亮青春洋溢的赵清欢。

这种黑历史还是算了。

可罗曜似乎非常感兴趣，一张张仔细看过去，说很漂亮。

他发现赵清欢从小到大的样子几乎没怎么变。

她从小就是美人坯子。

这账号似乎用了好多年，后面还有不少，罗曜还看到许沐，那时她家里应该还没出事，两人手牵手站在一座桥边，跟一对亲姐妹似的。

赵清欢看了眼时间，从床上爬起来："我真得走了，再不回家我爸要发火。"

她跳下床，捡起自己的衣服穿好。

其实也没什么衣服，一套睡衣而已，不到十秒就穿完。

她转身去了浴室。

罗曜一点点划拉屏幕，接着往下看。

其中一条状态没有配图，不太显眼，很快划过去，罗曜又划回来。

是一条仅对自己可见的状态。

看日期应该是赵清欢高中时留下的文字。

上面写了她的心愿。

——我想有一辆房车，可以开着它满世界旅行。

——我想跟心爱的男人有一场盛大浪漫的婚礼，他像王子抱着公主一样抱着我，走完一条铺满鲜花的路。

罗曜盯着那行字，心底无法平静。

这两个心愿，他曾在她的遗书中看到过，但那时只有浪漫的婚礼，没有公主抱。

她为了他，把自己这么多年的心愿都改掉了。

赵清欢从浴室出来，准备穿外套。

罗曜把手机放在一旁，平复心绪，抬手叫她过来。

赵清欢无知无觉地走过去："怎么了？"

罗曜把人拉坐在床边，搂进怀里，嘴唇贴了贴她的脸颊，轻声说："你怎么这么傻。"

赵清欢皱眉："干吗忽然这样说我。"

罗曜指尖轻抚她的眼角，认真地看她："你知不知道，早晚有一天，我会把公司交给小迹，到时我就什么都没有了，只是罗曜。"

赵清欢不知道他为什么忽然提起这件事，她没有犹豫："你在我心里本来就是罗曜，不是什么罗总。"她搂住他的脖子，"那样更好，你就有时间陪我了，是不是？"

罗曜一动不动地望着她。

他手指下滑，握住她的肩膀，片刻后，他重新将人抱进怀里，虔诚又认真："我会努力的。"

赵清欢半边脸颊压在他胸口上："努力什么？"

罗曜抱紧她，没答。

我会努力，让你的心愿全部实现。

一个都不落。

接下来的两天，罗曜像个等待丈夫的小媳妇一样在酒店等赵清欢。

她会找各种理由从家里溜出来陪他。

两人也在酒店附近转了转，他们想过二人世界，所以没叫司机，让他自由活动。

赵清欢虽然白天放肆，但晚上怎么都要回家住，没办法陪罗曜。

那个小老头儿虽然没有宵禁时间，但夜不归宿是万万不行的，她在北京天高皇帝远，他管不着，眼皮子底下可逃不过去。

两天后，赵清欢收拾行李准备回北京。

她站在阳台偷偷给罗曜打电话："我爸说要送我去车站。"

意思还要他再躲一下，等老爸走了她才能上他的车。

罗曜没有说话。

赵清欢生怕他误会，连忙说："罗曜，你如果想见我爸，我马上跟他说。"

以前是怕两人的事添乱，现在许沐和罗迹已经定下，她也不怕赵美云知道了。

罗曜低笑："怎么，表忠心吗？"

赵清欢痛快地承认："对，表忠心。"

她不想让他觉得自己的腿会对他们之间的事有什么影响。

老爸那边，她自己会搞定。

过了会儿，罗曜说："这次就不见伯父了，我什么都没准备，下次，等我准备好再见他。"

赵清欢："不用准备什么，我爸不讲究这些。"

罗曜笑了："小迹刚弄了一车年货，搬家一样，我空着手来，你是不打算让我在你爸面前有好印象了是吗？"

赵清欢低着头，脚尖蹭着地上的拖鞋："那好吧。"

罗曜这么在乎她爸对他的印象，她很高兴。

最后两人说好，他的车就停在车站附近的停车场，她爸一走，她就过来跟他会合。

回到北京后，赵清欢通过了公司的测试，可以继续飞行任务。

她又开始了一个月有半个月不在家的日子。

室友找到了新的合租伙伴，赵清欢正式搬进罗曜的家。

日子过得很快。

三月，罗迹陪许沐出国留学，临行前大家聚了一次，罗曜和赵清欢没有隐瞒，一同出席，成功震惊在场所有人。

罗迹似乎不怎么意外，早猜到一样，倒是许沐激动好久，无法平静。那段日子赵清欢有多难受，没人比她更了解。

大家为两人高兴的同时，也开始纠结一个问题。

是天涯先提出来的，这两对怎么称呼？

罗迹叫赵清欢小姨还是大嫂,许沐叫罗曜大哥还是小姨父?

后来赵清欢说,各叫各的,看心情。

最郁闷的可能是罗迹,大哥变小姨父,平白无故低了一辈。

接下来的日子,赵清欢的排班表有了变动,飞行任务比以前多了不少,她又是两舱乘务员,再想继续晋升,还要一定的飞行时长和业务考核,所以比以前忙很多。

事情似乎真按照罗曜当初说的,她常常不在北京,如果他们不在一起住,那可以在一起的时间确实太少了。

罗曜这边今年推掉不少小项目,他把所有的精力都集中在一个去年就开始筹划的大项目上,连续两三个月都在加班。

下面也渐渐传出一些小道消息,罗总每天下午都不在公司,快下班才回来,不知道是不是又有什么大动作、大变动。

但这个传言没有多久就消失不见,无人再提。

那天赵清欢从机场回来,路过超市时特意买了一些青菜,准备给罗曜做两道新学的菜。

她现在的饮食跟罗曜基本一致,口味很清淡,上次跟同事出去吃了顿麻辣火锅,胃一下午都不太舒服。

她觉得有些神奇,曾经无辣不欢的她,现在竟然也有了一个怕辣的胃。

这大概就是两个人之间潜移默化地互相影响吧。

晚上罗曜回来得很晚,两人通过电话,罗曜知道她给他做了菜,但公司那边有一个紧急会议要开,实在回不来。

他让她先睡。

赵清欢把已经凉掉的菜用保鲜膜盖上,放进冰箱里。

她趴在沙发上,一边看电视一边等他。

她渐渐睡着,不知过了多久,觉得身旁有人,她睁开眼睛,看到刚刚到家的罗曜。

罗曜摸了摸她的脸颊,声音很小,像怕吵到她一样:"怎么不进去睡?"

赵清欢揉着眼睛坐起来:"你回来了。"

"嗯。"

赵清欢看了眼时间,已经十一点多,罗曜忙到这么晚,很疲惫的样子。

她拉着他的手:"你晚上吃东西了吗?"

罗曜轻声:"吃了工作餐。"

赵清欢站起来："我给你放洗澡水。"

罗曜拉住她："你去睡吧，我自己来。"

她也工作了一整天，回来又给他做菜，还没吃到。

罗曜有些心疼。

赵清欢没听他的，径自去浴室帮他放热水，毛巾沐浴露都放在触手可及的地方，站在门口叫他："好了。"

像往常一样，他洗澡的时候，她再累也要偷偷站在门口，就怕他摔倒。

罗曜躺到床上时，已经过了十二点。他把人搂进怀里："对不起，没回来吃你做的菜，明天我都吃光。"

赵清欢用指尖戳他胸口上："明天我给你重做吧。"她偷笑一下，"我尝过了，今天的有点儿咸。"

罗曜也笑了："好。"

赵清欢从床上爬起来，要给他按摩腿。

罗曜按住她的手："今天太累了，睡吧，少一天没事的。"

赵清欢不干，轻车熟路地掀开他被子，把他的睡裤挽上去，轻柔地按摩他的腿。

在这件事上，罗曜永远都拗不过她。

赵清欢的手法已经越来越好，也越来越熟练，罗曜似乎很累，眼睛半睁半眯。

昏暗的灯光下，赵清欢忽然发现他的膝盖处有些红痕。

她靠近了仔细看，发现不只有红痕，还有一些青紫，有个地方甚至破了皮。

她皱着眉摇醒他："罗曜。"

罗曜睁开眼睛："嗯？"

她指着他的腿："你这怎么了，你摔了吗？"

罗曜看过去，似乎也是刚刚才发现，他微微皱了眉："没有。"

赵清欢急了："什么没有，这么明显。"

罗曜把被子扯过来盖住自己："可能磕到桌子了，没事。"

赵清欢眼睛已经有些湿，好像自己受伤一样委屈："罗曜，我不可能时时刻刻陪在你身边，你不要骗我。"

这一晚，两人都睡得不是很踏实。

赵清欢看得出来，罗曜在骗她，可她没有继续问下去。罗曜那样骄傲的男人，即使坐在轮椅上，自己能做的事也绝不会让别人帮忙。

他拼命维护自己在赵清欢眼中的形象。

那样狼狈的场面，他一定不想让她脑补。

早上醒来时，罗曜发现身旁没人，这是赵清欢第一次比他起得早。

卧室外面很安静，他不知道她在不在家。

赵清欢昨天刚刚回来，有两天的假期，按理不会不跟他打招呼去别的地方。

罗曜双臂支撑从床上坐起来，将自己的身体移到床边的轮椅上。

出了卧室的门，他看到赵清欢盘着腿坐在客厅沙发上，膝盖上放着她的笔记本电脑。

看到罗曜，她一下把电脑合上："你醒了，我去准备早餐。"

她转身去厨房，罗曜心思细密，看出她的不对。

他看向沙发上的笔记本。

笔记本已经锁了屏，两人都知道对方手机和电脑的密码，罗曜轻松打开。

界面是个表格，上面是一些个人基本信息，赵清欢已经填了一多半。

罗曜看向第一行的标题，脸色渐渐变得严肃起来。

赵清欢端了两碗粥放到餐桌上，目光不经意扫过客厅。看到罗曜膝上放着她的笔记本，她心里一慌，很快跑过来把笔记本拿走抱在怀里。

她不敢看他。

罗曜抬起头望向她："你要申请转地勤。"

赵清欢抿了抿唇："嗯。"

"为什么？"

"不想飞了。"

罗曜看她许久，随后把人拉坐在沙发上，让她面对自己："为什么要转地勤，你不是很喜欢到处飞、到处玩吗？"

赵清欢一直很努力，每年都是优秀员工，她以后会是非常合格、非常负责的乘务长。

罗曜握住她的手腕："是为了我吗？"

赵清欢沉默许久，没有说话。

罗曜看着她："清欢，如果你累了，不想那么辛苦，选择不飞，我没有意见。可如果你单纯为了我，我不同意。"

赵清欢低着头："我只是想天天陪着你。"

他温柔低笑，伸手摸摸她的头："公司有蒲卓和小郑，你不在家的时候还有季叔，很多人照顾我，不用担心。"

她的眼睛有些湿润："可你还是摔了。"

罗曜轻抚她发丝的手顿住，几秒后，他把人搂进怀里："是我不小心，不是他们的错。"他轻拍她的背，"我答应你，以后都会小心，不让自己受伤。"

赵清欢安静地趴在他怀里。

罗曜捏捏她的耳垂："嗯？"

赵清欢闷闷的："嗯。"

他嘴角微微扬了扬："那还申请吗？"

赵清欢抹了一下眼睛："暂时先不申请了。"

罗曜把人从怀里拉出来："暂时？"

赵清欢有些脸红，但还是说了："以后我们结婚，要是有了小孩儿，我就不适合飞了，大概要在地面工作一两年。"

罗曜长久地望着她："你想结婚吗？"

赵清欢忐忑地看着他："你不跟我结婚吗？"

以前赵清欢觉得"结婚"这个词离自己很远，曾经有那么一两年，同学和同龄的同事扎堆结婚，几乎每个月都要参加婚礼，光伴娘就当了三次。

有人说清欢你不能再当伴娘了，超过三次会嫁不出去的。

那时她不当回事，还说封建迷信不可取。

后来遇见罗曜，她再也没当过伴娘。

两人感情稳定，年龄也到了，连比他们小那么多的罗迹和许沐都抢先领了证。

结婚这件事确实应该提上日程。

罗曜重新将人搂进怀里，低头吻住她，结束这个话题。

婚当然要结，但不是现在。

他还没有准备好。

"六一"那天下午，罗曜照常去医院做康复治疗。

过程艰难又痛苦，但再难熬，罗曜都咬牙挺着，没有喊过一次停。

连他的康复医生都有些不忍心，说这不是一朝一夕的事，让他不要心急。

中途休息时，小郑递过他的手机，有一个重要的电话需要回复。

孟远过来看，听到他用流利的英语跟对方讲话。

孟远坐在对面，放他面前一瓶水。

挂了电话，罗曜拿起那瓶水拧开喝了几口。

孟远说："怎么样，还撑得住吗？"

罗曜："还好。"

孟远看了眼不远处的康复医生："你也别太拼，用力过猛伤了自己，对你的腿伤没好处。"

罗曜嗯了声："知道。"

孟远有些可惜："早知现在，当初你就不应该放弃，那时多少人劝你，你不听。"

罗曜拇指无意识地在手机边沿摩挲，没有说话。

其实当年他也曾做过康复治疗，那段时间是他人生中最灰暗的时光，父亲和白姨没了，只有他活着。

相当长的一段时间里，他每晚都在做噩梦，梦见车祸发生那个可怕的瞬间。

他的生活发生翻天覆地的变化，不再光鲜，不再众星捧月。

工作暂时停摆，在奶奶把罗迹接回家后，那些往日围在他身边的所谓朋友也逐渐疏远他。

患难见人心。

他似乎成了一颗作废的棋子。

有段时间他特别狂躁，摔东西，不爱吃饭，把自己封闭起来，拒绝接触身边所有人。

他不能离开轮椅，什么都要靠别人，他不能去找自己喜欢的女孩儿，不能做自己想做的事。

再加上康复治疗的效果并不理想。

他看不到希望。

现在回想起来，如果那时可以坚持下去，也许现在所有的境况都会不一样。

起码在重新遇到赵清欢那一刻，他会正视自己的心，不会选择再次伤害她。

一旁的小郑接了个电话，快步走过来："罗总，蒲卓说赵小姐在公司，问您怎么说。"

罗曜皱眉，今天他说晚上带她去一个地方，约了快下班的时间在公司见，没想到她来这么早。

罗曜："说我在开会，让她在我办公室等。"

小郑跟对面的人说了。

接下来还有半小时的训练时间，罗曜跟康复医生请了假，很快赶回公司。

路上大概四十分钟的车程，小郑加快一些速度，半小时就到。

罗曜乘坐专用电梯上楼，到办公室时，看到赵清欢侧身躺在沙发上，已经睡着了。

罗曜拿了里间休息室的毯子给她盖上。赵清欢没有睡得很实，一碰就醒，她撑着身子坐起来："开完会了？"

"嗯，怎么不去里面睡？"

他的办公室里面有套间，是专门的休息区，有床，以前加班太晚，他就直接睡在公司。

赵清欢抓了抓头发："本来不困的，看了一会儿手机就困了。"

罗曜替她理了理头发："不是说好下班过来吗，怎么这么早？"

"我一个人在家没意思，就来了。"她的手放在他膝间，"我没打扰你吧？"

罗曜轻轻摇头："没有，时间刚刚好，我们走吧。"

"去哪儿？"

他早上只说带她去一个地方，没说去哪儿。

罗曜说："到了你就知道了。"

罗曜神神秘秘，赵清欢急得不行。他故意不说，先带她去了一家以前没去过的餐厅，餐厅在一栋高楼的顶层，是旋转餐厅，可以看到整座城市。

赵清欢曾在天空无数次俯瞰这座城市，但从没有任何一次像今天这样开心。

以前的北京对她来说是繁华的首都，是他乡，是奋斗的目标，她喜欢这座历史悠久的城市。

而现在的北京对她来说似乎又有了新的意义。

北京城里有他。

每次飞机落地，她不再像以前一样不慌不忙，磨蹭很久才想起开机。

她知道他很担心，总是在第一时间开机给他发一条信息，或是打一个电话。

回到家也不再是冷冰冰的墙壁，有他气息的房子总是很温暖。

那一刻起，她才觉得北京有了一丝家的味道。

吃过饭后，罗曜没有着急走，拖延时间，直到天都黑透，快要八点，两人才从饭店出发。

车一路在繁华的街道行驶，直到停在一家小型游乐场门口。

下车后，游乐场的接待人员将二人引入园中，赵清欢看着眼前这一幕，整个人都有些蒙。

园中所有游乐设施都挂着充满节日气息的彩色灯饰，亮如白昼，旋转木马缓慢转动，八音盒一样浪漫的音乐萦绕在空中。

不远处的摩天轮，每个小房子都被不同颜色的灯饰装点，同样在缓慢转动。

旋转木马门口的信箱上绑了一堆缤纷颜色的气球。

一切犹如在梦中。

罗曜捉住她的手。

赵清欢回过神，半蹲在他身边："罗曜。"

游乐场早已过了关门时间，只可能是他的安排。

罗曜不知从哪里摸出一条项链，小心替她戴好："节日快乐。"

赵清欢下意识地摸那条项链，低头看过去，指尖一颗晶莹的钻石，精致闪耀。

她怔了怔，听到他问："喜欢吗？"

她有点儿意外，又有些开心，小声说："你给我过儿童节吗？"

罗曜笑了笑，满眼宠溺，摸摸她的头发："白天人太多，我不方便来，包了夜场陪你玩。"

他俯身靠近她，轻轻吻了吻她的脸颊，柔声说："别家小朋友有的，我家的小朋友也要有。"

赵清欢从没想过，她到了可以有自己小宝宝的年龄，还会有人这样认真给她过儿童节。

记得初中时，女生们兴致勃勃，说不是小朋友了，不能过"六一"，要过"六二"。

今天这个男人说，别家小朋友有的，我家的小朋友也要有。

他真的把她当小孩儿、小公主一样宠。

其实很多时候赵清欢都不想哭，觉得矫情，但罗曜似乎总能精准击到她的泪点。

她小声说："我都多大了，还过'六一'。"

罗曜依旧探着身，隔着很近的距离看她："不管你多大，在我心里你永远是小朋友。"

赵清欢看了他一会儿，伸手抱他："罗曜，我好像越来越喜欢你了，以后要是没有你，我怎么办哪？"

罗曜轻笑一下："那就永远别离开我。"

她闷闷的："嗯。"

罗曜把人从怀里拉出来："想玩什么？"

赵清欢看了四周一眼："太多了，不知道。"

"那就都玩。"

赵清欢已经很久都没来过游乐场，平时工作比较忙，常常不在北京，回来也多数在家宅。

跟罗曜在一起后，他出门又不是很方便，两人大多也都是腻在家里。

她选了几个不太刺激的项目，每个项目都有专人守在入口处，引导她进去玩。

不用排队，没有拥挤。

今晚这里只属于他们两个。

罗曜耐心地在下面等，目不转睛地看着她，见她那么开心，他的心情也跟着好起来。

赵清欢看到他在下面用手机对准她，也拿出手机，两人对着拍照。

从转盘上下来后，她跑到他面前，挤在他身边一起看刚刚拍的照片。

两人的脸都被自己的手机挡住，但可以看到弯弯的眼睛和微笑的嘴角。

他们互相把照片发给对方。

罗曜看着不远处的摩天轮，示意她："想坐吗？"

赵清欢摇了摇头。

罗曜捏她纤细的手指："你如果想坐，我可以陪你。"

赵清欢有些惊讶："真的吗？你可以上去吗？"

罗曜点头："我问过了，空间够大，保证安全的情况下，我可以去。"

赵清欢立刻拉住他："那我们去吧。"

罗曜太了解她，她现在所有表现出来的喜好，都在考虑他的感受。

他没办法陪她的，她再喜欢也不会表现出来。

工作人员帮忙把轮椅推进小房子里，下面平坦没有台阶，所以很顺利。工作人员出去后，赵清欢把轮椅拉到自己身边："这里可以看到外面，你恐高吗？"

罗曜反问："你呢？"

"我不恐高。"

"那我也不。"

两人一起笑起来。

小房子慢慢升高，赵清欢趴在玻璃上往外看，北京城的夜晚美得放肆，她有些兴奋："罗曜你看，好多星星。"

她笑着转头，看到罗曜没有看外面，正目不转睛地盯着她。

她歪了歪头："看外面，看我干什么。"

罗曜面不改色："外面没你好看。"

赵清欢只当他又在哄她，没有在意，继续看外面美丽的夜空。过了会儿，她发现罗曜依旧没有看外面。

赵清欢看了他一会儿，忽然凑过去盯着他的眼睛："罗曜，你是不是不敢看外面？"

她握住他的手腕："你不会恐高吧？"

罗曜面色平淡："不看就不会害怕。"

赵清欢顿时急了："你怎么不早告诉我，我们可以不坐的。"

她立刻紧紧搂住他的身体，像要保护他一样："快到一半了，到了我们马上下去。"

罗曜轻拍她的背，有些无奈，又有点儿感动："我真的没事，恐高症只是一种心理作用，不看不想就好了，我还能坐飞机呢，你说我有没有事。"

赵清欢离开一点儿，但依旧搂着他的脖子，她有点儿蒙地看着他："真没事吗？"

罗曜手掌掐着她的腰，顺手捏了捏，有意逗她："真的，你看我现在像有事的样子吗？"

确实不像。

赵清欢觉得这男人理性的时候好可怕，只要他想，没有什么事情可以难倒他。

知道他没事，赵清欢放了心，注意力重新被外面的夜色吸引，她又趴在窗口看了外面一会儿。

当他们的小房子快到摩天轮的最高点时，赵清欢忽然神秘兮兮地问他："你知道吗，每对一起坐摩天轮的情侣都会在最高点的时候做一件事？"

罗曜很配合："什么事？"

赵清欢一脸正经："接吻。"

罗曜没有忍住，笑了出来："是吗？"

她点头，随即不再说话，观察他的反应。

罗曜清了清嗓子，正色道："虽然不知真假，但我愿意入乡随俗，"他闭上眼睛，等她主动，"来吧。"

赵清欢也不客气，捧着他的脸亲下去。

起初是她主动，学他那些让人脸红心跳的招数，似乎想借此机会制服他，可弄了半天，那人没有丝毫波澜，最后还睁开眼睛，好像在问：就这？

正当赵清欢放弃，准备离开他的唇时，罗曜忽然扣住她的后脑，头一歪，用力吮下去。

他用实际行动告诉她，该怎样做。

这一晚，是赵清欢这辈子过得最难忘的一个儿童节。

转眼到了八月。

天气炎热，在室外的烈日下，几乎动一动就一身汗。

赵清欢越来越不爱出门，只要不飞，就一定在家。

空调开着，睡裙穿着，冰镇西瓜准备好，躺在沙发上看电视，神仙也不换。

下午三点她要去机场，从中午开始罗曜就在催她，她懒懒地趴在沙发上："来得及，再躺一会儿。"

罗曜耐心哄着："起来收拾一下，我今天有事去那边，路过机场，可以顺路送你。"

赵清欢不动："五分钟。"

过了五分钟，罗曜准时叫她去换衣服，赵清欢只好依他。

如果是平时，她还可以晚半小时走，他送她，反倒早了。

夏天的衣服穿得快，她嫌麻烦，也没化妆，准备到机场再弄，如果不是公司有要求，她甚至不想化妆。

她发现有了男朋友后，自己越来越懒了。

反正他说过，她不化妆也好看。

到了机场，赵清欢从另一边下车，她绕到罗曜这边，罗曜早已落下车窗等她。

她凑过去亲了一下他的嘴角："罗总后天见。"

罗曜伸手摸摸她的头发："下飞机——"

"给你电话，我知道了。"

"嗯，去吧。"

赵清欢一步三回头，最后小跑着进了机场大楼。

她的身影消失在门口后，坐在前面的蒲卓回头说："罗总。"

罗曜看了一眼时间，还来得及："等五分钟。"

赵清欢今天到得早，化好妆后还有时间，她在小会厅里翻看今天天气情况的资料，没有多久人到齐，乘务长给大家开会。

一系列烦琐的前期检查后，确认机舱各项设备指标全部正常，准备上客。

乘务长宣布今天的乘客人数和特殊乘客报备。

有一位乘客需坐机场的专用轮椅上机，她们需要将他稳妥安置在头等舱第一排比较宽敞的位置。

这种情况乘客一般都会提前登机，机组人员已经在门口准备就绪。

没有多久，赵清欢听到轮椅碾压地面的声音，她面带微笑，保持最好的工作状态，准备迎接今天第一位乘客。

轮椅出现在门口时，站在前面的空姐嗓音甜美："您好，欢迎您乘坐×××次航班，很高兴为您服务。"

空姐将轮椅从工作人员手中接过来，推至赵清欢处，她负责将乘客妥善安置。

赵清欢一张标准的笑脸已经摆好："您好，欢迎您——"

当看到轮椅上坐着的那位乘客的脸时，她没控制住自己的表情，愣在那里。

不久前，她还亲了这个人一下，跟他约好后天见。

罗曜嘴角微微上扬，似乎特别满意她此刻的反应，他故意面色平淡地望着她："赵小姐，好巧。"

罗曜的声音很小，只有她听得到。

赵清欢惊讶片刻，快速看了一眼那边的同事，随后很快调整好自己的面部表情，专业得无可挑剔。

她努力保持镇静，把话说完："欢迎您乘坐本次航班，今天的行程将由我来为您服务。"

罗曜在赵清欢的协助下坐在位置上，随后跟他一起提前登机的蒲卓也上了飞机。

刚刚在车里蒲卓还跟他一起演戏，这会儿若无其事地坐在他身边。

果然什么老板招什么员工。

蒲卓平时严肃正经，不像小郑爱笑，罗曜身边大小事都是他帮忙处理，没想到还能演戏。

赵清欢俯身帮罗曜系安全带，他有些享受，隔着很近的距离盯着她的眼睛看，小声说："工作的样子很美。"

赵清欢咬着唇，趁人不注意偷偷掐了他的腰一下。

她用了些力气，罗曜哼出声来。

这一声太勾人，听得赵清欢脸红心跳，她恨恨道："别闹。"顺便瞪他一眼，不让他捣乱。

罗曜安静地看她。

赵清欢回到原来的位置，两手交叠放在身前站好。

没有多久，其他乘客陆续登机。罗曜目不转睛，看着她面带笑容，工作认真的样子。

两人在一起这么久，罗曜出差时从没赶上过跟赵清欢同一个航班。

这次确定航班后，他忍了三天，故意不告诉她，想给她一个惊喜。

空姐都很美，加上制服一样，妆容也差不多，其实很多人第一眼看去分不清谁是谁，但罗曜就是觉得，赵清欢站在那里特别与众不同。

她身上有其他空姐都没有的一种气质。

她笑得真温柔，亲和力十足。

工作中的赵清欢有种独特的美。

等待起飞的过程中，有空姐温柔提醒罗曜关机，罗曜示意手机："已经关了。"

空姐笑着说："感谢您的配合。"

罗曜说："我家属也是空姐，你们辛苦了。"

隔断帘没拉，他回头看向后面，赵清欢正踮脚帮乘客整理头顶行李架上的背包。

赵清欢的个子在空姐中算矮的，她曾一度后怕，要是再矮点儿就不能当空姐了。

可罗曜觉得这身高正好，他把她抱上轮椅时，一点儿都不费力。

飞机终于起飞。

罗曜平时工作比较忙，在飞机上大多会睡一会儿，休息一下。

但这次他一点儿都不觉得累，也不困，低头翻看手里的杂志，偶尔看一眼工作舱那边。

他在第一排，空姐在前面偶尔低声讲话，他都听得到，他仔细辨认赵清欢的声音，觉得她跟别人说话和跟自己说话有些不同。

哪里不同，他说不太清，可能更温柔一些。

帘子忽然被人掀开一角，赵清欢露出半张脸。

两人对视一会儿，赵清欢又把帘子放下。

不到半分钟，她从里面出来，手里拿了个小毯子，抖开盖到他腿上。

两人全程眼神交流，没有说话，赵清欢一直在忍，如果旁边没人，她大概会笑出来。

第一次为男朋友服务，这感觉很奇妙。

赵清欢给罗曜盖毯子时，他趁机捏了她手指一下，这种偷偷摸摸的小动作特别刺激，赵清欢佯装生气，无声凶了他一下。

本以为罗曜会就此打住，谁知他忽然开口："不好意思，麻烦给我一杯冰咖啡。"

赵清欢睁着一双大眼睛，露出甜美的笑容："抱歉先生，胃不好的人不适合喝冰咖啡呢。"

罗曜将杂志合上，微微挑眉："那你说喝什么。"

赵清欢："温水。"

罗曜嘴角挑了挑："那就温水。"

赵清欢转身回去。

一分钟后，她端着一杯温水放在罗曜面前的小桌板上："您请慢用。"

罗曜面不改色："多谢。"

赵清欢正要回去，过道另一侧跟罗曜坐在同一排的年轻男人忽然说："麻烦给我也来一个毯子。"

赵清欢立刻答应，取了一个毯子过来递给乘客。

年轻男人又说想要一杯冰咖啡，赵清欢说："好的，请稍等。"

没有多久，她端来一杯冰咖啡放在男人面前："请问您还有其他需要吗？"

"没有了，谢谢。"

男人一直盯着赵清欢看，从上到下。

到了发放飞机餐的时间，餐车从后面过来，赵清欢没有问罗曜，直接放在他面前一盒面条，还多给了一袋酸奶。

今天的菜里有罗曜不爱吃的东西，面条还好，是鸡蛋卤。

她又问蒲卓吃什么，蒲卓要了一份饭。

旁边的男人把餐车里所有东西都问了个遍，有些故意逗她的意思，赵清欢没有一丝不耐烦，问什么说什么，但一个多余的字都没有。

罗曜看了旁边的男人一眼，这人从穿着打扮到言谈举止，全部透着一股轻浮劲儿，看着有些像不知天高地厚的败家子富二代。

蒲卓悄声问："要找他聊一下吗？"

罗曜收回视线："先不用。"

一个多小时后，乘客们大多昏昏欲睡。

夏天本就容易犯困，罗曜也眯起眼睛。

其间赵清欢掀开帘子看了他好几次，每次罗曜都能精准感知到，睁开眼睛跟她对视。

飞机遇见气流，有些颠簸，广播里有空姐提示大家系好安全带。

不是赵清欢的声音。

罗曜看向工作舱，她以前遇到过飞行事故，不知道现在有没有紧张。

帘子忽然又被人掀开，赵清欢走出来，提醒商务舱的乘客扣好安全带，唯独走到他面前，仔细检查了一下。

罗曜望着她的眼睛，低声问："还好吗？"

赵清欢轻轻点头，冲他笑了一下。

罗曜说："快回去坐好。"

"嗯。"

笑得真好看，如果不是怕影响她工作，他真想把人拽过来好好亲一亲。

飞机恢复平稳运行，距离目的地越来越近。

罗曜忽然发现，掀帘子的人渐渐多了起来，并且不是赵清欢。

几个空姐轮流偷看他，脸上带着好奇和善意的笑，还躲躲藏藏，怕他发现。

下飞机时，罗曜和蒲卓在最后，全机舱的人都走完后，他们才动身。

赵清欢把可折叠的机场专用轮椅放在他的位置旁，帮他挪到上面，推到通道里，有地勤工作人员过来接他。

罗曜回头看了她一眼，两人心照不宣——大厅等。

收尾工作也很烦琐，要检查机舱内是否有乘客遗留的东西，机上设备是否完好。

蒲卓去外面跟来接他们的人会合，罗曜在大厅等她。

没有多久，赵清欢拖着个小行李箱出现在不远处。

罗曜遥遥看到她，冲她招了招手。

赵清欢朝他走过来。

就在赵清欢快要走到罗曜面前时，忽然被人叫住。

她转头一看，是今天飞机上一直逗她那个年轻男人。他笑着歪头看她："你好，还记得我吗？"

赵清欢目光动了动："您有什么事吗？"

男人说："别紧张，我不是坏人，就是觉得跟你挺有缘的。"他补充，

"我之前坐飞机的时候也见过你，想跟你认识一下。"

他当着罗曜的面拿出手机："能把你的电话给我吗？有时间我请你吃饭。"

赵清欢当空姐这几年，也碰到不少要电话的，她从没给过，有比较执着的人硬往她手里塞自己的名片，都是什么总、什么公司的老板，名头一大堆。

她一笑置之，看都不看，转身丢进垃圾桶。

这男人的意图很明显，罗曜还在等她，她不想浪费时间："不好意思，我已经有男朋友了。"

男人似乎没想到她这样直接，对她的兴趣更浓："巧了，我也有女朋友。"他递上自己的名片，信心满满，"很公平，我不介意你有男朋友。"

赵清欢皱眉，普通的追求者也就算了，他这种有女朋友还明目张胆四处勾搭的男人真是人渣。

她没接名片："那你大概要问问我男朋友同不同意。"

男人抬眉："哦？"

赵清欢指了指几米外的罗曜。

男人看过去，碰到正主，本来还有些忐忑，可看到罗曜坐着轮椅，男人的目光立刻变了，轻视的眼神露出来："他？"

赵清欢瞪了他一眼，走到罗曜身边："我们走。"

罗曜抬手，赵清欢下意识地停住脚步。

罗曜看向对面的男人："这位先生，你刚刚说什么，我没有听清，能再说一次吗？"

他语气平和，好像在随意讨论今天的天气。

两人目光对视一会儿。

对面那人忽然意识到有些事自己似乎想错了。

这个轮椅上的男人明明高度比人低一截儿，看他的时候视线需要往下，可他的眼神却有种特别的威慑力。

看一眼，就让人有些心慌。

男人从没有过这种感觉，那些已经到嘴边的话，那些高高在上、带着一些人身攻击的话，竟然说不出口。

他看了一眼挺直腰板站在罗曜身边的赵清欢，冷哼一声，转身走了。

人走后，赵清欢才半蹲在罗曜的身旁："等急了吧？"

罗曜笑着揉了揉她的脑袋："没有。"他拇指在她眉间轻抚，"常常遇到这种人？"

赵清欢摇头："也不是常常，大多拒绝就算了，他这种比较少。"

她忽然拍他的手臂："你怎么也不提前告诉我，刚看到你吓我一跳。"

罗曜说："突击检查，看你工作的时候乖不乖。"

赵清欢笑得眼睛弯弯："结果怎么样？"

"还好。"

"还好？打分呢，多少分？"

罗曜想了一下："九十九。"

赵清欢不满："为什么不是一百，我哪里服务不周到了？"

罗曜点了点自己的脸："亲一下就一百分。"

赵清欢觉得这男人越来越幼稚，她凑过去亲了他一下："现在呢？"

罗曜很满意："一百了。"

两人互相看了一会儿，都笑了。

罗曜想起一件事："你的同事为什么都在偷看我？"

赵清欢一副理所当然的样子："我男朋友驾到，她们当然好奇。"

罗曜目光动了动："你跟她们说了？"

赵清欢点头："她们一个个精着呢，问我为什么对你特别照顾，我就说了。"

罗曜看了她一会儿。

上飞机时，他一直小心翼翼，没有跟她有明显的交流。

他知道赵清欢不在意，但还是没做好心理准备，让她的同事知道她的男朋友是个坐轮椅的人。

可她就那么轻松地说出去了，似乎并没觉得这有什么不妥。

他手掌在她的脸颊上停留一会儿，拇指蹭了蹭她的嘴角："今晚住哪儿？"

赵清欢说："酒店啊。"

航空公司有合作的酒店，供机组人员停留住宿。

她笑得有些狡黠："如果你盛情邀请的话，我也可以勉为其难跟你住。"

罗曜忍不住笑了一声："那我现在正式盛情邀请你，跟我住。"

赵清欢有些勉强似的："也行吧。"

蒲卓打来电话，问什么时候可以把车开过来，罗曜说现在。

两人出了机场大楼，车已经到了大门口。上车后，赵清欢左右看了看，觉得很熟悉，这车就是之前她和许沐坐过的那辆。

那时她还耍了一个小心思，故意把手串落在车里，后来借此机会给罗曜打电话，成功多见了他一面。

她趴在罗曜耳旁小声跟他说了这件事。罗曜丝毫没有感到意外，但还是很配合地反问一句："是吗？"

赵清欢看出他在装，使劲儿摇他的胳膊："你早猜到了？"

罗曜哼笑一声："你那点儿小心思，不用猜也知道。"

赵清欢靠在他的肩上，有些泄气："可惜手串被我弄丢了。"

不知道什么时候丢的，反正就是找不到了。

罗曜伸手搂她的肩膀，看向窗外，没有说话。

罗曜这次过来是为年底的一个项目谈合作，本来对方觉得他身体不便，想抽时间去北京，但他说在青城这边还有其他项目，他顺便来看看后续情况。

这样说一是让人看到他公司的实力，二来也显得他对这次合作比较重视。

还有一点，罗曜不想让别人觉得他需要特别照顾。

第二天赵清欢在酒店睡觉，罗曜和蒲卓前去约好的地方跟对方见面。

谈判过程很愉快，罗曜给了足够的诚意，对方亦是。

中午吃饭时，对方尽地主之谊，请罗曜去青城最好的饭店吃饭。

他惦记赵清欢，给她打电话，问她要不要过来一起吃。

赵清欢似乎还在床上，嗓音哑哑的："不想去。"

昨晚她累坏了。

赵清欢特别不能理解，他这样的身体状况，怎么会有这么大的精力。

她甚至偷偷在网上查了查，时间过久次数过多会不会对他的身体造成影响。

搜出来的结果都是建议适量，不宜过度劳累。

但他似乎一点儿事都没有。

后来她又有些邪恶地想，他当然没事了，累的都是她。

只不过这话不敢当面对他说。

怕遭报复。

罗曜温柔地问："还没起吗？叫点儿东西吃。"

赵清欢："不太饿，一会儿再说，你什么时候回来？"

罗曜想了一下："下午三四点吧,我尽量早点儿。"

"不用着急,别耽误你的事。"

"嗯。"

挂了电话,罗曜还是不大放心,正巧蒲卓进来,他吩咐蒲卓给酒店打电话,给她的房间送餐。

蒲卓答应了,又说起另外一件事。有个人之前几次三番想见罗曜,求他一个明年的订单,如果罗曜同意,那公司明年不用其他单子也能吃喝不愁。

那公司业内风评不怎么好,听说老板的败家儿子刚刚接管公司,业绩不断下滑,罗曜对他们兴趣不大,一直不见。

没想到对方竟然一路从北京追到青城。

蒲卓附耳对他说了一句话。

罗曜的目光动了动:"这么巧。"

既然从北京追到这儿,见一面还是可以的。他抬头示意一下:"让他去隔壁包间。"

十分钟后,蒲卓替罗曜开门,罗曜进入房间。

那人看到罗曜,明显一愣,万分意外。

原来他就是在机场给赵清欢递名片的男人。

他早就听说罗氏的罗曜是个坐轮椅的男人,可他掌握的消息罗曜是昨天上午的航班,不是下午。

他完全没把那个漂亮女人的男朋友和罗曜联系到一起。

罗曜目无波澜,却有些说不清道不明的意味盯着对面的年轻男人:"又见面了,看来我们很有缘。"

有缘。

这是他昨天对赵清欢说过的话。

男人明显慌了神,额头有些发汗:"罗总,昨天一场误会,您别往心里去。"他硬着头皮递名片,"我是纬创的总经理徐天成。"

罗曜看着那张名片,没有接。

徐天成的胳膊渐渐有些发酸,又不好收回来,脸上满是尴尬神色。

过了会儿,罗曜说:"徐总好像很喜欢给人递名片。"

徐天成战战兢兢把名片放在罗曜身旁的桌子上:"您说笑了。"

这次徐天成带着生死状过来,跟老爸发誓一定拿到这笔单子。

他上任不到一年,亏了不少,他爸发话,这次再不行,立刻卸掉总经理的职位从清洁工干起。

徐天成小心观察罗曜的表情："罗总，您——"

"你想说的我都知道，不用赘述。"罗曜打断他的话，"我听说过你的公司，规模不小。"

徐天成燃起一丝希望："是。"

"但是，"罗曜话锋一转，"要谈合作，你不够格。"

罗曜示意蒲卓开门："让你老子来见我。"

说完这话，他没再看徐天成一眼，也没给徐天成机会说别的，转身出了门。

蒲卓紧随其后，临走前对徐天成说："徐总，我们罗总此次行程紧张，还请您不要再来打扰，包厢的费用罗总已经打过招呼，您可以随意点单，算在我们账上。"

他冲徐天成微微点了下头，帮其把门关上。

回到酒店，罗曜没跟赵清欢提这件事。

房间没人，桌上放着几个盘子，里面还有一些没吃完的意大利面。

浴室里有流水的声音，她大概在洗澡。

炎热的天气，她也不管白天晚上，不舒服了就去冲一下。

罗曜没有打扰她，到了阳台那边，拿出自己的平板翻看公司的邮件。

自从开始复健，他把公司的审批流程改了不少，副总和蒲卓分担了不少事，这两人一个是公司老臣，一个是跟了他多年的属下，他信得过。

他指尖碰到屏幕上的日历，看到明天就是赵清欢的生日。

去年她的生日两人断了联系，没有过成，今年他想好好给她过一下。

为了他，赵清欢总是委屈自己，一些寻常情侣经常会做的事，只要他不方便，她从来不会要求。

罗曜想尽量陪她完成，想让她跟其他女孩儿得到的一样多。

不，比其他女孩儿得到的还要多。

为了这个生日礼物，他提早两个月就开始设计准备。

赵清欢从浴室里出来，身上只裹了一条白色浴巾，还在擦湿漉漉的头发，看到罗曜，她有些意外，"你什么时候回来的，我没有听到。"

罗曜从上到下打量她，喉结滚了滚，"过来。"

赵清欢走过去，罗曜把人拉坐在自己身上，接过她手里的毛巾，轻柔帮她擦头发："面好吃吗？"

"好吃，你要吃吗？我再叫一份。"

他中午吃的饭，现在都快晚上了，他的胃要按时吃饭，不能饿着。

赵清欢的手搭在他的肩上，头发的水珠随着毛巾擦拭甩到他眼角一滴，像眼泪一样。

她笑着替他擦掉。

罗曜的手顿住，随后将毛巾往下一拽，盖住她的眼睛，把人往自己怀里摁，温柔地吻她。

罗曜和赵清欢在青城停留两天，回去的时候他依然乘坐她那个航班。

下了飞机，换上他的商务车，赵清欢听到他让司机开去郊区的别墅。

她偏头看向他："我们不回家吗？"

罗曜嗯："今晚住那边。"

那个别墅，赵清欢印象深刻。

去年她曾在那儿住了一晚，她跟他在两个房间，中间只隔着一堵墙。

也是在那里，他说不会喜欢她。

对赵清欢来说，那栋别墅里没什么好的回忆，不知道他为什么忽然要过去住。

一楼客厅还是老样子，罗曜让她先在沙发那边坐，自己坐电梯去了地下负一层。

赵清欢有些累，抱着抱枕看了一会儿电视，十分钟过去，他还没上来。

她有些担心，家里只有他们两个，如果他在那边摔倒，没人知道。

赵清欢走楼梯去了负一层。

这层她没来过，她只去过一楼和二楼。

这里很黑，没开灯，不像有人的样子。她有些紧张，站在旋转楼梯口没有进去："罗曜。"

她叫他的名字，没有回应。

赵清欢有些着急，又叫了几声，终于听到罗曜的声音："我在，别怕。"

她仔细分辨声音的来源："你在哪儿？怎么不开灯。"

罗曜说："马上开。"

过了几秒，负一层的客厅中央燃起一根小蜡烛。

　　两根，三根……

　　赵清欢有些蒙。

　　罗曜的脸渐渐清晰，他面前是一个非常精致的生日蛋糕。

　　巧克力主色，中间两只黑天鹅，天鹅的脖颈弯成一颗心的模样。

　　赵清欢没跟他提过自己的生日。

　　她以为他不知道。

　　罗曜说："你左手边有灯，帮我打开。"

　　赵清欢恍恍惚惚去开灯，却不是大灯，是一圈壁灯，让整个客厅不那么亮，又可以看到东西。

　　赵清欢环视四周，发现罗曜对面的墙壁是一张超大的屏幕，整个房间的墙壁都是隔音软板，两侧是音箱。

　　罗曜坐在一张豪华双人沙发上。

　　桌子上除了蛋糕，还有可乐和爆米花。

　　这是一个家庭私人影院。

　　罗曜竟然把他的负一层改造成了家庭影院。

　　因为他不方便，两人在一起将近一年，他们没看过一场电影，她也从没跟别人去过电影院。

　　她怕他知道，会有心理压力。

　　罗曜拍了拍身旁的沙发，让她过去坐。

　　赵清欢抹了把眼睛，走过去坐到他身边。

　　罗曜歪着头观察她的神色，伸手捏了捏她的下巴："怎么这个表情，不高兴吗？"

　　赵清欢摇了摇头："你什么时候弄的这些。"

　　罗曜用拇指擦她的眼角："生日不能掉眼泪，快吹蜡烛。"他看了眼时间，"好在来得及，晚一天回来就错过了。"

　　赵清欢拽他的手臂："你跟我一起吹。"

　　罗曜轻轻地嗯了声，两人共同将蜡烛吹灭，赵清欢双手合十，闭上眼睛。

　　罗曜就这么盯着她看。

　　过了会儿，赵清欢睁开眼睛，罗曜说："切一块吃吧。"

　　赵清欢眼睛眨了眨："你不问我许的什么愿吗？"

　　罗曜笑说："你许的愿一定跟我有关，不是说出来就不灵了吗？为我自己考虑，还是不要你说了。"

　　赵清欢低着头，腼腆地笑了一下。

　　他让她看前面："以后你想看电影，我们就在家里看，没有其他人打扰。"他又坏笑，"还可以边看边做别的事。"

赵清欢一个劲儿点头。

她的样子有些可爱，罗曜看得入神。

他偏头吻住她："清欢，生日快乐。"

我会努力，给你一切最好的。

也会努力，给你一个更好的自己。

这一年的深秋，分外凉爽。

罗曜和赵清欢感情稳定，赵清欢也见过罗老太太。

去年这个时候，中秋节，罗曜把人带回岳城，奶奶上下打量，怎么看都觉得眼熟。

罗曜介绍说，这是许沐的小姨赵清欢，也是我的女朋友。

老太太张了张嘴，半天没说出话，终于想起在哪里见过她。

那年在北京，医院的病房里，许沐的妈妈去探病，这姑娘就跟在后面，只是没怎么说话，所以印象不深。

这几年，她几乎已经不管事，身体也不如以前硬朗，罗迹和许沐领证没多久就出了国，到现在婚礼都没办，曾孙更是没影。她把希望寄托在罗曜身上。

罗曜在北京跟女孩儿同居那么久，罗老太太不可能不知道，她之前问起这事，罗曜只说情况属实，对方是普通人家的女孩儿，其余没有提过。

忽然把人带回家，竟然是这姑娘。

这辈分——

以后怎么论？

老一辈人不太理解，觉得不匹配，不大满意。

但她倒是没多说什么，也没为难赵清欢，还给赵清欢包了一个大红包。

多年经验证明，她就算有意见，也没用。

何况她已经知道许沐父亲的事，委屈了人家姑娘那么多年，对许沐的小姨，她也不好怎么样。

她只是有些郁闷，两个大孙子，一个都不听她的话，还找了同一家的姑娘。

赵清欢这边却不太顺利。

她父亲是个随和又有教养的人，当着罗曜的面态度不错，问他年龄、在做什么，都是一些普通家长会问的问题。

直到中午在厨房准备午餐时才找到机会问赵清欢。

赵清欢很坚决，对，是个坐轮椅的，怎么了，我喜欢。是我跟他过日子，我用不着管别人怎么想。

几句话把老头儿想说的话堵了回去。

没有人希望自己好端端漂漂亮亮的女儿嫁给一个那样的人。

家世背景条件再好也不如一个健康的身体重要。

父女俩谈得不是很愉快。

下午临走前，罗曜找借口把赵清欢支走，跟赵父说了几句话。

他说了什么，赵清欢不知道，但意外的是，那几句话比赵清欢强硬的态度管用许多。

她爸爸再没提过反对的事。

后来赵清欢磨了他很多次，问他怎么说的。

罗曜说："秘密。"

现在他们已经搬到郊区的别墅住，因为两人都很喜欢那个家庭影院。

赵清欢这两天休假，忙着上网搜食谱，变着花样给他煲汤喝。

她现在的口味已经跟罗曜基本一致，健康到不能再健康，不用怎么刻意减肥也不会长胖，这倒是一件好事。

这晚罗曜在公司开会，很晚才回来，他去浴室洗澡时，赵清欢依旧在门口等。

她从不让他知道这件事，每次听到他要出来，她都悄悄回房，先躺到床上。

她跟往常一样，睡前帮他按摩腿。

罗曜闭着眼睛，似乎很享受，手拢在她跪坐的身体后面，摸到她的小脚丫，握在手里捏着玩。

他故意乱蹭，弄得她很痒痒，笑到趴在他腿上。

她立刻爬起来，检查他的腿："我压到你了。"

罗曜嘴角微微动了下："没事。"

赵清欢捏捏他的腿，过了会儿又捏了捏："最近感觉这里手感跟以前不太一样。"

罗曜睁开眼睛："是吗？"

"嗯。"她认真说，"好像比以前结实了一些。"

罗曜伸手把人拎到自己身上，压着她的腰："你天天这个汤那个汤，补得我哪儿哪儿都舒服，身体能不好吗？"

这姿势有些暧昧，是他想要的前奏。

赵清欢趴在他胸口上："今天不行。"

那个来了。

罗曜嗯一声，把人搂紧一些："知道，就想抱你一会儿。"

"你怎么知道？"

"你每个月固定的日子，我们一起这么久，如果连这个都不记得，那我这个男朋友大概可以退休了。"

赵清欢趴在他身上笑了一会儿，忽然又抬起头："对了，有件事还没跟你说，周五我要去上海培训，大概要半个月才回来。"

罗曜皱眉："你都乘务长了怎么还有培训？"

赵清欢说："我培训别人。"她捏捏他的脸，"到时我不在家，你要叫季叔过来照顾你，不许熬夜，不许不吃饭。"

她忽然走这么久，罗曜心里不大高兴，但这是她的工作，他不想过多干预，只能接受。

罗曜表面不苟言笑，别人都觉得在感情中他应该是强势的那一方。

两人相处中，一定是赵清欢的姿态低一些。

其实刚刚相反。

罗曜很黏赵清欢，如果不是为了照顾她的感受，当时她想转地勤，他根本不会反对，甚至她辞职都可以。

他愿意养着她，让她待在自己身边，天天能看到她才好。

两人在一起这么久，依然像在热恋中。

只要有时间，就会腻在一起。

第二天中午，赵清欢来公司给罗曜送午餐。

她是罗曜的女朋友，公司上下都认识，前台连通报都不用，直接放行。

最近只要有时间，她都会给罗曜送午餐，都是自己亲手做的菜和汤，罗曜每次都能全部吃光。

电梯到达那一层，大概因为是中午，走廊里很安静。

本来他这层也没几个人办公，都是公司的核心部门。

罗曜办公室的门没关。

赵清欢悄声进去，想吓吓他，当她探身看向里面时，发现屋里不止罗曜一个人。

还有一个女人。

罗曜似乎有些累，靠在椅背上眯着眼睛小憩，那个女人身穿修身小黑西装、短裙，侧颜看起来很年轻，像刚毕业不久的女孩儿。

她站在他身边，正弯腰替他盖薄毯。盖好后她并没有立刻离开，一直盯着他的脸看。

赵清欢手里的保温餐盒撞到门边，那女孩儿听到有声音，立刻站直身子离开他。

罗曜睁开眼睛。

他第一眼看到赵清欢，嘴角先笑了一下，随后意识到身边有人。

他偏头看过去，发现是人事部的一个小职员。

他眉头皱了皱，脸色不太好。

那女孩儿见罗曜表情不对，有些心慌，脚步靠后一些，把桌上的文件往他那边推了一点点："罗总，这个文件需要您签一下。"

罗曜："蒲卓呢？"

"我没看到蒲秘书，所以——"

"以后不要擅自进我办公室。"

女孩儿很尴尬，羞得不敢抬头，小声说："知道了，罗总。"

罗曜翻看几眼文件，在后面签上自己的名字，文件推给她。

女孩儿拿起来抱在怀里，低声说了句抱歉，匆匆走掉。

罗曜看向门口的赵清欢："还不过来，站那儿干吗？"

赵清欢走过去，把餐盒放在桌上："你平时对员工都这么凶吗？"

罗曜低笑一声："站过来。"

赵清欢绕到桌子那头，站在他身边。罗曜伸手搂住她的腰，手指摩挲着她衣服上的一粒纽扣："来怎么没提前说，我让人接你。"

赵清欢酸酸的："提前告诉你，也看不到你在女员工这里这么受欢迎。"

罗曜听出她话里有话，他不清楚那女孩儿是否做了什么，但赵清欢明显有些不高兴。

他掐了一把她的腰："吃醋？"

赵清欢从他怀里出来，站在桌边把餐盒打开，将里面的东西一样样拿出来："你想得美。"

她把筷子递给他："快吃吧。"

小郑已经把罗曜的餐送来，看到赵清欢在，直接把那份餐放在她面前。

以前都是这样的，只要赵清欢来，罗曜都是吃她送的，他那份就给赵清欢。

饭后，赵清欢把东西收走，罗曜卫生间的水龙头有些问题，维修人员下午过来，她去走廊的公共卫生间洗手。

罗氏的办公环境在这座城市也算数一数二的，罗曜十分喜欢智能自动化的东西，不止自己用，整个公司的设施也充满科技智能气息。

连洗手台前的镜子都带智能显示屏，只要面前站人，就会自动补光，右下角显示此刻水龙头的水温，时间和今日天气。

里侧卫生间里有人聊天。

听声音像两个年轻女孩儿，最先开口的人似乎是新来的："罗总的女朋友好漂亮，有什么来头吗？"

另一个人说："听说是个空姐。"

"啊，空姐啊。"她似乎有些失望，"那他们是在飞机上认识的？运气真好，当个空姐也能傍上有钱人。"

旁边的人语气有些轻视："运气好又怎样，跟了罗总快三年，人家都没说要娶她，估计也就是玩玩。"

"他们都那么久了？"

"差不多，现在的男人哪个不喜欢年轻漂亮的小姑娘，她应该过三十了吧，再过几年，女人的黄金时期也没了，老板们还是可以找十八二十的小姑娘，想想也挺可怜。"

"三十？看不出来，我看最多也就二十四五的样子。"

两人只说了这些，后来渐渐聊到别的话题，再没说起这个。

赵清欢站在洗手台前很久，直到里面有声音，马上有人要出来，她才整理思绪，回到他的办公室。

蒲卓已经回来，在跟罗曜汇报公事。

赵清欢远远看着罗曜，第一次意识到，原来在别人眼中，他们这样不般配。

他成功、耀眼、家世显赫，就算坐着轮椅，也比人高贵不知多少倍。

而她只是个再平凡不过的人。

在别人眼中，他迟迟不跟她结婚，是对这份感情不认真，单纯想玩玩。

他们是外人，什么都不了解，赵清欢很清楚这一点。

罗曜不是那样的人，也不是在玩，这点儿信心她还有。

可她依旧很失落。

罗曜从没提过结婚的事，有时聊天不自觉讲到那儿，他也会说起别的岔开话题。

赵清欢不知道还要等多久，才能嫁给他。

蒲卓看到赵清欢，汇报完事情想走，赵清欢拦住他："不用，你们忙。"

她拿了装好的餐盒："我先走了。"

罗曜看着她，声音都变得柔和了一些："回去不是没事吗？在这儿陪我一会儿吧，我下午事情不多，可以早点走，带你去好玩的地方。"

赵清欢兴致不高，低着头摇了摇："不想去，想回去睡觉。"

罗曜看出她情绪有些不好，示意蒲卓。蒲卓很有眼色地退出办公室，帮他们把门关好。

罗曜冲她伸出手："来。"

赵清欢原地站了一会儿，还是走过去，罗曜把人拉到自己身边："怎么了？好像不高兴，刚不是好好的吗？"

赵清欢低着头安静看他一会儿，手捧住他的脸摸了摸，最终还是没有说什么："我只是有点儿累，而且家里厨房还乱糟糟，我想回去收拾一下。"

她抱住他的头，让他靠在自己身上："晚上不要出去了，我在家等你好不好？"

罗曜沉默一会儿，抬手拍了拍她的腰："好。"

他又说："我让小郑送你回去。"

这次赵清欢没有拒绝。

把人送走后，罗曜立刻叫蒲卓进来："刚才她出去，都见了谁。"

蒲卓愣了愣："这我要查一下。"

罗曜示意他去查。

十分钟后，蒲卓回到办公室："看了监控，赵小姐只是去了这层的卫生间，没有去过别的地方。"

罗曜摩挲着手表的表盘，没有说话。

蒲卓斟酌着说："其实，最近公司有些传言。"

罗曜的手顿住："什么传言。"

蒲卓："说赵小姐跟您在一起，是冲着罗家的财产，想当少奶奶，还说——"

罗曜眉头紧锁，已经有些怒气："还说什么。"

"还说您只是玩玩，没打算娶她。"

罗曜不常生气。

一旦生气，后果非常严重。

蒲卓说："下面的人不了解情况，乱嚼舌根，我会跟下面打招呼，让他们闭嘴。"

罗曜觉得手腕束缚，解了腕表直接摔在桌上："谁在传，我要名单。"

蒲卓顿了顿："我马上查。"

"下班前给我结果。"

罗曜前所未有地动怒，似乎任何事只要沾了赵清欢，就能轻易点燃他心里的火。

蒲卓不敢怠慢，很快着手调查，下班前半小时，他交给罗曜一个名单。

单子上有六个人名，有部门主管，也有小职员。

罗曜把单子扔桌上："让财务给他们结清工资，给足补偿，立刻走人，以后谁再敢乱讲话，马上滚蛋。"

蒲卓没想到会是这样严重的处罚："可这里有曲总介绍来的人，就这样辞掉是不是不太好？"

罗曜扯松领带："我不管谁的人，照做，谁有意见让他来找我。"

蒲卓知道他决定的事不会改，很快拿起那张名单："是，我这就去办。"

其实罗曜不确定赵清欢是否听到什么，但既然公司有这种传言，他就不会置之不理。

他听不得那些人诋毁她，说她一句不好。

罗曜说："还有一件事，明天你安排一下，让人事部的人搬到楼下办公，这层以后不要安排其他人，我的办公室不许随意出入。"

蒲卓点头答应。

他刚要转身离开，罗曜又叫住他："东西什么时候到？"

蒲卓说："那颗钻石是设计师收山之作，现在在一个收藏家手中，不太好搞，到手还要从国外运回来，在这边找地方镶戒托刻字，可能还需要一段时间。"

罗曜的手指缓慢轻点扶手："尽快，跟对方说，钱不是问题。"

蒲卓说"是"，他顿了顿："罗总，您是打算提前？"

"嗯。"

蒲卓有些担心："您还是要量力而为，不要累到。"

罗曜望向窗外。

他等了近三年，就是为了这一刻，没有十足的把握，他不会勉强。

好在上天眷顾，大概人的一生中，吃的甜和苦都是有定量的，苦多了，自然就剩了甜。

晚上罗曜回到家，赵清欢没在客厅，这别墅只有两个人住，确实空了点。

赵清欢不喜欢用阿姨，喜欢自己的家自己收拾，觉得这样才有家的气息。

罗曜上楼，主卧里也没人，他给赵清欢打电话，她说在负一层看电影。

两人当初决定搬到这里就是因为这个私人影院，赵清欢很喜欢看电影，而罗曜则特别喜欢在这里"玩"。

这里确实很有气氛，又黑，又安静，又刺激。

电影已经放了一半，赵清欢本来趴在沙发上，看到罗曜，她立刻爬起来，给他让出一点儿地方。

罗曜刚挪到沙发上坐好，赵清欢就挤到他身边，窝在他怀里："看过这个吗？"

屏幕上是一部小众电影，去年上映的。

罗曜说没看过。

赵清欢喂给他一块苹果，罗曜吃了。

两人安静地看电影。

罗曜搂着她的腰，听着她吃薯片脆脆的声音。

他忽然开口："今天不高兴了。"

赵清欢吃薯片的声音停下，过了会儿她说："没有。"

"你一个眼神我就知道你在想什么，还想瞒我。"

他把人拎到自己身上，两人面对面坐着："是不是听到什么了？"

赵清欢摇了摇头。

罗曜抬手抚摸她的脸颊："清欢，对不起。"

赵清欢望着他的眼睛："为什么忽然说对不起？"

罗曜说："跟我在一起，是不是很委屈？"

她有些急："干吗忽然这样说，我不委屈。"她怕他不信似的，说得很快。

罗曜目不转睛看了她一会儿，把人搂近一些，轻轻亲了她的唇一下："清欢，记不记得你生日的时候问我，能不能猜到你的生日愿望是什么。"

赵清欢环着他脖子的手紧了紧。

罗曜："那时我说，猜不到。"他轻笑一声，"其实我知道。"

赵清欢有些紧张。

罗曜摸摸她漂亮的眼尾："你想嫁给我。"

赵清欢没有说话。

她身体有些下滑，罗曜用力把人往上托了托："不止今年，你去年的生日愿望，还有前年，我第一次给你过生日时你的愿望，都是嫁给我。"

罗曜的嗓音有些低哑："对不起，我装了几年的傻，因为我不确定能不能给你幸福。"他凑过去，咬住她的唇，吮了一会儿又离开，"现在我确定了。"

赵清欢呆呆望着他："确定什么？"

罗曜温声说："清欢，你愿意嫁给我吗？"

她好像很伤心，他已经等不及。

赵清欢不敢相信。

太突然了，没有任何预兆。

她有些无措，搂着他的胳膊都有些僵硬。

过了很久才小心翼翼问他："你在跟我求婚吗？"

罗曜给她肯定的答案："嗯，愿意吗？"

愿意吗？

罗曜好像很喜欢这样问。

想让她搬来一起住时，他问愿意吗。

他们第一次时，他问愿意吗。

现在他跟她求婚，还在问她，愿意吗？

他总是尊重她的选择，哪怕知道她根本不会拒绝他。

赵清欢掉下眼泪："哪有你这样求婚的，连个戒指都没有。"

罗曜四处看了下，在沙发扶手找到一个细窄的小皮筋，是上次他们在这里做，他拆了她的头发，随便扔的。

罗曜把那根小皮筋拧了两圈，套在她的无名指上："先用这个代替一下。"

赵清欢哭得更大声，委屈死了："这也太敷衍了。"

罗曜闷笑着将人搂进怀里："好了，是我的错，下次一定早点儿准备。"

赵清欢从他怀里出来："还有下次？"

罗曜一本正经："如果你这次不答应，我当然要准备下次。"

赵清欢急得不行："不用下次了，我答应。"

一次就准备三年，下次不知道要准备到哪辈子。

她不想再等了。

罗曜用手背轻抚她的脸："你想好了，确定要嫁我。"

赵清欢没有一丝犹豫："想好了。"

罗曜安静地看她许久，把人抱进怀里："好，我们结婚。"

他想了下："先领证，婚礼等一等，我要安排一下。"

赵清欢在他怀里仰起头："什么时候领证？"

"你想什么时候。"

"我先问的你。"

罗曜盯着她："如果让我决定，明天就领。"

赵清欢愣了一下："这么快？"

"快吗？"

"可我的户口本还在桐州。"

"寄过来。"

赵清欢："寄过来最快也要两天，我后天就去上海了。"

罗曜不觉得这是个问题："我明天派人去桐州取，晚上就能回来，后天上午领证，下午送你去机场。"

从决定结婚，到定好领证时间，前后一小时不到。

看似冲动，可为了这一天，罗曜不知吃过多少苦，没人知道他吃了多少苦。

他低头吻她唇，用了些力。直到赵清欢有些承受不住，推他的胸口，他才离开。

"清欢。"

赵清欢平复自己的呼吸："嗯。"

"等你从上海回来，我去机场接你。"

他常常去接她，赵清欢不作他想："嗯。"

罗曜又重复一遍："我去接你。"

赵清欢说："听到了。"

罗曜偏过头，含住她的耳垂："你一定要找到我。"

直到那天早上，赵清欢拿到她的户口本，才有了一丝真实感。

她真的要嫁给罗曜了。

有点儿——

难以想象。

记得那年元旦，在罗曜家，他说我们试试吧。

这一试，就是三年。

罗曜身处商场如战场的地方，向来杀伐决断，说一不二，人人知他厉害，从不敢因为他坐着轮椅而怠慢轻视他。

可赵清欢知道，他最在意、最自卑、最遗憾的就是那双腿。

当初拒绝她，也是因为那双腿，不然他不会说那么多自己做不到的事，一遍遍地跟她确认。

他很怕她只是对他一时冲动，很怕她只是觉得他可怜。

可怜的人总会受到优待。

他不想她可怜他。

罗曜曾跟她说过，你是自由的，如果以后你遇到更喜欢的人，或是想过正常的生活，我会放你走。

那时赵清欢说，我不要自由，我只要你。

其实她还想说，什么是正常的生活，跟你在一起就是正常的生活，是我想要的生活。

其他的，给什么都不换。

这几年，赵清欢从没主动提过结婚，她想让他自己想通，跨过他心里那道坎儿，他们两个才能真正心无芥蒂迈入婚姻。

好在他终于肯说出口。

在民政局办理手续时，里面的工作人员看到男方是个腿脚不便、坐在轮椅上的人，转头看了看赵清欢，眼光立刻变得敬佩起来，对他们也越发热情，隔着柜台双手把两本结婚证递给罗曜，态度温和："恭喜二位，您的太太非常漂亮。"

罗曜心情很好："谢谢，我也这么认为。"

赵清欢迫不及待地拿过红本："我看看。"

后面还有其他人排队，两人挪到一边看。

照片里，罗曜眉宇清明，赵清欢眼神灵动，两人神态放松，青春气息十足，根本看不出都是过了三十岁的人。

赵清欢说："你一本，我一本。"

罗曜不同意："都放我这儿。"

"凭什么，我也有份。"

罗曜说："不给你反悔的机会。"

"我这几天还想看看呢。"

罗曜似乎很满意这句话，递给她一本："回来给我。"

赵清欢有些不满："霸道。"

她还要赶下午去上海的飞机，外面一直等着的小郑为两人打开车门，笑着说："清欢姐，以后要叫罗太太啦。"

啊，好老气。

赵清欢连连摇头："还是叫姐吧。"

罗曜闷笑着没说话，听两人随意聊天。

机场分别时，罗曜再次叮嘱："回来的航班号提前发给我。"

赵清欢弯腰捧着他的脸亲了一下："知道了，啰唆。"

小郑一个没注意，看个正着，忙捂着眼睛转过去："我什么都没看见。"

赵清欢理直气壮："看见怎么了，亲自己老公犯法吗？"

罗曜第一次从她嘴里听到"老公"两个字，心里怪痒的，忽然有些后悔。

今天好歹也算领了结婚证，就这么把她送走，还真有些舍不得。这么重要的日子应该在一起的。

想归想，后悔也来不及了，赵清欢拖着小箱子跑了，拐弯时最后回头看了他一眼，猛地挥了几下手，很快消失在罗曜的视线里。

罗曜看了那个方向一会儿，行人渐渐多起来，她没再出现。

小郑说："咱还去医院吗？"

"去。"

"好嘞。"

赵清欢来过上海很多次，每次都住公司安排的小山楼酒店。

晚上大家一起吃了个饭，刚毕业的小姑娘都喊清欢姐。

赵清欢苦笑，以前在外面，都是她叫别人姐，什么时候也熬到别人叫自己姐了。

回到房间，洗漱完躺进被窝时，罗曜发来视频，赵清欢跟他抱怨："我都成姐了，我是这里年龄最大的。"

罗曜也已经休息，他靠在床头，跟屏幕保持适中的距离，让她可以看清他的脸。

他笑着说："你这次培训的就是新人，目标人群在那儿摆着，你当然最大。"

赵清欢趴在床上，有些郁闷："罗曜，等我老了，脸上长了皱纹，再也不漂亮了，你还喜欢我吗？"

罗曜有些忍不住笑："这话跟我说有些不合适，你忘了，我比你大七岁，我怕你嫌弃我才对。"

赵清欢翻了个身："也是。"她眼珠转了转，"啊，罗总再过几年你都四十了。"

听着好像年龄很大的样子，可为什么看不出来？

岁月根本没在他脸上留下多少痕迹。

赵清欢仗着罗曜现在没办法收拾她，故意气他："等以后你有了孩子，就是老来得子。"

她说完自己没忍住，趴在床上笑。

过了会儿，她抬起头看屏幕，发现罗曜并没生气，只是安静地看她。等她笑完，罗曜柔声说："那我们就努力点儿，快点儿有个宝宝，不要让我老来得子。"

赵清欢愣了愣，脸一红，又埋进被子里，躲开镜头。

虽然已经过了三十岁，好多同学的孩子都上幼儿园了，她还是觉得当妈妈这件事离自己好远。

事情总要一样样来，今天才变成已婚人士，就提孩子。

他真是极端，要么憋三年，要么一股脑儿全都要。

赵清欢窝在被子里，盯着她的结婚证看。

罗曜真的是从头到脚都长在她的审美点上，怎么看怎么顺眼。

她把结婚证拍了张照片，发给许沐。

英国那边现在是下午，许沐特别激动，问她怎么之前没提过这事，她们前几天还聊天来着。

赵清欢说我只比你提前两天知道，还发了好几个"害羞"的表情。

看着是真幸福。

许沐特别为她高兴。

记得几年前她第一次知道赵清欢喜欢罗曜，那时就觉得很心疼他们两个，现在他们终于修成正果，非常不容易。

两人聊了许久，许沐说他们很快会回国。

其实她在那边的学业只有两年，可两人都没玩够，离开学校后又去了几个邻近国家玩了几个月，一直拖到现在。

环游世界呢，真好。

赵清欢有些羡慕，可罗曜的身体情况，大概做不到，就算他愿意折腾，赵清欢也不会同意。

赵清欢还要早起培训，她们只聊了一会儿就睡了。

培训的这些天，赵清欢时间很宽裕，培训内容有好几项，她只负责其中一项，其余时间都自由活动。

大多时间她都窝在酒店补觉，也没什么想玩的地方，只在周末学员们也休息时，被她们拉出去玩了一天。

她和罗曜每天都会打电话，偶尔视频，罗曜最近工作好像特别忙，白天几乎不怎么回她的信息，只在晚上联系她。

赵清欢想起他之前无意间提起的一个比较棘手的项目，好像就在这几天定论。

她帮不上忙，只能替他着急，所以后面几天，他不说话，她也不怎么敢打扰他，怕耽误他的大事。

临回北京的前一天，赵清欢逛了一下这边的商场。

虽然这里的牌子北京那边都有，但她还是想给他挑一样礼物。

罗曜几乎不穿商场里的成衣，都是私人订制，赵清欢怕买回去的他不喜欢，把目标锁定在一些配饰上。

他平时的衣服商务款居多，需要搭配不同的领带。

他的衣帽间有专门放置领带的架子，品牌商隔几个月会固定给他送来新款。

赵清欢有些犯难，他什么都不缺。

这男人活得太精致，有自己固定喜欢的品牌。有了赵清欢后，他变本加厉，买女装上瘾一样，当季新款整箱往家送，都是很奢的品牌。

赵清欢抗议过很多次，她穿不了那么多，太多了。

罗曜淡淡说多了就放着，家里有地方。

她拿他没办法，这人想对人好的时候，根本什么都听不进去。

最终赵清欢选中一对袖扣。

机芯齿轮的方形款，很贵，跟他前阵子新定制的一套西装很配。

他应该会喜欢。

其实她不用纠结，只要是她买的，他都喜欢。

晚上最后聚餐时，大家拿到了明天的航班号和时间，赵清欢给罗曜发过去，罗曜只回了一个"好"。

他对她话少的时候基本两种情况，一种在开会，忙里偷闲回她消息。

一种在应酬，怕说多了露馅儿她不高兴。

近一年他应酬比以前多，喝酒次数也多了一些，胃病犯过两次，其中一次还进了医院。

赵清欢严令禁止他喝酒。

她又给他发了一条：在干吗？

LY：[图片]

是会议室一角，这么晚了还在开会，赵清欢忙说：你快工作，我不打扰了。

罗曜回复了一句"好"，又发了两个摸头的表情。

这一晚两人没再联系，赵清欢洗澡后很快入睡。

明天就能见到他了。

第二天下午，赵清欢准时登上飞机。

作为一名空乘，她平时在飞机上都是服务别人，忽然被人服务，还有一些不习惯，并且总是不自觉地观察她们的语言动作是否标准，职业病很明显。

她靠在窗口那一侧向外看去。

这个高度俯瞰大地，其实很有趣，可以清晰地看到每个村庄的排位布局，有的村庄房子成片，有的村庄房子沿着河道成排。

村与村之间是大片的庄稼地，看似很近，实际走起来估计也要个把小时。

赵清欢渐渐有些犯困，眯起眼睛睡了一觉。

不知过了多久，她隐约听到有空姐提示大家收起小桌板，将座椅归位。

她看了眼外面，天色已经有些暗，天快黑了。

乘客有些躁动，有的已经解开安全带去拿上面的行李。

空姐礼貌提醒大家坐好，飞机马上就要落地。

赵清欢整理了一下睡乱的头发。

以前每次罗曜来接她，都会固定等在一个比较靠边的位置，这样比较好找。

赵清欢拖着行李箱跟随人群出来，外面人很多，她目光搜寻他的轮椅。

看了一圈，没找到。

没来吗？

应该不会，接她的时候，他从不迟到。

赵清欢开了手机，边走边给他打电话，与路过的行人擦肩而过。

熟悉的铃声在身后响起。

她怔了怔，握着电话回头看去。

声音来自几米外的高大男人。

他身姿挺拔，气质非凡，站在人群中那样突出。

他面含微笑地凝视她。

赵清欢的手机从掌中滑落，摔在地上。

屏幕碎掉，音乐乍停。

她整个人呆在原地，不可置信地望着不远处的男人，她目光向下，看到那双倾长笔直的腿。

过了许久，罗曜等她看够了，冲她张开双臂："傻站着干吗，不认识我了？"

赵清欢不敢相信，不能相信。她甚至下意识地掐自己的手，在想她一定是眼花了。

她眼泪止不住地往下掉，一步都迈不动。

罗曜有些等不及，动了动手臂，催促她："快点儿。"

赵清欢疯了一样跑过去，扑进他怀里。

她力气大，罗曜被她撞得后退一步，勉强支撑，他低笑着抱住她："轻一点儿，我还站不太稳呢。"

赵清欢死死抱紧他，哭得说不出话，哽咽着一个字一个字往外蹦："你怎么——"

罗曜第一次这个姿势抱她，没了碍事的轮椅，两人身体紧紧相贴。

他忽然觉得一切苦都值得。

他捧住她的脸，低头吻住她。

唇齿纠缠，旁若无人。

赵清欢脑子还是蒙的，根本顾不上回应，只被动承受。

她仰着头，仰了很久。

罗曜亲够了，终于放开她。他垂着头看她："想这样抱你，真的好难，我准备了快三年，高兴吗？"

赵清欢哽咽着，脸都哭花，过了好久才说出一句话，带着浓重的哭音："你怎么这么高。"

她抬头抬得脖子都酸了。

罗曜笑出来。

他的唇印在她的额头上，低声说："我以前就这么高，你忘了吗？"

太久远了。

上次他们这样站在一起，已经是很多很多年前的事了。

赵清欢终于有了一些真实感，她立刻去检查他的腿："什么时候开始的？我一点儿都不知道。"她不停地抹眼泪，让视线不那么模糊，"这样站着可以吗？会不会疼？"

罗曜一把给人捞起来，重新搂在怀里："先别废话，再让我抱一会儿。"

两人就这样站在原地拥抱，好像很多年没见一样，不远处的蒲卓没有过来打扰。

许久后，他松开她，手还紧紧搂着她的肩膀："先回家。"

赵清欢有一万句话想问，她边流眼泪边点头。

太突然了。

比他求婚还突然。

两人往出走时，赵清欢不停低头看他的腿，他行走姿势跟常人无异，只是慢一些。

赵清欢不敢快走，跟着他的步伐上了车。

他今天乘坐的是一辆没有改装过的商用车。

直到回到别墅，赵清欢的眼泪还在掉，罗曜有些无奈："你是水做的吗？"

他不停地安抚亲吻她，试图让她平复激动的情绪。

他有些担心，不知道是不是把她吓到了。

赵清欢终于哭够。

她眼睛都肿了，晚饭也没吃，坐在沙发上，罗曜就坐在她身前的茶几上，面对她。

赵清欢问："什么时候开始复健的？"

"我们在一起后不久。"

"什么时候可以站起来的？"

"有两三个月了。"

他的长腿分开，把她的腿夹在中间。赵清欢不敢动，怕伤到他："到什么程度了？"

罗曜握着她两只手："可以自己走一段路，只是不能太久，也不能跑。"

已经是巨大的进步。

赵清欢红了眼："辛苦吗？"

她声音很轻，也许不该问这句话，答案不言而喻。

罗曜认真看她，没有隐瞒："辛苦。"他抬手轻抚她的眉眼，"但为了你，我愿意。"

赵清欢抱住他。

两人谈了许久，赵清欢又哭了一阵，她似乎把这几年没流过的泪都在今晚流光了。

罗曜让她好好洗个澡，休息一下。

赵清欢从浴室出来时，罗曜已经把床铺好，他站在床尾，两人对视一会儿。

气氛渐渐变了。

她刚要动，罗曜忽然走过来，一把将人竖抱起来，搂着腰，托着她走去床边。赵清欢吓得不轻，她不是怕自己，是怕他的腿："你疯了！快放我下来！"

罗曜闷声笑了笑，把她扔到床上，随后俯身下去，双臂撑在她两侧。

他贪婪望着眼前的姑娘："早就想这样。"他伸手轻触她的脸颊，喉咙干哑，"你这个角度也很美。"

赵清欢的心跳得很快。

她知道他要做什么："你可以吗？"

罗曜轻啄她颈侧："我问过医生，他说可以。"

他吻她的耳垂："抹了什么？这么香。"

赵清欢小声说："奶加蜜沐浴露。"

罗曜低笑："很好闻，明天批几箱。"

他吻她唇："这次我来，你躺着。"

赵清欢捉住他的手："罗曜。"

罗曜停下，望着她。

赵清欢脸红到不行："以前你那样……都那样了，现在你这样，我会不会死啊？"

罗曜喉结滚了滚，嗓音低哑："想死吗？"

赵清欢跟他对视一会儿，伸手环住他的脖子："那就一起死吧。"

早上赵清欢是被吻醒的。

他吻她白嫩的耳垂、脸颊、眼角、唇瓣，不停地吻。

怎样都不够。

见赵清欢醒了，罗曜更加肆无忌惮，控制她的双手，举过她头顶，低头吻她颈下，含糊说："早。"

赵清欢被他困住，动都不能动，很热、很躁，小声哼哼："别闹。"

罗曜埋着头："你看我哪里像在闹。"

赵清欢的手腕被按在床头，忽觉指尖冰凉，有什么东西套进去。

她仰起头，看到无名指上被套进一枚钻石戒指。

很大，很闪，很精致。

罗曜松了她的手，转而触摸其他地方："补给你的。"

赵清欢还没有仔细看，注意力就被他转移到别处。

她抱住他的头……

过了许久，两人都有些饿。

罗曜躺在她身边，侧过身，将手臂伸到她身下，让她枕着自己。

两人面对面躺着，互相看了一会儿。

昨晚睡前，他起身拿了纸巾和毛巾帮她清理，他第一次帮她清理，觉得以前欠了她许多。

这种温柔的事，就应该男人来做，赵清欢却从不抱怨。

罗曜的指尖在她唇角轻碾："喜欢以前那样，还是刚刚这样。"

赵清欢咬着唇，扯过被子盖住自己。

罗曜一把掀开，非要她看自己："从你的表情来看，应该更喜欢刚刚，"他笑得很坏，"毕竟比较省力。"

赵清欢伸手捂他眼睛，又捂他的嘴："你别说话。"

罗曜把她的手捉住，放在自己胸口，那里在强烈地跳动。

赵清欢看着自己的无名指："你还准备了这个。"

罗曜说："自然要准备，总不能真用一根皮筋就把你娶了。"他转念一笑，"昨晚算我们的新婚夜吧，还满意吗？"

赵清欢不想理他，但他一直捏着她下巴，非要一个评价，她只好说："满意。"

罗曜这才罢休。

赵清欢看了他一会儿："为什么瞒着我？"

罗曜说："想给你惊喜。"

赵清欢垂着眼睛，睫毛微微颤动："你该告诉我的，我可以陪你。"

罗曜把人搂紧，两人的身体贴近："告诉你，你只会跟着着急，而且我不确定最终结果会怎样，如果还是不行，你会失望。

"如果要你燃起希望，又失望，我宁可你从来都不知道。"

赵清欢的唇瓣轻触他的身体："我太粗心了，竟然这么久都没发现，你一个人复健，一定很辛苦，也很难。"

"我想瞒的事，怎么可能让你知道。"

罗曜想起这几年的时光，确实辛苦，也确实幸福，幸福的感觉大过辛苦，让人无意识地忽略掉那些不好的事情。

时间仿佛过得也很快。

罗曜认真地看她："清欢，如果不是你，我不会有今天。"

赵清欢摇头："你不该这样，你早该复健，你的生活是自己的，不是为了谁。"

她曾想过复健，但罗曜对这件事很敏感，她不敢提，怕他觉得她十分在意这件事，有压力，而且他受伤已经多年，复健的希望不大。

她想，只要他们相爱，能不能站起来又有什么所谓，所以她没有提。

罗曜说："遇到你之前，我看不到希望，清欢，是你给我希望。"

赵清欢窝进他的怀里。

今天罗曜不用去公司，赵清欢也放假，两人没有出门。

赵清欢在厨房煮汤，水烧开，咕嘟咕嘟冒泡，她盯着雾气发呆。

从昨天到现在，好像在梦中。

她没告诉过罗曜，她梦见过他很多次，他没有坐轮椅，她有危险，他从远处跑来救她。

梦里她看不清他的腿，只是模糊觉得他在奔跑。

身后有人搂住她的腰，赵清欢下意识地缩了缩肩膀。

她还没习惯他这个姿势抱她。

罗曜将下巴抵在她的肩头，仔细闻了闻："很香。"

赵清欢偏头看他："家里知道吗？"

罗曜摇头："除了蒲卓小郑和季叔，没人知道。"

"你该告诉奶奶和罗迹，他们会很高兴。"

"嗯，会说。"

罗曜执着她的手，用汤勺在锅里搅拌几下，随后放下汤勺，把人扳过来面对自己："清欢，婚礼晚些再办好吗？等等我。"

他低着头，有一下没一下啄她的脸颊，手搭在她的腰上："公主抱，我现在只能抱一小会儿，还没办法坚持走完一条花路。"

赵清欢怔了怔，双手抵在他胸口上，离开一些，仰着头看他："什么公主抱？什么花路？"

罗曜温柔地看她："这不是你的心愿吗？"

赵清欢有些茫然地看着他："你怎么知道？"

罗曜的手掌在她瘦削的脊背抚弄："我不但知道这个，我还知道你想要一个浪漫的婚礼，想要开房车，游遍世界。"

他稍用力，将人提到一旁的操作台上坐好，两手撑在她身侧，盯着她的眼睛："婚礼我会准备，房车已经买了。清欢，我说过，我会给你最好的，你所有的愿望，我都会满足你。"

赵清欢已经没有力气去思考他怎么知道的这些，她搂住他的脖子，罗曜解开她的搭扣。

锅里的汤已经快烧干。

罗曜没心思吃，关掉火，把人抱去沙发。

一整天两人都没有出门，赵清欢恍惚中问他，这样他的腿受不受得了，罗曜说只要你受得了就行。

第二天早上罗曜去上班，他穿了新的定制西装，袖口是赵清欢送他的袖扣。

以前他坐在轮椅上，西装总窝着一小块，看不出整体效果，他现在站在这里，身姿挺拔，像个衣架子，赵清欢看得有些发愣。

某一瞬间，好像回到她十几岁时，那个意气风发、骄傲自信的男人又回来了。

时间兜兜转转，总是在某一刻重合。

赵清欢站在他面前帮他打领带。

罗曜以后应该再也用不到那辆改装过的车。

司机来接他，赵清欢把他送到楼下，车的后备厢还是会备着他的可折叠轮椅。

罗曜现在的状况暂时还不能长时间走动，步伐也比较缓慢。

即便这样，也足够震撼整个业内。

没有几天，圈里传遍，罗氏的罗曜居然站起来了，老友探望，同行恭喜，财经杂志也来采访他。

还有不少名媛闺秀，之前就对罗曜颇有好感，只是碍于他的腿，一直有些遗憾，没了这个阻碍，很快有人前来造访，要把自己未出阁的女儿介绍给他。

罗曜一概不见。

罗老太太一个激动，连夜从岳城赶来北京，泪流满面，一直在说祖宗保佑，又说赵清欢是福星、旺夫，催促两人赶紧办婚礼。

罗曜安抚了老太太好几天，答应会尽快筹备婚礼，她才肯回岳城。

这些天，赵清欢上班的路上几乎都在哼着歌。

她从来没觉得机场大厅这么好看，过往的行人旅客好像也可爱许多。

同事说人逢喜事精神爽，清欢你是不是好事将近了？

她和罗曜领证的事，还没告诉同事。

赵清欢笑着说对呀，到时候请你们吃喜糖。

某天她在家给他整理西装时，在里兜发现她丢了好几年的手串和那封遗书。

这件西装罗曜很久不穿，一直放在柜子最里面，她心血来潮，把他几件西装拿出来透透风。

赵清欢用新手机给罗曜发信息。

之前在机场，她的手机摔在地上，屏幕碎掉，她想去修，罗曜直接给她买了一个新的。

　　清欢：[图片]

　　几分钟后。

　　LY：……

　　LY：哪里看到的？

　　清欢：你怎么偷藏我这么多东西。

　　LY：注意措辞，不是偷藏，是收藏，你又没问过我。

　　LY：手串是你落在我家的。

　　清欢：竟然不还我。

　　LY：那段时间你不理我，我只能靠这个睹物思情。

　　后来他们在一起，罗曜不需要靠这个思念赵清欢，又不想让她知道这件事，索性放起来不让她看到。

　　清欢：遗书呢？

　　LY：里面有我的名字，我自然有资格保存。

　　赵清欢说不过他，他说什么都一副很有道理的样子。

　　罗曜虽然已经可以行走，但还是会去医院做康复训练，还有一些后续巩固的疗程需要完成。

　　赵清欢一定要陪他去。

　　她磨了好几天，罗曜没有办法，只能带她去。

　　那家私立医院赵清欢听说过，这几年也路过这里不止一次，她从没想过，罗曜会在里面做复健。

　　到了那个康复训练室，罗曜轻车熟路脱了外套挂在一旁的衣架上，医生跟他很熟，偏头看了一眼赵清欢。

　　罗曜揽过赵清欢的肩膀："我太太赵清欢。"又跟她介绍，"这是赵医生，我的主治医师。"

　　赵清欢十分感激："谢谢您，我先生能康复，多亏您悉心照料。"

　　赵医生忙说应该做的，您太客气。

　　罗曜做复健，一直瞒着家里人和外界，现在他能走路，对医生来说，也是一种成就。

　　赵清欢不耽误他，在一旁的休息椅子上坐着等。

　　里侧一些器械她没有见过，不知道怎么用，罗曜现在已经用不到那些基础助走的器械，但有其他做复健的人在用。

　　陌生的男人咬牙挺着，双臂艰难撑在栏杆上，每挪一厘米，都是煎熬。

他不小心摔倒，看得赵清欢心里一紧，旁边医生将人扶起。

看样子这是常事。

赵清欢忽然想起，两年前有段时间，晚上她给他按摩的时候，他的腿上都是青紫的痕迹，那时他说不小心撞到，她傻傻地信了。

后来她想转地勤，被他拦住。

原来在她不知道的那些日子里，他在经历这样残酷的训练。

没有尽头，不知终点在哪里，要多大的决心和耐心才能坚持下去。

罗曜不想让她看那些，叫她过来："看我就好，看别人干吗？"

他现在已经不需要别人帮忙，也换了进阶器械训练，有些跟健身房里的长得很像。

他一点儿都不费力，好像在做平常的运动。

赵清欢站在旁边，有些担心："需要休息一下吗？"

罗曜一边走一边说："有时间限制，还没到，不累。"

话音刚落，机器嘀嘀响两声，罗曜说："好了。"

他走到赵清欢面前，赵清欢用纸巾给他擦汗，又递水。

罗曜笑说："早知道待遇这么好，应该早点儿带你过来。"

赵清欢笑不出来："还笑，歇会儿吧。"

院长孟远路过门口，无意间瞥到罗曜身边有女人，驻足看了一眼。

罗曜在这儿复健近三年，从没带女朋友来过，他仔细看了看赵清欢，是个很漂亮的女孩子，跟罗曜很配。

他还有事，只在门口跟罗曜打了个招呼："来了。"

罗曜看到他，偏头跟赵清欢说了句什么。赵清欢听完看向门口，报以感激的笑容。

孟远抬了抬下巴："我还有事，抽空吃饭。"

罗曜点头，孟远走掉。

歇了一会儿，罗曜还要进行下一轮的训练，小郑忽然出现在门口，手里拎了两个特别大的纸袋。

罗曜示意赵清欢："给你买的，看看喜不喜欢。"

"买了什么？"

"看看就知道了。"

他接着做训练，赵清欢走到门口接过纸袋，两人走去外面，她翻了翻袋子里面，是一条纯白色的裙子和一双高跟鞋。

这里不方便，她没拿出来，只摸出裙子质地很好，高跟鞋倒是看得很清楚，镶满水钻，漂亮到不像话。

她有些疑惑，问小郑："这是做什么？"

小郑挠挠脑袋："你问罗总呗，我也说不清，去什么地儿吧大概。"

两人回到家，赵清欢把裙子抖开。

是一件非常精致的礼服长裙，她从没见过这么漂亮的裙子。

罗曜从后面搂着她的腰："换上试试。"

女孩儿看到漂亮裙子总是开心的，赵清欢显然特别喜欢："为什么又送我裙子？"

罗曜轻吻她耳朵："送你裙子还需要理由吗？"

赵清欢用手肘轻推他："快说。"

罗曜不再逗她："明天的慈善宴会，你陪我去。"

罗曜要参加一个慈善宴会，赵清欢是知道的。那个宴会聚集京城圈子里所有叫得上名号的人物，还有不少明星大腕。

她有些惊讶："我跟你去？"

罗曜轻轻道："你是我老婆，你不去谁去。"

赵清欢有些纠结："可我从没去过那种宴会。"

罗曜扳过她的身子，搂着腰低头看她："宴会要求男士带一名女伴，你不去，我就带别人了。"

赵清欢捏他的脸："你敢。"

罗曜望着她的眼睛："那你去吗？"

赵清欢立刻说去。

罗曜忍着笑催她试裙子和鞋，效果非常好，比他想象中还要好。

赵清欢的尺码没人比他更清楚。

这个慈善宴会规模很大，还有不少媒体记者参加。罗曜收到邀请时，第一时间让小郑联系他常去的那家私人订制工作室，为赵清欢定做了一套礼服。

今天是罗曜双腿康复后第一次在大众面前亮相，很多相熟的人都过来寒暄恭贺。

赵清欢一直挽着罗曜的手臂，有人问，罗曜就笑说这是我太太。

大家都没听说过罗曜已经结婚，有人笑说太可惜了，我还想把我的侄女介绍给你。

没有多久，赵清欢松开他，罗曜立刻牵住她的手，低声问："怎么了，是不是很无聊？"

赵清欢踮脚在他耳边说想去卫生间。

罗曜立刻说："我陪你。"

赵清欢不让："那么多人找你，我知道在哪儿，我自己去，一会儿就回来。"

罗曜松开她的手："那你快点儿。"

"嗯。"

赵清欢在侍者的引导下去了卫生间，回来时罗曜已经不在原地。

她找了一会儿，发现他被人群拥着去了前面，那里有不少年岁很大的男人，大概是圈子里的长辈。

赵清欢远远望着，看着众人环绕在罗曜身旁。

以前只是听说，这是她第一次见识到罗曜在京城商场中的地位。

他真的好厉害。

刚刚他跟别人介绍这是他太太，那些人听到她只是个空姐时，目光掠过一秒迟疑。

好像不是很理解，罗曜这样的条件，为什么会娶一个空姐。

罗曜跟一些长辈寒暄完，环视四周，赵清欢还没回来。

他撇下众人去找她，最终在大厅最角落的位置看到赵清欢，她手里托着一杯红酒，正在吃桌子上的甜点。

罗曜走到她身边："怎么不去找我？"

赵清欢转头看到他，把自己吃过一口的蛋糕递到他嘴边："你好忙，我自己吃一会儿。"

罗曜张嘴吃了："你也可以找其他女孩儿聊聊天。"

赵清欢看了一眼不远处，年轻的女人们三五成群，举杯闲聊，她们好像以前就很熟，见到明星也随意打招呼，似乎常常参加这种宴会。

赵清欢跟她们格格不入，插不上话。

她摇了摇头："不想去。"

罗曜看出她有些不自在，搂住她的肩膀，低声说："你如果不喜欢，一会儿我们就走。"

赵清欢又摇头："你忙你的，不用管我。"

以后跟他在一起，少不了要参加一些这样的活动，总要试着习惯。

罗曜看了她一会儿。

赵清欢刚吃过蛋糕，嘴角还有一些蛋糕碎末，罗曜低头将那些碎末亲掉。

赵清欢忙推他："你干吗，这么多人。"

罗曜说："人多怎么了，亲我自己老婆。"

他不由分说，强势把她拉走。

罗曜牵着赵清欢，一路穿过名媛、女星、叔伯，走到前面最中央的话筒处。

他目光沉静，摘下话筒，递到嘴边试了试音。

赵清欢猛拽他的袖口，低声叫他，急得不行："罗曜你想干吗。"

罗曜松开她的手，转而搂住她的肩膀，将人困在怀里。话筒有声音，众人停下交谈，纷纷看向前方两人。

他们都认识罗曜，不用过多介绍。

罗曜看着台下："麻烦各位叔伯，各位来宾安静一下，我有几句话想说。"

媒体抓紧时间，赶紧将镜头对准罗曜和赵清欢。

罗曜说："近来大家应该有所耳闻，我的腿好了，其实这几年我一直在做复健，只是没有对外公布，在这边我要感谢这么多年大家对我的照顾，以后如有需要罗氏帮忙的地方，尽管开口。"

台下纷纷道贺，笑语不停。

罗曜搂紧身旁的人："我还有一件事要宣布。"他看了一眼赵清欢，"这位是我的太太，赵清欢。

"这些年，一直是她在身边陪我、照顾我、鼓励我。没有她，就没有今天的罗曜，我们的婚礼已经开始筹备，届时会通知各位，希望各位能赏光参加我们的婚礼，以后也还请多多照顾我的太太，她是一名非常优秀的乘务长。"

台下人先是一愣，安静几秒，接着有人开始鼓掌，随后掌声渐大，越来越热烈。

有年轻人起哄吹口哨，气氛越来越好。

别以为这种场合都是名门子弟大家闺秀，小年轻们叛逆得很，对这种事喜闻乐见，烘托气氛他们最在行。

所有相机对准罗曜和赵清欢，咔咔咔闪个不停，记者们最高兴，本以为今天只是个普通的宴会，按部就班报道一下来了谁拍几张照片了事。

谁想还有这个收获。

今天这里的阵容，罗曜宣布这件事等于昭告天下，之前只是部分人知道罗曜有女朋友，大多人没见过赵清欢。

得逞后，他心满意足拉着赵清欢就走，两人提前离场。

直到出了场外，赵清欢才缓过来，她捶他的胸口："你也不给我个心理准备！"

罗曜捉住她的手，握在手心，笑吟吟地看着她："又不要你发言，你准备什么。"

赵清欢此刻说不清心里是什么滋味。

五味杂陈，很复杂，但最多的是甜，是暖。

她从没想过，罗曜会当着所有人的面这样公开自己，但他这样做了，她又觉得这就是他会做出的事。

罗曜打电话让司机把车开过来，拉着她上车："再带你去个地方。"

她没有问，反正问了他也只会说，到了你就知道了。

司机把两人带到郊区的一个车场。

下车后，罗曜让司机自己出去转转，两小时后过来接他们。

车场负责人看到罗曜，忙迎出来："罗总，怎么亲自过来了。"

罗曜牵着赵清欢："车怎么样了。"

对方说："还有两个地儿没改完，零件过几天到。"

罗曜点头："我先看看。"

对方把两人带到后院车库，赵清欢不敢相信自己的眼睛。

整个场地都是崭新的房车，各种各样，各种型号。

老板指着其中一辆："罗总，这就是您订购那台，"他把初始密码告诉罗曜，"您可以先上去试试，里面设备基本已经齐全。"

罗曜答应着，牵着赵清欢走过去。

这辆房车是这里最豪华、功能最全的一辆。

罗曜带她上去，里面有床、卡座沙发、升降餐桌、太空座椅、厨房、卫生间、咖啡机、洗衣机，等等等等。

它符合赵清欢对房车的所有想象。

罗曜把她拉坐在柔软的床垫上："试试喜不喜欢，太软的话，到时也可以换别的。"

赵清欢还是有点儿蒙："这是你的房车吗？"

罗曜纠正她："我们的。"他环视四周，"你看一下，还有什么需要添加的，都可以加。"

赵清欢没有看车，她只看罗曜。

罗曜对这车的其他部位兴趣不大，觉得够用就行，倒是这个床，他躺在上面试了一下，毕竟以后要和赵清欢住在这上面，舒适度还是很重要的。

他拉了一把，让赵清欢躺在他怀里，故意逗她："要不要提前试试这张床？"

赵清欢有一会儿没说话，她忽然搂住他的腰："罗曜。"

罗曜低头："怎么了？"

"你为什么对我这么好。"

他笑了笑，亲她的额头："傻丫头，不对你好对谁好，你是我老婆。"

赵清欢低下头。

罗曜温声说："房车我准备好了，只是跟婚礼一样，这个也要等一等，我现在还不能开车，又不想带电灯泡跟我们一起走。"

赵清欢没忍住笑了出来。

看她笑了，罗曜心情也好起来："上去看看。"

他打开天窗，两人爬上楼梯，罗曜速度很慢，赵清欢一直在后面虚扶着他。

两人一起坐在车顶。

天气很好。

郊区的天空格外蓝，空气也新鲜。

房车跟普通的车不同，车身自带浪漫气息，有种独特的美，这么多房车摆成一排，很养眼，赵清欢靠在他怀里。

罗曜喊："老婆。"

"嗯？"

他又喊："老婆。"

赵清欢没有多问，只回答："嗯。"

她看向远方，眼睛亮了一下，指着南边："老公你看。"

罗曜看过去，刚刚还凌乱无序，丝状式的白云不知何时变成了一颗心的形状。

风很大，赵清欢有种转瞬即逝的担忧。

她手忙脚乱地拿出手机，在那颗心消失之前将它拍了下来。

罗曜看了她一会儿，低头吻她。

赵清欢的手机滑落，掉在车顶上。

有人说，爱一个人会为她不顾一切，献祭自己的所有。

可这个世界上，还有一种爱情，他会为了他爱的人，努力让自己变得更好。

只为那个傻傻的姑娘，多年后不会为当初的选择后悔。

也许这样，才是最好的爱情。

番外 "沐迹" 篇

此生信仰

　　许沐和罗迹回国没多久，就被罗老太太召唤回岳城。

　　自从老太太知道许沐父亲的事，便懊悔不已，当年如果不是她，两人也不会分手，错过那么多年。

　　她心存愧疚，待许沐越来越好。

　　回去的那天，家里的司机来接。

　　罗迹一手拎着国外带回来的礼物，一手牵着许沐，许沐只背了一个随身背包，里面放着她的相机。

　　她仰起头看这栋老宅。

　　这是许沐第二次来这里。

　　第一次是那年过完年不久，两人领证后，出国前，曾一起回来过一次。

　　老太太那时刚知道她父亲的事不久，和他们相处时都有些小心翼翼，就怕孙子孙媳提起以前的事。

　　许沐不是圣人，奶奶以前做过的事、说过的话，她记忆深刻，从没忘记过。

　　可后来奶奶在不知实情的情况下已经妥协并同意他们在一起，已经很不容易。何况她年岁已老，是罗迹唯一在世的长辈。

　　所以许沐和罗迹没有再计较以前的事，依旧愿意孝敬她。

　　罗家的老宅建了有些年头，门宽院大，很气派，外观设计很像上海的老洋房。

　　岳城刚刚下过一场大雪，整栋房子被莹白软绵的雪花装点，莫名带一丝浪漫气息。

两人谈恋爱那会儿，许沐曾偷偷在外面看过这栋房子，那也是她第一次知道，原来罗迹生在这样的人家，当时他一个人住在学校附近的小公寓里，她只听别人说他家里条件不错，从没想过是这样的"不错"。

那会儿两人的事情曝光，罗迹回家跟奶奶摊牌。

许沐怕他那个倔脾气会跟家里吵架，偷偷在外面等他。

后来不知道里面发生什么事，不到半小时罗迹从房子里出来，倔强不服管的劲儿全写在脸上。

看到许沐，他二话没说拉着人就走。

他个子高，步子迈得大，没有多久，许沐就有些跟不上，抓着他的袖口："你慢一点儿。"

罗迹攥着她的手，放缓脚步，两人站在路旁的花藤下。

许沐有些担心："你奶奶是不是很生气？"

罗迹满不在乎："随她便，反正我不分手。"

他盯着许沐的脸："你怎么跟来了？"

"我担心你。"

罗迹默不作声地捏着她的手，过了会儿说："该担心的是我吧。"

他一向什么都不在乎，可前两天考试，许沐成绩下滑，他心里有些慌，觉得是自己影响了她。

许沐立刻说："我都说了，是我自己马虎了，不要瞎想。"她抱住罗迹，白皙的脸庞贴在他胸口上，"我也不分手。"

现在回想起来，那句话似乎是她十几年来，说过的最坚定，也最硬气的一句话。

虽然后来食言，可兜兜转转，他们终究还是在一起了。

罗迹揉了一下她的脑袋："走了。"

许沐回神，跟他进门。

老太太在一楼客厅等他们。见到二人，老人家有些激动，让他们赶紧坐下休息，又让阿姨端水果和零食。

她觉得现在的小姑娘都喜欢吃小零食，特意让阿姨提前准备了一些给许沐。

之前因为游戏工作室的事，罗迹回国两次，见过奶奶，许沐一直没有回来过，两人有两年多未见，老太太嘘寒问暖，又问罗迹有没有见过大哥。

罗迹说见过了。

　　早在回北京的第二天，他们就相约见面。看到罗曜如今的样子，罗迹恍惚间回到从前。

　　那时他还小，哥哥什么都会，会打篮球，骑摩托车，是他最崇拜的人。

　　两兄弟相顾无言，罗迹真心为大哥高兴。

　　晚饭时，罗老太太提起他们的婚礼。

　　她有些着急，现在的年轻人都流行只扯证不办婚礼吗？老一辈人的思想中，婚礼这种仪式还是很重要的，偏两对孙子孙媳都不着急。

　　罗曜那边理由充分，想身体恢复得更好一些再办，可罗迹领证已经两年多，之前许沐在国外念书不好催促，现在回国，确实应该提上日程。

　　两人曾经讨论过这个问题，许沐非常喜欢旅行结婚的方式，觉得结婚是两个人的事，希望可以轻松简单一些。

　　结束学业后他们玩了快半年，想去的地方几乎都去过，跟旅行结婚也差不多了。

　　回到楼上房间，罗迹先去浴室洗手，出来时看到许沐站在窗边，窗子全部打开，她正用相机拍照。

　　罗迹的房间视野非常好，天边正巧有朵奇形怪状的云，许沐职业病犯了，忍不住把它拍下来。

　　罗迹走到她后面，伸手搂住她的腰："不是说没电了？"

　　"还有一点点。"

　　许沐被他的气息弄得很痒，偏过头看他："你想办婚礼吗？"

　　罗迹跟她对视："你不想吗？"

　　许沐眨了眨眼睛："好像很麻烦。"

　　以罗家在岳城的声望，罗迹的婚礼一定会很隆重，罗老太太估计会把所有有头有脸的人请来，说不定还会拉着许沐认识一群之前见都没见过的人。

　　想想就好累。

　　罗迹比许沐还要怕麻烦，他是出门能带一件行李绝不带两件的那种人。

　　但在这件事上，他决定跟奶奶站在同一战线上。

　　不为别的，只为许沐。

　　婚礼对一个女人来说太重要了，虽然世俗，但这个世界上，世俗的人太多。

　　他想给许沐一场盛大的婚礼，想世俗地让所有人都羡慕她。

她受了那么多苦，她值得。

罗迹的手从她衣服下摆里钻进去："你什么都不用管，我来办，你只需要婚礼当天出个人。"

许沐身子往后缩了缩，抓住他的手："大白天别耍流氓。"

罗迹说："耍流氓还分白天晚上。"

他拦腰把人抱起来扔在床上，轻车熟路地把她手里的相机夺走扔到一旁。

许沐看着瘦，可摸哪儿哪儿有肉，手感好得不行，罗迹怎么都不腻，他把人整个折叠起来，解她的小衣："那个没了吧？"

许沐说有。

罗迹不上当："小骗子，都一礼拜了，还不走是要留着过年吗？"

许沐那个来了几天，他就憋了几天，早就忍不住。

结婚快三年，他对她的身体依旧迷恋，依旧新鲜，他觉得一辈子太短了，下辈子，下下辈子，他也愿意死在她身上。

两人一直弄到天黑，阿姨在门口转了几圈也不敢敲门，怕打扰小两口，她想叫他们下楼吃水果。

许沐懒懒地趴在床上，罗迹半边身子还压着她，她皱眉推了推："起开。"

罗迹睁开眼睛，张嘴咬她的耳朵："用的时候叫老公叫得很欢，用完就起开，你什么人。"

他翻身起来，穿上衣服收拾地上的残局。

许沐翻看手机上的照片。

这个手机她用了几年，有时来不及拿相机或想随手记录一下生活中有趣的事，就会用手机拍下来。

罗迹从浴室出来时，她正翻到一张合影。

是她学校的几个同学，有英国人，也有德国人，照片是罗迹帮着拍的，那时他们临近结业，大家快要分开，很不舍。

罗迹看清照片上的人，心里默默不爽："还回味呢。"

醋意很浓。

照片里挨着许沐那个英国籍的阳光男孩儿，曾跟许沐表白过。

他很开朗大气，得知许沐已经结婚，依旧大方将表白进行到底，送了她超大一捧玫瑰花，说既然你已经结婚，那我祝福你。

之后的时间，他果真不再提这件事，还跟她成了特别好的朋友。

这只是个小插曲，可罗迹却气得不行，人家那么坦荡，他又不好明着生气，只能在家折腾许沐。

后来有段时间他看见玫瑰花就绕着走，说气味不好。

许沐忍着笑，觉得他像小孩儿，但也愿意陪他绕路。

罗迹跟别人什么样她很清楚，他只对她幼稚。

男人只有面对自己喜欢的女人时才会幼稚。

许沐往前翻了几张照片，语气幽幽："罗少爷不要找碴儿哦。"

罗迹躺在她旁边，撑着手臂跟她一起看。

留学这两年，许沐感触很深。

如果没有罗迹陪她，她会跟其他留学生一样艰难。

申请学校，住宿问题，衣食住行，大大小小的事情数不清，她还要同时兼顾摄影工作室那边，不能坑了合伙人，要按时传回新的专题，偶尔也会在这边拍一些华人的生活起居。

有罗迹在，他几乎成了她的私人管家，房子提前在学校附近租好，是位置非常好的公寓。

每天早上他会比她提前起床半小时，为她做一份英式早餐，烤面包、烤豆子、培根和香肠，准备好后叫她起床，牙膏也挤好。

后来英式早餐吃腻，他就换着花样来，许沐的同学都很羡慕她有一个这样贴心听话又很帅的老公。

把许沐送去学校后，回家的路上他会顺便买一些明天要用的食材，紧接着一整天都不出门，在家工作。

他跟国内那边远程连线，很多事情需要处理。

这两年，FKA和超能追击市场占有率越来越可观，虽然做不到全民下载，但公交车上、地铁里，在那些赶路人的手机里，常常可以看到这两款游戏的身影。

罗迹的工作室也在逐渐扩大，天涯他们几个虽然还住在他的别墅里，但已经不在这边工作。

他们在附近的商圈租了自己的办公室，招人的时候罗迹亲自把关，线上面试，后续事情交给天涯和蒋旭他们处理。

新游戏的研发也在进程中。

许沐知道他很累，所以下课回来时总会给他带一些他喜欢吃的东西，也常常拉他出去散步。

相比她每天在外，他整天在家坐着对身体更不好。

那个公寓他们住了两年，许沐很不舍，临走时他们把一些带不走的东西都送给了邻居和其他认识的留学生。

罗迹又贴过来。

许沐简直怕死他，刚刚她的腿都快被他折断。

罗迹拦腰把人抱起来："晚上再说，先洗澡。"

许沐在他怀里乱动："我还有事没跟你说。"

罗迹抱着人走进浴室："什么。"

"明天我想去看爷爷。"

罗迹一脚把浴室的门踹上："知道，东西我都准备好了，老三样。"

汾酒，竹叶青，新鲜小河虾。

许沐奇怪："你什么时候准备的？"

他们天天在一起，没看到罗迹买这些东西。

罗迹把人放进清洗好的浴池里，开始放水。

"不告诉你。"

酒和茶都是提前让奶奶这边的人订购，早就放进车的后备厢里，小河虾是早上让人去郊区水库现捞的，活蹦乱跳，不能再新鲜。

对许沐的事，他总是很上心。

罗迹目不转睛地盯着浴池里缓慢上升的水位线。

泡泡越来越多，淹没她白皙的身体。

他喉结滚了滚，又想欺负她。

第二天上午，两人开车去了许沐爷爷家。

出国前他们来过一次，罗迹依旧搬了一车东西过来，都是些日常能用到的东西，省得他到处跑去买。老人家年岁大了，一个人住，虽说身体硬朗，可到底比不过年轻时。

这两年罗迹嘱咐家里的司机，多给了一些钱，让他没事过去看看，缺什么东西帮着添一添。

这事许沐不知道，是后来跟爷爷通电话时才知道。

挂了电话她就把罗迹抱住了，还主动亲他。罗迹以为她又懒得下床，问她是不是又想吃冰激凌，不想动在这儿献殷勤。

他无奈想去帮她拿，她缠着人不让走。

那晚罗迹非常满足，知道实情后他特别后悔，怎么没早告诉她。

爷爷早上刚从乡下回来，又治好了一匹小马驹。

看到孙女，老人家高兴得不行，热火朝天地做了几个菜，两人帮着一起忙活。

罗迹陪老爷子喝汾酒，小酒盅满上，嘬一口，没有比这个更满足。

老爷子对罗迹太满意了。

当初因为两人的事情被叫家长时，罗迹那边奶奶没有出面，是罗曜去的学校，许沐这边电话通知了赵美云，但她过来不方便，是爷爷来的。

让学校比较郁闷的是，这件事似乎最着急的是他们，两边的家长都没太大反应。罗曜那边只说不要耽误学习就好，并叮嘱罗迹不许犯浑欺负人。许沐爷爷这边更没得说，孙女学习一向很好不用他操心，又很听话。他跟老师说的让人印象最深的一句话是："我儿子走得早，这丫头可怜，她高兴比什么都强。"

学校那边大概从没见过这样的家长。

那年爷爷见到许沐的男朋友，发现还是当年那个，笑得眼睛眯成一条缝，连说了几个好。

他以前就挺喜欢罗迹，觉得男孩儿长得精神，又很懂事。

罗迹给爷爷斟酒，许沐在一旁说："别喝多了。"

罗迹说不多，我有谱。

老爷子忙搭话，生怕喝不到这口酒："对，有谱，你不懂。"

许沐："行吧。"

一老一少聊得正欢，爷爷忽然问："准备什么时候要孩子？"

罗迹看了许沐一眼："这得听您宝贝孙女的。"

爷爷又转向许沐："不早了，该要了，趁我能动，还能抱抱。"

两人其实从没商量过孩子的问题，许沐留学期间他们一直都有措施。

后来毕业，也快回国，偶尔身边没套，她也同意了。

罗迹想要是有了，就要。

晚上，他们一起散步。这里跟以前一样，依旧是昏暗的胡同，罗迹牵着许沐的手："记不记得，以前我常常送你回家。"

那时她怕黑，不敢一个人走这条胡同，他天天送她。

许沐抬头望了望胡同下狭窄的星空。

她有些想念当初的他们了。

无忧无虑，生活中最大的困扰，不过是学业和一些现在看来无足轻重的小事。

但那个时候却是他们的整个世界。

许沐转头看他："老公，我想回学校看看。"

罗迹看了她一会儿，抬手揉她的脑袋："好。"

从这里到学校的路线，罗迹熟得不能再熟，他曾无数次穿梭在这条路上，做心爱女孩儿的护花使者。

后来分手，她离开岳城，他也曾来过几次。

他幻想她会忽然出现在那道铁门后，笑着说："我迟到啦。"

两人慢慢散步走过去，十五分钟就到了，学校大门已经关闭，只留了一个小门。

以前这个时间是不让外人进入的，可现在学校定时开放了足球场，晚上会有一些锻炼的人在球场里跑步。

教学楼离这边很远，不受影响。

两人避过保安的视线，走小路拐去教学楼那边。

这里变化很大，楼栋的外墙重新粉刷了，看起来很新，整栋楼都亮着灯，可以看到窗口中学生的身影。

罗迹拉住她的手："走。"

许沐被他拉着，只走几步就知道他要去哪儿。

两人一起上了天台。

天台还是老样子，甚至比以前还乱，多了许多建筑废料和旧桌椅。

两人靠在栏杆旁看下去，雪后的校园银装素裹，格外美。

罗迹握住她的手，放在唇边暖着："冷吗？"

许沐摇了摇头："不冷。"

他们想起一些事。

当年他就是在这里跟她表白。

许沐说："你那时的表情，好像我不答应，立马会把我从这里丢下去。"

罗迹低低笑了声："是吗？"

她说："是。"

罗迹说："可我当时很紧张。"

许沐有些新奇："你还会紧张？"

他那么厉害，一副天不怕地不怕的样子。

罗迹认真地说："其实我当时想的是，如果你不答应，我就从这里跳下去。"

两人互相看了一会儿，同时笑起来。

操场那边传来细微的欢闹声，这里看不太清，依稀是一些小孩子在玩雪。

罗迹目光望向远处，许久没有说话。

过了会儿，他转身握住她的手，把她的手揣进自己大衣兜里：

"小沐。"

许沐轻声嗯。

"你喜欢小孩子吗？"

许沐抬起头看他，嘴角笑着："你干吗，把爷爷的话听进去了？"

罗迹说："其实，我挺喜欢的。"

他曾幻想过那样一幕，躺在床上时，有个小东西在身上爬来爬去，小脚丫蹬在他脸上，香香的，一点儿都不臭。小东西还软软地叫他爸爸，眼睛又黑又亮，像两颗水灵灵的葡萄。

对，多吃葡萄。

如果以后许沐怀孕，一定多让她吃葡萄。

罗迹抬手抚摸她的脸，低头在她的唇上轻咬："小沐，我们要个孩子吧，我想当爸爸了。"

许沐凝望罗迹许久。

眼前的人，跟她牵绊十年，从一个懵懂少年到现在事业有成，两人的生命早已融为一体，无法分开。

结婚近三年，他对她一如既往，跟恋爱时没有区别。或者说，他们的相处方式依旧停留在热恋时，在他的保护下，她可以永远不用长大。

许沐环住他的脖子，把人拉近一些："你做好当爸爸的准备了吗？"

罗迹看她一会儿，认真地说："我觉得我可以，你呢？"

许沐思索了一会儿："我不知道。"

这几年，她一直沉浸在跟罗迹的二人世界里，觉得很好，没有想过打破，而且之前在国外，有宝宝不太方便，他们心照不宣，一直有措施。

现在回国没多久，忽然抛出这个问题，她没有思想准备。

罗迹温声说："想一下，以后有个小东西，天天叫你妈妈，叫我爸爸，晚上睡觉时挤到我们中间，肉嘟嘟的小脸贴着我，小屁股挤着你，睡得特别香。"

许沐想象了一下那个画面："为什么屁股对着我？"

罗迹说："对着我也行。"

他思绪停不下来："小东西坐在小浴盆里边玩边洗澡，肚子和小胳膊好几个褶，跟米其林似的……"

他描绘得太有趣，许沐忍不住笑起来："是很好玩。"

罗迹把人搂在怀里，低头看她："我们二人世界也过了，你的学业也完成了，工作是永远做不完的，再忙也要享受生活，我们不如早一点儿要宝宝，等以后宝宝长大了，我们还年轻，可以早点儿退休出去玩。"

他把人搂在怀里："其实有句话我很不喜欢，有人喜欢对自己的妻子说，'谢谢你给我生了一个孩子'，小沐，我觉得不是你给我生宝宝，也不是我给了你宝宝，是你为我们两个辛苦孕育小生命，是我们两个的。"

他说了很多，说得很慢，勾勒的画面温馨有趣，许沐都有些向往了。

她觉得罗迹特别会渲染气氛，当初决定出国前，她也是被他说的话感染了。

当然他没有食言，他说的所有事，都做到了。

许沐相信他。

许沐轻轻笑了一下，小声说："你说得好听，孩子又不是想有就能有的，需要缘分。"

罗迹一点儿都不担心："这不是问题，以我之前勤奋努力的程度，如果没有措施，早有了。"

这话容易让人联想到一些面红耳赤的画面，许沐踩他一脚："那你要继续努力了。"

罗迹仿佛得了圣旨，拉着人就走。

许沐小跑跟在他后面："我们去哪儿？"

罗迹说："我这个人是实干派，决定的事马上就要去做，回家。"

自从决定要孩子，两人再没有采取措施。

罗迹本来就不怎么喝酒，抽烟更少，只在工作上有难解的问题时才吸一两根，现在彻底戒了。

罗老太太知道后，高兴得不行，亲自去岳城最有名的老中医那儿开了不少补药，一箱箱寄到北京，叮嘱他们按时喝。

这件事决定后，最着急的人反而是罗曜。

本来领证就比弟弟晚，孩子的问题他不想落后，于是每天缠着赵清欢，想抢在那对之前当爸爸。

奈何赵清欢一个月有半月不在家，一连几个月都没有动静。

七月，罗迹和许沐举行了盛大的婚礼。

婚礼在岳城举办，罗迹派人去桐州把许沐的家人和需要邀请的亲戚朋友全都接过来，安排了最好的酒店住下。

婚礼当天，除了与罗氏有来往的各企业董事长、总经理这些重量级人物，还来了几个特别的客人。

许沐在岳城最好的两个闺蜜。

温颜和江嫣。

江嫣如今已经是娱乐圈当家花旦，人气很高，不敢走大厅，两个姑娘从酒店后门偷偷溜进去，身后跟着她们各自的老公。

当年许沐从岳城离开，换了手机卡，跟这边所有同学断了联系。

后来听蒋旭说过温颜的事，她伤心很久，以为再也见不到她。

这次结婚，罗迹邀请了很多两人的同学，也辗转联系到了她的好朋友江嫣，通过江嫣才知道温颜已经回国几个月。

风浪已过，大家都得到最好的结果。

三个女孩儿一见面，哭得止不住，罗迹在前厅准备，新娘更衣室外站着温颜的丈夫韩江和江嫣的老公陆非。

两个男人对视一眼，谁都没劝。

他们太了解自己的老婆和她们三个的感情，知道劝也没用。

温颜用纸巾一点点擦掉许沐的眼泪："别哭了，妆都花了。"

虽然这样说，可她自己还在流泪。

她们有太多话要说，可婚礼就要开始了。

江嫣替许沐整理婚纱裙摆："就是，我都这样了你还招我哭。"

许沐模糊着双眼看向江嫣："你怎么了？"

江嫣摸摸自己的小腹："我有宝宝了，你们两个都是干妈，不许耍赖。"

许沐哭得更凶。

当年那个古灵精怪永远精神十足的小姑娘，竟然要当妈妈了。

时间真是一种神奇的东西。

其实第一个看出罗迹喜欢许沐的人是江嫣。

那时她坐在许沐前面，常常回头跟许沐讲话聊天，她说坐在最后一排那个男生总偷看许沐，可每次许沐回头看他时，他又装睡。

沈瑜和另外两个伴娘进来，说仪式要开始了。

温颜赶紧给许沐补妆，把捧花什么的递给沈瑜，许沐深深舒了口气，走去候场。

江嫣不方便去观众席，两人躲在大厅右侧的石柱后偷看。

两人的老公倒是安稳坐在观众席，尤其是韩江，他家的小山楼连锁酒店本就在嘉宾邀请行列中。

　　许沐有三个伴娘，是沈瑜和大学同寝的另外两个室友，罗迹的三个伴郎理所当然是天涯、大路和蒋旭。

　　台下坐着许多亲朋好友。

　　罗曜和赵清欢、霍屿辰和顾柔，罗曜的另一侧是余烬。

　　今天是盛宴，也是圆满。

　　新娘家这边的亲人感触颇深，都知道许沐从小不易，有些动容，台上罗迹温情表白，话不长，不多，却足够动人心魄。

　　很多人掉了眼泪。

　　最后，许沐把新娘捧花给了沈瑜。

　　罗迹和许沐的新婚夜，十几个人一起过。

　　送走本地的亲朋好友，又把许沐家远道而来的亲戚安顿好，剩下的同学嚷嚷着继续喝酒，大家一起回到新房，客厅两张桌子拼到一起，大家重新弄了一桌菜和酒，吵吵闹闹，房顶都要掀起来。

　　许沐拉着温颜和江嫣，找了间客房，三人并排横躺在柔软的大床上，关上门聊天。

　　许沐知道了温颜这些年的遭遇，温颜和江嫣也终于知道当年许沐为什么要分手。

　　当她们平心静气地讲出自己的故事时，才忽然懂得什么是时过境迁。

　　许沐的手温柔抚在江嫣的小腹上："你喜欢男孩儿还是女孩儿？"

　　江嫣说："都行。不过我老公喜欢女孩儿。"

　　许沐脸颊亲密贴在她的肩头："我和罗迹也在备孕。"

　　江嫣握着许沐和温颜的手，同时放在自己的小腹上："那我把'好孕'传给你们哦。"

　　几个姑娘都笑起来。

　　温颜问："你那部剧确定不接了？"

　　江嫣摇头："不接了，古装戏蹦蹦跳跳，还要吊威亚，陆非不让，而且我身体状况也不允许。"

　　温颜嗯了声："小心些比较好。"

　　几个姑娘有说不完的话，一直躲在房间不出来。

　　客厅里，一桌十来个人热闹得很，蒋旭和大路一杯接一杯，发誓要把罗迹灌醉，罗迹已经戒酒，但今天破例，陪他们尽兴。

　　这一晚，别墅每个房间都住了人，连客厅的沙发上都是人，大家玩到后半夜才肯休息。

之后的日子，罗迹和许沐给自己放了几天假。

许沐订了两张去青城的票，因为一个她特别喜欢的歌手过几天要在那边开演唱会。

那个歌手出道时间不长，却很有实力，演唱会一票难求。

碰巧上个月许沐给他拍照，和他的经纪人很聊得来，成了朋友，经纪人送了两张 VIP 内场票，邀请许沐去看。

罗迹对这件事没多大兴趣，一边看她修图工作一边说："要不别去了，随便找个海边度假，不比那个强，哪里都能听歌。"

许沐不干："你不懂，还是现场有感觉，他唱歌特别好听，人也很帅。"

说到帅，罗迹更不高兴："我不想去。"

想象一下那个画面，难道要他亲眼看着许沐跟那些追星少女一样，举着灯牌喊谁谁谁我爱你吗？

说不定一个激动连老公都喊出来。

许沐说："你不去我带沈瑜去。"

罗迹："那还是去吧。"

还能在她激动时拉着点。

下楼吃饭时，天涯凑过来："大嫂，现在还能弄到票吗？"

许沐奇怪："你也想去？"

没听天涯说过喜欢这个歌手。

天涯挠挠脑袋："沈瑜喜欢。"

这话一出，吸引了餐厅那边的大路和客厅沙发那边的蒋旭。

连蒋旭腿上的灰毛儿都叫唤一声。

所有人都竖起耳朵听八卦，大路喊着说："某些人这是要摊牌了？"

天涯回头"嘶"了一声："吃你的饭。"

蒋旭溜达过来："差不多得了，你俩磨磨叽叽好几年，不带这样含蓄的，换别人孩子都抱俩了。"

这事得支持，许沐琢磨着说："现在外面肯定没得卖了，要不我的票给你吧。"

天涯忙说："不用不用，我找找网上有没有黄牛票。"

许沐不同意："别买黄牛票。"她想了下，"我问问经纪人吧，不知道他们手里还有没有留票。"

她拿出电话往窗口那边走了几步。这位歌手的经纪人很好说话，说手里倒是还有两张，只不过不是 VIP，是后面的观众席，但位置也很靠前。

许沐忙说可以，又道谢。

挂了电话，她回头冲天涯摇了摇手机："搞定。"

天涯激动得两眼放光，说："大嫂以后你说什么就是什么，让我上刀山我绝不下油锅！"

许沐笑了出来："不用你上刀山下油锅，以后你对沈瑜好点儿就行。"

几天后，许沐和罗迹先行飞去青城。

天涯他们是第二天的票。

再次回到青城，感觉这座城市变化很大，他们当年在这里重逢、纠缠、和好，后来决定离开这里，去北京创业定居。

现在想想，她当时真的是无条件相信罗迹。

人都到北京机场了，连当晚住哪儿都不知道。

她没问过罗迹，反正他会帮她安排好。赵清欢那会儿说，许沐一问三不知的样子，被人卖了都不知道。

开演唱会的体育馆在郊区，他们没住酒店，去了附近的一个民宿。

就是那年他们一群实习生来这边郊游时住的那家。

店还是那个店，老板娘还是那个懒洋洋一直睡不醒的老板娘。

连收银台里的小猫都没变，数量比以前还多。

老板娘看起来依旧年轻漂亮，整个人有种慵懒随意的韵味，长发微卷，随便用黑头绳绑着，看到罗迹和许沐时没什么表情，大概已经把他们忘了。

这里有不少来看演唱会的人，房间很紧张，好在还有一间。

罗迹交了押金，牵着许沐上楼。

这么多年这里也没装修，还是以前的老样子。

房间只能用"干净"形容，窗子关不严，不过现在是夏天，这点就忍了，也没别的房间可换。

时间已经很晚，许沐把背包打开，拿出两人的换洗内衣和毛巾，让罗迹先去洗澡。

好热，一路从北京过来，一身汗。

罗迹出来时，看到许沐还站在那里，低头摆弄手机。

他走过去，从后面搂住她："在干吗？"

许沐没有抬头："跟周乾说点儿事。"

罗迹看她打字，等她发出去后夺过手机扔到一旁："放假不许工作。"

许沐："说完了。"

罗迹把人扳过来搂进怀里，热热的身体贴着她："现在你最重要的工作不是这个。"

许沐笑着环住他的脖子："那是什么？"

罗迹偏头咬她的耳垂，大手从她纤细的腰流连至平坦的小腹："我们最重要的任务还没完成，需要继续努力。"

话音未落，他弯腰将人扛起，扔到床上。

演唱会第二天晚上八点开始，提前一个半小时入场。

在场外，罗迹和许沐跟今天下午到达的天涯沈瑜会合。沈瑜今天穿得很漂亮，白色的裙子，精心编了头发，比往常淑女许多。

四个人在门口聊了一会儿，跟随队伍有序入场。

许沐手里的两张票是 VIP 内场，有专门的通道，也不拥挤。落座时许沐旁边只有一个空位，再往那边是一对情侣。

罗迹坐在许沐另一侧，他手里拿着椅子上主办方发放的荧光棒，有些无聊地捻动。

如果不是因为许沐，罗迹大概这辈子都不会来听现场演唱会。

他比较喜欢安静地听歌。

整个场内被分为几大区域，每个区域椅子上摆放的荧光棒颜色都不一样，入场的人群渐渐多起来，场内有些喧闹。

没有多久，一个戴着鸭舌帽、长鬈发披肩的漂亮女人从小路过来，坐在许沐旁边。

她不小心压到许沐的裙摆，忙道歉："对不起。"

许沐微微怔了怔，好好听的声音。

她觉得有些耳熟，好像在哪里听过，但又想不起来。

她友好地说没关系。

现场导演很快开始渲染气氛，讲一些注意事项。许沐回头看了一眼，身后黑压压的人群，看不到天涯和沈瑜。

演唱会很快开始。

许沐的随身小包包和手机都在罗迹那儿，罗迹的荧光棒给了许沐，许沐一手一个，眼睛睁得大大的，注视着台上。

没有多久，背景音乐渐渐变小，台上有了些动静，台下的歌迷立刻尖叫起来，大声喊着"霍峰"两个字，场内灯光渐暗，舞台变了颜色。

霍峰是那个歌手的名字。

　　这位歌手出道没几年，所有音乐都是自己创作，包括作词作曲，实力很强。

　　他话不多，也不喜欢煽情，专注唱歌，几首下来，罗迹意外觉得很好听。

　　许沐听歌之余，渐渐发现一件事，前面的超大荧幕总是时不时给旁边的女人一个镜头，有时长达几秒。

　　她的眼睛很亮，每首歌都会唱，如数家珍。

　　这里离舞台很近，霍峰的目光偶尔落在这边，满眼温柔。

　　许沐转头小声跟罗迹说："听说霍峰已经结婚了，还有一对龙凤胎宝宝。"

　　罗迹不觉得有什么："双胞胎很稀奇吗？"

　　许沐纠正他："是龙凤胎。"

　　罗迹说："没准儿咱们哪天也怀个龙凤胎。"

　　舞台上换了安静一些的音乐，所有人的荧光棒跟着慢慢摇摆，环形体育场上方直接可以看到星空。

　　荧光棒似乎已经与繁星相连，像璀璨的星海。

　　许沐一边摇着手里的荧光棒，一边凑在他耳边小声说："你们家有双胞胎基因吗？"

　　罗迹想了一下："没有，你家呢？"

　　"我家也没有。"

　　罗迹忽然偏头看她："你是单纯喜欢双胞胎，还是想要两个孩子？"

　　许沐不上他的当，一个还没有呢，就想两个了，她扭头看台上。

　　大屏幕上的镜头摇到一对情侣，男生很懂，转头吻他的女朋友，全场沸腾起来，不断起哄鼓掌吹口哨。

　　下一个镜头，摇到天涯和沈瑜。

　　许沐激动地抓罗迹的手："快看快看。"

　　罗迹看向大屏幕，天涯和沈瑜两人双双呆住，毫无动作。

　　摄影师特别执着，画面一直停在那里，场上的人尖叫起哄，沈瑜脸都红了，很不好意思地用手机遮住半张脸。

　　几秒后，天涯似乎终于估计勇气，拉下她的手，亲了过去。

　　沈瑜眼睛睁得大大的，一脸蒙的样子。

　　场上的人似乎都看出他们原本不是情侣，更加沸腾，嚷嚷着"在一起，在一起"。

　　镜头终于转向别处。

　　许沐挺着身子回头，找了半天终于找到两人，离得远看不清他们的表情，但沈瑜再次用手机遮住了脸，起身跑出去，天涯追了出去。

　　她有些着急，扯着罗迹的手臂："他们走了！"

　　罗迹似乎一点儿都不担心："走就走了，你急什么。"

　　"沈瑜会不会生气？"

　　罗迹看了她几秒，随后伸手揉了一把她的脑袋："几年婚龄的人了，这点儿觉悟没有。"他把她的脑袋转到前面去，"听歌吧。"

　　沈瑜跑到场外，天涯终于追上她。

　　他一把拉住她的胳膊，喘得不行："你跑什么啊？"

　　这死丫头体力太好了，跑这么快，一点儿都不带喘的。

　　沈瑜气得推了他一把："你干吗当着那么多人的面亲我！"

　　天涯有些局促，又有些紧张："那，那我看别人都亲，咱们得保持队形。"

　　沈瑜嚷嚷："别人是男女朋友，我是你女朋友吗？"

　　这话一出，两人都不说话了。

　　气氛有细微的变化，两人都不敢打破。

　　过了会儿，还是天涯先开口："沈瑜，我……"他垂在身侧的拳头攥了攥，"咱俩认识几年了。"

　　沈瑜偷看他一眼："大四到现在，你自己算。"

　　天涯深深舒了口气，说："咱俩认识这么多年，彼此也都挺了解的，那，你一直没男朋友，我也没女朋友，要不，"他咬了咬牙，"要不咱俩凑合凑合得了。"

　　沈瑜以为他要表白。

　　这什么表白，凑合？

　　她气得不行，使劲儿推了他胸口一下："郑泽天你王八蛋，谁跟你凑合！你自己凑合去吧！"

　　她转身又要跑，天涯一着急，拽住她的胳膊一把将人拉进怀里死死抱住："对不起对不起，我说错了，不是凑合不是凑合，是喜欢，沈瑜，我喜欢你。"

　　沈瑜本来在挣扎，听到这句话，终于安静下来。

　　天涯说："我特喜欢你。"

　　天涯平时一副没心没肺的样子，是大家的开心果，调节气氛他最在行，追女孩儿就——

　　反正他此刻特别紧张。

他手心都出汗了："自从跟你认识，我特别开心，我就喜欢跟你较劲，听你骂我，哪天你不凶我了，说不定我还浑身不自在。

"其实我早就喜欢你，可我明示暗示几次，你都没什么反应，好像把我当兄弟一样，我就不敢说了，我怕说完你就不理我了。

"沈瑜，我不敢说。

"可我最近老是梦见你，梦见你跟别人找碴儿较劲，你不骂我了，我都急死了。

"我是不是生病了？"

沈瑜一直都没有说话，天涯松开一点儿，发现她哭了。

天涯慌得不行，手忙脚乱地给她擦眼泪："你别哭啊，我哪句说错了？我不说了，你别哭。"

沈瑜脸上还挂着泪珠，抬起头看他。

天涯一向不正经，从没这样认真过。

她咬着唇："哪有你这样表白的，还凑合，我才不跟你凑合……"

天涯再次抱住她："我错了。"

两人安静地拥抱一会儿，沈瑜没有挣扎。

天涯小心翼翼："我说了这么多，你倒是表个态啊，愿不愿意做我女朋友。"

沈瑜小声说："傻不傻，不愿意我让你抱这么久。"

天涯终于笑了。

他把手扣在她后颈上，让她安静地趴在自己怀里："那说好了，做我女朋友，不许反悔。"

他又说："我知道，你家里一直想让你找一个本地人，我答应你，我会好好工作，在北京买一个大房子给你住。"

天涯也许不懂浪漫，爱情中也很迟钝，但这是他最真实，也最真诚的承诺。

沈瑜伸手抱住他。

第二天上午，罗迹和许沐收拾好东西，下楼退房。

退了押金，老板娘直接说可以走了。

许沐说："不用查房吗？"

她说："不用，快关门了，也没什么可检查的。"

罗迹："这里生意不错，为什么要关门？"

老板娘解释，最近是因为演唱会，这里才满员，平时基本没什么人住，沿海新开发的景区已经建好，是个旅游度假岛。她已经决定在那边重新开一家民宿，马上就要搬走了。

两人临走时，老板娘忽然问："豌豆还好吗？"

许沐回头："谁？"

"你们买走的那只猫。"

两人互相看了一下，原来她还记得。

原来灰毛儿叫豌豆。

许沐说："它很好，现在在北京，你要看看它的照片吗？"

老板娘想了一下："不看了。"

从青城回到北京后，两人重新投入到繁忙的工作中。

两个月后，许沐怀孕了。

那天早上从浴室出来时，她拿着验孕棒，整个人都蒙了，备孕大半年，一直没有动静，她都想去医院查查了。

罗迹激动得把人抱起原地转了好几个圈，又捧着脸亲个不停。

后来在医院检查，看到时间，就是在青城那两晚有的。

青城对他们来说真是个福地。

又过了两个月，赵清欢也怀孕了。

双胞胎。

本来罗曜对罗迹先做爸爸这件事耿耿于怀，但当他知道赵清欢怀的是双胞胎后，一切都不重要了。

罗家喜事接二连三，罗老太太天天笑得嘴都合不上。

晚上休息时，许沐靠在床头，双腿放在罗迹的腿上，他细致地为她按摩。

许沐笑着问："你不是说你们家没有双胞胎基因吗？"

罗迹："你家不是也没有吗？"他捏她的小腿，为她放松，"没关系，过几年等你身体恢复好了，我们再要一个。"

许沐抬腿蹬他："这个也要比，你们兄弟俩幼不幼稚。"

罗迹捉住她的腿，皱眉："你轻一点儿，别闪了腰。"

她现在四个月，肚子已经有些显怀，罗迹小心翼翼，什么活儿都不让她干，把她当宝贝一样供着。

"工作室那边暂时别出差了，我最近走不开，不能陪你，你出门我不放心。"

罗迹关了灯，躺在她身边，把人搂进怀里。

许沐知道他担心，轻轻地嗯了一声："知道了。"

她现在这个样子，两个人什么都不能做，孩子出生后还有一段恢复期，前后加起来，罗迹要好久都不能碰她。

他又不想一个人睡客房，也不放心许沐自己睡。

只能忍着。

可也有忍不住的时候，比如今晚。

罗迹压着人深吻，两人呼吸都有些不畅，过了会儿他搂着她平躺，另一只手抓了抓身侧的被单，觉得哪儿哪儿都不舒服。

许沐也有些热。

最后两人都互相帮了对方一下。

罗迹默默数着日子。

宝宝，爸爸妈妈等着你。

你要快些来啊。

自从知道许沐怀孕，天涯他们就商量着想搬出去住。

在北京这几年，他们跟着罗迹一起创业工作，没有租房的压力，已经比其他人轻松太多，而且跟朋友们一起住也热闹舒服，一切都没有变，好像还在大学时，大家在宿舍打打闹闹。

但现在许沐有了宝宝，他们几个男生在家有时确实不是很方便，他们也想给两人留一些私人空间。

罗迹暂时没有同意。

其实他知道，随着大家年岁渐长，各自有了另一半，以后也都会成家，大家早晚要分开，不可能永远住在一起，可他依旧想让这样的时光晚一点儿结束，许沐也不想大家分开。

到了许沐孕后期，罗迹暂时带她搬到了三环附近的一套公寓里住。

郊区那边的房子离产检的医院太远，每天上下楼也不太方便。

搬过去没多久，赵美云请了长假来北京照顾许沐。

赵美云怎么都得过来，她既不放心别人照顾许沐，又惦记赵清欢那边。

其实过了前五个月，孕后期是可以有夫妻生活的，但罗迹怎样都不放心，不愿意让许沐有一点儿不适和危险。他不想跟她分房睡，又怕两人一起睡挤着她，索性在地上铺了个薄床垫，就睡在她旁边，这样许沐晚上起夜，他也可以马上醒来。

许沐侧着身，看着地上熟睡的罗迹。

他最近事多，非常忙，可还是坚持每天按时回家陪她。赵美云白天辛苦一天，给许沐做饭，带她散步，到了晚上，罗迹把所有活儿都揽在自己身上，让赵美云去休息。

许沐撑着身子坐起来，还没有动，罗迹一下睁开眼睛："要喝水吗？还是去卫生间？"

他跟着坐起来，手放在床边她的腿上。

房间里没有开灯，有月光落进来，两人可以看清彼此的脸。

最近许沐一直觉得房间很闷，晚上睡觉时就没有拉窗帘，好在对面没有其他建筑物，私密性比较好。

许沐拉住他的手指："你上来睡吧，地上凉。"

罗迹说："没关系，不冷。你是不是又睡不着？"

他起身坐在床边，温柔把人搂进怀里，轻拍她的肩："难受要说，知道吗？"

许沐在他怀里靠了一会儿，小声说："对不起。"

罗迹低头看了看她，伸手摸摸她的脸："怎么忽然说这个。"

许沐忍不住掉眼泪："那会儿我不是有意跟你吵，你不要生气。"她往他怀里缩了缩，"我也不知道最近怎么了，总是控制不住自己的情绪。"

晚上罗迹回家后，因为一点儿小事，许沐跟他生了气。

不是罗迹的错，但他一句辩解的话都没有，只哄着她，不让她动气，连赵美云都看不下去了，罗迹对许沐真是一点儿脾气都没有。

见她哭了，罗迹赶紧替她擦眼泪，觉得又好笑又心疼："你快生了，这个时候情绪波动大是很正常的事，不用道歉，我以后注意，不惹你生气。"

她最近很焦虑，总是爱胡思乱想。她没有生过宝宝，对即将到来的分娩有些紧张，又很害怕。

这是正常现象，罗迹只会心疼她。

女人生孩子，是拿自己的命去换，谁都没资格说什么。

罗迹吻了吻她的嘴角，低声哄了很久，许沐才好一些。

过了会儿，许沐忽然"哎呀"一声。

罗迹紧张起来："怎么了？"

"宝宝踢我。"

罗迹伸手轻抚在她圆滚滚的肚子上，仔细感受了一会儿。肚子里的宝宝似乎有感知，又动了一下。

罗迹笑了，又佯装生气："小东西，还没出来就这么调皮，快点儿睡觉，不许折腾妈妈。"

许沐说："你别那么凶，宝宝听得到。"

现在还不知道宝宝是男孩儿还是女孩儿，小衣服和婴儿用品买的都是男女通用的款式，温淡清新的色系，看着很舒服。

在这方面，罗迹一点儿都不含糊，有段时间他每天跟许沐挤在一起翻看网上的母婴店，选得很仔细，也去过实体店，小宝宝的用品一箱箱往家送。

他专门整理出一整面墙的壁橱，把小衣服、小被子、尿不湿、奶嘴奶瓶、奶粉之类的东西分门别类放进去，摆放整齐。

他抱着肩膀站在壁橱面前观赏的时候，特别满足。

罗迹扶着许沐躺好，许沐拉着他的手不愿松开："你上来睡吧，没事的。"

他工作一天已经很累，回家还要照顾她。

起初罗迹不愿意，但架不住许沐磨他，只好答应："那我今晚上来睡。"

他把地上的被子和枕头抱起来，绕到床的另一侧躺上去。他离许沐很远，只占用一小半地方，怕睡着后会下意识去抱她，压到她的肚子。

他摸到许沐身侧，牵住她的手："睡吧。"

罗迹的手又大又暖，许沐很快进入梦乡。

许沐生宝宝那天，罗迹在工作室忙。

接到赵美云的电话，他放下鼠标拿了车钥匙就跑，天涯他们几个也急忙跟过去，怕有什么事需要帮忙。

许沐的预产期还有几天，刚刚她正和赵美云收拾要带去医院的东西，肚子忽然疼起来。

赵美云没有慌，一边安抚许沐，带她下楼叫车，一边给罗迹打电话让他直接去医院。

罗迹离得比较远，赶到医院时许沐正要被推进产房。

还没看到罗迹，她心慌得不行，问能不能再等等，护士说马上就得进去。

就在这时，电梯门开了，罗迹从里面冲出来，跑到产房门口。看到许沐，他立刻俯身摸她的脸："小沐，我来了。"

许沐眼泪流个不停，额间全是汗："老公。"

罗迹低头亲了亲她的额头："别怕，我在外面等你。"

许沐哽咽着："嗯。"

护士催促，许沐已经被推进去一半，罗迹站在门外，两人的眼神一秒都没有离开对方。他又说了句："我在这儿等你，别怕。"

产房的门被关上。

罗迹靠在旁边的墙壁上，整个人都有些虚，他垂着头，胸口起伏不定，还在喘。

刚刚跑得太快了。

天涯沈瑜和大路、蒋旭都来了，前两天就赶到北京住着等许沐生宝宝的罗老太太也来了，大家安静地站在门口等。

赵清欢月份大，不方便过来，罗曜在家陪她，等着电话里的消息。

赵美云说："我来得急，住院的东西都没带。"

天涯立刻接口："我回去拿。"

罗迹没有抬头，摸出车钥匙扔给天涯。

天涯接了："东西在哪儿，客厅吗？"

赵美云说："是。客厅的小箱子里，再把餐桌上的袋子放进去就行。"

里面放着餐具和吸管，还有一些小零碎。

天涯说知道了，转身就走，大路跟他一起回去。

蒋旭拿着两人的证件和卡去办手续什么的。

罗迹站在门旁近两个小时没有动，期间偶尔有护士匆匆出入，大门打开一回他的心就颤一回，他目不转睛地看向门里，可只看到长长的走廊，一瞬间后，连走廊都看不到了。

沈瑜让他去旁边的椅子上坐一会儿，休息一下。

只有三五步的距离，他也不肯走，就站在门口不妨碍护士出入的地方等。

罗迹承认，在许沐被推进产房的那一刻，他慌了，也后悔。

孩子是他先提出想要，可辛苦遭罪的人是她。

许沐怀孕前期妊娠反应特别强烈，每天吐，直到没什么可吐，后来又腰酸，怕冷，又爱睡觉。

所有反应都感受个遍，一样不落。

他恨不能替她难受，替她疼。

他想不通，怎么会有人忍心凶自己的老婆，凶那个用生命孕育他们孩子的女人。

又过了不知多久，可能只有十分钟，也可能一个小时，罗迹已经没有力气去思考时间，只盼着她快些平安出来。

产房大门打开，宝宝先被护士姐姐抱出来："许沐的家属！"

众人忙围过去。

护士把宝宝递给赵美云："是个女宝宝，六斤八两，13点23分出来的……"

赵美云接过宝宝："大人怎么样？"

罗老太太也问："我孙媳妇呢？"

而众人之外的罗迹早已走到紧跟在后的许沐床边，她是清醒的，十分虚弱，额间的头发已被汗水浸湿，嘴唇有些苍白。

第一眼便看到罗迹，许沐只觉得一切都是值得的，她看到罗迹哭了。

罗迹红着眼睛，吻她的嘴角，脸颊轻轻贴着她的脸："老婆，辛苦了。"

许沐嗓音虚弱："是个女儿，你看了吗？"

罗迹俯身推着床："嗯，女儿好，像你一样漂亮。"

许沐干涸的唇瓣微微扬起，笑得很甜。

罗迹觉得，这个时候的她，最美。

许沐一出来就被众人围住。看到她没事，大家都放了心，刚刚护士说，许沐是顺产，母女平安，可大家还是在见到她那一刻才真正放心。

赵美云把宝宝抱给罗迹，让他好好看看。

刚刚罗迹只匆匆看过一眼，便转去后面看许沐。

罗迹不会抱孩子，不敢接，只安静地望着她那张小脸。

好神奇。

这是他和许沐的宝宝。

一个崭新的小生命，是他和许沐生命的延续。

结婚到现在，他们依旧像在热恋中，甚至有时罗迹早上醒来，会有些恍惚，好像如今的一切都是大梦一场，梦醒了，他和许沐没分过手，他们依旧在青葱岁月中。

她是他的初恋，也是他此生信仰。

可现在，一个真真切切的小生命就在眼前。

罗迹忽然有了一丝真实感，同时也觉得肩上多了一层重担。往后余生，他不只要对许沐负责，还要对他们的女儿负责。

他会是一个好爸爸。

一定会。

许沐的宝宝小名"小鱼儿"。

取"羡鱼"中的"鱼"字，可当她渐渐大了些，会跑会跳会说话后，许沐就有些后悔了。

她太皮了，没有安静的时候，丝毫没有遗传到许沐和罗迹身上喜静的基因，就连躺在床上也不老实，跟一条小鱼一样扭来扭去。

小鱼儿从小就很能折腾人，几个月大的时候，在罗迹怀里睡得再香，只要把她放在床上，必醒，醒后必然要跟罗迹大眼瞪小眼，一个小时都不睡。

小鱼儿长得特别漂亮，白白嫩嫩，眼睛又黑又亮，像两颗葡萄粒儿，整个人跟个洋娃娃似的，谁看了都忍不住逗一逗。

罗迹把这个归功于自己，在许沐孕期时，他真的给她买了许多葡萄。

小鱼儿符合他当初对未来宝宝的所有想象。

除了她那个顽皮的个性。

这晚，小鱼儿躺在爸爸妈妈床边的小床上，两只小脚丫朝天，蹬了几下觉得无聊，又翻身撅着，小肉脸挤在被子上，冲向门口："妈妈！"

最初没有人理她，她很执着，不停地叫："妈妈救命啊！"

几秒后，许沐贴着面膜，手里拿着一支电动牙刷出现在门口："又怎么了？"

小鱼儿眨着一双大眼睛："妈妈，我饿了。"

"太晚吃东西不消化哦，还会长肉肉。"

小鱼儿立刻在小床上滚了两圈："可我真的好饿啊，饿得直抽抽！"

许沐："……"

不知道在哪里学到的这些词。

"刚刚不是喝过牛奶吗？"

"都被爸爸抢走了！"

许沐只好说："那你等一会儿，妈妈再给你热一杯。"

她先去浴室洗漱完，随后走到厨房那边又给小鱼儿热了一杯牛奶。

罗迹从书房出来，看许沐在厨房忙，悄声过去从后面搂住她的腰："干吗呢？"

许沐说："给你女儿热牛奶。"

"不是刚喝过？"

"她说被你抢走了。"

罗迹控诉："这小丫头，喝一半不喝了，非要跟我分享，现在又来冤枉我。"

父女俩之间常常上演这种戏码，许沐早已习惯，她关了火，把牛奶倒进杯子里。

罗迹搂着她腰的手忽然捏了捏，在她耳边低声说："哄睡了快点儿出来，我等你。"

他呼出的热气弄得她耳朵很痒。

许沐低着头用手肘轻推他一下："让让。"

罗迹目光火热，一直盯着她进到卧室里。

小鱼儿一口闷的架势，把一整杯牛奶喝光。她抹了把小嘴，看着许沐的脸："妈妈，我也想贴面膜。"

许沐把她的杯子接过来，用纸巾给她擦手："等你长大才可以贴。"

小鱼儿想了下："我什么时候能长大？"

"上完学就长大了。"

许沐抱起小鱼儿："爸爸给你洗脸刷牙了吗？"

小鱼儿点头。

"那漱个口吧。"

小朋友的牙要保护好，喝完牛奶要漱口才能睡觉。

小鱼儿今天白天没有睡觉，这会儿很快入眠，房间里只开着一盏台灯，光线调得很暗。

有了孩子后，许沐的私人空间骤减，每天最期盼的是女儿睡着那一刻，她可以出来做点儿自己想做的事，刷落下好多集的剧，补一下圈里的八卦，研究一下同事们推荐的菜。

罗迹也非常期盼小鱼儿快快睡觉。

他也有许多想做的事。

在哄女儿睡觉这件事上，许沐一般不会让罗迹去，这对父女只要凑到一起，就有说不完的话，小鱼儿越来越精神，根本不会睡觉。

让他去叫小鱼儿起床还可以。

许沐弯腰亲了小鱼儿一下，把被子给她盖好，轻轻从房间里退出来。

她刚转身就被等在门口的罗迹抱起来，他一只手搂着她的腰，一只手托着她的腿，把人往客房抱："今天睡得挺快。"

许沐环住他的脖子："她白天没睡觉，困得眼睛都睁不开，还要找你讲故事。"

罗迹把人放到床上，急切地吻她："没办法，她很崇拜我。"

这语气，好像比拿了全国大奖还得意。

罗迹把她身上的睡衣推上去。

许沐生了宝宝后，身上有不少变化，女人味十足，还有一股淡淡的奶香，罗迹迷得不行，怎样都不够。

但再不够，两人每次结束都要回主卧睡，小鱼儿还太小，半夜醒了发现房间只有自己，一定会害怕。

这次两人刚躺回床上，小鱼儿就醒了，她揉着眼睛往大床上爬："妈妈我要跟你睡。"

罗迹不让地方："回你自己床睡。"

小鱼儿一点儿都不怕他，硬生生地挤到两人中间，用小屁股把罗迹挤走，脑袋贴在许沐怀里，很快又睡着。

罗迹摸了摸她露在外面的小腿，伸手把自己的被子往她那边扯。

第二天是小鱼儿第一次上幼儿园的日子。

小丫头特别兴奋，别的小朋友在幼儿园门口哇哇哭，只有她笑个不停，还主动跟老师打招呼问好。

许沐心里倒是挺难受。

罗迹今天特意抽空陪她一起送小鱼儿上学，第一天这种特殊的日子，他不想错过。

他牵着小鱼儿的手要带她进去，小鱼儿不干："辰辰和天天还没来呢，我要等他们。"

辰辰和天天是罗曜和赵清欢双胞胎儿子的小名。

日月星都叫曜，而日月星统称为"辰"，所以叫辰辰。

"天"取自蓝天，是赵清欢热爱的职业。

三个小朋友一起长大，只要在一起，必然生事。

灰毛儿怕死他们几个了。

几分钟后，罗曜的商务车停在幼儿园门口，小鱼儿一蹦三尺高："辰辰！天天！"

从车上下来两个倍儿精神的男孩儿，看到小鱼儿同样兴奋，立刻扔掉身后的爸爸跑过来。

赵清欢最后下车，看到三个小不点聚在一起，转头看罗曜："我就说，不能让他们在一个幼儿园，我敢保证，不出三天，老师会给我打电话。"

"不要小看我儿子。"罗曜伸出一根手指，"我猜一天。"

四人聚在一起，话没说两句，三个小朋友已经自来熟跟着老师进去了，丝毫没有表现出对爸爸妈妈的一丝不舍。

事实上，最开始的几天，三个小朋友还是很老实的，毕竟到了一个新环境，不比家里，不敢太放肆。

可后来渐渐就原形毕露了。

没过几天，许沐接到老师的电话，说小鱼儿在幼儿园都快混成老大了。

本来小鱼儿性格外向又豪爽，小朋友都喜欢跟她玩，她身边又有两个小"保镖"，辰辰和天天秉承男生要保护女生的原则，干什么都护着小鱼儿，不让她吃亏。

有了这层保护，小鱼儿更肆无忌惮，在幼儿园都快横着走了。

前一天下午，她带着五六个小朋友"逃课"，去幼儿园的七彩滑梯底下看小蚂蚁搬家。

许沐哭笑不得，忙说会好好跟小鱼儿说，让她在幼儿园安静一些，听老师的话。

这一年的春天，罗迹兄弟两家人一起回了趟桐州，看赵美云和赵老头儿。

赵美云特别高兴，在饭店订了一桌饭菜，一家人热热闹闹团圆了一回。

几个小朋友从小生活在大城市，几乎没见过真正的乡村生活，他们找了一天开车去桐州的郊外踏青，教他们认识农作物和一些城市里没见过的小昆虫。

这里前天刚刚下过一场雨，田野边的泥土还有些泥泞，他们早有准备，都穿了雨靴，但架不住小朋友顽皮，没一会儿的工夫，三个小朋友接二连三摔个遍，衣服上都是泥。

许沐想拉小鱼儿起来，罗迹拦住她："让她玩吧，多接触一下大自然，回去洗洗就好了。"

小鱼儿胆子特别大，敢徒手抓虫子，她把手里的虫子递给许沐看："妈妈，这是什么？"

许沐吓得躲到罗迹的身后："小鱼儿小心虫子咬你，听话，快扔掉。"

罗迹笑着握住小鱼儿的小胳膊，稍稍一抖，虫子便滚落到旁边的水沟里。

罗迹告诉女儿虫子的名字，又说："妈妈怕小虫，小鱼儿不可以吓妈妈，要保护妈妈。"

小鱼儿郑重地点头，一脸认真："知道了！"

那边有个干净的小水坑，罗曜在给两个儿子冲洗雨靴上的泥土。

小鱼儿也颠颠颠跑过去，伸出小脚让罗曜帮她洗。

罗迹看了那边一会儿，转身牵着许沐的手走向田间另一侧。

这里跟城市真的很不一样。

　　空气和泥土里都带着清新独有的芬芳，很舒服。

　　天也很蓝。

　　罗迹搂着她的肩膀，让她避开地上的小水坑，两人安静地感受此刻难得的宁静。

　　路边有一小片野花，罗迹弯腰摘了一朵，仔细戴在许沐耳边，认真看了一会儿："好看。"

　　他牵住她的手："等以后我们老了，也找个这样的地方，盖间房子住，自己种菜，自得其乐。"

　　许沐说："不管女儿啦？"

　　"她早晚要长大，会有自己的生活。"罗迹停下脚步，搂住她的腰，"只有我们两个是一辈子在一起的。"

　　他低头轻吻她，嗅着她耳边那朵花："很香。"

　　"什么香？"

　　"花香。"

　　许沐摘掉那朵花放在鼻尖闻了闻，没有觉得好闻，反倒有些不适，她忙偏头避开，好一会儿才压下那股难受劲儿。

　　罗迹有些担心："怎么了？"

　　"不太舒服。"

　　罗迹愣了一下。

　　许沐怀小鱼儿时就闻不了花的味道，那段时间家里从来不买鲜花。

　　两人对视一会儿。

　　许沐的手慢慢抚上小腹。

　　上天的礼物，来得这样突然，让人措手不及、没有准备。

　　却又让人满怀期待、欣喜若狂。

　　让人无法平静的，从来不是某个人、某件事，而是你。

　　只有你。

　　是你让我感受苦辣酸甜，让我学会肆意放纵去爱，让我享受完满人生。

　　全世界，我最贪恋你。

新增番外一

火花的颜色

元宵节那天，罗迹答应许沐会早些回家。

下午两点多，许沐在厨房准备晚餐的食材，菜已经洗好切好，虾也收拾好，罗迹说今天的晚餐他来做。

客厅里安安静静，一点儿声音都没有。

许沐洗了手出来，看到沙发旁的小绵羊摇椅还在轻轻摇晃，地上的城堡乐高还是昨天的进度，旁边零散堆了不少车模和玩偶。

小鱼儿现在的年龄还没办法独立拼装这样复杂的乐高，之前一直是罗迹带她拼。

儿童房里有声音。

许沐悄声过去，看到房间空荡荡，只有墙角的七彩帐篷里发出窸窸窣窣的声响。

"小点儿声，不要让妈妈听到。"小鱼儿说。

奶声奶气小宝宝的声音回答她："嗯！"

许沐故意咳了一声，那边立刻没了声音。

她走过去，弯腰掀开帐篷的帘子，看到两个小东西盘腿坐着，两只手背在身后，睁着无辜的大眼睛盯着她看。

"你们俩干什么呢？"

小鱼儿眨眨眼睛："妈妈，我在教小星星背诗。"

一旁的奶娃娃跟着点头，嘴角巧克力威化饼干的渣渣掉在裤子上。

许沐忍着笑，没有戳穿他们："这么乖，背到哪里了？"

"空山新雨后，天气晚来秋。"

许沐点头："那弟弟学会了吗？"

小鱼儿偷偷瞥弟弟，用小脚丫挠他小腿。

弟弟接收到信号，立刻挺直腰板："空……后，呜呜……来秋！"

中间几个字呼噜呼噜，大概只有小鱼儿能听懂。

小鱼儿四岁那年，迎来了自己期盼已久的小弟弟。

自从知道许沐怀孕，她就一直在催，每天问小弟弟什么时候能出来，许沐觉得好笑："你怎么知道是小弟弟，不是小妹妹？"

小鱼儿认真又笃定："就是小弟弟。"

"小鱼儿喜欢小弟弟吗？"

"喜欢！"

事实证明，小孩子在这方面是预言家，许沐真的生了一个小弟弟。

弟弟大名"罗星之"，名字随他姐"罗梳月"。

取星月流转，时光飞逝，此情不渝之意。

罗迹和许沐当初给小鱼儿取罗梳月这个名字时，希望她是个温柔恬静的小姑娘，谁知天不遂人愿，小鱼儿古灵精怪、性格豪爽，在幼儿园又有罗曜家的两个宝贝儿子护着，惯得天不怕地不怕。

后来罗星之学会走路，罗梳月又多了个小跟班。

罗星之非常喜欢小鱼儿，手里攥着个棒棒糖，都要等他姐放学回来留给她吃。小鱼儿闯祸被爸爸凶，他能哭得比姐姐还厉害，小胳膊小腿儿，路还没走稳几天，就屁颠屁颠儿跑去墙角陪姐姐一起罚站。

许沐说，等以后小鱼儿出嫁，不知道他要哭成什么样子。

许沐伸手把两个小东西从帐篷里拎出来："弄得这么脏，还不去洗洗，一会儿爸爸回来了。"

正说着，客厅有动静，是密码锁开门的声音。两个小东西立刻飞奔出去，"爸爸、爸爸"叫个不停，扑向站在门口的男人。

这个年罗迹只休息了三天，初四就开始忙，前几天又出差上海，推了好几个圈里人的邀请才能在正月十五当天赶回来。

他无视腿边两个试图往他身上爬的小鱼儿和罗星之，放下手里拎着的两个袋子，直接去抱许沐，大手在她的脑袋上揉了一把："不是说等我回来做菜？"

她腰上系了围裙，屋子里溢满香气。

许沐笑着说："在等你啊，菜都切好了，我只炸了盘小酥肉，他们两个想吃。"

罗星之还在锲而不舍地求抱抱，小鱼儿却早已习惯这样的情景。

在家里，妈妈永远排在第一位，每次爸爸出远门回家，第一个抱的永远是妈妈。

抱完大的抱小的，罗迹终于蹲下来，把一双儿女搂进怀里。两个孩子吵吵闹闹，抢着亲他，罗迹有些招架不住，身子直往后仰。

这真是甜蜜的负担。

几分钟后，罗迹安顿好两个小家伙，成功用新玩具转移了他们的注意力，终于得以脱身。

他走到厨房，看到许沐正在洗他新买的水果。

她的背影依旧纤瘦，头发随意绾了个小团子，穿着他的灰色衬衣。

也许因为他的衣服宽宽大大，穿着舒服自在，在家时许沐总是喜欢穿他的衣服，袖口挽了好几层，露出她纤细的手腕。

她站在那里，温柔又沉静，烟火气十足。

这是罗迹一直向往的生活，忙碌一天回到家，有乖巧的儿女，有饭香，有无论何时，都会对他笑的妻子。

许沐给了他想要的一切。

罗迹悄声走到她身后，伸手环住她的腰，脸颊在她的耳边贴了贴："想我了吗？"

许沐低低笑着："不是天天视频？"

"视频哪够，摸不着亲不着的。"罗迹扳过她的脸，"给我亲亲。"

他顺手关了水龙头，低头含住她的唇。

许沐两只手都是湿的，只能猫爪一样举在空中，微微仰起头承受他的亲吻。

结婚几年，除了家里多了两个小宝宝，他们之间几乎没有变化，依旧像热恋中那样，几天不见会思念，会亲吻。许沐这个人，这张脸，她的身体，罗迹永远要不够。

亲了好一会儿，罗迹才放开她，有些克制地咬了她唇瓣一下，低声说："晚上再收拾你。"

吃过晚饭，一家四口下楼散步。

元宵节的夜晚特别热闹，街上人很多，城市里有专门报备过的地方可以放烟花，许沐牵着小鱼儿，罗迹抱着小不点罗星之，几个人挑人少的地方走。

老一辈人有这样的说法，正月十五走百步，可以将一整年的病灾都走掉。

罗迹和许沐虽然不太信这些，但图个吉利，总要遵守一下老传统。

街边的空地有很多人放小烟花，烟花飞起，只有一米多高，明亮闪烁，跟满天星一样，很吸引小孩子。

小鱼儿和罗星之赖在那里不肯走，看得特别来劲。许沐只好顺着他们，站在身后护着他们的身体，不让别人撞到。

看了一会儿，许沐回头时发现罗迹不见了。

她的视线在周围扫了几圈都没有看到他，身后的位置很快被其他看烟花的人占据。

许沐知道他不会走远，大概是有电话要接，这里又吵。

他不在，她也没什么心思看烟花，低着头有一下没一下地揪小鱼儿帽子上的毛线团。

没有多久，身后有人叫她，许沐回头，看到罗迹站在人群后朝她招手。

许沐立刻牵住小鱼儿和弟弟："快走快走，我们去找爸爸。"

三个人从人群中挤出后才发现，罗迹手上拿了好多仙女棒，两个小朋友忍不住尖叫，乐得直蹦高，一下冲到罗迹身边，吵着要玩。

罗迹把仙女棒拿高一点儿，摁住小鱼儿的脑袋："嘘，谁乖给谁玩。"

姐弟俩立马安静下来。

他就是有这个本事，可以同时控制住他们两个。

罗迹把他们带到一处无人的角落，蹲在他们面前，一人发了一根，又拿出打火机，点燃前叮嘱他们："自己玩自己的，不许打闹，不许拿烟花碰别人的衣服，离眼睛远一些，知道吗？"

小鱼儿猛点头。

罗迹把她的那根点燃。

罗星之还小，自己玩这个比较危险，罗迹在身后拢着他小小的身体，握住他的小手，带着他点燃了一根。

哄好两个小朋友，罗迹起身，又点了一根，这次他递给了许沐。

许沐正看着小鱼儿笑，眼前忽然出现一根仙女棒，她下意识地接住，看向罗迹。

罗迹痞气地歪了一下头，示意她赶紧摇一摇，一会儿就灭掉了。

他的脸庞映了一层暖洋洋的光线，是火花的颜色。

许沐忽然想起几年前的那个跨年夜。

那时他们还在大四实习，还没有和好。大家在壹号院聚会，她先走了，罗迹只穿一件薄薄的卫衣就跑出来找她，后来他带她去附近的小广场看烟花，等倒计时。

那时他手里也有这么一把仙女棒。

他那时心里其实是带着气的吧，委屈别扭，又舍不得不理她。

无论何时，无论发生什么事，罗迹都舍不得不理许沐。

他是永远都会把许沐放在心上，当小朋友一样哄的人。

许沐呆呆望着那簇火花，直到燃尽也没有动。罗迹捏捏她的下巴，"怎么了？"

许沐回神，冲他笑了笑："没什么，想起一些以前的事。"

罗迹大概能猜到她在想什么，他敞开羽绒衣的衣襟，将她整个人裹进去，低头亲了亲她的额头，没有说话。

其实他们不常想起以前的事，生活这样美好，又有这样可爱的两个小朋友，他们有太多事可做，没有时间想那些不太好的回忆。

所幸在那些未知前路的日子里，他们没有退缩。

两个小朋友手里的烟花早已熄灭，看着抱在一起腻歪的爸爸妈妈，小鱼儿捂住罗星之的眼睛："羞羞，我们不看！"

许沐在他怀里挣了挣，小声说："松开啊，小朋友看到不好。"

罗迹没松手，随意瞥了眼小鱼儿，小姑娘立刻闭上眼睛。

不远处的天空燃起一簇簇烟花，几步外就是热闹的街角。

罗迹捧住许沐的脸，低头吻下去。

新增番外二

海风的味道

许沐醒来时，空气中满是清甜海风的味道。

她睁开眼睛，第一眼便看到落地窗外，镀着一层淡黄柔光的海面。

耳畔是罗迹绵长的呼吸，他睡得很沉。

结婚纪念日，两人好不容易挤出时间出来度假，昨晚几乎折腾了大半宿，后半夜才勉强睡着。

自从有了宝宝，每次两人半夜都要回主卧陪孩子睡，许沐不放心。能这样酣畅淋漓，罗迹特别舒坦，他兴致很高，许沐也愿意陪他。

许沐动了动，悄声挪开搭在她腰间的手。

罗迹毛茸茸的脑袋在她颈侧蹭了蹭，声音哑哑的，还不是很清醒："再睡会儿。"

许沐翻了个身，抬手摸了摸他的脸："九点了。"

"今天又不用上班。"

罗迹搂住她的腰，将人往怀里拢了拢，调整了一个比较舒服的姿势，准备继续睡。

许沐躺在他怀里，微微仰起头，视线里是罗迹棱角分明的脸，似乎是因为昨夜消耗了不少体力，他下巴上长了一小片青色的胡楂，比平时都明显。

她伸出一根手指蹭了蹭，是酥酥麻麻的痒。

她指尖慢慢下滑，流连在他凸起的喉结上。

结婚这么多年，罗迹一点儿都没有变，有时许沐远远看到他，觉得好像他还是当初那个痞坏又倔强的少年。

岁月并没在他脸上留下痕迹，他那双带着微红眼尾的桃花眼依旧勾人。

许沐的小动作弄醒了罗迹，他捉住她的手，贴在唇边吻了吻，眯着眼睛瞧她："还不老实，昨晚没够？"

许沐有些无奈，这个人，什么事都能扯到那个上。

她试图从他怀里出来："我去弄点儿吃的，一会儿我们出去转转吧。"

好不容易出来休假，总不能天天待在房间里。

罗迹捏着她手腕翻了个身，压着人亲了一会儿，终于肯放过她。他掀开被子下床："想吃什么，我去买。"

许沐想了一下："不知道，一起下去吧，楼下有餐厅。"

洗漱后，许沐换了一身白纱裙，戴了顶遮阳帽，身上露出的地方都喷了防晒喷雾，给罗迹也喷了点儿。

罗迹起先不愿喷这些瓶瓶罐罐，许沐说："晒黑了回去你女儿都不让你抱了。"

罗迹一听这话，立刻站直身子，张开双臂，乖乖让她喷。

许沐忍着笑，给他脸上和手臂上都喷了一些。

这会儿早已过了提供早餐的时间，餐厅里只能点菜或者面，许沐和罗迹一人吃了一份意面，出来时发现海滩那边的人并没想象中多。

今天有些阴，海面也不是很清澈，有些灰蒙蒙，似乎要下雨的样子。许沐倒是很喜欢这样的天气，温度不高，也不晒，沿着海岸散步吹风，很舒服。

两人在沙滩上坐下，许沐脱了鞋，踩着软绵细密的海沙，海浪偶尔涌过来，冲刷她白嫩的脚丫。

罗迹忍不住说了一句："凉。"

许沐推他："你也试试，很舒服的。"

罗迹只淡淡笑着，手臂撑在身后，身体微微后仰，歪着头瞧她玩沙子，并不说话。

他很享受这样安静的二人世界。

许沐拍了很多大海和礁石的照片给赵清欢发过去，小鱼儿和罗星之在赵清欢家。

这次出来，她本想带着两个小朋友，是罗迹提出把他们送到罗曜那里照看几天。

自从许沐做了妈妈，私人时间就变得很少。

　　走到哪儿身后都跟着小尾巴，没有时间做自己喜欢的事，也没有以前那样自在随性。

　　罗迹想让她好好休息，舒舒服服度个假。

　　赵清欢发来一张照片。

　　罗曜靠在儿童区那边的小沙发旁，蜷起一条长腿，手里拿着一本童话故事。

　　小鱼儿和罗星之挤在他旁边，另一侧是罗曜的一对双胞胎儿子。

　　四个小朋友整整齐齐，安安静静听他讲故事。

　　小鱼儿在家叽叽喳喳，在罗曜面前倒是很乖。

　　许沐本来还有些担心，怕他们太顽皮，赵清欢他们招架不住，现在看来，倒是她多虑了。

　　罗迹笑着说："你那宝贝女儿就是窝里横，在我哥那儿可老实了。"

　　许沐低着头，连续给赵清欢发了好几条信息，叮嘱好多两个小朋友需要注意的地方。

　　罗迹微微蹙眉，靠在她身后，伸手拿过她的电话揣进自己兜里："出来玩还操心，不累吗？你小姨什么都懂，会照顾得很好。"

　　他搂住她的身体，把人抱进怀里，唇贴在她耳边："我们的结婚纪念日，能不能只想我？"

　　许沐偏过头，隔着很近的距离看他眼睛，他还是老样子，睡不好眼尾就会有些红。

　　她抬手摸了摸他的眼角："想你什么？"

　　罗迹认真想了一下："想我多厉害。"

　　许沐咬着唇掐他："你能不能正经一点儿？"

　　罗迹闷笑一声，搂着她的手臂忽然感觉有些凉意，几滴雨落在上面。

　　下雨了。

　　罗迹抬起头，看到不远处平静的海面泛起阵阵涟漪，一些赤脚走在浅海处的人渐渐靠岸。

　　"回去吗？"他问。

　　许沐摇了摇头，这里很舒服，她还想再坐一会儿。

　　罗迹站起来："我回去拿伞。"

　　他走后，许沐重新将视线落在不远处的海平面。

　　雨滴比刚刚密了些，落在她的脸上和手背上。

　　她抓紧机会，举起相机拍了一些低飞的海鸟和远处的乌云。

低头回看时，头顶忽然出现一片阴影，她以为是罗迹回来了，脸上带着笑抬起头，发现是个陌生男人。

很年轻，二十出头的样子，像大学生，斯文帅气。他将一把格子雨伞撑在她头顶："你没伞吗？你相机都湿了。"

她笑着晃了晃手里的东西："谢谢，防水的。"

她低头继续看，那人似乎对她的照片特别感兴趣，他示意自己脖子上挂着的相机："不好意思，我是学摄影的，我刚看你在这儿拍一会儿了，我能看看你的照片吗？"

玩摄影的都懂行，许沐的相机一看就专业，镜头是那个牌子的最高配。

摄影系的学生也算半个同行了，许沐从沙滩上起身，大方地将相机递给他。

雨渐渐大了，大学生将伞移到许沐那边一些。

以许沐的水准，随便拍拍都很有结构感。大学生很懂行，说了不少专业术语，又把自己刚拍的几张给她看。许沐一眼就看出他的问题所在，理论知识很扎实，实际操作差一些，光影和一些参数设置得都不是很到位。

她专业劲儿上来，低着头认真调整参数，告诉了他很多课本上学不到的东西。

那个大学生如果知道，面前指导他的人是大名鼎鼎的羡鱼，大概会激动到一整晚都睡不着觉。

身后有声音，许沐回头看了一眼，发现罗迹不知什么时候回来了，撑着伞站在两人不远处，脸比乌云还黑沉。

她将相机关掉，随手抹了一下带着一点儿雨水的屏幕："我老公来了，谢谢你的伞。"

说完这句话，她没再看那个大学生，用手遮在额前，冒雨跑向罗迹。

大学生有些意外，似乎没想到她已经结婚。

许沐看起来很小，像青春漂亮的大学生。如果她不说，谁都看不出她已经结婚甚至当了妈妈。

罗迹往前迎了几步，张开手臂将人拢进怀里，雨伞将她完完全全遮住，他抬眼看向那边："那是谁？"

"一个摄影系的学生。"许沐把相机摘下来塞进他宽大的口袋里，抬起头，看到他那张臭臭的脸。

她有些忍不住笑，抬手捏了捏他的脸："怎么这个表情？"

他没说话。

许沐有点儿无奈："你这毛病什么时候能改改？不相干的人也要吃醋，醋厂还没倒闭吗？"

罗迹泄愤似的掐她的腰，不让她笑话他。

这么多年过去，罗迹身上其实变化很大，比以前稳重许多，也成熟许多。

唯独在这件事上，他没办法控制自己。

对许沐的占有欲从来不会因为时间的流逝减轻一丝一毫。

一看到别的异性接近她，就不自觉开启战斗模式。

许沐伸手搂住他的腰，踮脚亲他的嘴角："拜托，我们宝宝都上幼儿园了，你能不能让我省点儿心？"

她温柔哄他："我眼睛里只有你。"说完，她故意睁大眼睛让他看，"看见了没，都是你。"

罗迹被她哄笑，抬手拨开她湿湿的刘海儿："淋到没有？"

她忙摇头："没有。"

雨越下越大，海滩上已经没有人，伞不大，罗迹只顾她，自己半边肩膀都湿透。许沐挤在他怀里，把伞往他那边推："老公。"

他嗯了声。

"你说别人看我们两个是不是会觉得很奇怪？下雨还要在这里散步。"

罗迹搂紧她肩膀，用自己的身体暖着她："别人怎么想跟咱们有什么关系，咱们开心就好。"

许沐忽然抬起头："罗迹，你还记得吗？以前我们也一起淋过雨。"

他怎么可能不记得？

那时他们还没在一起，傍晚他送她回家，下雨了。

那天许沐接了一个电话，心情很不好，罗迹问她："淋过雨吗？"

她觉得很奇怪，谁没事去淋雨。

罗迹肩头松松垮垮挎着他的包，痞痞地说："淋雨会让人快乐，想试试吗？"

还没有等许沐反应过来，罗迹便扔掉伞，把她拉进雨里。

她现在依旧记得，那天的雨有多大，她很痛快，从没那样肆意放纵过。

她甚至有些迷恋淋雨的感觉。

因为在雨中掉眼泪，没人知道。

风刮走了罗迹手中的伞，两人谁都没去捡。

许沐的裙子很快湿透，她特别兴奋地跑进水里，拎起裙子踩水。

她已经很久没有这样放松。

罗迹目不转睛地盯着她看，默默决定以后每年都要抽时间带她出来散心。

只有他们两个。

孩子总会长大，会离开父母，有自己的生活，能永远陪伴在他身边的，只有许沐。

他的妻子。

罗迹走过去，脱掉身上的外套，蹲在她身前，将衣服系在她腰间，遮住因淋湿裹在她身上的纱裙。

他站在她面前，牵住她的手："老婆。谢谢你让我这么幸福。"雨水滑过他干净帅气的眉眼，他虔诚又认真，"我真的很幸福。"

我愿意就这样，牵着你的手，度过余生。

一年，又一年。

雨停了，海面恢复平静。

许沐靠在他怀里，触摸他温暖坚实的胸膛，望向逐渐晴朗的天空。

"我也是。"她说。

还有一句话，她没有说出口。

谢谢你，在我人生中那段灰暗的时光里，没有放弃我。

乌云渐渐散去。

太阳，出来了。

- 全文完 -